깊은 나

깊은 나

1판 1쇄 발행 2023년 5월 24일

저자 루든프스칸

편집 문서아   **마케팅·지원** 김혜지

펴낸곳 (주)하움출판사   **펴낸이** 문현광

이메일 haum1000@naver.com   **홈페이지** haum.kr
블로그 blog.naver.com/haum1000   **인스타그램** @haum1007

ISBN 979-11-6440-363-9 (03810)

차 례

서두에

뭔가 보이는 것 같다. 오래전부터 느끼던 것이다. 그냥 말까 하다가도 이것을 전하고 싶었다. 원래 이런 것은 지식이 아니다. 말로 전할 수 없는 것이다. 그러나 내가 최선을 다하면 누군가 알아보는 사람이 있지 않을까. 그래서 나는 말과 글의 최고봉인 문학을 다시 꺼내 들고 고심하였다. 이걸로 해보자. 누군가 알아챌지 모른다고. 그래서 지난 몇 달 예전처럼 밤을 새웠다.

내 마음자리에 뭔가 있다. 자꾸 나를 부르는…. 그것은 오래전부터 나를 통해 세상을 보는 것 같았다. 내가 보고 듣고 냄새 맡고 만지는 것, 맛보고 느끼는 것도 모두 함께하는 것처럼 느껴졌다. 그러나 간섭하는 일은 없었다. 나는 그렇게 살아왔다. 귀찮거나 싫지는 않았다. 그저 약간의 그리운 흔적이 있는 달빛 같은 은은한 것이므로. 그 모든 것은 알아볼 만큼만 희미하게 드러났다.

내가 밖으로 관심을 크게 돌리면 그것은 더 뒤로 물러났다, 그러므로 인생의 격랑기에 그것을 잠시 잊었다. 나이가 더 들고 침착한 시기에 되돌아보니 여전히 그것이 있었다. 비로소 찬찬히 살폈다. 그리고 나보다 훨씬 오래전부터 거기 있었다는 것을 알 수 있었다.

[나]는 누구인가. 아무런 기억도 가지지 못하고, 영문도 모른 채 불쑥 이 세상에 던져진 나는 누구인가.

그것은 일찍이 가지게 된 내 의문에 대한 대답처럼 그저 거기 있었는데 미처 몰랐다. 나는 어느 날 시달리던 문학을 버리고 수행자의 길로 들어섰다. 그것과 마주하고 싶어서였다. 막상 맘먹으니 여간 만날 수 없었다. 다만 희미한 온기만 더 느낄 수 있었다. 나중에 생각하니 그 온기가 나에 대한 그것의 배려였다.

나는 낡고 빡빡한 고문서에는 별로 관심이 없었다. 그럴 거면 공학 메커니즘이나 예술, 서양철학에 심취하는 게 더 재미가 있다. 틈틈이 수행하는 중에 우리 민족에 내려오는 경을 만났다. 천부경이다. 그것을 살핀 것은 뭐든지 주워 읽는 작가적 습관 때문이다. 그러나 한참 들여다보다가 자세를 바로 하지 않을 수 없었다. 뭔가 해묵은 다정한 느낌이 일고, 내 뒤에 있던 그것이 불쑥 움직였다. 처음 겪는 일이다. 그것은 어느새 바로 내 앞에서 나를 마주하고 있었다. 놀라워서 보고 있는데 그것이 말을 걸어왔다. 내가 더 놀라지 않도록 은은하게. 그리고 친근하게.

'알아보았느냐. [나]는 너의 얼굴이다.'

찾았다! 전율 같은 반가움이 전해져 왔다. 그리고 확실히 알아보았는데 그것은 틀림없는 [나]의 얼굴이었다. 가슴이 뛰었다. 그러는 동안 그것이 움직임을 보여주었다. 여섯 번 변하더니 다시 뒤집어서 또 여섯 번 변하였다. 모두 열두 번이다. 그것이 움직이는 동안 몸체는 글자가 아니라 숫자로 변해 있었다. 그것은 그 신비로운 움직임을 나에게 비추어서 내가 외우지 않아도 저절로 알게 해 주었다.

이전에 나는 수학은 빵점이었다. 국어나 미술이나 음악은 또 몰라도 숫자로 이루어진 것은 내게는 그저 악의 축이다. 지금도 마찬가지다. 목수 일을 하는 동안 각도나 평수의 계산, 피타고라스의 정리 정도 알았으니, 하긴 악의 축과도 더불어 살아야 하는 세상이다.

내가 저절로 알게 된 중요한 사실이 하나 더 있다. 누구든지 마음을 열고 천부경을 마주하면 저절로 [나]가 된다는 것이다. 나는 모든 인연 중에 한 가닥이었다. 마음을 열고 그것과 마주하는 이가 곧 [나]이다. 그것은 영감을 일으키며 찬찬히 들여다보는 [나]의 얼굴이 된다. 이 사실을 알려야 한다고 생각했다. 그마저 그것이 부추긴 것이다.

나는 정성껏 소임을 다했다. 능력 부족이지만 이미 버렸던 문학을 다시 꺼내어 책임처럼 지워진 역할에 최선을 다했다.

'누구라도 다정하고 경건하게 자기 마음자리의 그것을 마주하라. 영감을 일으키고 마침내 하느님을 만날 수 있다. 그대인 [나]가 하느님을 만나 스스로 하나가 될 때, 놀랍게도 하느님께서 바로 그대가 될 것이다.'

내 글의 끝에 그로부터 차근차근 알게 된, 오랜 세월 감춰져 내려온 수행의 비법을 모두 공개했다. 이 놀라운 경험을 스스로 [나]가 되어 직접 해보기를 바란다. 그대의 삶은 반드시 달라진다. 그대에게 축복이 내리기를….

2023년 4월 모후산 아래 루든프스칸.

깊은 나

낡은 그림자

아이는 가슴에 손수건을 붙이고 이쪽을 보고 있다. 목까지 올라오는 두 툼한 털스웨터를 입고, 일부러 내다 놓은 듯한 교무실용 나무의자에 손을 얹고 서 있다. 아마 방금 입학식이라도 끝낸 어느 봄날이었으리라. 햇살이 아이의 이마에서 하얗게 부서지고 있었다. 슬쩍 흘러내린 하이칼라 머리가 썩 멋진데, 다시 보니 꽤나 잘생긴 녀석이다. 얼굴을 약간 찡그린 탓인가. 빛이 바랜 흑백사진에 갇혀서도 아이의 눈빛은 어딘가 우수에 젖어 보인다.

아이는 제가 다닐 학교의 목조교사를 배경으로 혼자 사진을 찍었다. 사진을 찍는다는 것 자체가 당시에는 특별한 일이었다. 점잖게 차려입은 사진사를 모셔오는 것부터가 그리 쉬운 일이 아니었다. 무엇이든 가두어서 사진을 찍어버리는 그의 신기한 기술은 언제나 현장을 압도했다. 아이들은 사진을 찍는 검고 묵직한 장비들이 이러쿵저러쿵 다루어지는 모습만 봐도 벌써 가슴이 뛰었다. 어른들 중에도 그와 정중히 인사를 나누어 친분을 과시하는 사람들이 있었다. 형편이 그러니 높다랗게 태극기를 펄럭이는 학교라는 기관에서조차 입학식이나 졸업식 날에야 사진사를 불러올 수 있었다. 그럴 때는 분교장이 직접 나서서 의자 배치를 지휘하고, 아이들은 두어 번 얻어들은 다음에야 수십 명씩 다닥다닥 붙어서 겨우 콩알 만한 얼굴로 사진을 찍을 수 있었다. 한 판의 사진을 찍어내기 위해서는 뭔가 비싼 것들이 많이 소모되었다. 그 아까운 한 판을 오로지 혼자서 차지하는 것을, 그

파렴치하고 부러운 결과물을 사람들은 독사진이라고 불렀다. 그런데 아이는 바로 그 독사진을 찍었다. 얼굴이 엄지손톱만큼이나 크게 나온 전신사진이었다. 더군다나 교무실용 의자를 아무렇지 않게 내놓고 앉아서 왠지 아이들이 가까이하기를 꺼리는 교무실 앞 화단가에서 버젓이 찍었다. 그러고 보면 아이를 감싼 올이 굵은 스웨터도 꽤나 거슬린다. 부서져 버린 사대주의와 전쟁의 흔적이 분분하고, 지독한 배고픔을 궁색한 서양 원조가 들쑤셔 서로에게서 자잘한 관용조차 거두어간 시절이었다. 그런 시절엔 비슷한 모습으로 뭔가에 찌든 흔적을 지니고 있지 않으면 눈에 거슬렸다. 전쟁 직후는 아니었으므로 어른들의 그런 너그럽지 못한 면모는 이미 아이들에게 대물림되었다. 그러나 사진 속 아이의 얼굴에는 그런저런 각박한 눈치에 시달린 흔적은 남아 있지 않았다. 그럼 그랬던가. 보릿고개가 성행하던 그 어느 봄날에, 두툼한 털스웨터로 보호된 아이는 입학식을 마치고 교무실 앞에서 따로 독사진을 찍을 만큼 매우 특별한 신분이었는가…. 삼륜트럭—이제 곧 밝히겠지만—에 실려 쫓기듯 도망쳐 내려오던 우리 가족의 유배(流配)에 대한 기억을 온전히 가지고 있는 나에게는 이 대목이 늘 의심스럽다.

[아직은 바람이 차가웠다. 간혹 매캐한 흙먼지가 섞여들곤 했으나 비로소 따뜻한 햇살을 마음껏 누릴 수가 있었던 것 같다.

할머니는 오지 않았다. 혼자서 집을 지켰을 것이다. 태양을 마주하고 있었으므로 아마 하얗게 눈이 부셨던 기억이다. 나는 자주 눈을 깜빡거렸다. 동생이 의자에 오르려고 끙끙대는 소리를 들으면서 억지로라도 의젓해야 한다고 생각하고 있었다. 배경으로 놔둔 건물 쪽을 빼고는 사람들이 우릴 에워싸고 있었다. 주변이 다소 소란스러웠다. 먼 쪽에서는 웃고 떠드는 소리, 기침 소리, 가까이서 옷깃이 스치는 소리, 꼼짝없이 존재를 들켜버린 나에게 집중되는 소리소리들…. 모두가 빙 둘러서서 내가 의젓하게 사진을 찍을 수 있도록 분분히 한마디씩 관심을 날리고 있었다.

"요 녀석. 요기, 요쪽을 봐라."

"아이구 고놈. 잘생겼네그려…."

"오, 저놈이 덕이 선생 아들이라고?"

눈이 부셔서 앞이 잘 보이지 않는데 그런 소리들이 불쑥불쑥 내게로 건너와서 이마를 툭툭 치고는 상쾌하게 허공으로 튕겨져 올랐다.

"자, 이제 찍는다."

"저놈 의젓한 것 좀 봐봐."

"이제는 조용하시고요."

엄마가 웃고 선 것을 잠깐 본 것도 같았다. 그러나 나는 다시 사진사에게 붙잡히지 않을 수가 없었다. 다만 한 줄기 햇살이 하얗게 시야를 흐리고 있었다. 하얗게 질리던 그 한순간이 문득 고요해졌다.

아가야 눈 감지 마라.

시야가 흐려지며 누군가의 그 마지막 중얼거림조차 이윽고는 커다란 한 폭의 그림처럼 펄럭이며 아득해졌다. 아가야 눈 감지 마라. 눈 감지 마라….

하나.

둘.

셋… 철컥!]

그 한 장의 사진은 그로부터 대략 반세기의 세월을 건너와서 내 노트북 컴퓨터의 바탕화면으로 깔렸다. 그리고 나는 컴퓨터를 켜고서 한글 워드 프로그램을 열기 전에 그 낡은 사진을 한동안 바라보는 버릇을 가지게 되었다. 나는 바라보는 동안 머릿속에서 늘 질문 하나를 궁굴렸다. 질문은 언제나 같았다. 그러나 그 질문은 다시 한 겹을 벗겨내는 양파처럼 더 새롭고 진지했다.

'나는 누구인가.'

나를 바라보는 저 아이는 누구이며 또한 마주 보는 나는 누구인가. 저 아이를 거쳐서, 시간을 떠돌아 지금의 나로 앉아있는 이 [나]는 대체 누구인가….

*

'나는 누구인가.'

아무런 기억도 가지지 못하고, 영문도 모르고 불쑥 이 세상에 던져진 나는 누구인가. 스스로 선택한 것도 아니면서, 목적지도 없이 마치 어디선가 쫓겨 온 듯 이 삭막한 시공간에 모호하게 떠돌게 된 나는 누구인가.

그 궁금증을 벗어버리기 위해 나는 움직여야 한다. 더 늦기 전에 돌아가 봐야 한다. 뭔가 시작에 더 가까이, 세월을 거슬러 저 아이의 마음속으로 들어가 봐야 한다. 반세기가 훨씬 지나 점점 퇴색해 가는 우리 가족의 그 유배(流配)에 대한 기억부터 더듬어봐야 한다. 두려웠던 그 기억 속으로, 이제는 낡고 뭉그러져 곧 부서져 버릴 것만 같은 그 위태위태한 기억 속으로 ….

[…멀고도 먼 노안면 학산리. 가장 뚜렷한 내 유년의 기억은 언제나 그곳으로 향하는 삼륜 트럭에서 시작된다. 교사로 복직한 엄마의 첫 발령지인 동초등학교 학산 분교가 있는 시골로 우리 가족이 이사를 가게 된 것이다. 지금은 도로와 교통의 발달로 대도시에서도 지척의 거리처럼 되었으나 그때는 족히 두 시간이나 먼지를 뒤집어쓰고 산길을 내달려야 하는 그야말로

머나먼 남쪽 오지처럼 느껴지던 곳이다. 사실로 말하자면 부임하는 선생님과 그 일가의 당당한 행차였음에도 갑자기 도시를 떠나 멀고 낯선 시골로 옮겨가야만 한다는 것이 어린 내게는 마치 우리 일가의 몰락처럼 비친 것이었다. 발령을 기다리는 동안의 지독한 가난과 이윽고 세간을 모두 들어낸 썰렁한 셋방, 마지막으로 일별한 광주천변 판자촌의 찌든 모습들이 그런 내 오해와 무관하지 않았다. 거기서 우리는 너무 가난했다. 그리고 자주 굶었다. 기억의 한계로 절반쯤은 미루어 짐작한 것이지만, 그 두 해 전의 동생의 죽음도 순전히 엄마의 젖이 나오지 않은 탓이었다. 나는 윗목에 놓여 있다가 길가 쪽의 판때기 창으로 들어낸 작은 항아리를 기억한다. 죽은 아이를 넣은 항아리는 문을 통과해서 나오면 안 되었다. 그 속에 동생이 넣어지던 것도 뚜렷하게 기억난다. 막내는 태어나기 전일 테고 내가 갓 세 살때였으니 그 뚜렷함이 알 듯 모를 듯한 일이다.

삼륜 트럭 앞자리에는 할머니와 엄마와 동생과 내가 한꺼번에 욱여넣어졌다. 어른 한 명이 타는 조수석을 마악 젖을 뗀 동생을 품은 엄마와 할머니가 붙어 앉고, 나는 그 아래쪽 공간에 아무렇게나 쑤셔박혔다. 한참 겨울이었다. 엉덩이 밑에서는 커다란 외바퀴가 무섭게 굴러가고, 저려드는 발아래에서 뿌연 흙먼지와 찬바람이 마구 파고들었다. 한참을 그렇게 달렸을 것이다.

트럭은 송정리(松汀里)를 지나고 황룡강에 닿았다. 운전사가 거대한 철교 밑에서 차를 멈추고 내렸다. 강을 건너야 하는 것 같았다. 차가 다니는 다리는 따로 없었다. 도로는 마른 자갈밭을 이용하여 강 건너로 이어졌는데 그 중간이 물에 잠겨 있었다. 말라붙은 건너편 강바닥에선 마른 억새가 우수수 쓰러 눕고 있었다. 한없이 넓어만 보이는 그 쓸쓸한 억새밭이 괜한 두려움으로 차오르고, 가족 모두가 강 건너 어딘가로 쫓겨가야만 한다는 것이 어린 속으로도 다시금 서글펐다. 그리고 그 서글픔은 꼭꼭 눌러놓아야 할 의문을 하나 달고 있었다.

우리는 왜 아버지가 없을까…?

나는 무릎 사이로 엄마를 올려다보았다. 엄마는 수심이 가득한 얼굴로 죽은 듯이 잠잠해진 동생을 꼭 부둥켜 안고 있었다. 할머니는…, 할머니는 뼈가 앙상하게 드러난 깡마른 손으로 창문 쪽의 손잡이를 안간힘을 다해 움켜쥐고 있었다. 이미 마음이 내려앉은 내 눈에는 그것 역시 절망적으로 비쳤다. 안간힘을 다한 할머니의 손에 맥이 풀리기만 하면, 그 손이 스르르 미끄러져 내리기만 하면 우리 식구들은 이제 가 닿아야 하는 그 유배지에 서조차 도로 쫓겨날 것만 같았다. 나는 그런 서글픔을 헤치고 말로 꺼낼 수 없는 그 답답한 것을 또 들여다보았다.

우리에게는 왜 아버지가 없는 것일까….

강을 건너기 위해 얼마나 지체했는지 모르겠다. 운전사가 나가서 이리저리 재보고는 트럭은 마침내 움직였다. 기우뚱거리고 미끄러지며 물살을 헤치고 강을 가로질러서 나아갔다. 좁은 조수석 바닥으로 물이 솟구쳐 들어왔다. 그렇게 위태롭게 건너편 기슭에 닿을 무렵이었다. 엉덩이가 척척하게 젖은 나는 놀라서 고개를 뺐다. 갑자기 쐐액, 하는 커다란 소리가 들리고 아직 머리 위로 그늘을 드리우는 커다란 철 구조물이 엄청나게 진동하기 시작했다. 난생처음 보는 시커먼 기차가 우리가 가는 방향으로 연기 기둥을 내뿜으며 나아가고 있었다. 기차는 힘차게 칙칙폭폭 움직여서 강 저편으로 사라져갔다. 나는 한참 동안을 고개를 뺀 채로 기차가 사라져간 방향을 보았는데, 그때 알 수 없게도 든든한 기분이 들었다. 우리 말고도 강 건너 어디론가 그 크고 힘센 기차가 앞장서서 지나갔다는 사실로.

흙먼지를 뒤집어쓰고 동생이 울었다. 아직 엄마가 돈을 벌어오기 전이었다. 빨아도 나오지 않는 미음병은 허기에 지친 동생을 더 서럽게 하였다. 나도 배가 고팠다. 이불 보통이와 버들고리 하나, 그리고 무슨 대물려온 보물처럼 귀중히 여기던 텅 빈 쌀뒤주 하나뿐인 가난한 우리 집 속에는 먹을 것이 아무것도 없었다. 엄마도 할머니도 지쳐서 말이 없고, 내 젖은 엉덩이 밑에서는 내내 찬바람이 칼처럼 쑤셔대고 있었다. 우리 식구는 그렇게 배고픔과 추위에 떨며 광주에서 학산리까지의 백여 리 가까운 비포장 신작로를 털털거리는 삼륜 트럭을 타고 쫓겨 내려왔다. 정확히는 갓 여섯 살이 되던 해의 일로, 초라한 작은 삼륜 트럭 하나에 온 가족이 모두 욱여 넣어진 그 처량한 이동이 내게는 마치 우리 가족의 무슨 유배의 길이었다거나 심히 몰락한 징조일 거라는 처량한 느낌으로 남았다.]

'나는 누구인가. 그리고 나에게는 왜 아버지가 없을까….'

나에게는 아버지가 없었다. 언제부터였는지는 몰라도 하여간 없었으므로 나는 늘 그런 의문을 달고 살았다. 말하자면 늘 어디 한쪽이 빈 듯한 아쉬움 같은 것이었는데, 어린 나이였음에도 더 이전부터 우리에게는 뭔가 든든히 기댈 곳이 없구나, 하고 느끼고 있었다. 가령 천변에 앉아서 지나가는 이웃들을 물끄러미 바라보면 다른 가족들은 어딘가 든든하고 힘이 세 보이는 사람들이 하나씩 있었다. 그 힘이 세 보이는 사람들이 남자들이라는 것도 저절로 알고 있었다. 그리고 우리 집에는 그런 사람이 없다는 실망도 일찌감치 하고 있었다. 우리 집에는 늘 몸이 허약하고 그리 든든하지 않은 할머니와 엄마뿐이었다. 그러나 그런 사실은 어떤 불안감과 함께였으므로 나는 입 밖으로는 결코 그런 말을 꺼내지 않았다.

물론 보통 때는 그냥 잊고 지낼 때가 많았다. 그러므로 유년기를 보내는 데에 큰 지장을 주었다는 말은 아니다. 어딘가에 남겨져 혼자 주눅이 든다거나, 뭔가 버거운 상황에 맞닥뜨렸을 때 약간 불안하고 처량한 심정으로 떠오르기는 했어도 그런 것도 자라면서 점점 흐릿해졌다. 더군다나 유배지에서의 생활도 생각했던 것처럼 그렇게 혹독하지는 않았다. 어쩌다 한 번씩 슬그머니 생각나기는 했어도 '내 주머니는 한쪽이 터져서 사용할 수가 없구나,'하는 정도의 아쉬움 같은 것이었다.

아이들이란 자갈밭에 죽순 오르듯 그냥 두어도 잘 자라는 법이다. 나도 겉으로는 다른 아이들과 그리 다르지 않았다. 오래도록 잊히지 않은 서운한 기억이라야 더 현실적인 것, 가령 아버지나 삼촌이 없어서 튼튼한 새총을 가져보지 못했다거나 여러 준비물과 솜씨를 거쳐야 완성되는 연 따위를 날려보지 못했다는 정도. 좀 자란 뒤의 일이지만 팽이를 직접 깎다가 손을 벤 흉터는 어른이 된 지금도 알아볼 만하게 남아 있다. 농사를 짓지 않는 우리 집에는 낫이 없어서 무딘 과일칼로 시도한 탓이다.

그랬음에도 나는 왜 한참 뒤까지 유배니, 몰락이니 하는 터무니없는 오해를 가지게 된 것일까. 그것은 아마 도착하던 날의 첫 경험이 아직 어린 내가 감당하기에 너무 강렬했던 탓이었다.

[동초등학교 학산 분교, 또는 학산 삼거리. 그때의 기억으론 아주 머나먼 남쪽이었다. 그곳이 유난히 추운 어느 겨울날에 도착한 우리 가족의 유배지였다. 의지가지없는 낯설고 막막한 곳이었다. 감싸지 않으면 뭐든지 얼어붙는 지독한 추위였다. 우리는 먼지가 풀썩풀썩 일어나는 굽은 도롯가의 조금 외딴집에 내려졌다. 추위에 비틀어진 마른 넝쿨과 잡초 줄기들이 움푹 꺼진 초가지붕 위로 이리저리 엉키어 있었다. 오랫동안 방치된 빈집이었을 것이다. 대문은 기둥이 썩어서 기울었고 창호지도 죄다 찢겨나가 안쪽이 훤히 들여다보였다.

어떻게 알았는지 유배지에 사는 사람들이 모여들었다. 추위 탓이었을까. 그들은 도시에 살던 사람들보다 더 땅딸하고 어딘가 남루해 보였다. 그 낯선 모습들이 하나둘 모여들어 주머니에 손을 찌르고서 무표정한 얼굴로 우리를 살펴보았다. 그나마 경황이 없는 중이어서 나는 하찮은 보통이처럼 작은 툇마루 아래 우두커니 버려졌다. 그 사이 그들은 둘씩 셋씩 발이 시린 펭귄들처럼 뒤뚱거리며 더 많은 수로 늘어났다. 나보다 좀 큰 아이들도 서넛 있었다. 길 쪽으로는 어른 키 정도 탱자나무들이 울타리처럼 먼지를 뒤집어쓰고 서 있었다. 간혹 먼지를 몰고 달려온 차들이 그것을 냅다 뿌리치고 굽은 도로를 돌아 내뺐다. 내쳐진 먼지는 매번 화가 난 것처럼 탱자나무를 들이받았다. 그 때문에 탱자나무들은 허옇고 삭막하게 말라가고 있었다.

엄마가 방안을 쓸어내고 할머니가 삭정이를 모아 군불을 지피는 동안에도 나는 점차 팽팽해지는 어떤 긴장감에 싸여 움직일 수가 없었다. 사람들이 더 모여들었다. 이러다가 결코 들켜서는 안 되는 뭔가가 다 드러나 버릴 것만 같았다. 움직이면 금세 들킬 것 같은 불안감에 꽁꽁 언 발가락조차 마음대로 꼼지락거릴 수가 없었다. 그러는 중에도 이따금 신작로가 진동하고 먼지구름이 한바탕 몰려들었다. 그들은 그런 것은 아랑곳하지 않았다. 그들은 적군인지 아군인지 알 수 없는 미심쩍은 태도로 뒤뚱뒤뚱 대문 안쪽으로 들어섰다. 이윽고 내가 버려진 마루 아래까지 죄다 점령하였다.]

사실 기억은 그리 뚜렷하지 않다. 유배지 이야기는 대부분 습작기의 원고들이니, 글로 남겨진 것도 오래전 일이고 지금의 나는 그때보다 훨씬 더 멀리 흘러왔다. 그 머나먼 기억을 다시 더듬어야 하는데, 이제는 희미해졌으니 기댈 곳은 스스로 처박아 버린 예전의 글들뿐이다.

문학은 수행으로 방향을 바꾸기 전까지 꽤 오랜 시간 나와 함께해온 벗이었다. 그 안에 온갖 기억과 에피소드가 들어 있을 것이다. 하지만 그 글들을 다시 가지고 온다고 해도 이제 그대로 끼워 넣을 수는 없을 것이다. 나는 문학이 아니라 수행자로서 글을 쓰려는 것이고, 그럴듯한 표현보다는 더 정확한 기록이 필요하다. 예전의 것은 어디까지나 소설이고 소설 문장은 대부분 과장을 가진다. 게다가 자신의 글도 시간이 지나면 당연히 생경해진다. 거기서 진실을 추려내기란 쉬운 일이 아닐 것이다. 그러므로 더러 짐작이 섞이게 되지 않을까.

다시 보니 묵힌 것들 속에 어린 시절을 추억하는 글이 꽤 많이 있었다. 유배지 이야기로 시작하려고 필요한 것들을 추려서 한데 모았다. 더 나중의 것들은 대부분 기억이 확실했다. 하지만 순서를 정하고 골라 읽다가 처음 부분에서 갑자기 낯선 장면이 생기고 영상이 떠오르지 않았다.

자전적 이야기들이니 모두 습작기에 쓴 것은 확실하다. 비록 수십 년이 흘렀지만 그래도 내 글인데 무슨 까닭인지 알 수가 없었다. 여러 번 집중해도 마찬가지였는데, 기분을 가라앉혀 명상—여기선 자기최면이다—속으로 끌고 들어가자 간신히 희미한 웃음소리 하나가 떠올랐다. 거기서 영상이 끊겨 있었다. 그러므로 옮겨 오면서는 두 단락으로 나누었다. 하나는 영상을 포함한 비교적 선명한 기억이고 하나는 소리만 들려오는 짐작이다.

[이윽고 안쪽으로 쳐들어온 무리 중 커다란 얼굴 하나가 기우뚱한 탈바가지처럼 나를 내려다보고 있었다. 나는 그 커다란 얼굴에 붙잡혀 꼼짝없이 마주 쳐다보았다. 그때였다. 그 탈바가지 같은 무표정하던 얼굴에 스르르 온기가 서리는 것이었다. 두렵기도 심정이었지만 그보다 삭막한 추위 속에서 피어나는 그런 온기가 더 뜬금없고 희한한 일이었다. 나는 도망치려다 말고 그 얼굴의 변화에 사로잡혀 도로 쳐다볼 수밖에 없었다. 그리고 바로 그때였다. 믿기지 않을 만큼 우렁우렁한 목소리가 그 얼굴에서 울려 나왔다.

"이놈아! 근데 말이여. 너 참말로 아부지 없냐?"

그러더니 그 커다란 얼굴이 일순간에 구겨지면서 하앗하앗, 웃는 것이었

다. 그러자 갑자기 뒤뚱거리며 에워싼 펭귄들이 약속이나 한 듯이 일제히 요란한 소리로 웃어젖혔다.]

[그리고는 사람들이 요란하게 웃어젖혔다…. 발이 시려서 뒤뚱거리던 무표정한 펭귄들이 별안간 그대로 우뚝 멈춰서 일제히 온기를 뿜으며 웃어젖히기 시작한 것이다. 한 번도 경험해 보지 못한 참으로 희한한 광경이었다. 이를테면 먼지가 뿌연 하늘을 향해, 느닷없이 모두가 거꾸로 선 나무들처럼 산발한 뿌리를 내놓고 흔들어대기 시작한 것이다. 너무 놀라 심장이 쿵쾅거렸다. 귀가 먹먹해진 나를 에워싸고 그 희한한 뿌리들이 한동안 계속해서 흔들거리고 있었다. 급기야 그 광경은 괴이한 풍경화를 보는 것처럼 시야 저쪽으로 아득히 압축되었다가 반동을 가진 현실감으로 되돌아왔다. 그 충격은 울음을 만들기에 충분했다. 나는 즉각 까무러치는 울음을 터트렸다….

나는 그 울음의 끝을 기억하지는 못한다. 어쨌거나 유배지에서의 첫날밤에 나는 낮에 경험한 그 광경하고 비슷한 꿈을 밤새도록 꾸고 또 꾸면서 몸서리쳤다. 무표정한 탈바가지들이 일제히 거꾸로 선 나무가 되어 요란한 소리로 뿌리를 흔들어대는 그런 이상한 꿈을.]

*

누구에게나 고향은 있을 것이다. 아무 데서나 태어나고 자라면 거기가 고향이다. 따라서 시베리아 네네츠족 같은 흐르는 유목민이 아닌 이상 저절로 어디라고 하는 지명이 생긴다. 거기다 윗대의 흔적이 있으면 계급이 하나 오른다. 뭔가 자격이 더 있어 보이는 원주민이라는 호칭이다. 따라서 그들의 고향도 본향이거나 관향이라는 말로 더 묵직해진다.

친구 이야기다. 오래전 이 고장 대도시의 시민들에게 식수를 제공하기 위해 댐이 지어졌고, 그 과정에서 수몰되는 지역이 생겼다. 모두 세 개의 마을이라고 했던 것 같다. 평생 병을 앓으며 산다는 대학 동창 녀석은 매년 그맘때면 서울에서 내려와 어릴 적 바라보던 그 봉우리를 뒤쪽에서 기어올랐다. 그리고는 깊은 수면 아래 가라앉은 소중한 것들을 해가 다 지도록 들여다보고 떠났다. 공교롭게도 그 봉우리가 지금 내가 사는 곳에서 바라보인다. 그것도 벌써 이십여 년이나 전인가. 막 등단한 무렵이다. 그렇게 인연이 되어 매년 나를 찾던 녀석이 어느 해 시를 하나 써달라는 부탁을 했다. 자신의 고향 앨범에 보관하고 싶다는 것이다. 시인은 아니지만 오래도록 앓아온 녀석의 그리움을 모른 척할 수는 없었다. 녀석은 여전히 앞마을 살던 소꿉친구를 찾고 있었다. 이제 마구 늙었을 그 계집아이를.

대충 들어보면 수몰지구 사람들은 아마 두 패로 나뉘었던 모양이다. 도시의 재개발지구에 아파트를 받을 수 있는 사람과 비용 충당이 어려워 뿔뿔이 흩어지게 된 사람들. 들어보면 사연도 제각각이었다. 녀석의 그녀는 오빠들을 따라 수천 세대가 넘는 이웃 도시의 아파트 숲으로 들어가 버렸다. 수몰되기 한 해 전이니 대략 수십 년이나 지난 일이다.

[고헐(苦歇)[1)]

00 …라는 지역번호만 들으면
머릿속에서 와글와글
아이들 떠드는 소리부터 들려온다.
다가갈 수도 없고 바라볼 수도 없는

---

1)   오래 앓는 중에 병이 더했다 덜했다 하는 일.

내기 생겨난 곳.

타향살이 거친 물살에 표류중인 나는
바닥에 뿌리를 대던 아득한 시절이 그립다.
수초 숲 사이로 햇살 비추면
물빛의 혼들이 모여 반짝이는 잔을 들고
저 그리운 자리에서 함께 어우러지는
맑고 평등한 축제.
그렇게 생겨나 제 뿌리를 자르고도
온전히 궁극의 평안에 이를 수 있을까.

수몰지구라는 이름 아래
뿔뿔이 흩어지고 솟구친
바벨[2] 시대의 잠들지 못한 욕망들.
우린 입주를 허락받은 쪽과
병 하나 얻어 떠나야 할 쪽으로 엄숙히 나뉘었다.

넉넉한 오빠들 덕에 솟구친 그녀를 향해
마음의 노를 저은 적이 있다.
갈래머리 시절 내게 모래 세례를 받았던 그녀,
지금도 어느 층에선가 그녀가
제 번호 하나에 의지해 나를 기다릴 것만 같다.

---

2) 성서의 지명.

전화번호부를 들추면

고층아파트처럼 꼭꼭 잠긴 번호들

가만 들으면 무슨 소리가 들리는 것 같다.

숨을 죽이고 태고의 연정을 앓는

이무기처럼 졸아붙는 마음의 소리들.

하마 나를 기다릴까.

병이 도진 나는 아직도 와글와글

더불어 승천하는 꿈을 꾼다.

고헐(苦歇)은 그렇게 생겨난 시다. 정황이 다 반영된 것은 아니어도 녀석은 대충 만족해했다. 그러나 그 만족은 녀석의 이야기다. 태어난 곳과 자란 곳이 다른 나는 어디가 고향일까. 나는 광주 천변의 다닥다닥 붙은 판잣집들이 너무 그립다. 늘 배가 고팠던 곳이다. 또 학산 삼거리가 너무 그립다. 거긴 내가 뛰놀고 자라 온갖 추억이 깃들인 곳이다. 나는 둘 다 그립다 못해 녀석처럼 애가 닳는다. 그러므로 두 개의 그리움을 앓는다. 중이 제 머리 못 깎는다는 말처럼 내가 앓는 병은 시로 써지지도 않는다.

그렇기는 해도 내 글은 이제 문학이 아니다. 머물고 싶은 그리운 마음을 참으면서 유배지 이야기는 일단 빠르게 마무리해 버리고 싶다. 물론 필요에 따라 다시 꺼낼 것이다.

우리는 유배지에 도착하여 미리 얻어둔 신작로 옆의 약간 쓰러져 가는 초가집에 들었다. 신작로 쪽으로 난 대문은 다 부서지고 흉물스러웠지만 그래도 탱자나무를 담장으로 둘러친 꽤 아늑한 집이었다. 뒤쪽은 누군가의 넓은 과수원이었고 역시 빽빽한 탱자나무들이 울타리를 이루고 있었다. 마을의 집들은 넓은 과수원 주변에 다닥다닥 자리하고 있었다. 과수원이 끝나는 곳엔 엄마가 부임해온 그 초등학교, 자그마한 학산 분교가 있고 길이 나뉘어 작은 삼거리가 있었으며 옆에는 물을 길어다 먹는 공동우물이 있었다. 도롯가에는 유난히 키가 큰 편백이 한 그루, 그보다 키가 작은 아카시아 가로수들이 늘어서 있었다. 나중 일이지만 여느 날 오후, 어느 때쯤에 삼거리 도로 위에 서서 학교 쪽을 바라보면 멀리 철길 너머로 지는 해와 붉은 노을이 기가 막히게 아름다웠다. 그런 황혼엔 풍경에 취한 잠자리들이 유독 많이 모여들었다. 떼지어 날다가 가만 서 있으면 머리에도 앉고 길가 풀잎에도 내려앉았다. 또 그 잠자리들을 먹이로 하는 새들도 줄곧 스쳐 날았다. 성인이 된 뒤로 그 조용하면서도 요란 법석한 광경을 시로 떠올린 적이 있다. 별 의미는 없다. 사실대로 끄적였음에도 어쩐 일로 그 좋은 풍경을 희롱하게 되었다. 유독 붉은 그 황혼 탓이다.

[삼거리 황혼 녘에

뒤숭숭 높새바람 타고 내려와선
요상스런 꼬랑지를 벌름대느니,
제 모가지도 버거운 버들강아지야
어찌 흔들흔들 대거리를
않을 수 있으랴.

불거진 바보 눈깔 뒤로 숨어서는
벌름벌름 꼬랑지를 훔쳐보느라,
솔가지 사이로 외눈 벌게진
저 암컷 보아라.
도랑치마 치킨 자리 길게도 붉어,

꿈틀꿈틀 드러누운 저
아랫도릴 보아라.

동박새 뛰며 건너며
우짖는 것은
뒤숭숭 어우러지는 그런 것들
저도 시샘이거니.]

우물의 두레박이 얼마 후 펌프로 바뀌었으므로 아이들은 다투어 손잡이를 삐걱거리며 시원한 물을 뽑아 마셨다. 또래 아이들이 대부분 그렇게 쇠비린내 나는 펌프의 물을 마시면서 자라났다. 가난한 나라의 일방적인 교육이 그렇겠지만, 아마 학교와 아이들은 서로 뭔가를 주고받는 관계로 이어진다. 가끔은 인쇄가 잘못된 작은 봉투를 받아 밤알—이게 밥알의 잘못된 글자일까—만큼씩 큰 대변 덩어리를 넣어다 바치고 학교에서 나누어주는 기생충 약을 받아먹었으며, 매주 쥐꼬리를 다섯 개씩 잘라다 바치고는 점심시간에 옥수수죽을 받아먹었다. 학교에서는 치아가 튼튼하게 자란다는 불소를 우물에다 풀었고 아이들은 그에 대한 보답처럼 차례대로 무서운 홍역을 앓았다. 이유는 모르지만 어쩌다 한 명씩은 갑자기 죽었다. 그러나 대부분은 살아남아 종아리가 터지도록 구구단과 국민교육헌장을 외웠다. 기생충 약과 옥수수죽과 불소 탓인지 몰라도 아이들은 머잖아 기대만큼씩 자랐다. 깡말랐으나 키도 훌쩍 커져 있었다.

어느 날 공을 차다 벌써 날이 저문 것 같은, 구석구석 밀쳐놓은 그런 아쉬움을 돌아보며 아이들은 벌써 졸업식을 맞았다. 흔히 듣던 얘기, '이마빡에 피도 안 마른 채로' 우리는 그렇게 교문 밖으로 쏟아져 나왔다. 대개는 가까운 도시의 중학교에 진학해 가거나 아니면 기껏 한두 해 더 집에서 버티다 취업을 위해 역시 어디론가 떠나갔다. 물론 더러 돋보이는, 가령 일찌 감치 어떤 일원이 되어 사회적으로다가 벌써 위상을 세운 경우가 있었다. 한참 위의 누나들이나 가능하다고 여겼던, 시내버스 여차장이 되어 새하 얀 면장갑에 멋진 제복을 차려입고 고향을 방문한 어떤 계집아이와 일찌감 치 머리를 볶고 다니다가 역시 덜 마른 채로 면사포를 써버린 어떤 계집아 이 말이다. 그 외엔 내리 전통처럼 다 엇비슷했다. 운 좋게 진학한 몇몇을 빼면 대개는 차일피일 집안일을 도왔으나 그조차 그리 길지는 않았다. 하 나씩 둘씩 누구누구의 소개로 어느 도시의 공업단지로 떠나가 버렸다. 비 교적 형편이 어려운 첩첩 시골이었던 탓이지만, 그리하여 우리들의 유년은 피가 마를 새 없이 일찍 끝나 버렸다.

그 어떤, 말하자면 국가 전체가 기치 아래 분란했던 시기에는 세월 가는 것도 행진곡처럼 빨랐다. 그 시기에 자랐으면 누구나 살다가 문득 뭔가가 한 뭉텅이씩 빠져나가는 그런 허전함을 느껴보았을 것이다. 한참 훗날까지 도, 그러니까 내가 마트 진열대에서 무심코 덜자란 삼계탕용 육계 한 마리 를 집어 들었다가 우리들의 졸업식을 떠올린 것은 또래들에게 무례한 것인 가.

그리고는 우리는 세월이 한참이나 더 지난 다음에 누군가의 첫 결혼식 자리에서 다시 모이게 되었다. 예기치 않게 얻어 쓰게 된 그 설레는 감투, 우인대표(友人代表)라는 직함들이 둘러앉은 들뜬 자리에서 아마 처음으로 그 시절을 추억하게 되었다. 기왕지사 모이다 보니 당연히 지난 것들이 더 그 립고 더 아쉬웠다. 하여 와자지껄 꼬리에 꼬리를 물었을 테지만 그래봤자 따로 추가할 만한 내용은 없다. 유년의 기억들이야 너그럽고 온화한 느낌 이 거의 전부일 테고, 다소 모난 부분이 있다고 해도 헤어질 무렵이면 도로 문드러지고 마는 것이니까.

마지막으로 응섭이라는 친구를 떠올려야 한다. 그리고 이건 꼭 필요한 이야기다. 기억하기로 응섭이는 비교적 조용하고 잘 나돌지 않는 아이였다. 그러므로 방과 후에는 어쩌다 기차역에서나 마주치곤 하였다. 그에게 아버지가 있었는지는 잘 기억나지 않는다.

마을에서 십 분쯤 걸어 나오면 기차역이 있었다. 자주 봐온 것이라고 해도 덩치가 큰 시커먼 기차를 가까이서 구경하는 것은 매번 신기한 즐거움이다. 외줄기 시골 역이어서 기차가 늘 도착하는 것은 아니었지만 아이들은 상관없이 역 근처에 나가서 놀았다. 무료하면 철길을 훑으며 떨어진 석탄을 줍는 것도 괜찮은 소득이었다.

응섭이 엄마는 자주 기차를 타고 다녔다. 대나무 광주리에 배를 받아다가 멀리 여수와 순천과 고흥으로 다니면서 내다 팔았다. 거긴 당시로는 내륙을 빙 돌아서 가야 하는 먼 바닷가 지역이었다. 크고 무거운 광주리를 기차에 싣고 가서 과일이 귀한 바닷가 시골 마을들을 돌아다녔다. 또 빈 광주리에는 생선이나 해물을 받아서 내륙의 도시거나 유배지 근처의 마을들을 돌며 팔았다. 고생이 이만저만 아니었을 것이다. 목뼈가 눌리고 허리가 휘었을 그 왕복 여정이 이틀도 걸리고 때론 며칠도 걸렸다. 흔한 일이었다. 당시 과수원 지역의 가난한 엄마들이 다 그렇게 목뼈를 짓눌려가며 아이들을 키워냈다. 칙칙폭폭 기차가 도착하면 배가 가득 실린 대나무 광주리를 끌어당기며 힘겹게 기차에 오르는 중년 아낙들의 모습은 그땐 흔히 볼 수 있는 광경이다.

응섭이에게 아버지가 있었는지는 잘 기억나지 않는다. 있었어도 화투판이나 기웃거리는 순 상놈이었을 것이다. 그래서 유독 제 엄마 그늘에 붙어 있는 것이 아이들 눈에도 훤히 보였다. 그런 엄마가 며칠씩이나 안 보이면 불안하기도 했을 것이다. 아버지 없는 아이들이 대개 그런 불안감을 안고 산다. 말하자면 있어도 그만이거나 진짜로 없는데 엄마까지 없어진다면 그건 하늘이 무너지는 일인 것이다. 그래서일까. 응섭이는 제 불안감을 모았다가 가끔 크게 소리 지르며 억척스럽게 울었다.

어느 날 기차역에 나갔다가 응섭이가 악을 써가며 울고 있는 걸 보았다. 한눈에도 파악되는 상황이었다. 놈이 거기 매달려서 그렇게 발악하는 모습도 벌써 여러 번 보았다. 특히 그 무렵에 쌓인 게 많았던 모양이었다. 아예 울타리 기둥 하나를 잔뜩 껴안고는 꺼이꺼이 하는 추임새까지 곁들이고 있었다. 놈이 그렇게 바락바락 악을 쓰는데, 기차는 벌써 김을 뿜으며 칙칙폭폭 쇠바퀴를 굴리고 있었다. 왜 그랬을까. 나는 그 날따라 몰려가던 걸음을 혼자 멈추고서 그러는 응섭이를 가만히 지켜보게 되었다.

철커덕거리며 끌려가는 그 커다란 객차들 속에 응섭이 엄마가 타고 있을 것이다. 배를 가득 담은 그 무겁고 소중한 광주리도 실려 있을 것이다. 그러나 어디 그뿐이랴. 광주리 하나로 아이들을 먹여 살리느라 목뼈가 짓눌리고 허리가 휜 이 고장의 여러 응섭이 엄마들이 함께 타고 있을 것이다.

어쩌란 말인가….

돌아서지 못하고 지켜보다가 어느 순간에 나도 모르게 그런 감정을 눌러 삼켰다. 놈의 유별남을 이해하지 못하는 건 아니었다. 그런 종류의 슬픔을 짐작 못 하는 것도 아니다. 그렇지만 놈이 그러는 것이 웬일인지 몹시 싫었다. 그러자니 더러 마주하게 되는 그런 장면조차 못마땅했다. 내게도 아버지가 없었다. 따지면 내게는 며칠씩 집을 나가 화투판이나 기웃거리는 순 상놈조차도 없었다.

당시야 그 장면이 그토록 먼 훗날까지 뇌리에 박히게 될 줄은 몰랐다. 전쟁 직후였고 아버지 없는 아이들도 꽤 흔한 시절이었다. 아무튼 나는 별로 내키지 않은 그런 인연으로 그 이별의 장면을 함께하게 되었다. 그러므로 응섭이는 떠나가는 기차를 바라보면서 울타리 기둥을 안고 발악을 하고, 나는 유난스러운 놈의 발악을 지켜보면서 속으로는 치받아 오르는 못마땅한 감정들을 눌러 삼키고 있었다. 슬며시 이런 어른스러운 짐작도 했던 것 같다. 놈이 저렇게 발악을 떨어대는 것도 어쩌면 막바지가 아닐까. 제까짓 놈도 결국 속으로 눌러 삼키게 될 것이다.

*

솟구쳐 오르는 열정, 혹은 어떤 해묵은 바람 같은 것. 살다가 사로잡히게 되는 그런 끈질긴 내몰림을 견디지 못해 자기만의 길로 접어든 사람들이 있을 것이다. 어떤 이는 빛깔에 취해 붓을 치켜들고, 어떤 이는 소리에 취해 음악에 빠져든다. 또 어떤 이는 털어내듯 머리를 깎고 다른 어떤 이는 내쫓긴 샤먼의 처지 같은, 잔뜩 주눅이 든 심정으로 더 깊고 외로운 산속으로 기어들어 간다. 그렇지만 모두가 한가지로 닮은 내면의 그 어떤 것, 더 깊고 근본적인 자기만의 그 어떤 것을 향한 열정 때문일 것이다. 사회적 잣대나 통념에 따라 뒷날의 몰골은 가지각색이겠지만 그로 인해 남은 삶을 더럽히지만 않았다면 귀하고 흔한 것은 따로 없다. 모두 나름대로 자기 방식에 적응한 삶이 아닐까? 처지가 비슷한 그들 모두에게서 동지애를 느낀다.

내게 그것은 문학이었다. 문학은 어느 날 갑자기 낯익은 얼굴로 다가들었다. 그것은 이제 막 사회 구성원으로 적응해 가던 일상을 가로막고 거역할 수 없는 커다란 깃발을 휘둘렀다. 그리고는 나를 무지막지한 창작의 길로 내몰아쳤다. 그리움과 반가움이 반씩 섞인 길이었다. 그 길은 언뜻 외롭지 않고 황홀해 보였다. 나는 어떤 글 속에서 그 인상적인 첫 만남을 이렇게 기록한 적이 있다.

[그러고 보니까 신기한 봄날이었어. 그 봄날 저녁에 엄마가 돈을 벌어왔

지. 신기한 듯 보고 있는 할머니 앞에서 엄마는 얼마 안 되는 그 돈을 자꾸만 세었어. 할머니가 받아서 세어보고 엄마가 받아서 또 세어보았어—그때 갑자기 놀랍고도 황홀한 세계가 내 눈 앞에 펼쳐지는 거였어! 우리 셋은 갑자기 아주 먼 태곳적의 어떤 아늑한 수풀 속에 앉아있는 듯했지. 내게로 향한 긴 나뭇가지 하나가 마치 부드러운 손길처럼 너울거렸는데, 방금 열대의 밀림에서 날아온 듯한 그 커다란 새가 그 가지에서 푸드득 날개를 펴고 울기 시작했지.

'솔로로몬…, 하고!'

그리고는 니, 시, 록구, 하찌…[3]. 할머니가 뽀득뽀득 닦은 말간 호롱불 아래, 엄마가 처녀 목소리를 들킨 세고 또 세는 돈들의 그림자가 자꾸만

'니, 시, 록구, 하찌….'

신기한 뜀박질로 펄럭거렸지. 그러자 거기에 반응하듯 그 커다란 새가 다시금 눈이 부시도록 화려한 깃털을 바짝 세우면서 괴상한 목소리로 울어대는 거였어. 앗싸라비아, 앗싸라비아… 라고.

'솔로로몬… 앗싸라비아!'

그런데 참, 이상도 하다…. 수지(收支)의 균형을 맞추는 엄마의 수심 어린 그림자는 어디로 갔을까. 안간힘을 다하던 할머니의 그 깡마른 손아귀는 도대체 어디로 갔을까….]

유배지에서 엄마가 봉급을 타오던 어느 날의 저녁 풍경이었을 것이다. 아마 내 문학의 바탕에는, 또 내 인생의 모든 행복의 근원에는 그 지워낼 수 없는 '솔로로몬…'과 신기한 '펄럭거림'이 깔려 있다. 나중에 수행으로

---

3) 일제의 강압적인 교육 탓에 그 시절의 지식인 중에는 습관적으로 니, 시, 록구로 건너뛰며 돈을 세는 이들이 많았다.

방향을 바꾸게 되었을 때도 여전히 그 솔로로몬과 펄럭거림이 따라붙었다. 아쉬운 한때의 행복 같기도 한, 어린 나이에 경험한 의식의 분열 같은 그 신기한 경험을 나는 내 것으로 소중히 받아들였다. 그리고 성인이 되자 일찌감치 세상을 피해 더 조용한 곳으로 숨어들었다. 그렇게 내 삶은 어린 날의 유배지를 이어, 다시 길고도 긴 내몰린 시골살이로 이어졌다. 돌아보면 외롭고 쓸쓸하지 않은 세월이 거의 없었다. 그러므로 내게는 오직 문학만이 오랜 동지이자 유일한 벗이다.

머잖아 등단을 하고 문예지에 단편들을 실었다. 처지가 비슷한 사람들의 모임에도 나갔다. 읽어치운 책들이 쌓이고 서재가 생겼다. 당시엔 볼펜으로 눌러썼으므로 손가락 마디에도 볼록하게 이력이 생겼다. 베트남이 공산화되면서 이른바 손가락을 보고서 지식인들을 골라 죽였다고 한다. 내 손가락 마디의 아픈 볼록이가 바로 그 즉결처분의 기준이 되는 상처다. 시기는 좀 다르지만 거기 안 태어난 게 다행이다. 대개는 선량하고, 글씨나 눌러 쓰느라 이념 따위 관심도 없었을 사람들을 뭘 어쨌다고 죽이는가? 그러니 역시 공산주의라는 생각이 든다. 거기 대장이 누구던가. 월남의 영웅이라는 호치민이가 그저 자잘한 인간이라는 증거다.

내가 어쩌다 태어났는지는 모르지만, 크게 욕심을 부리지 않으면 삶이란 그런대로 재미있는 것이다—아마 얼마간은 재미있었을 것이다. 한동안 책 속에 빠져 살았으니 일부러 멀리 경험하지 않아도 세상의 것들은 내 곁에 얼마든지 있었다.

그러나 그런 안락한 재미는 오래가지 못했다. 더 현실적인 것, 그러니까 아무렇지 않은 듯 일부러 외면해 왔으나 돈을 벌어야 하는 문제가 여전히 남아 있었다. 그러기 위해 다시 세상 속으로 나가야 한다. 처음엔 까짓것, 집에 있는 보일러를 뜯어서 구조를 파악하고는 가끔 나가서 용돈을 벌었다. 그렇게 생긴 돈으로 또 책을 샀다. 그러다 어느 날 갑자기 정신이 들었다. 당장 뭔가 요절이 나는 것은 아니었지만, 그러니까 여러모로 내몰린 시기였는데 문득 정신이 들고 보니 전체적으로 몰골이 좋아 보이지 않았다.

사실 읽고 쓰는 데에 정신이 팔려서 상황을 잘 몰랐다. 그제야 차분히 돌아보았다. 세월이 한참이나 뒤로 물러나 있었다. 그렇지만 현실적으로 내가 물러날 곳은 이제 어디에도 없었다. 여러 날 고민하다가 죽든 살든 그대로 눌러앉는 쪽으로 결정했다. 하긴 다른 방법은 없었다. 문학은 더는 희망이 없는 것 같고, 생각해보니 기왕지사 망한 것 같았다. 나는 더 고민하다가 되려 커 보이는 쪽으로 방향을 바꾸었다.

누구에게나 한 번만 주어지는 삶이었다. 그런데 내게는 한 번뿐인 그까짓 삶이 그리 소중하게 여겨지지 않았다. 좀 우습지만 내몰린 당시엔 그랬다. 그리하여 나는 망한 자리에 앉아서 생각만 바꾸었다. 다 귀찮으니 이번 생에선 그냥 깨달음이나 얻자고. 그 언제쯤에 싯다르타라는 왕자는 깨달음을 얻기 위해 하루에 쌀 한 알과 깨 한 알로 살았더란다. 용기를 주는 그런 건 책 속에 얼마든지 있었다. 그러므로 다른 욕심을 버리면 크게 부대끼며 돈 벌어야 하는 일도 없지 않을까? 그가 그랬으면 나도 한번 그래 보자. 그래서 참 다행이다, 싶은 마음으로 저절로 내몰린 것이 수행이다.

일단 문학은 버리기로 했다. 글에 매달리자면 일 분에 한 번씩은 환희와 절망을 번갈아 경험한다. 그런 게 창작이었다. 감정의 기복은 당연히 수행에 방해가 된다. 어느 날 거울 앞에 앉아 뭉그적대다가 펄쩍 일어섰다. 원고들을 아무렇게나 구기고 소중히 여기던 디스켓들을 다 집어서 물건을 쌓아둔 곳에 처박아버렸다. 다시는 이런 짓 안 한다. 차라리 깨달음을 얻어서 하느님이나 부처님 같은 게 되겠다. 그리하여 간이 이미 배 밖으로 나왔는데 그까짓 문학 따위, 그래도 막상 접으려고 하니 억울하고 아쉬웠다. 내보낸 단편들을 모아 한 권으로 묶어낼까 싶었으나 그러지도 못했다. 늘 쪼그린 무릎처럼 열정도 시큰해지고 막상 수행을 시작하면서 그런 짓도 다 허망해진 탓이다. 그래도 양심껏 돌아보면 무엇보다 능력이 부족했다. 성과도 없이 엎디어서 피를 말린 시간만 너무 길었다. 지금 심정으로 표현하면 아마 애써 그린 만다라 그림 따위를 북북 찢는 심정이었을 것이다. 어차피 문학에 관한 글은 아니므로 문학과 결별한 것은 이 정도면 충분하다. 까짓 것 한 번 인생. 그것도 강산이 두 번이나 변한 오래전 일이다.

사실 유배지에서부터 나는 하느님이 되고 싶었다—그땐 부처 그런 건 뭔지 몰랐다. 내가 생각하기에 하느님 그거 별거 아니었다. 어차피 된다고 해도 한참 나중 일이고, 우선 누가 물어볼 때 대답만 잘하면 된다. 가령 이렇다.

'넌 커서 뭐가 되고 싶으냐.'

아이들을 보면 억지로 모아놓고서 유별나게 그런 질문을 해대던 시절이었다. 운이 나쁘면 하루에도 여러 번이다. 남이야 뭘 하든지 왜 상관인지 모르겠으나, 어른들이 그러는 것이니 귀찮아도 대답은 하지 않을 수 없다. 여러 가지 대답이 나올 것이다. 딱지에도 높은 등급을 매겼듯이 별을 여러 개 붙인 드높은 장군이거나, 또는 의사거나 멋쟁이 사진사거나 쉬운 대로 선생님 같은 무난한 것. 그 중엔 튀고도 싶고 욕심도 커서 약간 주저주저하다 가장 큰 걸 골라잡는 놈도 어쩌다 있었다.

'나는 대통령.'

대통령이 뭐 별건가. 뭐 별거냐 싶겠지만, 그러니까 시대적으로 한때는 그게 아이들에게 쉽지 않은 대답이었다. 무사할 수 있는지 눈치를 봐야 해서다.

'어라, 이 녀석 보게. 감히 대통령이 되겠다고?'

물은 놈이 지레 부라리며 그렇게 나무라는 것이다. 전쟁 후 쿠데타로 생긴 대단한 공화국 시절이었다. 그런 분위기가 떠돌았으니 뒤로는 참 어처구니없는 시절이다. 기껏 물어보고는 같잖은 제 기준으로 아이들 기를 죽이는 어른들이 주변에 간첩 널리듯 했다. 또 돌려볼 수 있는 새 공화국 홍보용 만화에는 누더기 차림의 북한 아이들이 겨우 옥수수 한 알로 한 끼를 때우며 늘 힘들게 일하고 매를 맞는다고 그려져 있었다. 그럼 나중에는 다들 부처인가—옥수수 한 알이면 거의 싯다르타 수준이다. 새로 세운 공화국이라는 게 뒤로는 그렇게 천하고 유치했다. 공화국이나 옥수수 한 알이나 둘 다 그놈이 그놈인데, 놈들의 선전과는 반대로 당시엔 북한이 훨씬 잘 살았다. 이른바 남한이 미국의 중점지원국으로 선정된 한참 뒤까지도.

그 와중에 떠오른 게 하느님이니 곧이곧대로 대답하지 못한 것은 뻔하다. 대통령이 얻어들어야 하는 대답이면 하느님은 아마 즉결처분일 것이다. 자유롭게 발전을 이룬 시대니까 요즘 아이들은 훨씬 더 적극적이고 분방할 것이지만, 하여간 지금도 대통령 따위를 높은 자리로 보는 놈이 있는지는 잘 모르겠다. 왜냐면 유신 이전이기는 하나 그땐 분위기로 봐서 평생 해먹을 위대한 시대고, 지금은 다섯 해만 기다리면 대통령도 줄줄이 감옥에 가는 시대니까. 그래도 미련을 버리지 못해 한술 더 뜨는 놈도 있지 않을까.

'나는 미국 대통령!'

시사에 밝은 놈이겠는데, 그렇다 쳐도 젤로 높은 건 여전히 대통령이다. 어째 그보다 더 좋은 건 생각해 내지 못할까? 가령 나 같으면, … 하느님 말이다.

대답이야 속내를 감추고 얼추 '선생님'으로 마무리하였다. 그건 체제 내의 건전한 대답이었으니 어떤 기준으로도 나무랄 수는 없다. 속으로야 이랬을 수는 있겠다. 하이구 자슥, 누가 선생 아들 아니랄까 봐…. 그러거나 그건 제 놈 사정이다.

가만 보니까 반항적이고 삐딱한 출세욕이 기어이 독재를 낳고 그 독재가 체제를 바꾸고 통념도 바꾸었다. 정해진 본보기가 생기고 어른이건 아이건 가리지 않고 공평하게 길들인다. 이런 사회는 내몰리고 일사불란해서 언뜻 잘 돌아가는 것처럼 보인다. 게다가 운 좋게 중점지원국이 되었으니 속도가 더 빨라졌다. 와중에 왜놈이었다가 빨갱이였다가 또 바꾸어서 마침내 영웅이 된 놈은 속으로 신났을 것이다. 자기가 하느님 된 기분이었을까? 아니 그러면, 나 말고 하느님 될 놈이 또 있었더란 말인가. 그렇게 잘 돌아가는 동안 변변한 기름칠도 없었다. 저 밑바닥에서 마구 깎여나간 부속품들은 고초가 이만저만 아니었을 터이다.

인간은 태어나자마자 사회적 동물이라는 굴레를 뒤집어쓴다. 그 자체가 나쁜 건 아니지만, 그런 종(種)은 한 번 갇히면 복종하는 삶은 물론이고 낙오되고 내몰려서 기어이 자살을 감행해도 그 굴레에서 벗어나지는 못한다. 영웅이 된 누구를 자꾸 욕보이는 게 아니고 경쟁과 낙오 두 가지로 작동하는 삶의 섭리가 부당하다는 뜻이다. 그런 부당함은 원숭이 사회거나, 몸집이 더 작은 꿀벌이나 개미집단도 마찬가지일 것이다. 사회라는 체제를 이루는 한 어떤 집단에서도 반드시 자살자가 생긴다. 동물의 집단에서도 자살이 생긴다는 사실은 어떤 동물학자가 확인해 준 것이다.

하지만 자살이라는 그거, 무엇에 대한 반항이라고 말할 수 있을까? 그래봤자 그 방향이 제게 씌워진 굴레를 벗어나지는 못한다. 도로 그 화살이 자신에게로 향한 것 아닌가. 내몰린 어떤 상황이 더는 견딜 수 없고 그렇다고 어길 수도 없으므로 최후의 결단을 내렸지만 결국 자기 자신의 죽음으로 마무리하는 것이다. 개별적으로 보면 거기 손잡이가 애처로운 매우 주관적인 시퍼런 칼날이 있다. 자살은 얼핏 반항처럼 보이지만 그 반항은 자기 자신을 희생으로 삼았으므로 결국 순종이다. 물론 그 이면에 사태를 그런 식으로 몰아간 못된 굴레가 있다. 그런데 어제의 동료들조차 체제에 아첨하여 슬그머니 굴레를 감추어준다.

'죽을라믄 뭔 짓을 못 하겠냐고.'

안된 일이기는 하나 버티지 않고 죽은 것은 뭔 짓을 하지 않은 자기 책임이라는 것이다. 체제가 굳건히 유지되는 한 대부분은 그렇게 당사자에게 책임이 지워지고 만다. 산다는 게 혼자 유별나면 안 되는 것이므로 나름대로 뭔가를 해서 견디었어야 했노라고…. 하지만 그런 말은 미리 백번을 해도 소용없을 것이다. 아직 덜 시퍼런데 잘못 결단한 사람을 말릴 수 있을지는 몰라도 진짜 시퍼런 사람은 구할 수 없을 테니까. 그런 의미에서 자살은 순종이 아니고 더 큰 무엇에 대한 반항이다. 그러므로 굴레를 넘어서는 자유다.

사실 그것을 자유라고 말하는 순간에 순종이든 반항이든 그런 것은 상관이 없어진다. 보다 근원적이고 형이상학적인 문제가 되기 때문이다. 사회적 동물이건 말건 인간은 본래 사유를 가진 인격체이기 때문에, 자살이라는 관점에서는 나중에 끼어든 체제 따위가 거기 미치지 못한다. 그 자유는 심지어 종(種)도 넘어선다. 물질주의적 관점에서는, 아마 이즈음에서 뭔가를 찾다 보니 종교라는 게 생겼을 것이다—가령 생고기를 뜯던 시대엔 힘센 대장은 있어도 종교는 없었다. 그러니 모든 종교—신은—는 인간이 만들었다는 어떤 종교학자의 다소 의아한 주장도 합리적으로 들린다.

아무튼 종교가 필요해지고, 더불어 구원도 필요해진 종교의 시각에서는 우리가 죽은 다음에 더 오래 살아갈 아주 공평하고 행복한 장소가 필요했다. 그리고 그런 곳이 있을 것으로 믿고 엎드려 빌면—착하게 살면—거기서는 죽지 않고 영원히 살아가게 해주겠다는 약속이 내려진다. 종류가 다르고 시대적 상징적으로 태어난 특별한 영웅이 하나씩 있지만, 그런 종교는 대개 깊은 사유도 물리적 증거도 없고 그저 기록을 믿어야 한다는 점에서 근본적으로 다 비슷하다. 이것을 종교학에서 '문자 종교'라고 이름 붙였다. 대개는 그럴듯하게 다듬어진 교리가 있고 기원은 두리뭉실하며, 생겨난 시점은 기껏 수천 년을 넘지 않는다. 인간의 집단적 행동 본능을 잘 반영해서 파급력은 대단하다. 그래도 그만하면 썩 효율적이고 괜찮은 현대식 종교 형태다. 오늘날의 종교란 절반은 소속감에서 오는 만족이니까. 중세의 억압을 거쳐서 마침내 크게 세력을 이룬 어떤 종류는 우리 민족에게 내려오던 하느님이라는 이름을 자기들 것으로 가져갔다. 좋으니까 가져갔겠지—그런데 하느님은 마음자리이고 개별 신은 아닌데 왜 자기들 신의 고유명사 대신 바꾸어 가나? 또 가만 보니 더 사유를 필요로 하는 어떤 종류는 우리네 칠성 신앙이니 삼신의 개념을 자기들 것처럼 가져갔다. 칠성님을 거기 가서도 볼 수 있으므로 언뜻 효율적이다. 어쨌거나 이래저래 맨날 빼앗기고 살았으므로 일찍 움직이지 못한 우리 민족은 그저 봉이다. 오늘날 우리 근처에는 그저 착하게 기록을 믿어야 하는 종교와 사유가 필요한 종교, 이렇게 두 개의 봉우리가 생겨났다. 거기다 우리 민족이 스스로 봉우리 하나를 세운다면 어떤 종류일까?

자살이 체제를 넘어서는 자유, 혹은 벗어나려 함이라는 두 가지 의도를 품고 있다고 하더라도 여전히 더 큰 시각에서의 합류 혹은 속박을 염려하지 않을 수 없다. 가장 단순한 설명으로 자살한 영혼은 용서받지 못한다는 말도 있다—젠장 그렇게 시퍼런 결정마저도 또 누가 더 위에서 통제하고 있다는 말인가. 그런 식으로 미심쩍으면 존재 자체가 마치 답답한 계단 오르기와 같다. 여전히 어딘가 저 시원한 창공으로 벗어날 수는 없는 것이다. 그래봤자 누군가의 손아귀 안으로 도로 합류 혹은 속박 아닌가—물론 어떤 종교에서 하는 이야기다.

어쨌거나 더 젊잖게, 모험을 덜 하고 모두 포함해서 벗어나는 다른 방법은 없을까? 물론 그것도 복잡하게 분화된 이 세상 안에 다 있다—있다고 한다. 그리고 내가 하고 싶은 이야기도 바로 이것이다. 그 방법이 별것도 아니다. 오히려 홀가분하게 모든 체제를 다 벗어던지고, 미덥잖은 것들일랑 다 무시하고 스스로 봉우리를 이루는 것이다. 그러므로 그 길로 들어서면 당장 종(種)이 바뀌는 외로움을 느낄 수도 있다. 다소간 외로운 그 길이 바로 명상이거나 수행이다. 대신 그 길은 시퍼렇지는 않다. 뭔가 아픈 자리를 다독이면서, 육신을 여기 그대로 두고 영혼이라는 알맹이만 높은 저 어딘가로 올라서려는 방법이다. 명상은 때때로 뭔가를 하는 것이고 수행은 그냥 삶을 통째로 들고 살아가며 명상을 하는 것이다. 그러니 문학으로 치면 전업 작가다.

아무튼 명상은 어떤 무엇으로부터도 완전히 벗어나 진정한 자유를 얻기 위해 하는 것이다. 진화론적으로만 보면 그 기원은 아마 고대에 누군가가 자신을 돌아보는 데에서 생겼을 것이다―아주 자연스럽게. 거듭되는 동안 방법도 여러 가지가 있다. 인간의 속성 중 하나가 좀 고생해서 어지간히 뭘 이루면 남을 가르치려 들므로 그럭저럭 수십 가지가 넘는다. 내 경우에는 되도록 여러 방법을 살피고 하나를 골랐다. 나중에 생각하니 아주 잘 골랐으므로 후회하지는 않는다. 하지만 '뭔가 아픈 자리를 다독이므로' 잘못 고른 사람들도 후회하지는 않을 것이다. 어떤 방법이든 다 비슷하고 나름 얻어지는 게 있으니까.

명상은 한편 넓은 하늘 전체에 희망이 가득하다는 것을 깨닫는 행위이기도 하다. 잘 진행하면 그 가운데 편안히 있게 되니 내가 앉은 곳이 가장 높은 자리가 분명하다. 서서히, 그러다 어느 날 입장의 전환을 맛볼 수도 있다. 어릴 적 대답했던 내가 그 하느님으로. 자격은 둘째로 치더라도 우선 현실에서 마음을 쉴 수 있으므로 편안함을 얻는다. 통계에 의하면 명상을 하는 사람들은 현실 행복 지수가 매우 높다. 명상을 하게 되면―매우 엉터리 방법만 아니라면―대개는 의식을 확장하여 더 크고 중요한 것을 알아차리게 된다. 마침내 입장이 전환되면 현실의 고통이 훨씬 무뎌지지 않을까?

우리가 삶에서 겪어야 하는 고통은 정해진 주기가 없다. 출퇴근이 정해져 있다면 북한의 정치범 수용소도 그럭저럭 견딜 만은 할 것이다. 반면 큰 폭발력은 없어도 그치지 않고 끈질기게 계속되는 괴로움은 견디기 어려울 것이다. 이마에 물을 한 방울씩 떨어뜨리는 방법이 가장 무서운 고문이라고 말해지는 이유다. 그런데 휴식도 없는 그런 고통을 참으며 어떻게 뭔 짓을 더 한다는 말인가. 연속되는 목마름, 혹은 도저히 끊지 못하는 모든 중독이 분석심리학적으로는 거의 같은 구조다. 잘 생각해보면 소시오패스가 살인자보다 더 무서운 이유이기도 하다. 뜬금없지만 깨달음에 이르기가 그토록 어려운 것도 같은 이유다. 그런데 더 잘 생각해보면 본시 그러한 약점이 있어야만 인간의 삶 자체가 유지되는 것이다. 그러므로 이것도 연기(緣起)다.

　이제 밝히면, 내가 수행에 관한 이런 글을 쓰는 이유이기도 하지만 우리에게는 어느 민족에게도 없는 아주 뛰어난 수행의 방법들이 있다―어떤 방법들은 감춰져 있다. 고대로부터 전해 내려오는 천부경(天符經)과 삼일신고가 있고 참전계경과 부도지 등이다. 처음 시작하면서 나는 되도록 여러 가지 수행의 방법들을 살펴보았다. 고대의 기록은 거의 모든 민족에게 다 있지만 가만 보니 우리에게 내려오는 것들은 나름 독특함을 가지고 있었다―우선 매우 인간적이라는 점이다. 이 인간적인 면면이 다른 민족들의 기록과는 분명한 차이가 있다. 그리고 우리의 것들은 그저 기록에 대한 믿음이 아니라 적절히 사유가 필요한, 훨씬 효율적인 수행의 방법이자 지침서다. 일부 기록은 현대 과학의 시각으로도 너무 빈틈없고 훌륭해서 되려 위서 논란에 처했다―우리끼리 그 모양이다. 사학이 여전히 사대주의와 일제의 오염을 털어내지 못한 까닭이다. 또 외부 종교에 너무 오염된 탓이다. 그렇지만 내가 그랬듯이 물이 맑은 사람들은 한눈에 딱 알아본다. 그 또한 하늘의 뜻일 것이니 내가 글의 끝에 모두가 알아보도록 그 물을 훨씬 더 맑힐 것이다.

우주는 정해진 법칙에 따라 돌고 돈다. 우주가 한 바퀴 도는 데에 걸리는 시간은 대충 이만육천 년이다—사실 세차운동 이야기다. 이것은 다시 일만삼천 년씩 두 번으로 나뉜다. 각각 여섯 개의 별자리를 거치고 모두 열두 개의 별자리를 돌아서 처음으로 되돌아온다. 이것이 우리 시각에서 큰 한 바퀴이니 우주 일년이다. 이것을 빙하기와 연관해서 선후천으로 구분하는 주장을 보았으나 내 생각은 다르다. 빙하기는 지구의 공전궤도의 변화 등 여러 원인으로 생기는 것이지만 그걸 선천 후천으로 나누어서 뭐가 달라지겠는가. 엄밀하게는 선천은 인간이 생기기 전의 시기이고 후천은 인간이 생겨난 후의 시기이니 바로 지금이다. 말하자면 선천이란 내가 의식할 필요가 없는 공정이다. 부도지(符都誌)에도 그와 같은 언급이 있다. 그렇지만 편의상 나도 지금의 이만육천 년을 반씩 나누어 선후천으로 구분하려고 한다. 그 이유는 나중에 알게 될 것이다. 지금은 절반의 운행을 마치고 물고기자리에서 물병자리로 넘어가려는 순간에 있다. 그리고 딱 그 무렵에 아마도 큰 변동이 일어난다. 지구와 태양계가 모두 기지개 켜듯 몸을 추스르는 것이다. 또한 이 과정에서 지축의 변동과 그로 인한 환난이 생기게 된다. 이 과정을 시중에 떠도는 심판과 구원의 시각으로 봐도 그리 틀린 이야기는 아니다.

막상 닥치면 그것이 심판일 것이고 무사히 넘겨 구원을 받는 사람들도 있을 것이다. 어떤 과정을 거치게 되는지는 세세히 몰라도 그때엔 생명을 닦아 하느님과 하나가 되어야 구원을 받는 일이 가능하다—여러 예언과 기록이 그것을 암시한다. 그러면 어떻게? 일단 구원을 받기 위해서는 마음을 닦고 착하게 살아야 한다고들 말한다. 고난과 질병을 예방하기 위해 안전한 열 개의 장소거나 소 울음소리를 찾아가라고도 한다. 소가 등장한 것은 무슨 괴질과 연관해서 우두(牛痘)의 발견을 예언한 것인가? 자기들 품 안에서 열심히 기도해야 한다는 곳도 있고 주문을 외워야 한다는 곳도 있다. 뭘 하고 싶어 방법을 찾아도 그거나 저거나 그저 미심쩍고 요원할 뿐이다.

그렇지만 우리에게 내려온 방법을 내가 직접적으로 알려줄 것이다. 그 방법은 나의 것이 아니다. 나는 그저 고대의 기록에서 숨겨진 방법을 찾아 전달하는 것뿐이다. 우리는 하나의 인류이기 때문에 당연히 시작 시점에서는 더불어 살았다. 그래서 그 방법은 우리 민족뿐 아니라 전체 인류의 것이다. 우리는 같은 조건에 내몰린 동시대를 살아가는 사람들이다. 반대로, 원래 하나에서 나뉘었으니 다른 민족의 어떤 종교도 본질을 바로잡으면 다 우리 것이기도 하다. 전체 인류가 다 행복에 이르러야 하므로 좋은 것의 공유는 민족을 넘어서야 하는 일일 것이다.

이후 천부경과 부도지를 소개할 때 구원에 이르는, 생명을 닦는 그 귀중한 수행의 비밀을 밝힐 것이다. 경을 알아 연구하던 사람도 또 몰랐던 사람도 감추어져 있던 진실을 마주하는 기회가 되리라고 생각한다. 순서가 아니라고 느끼면서도 내 글은 문학이 아니라는 뜻으로 이쯤에 사족을 단다.

*

마흔이 넘어 더러 근처 절간엘 다녔다. 입구에서부터 한참을 걸어 들어가니 다리운동도 되고 구경도 되었다. 홀로 지내는 처지에서는 가끔 오가는 사람들을 구경하는 일이 몹시 즐겁다. 어느 날 서점에 들렀다가 우연히 집어 든 불교 서적 몇 권을 읽은 뒤론 더 자주 가게 되었다. 불교는 아주 매력적인 종교다. 하지만 고리타분한 인간들을 겨냥한 것인지 아니면 팔아먹을 생각이 별로 없었던지 순 한자투성이 내용이었다. 그래도 불교철학 개론이니 유신론을 비롯해 핵심이다 싶은 것들을 잘 집어 들었다. 한자투성이 글에 매력을 느낀 것은 아니었다. 무슨 지적인 욕구가 없진 않았지만, 작가란 지성이므로 이 세상의 책들을 다 이해해야만 된다는 엉뚱한 욕심 때문이었다. 그렇지만 한동안 매달린 후 결국 불만스러움을 참지 못하였다.

'참으로 복잡하고 까다롭도다.'

오래전의 일이다. 그 사이 뭘 얼마나 많이 읽은 것은 아니나 지금은 훨씬 덜 까다롭다. 그래도 긴 세월이 흐르는 동안에 참 덕지덕지 보태고 또 보태었구나, 하는 생각은 여전하다. 이것저것 더 사다 읽은 후의 생각이다. 쌓고 쌓아서 오늘날엔 수독십거서(須讀十車書)로도 다 읽어내지 못할 방대한 분량이 된 저 사유의 흔적들은 오히려 더 쉽게 가 닿았을 어떤 이들의 깨달음을 가로막은 것은 아니었을까. 그것들은 이리저리 결집하고 또 겹친 모양새다. 그러니 석가모니 부처가 처음부터 탁, 수십 수레의 책을 쏟아냈더라면 이 종교는 진작에 발길이 끊겼을 것이다. 그까짓 것 안 깨닫고 말지 누가 눈깔 빠지도록 다 읽고 자시고 하겠는가. 책 몇 권이면 충족되는 다른 종교도 많다. 이것도 오래전 생각이다—사실 위대한 문자인 한글로 바꾸었으면 덩달아 같이 위대해지지 않았겠느냐는 이야기다. 그러고 보니 생각나는데, 자기들 책에도 이런 말이 있다.

[하루 한 끼만 먹으며 모든 대장경을 다 읽고 온갖 고행을 닦는다고 하더라도 이는 마치 모래를 삶아 밥을 짓는 것과 같아서 다만 스스로 노고만 더할 뿐이다. 자기의 마음을 제대로 알면 갠지스강의 모래알처럼 많은 법문과 한량없는 묘한 이치를 구하지 않더라도 저절로 얻게 될 것이다.—수심결]

나중에 설명하겠지만 사실 이 구절은 삼일신고에도 있다. 쉽고 단순한 내용이지만 정말 중요한 뜻이 들어 있다.

[성기원도(聲氣願禱)하면 절친견(絶親見)이니 자성구자(自性求子)하라. 강재이뇌(降在爾腦)시니라. ─밖으로 소리를 내고 간절히 원한다고 해도 결코 하느님을 볼 수 없다. 오직 내 마음─여기서는 뇌다─속에서 하느님을 찾으라. 이미 내려와 계신다.]

아무튼 그런저런 불만 속에서도 더러 큰 절에 들른 까닭은 불교의 압도적인 정체성 때문이다. 당장에는 오가는 이들을 구경하며 느긋하게 걸을 수 있는 입구의 먼 길 때문이었다. 또 '승보종찰조계산송광사'라는 큰 비석 때문이다. 여기가 절간 중에 종갓집이라는 말인데, 돌에다 새긴 큼지막한 글씨가 아주 멋들어졌다. 보기에도 묵직하게 휘둘렀으니 서예의 깊이란 이런 것이구나, 하고 절로 감탄이 나온다. 들어서며 만나게 되는 다른 글씨들도 마찬가지였다. 저런 정도 내공이면 필시 오랜, 그래서 늘그막에 쓴 것일 텐데 그럼 누군가 하라는 수행은 안 하고 평생 먹만 갈았더란 말인가.

다른 곳도 그러는지 모르겠으나 규모가 있는 이 절간은 일과를 끝내면서 큰 종을 울리고 북을 두드리는 의식을 한다. 그 소리가 너무 좋아서 더러 찾았다. 네 번째 까닭이다. 어느 날은 다녀오고 나서도 한동안 종소리와 북소리가 귓가에 남아 웅웅거렸다. 여전히 그 웅웅거리는 소리를 들으며 끄적인 것을 원고 뭉치에서 찾아냈다.

소설로 등단을 하여 거기 전력하므로 한 움큼밖에 안 되는 시라는 놈은 그냥 뭔가 떠오를 적에 털썩 앉아서 끄적거렸다. 멋져 보이도록 잘 다듬을 생각도 별로 없었다. 그보다는 그렇게 끄적이면서 뭔가 의식을 나누었다 겹쳤다 하는 그 야릇한 것을 즐겼던 것 같다. 그것도 문학의 재미다. 그리 생각하면 우리가 가신 의식은 분명 한 겹이 아니다. 그 짓을 오래 즐기다 보니 후일에는 놈들이 더 또렷하게 서로 나뉘어 자기들끼리 의견을 나누는 것을 보고 들은 적도 있다—그럼 보고 들은 놈까지 도합 세 겹이더란 말인 가? 본다는 것은 수행의 '관'을 의미한다.

[송광사 저무는 소리

온몸으로 부딪쳐
쿠웅, 머물며
우웅, 우웅, 찌그리는 큰 종소리는
내 어릴 적
기차가 화통 들이밀던 소리 같아서.
디기디기 이어지는
숨 가쁜 북소리는
쇠바퀴도 요란히 떠나가는 소리 같아서.

궁 디기, 궁 디기, 기차가 간다….
궁궁 디기디기, 엄마가 간다….

숨이 차서 돌아올 수 없는 머언 그곳으로
쇠바퀴도 요란한 아주 머언 그곳으로
엄마도 영영 가버리는 것만 같아서.

오옴 도로도로 지미 사바하아….
오옴 도로도로 지미 사바하아….

아악, 아악, 까무러지던

머언 해질녘의 기차역.

그날의 서러움을 어이 보고 서서

나도 기어이 따라가리라고

불혹의 나이에도

바득바득 눈는다.]

눈이 밝아 한참 책을 읽을 적에는 머릿속 어딘가에 지식을 빼곡히 밀어 넣는 듯한 뿌듯함 같은 걸 느꼈다. 지식을 마구 받아먹어 배부른 심정이 되기도 한다. 그러면서도 도로 허기가 지는, 이른바 지적인 욕구가 계속되는 것이다. 그런 때에는 특히 인문학이 재미있었다. 문장이 잘된 것을 찾아서 줄곧 읽었다. 신문의 논설 모음집을 샀는데 특히 재미있었다. 지면 관계로 문장과 내용이 잘 압축된 탓이다. 생각을 깊이 해야 하는 것들은 앞뒤로 반복하며 천천히 뜯어 읽었다. 글을 쓰는 이는 남의 글을 읽으면서 독자로서 읽지 않는다. 쓰는 사람의 입장이 되어 문장의 순서나 짜임, 단어의 선택 따위를 검토하면서 읽는다. 업자끼리 하는 짓이니 소비자의 정독과는 엄연히 다른 것이다. 그러면서 남의 생산 기술을 배우고 익힌다. 그래서 이런 말도 생겼다. 많이 읽고 많이 쓰고 많이 생각하라….

더해서 내게는 습관처럼 따라붙는 것이 있었다. 바로 의식의 분열, 혹은 변화를 보는 것이다. 미처 몰랐지만 그런 짓은 문학이라기보다 수행이었다. 이미 말했다.

‘내 문학의 바탕에는 항상 그날의 ‘솔로로몬…’과 신기한 ‘펄럭거림’이 분열된 의식처럼 나뉘어 깔렸다──나는 내내 그것을 떨쳐내지 못했다.’

나는 떠올리면서 끄적이면서 늘여다보면서, 분열되려고 푸드덕대는 의식을 '관'하였다. 수행의 과정은 언어로 표현하기 참 못마땅하다. 그 과정을 군이 문학으로 설명하면 다음과 비슷하다.

[…
궁디기, 궁디기, 기차가 간다….
궁궁 디기디기, 엄마가 간다….

아악, 아악, 까무러지던
머언 해질녘의 기차역.
그날의 서러움을 어이 보고 서서
나도 기어이 따라가리라고
불혹의 나이에도
바득바득 눈다.]

저 풍경을 보는 이는 누구인가.

[당사자인 어린아이다. 아마도 생에 가장 큰 슬픔과 혼란 속에 빠져서 헤어나지 못하는 그 어린아이다.
주인공이다. 마흔, 불혹의 나이에 이르기까지 고단한 '업' 하나를 껴안고 온 그 주인공이다.
작가다. 저 시를 쓴 시인 자신이다. 생에 가장 큰 슬픔과 혼란을 벗지 못하고, 일생의 '업'으로 껴안고 살아온 불혹의 사내를 바라보는 시인 자신이다.
독자다. 자신만의 풍경을 끌어내고 그것을 보는 세 입장을 모두 투영하고 의식하는 한편, 본의 아니게 '전체를 닮은 자기만의 부분'을 창조하게 된 관객이라는 입장의 독자다.

위의 네 입장 중에서 모두가 같고 하나가 다르다. 관객의 입장을 가질 수 있는 독자로 옮겨오면서 풍경이—혹은 시공간이—달라지기 때문이다. 그러나 이들은 모두 전체 구조를 보지 못한다. 물을 보지 못하고 자기 시각에 빠져 비추며 일렁이는 달그림자를 본다. 말하자면 주관은 골이고 객관은 등이다. 이때부터 풍경은 주관에서 객관으로, 다시 깊은 골을 가진 주관으로 넘어간다. 다만 관객의 입장으로 넘어오면서 풍경은 갑자기 수천수만 가지로 늘어난다. 그리고 또 처음으로 돌아간다. 이것이 프렉탈 원리다. 커다란 구조 전체를 수용하는 원리이자 똘똘이 창조된 우주를 이루는 기본 원리이다. 하지만 정작 그 그림자가 허상임을 알아채고 그 수면을 의식할 수 있는 이는 따로 있다. 그것은 누구인가?]

저 풍경을 거부하는 이는 누구인가.

[어린아이다. 아마도 생애 가장 큰 슬픔과 혼란 속에서 헤어나고 싶은 어린아이다. 그러나 그는 이 구조를 끌어안기 위해 결코 빠져나오지 못한다. 그는 이제 막 새로운 프렉탈 구조를 창조한 의식이며 자기 자신이기 때문이다.

주인공이다. 마흔, 불혹의 나이에 이르기까지 고단한 '업' 하나를 끌어안고 온 그 주인공이다. 그러나 그는 자신이라고 믿는, 자기의식이 창조하고 끌어안은 그 구조를 유지하기 위해 결코 그 업을 털어내지는 못한다. 그것은 지독한 인연 혹은 관성이다. 원죄이다. 업 자체다.

작가다. 저 시를 쓴 시인 자신이다. 생에 가장 큰 슬픔의 충격과 혼란을 벗지 못하고, 일생의 업으로 끌어안고 살아온 불혹의 사내를 바라보는 시인 자신이다. 그러나 그는 여전히 자신의 관점에서 창조한 구조를 버리지 못한다. 업, 혹은 인연에 묶여서 돌아보고, 그것을 다시 주관적으로 받아들이는 처지이므로 결코 그 풍경을 외면할 수가 없다.

독자다. 그것을 보는 세 입장을 모두 투영하고 의식하는 한편, 자신만의 풍경을 새롭게 끌어내어 '전체를 닮은 새로운 부분'을 창조하게 된 관객이라는 입장의 독자다. 그러나 그도 자신의 업으로 새롭게 프렉탈 구조를 창조하였기 때문에 너무나 당연하게 하나가 되어 결코 도로 물릴 수가 없다. 그는 도리 없이 생에 가장 큰 슬픔과 혼란 속의 새로운 어린아이가 되었다. 실은 그의 우주는 허상에 불과하다. *그렇지만 그는 사신의 우주를 유지하기 위해 그 사실을 몰라야 한다—바로 이 문장에 언어로 설명하기 곤란한 관계가 있다. 어쩌면 우리, 자기라는 의식을 가지게 된 모두가 그런 되풀이를 거치게 되지만 가담을 거부하고 되돌아 나오지는 못한다. 앞으로만 나아가야 하는 존재들에게 그것은 모순이 된다.

각각의 우주와 우주 사이에는 안 보이는 막이 있다—우리는 그것을 요단강 혹은 망각의 강이라고 부른다. 건너지 못하도록 현실을 비틀어놓은 것이다—가렛 리시의 만물이론을 떠올리게 된다. 물리의 법칙에선 거꾸로 흐를 수도 있는 시간은, 그러나 실제로는 결코 일어날 수가 없다. 우리는 신화 속의 거인처럼 지워진 바위 굴리기를 계속해야만 한다. 알다시피 삶과 역방향이기 때문에 그 바위 굴리기를 결코 멈출 수가 없다.]

*의식은 곧 새롭게 창조된 우주다. 의식이 이를 알아채면 허상은 깨지겠지만 동시에 주관인 자기 자신도 깨지기 때문에 그것은 법에 어긋난다—의식이라는 말 자체가 허상, 혹은 법의 그림자라는 뜻이다. 복잡하게 말하기 이전에 그림자는 자기 스스로 어쩌지 못한다. 그 법은 아마도 윤회이거나 그와 비슷한 더 크고 전체적인 구조다. 문학을 빌렸지만 이것은 불충분한

설명이다.

얼마 뒤 절간에 다시 다녀오고 나서 시를 한 편 더 끄적였다. 마음속에서 뭔가 일렁이면서[4] 자꾸 켜켜이 뜨는, 혹시 벌써 의식이 분열의 조짐을 보이는 이가 있으면 스스로 한번 분석해 보기 바란다.

[그 길을 내려오다가

송광사 그 길을 내려오다가
우뚝우뚝 선 것들을 알아보았다.

사람들이 오가는 중에
나도 가장자리로 비켜서서
그것들 사이로 힐끔
길 아래 계곡물을 내려다보았더니
무심히 흐르는 물살 위로 웃는 듯 아닌 듯
하얀 얼굴 하나 떠서 흔들리던데
뭉게뭉게 정신이 팔려서 거둘 수가 없어서
인적이 끊긴 것도 깜박
날이 저문 것도 모르고
문득 한기에 정신을 차렸을 적엔
물소리만 귀를 적시는 뿌연 새벽녘.

---

4) 감응이다. 감응은 새 프렉탈 우주가 창조되려고 하는, 부도지 식으로 말하면 율과 여의 움직임이다.

다시금 한낮엔

어느결에 오가는 사람들.

아아, 어쩌자고 나도 비켜서서

계곡물을 내려다보다가

밑동처럼 아랫도리가 뻣뻣해지는데

긴 상념인 듯 정신이 들고 나는 동안

도로 깜박 날이 저물고

깜박깜박 내 적막 아래

물 흐르듯 세월도 흘러.

번뇌의 부스러기들인가.

고개 숙인 계곡 아래론

마른 잎 떨어져 쌓이던

어느 시린 겨울날 입김을 뿜으며 오가는 사람들.

어쩔거나,

헐벗은 내 가슴에도

표찰이 하나 붙어 있었다.

'지정 보호수

수종: 편백나무

수령: 40년'

그럼 다들 길 아래쪽을 내려보다가

나처럼 우뚝 굳어 버렸는가.

이제 어쩔거나 차마 벗지 못하는

이 굳은 아랫도리를.]

*

'나는 누구인가.'

[…이제 다 말해 버리겠다. 차마 털어놓을 수가 없어서 가슴 깊숙이 묻어 두었던, 이제는 벌겋게 녹이 슬어 엉키었을 그 비밀들을. 아무래도 그 첫째 는 우리 집안의 내력으로, 믿어주지 않을지는 몰라도 대대로 여자가 여자 를 낳음으로써 이어 내려오던 집안이었다. 따라서 할머니—엄연히는 외할 머니다—윗대의 여자들은 모두 죽고, 남은 어른들이라고는 할머니와 엄마 뿐이었다. 딱 한 번 찾아온 적이 있는 친척이 한 사람 있었으나 그 역시도 여자로서 내게는 이모할머니였다. 그러던 것이 엄마 대에 느닷없이 남자를 셋씩이나 낳았다. 그것은 따질 것 없이 엄마의 잘못이었다. 그리고 모든 실 책이 그 잘못의 첫 결과에서 비롯되는 걸로 보면, 나야말로 우리 집안에서 는 원수 같은 존재였을 것이다. 그래서인지 할머니는 내가 무슨 잘못을 하 면 기다렸다는 듯이 그 사실을 상기시키곤 했다.

"내 저 노무 새끼를 가만 안 둘란다. 저 원수 같은 새끼를."

그래봤자 지척의 거리—윗목과 아랫목 정도—를 시늉만으로 달려 온 할 머니는 마디가 거친 손을 호들갑스럽게 들어 엉덩이를 한 번 갈기는 것으 로 그쳤고, 나는 어엉, 소리와 함께 금세 쏟아지는 눈물을 한줄기만 내버려 두면 되었다. 할머니는 내친김에 엄마의 잘못도 들먹여야 직성이 풀리는 모양이었다.

"그 봐라 이 년아. 인자 어쩔라냐? 없애자고 할 적에 없애버릴 것인디, 인 자 어째야 쓴다냐."

없애자고 할 적에 없애지 못한 깃. 엄마의 잘못은 언제나 그 한 가지였다. 엄마가 저지른 그 한 가지 잘못이 두고두고 할머니를 화나게 하는 것 같았다. 물론 나는 그 말의 의미를 헤아릴 여유가 없었다. 사태는 그쯤에서 그치지 않았다. 할머니는 갑자기 크게 격분하였다. 무엇에 놀란 듯 온몸에 힘을 주어 부르르 경련을 일으키고는, 마르고 딱딱한 손을 들어 뿌리치듯 허공에다 사납게 휘젓고 찌르고 하였다.

'그리하여 사태는 별안간 걷잡을 수 없이 돌변하였다.'

할머니의 관자놀이는 까닭 없는 분노의 핏줄로 금방이라도 터질 듯이 고동질 쳤다. 어떤 위험이 그 순간, 내 감각의 모든 신경줄마다 무서운 가능성으로 양전(陽轉)하였다. 나는 눈물도 숨도 뚝, 멈추었다. 그것은 아마도 본능이었다. 나는 본능적으로 움직임을 억제해 그 위험한 고동질의 기세를 낮추려고 한 것이었다. 시간이 팽팽하게 날이 선 채로 딱 멈추었다. 이윽고 방문이 벌커덕, 열렸다가 쾅, 소리를 내고 닫혔다. 무너져 내릴 것 같은 천장과 바람벽의 진동이 무거운 공기를 타고 내 가슴을 섬뜩하게 갈라놓았다. 틀림없이 엄마의 가슴도 갈라놓았다. 나는 천장이 떨기를 그치고도 무사히 되돌아올 만큼의 시간을 더 참았다가 비로소 숨을 들이켰다. 그리고 엄마의 어두운 얼굴과 소리 죽인 한숨을 가만히 지켜보았다. 따지고 보면 그 일련의 사태는 미리 정해진 순서대로 진행되었다. 한 줄기만큼의 내 눈물도, 방문이 거칠게 닫기고 덩달아 동생이 울고 엄마가 한숨을 이기지 못하는 것도, 할머니가 나간 곳이 어둡고 축축한 부엌이라는 것도 언제나 같았다.

나는 그 순서를 다 알고 있었다. 말하자면 금세 쏟아내는 내 눈물도 기왕의 사태를 빨리 진행해 버리려고 하는 본능적인 반응이던 것이다. 그래도 나는 매번 두려웠다. 두려워서 움직이기는커녕 숨도 못 쉴 지경이었다. 나를 두렵게 하는 것은 할머니의 거친 행동이 아니었다. 방문이 세게 닫히거나 천장이 떨어서가 아니었다. 그 두려움은 저 혼자 가슴을 적시며 그득히 차오른, 이를테면 지독하게 깊은 어둠 같은 존재였다. 정작 나는 눈물을 그치고 난 후부터 본격적으로 그 깊은 어둠을 홀로 감당해 내야 했다.]

나는 왜 그래야 하는지는 잘 알지 못하면서, 주기적으로 되살아나는 그런 두려움을 홀로 감당하면서 꽤 오래 방에 갇혀 살았다. 여섯 살에 유배지에 도착하였으므로 학교에 다니기엔 나이가 한 살 부족했다. 그러므로 기다리는 동안은 현실적으로 할머니하고 온종일 갇혀 지내게 된 것이다. 동생은 엄마가 눈치껏 데려가기도 하고 우리와 함께 있기도 했다. 늘 답답했다.

[나는 어느 날 할머니가 부엌에 나간 사이에 대문까지 나가보았다. 대문은 그새 각목이 다 썩어 녹슨 양철만 덜렁거렸다. 삭막한 겨울 신작로가 우리 집 부근에서 휙 굽어 돌고, 가지만 앙상한 아카시아가 드문드문 가로수로 서 있었다. 이사 온 날 그대로였다. 아무도 없는 신작로 저만치 소달구지가 삐걱대며 멀어져가고 있었다. 무언가를 기다리기에 안성맞춤이었다. 한참을 기다리니까 트럭이 먼지를 자욱하게 일으키며 다가왔다. 코빵빵이였다. 그 시절의 트럭들은 죄다 커다란 엔진통을 앞에 내밀고 있었으므로 아이들은 앞이 반반한 트럭을 따로 코빵빵이라고 불렀다.

그놈은 덩치가 커서 지나갈 때마다 유난히 진동이 심했다. 땅이 흔들리기 시작하면 나는 저절로 가슴이 뛰며 마구 흥분되었다. 그놈은 내가 선 대문 안쪽까지 흔들릴 정도로 크르렁, 소리를 내며 지나갔다. 나는 아늑한 흥분을 겪으며 둥실 떠올랐다. 평온한 기분으로 숨을 참고 눈을 감았다가 떴다. 사방이 희뿌옜다. 그러나 그런 평온은 오래가지 못했다. 먼지구름 속에서 아득하게 할머니의 목소리가 들려왔다. 아가….

'아가!'

먼지가 가라앉기도 전에 할머니의 앙상한 손이 내 어깨를 꽉 움켜잡고 뒤란을 돌았다.

'아이고 무섭다. 어서 들어가자.'

할머니는 크게 질린 목소리로 다그치며 잽싸게 뒤란을 돌아 나를 방으로 밀어 넣었다. 평온한 기분은 사라졌다. 우리는 신작로 쪽의 방문은 거의 쓰지 않았다. 먼지가 하도 몰려들어서 일찌감치 집의 앞쪽을 모두 잠그고 뒤쪽으로 출입하고 있었다. 나는 어둡고 침침한 방 안의 공기에 어지간히 질렸다. 혼자가 되어 질리고 질리며 시간의 골짜기를 넘었다. 가슴이 죄다 짓물러나갈 지경이었다. 그렇지만 도리가 없었다. 유배지에서는, 우리 식구는 아마 밖으로 나가서는 안 되는 것이었다. 나는 모든 희망과 마지막 한 방울의 안타까움마저도 속절없이 그 답답한 골짜기에다 쏟아 놓아야 했다.

그때쯤 나를 해방하는 사람은 엄마였다. 엄마는 식구 중에 유일하게 밖으로 나갈 수가 있는 사람이다. 엄마가 점심을 먹으러 왔다. 엄마가 뒤란으로 돌아오는 소리를 먼저 알아듣는 사람은 할머니였다.

"아가, 춥지야?"

할머니는 방문을 벌컥, 열어젖히고 뒤란의 쪽마루로 마중 나갔다. 할머니한테는 엄마도 아가였다. 엄마가 오는 순간은 언제나 신선했다. 열린 방문을 통해 차가운 공기가 들어오고 눈부시도록 환한 밖의 햇살이 성큼 다가섰다. 그 순간만큼은 나는 밖으로 나가고 싶지 않았다. 나가지 않아도 신선한 바깥세상을 만져보고 냄새 맡을 수 있었다. 그런 것들은 모두 엄마의 옷자락에 묻어 있었다. 나는 할머니가 부엌에 나간 사이에 엄마의 질린 뺨과 주름치마에 묻어 있는 신선한 것들을 실컷 훔쳤다. 엄마는 엉금거리는 동생에게도 조심스럽게 신선함을 나눠주었다. 그리고는 겨우 아랫목에 묻어둔 고구마 하나만큼의 온기를 채웠다. 우리는 둘러앉아서 밥알이 붙은 고구마를 먹었다.

"엄마가 학교에 가야 우리가 밥을 먹어."

언젠가 엄마가 밖에 나가야 하는 이유를 할머니는 그렇게 말했다. 그런데 엄마가 학교에 가는 덕분에 우리가 먹은 것은 실은 밥이 아니라 밥알이 붙은 고구마였다. 엄마가 먹는 고구마에도 내가 먹는 고구마에도 밥알이 붙어 있었다. 절반으로 쪼개서 솥에다 찐 노랗게 익은 고구마에는 줄줄이 불어 터진 밥알이 붙어 있었다.

우리에게 그런 시간은 짧았다.

"엄니, 갔다 올게"

엄마는 분필을 발라 말린 하얀 운동화를 다시 신으며 그렇게 말했다. 엄마한테 할머니는 늘 '엄니'였다. 엄마는 하늘거리며 뒤란을 돌아나갔다. 엄마는 몸이 가벼워서 늘 하늘거렸다.

엄마가 나간 뒤 할머니는 나를 잽싸게 방으로 밀어 넣었다. 이젠 또 시작이었다. 할머니는 나를 가두고 밖에서 기대앉았다. 할머니가 기대앉은 문틈으로 담배 연기가 스며들었다. 또 기나긴 시간을 침침한 어둠에 갇힌 것이다. 도저히 견딜 수 없어서 나는 더러 탈출을 시도하였다. 할머니는 가끔 부엌으로 나가곤 했다. 할머니가 부엌에 나갔을 때 때마침 방 안의 공기가 웅웅거리면 나는 더는 참을 수 없는 지경에 이르게 된다. 공기가 웅웅거린다는 것은 곧 커다란 코빵빵이 트럭이 다가온다는 의미였다. 트럭이 지나갈 때의 그 자욱하고 편안한 기분을 나는 잊을 수가 없었다. 나는 슬그머니 방문을 열고 옆을 돌았다. 대문 근처까지는 나갈 수 있었다. 그러나 한 번도 대문 밖으로는 나가 보지 못했다.

아가!

할머니는 먼지가 가라앉기도 전에 번번이 내 어깨를 움켜잡고는 잽싸게 뒤란을 돌았다. 갇히는 것보다 먼지를 뒤집어쓰는 게 훨씬 나았다. 숨이 막

혀서 죽을 지경이었다. 그러나 할머니는 나를 가두어야만 무엇으로부터 안심이 되는 모양이었다.]

학교와 우리 집은 사실 지척이었다. 어떤 때에는 바람에 펄럭이듯 듣기 좋은 풍금 소리가 들려오곤 했다. 내 짐작은 맞을 것이다. 남자 선생님이 두 명이나 더 있었으나 학교에 다니던 내내 그들이 직접 풍금을 연주하는 것을 본 적이 없다. 그리고 나는 지금까지도 고구마는 입에 대지 않는다. 몹시 물린 탓이다. 시골에 사노라면 더러 삶은 고구마를 가운데 놓고 둘러앉을 때가 있다. 그래도 여간해서는 집어 들지 않는다. 지금에야 누가 썩어가는 고구마를 먹겠는가마는, 코끝에서는 확인도 안 해보고 썩은 냄새부터 스치고 있었다. 나는 그 쓰디쓴 냄새가 너무나 싫었다. 어쩌다 한번이 아니다. 어릴 적에 허구한 날 먹은 것이다. 시늉으로 밥알이 붙은 그 쓰고 물러 터진 고구마 말이다. 겨울이 끝나갈 무렵에는 멀쩡한 고구마란 없었다. 아무리 저장을 잘해도 거뭇거뭇 썩은 데가 있게 마련이다. 그런데 썩은 곳을 슬쩍 떼어내더라도 쓴맛이 베인 주변의 살까지는 버릴 수가 없었다. 만약 그런 식으로 크게 떼어내면 식량이 반으로 줄게 된다.
그래서 누군가가 꾹 참고 쓰디쓴 부분을 먹어야만 했다. 누군가는. 몇 안 되는 식구 중에서 누군가는.
이런 시를 하나 쓴 적이 있다.

[다행이었다

막 삶은 고구마는
한 귀퉁이 쓴 냄새가 난다

할머니[5]가 좋아하던.

꺼멓게 썩은 자리서 나는
그 쓰디쓴 냄새를
다행히 할머니가 좋아해서
나하고 동생은
밥풀이 많이 붙은 노오란 살만
골라서 먹을 수 있었다.
고로 어린 나이에도 나는
그런 생각을 하였다.
우리 집 형편으로는
참 다행이구나.]

그런저런 언짢음으로 고구마라는 이름을 입에 담는 것도 싫으니, 결과적으로 마른 몸매를 유지해야 하는 요즘 사람들하고는 그런 식으로 둘러앉는 것이 내키지 않는다. 식성은 시절 따라 변한다. 내 윗대의 부모 중에는 더러 쓰디쓴 냄새를 좋아하는 사람도 있었을 것이다. 그 집의 아이들에게 참 다행스러운 일이다.

말 나온 김인데, 실은 우리 가족이 먹던 고구마밥은 먹거리 중에서 윗급에 속한 것이다. 형편이 더 못한 사람들은 쌀겨로 죽을 쑤어서 먹기도 하고 모래 먼지가 섞여 찌금거리는 보릿겨로도 그렇게 했다. 또 무밥도 만들어 먹었다. 무밥이란 무를 채 쳐서 쌀 한 줌과 섞고 물을 부어 익힌 것이다. 무의 비율을 높이고 물을 더 부으면 오병이어의 기적이 일어난다. 맛과 영양

---

5) 내게는 실은 외할머니다.

은 떨어져도 여러 식구가 한 끼를 해결할 수 있었다. 그런데 무밥엔 쓰디쓴 냄새 못지않은 커다란 약점이 있다. 그 약점.

[오야지의 원한

무를 채 썰어 넣고
묵은 뉘반지기 한 줌을 뿌려
익히면 무밥이 된다.
동식이 그 새끼!
육팔 년도 배고플 때
머리에 허옇게 백버짐 달고 다니던.

오학년 때 수업 끝나고
사이좋게 자기 집 놀러 가니까
삼 학년짜리 윤자가
먼저와 밥알만 골라 먹었다고
어찌나 걷어차던지
얻어먹을 수가 없었다, 그 새끼!

"어야, 오야지!"
지금은 아부 떨면서
내 밑에서 망치질한다.]

나는 끝내 무밥은 못 먹어봤다. 한 번은 꼭 먹어보고 싶다. 쌀 속겨는 우연히 한 줌 구해서 직접 쑤어서 먹어보았다. 좋진 않았지만 먹을 수는 있는

맛이었다.

어릴 때 혼자 숨어들기를 좋아했다. 한 자리에 갇혀서 꾸덕꾸덕 버티는 것은 질리도록 훈련이 되었으나 입학 후 막상 자유롭게 되자 오히려 그런 식으로 갇히고 싶을 때가 있었다. 억지로 적응되었다고 할까. 그러다 발견한 곳이 그 작은 도서실이다. 지금 생각하니 책이 꽤 많았다. 아마 본교의 책까지 몽땅 가져다 보관해 놓은 곳이었다. 그렇긴 해도 사서는커녕, 그러니까 책을 빌리고 반납하는 그런 분주한 곳이 아니라 그냥 안 쓰는 교실 하나를 절반 정도 막은 창고였다. 기왕 창고이므로 전깃불도 없어서 종일 어두침침했다.

복도로 난 문에는 열쇠가 걸려 있었지만 어차피 상관없는 일이다. 목조 교사들은 바닥이 허공에 떠 있다. 밑으로 공기가 잘 통해야 바닥 판자가 썩지 않으므로 시멘트 기단 양쪽에 아이가 통과할 만큼 큰 구멍이 뚫려 있었다. 어둡고 께름칙하여 다들 꺼리기는 했어도 막상 숨어들기에는 딱 좋았다. 도서실 밑까지 땅바닥을 기어서 못이 썩은 낡은 판자 몇 개를 그냥 밀어 올리면 되었다. 그게 기분이 영 좋았다. 어떤 날엔 숨바꼭질하다가 슬쩍 사라지면 아무도 몰랐다. 그럴 땐 내가 마치 홈즈거나 루팡이 된 기분이었으니.

그렇게 발견한 보물 같은 통로는 누구에게도 말하지 않았고 들킨 적도 없다. 읽을 만한 책들이 꽤 있었다. 소공녀와 신드밧드와 톰 소여의 모험. 테스와 율리시스와 펄벅이와 앙드레지드. 다 기억 안 나는 그런 재미있는 책들이 아마 삼사천 권쯤 되었다. 한참 이것저것 꺼내 읽을 적에는 맛 좋은 과자를 쌓아두고 혼자서만 실컷 먹는 기분이었다.

처음엔 어둡지만 기다리면 곧 글자들이 드러난다. 운이 좋은 계절엔 폭 좁은 햇볕이 바닥에 깔려서 서서히 미끄러져 갔다. 따라 옮겨가며 거기 옆

드러서 어둑어둑해질 때까지 읽었다. 그렇게 여섯 해를 보냈다. 내가 거기 숨어 책을 훔쳐 읽는 것을 누군가는 알아챘을지 모른다. 설령 그랬어도 그냥 눈감아 주지 않았을까. 선생 아들이었으니. 나중에 군 단위 초등학교를 모두 포함한 일제고사 국어 과목에서 내가 일등을 먹었다. 덕이다.

글을 읽을 적에는 아무튼 행복했다—지금 생각하면. 그런데 그렇게 행복에 겨워 방심한 시기에, 마치 친절한 선교사 같은 눈빛으로 저절로 들러붙은 것이 있었다. 문학이다. 그땐 책이라는 건 원래 있고 사람들은 읽기만 하는 줄 알았다.

그땐 미처 몰랐지만 한참 뒤에야 지절로 깨달았다. 직접 글을 써서 책을 만들어낼 수도 있다는 것을. 세상에는 작가라는 직업이 따로 있다는 것도 알게 되었다—누구나 할 수 있다니! 나는 은근한 바람 하나를 마음속에 간직해 두게 되었다. 그 바람은 오래 기다렸다가 저절로 숙성했다. 대학을 마치고 엔지니어로 일하던 시기에, 나는 갑자기 모든 것을 정리하고 오지로 향했다. 전공하고의 방향은 달랐으나 숙성을 마친 그것이 갑자기 미치도록 뜨끈해지던 것이다. 남몰래 마음을 다잡고 준비했다. 그러나 고향이나 다름없는 그 유배지로는 돌아가지 못했다. 군 복무와 대학을 마치는 동안 유배지 근처는 갑자기 개발되어 더 번쩍이는 곳이 되어 있었다. 전철이 흐르고 도시의 시내버스가 이어졌으며, 건물이 지어지고 공단도 들어섰다. 땅값도 올랐고 빈집도 귀했다. 하는 수 없이 더 먼 곳으로 숨어들게 되었다. 이제 가면 언제 올 것도 없었다. 나는 돌아오고 싶지는 않았다. 까짓것 특별히 공들인 삶은 아니었으나 막상 다 접고 떠나겠노라 결정하니 그래도 뭔가 하염없었다.

[…한때 사랑하던 모든 것들이여. 그러나 나는 이제 떠나야 한다네.]

감상도 읽은 책을 따라간다. 그러므로 어디서 읽은 글귀 같기도 한 그런 기분은 약간 있었을 것이다. 되도록 멀리 나아가, 산골이나 다름없는 한적한 시골에 빈집을 하나 구해 여러 날을 뜯어고쳤다. 비용 마련하느라 가진 것을 다 바쳤다. 그러자니 더욱 되돌아올 수는 없는 일이다. 죽으나 사나 거기서 다시 아이의 심정으로 돌아가 볼 생각이었다.

컴퓨터는 과분한 시절이었으므로 필기구로 백지에 눌러서 글을 썼다— 중지의 첫마디에 늘 피멍이 들어 있었다. 등단을 위해 나름대로 순서를 정했다. 스승이나 동료가 없었으므로 우선 남의 결과물을 더 많이 읽어야 했다. 떠나올 때 품은 비장한 각오로 그렇게 한 해 정도 습작기를 거치고 첫 작품으로 오랜 염원이던 아버지를 만들어냈다. 딴엔 열심히 만들었는데 두었다 읽어보니 그리 훌륭한 아버지는 아니었다. 그렇지만 솔직한 결과물이다. 아버지는 내게 단 한 번도 팽이를 깎아주거나 연을 만들어 준 적이 없다. 어쩌다 지쳐서 담벼락에 기대앉았어도 다가와서 위로해 주는 건 키우던 강아지였다. 내게 아버지는 일단 곱지는 않은 존재다. 그러므로 더 곱게 고칠 마음은 없었다.

[나는 늘 엎디어 악몽을 꾸지

사람들 중에는, 너무 일찍 큰 꿈을 알아버린 사람들이 있지. 너무 일찍 집착과 열망으로 스스로를 가둬버린 사람들이 있지. 때론 슬픔에 잠겨서 한없이 울었던 기억들이 있지….

이제 돌아갈 수 없소. 돌아갈 곳이 없소.

'아무래도 방이 하나 더 있어야겠어.'

우리 집에 방이 하나밖에 없던 시절 아버지는 엄마에게 그렇게 말했다.

내게 방을 하나 내주겠다는 것이다. 집을 늘리기에는 너무 가난한 시절이었다. 아버지와 나는 고구마를 넣어둔 작은방을 고치기로 했다. 가장 값싸게 천장을 만드는 방법이 뭔지 아냐? 철사와 벽지를 사다 놓고 아버지는 내게 말했다. 아버지와 나는 벽이 헐고 서까래가 드러난 작은방에 천장을 만들고 있었다.

'요렇게 하는 거여.'

아버지는 우선 자기 키 높이에 못을 여러 개 박고 그 못을 철사로 연결했다. 방 가운데를 가로지른 그 철삿줄에 신문지를 감은 다음 벽지로 마감하면 되는 거였다. 그러면 쿨렁거리는 천장이 완성되었다. 그때도 쥐들이 종이로 된 그 천장 속에서 뛰어다녔다. 내 꿈자리를 뒤숭숭하게 부추기며 우당탕 뛰어다녔다. 그때도 연필을 던져 올렸다…. 나는 지금도 연필을 탕, 던져 올린다. 놈들은 조금 쉬었다가 다시 우당탕거린다. 그때나 지금이나 늘 놈들이 지치기를 기다리는 수밖에 도리가 없다.

농가를 싼값에 구한 것은 좋았는데, 수리비를 너무 아낀 것이 후회스럽다. 아버지 방식의 천장은 아무래도 너무 쿨렁거려서 쥐들이 좋아하는 것이다.

잠이 부족한 나는 늘 낮에 엎어져 빌빌거린다. 꼴에 전업 작가랍시고 집에서 노니까, 만날 엎디어 악몽을 꾼다. 하릴없이 꾸벅꾸벅 그 눈빛들을 떠올리곤 한다…. 그 눈빛들은 절망의 무게로 폐부 깊숙이 가라앉았다가 꾸벅 잠들기만 하면 어느새 희뜩희뜩 솟아올랐다.

눈이 부시도록 차가운 어느 겨울… 이었던가? 운 나쁘게도 싸리나무 울을 넘어온 개. 그리고 몰아친 광란의 몸짓들…. 그때 우리는 저녁 식사를 마치고 내무반으로 이동하는 중이었다.

잡아라!

인솔자의 외마디가 우리들의 짧은 머리털을 일제히 곤두세웠다. 불과 십여 미터 떨어진 잔반통 언덕으로 비쩍 마른 개 한 마리가 주춤주춤 다가서고 있었다. 그 눈이 움찔, 이쪽을 돌아보는 순간 투닥닥, 소리와 함께 벌써 선두가 흩어져 나갔다. 뜻밖의 횡재를 향한 투합된 욕망이 숨 가쁘게 대열을 휩쓸었다. 우우…. 식기가 날아가고 스푼이 날을 세웠다. 죽여! 그쪽으로 간다. 누군가가 앞질러 가며 소리쳤다. 이어 방향을 가리지 않고 어지러이 내리찍는 군홧발들….

발길에 치여 미처 울을 넘어가지 못한 그 개는 재수 없게도 우리가 '소(小)연병장'이라 부르는 좁은 마당으로 뛰어내렸고, 그대로 길길이 날뛰는 군홧발들 사이에 갇히고 말았다. 마침내 인솔자의 제지로 그 까닭 없는 증오의 발길질이 멈추었을 때, 이제는 희망을 놓아버린 개의 모습이 온전히 드러났다. 젖가슴이 늘어지고 갈비뼈가 앙상한 그 암컷은 마치 제 사정을 호소하기라도 하듯 아직 눈이 감기지 않은 채로 서서히 김이 빠지고 있었다….

나는 악몽 속에서도 늘 뜨끈한 눈물을 줄줄 흘린다.

묻어 주십시다아…. 온몸을 후들거리며 간절히 그들을 막아서고 있었다.

뭐 임마? 너 이 새끼 죽고 싶어?

살아남기 위해서라도 나는 아주 잠깐 현실로 돌아온다. 그렇지만 다시금 꾸벅꾸벅 그 눈빛들을 떠올리고 만다. 악몽 속에 하얗게 사위어간 내 절망의 시간들. 원고지 위로 부릅떠진 눈, 눈들의 얼룩. 수없이 나를 거쳐 간 케리. 케리와 케리와 케리들….

사방에 널린 암컷 대신 아버지는 어쩐 일인지 체구가 큰 수놈을 좋아했다. 한번 케리라고 붙여진 이름 때문에 우리 집 수놈들은 두 번째도 세 번째도 모두 케리가 되었다. 그렇게 몇 번째인지 기억조차 할 수 없는 케리가 건장한 수놈으로 성장한 어느 날 아랫동네 사는 남자가 발정이 난 암캐를 끌고 와서 아버지를 찾았다. 아마 석양이 내릴 무렵이었을 것이다. 사태를 파악한 아버지의 눈이 그때 재빨리 노을을 받아 번쩍였으므로.

살이 빠져서 안 되여.

단번에 거절하는 아버지의 눈빛 뒤에는 케리를 고기 북데기로 재려는 계산속이 숨어 있었다. 아따 이 사람, 한번 붙여주지 그러는가. 물러서지 않는 남자의 눈에서도 개의 북데기를 늘리려는 욕심이 노을처럼 빛을 발하였다. 그것 때문에 남자와 아버지는 마치 서로에게 대들 듯이 흥정을 계속하였다. 그리하여 달걀 한 줄이 두 줄 세 줄로 불어나는 그 순간에, 나는 긴장을 감추지 못하는 암캐와 기를 쓰고 울부짖는 케리의 눈에서도 또 다른 어떤 빛이 노을처럼 활활 타오르는 것을 보았다. 무엇인가를, 본디로부터 어디엔가를 향한 꺼지지 않으려는 그 눈빛들….

나는 개장사가 올가미를 들고 들어올 때마다 늘 울면서 매달렸다.

아부지. 케리 팔지 말랑게 제발….

시꺼 임마! 순 호로새끼.

'잘나가는 작가 일백 인의 실태조사—십 퍼센트를 제외하면 년수입 백만 원 미만.'

느닷없이 몇 해 전에 읽은 신문기사가 정신을 번쩍 들게 만든다. 나는 퍼득 일어나 앉는다. 굶어 죽을 수는 없는 일이다. 서둘러, 서둘러서 빨리 뭔가를 써야 한다.

꼬꼬오… 캐액!

그 참에 헛간 그늘 밑에서 수탉 한 마리가 죽어가는 비명을 질러댔다. 올봄 달걀이나 내먹자고 병아리 스무 마리를 마당에 풀어놓았다. 담배 한 개비 물다가 밖을 내다보았다. 한 놈이 벌겋게 눈을 부라리며 다른 놈의 벼슬을 물고 늘어지고 있었다. 제일 크고 사나운 놈이었다.

'뭐여? 이 씨….'

갑자기 부아가 끓어오른다. 그 순간은 날벼락이 이마빡을 때려도 참지 못하리라.

'짝!'

위험을 알리는 신호로 손뼉을 쳤다. 놈은 그랬음에도 벼슬을 놓아주지 않았다. 놈은 안하무인으로 약자의 머리를 끈덕지게 땅에 대고 짓눌렀다. 그건 잘못이었다. 놈은 내 기분을 알았어야 했다. 그럴 땐 나도 나를 잘 모른다. 누굴 닮았을까. 아버지를 닮았을까? 무좀처럼 군홧발을 통해 옮았을까?

나는 벼락같이 고함을 지르며 놈에게로 뛰어나갔다. 놈은 깜짝 놀랐던지 길길이 퍼덕이다가 급기야 죽을힘을 다해 뒷담 위로 올라섰다. 밖으로 나가 놈을 따라잡았다.

담 너머는 고추밭이었다. 나는 미처 다 수확하지 못한 고추 대궁이들을 함부로 짓밟고 들어가서 마침내 궁지에 몰린 놈을 거머쥐었다. 치밀어오르는 분노를 그토록 손아귀에 모아쥐기는 처음이었다.

이 나쁜 놈!

나는 놈의 날개를 꼬아 가지고 와서 제가 잘못을 저지른 자리에 내려놓았다. 놈은 달아나지 못했다.

어디 죽어 봐라.

놈이 헐떡이는 꼴을 두고 보다가 엄지와 검지를 모아서 미친 듯이 쪼기 시작했다. 머리 쪼기, 등판 쪼기, 엉덩이도 쪼기. 제 부리로 제 살 쪼기…. 나는 진땀과 울분으로 씩씩대며 그 짓을 한참이나 계속하였다. 그러나 내 행동은 그야말로 부질없었다. 그러는 사이 채 두어 발짝도 되지 않는 곳에서 아까 놈에게 찍힌 그놈이 다른 놈을 내리찍고 있었다!

갑자기 어지러워서 털썩 그 자리에 주저앉아 버렸다. 뻔한 노릇이었다…

. 아마 방금 찍힌 놈도 내가 안 보는 사이에 또 다른 놈을 내리찍을 것이었다. 쪼는 짓은 실로 놈들의 자유였다. 부리처럼 딱딱하게 굳어 버린 놈들의 습성이었다. 아마도 장구하게 이어져 온 놈들 본디의 정신이었다.

나는 헥헥대는 놈을 풀어주고는 방으로 들어와 다시 엎디어 버렸다. 여태도 분이 삭느라고 머리가 어질거렸다.

내 가슴에 못 박는 놈

망치귀신 되거라

내 눈에 피눈물 흐르게 하는 놈

노을귀신 되거라

… …

오, 본디오 빌라도 같은 놈아

빌라도 같은 놈아

저주귀신 되거라

〈허형만 시. '놈에게'〉

나는 결코 돌아가지 않을 것이다. 그러나 열망을 버리지 않는 한, 아니 버릴 수 없는 한 나는 세상을 버린 게 아니다.

나는 어느결에 시집 한 권을 펴 놓고 똑바로 앉아 있었다. 이열치열이었다. 내게 남은 감정의 모서리들이 닳고 닳도록 오래도록 그 시집을 들여다보았다. 나는 최후의 순간까지 굽히지 않고 믿고 싶었다. 언젠가는 서로를 고기 북데기로 재지 않는 세상이 오고야 말 것이라고. 내 열망을 통해 언젠가는 다 같이 동등한 권리로 힘차게 나아가는 세상을 세울 수가 있을 것이라고….]

나는 늘 그 눈빛들을 마주치며 살아왔다. 부릅뜨고 경쟁하는 그 따가운 눈빛들을, 본디로부터 어디론가 향한 꺼지지 않으려는 그 욕망의 눈빛들을…. 왜 우리는 경쟁하는 삶을 살아야 하는가. 서로를 더 이해하며 살아갈 수 없는 것일까. 우리를 이런 곳에 밀어 넣은, 아득한 저 어딘가에 머무를 그 누구에게. 놈에게 보란 듯이 더 너그러워지면 안 되는 것일까?

[얼굴―'놈에게'

한데 고여 하나인 듯
우리인 듯 머물다가 어쩌다가
미처 간직하던 욕망이 화들짝 일어
불쑥 밀어 넣은 것이 머리가 되고.
머리, 머리들끼리
너도 되고 나도 되고
너희가 되고 우리가 되고.

누구는 두 발로 서고
누구는 엎드린 채로
먹고 먹히며 부릅뜨다 어쩌다가
도로 끈적이는 욕망으로 들러붙어서
또 되돌면 화들짝 내가 되고
네가 되고 우리가 되고
낯익은 너희가 되어도.

이룬 것은 어긋나 흩어져 가고

보이는 것이 다가 아니듯

어쩌면 껌벅 한세상.

이리 다툴 일도 아닌 것이

찜통처럼 견디다가

되돌면 다시 하나이듯이.

그러매 내보일 것은—놈에게 보란 듯이!

하나인 듯 우리인 듯 그저

너그러웠던 그 얼굴.]

돈은 거의 다 떨어졌다. 그러나 지적인 욕망 따위가 살아 있고, 책들이 쏟아져 나오는 한 적어도 일주일에 한 번은 도시로 가서 서점에 들러야 했다. 형편에 따라 책을 고르고, 사람들을 구경하고 화려한 상가들을 지나치고 천천히 걷다가 다리를 건너면 시장통이었다.

지금도 유지되는지 몰라도 시장엔 '닭전머리'라는 곳이 있었다. 전(廛)이란 닭을 잡아서 파는, 그리고 머리란 들어서는 어귀라는 뜻이다. 어쨌든 한 걸음 들어서면 각종 비린내와 닭똥 냄새가 가득 떠다녔다. 어느 날 무심코 들어서다 머뭇거렸는데, 군자는 뒷걸음질 치지 않는다는 말이 생각나서 꾹 참고 그대로 앞으로 걸었다. 냄새가 지독했다. 풍족한 지금 시대에 오리털 파카 따위를 털어대면 삐져나오는 그런 자잘한 솜털 부스러기 따위, 뒤섞인 오염물들이 냄새에 실려 뿌옇게 떠다니고 있었다. 그렇지만 군자 아닌 사람들이 별로 없었다. 닭 요리는 그때나 지금이나 영양이 좋고 맛도 좋으니까. 들어선 남녀 군자들은 늘 북적대며 줄을 지어 바로 손질해 주는 닭고기를 사 갔다. 방금까지 살아 있던 싱싱한 생닭이다.

시골에도 인터넷이 연결된 한참 나중에, 어떤 사이트에 명상 카페를 열어 글을 올리곤 했다. 닭에 대한 것도 두어 개 있다.

[…그 시장통 닭전머리에는 생닭을 잡아주는 가게가 쭉 있습니다. 대개 구조가 비슷한데요. 전면의 한쪽 옆에 닭들이 갇혀 있는 큼직한 그물 닭장이 있고요, 역시 큼직한 나무 도마 앞에는 길쭉한 회칼을 든 주인이 직접 주문을 받습니다. 손님이 만약 '세 마리만 잡아주쇼.'하고 주문을 넣지 않습니까? 그러면 훤히 보이는 작은 닭장에서 하나씩 집어내 가지고—이때 꽤 소란이 일어나지요. 서로 나중에 잡히려고 생 똥 내갈기며 발버둥질 치는 것입니다—목을 뒤로 꺾어서는 목울대 밑쯤을 칼로 쑤셔버립니다. 아마 칼끝이 바로 심장을 뚫었겠지요. 그럼 딱 두 번 퍼득이며 경련을 일으키다가 죽습디다—첫 번째는 아마 칼끝이 심장을 뚫고 들어올 적에 놀라움 속에서 받아들이는 무서운 충격의 경련이고요, 약간 둔한 두 번째는 이미 충격을 겪은 상태에서 의식이 몸을 빠져나가며, 그러면서 고통 속에 놓인 몸을 마지막으로 돌아보는 이별의 경련입니다. 아따, 그거 기술입디다. 이제 고기만 남았지요?

닭전머리[6]에서

차라리 조류독감이 좋았다.
함부로 밟혀서
마댓자루에 갇힌 놈들에게 그래도
부릅뜨고 기다리는
순서는 없었다.

---

6) 시장통의 생닭을 잡아 파는 곳.

찰나를 더 쪼개는 저
번뜩이는 칼날 같은 순간은 없었다.

포클레인 짓누르는
흙더미 속에서도
서로를 껴안는 위로는 있었을 것이다.
생 똥이야 우리도 더러 누는 것이다.
막판에 쏟아내는 오물
나란히 뻗은 발모가지도
어차피 우리랑 비슷한 것이다.
아프게 버려지는 내장
홀라당 뽑히는 깃털도
어차피 우리가 치워 오던 것이다.
하지만 진짜 더러운 것들
대를 물려 먹고 먹혀야 하는
서로의 관계들.

우리 중의 어느 하나가 옛 서빙고 바닥을 기어 투사가 되었다 한들
저토록 부릅뜬 적이 있을까….

이리 설치고 저리 피해
간발의 차이로 모면한
단말마의 퍼득임.
칼날 쑤셔 드는 저 광경을
생 똥 내갈기며 바라보는

오오, 대가리, 대가리, 대가리—,
순서를 기다리는 저 놀란 외눈깔들!

진정으로 그대를 사랑하는 한마디! 만약 주변에 아직도 칼로 쑤셔서 닭을 죽이는 곳이 있다면 반드시 가보십시오. 미처 떠나지 못해 부유물처럼 떠다니는 그 영혼들과 마주쳐 보십시오. 거기서 일어나는 죽음의 순간들을 지켜보면서, 놀란 외눈깔을 볼 때마다 입장을 전환하는 훈련을 하십시오. 찰나가 연장된 그 순간을 헛되이 흘려버리지 말고 닭의 의식을 존중하고 받아들이십시오. 생명을 희생해야 하는 엄청나게 귀한 훈련입니다.

대가리, 대가리, 대가리—순서를 기다리는 저 놀란 외눈깔들!

그때 그 놀람 속으로 나아가십시오. 그 절박함 속으로 화들짝 들어가서 닭의 외눈깔이 되어 부릅떠 보십시오. 차례가 되어 육신을 떠나려는 그 영혼과 하나가 되어 크게 경악하십시오. 산중에 펄럭이는 도포자락 같은 위엄과 흐르는 세월에 닭고기나 찍어 잡수는 안일함만으로는 절대 깨달음에 이를 수 없습니다. 이윽고 날이 선 마음의 상태를 지켜보며, 이쪽 면도 저쪽 면도 아닌 오직 시퍼런 그 위에서 팽팽하게 이어지는 길항(拮抗)의 순간들을 경험하십시오.]

시골에 살면 별의별 장사치들이 확성기를 가지고 다니면서 물건을 사고파는 걸 볼 수 있다. 다 먹고살아야 하는 처지겠으나 그렇다고 남에게 소음을 건네는 짓을 꼭 해야만 하는지, 달리던 타이어가 저절로 빠질 일이다. 무슨 쿵작거리는 음악이 전주곡처럼 앞장서면 조용한 걸 좋아하는 사람들은 큰 스트레스를 받는다. 게다가 그들의 악다구니를 받쳐주는 전주곡도 유행을 타서 한동안 너나 할 것 없이 똑같았다.

'서울 찍고, 부산 찍고, 뭘 더 찍고, 내 님은 어디에 있나, 서울에 있나⋯.'

대충 들어본 노래일 것이다. 노래 자체에 대한 평이 아니다. 아무 때나 무조건 크게 찍어대는 게 나쁘다는 말이다. 그들의 레퍼토리를 몇 개 골라보았다.

'개 파시요오. 큰 개, 작은 개, 강아지도 사고 발발이도 삽니다. 고양이도 삽니다.'

'고물 파시오! 농기구나 오토바이, 헌 냉장고나 테레비젼도 삽니다. 놋그릇 같은 것도 삽니다.'

'꼬꼬댁, 닭이 왔어요. 알 낳는 암탉이 다섯 마리에 만 원!'

강아지는 자기네 사육장에서 키우겠다는 말일 테고, 귀한 놋그릇을 고물 취급하는 것도 애매한데, 근데 고양이도 잡아먹는다는 것인가? 물론 꼬꼬댁 닭이 온 것도 지금은 만 원에 다섯 마리씩이나 주지는 않는다. 물가가 올라서 아마 두 마리쯤 아닐까 싶은데, 아마 산란장에서 가져온 늙은 닭들이다. 농장에서는 쓸모가 없어졌지만 키우면 당분간 알을 낳는다. 전엔 군대로 납품되어서 나도 맛보기는 했다. 국에 들어 있었는데 더럽게 질겼다. 납품 과정에서 부드러운 닭고기가 질겨진 것인지는 모르겠다. 하여간 오래 전 이야기다.

[…그래서 마침 만 원이면 닭을 다섯 마리나 준다는 그 트럭을 세웠지요. 그런데 그 다섯 마리를 사다가 일단 마당에 내려놓고 보니 도망을 못 가고 다들 멍청히 서 있기만 합디다. 파는 사람도 그걸 알기 때문에 물건 주듯 그냥 다섯 개를 덥석 꺼내줍니다. 도망 못 갈 놈들이라는 걸 다 아니깐요.

나는 말 그대로 닭들이 놀라 보고 있는 앞에서 칼을 갈기 시작했습니다. 미리 밝히자면 내가 먹으려던 것은 아니었습니다. 곧 태어날 예쁜 강아지들을 생각해서라도, 한 마리를 삶아서 임신한 누렁이를 먹이기 위해서—나머지 네 마리는 당분간 달걀을 공급하게 될 것입니다.

　어차피 발이 굳어서 도망은 못 갑니다. 평생 좁은 곳에 갇혀서 살았기 때문이지요. 누렁이가 곧 맛난 고기가 될 놈들에게 다가가서 맡아보고 건드리고 해도 기껏 두 발짝쯤 움직이는 게 다였습니다. 그러니 자기들 눈앞에서 칼을 벅벅 갈아도 그저 보고 있는 거겠지요.

　다섯 마리 만 원

　마당에 풀어놓아도
　잘 걷지를 못한다.

　구린 피비린내 속에
　움켜 갇혀서
　끄윽,
　끄윽,
　속으론 제 자식이었을
　애지중지를 다 내주고

　그닥 살아본 것 같지도 않은
　수척한 암탉들
　칼 가는 동안 풀어놓아도
　잘 걷지를 못한다.

알 낳는 닭들은 산란율이 낮아지면 이처럼 싸게 처분되는 걸 이때 처음

알았습니다.]

밝혔지만 나는 닭고기를 그리 좋아하지는 않는다. 좀처럼 물어뜯을 수 없는 군대 닭고기에 질린 이유도 있고, 살아오면서—군자로서 뒷걸음질 치지 못하고—닭을 죽이는 장면을 여러 번 봐왔기 때문이다. 도축장 종사자들이 고기를 안 먹는지는 잘 모르겠다. 요즘도 누가 물어보면 원래 날개 달린 것은 잘 안 먹는다고 대답한다. 나 말고도 그런 식성들이 있었던지 대부분 이해해준다. 어쩌다 몇 사람이 모여서 식사를 하게 되어도, 내게 의견을 물으면 중국집으로 가서 짜장면 중의 가장 윗급인 삼선 간짜장으로 먹자고 말해준다. 삼선이란 아마 세 가지 생선을 뜻한다. 어쨌든 생선은 덜 불쌍하다.

평소 내게는 비장의 반찬이 있다. 그러므로 스스로 만들어서 끼니를 때우는 것쯤 그리 어렵지 않다. 바로 '군대깍두기'다. 내가 이름 붙인 군대깍두기는 만들기 쉽고 재료도 단순해서 혼자 사는 이들에게는 썩 훌륭한 반찬이다. 오랜 세월 혼자서 끼니를 해결해야 했으므로 일찍이 군대서 먹던 그 훌륭한 반찬을 재현해 냈다. 평생 나처럼 외로운 식사를 해야 하는 이들을 위해 레시피를 공개한다. 간단하다.

우선 가장 값싼 새우젓 한 통과 저질 고춧가루와 무우를 준비한다. 새우젓은 불순물이 섞인 저가품이면 더 좋다—추억의 맛이 더해진다. 그래서 고급인 국내산보다 값싼 수입품이 나을 것이다. 내가 복무하던 당시 병사들의 반찬 지급 규정은 소금에 절인 무, 즉 염적무 이십 그램이 전부였다. 당시 일식 이찬이라는 게 따로 반찬이 두 가지가 아니라 소금국과 그 염적무를 합한 것이다. 따라서 담뱃갑 절반 정도 크기의 무를 거칠게 깍둑 썬다—취사병들이 그렇게 썬다. 거기다 새우젓과 고춧가루를 조금 뿌리고 흔들면 완성된다. 중대장과 인사계가 빼먹은 양도 계산해야 하므로 양념은 아주 조금씩 집는다. 고춧가루는 거의 맵지 않은 저질을 쓰면 귀한 오리지날이다. 식판을 하나 준비하면 좋겠고, 규칙에 따라 숟가락만 쓴다. 군대는 젓가락이 없다. 그런 다음 그때 늘 듣던 군가를 틀어놓거나 떠올리면 맛있게 먹을 수 있다. 한두 끼면 모르겠는데 나처럼 오랜 기간이면 국은 꼭 필요하다. 억지로 좋아하는 표현이긴 한데, 군대란 유격장의 밧줄만큼이나 거칠고 튼튼한 체제다. 나름 염분과 신선한 야채의 공급이므로 맛 따위는 거칠게 느끼는 대신 오늘날까지 튼튼하고 건강하게 살아 있다.

*

[···친구여, 내게도 그렇게 사랑이 시작되고 있었네.

그러니까 언제던가. 삼십육 년 만에 별똥별이 우수수 쏟아질 거라던 그 날 밤. 자네도 알지 않나? 별똥별이 떨어져 내릴 때, 반짝 빛나는 그 순간 소원을 빌면 꼭!

그래서 나는 늦은 밤 설탕 없는 커피 한 잔을 끓여 마시고 마지막 담배 두 개비를 안경처럼 찌르고 캄캄한 마당에 나가 앉았다네.

하늘은 머리 위로 펑 뚫려 있었네. 분명 보통날의 어둠은 아닌 것 같았지. 훨씬 더 깊고 푸르스름해 보였다네. 이를테면 커다란 솥뚜껑에 별들을 박은 듯한 그런 답답한 어둠이 아닌···, 필시! 저 깊은 우주로부터 내려오는 신성한 어둠 같았단 말이네. 먼 고대의 어느 날 밤—오죽했으면—무언가를 예언했던 마야 제사장의 외침이, 천년이 거듭되어도 아무도 흉내 내지 못했던 그 마지막 음절이 떠돌고 있는 것 같았단 말이네.

"사 마하오···삼 칸킬···."

그 목소리는 짤막했다네. 하지만 메아리처럼 칸킬···칸킬···칸킬···. 들릴락말락 계속해서 이어지고 있었다네. 알겠나? 그처럼 펑 뚫린 신성한 어둠이 여지없이 내 머리 위로 쏟아져 내리고 있었던 것일세.

나는 멋대로 움직일 수가 없어서 누렁이 3세를 가만히 앞가슴에 끌어안았네. 별들은 더욱 생기 있게 빛나고 있었지. 이윽고 어둠 속에서 어떤 영감이 내 머리 꼭대기를 뚫고 들어왔다네. 나는 참지 못하고 소리 내어 속삭였지. 절대 기회를 놓치지 않을 거야…, 라고! 그러자 누렁이 3세가 알아챘다는 듯 갑자기 목 근육을 꿈틀대더군. 그땐 대수롭지 않게 생각했지만 사실 그건 놀라운 반응이었네. 그리곤 내 품 안에서 그대로 빙글, 자세를 바꾸어—고집스럽게도! 나와 똑같은 방향으로 고개를 치켜들었다네. 녀석도 뭔가를 느낀 것이 분명했네. 어쩌면 저도 동등한 생명 가진 신분으로.

새벽 두 시쯤….

우리는 북동쪽 하늘을 올려다보며 벌써 두 시간 가까이나 예의 그 텐덤의 자세로 꼼짝없이 포개 앉았다네. 아마도 우리 뒤쪽으로는 인간과 동물이 나란히 신께 엎드린 이상하고도 숭고한 그림자가 숨어 있었을 것이네! 그렇지만 매 순간은 긴장의 연속이었네. 나는 긴장을 해소하려고 담배를 벗어서—안경을 기억하게! 누렁이 3세에게 연기가 가지 않도록 주의하면서 거푸 두 개비를 피웠다네.

하지만 처음의 긴장이 조금도 누그러지지 않았네. 뭔가가 곧 가까이 내려올 것만 같은 느낌 때문이었지. 목도 아프고 몹시 추워서 등과 허리가 꼿꼿이 굳을 지경이었네. 몹시 고통스러웠지! 하필 그때 오줌이 마려웠던 것이네. 그렇지만 녀석도 나도 함부로 움직일 수가 없었네. 점점 더 뚜렷해져오는 어떤 영감과 이미 꼿꼿하게 형성된 서로의 기대감을 배신할 수가 없어서 우린 마냥 그 고통을 견딜 수밖에 없었다네.

그로부터 한참이나 더 지난 다음 나는 갑자기 남은 시간을 세기 시작했네. 하나…둘…셋…. 하지만 그건 단순히

분이나 초로 계산된 시간이 아니었네. 나도 모르게, 내 머리 꼭대기로 전해져 오는 어떤 파장을 헤아리고 있었던 것일세. 아마 그렇네! 저 먼 고대

로부터 마침내 어떤 기회가 머리 위로 도달할 시점을….

　나는 아마 다섯까지 천천히 세었을 것이네. 그리곤 다시 거꾸로 더듬어 내려왔지. 조심스럽게. 아주 조심스럽게.

　다섯…넷…둘…하나….

　그러자 재빨리 뭔가가 느껴졌다네. 그리고는 우리가 깊숙이 올려다보는 북동쪽 하늘에 거짓말처럼 커다란 빛줄기 하나가 그어졌다네—물론 나는 놓치지 않았네! 거의 동시에, 빛줄기가 그어지는 그 순간에

　"사랑!"

　하고 벼락같이 고함을 질러 버렸네. 내 소리가 어찌나 컸던지 스스로 놀라서 어깨를 들썩였다네. 한참을 귀가 먹먹하였네. 나는 드디어 해낸 것이었네. 나중에 생각하니 분명 누렁이 3세도 컹, 하고 짖었던 것 같았네. 하지만 녀석이 단지 내 고함에 놀랐던 것인지 아닌지는 유감스럽게도 물어볼 수가 없었네.

　그날 우리는 날이 밝을 무렵까지 모두 일곱 개의 별똥별을 보았네. 방송에서 떠든 것처럼 수십, 수백 개가 쏟아진 것은 아니었지만 나는 어둠을 가르는 그 신비한 빛줄기들을 향해 평소의 소원을 차례차례 빌 수가 있었다네.

　두 번째 빛줄기에는 문학.

　세 번째는 돈을.

　다음엔 건강을—이보게!

　사실 난 맨 처음 '문학!'이라고 외쳤어야 했네. 그 무렵 나는 벌써 두 달째 아무것도 떠오르지 않아서 몹시 절망하고 있었네. 도무지 주파수가 맞지 않아 뭔가 떠오르기는커녕 종일토록 머릿골이 아플 뿐이었네. 자넨 이해하지 못하겠지만 그런 종류의 절망은 때로 손오공의 여의봉처럼 늘어나서 단

번에 인생 전체를 꿰뚫어 버리기도 한다네. 한편 그것은 당장 벌어진 삶에 대한 보다 현실감 있는 절망이기도 한 것이네. 들어보겠나?

고추장과 조미료와 설탕과 프린터 잉크, 가산세 붙은 전기세와 의료보험료, 두 달째 밀린 전화세, 그리고 멋모르고 가입했다가 차압, 어쩌고 경고장이 날아온 연금 보험료까지. 어쩌다 보니 나는 한꺼번에 그 많은 걸 사고 갚고 해야만 기본 생활을 유지할 수가 있게 되었던 것이네. 따라서 거의 모든 것들이 괴상하게 불균형을 이루고 말았네. 예를 들면 커피와 프림이 남았으면 설탕이, 소금은 있는데 조미료가, 김은 떨어졌는데 간장은 거의 반병이나 남아 있었네.

하여간 말이네. 자넨 물에 만 식은밥 한 덩이를 멸치 몇 마리만으로 먹을 수 있겠나? 진정한 문화인이라면 아마 고추장 없이는 불가능한 일일 것이네. 나 역시 마찬가지였네. 불과 지난달만 해도 참기름 떨어뜨린 고추장에 멸치를 찍은 우아한 기억을 가진 문화인으로서, 날마다 새로 발견되는 그런 종류의 불가능을 겪어야 한다는 건 정말이지 매우 견디기 힘든 일이었다네.

게다가 죄 없는 누렁이 3세의 식사마저 하루에 사료 한 컵으로 제한하고 있었으니 그 기분이 어떻겠나. 즈음에 나는 마치 발끝으로 공을 굴리듯이 마당 청소를 했단 말이네. 오죽했으면 녀석이 최대한 변의를 참았다가 탁구공처럼 생긴 단단하고 둥근 알들을 낳았겠나. 녀석도 나름대로 최대한 쥐어짜서 양분 손실을 막으며 시절을 견디고 있었던 것일세.

이보게! 오가다 한번 들르시게.

이제 빈 마당엔 앵두가 무심히 익어간다네. 세상이 알아주기를 갈망하는 나. 더 풍족하기를 갈망하는 나. 더 오래 살기를 갈망하는 나—그러나 동이 터오는 그 새벽에 나는 훨씬 더 작은 것에 큰 행복을 느꼈다네. 단지 누렁이 3세가 호응하듯 내 품 안에서 빙글 돌아앉았기 때문이네. 새벽녘에 들어와서 나는 이상하게 유쾌한 짧은 시 한 수를 끄적일 수 있었다네.

  '별똥별 하나 나 하나.
  사랑 하나 나 하나.'

  그 시를…]

편지글 같은 이 글은 원래 더 긴 것인데 산문으로 다듬어 잘랐다. '독백'이라는 제목이 붙어 있었을 것이다. 나는 소설은 아니고 그렇다고 이상한 시도 아니고 수필도 아닌 장르 미상의 글들을 여럿 남겼는데, 산문처럼 씩씩하게 나아가다가도 가락이 들러붙어서 흡사 뒤섞은 밑그림처럼 되기도 했다. 시점이나 화자를 바꾸거나, 혹은 의식의 분열 같은 것이 재미있었다. 그래도 뭔가 일관되고 싶어서 간혹 팔을 걷어붙이다가 슬며시 그냥 두었다. 들여다보면 그 자유로운 것이 오히려 좋았다. 별로 재미없으므로 세 편만 소개하면 이렇다. 첫째 것은 끊지 말고 숨도 쉬지 말고 마구 읽어내려가면 된다.

  [관음(觀音)

마룻장을 베고 슬며시 잠들었다가 어디선가 흘러나오는 가야금 소리를 듣는데 그것이 꼬이고 뒤틀리는 건 내가 달력 속의 그 자태를 눈여겨본 탓일 게다—오동동이 오동나무 요절한 몸체가 염(殮)을 기다리는 시신처럼 여인의 감싼 허벅지 앞에 길게 누웠는데 희고 순결한 천으로 온몸을 감치고 두른 정갈한 여인은 방금 핏기를 앗긴 두 손을 빼어 안적을 딛고 발돋움한 명주생사 열두 가닥의 질긴 힘줄에 다소곳이 얹어 두었다 졸음이 향탕수처

럼 피어오르는 중에도 열두 가락 외롭고 낭창한 소리들이 시신을 닦는 길
고 긴 손가락들마냥 서로 꼬이고 꼬여서 배경인 듯 여인을 가둔 홍살문을
넌출넌출 휘감아 오른다 요절한 듯 누운 채로 꼬이고 휘감기는 가락들을
질금질금 훔쳐볼 적 질기디질긴 그것들이 애간장을 버팅기다 놓았다가 오
동추야 달빛 낭낭한데 조이는 듯 감기는 듯 치근덕거리면서, 길게 누운 나
를 더듬는데 감겨드는 가락들 속에서 거부하듯 허우적이며 오매불망 으스
러지고픈 요망한 생각들을 견딜 수가 없을 적에 차마 견딜 수가 없을 적에
스걱걱, 은장도가 뽑혀 나온다 소독약 같은 차가운 빛이 날을 세워서 따닥
딱―, 살을 가를 때 눈물 한큼 들이키며 벌겋게 달아오른 외로움이 떨어져
나가고 화장장의 벌건 부지깽이들이 딱다그르―, 불꽃을 튀기며 허공을 가
르면서 슬픈 버선코가 어른거린다 그 이글거리는 불꽃 너머로 선명한 핏빛
홍살문이 괴기스럽게 웃는 중에 도끼날이 무디어진 임꺽정이 풀이 죽은 듯
돌아서고 사로잡히고 사로잡혀서 어쩌다 마음에 둔 사내놈들은 꼭 저렇게
수염을 길러야 하는지 못마땅하면서도 도로 졸리고 도로 가물거리다가 마
룻장에 쿵―, 떨어지면서 달구면서 어쩌자고 따닥 딱―, 남의 외로움에 휘
감겨서 오동추야 오동동이 달빛 낭낭한 가운데 요절한 시신처럼 길게 누워
서 조선 여인의 그 질긴 외로움을 차마 따다―, 견딜 수가 없을 적에 딱!

나는 저어하노라

〈1〉
돌이켜보아도 그저 새벽 약수터
또한 늘 오르던 길이었으며
내 일상의 묵묵함이었으며
거기 맹세코 한 가닥 원한도 억하심도 없었느니

다만 살아간다는 것,
그 무상(無常)한 노정에 대한
저어함 탓이었는지.

내겐 아직 어둑신한 길이었노라.
몰려가는 어둠일랑 걷어차며
질경질경 걷다가
노루봉 느린 오르막에서
어쩌자고 맞닥뜨린 우리
께름칙한 인연을.

〈2〉
…허탈한 심정 탓이었겠지요. 불쑥 올라오는 당신을 미처 보지 못했어요.
그새 또 어디를 올라가는 길인가요. 엊그제도 지나가는 당신을 보았지요.

더 위쪽은 산길이니 아마
당신의 그늘 깊은 마음자리가
거기 어디 있는 건지도….

〈3〉
살아 있는 놈이라고 느끼는 순간
이빨을 박으며 타고 오르는
발목을 감고 종아리를 스치는 너ㅡ!
그 순간 너는 생명이 아니었노라
그저 독이빨이었노라, 저주였노라

오로지 살기 위해
아악, 아악,
밟아 다져야 할 공포였노라.

나무들을 깨우고 숲을 깨우고
흥건하도록 내질러
놀란 노루봉도 한동안 메아리처럼
고개를 내젓지 않았었느냐.

처참히 으깨진 네 몸뚱어리 곁에
주저앉아서도 그저
'등산화를 신었기에 망정이었다!'

〈4〉

…그래요. 내가 길을 막은 형국이라 서둘러 비켜주어야 했어요. 그러나
비뚤고 축축한 내 걸음이 어찌 불쑥 건너는 당신을 당할 수 있겠는지요. 졸
지에 허리께가 밟힌 나는 겨우 그 나머지를 뒤트는 수밖에 도리가 없었지
요.

인사를 나눈 적이 없어선가요.
당신은 늘 당당하게 질러가며
걸음을 늦추지 않았어요.
그래요,
기껏 몸을 흔들어 나갈 수밖에 없는 내겐
당신의 곧은 두 다리가

늘 두려움이었지요.

어차피 진화의 결과라면

우린 까마득 예전부터 서로 엇갈렸는지도요.

그러니 각자의 걸음으로 살아갈 수밖에

도리가 없는 거겠지요.

내겐 이제 지난 일이지만서두요….

〈5〉

너는 상감(象嵌)된 흔적으로

길에 단단히 박혀 버렸느니….

나는 비로소 숨을 고르며 돌아보노라.

아침 운동을 위해 그동안

얼마나 많은 것들이 밟혀 죽었으랴….

하긴 단 한 번의 목숨이

어찌 인간에게만이랴.

나는 저어하노라.

우리가 서로 껍데기를 달리하여

혹은 길게 엎드린 꼴이기도 하고

혹은 두 다리가 자라

서로에게 위협적일 수 있다는 사실 앞에서…

너 또한 독사거나 까치살모사라는—이제 으깨져서 알 수가 없지만서도

그럴지도 모르는 길쭉한 꼬락서니가

누군가에게 오해를 일으킨다는 사실을,

나 또한 무심코 내딛는 길음이
누군가에게 치명적일 수 있다는 사실을
뼈저린 너의 흔적으로
깨닫지 않았느냐.

한결 저어한 마음뿐이노니
대저 우리들 살이가 묵묵함만으로는
어느 날 갑자기 서로에게
치명적일 수 있다는 사실 앞에서.
그보다,
너와 내가 여전히 각자의 걸음으로
나아갈 수밖에는 없는
이 엄연함에 대해서.

두 환영(幻影)

산다는 게 이처럼 묵직하게 내딛어야 하는
코 꿰인 걸음걸인 줄 몰랐다.
삐걱이는 관절에 고름 같은 피를 적셔가면서
똑각 부러지기 전엔
벗어나지 못할 거라는 예감도 얻었다.

어둠 속에 숨어 등 하나 밝힌
철길 아래 포장마차,

오글오글 뱉어내는 타령들이 꼬이고,
끝내 간구하던 것들을 용서치 못하다
꾸벅이듯 흘려들은 염불 소리.
제기랄,
별들은 왜 저 높은 곳에서 반짝이는가.
꼭 지상의 것들을 감시하는 눈구멍 같아서
속으론 회개하는 시늉을 그어두었다.

제 볼을 두들겨 똑, 똑, 똑
목탁 치는 버릇도 생겼다.
어차피 사는 건 하루 밥 세 끼라던가,
가진 놈이건 없는 놈이건
하루 밥 세 끼, 똑또그르으….

악취 오르는 공단 저편의 자동공정처럼
철거덕이며 헐떡이며 뻑뻑해지면서,
취기로 달구어진 비닐 창에 갇혀
저절로 흐린 눈망울을 꾸벅이다가
딱!
어깻죽지에 죽비 떨어지는 소리.
나무 관세음,
나무 관세음
줄지은 결가부좌들.

다시금 몽롱한 철길 아래 포장마차

소주 두 병째,

바퀴 소리 요란하게 스쳐갈 적엔

불빛 선연한 네모지기 눈망울들.

그럼 앞자리의 결가부좌들

그 환영을 본 나는 누구일까.

문득

죽비 떨어지는 소리!

깨어날까 망설이는 나는

누구일까.]

시골에 살면 울력이라는 것을 해야 한다. 시골은 농업 중심의 공동 집단촌이다. 그네들처럼 농사를 짓지는 않는다고 해도 살아가면서 생기는 갖가지 일들에 자연스레 참여해서 힘을 모을 수밖에 없다. 그것은 이웃으로서뿐 아니라 생활 혹은 생존의 차원에서도 그렇다. 그 공동의식을 받아들이면 부작용도 있다. 때로는 얽매임이 되기도, 또 사생활을 침해받기도 한다. 도시 사람들이 전원생활에 실패하는 이유 중의 하나이기도 한데 교통이 좋지 않아 장날은 경운기 따위를 타고 함께 움직인다든가, 관공서의 어떤 지원도 도시처럼 개별이 아니라 이장을 통해 묶음으로 전해진 후 불공평하게 나눈다든가 또 공동의 행사에 빠지지 않아야 한다든가 따위다. 이해 못 하고 적응도 못 하고 따돌려지면 그만큼 버티기 어렵게 된다. 길이 무너지거나 시설이 더러우면 모두 빗자루와 삽을 들고나와야 한다. 바로 그런 게 울력이다. 대대로 이어져 온 이런 공동의 생활방식이 자연스레 품앗이와 노동요로 이어지게 되었을 것이다. 그날도 울력이 한창이었다.

[승호(蠅虎)⁷⁾

거머쥐고 오줌발 날리다가
그때 댓잎사귀에 올라앉은
너의 당찬 눈빛을 보았다.
겨우 녹두알 만한 몸집에 붙박고서
어쩌자고 그토록 빤히 오기를 뻗어 내느냐!
한줌 햇살이 기꺼웁던 그 때에
휘감긴 듯 댓잎 발코니에 잡혀 내려가
설랑은 너랑 마주앉은 것 같았다.
서늘하여라.
이 물비늘 같은 순간을
어떻게 보존하랴.

우리가 어떻게 친해질 수 있으랴.
딴엔 호된 착각이었을
너에겐 천둥 같았을 내 호기심
어쩌면 경계심 초롱한
너의 눈빛도
제 짧은 생에 무르익은
어깨 넓은 호기심이었는지 모르지.
그랬구나 이 낯설지 않음은
억겁의 시간이 지나 우리가 다시

---

7) 깡충거미의 한자 이름. 크기가 작고 집 없이 돌아다님.

서로의 껍데기를 바꿔

눈빛 마주쳤을 때에.

그 해 봄날이었을 것이다. 마을에선 도랑을 쳐내는 울력이 한창인데, 슬슬 오줌이 마렵던 것이다. 눈들을 피해 불쑥 돌아 들어간 나주댁 뒤란에서, 나는 정작 또 하나의 눈빛과 마주하고 말았다. 눈높이에 휘어 내린 댓잎 위였다. 녹두알 만한 작은 녀석이었다. 녀석도 미처 놀라서 갑자기 다가든 나를 보고 있었다. 우리는 아주 가까웠다. 녀석의 당차고 둥근 눈 두 개가 햇살을 받아 보석 알갱이처럼 반짝반짝 빛이 났다. 오줌발이 날리는 그 순간에도, 그것이 그치는 작은 변화에도 스러져 버릴 듯 물비늘 같은 순간이었다. 어찌 그때, 하필 그 순간에 나는 불쑥 마주 보게 되었다. 억겁 전의 내 눈빛을….]

억겁 전의 내 눈빛이라는 뜻은 이렇다. 처음에 녀석이 움찔하며 놀라는 것을 알아챌 수 있었다. 그리고는 약간 뒷걸음치며 다른 댓잎으로 뛰어내릴까 말까 망설이는 것을 보았다. 참으로 흐트러지기 쉬운 가냘픈 순간이었다. 다행히 그러지는 않았는데, 그런데 그때였다. 녀석이 조금 움직였다. 그리고는 흐트러진 자세를 고쳐서 다시 정면으로 나를 마주했다. 가냘픈 순간은 일단 지났다. 덕분에 나는 녀석의 속마음을 저절로 알 수 있었다. 그러니까 자신은 확고하며, 계속 살피고 있으니 나더러 함부로 움직이지 말라는 경고 같았다. 나는 순순히 거기에 따랐다. 우리는 그렇게 서로 더 피하거나 다가들지 않기로 타협했다. 그런 일련의 진행이 짧은 긴장감 속에서 이루어지고 당황과 경계, 그리고 믿음의 순서대로 지나갔다. 그러니까 우리가 함께 겪은 그 짧은 순간은 분명 언젠가 겪은 듯 낯이 익었으며 또 상대방도 그러했으리라 짐작된다—그것은 단지 믿음이다. 그렇지만 무엇보다도 우린 동등했다.

모든 생명과 동등할 수 있는 것, 너무나 당연하게 동등하다는 마음을 가지는 것, 그러므로 방해되는 모든 격의를 다 없애는 것, 이것이 수행이다. 따라서 수행자는 모든 생명에 대해 결코 우위에 있지 않다. 티벳 불교에서는 아예 '이 세상 어느 생명도 전생에 나의 어머니 아닌 것이 없다'고 가르친다—어느 방송 다큐에서 보았다. 모든 생명, 더 나아가 우주의 모든 것에 대한 존중과 사랑을 가르치기 위해 그렇게 말할 수도 있겠다고 이해한다. 더 본격적으로 넘어가 보자.

'하이젠베르크와 보어가 이끄는 1920년대의 물리학자들은, 세계는 독립된 물체들의 집합이 아니라 통일된 전체의 다양한 부분들 간의 관계망으로 나타난다는 인식에 도달했다.'

깨달음의 말씀은 찌든 책들 속에만 있는 게 아니다. 오늘날의 과학이 말하고 있다. 수행의 목적은 [나]라는 개별의식을 버리고 전체와 하나가 되는 것이다. 이 또한 더러 듣는 소리다. 그러나 여기까지 넘어오면 대부분 정확하게 설명하지 못한다. 실제로 그 전체라는 건 어디까지이며 하나가 된다는 건 또 어떤 상태입니까? 경험한 사람들은 당연히 이런 질문을 받는다. 그러나 설명을 다 듣더라도 도로 그 짝이다. 뜻은 알겠는데 뭔가 시원치는 않은 것이다. 명상을 깊게 이룬 많은 이들은 단지 느낌으로서가 아니라 분명한 경험으로서 그 일시적인 '하나됨'을 경험했을 것이다. 그렇지만 말로 설명하기는 그처럼 까다롭다. 그러므로 내가 문학을 불러서 짐작해 보려고 한다—문학은 이럴 때 무기가 된다.

[…저도 이제까지 제법 긴 것은 딱 세 번 경험이 있었는데요, 모든 것을 포함한 전체라는 건요, 그냥 우주를 다 포함하느니, 생각하는 모든 크기를 포함하느니 하고는 전혀 달라요. 언어의 한계가 있지만 이렇게 말하면 비슷하네요. 그냥 모든 것에 대한 전구분이 없어진다, 이런 뜻이어요. 전구분은 우리가 아는 그 구분과 구분하려고 제가 지금 임시로 만든 단어구요, 그게 뭐냐면 여기 내가 있고 저기 달이 있다는 의식이 있거나 말거나 그보다 더 뒤에서 멀찍이, 더 먼저, 더 근본적으로, 그러니까 당연히 구분 지어진 것이라고 여겨져요. 전구분이 없어진다는 건—무의식하고는 다릅니다—가령 우리가 그림 그릴 때 배색 있지요? 일단 화면 전체를 다 칠하고 시작하는 그 바탕색. 그 색깔이거나 아니면 색에서 나오는 느낌이거나 뭐 그런 자체가 아예 쓱, 바뀌는 그런 느낌입니다. 저는 그 첫 경험을 할 적에 마치 동화그림 속으로 들어와 있는 듯 아주 편했습니다. 그저 바라보며 나한테도 왔구나, 하고 생각했죠. 한참 이어지다가 도로 사라졌습니다. 모든 게 전부 다 내 가족이고 편안함이 깔린 나의 뜰이고, 그러므로 미리 유지된 우정이 있어서 어떠한 경계심도 생경한 느낌도 없는 그런 상태였습니다. 이런 설명도 시원하지는 않네요. 아니면 밑그림을 너와 나로 구분해서 그려 넣고 거기 의존해서 현실을 그렸는데, 여전히 그 밑그림에 의존해서 현실이 구분되다가 갑자기 그 밑그림이 없어져 버린 느낌? 이게 더 가까운 설명 같기도 합니다. 아직 부족해서 말이 길어졌습니다. 다 이루고 나면 다시 대답하겠습니다.]

훨씬 더 뒤에 그 명상 카페에 올렸던 글이다. 이 첫 경험은 노동 현장에서 겪었다. 한옥을 짓던 참인데, 나는 지붕 위에 있었다. 오후 작업이 일찍 끝난 탓에 다른 이들은 먼저 내려갔던 것 같다. 나는 남아서 그대로 드러난 서까래들 위에 걸터앉아 있었다. 서두르지는 않아도 되므로 담배를 하나

피울 참이었는데, 그러다 잊어먹고 저 아래 풍경을 멀거니 내려다보고 있었다. 얼마나 지났을까. 그때 갑자기 그것이 찾아왔다…. 노동일에 젖어 지내던 때라 모든 것이 둔감해져 있었으나 그 신기한 경험에 대해서는 뭔가 남기고 싶어서 나중에 되새겼다. 문학은 이미 멀리하고 있었다. 의도와는 다르게 너무 들뜬 느낌이었으나 다시 보니 크게 엇나가지는 않은 것 같다.

[그리움—가족사진

그대 아는가.
그날 내가 홀홀 서까래를 타고 앉아 저
붉게 물든 모퉁이 너머 아프리카,
동이 터 오르는 짐바브웨[8]의 흑인 조각가를 떠올리다
뜬금없이 그와 내가 하나였음을
문득 그러함을 보았노라.

대자연은 인류의 것도
문명의 것도 아닐 텐데 저
골과 등으로 맥동하여 사방팔방 뻗은 것들이
하나인 듯 맞잡은 듯 내게로 닿아
출렁이며 이어지다가
저리 붉디붉은
조명 아래 한 장의 사진으로 철컥!

---

8) 전통의 '쇼나조각'으로 유명한 쇼나 부족이 살고 있음.

해는 맞잡은 것들을 쓸며 돌고
맞잡은 우리는
저마다 수줍게 벅차올라
보는 골마다 제가 바탕이 되고
솟은 등마다 제가 중심이 되어
사방팔방 저절로 그리운 줄기를
꿈틀꿈틀 뻗게 된 까닭을.

돌을 쪼는 너에게도
훌훌 타고 앉아
근육을 쉬는 나에게도
어쩜,
저 위위 창공에서
발아래 아래의 미물에 이르기까지
이 땅의 끝까지 나아가 돌아보는 저 해와
한 느낌, 한 떨림으로
다시금 더 싱싱한 맥동으로 출렁이며
이어지던 것이다.

나는 믿노라, 다만
밝게 차오른 찰나의 그때 우리들이
이를테면 저 깊은 어느 곳에
함께 뿌리를 두고
내가 보내는 해를 이제
그가 망치 거머쥔 새 결의로 맞이하여

이렇듯 솟고 져서
수줍게 마주보는 눈길이거나
혹은 서로를 향한
그리움이었음을.]

다만 아주 맘에 안 드는 이런 시도 같이 붙어 있었다.

[비둘기 下

내가 못주머니 차고
망치 끄덕끄덕 흔들며
쭉쭉 내걸린 서까래
폴짝폴 건너면
지나는 사람들이 부러운 척
'아이구, 떡 벌어진 집이네'
라거나 한술 더 떠서
'저러헌 사람이 대목장이 기술자란다'
손목 잡힌 아이놈의 존경심까지
일깨우던 것이다.

한번은 웬 비둘기 울음소리 꾸욱꾸욱
운치도 있었다.
오후 새참 빵 한 개 씹고는
한껏 좋아서 길 쪽을 내려다보는데,
아까 손목 잡힌 꼬마가 다시 와서

말없이 저 위를 가리키었다.

나보다 더 높은 놈 있으랴

이번엔 쳐다보니까,

높다란 고압선 가닥에

비둘기들이 줄줄이 앉아서

꼭 가소로운 듯 갸웃거리며

내려다보고 있었다.

어떤 놈은 똥도 픽 갈기면서!]

'현존'이라는 중요한 개념이 있다. 말 그대로 그냥 지금의 상태, 즉 현존(現存)이다. 아무 걱정 없이 그냥 있게 되는 상태라고 할 수 있다. 이게 별것 아니면서 중요한 이유는 깨달음에 이르는 계단에서 위에서 두 번째여서다. 코앞에 뭐가 보이는데 실제로는 유지가 잘 안 된다. 순간에 전날의 서운함이나 앞날의 걱정 하나가 떠오른다면 도로 한 걸음 물러나야 하기 때문이다.

인간의 뇌는 두 쪽이다. 좌뇌와 우뇌는 서로 역할이 다르다. 이미 알고 있듯 이들은 상호 간섭하고 영향을 준다. 마침 어떤 정신과 의사가 사고로 뇌 두 쪽을 연결하는 신경이 끊겼다. 그것을 다시 연결하기 전까지 그는 깨달음의 상태에 있었다. 그는 그때의 생소하고도 신기한 느낌을 책으로 출판하여 널리 알려졌다. 관련하여 많은 이들이 관심을 가지게 된 것으로 들었다. 그렇지만 우리가 뇌 두 쪽의 연결을 끊을 수는 없으므로 그것은 별개의 사건이다. 서점에 가면 현존에 관한 책들이 여러 권 나와 있다. 나도 과거에 제목부터 '현존'인 것을 비롯하여 몇 권을 사다 읽었다. 읽고 나면 지식은 쌓이나 그 또한 별개다.

그러면 어떻게 해야 하는가? 직접 그 상태로 가보면 된다. 좋다고 하는 것들은 뭐든지 즉시 해보는 게 중요하다. 즉시 해봐서 안 되면 연습이고 되면 얻은 것이다. 마하리쉬를 비롯한 많은 선각자들이 이렇게 알려준다.

'있는 그대로.' 혹은 '산은 산이요, 물은 물이더라.'

도로 아미타불이다. 그래서 나는 경험한 사람으로서 문학을 빌려 이렇게 말해 보겠다. 뜻이 모호한 의사전달에 있어서 문학은 몹시 중요하다. 현존은 그냥 지금에 머무는 상태다. 지금이 아니라 '지금에'다. 이것이 문학의 시각으로 볼 때 생기는 다름이다. 그 다름을 계속 살리면 다음과 같다.

'미리 걱정할 대단한 개념이 아니라 그냥 살짝 또렷하면서도 너그러운 편안함이다. 혹은 몸과 마음이 풍경에 대해 관대한 상태다. 혹은 방금 이전과 방금 후까지 미리 느긋한 상태다. 쉬운 말로 내맡김이다. 무념무상이다. 소금기 없는 심심한 경건함이다. 부드러운 몰아(沒我)거나 망아(忘我)다. 무아경이면서 초롱초롱한 무심이다. 전혀 졸리지 않으면서 매우 골고루 분배된 편안한 바라봄이다. 총총하지만 감정 없는 보이는 그대로다. 욕심 없는 신선하고 다정한 풍경이다. 깊은 바위 속에 갇혀 다 포기한 직후의, 삶에 대해 잔잔하고 편안한 각성이다. 졸다가 가볍게 죽비를 얻어맞은 '안이비설신의'다. 여태 보아오던 편안한 풍경에서 '순간' 느끼는 새삼스러운 낯익음이다—그걸 안 놓치는 생생함이다.'

적다 보니 딱 현존의 자리만 짚은 건 아니고 앞뒤 한 걸음씩 포함되었다. 그래도 도로 아미타불인 사람들을 위해서—그게 당연하다—필요한 말은, 꾸준하면 결국 이룬다는 속담이다. 첫 번째보다 한참 오래 유지된 두 번째 경험을 소개한다.

[송광사를 가끔 갑니다. 입구쯤에 기념품도 팔고 밥도 파는 식당들이 모

여 있는데, 산채비빔밥이 꽤 맛납니다. 산채정식도 있긴 합니다. 말 그대로 정식적으로 한 상 차려주는 것인데 당연히 맛난 반찬은 많은데 훨씬 비쌉니다. 배고프면 구경도 재미나지 않는 법이어서 대개는 도착하자마자 비빔밥부터 먹고는 십 분 거리쯤 되는 길을 슬슬 걷습니다. 여기만 무슨 대단한 절이어서 간다기보다 그만한 규모의 절간이 근처에 없기 때문입니다. 절간도 없는 산길을 올라가 봐야 숨만 가쁠 것이니, 구경도 할 겸 절간에 가는 것이 훨씬 낫습니다.

언젠가 송광사에 가서 시디 한 장을 산 적이 있습니다. '송광사 첫소리'라는 시디입니다. 거기 보면 아침 예불을 드리는 여러 소리가 나옵니다. 뎅뎅, 종소리가 울리고 둥둥, 큰 북이 울리고 목어가 뚜닥닥거리고, 스님들이 반야심경도 합창하고 천수천안경도 합창합니다. 듣기가 아주 좋습니다. 특히 마음을 편안하게 해주는 합창 소리가 첨엔 뭔지 몰랐는데 그게 천수천안경이었습니다. 요즘도 자주 듣습니다. 근데 첫소리가 아니라 하루를 마무리하는 소리도 이와 비슷합니다. 석양에 스님들이 나와서 큰 종을 울리고 북을 치고 그러는데, 나는 그걸 꼭 구경하였습니다.

어느 여름날인가? 그것도 꽤 돼갑니다만, 역시 홀로 송광사에 들렀다가 마무리를 보고 가려고 대웅전 앞에서 서성거렸습니다. 다른 관광객들도 많이 있었습니다. 그 중엔 절간 신도도 있고 산행을 즐기는 사람들도 있고, 또 단체로 구경 와서 음식 남은 걸 싸서 들고 다니는 사람들도 있었습니다. 분주한 광경이었습니다. 점점 마칠 시간은 돼 가고, 이윽고 스님들이 몇 나와서 북도 치고 종도 울리고 그러려고 준비를 하는 중이었습니다. 약간 북새통이었습니다. 단체로 온 사람들도 자기들끼리 서로를 찾고 군데군데 웅성거리는 등, 제각각 작은 소란을 피우고 있었습니다. 그런데 그런 것들을 조용히 지켜보던 중이었습니다.

나는 뭔가 익숙한 것이 나에게로 오고 있는 것을 알았던 것입니다. 그것은 처음엔 그저 뭔가 익숙한 느낌이었습니다. 그래서 방해하지 않으려고 의식적으로 아무런 동요도 일으키지 않았습니다. 익숙한 것이라고 말은 했으나 무사히 맞아들인다고 해도 살아오는 동안 딱 두 번째입니다. 눈을 깜박이는 것도 잊은 채 마음을 그대로 두려고 아주 작은 의식으로만 예의를 갖추고 기다렸던 것 같습니다.

그리고 나는 보았습니다. 주변의 소란이 모두, 아까 단체를 이룬 사람들도 저기 나무 옆에서 대화를 나누던 사람들도, 혼자서 카메라를 들고 나처럼 어슬렁거리던 사람도, 큰 대웅전과 옆에 있는 더 작은 건물들도 보고 있는 나까지도. 그리고 보고 있다고 여기는 나까지도—그게 갑자기 어떤 '일렁거림?' 속에서 모두 까무룩 하나가 되는 것을!

아무튼 그 순간 모든 것이 한 폭의 동화 그림처럼 되는 것을 나는 분명히 보았습니다. 일단 그렇게 되면 누군가 그 동화 그림을 보는 게 아닙니다. 세상이랄 것도 없이 그냥 동화 그림입니다. 보고 있는 나도 그냥 동화 그림입니다. 사람들과 건물들이 각각 자기 할 일을 하고 있었습니다. 아주 더없이 편안하고 좋았습니다. 동화라는 게 원체 선한 그림이어서 아무런 위해도 없습니다. 만약 누군가 그리움이 담긴 어린 시절의 동화 한 장을 그린다고 치면 거기 그려지는 사람들이나 나무나 어느 것이나 모두 가족을 대하듯 애정 가득한 마음이었을 테지요. 그리는 사람의 그 마음이 어디에나 붙어 있는—아쉬운 대로 그런 설명이 맞을 것 같습니다. 건물들은 그 자리에 그대로 있는 것이 자기 할 일이고, 움직이거나 대화를 하는 사람들은 역시 그대로 하고 있었습니다. 그런데 그게 모두 한 폭의 동화 그림 자체였으므로 우리는 뭔가 하나처럼 친분이 있었습니다. 굳이 예를 하나 들자면 기다란 뱀이 슬슬 움직이는데—머리도 움직이고 꼬리도 움직이고 허리 어디쯤도 슬슬 움직이는—각각 따로지만 하나로 익숙한 그런 느낌?

그리고 한참 후 나는 깨어났습니다. 다행히 꽤 오래 지속되었습니다. 깨어나기 직전에 욕심이 생겨서 움직임들을 자세히 보았는데 왜 이런 느낌인가를 오늘 알아버려야지, 그렇게 생각했습니다. 바로 그게 잘못이었던 것 같았습니다. 그러자 무슨 딱지가 떨어지듯이 풍경들이 동화 속에서 순식간에 각각 현실로 살아 일어나 버렸습니다. 아니면 순식간에 깨어나면서 그런 의문을 가졌던 것인지도 모르겠습니다. 어쨌든 거의 동시에 그랬습니다. 현실로 일어났다고 하는 것은 시야가 더 또렷해졌다거나 정신이 더 들었다거나 하는 것은 아닙니다. 그런 것은 전혀 변동이 없습니다. 당시 송광사 박물관 앞쯤이었으므로 누구든지 내가 서 있던 자리에, 그 시간쯤 가서 직접 느껴보시기를 바랍니다. 그런데 그러기보다는 내가 '요중선'에 대해 설명한 것에 더 관심을 두십시오. 송광사보다는 더 가깝고 손쉬운, 약간 번잡한 시장통에 나가 서서 풍경을 전체적으로 살피면서 큰 빨래를 털 듯이 펄럭, 의심을 털어버리는 연습을 하는 편이 더 나을 것입니다. 나는 그때나 지금이나 그런 광경과 연관 지어서 요중선이라는 말을 떠올리니까요.]

현존이니 요중선이니 말하다 보면 하나 짚이는 게 있다. 나는 졸업 후 한동안 산업기계를 설계하는 곳에 근무했는데, 큰 공장 안쪽이었으므로 종일 시끄러워서 소음만으로도 스트레스가 이만저만이 아니었다. 입사 초기에 꽤 난관에 부닥쳤다. 기계구조를 그려나가는 일은 보통 까다로운 게 아니다. 가공 후 완성품으로 조립되어 제 기능을 못 하면 당연히 질책이 따랐다. 그런 부담으로 팀원 모두는 각자 주어진 책임과 스트레스를 껴안고서 절대 쓰러질 수 없는 무슨 좀비 같은 상태가 된다. 밥 먹을 때나 변기에 앉아서도, 당연히 퇴근 후에도 아이디어를 짜내느라 뇌를 쉴 수가 없었다. 예나 지금이나 그 직업을 가진 사람들은 모두 동의할 테지만 그러니 삶이 온통 스트레스의 연속이었다. 그런데 역설적이게도 당시엔 그 반대 방향에서 또 스트레스가 생겼다. 실제로는 시간이 너무 남는 것이다. 뭔가 방법은 떠오르질 않는데 드라프타—도면을 그리는 판—를 쳐다보며 끈덕지게 앉아있어야 하는 당장의 문제가 그것이었다. 피곤해도 *끄덕끄덕* 졸 수는 없었다. 설계과장이 큰 눈을 굴려 가며 종일 감시중이어서다. 사실 좋은 생각이란 하루에 한두 번 떠오르는데, 대부분의 나머지 시간은 뭔가 열심히 골몰하는 자세를 보여야만 하는 것이다—그것은 곧바로 근무태도로 평가되었다. 스트레칭 겸 나갔다 오는 것도 한계가 있었다. 문제는 풀리지 않는데 온종일 오해받지 않을 자세를 유지해야 하는 그 스트레스란 생각 외로 큰 것이다.

나는 그러는 중에 문득 힘들이지 않고 시간을 흘려보낼 수 있는 한 가지 방법을 알게 되었다—남들도 그랬는지는 알 수 없다. 그게 뭐냐면 내가 '분홍의 순간'이라고 부르는 것인데, 안 졸아도 될 만큼 즐거운 생각을 떠올리고 거기 집중한 다음 슬쩍 마음을 풀어버리면 된다. 가령, 나는 당시 공장 안의 어떤 아가씨를 은근히 좋아하고 있었으므로, 그녀를 떠올리면 그냥 좋았다. 애인까지는 아니었다. 그냥 기초과정이었다. 커피 자판기 앞에서 손을 살짝 잡아본 적이 있는데 가만히 잡아 빼면서 수줍게 짓던 미소가 또 어지간히 황홀하였다. 피부도 하얗고 고왔다. 기초과정 중에는 멀리서도 딱 보면 벌써 두근거리던 것이다.

나는 우선 그 잊을 수 없는 미소와 보드랍던 손과 슬쩍 풍기는 향을 재료 삼았다. 전체적으로 예쁜 아가씨라는 만족감에 더해서 약간의 상상을 만들어서 그냥 뒤섞어 버렸다. 아무도 안 보는 가장 좋은 조건에서 뭔가 더 이루어지기 직전에 한참 서로 마주 보는 식으로. 그래서 생긴 결과물이 바로 분홍의 순간이다. 그런 다음 마음을 풀고 편안한 상태로 거기 빠지면 되었다. 이때 중요한 것이, 절대 엉큼한 상상으로 나아가면 마음이 날뛰어서 안 된다. 그렇게 마음이 움직이면 결국은 피로해서 싫증이 나고 오래가지 못한다. 따라서 이것도 앞에 말한 그 길항의 순간을 유지하는 게 중요했다.

말하자면 서로 견제되는 길항의 영역은 매우 날카로운 날과 같다. 찰나의 순간에 불과하다. 영상이라기보다 그냥 한 장의 사진처럼 폭이 좁은 것이다. 기분 좋다고 영상처럼 움직여 제풀에 허물어지는 것과는 분명히 다르다. 분홍을 유지하면서 멈추는 게 중요하고, 거기엔 나름대로 각성도 필요했다. 길항의 순간을 지켜보며 유지하려는, 전혀 강력할 필요가 없는 부드러운 각성! 나는 거기에 그냥 들어가 앉았다.

솔직히 그 상태면 피로해지지 않으면서 오전에도 또 오후에도 퇴근 시간이 다가오는 것도 모를 만큼 내내 오해받지 않을 자세로, 절대 쓰러지지 않는 좀비처럼 열심히 앉아있을 수 있었다. 나는 아주 좋은 근무 평가를 받았다. 그런데 이것은 분명 현존이 아니다. 마음이 전체를 아우른 상태에 머무르지 않고 그냥 분홍의 순간으로 들어간 것이다. 칼날 위에 머물렀다고 해도 그것은 실제가 아니고 가상의 현존이다. 그렇지만 나는 자신도 모르게 훈련이 되었다. 길항의 좁은 영역에 그 찰나의 순간을 유지하면서 멈추는 그 훈련.

현존은 깨달음과는 다르다. 현존을 경험한 사람은 수도 없이 많다. 그것은 사람의 능력 안에 있다. 약간 세게 말하면 누구나 경험할 수 있다. 어떤 사람들은 그 당연한 경험을 가지고 자신이 드디어 깨달은 것처럼 영상을 만들어 유튜브에 올리기도 하고, 길게 이론을 섞은 글을 써서 책으로 내기도 한다. 그러나 내가 분명히 확신하는 것은, 완전히 깨달은 사람은 긴 글을 쓰거나 책을 내지 않는다. 남에게 그것에 대해 장황하게 설명할 필요도 못 느낄 것이다. 부질없어서—아마도.

'글을 써서 남기는 것도
다 부질없다.
내가 깨고 나면

누가 있어 읽으랴.'

이꾸 선사의 말이다—그러면 이런 글도 쓸 필요가 있을까 싶다.

*

한번은 오랜 친구가 찾아왔다. 내가 세상을 피해 멀리 이런 곳에 숨어들기 전에는 우린 흔히 말하는 절친이었다. 함께 싸돌고 즐거워하고 때로 정치 이야기로 분노하던, 격의 없는 친구였는데 서로 뜸하게 되고 말았다.

옛날을 회상하고 그립던 것들에 대해 충분히 아쉬워한 다음, 친구는 뜸을 들이다가 혼자서 가는 것은 정말 내키지 않은 곳이 있는데 같이 가 줄 수 있느냐고 물었다. 몹시 우울해했다. 나는 캐묻지 않고 그러자고 했다. 우리는 도시로 나갔다가 다시 한적한 곳으로 버스—자가용은 부자나 타던 시절이다—를 타고 가서 또 한참을 산길을 따라 걸어 들어갔다. 친구는 굳게 입을 다물고 내내 아무 말도 하지 않았다. 나는 아직 까닭을 몰랐지만 이내 목적지를 짐작했다. 버스에서 내리자 조그만 안내판이 있었던 것이다. 무슨 해묵은 수녀원이었다. 숨겨둔 애인이 여기 갇히기라도 했다는 말인가. 흔한 동네 성당이 아니었다. 멀쩡히 마누라가 있는 녀석이 이 깊은 수녀원엔 왜 오는가. 그러나 나는 녀석의 우울한 표정에 대고는 아무것도 물어보지 않았다. 친구는 절차를 거쳐 교도소 담장 같은 높다란 벽돌담 안으로 들어가고 나는 복잡한 심정으로 홀로 남겨졌다.

그냥 둘러볼 적에는 인생살이는 그리 별것이 아니다. 친구는 도시의 형님댁에서 고등학교를 마쳤다. 형님과는 나이 차이가 꽤 있었다. 당시 탄탄한 은행의 지점장이었으니 그럭저럭 출세는 한 분이다. 마누라도 엄청 미인을 얻었다. 예전에는 그냥 흘려듣기만 하던, 여자를 두고 달덩이 같다느

99

니 말머느릿감이라느니 하는 비유를 나는 그 무렵에 진저리치게 깨달았다. 한참 연상이었을 텐데도 볼 때마다 가슴이 뛰게 하는 무엇이 있었다. 우선 아름다웠고 상냥했으며 또 지적이고도 자상했다. 그 네 가지 장점이 아낌없이 함께 몰려다니는 바람에 형수님 주변은 늘 달빛이 훤히 비추는 것처럼 저절로 밝았다. 시동생은 물론이고 그 친구인 나에게도 매번 자상했음은 물론이다.

그리고 두 딸, 초등학생이던 그 아이들이 또 엄마를 그대로 쏙 빼닮아서는 그렇게 귀여울 수가 없었다. 물론 이제 세월이 흘렀다. 그 큰 녀석의 이름이 미미던가…. 무슨 명상곡이냐 소녀의 기도 같은, 피아노를 제법 잘 쳤었다. 흡사 작은 달덩이처럼 생긴 그 녀석이 까불고 재롱부리던 모습이 아직 눈에 밟힌다.

그 형수가 이듬해에 죽었다. 심장마비라고 들은 것 같고, 친구와 나는 헤어져서 각자 다른 대학으로, 그리고 아예 육상과 공중으로 나뉘어서 군복무를 마쳤다. 친구는 대학 다니는 동안 줄곧 기숙사에서 생활했다. 나도 그 집에는 다시 갈 기회가 없었다. 제대 후 직장도 달라지니 영 만나지 못했다. 그러다 여러 해 만에 고교동창회에 나가게 되었는데 친구는 나오지도 않았다. 그리고 건너고 건너서 들은 이야기로는, 형님이 그다음 해엔가 재혼했고 새로 들어온 여자가 정말 여러모로 대조적이었다고 한다. 아이들을 새로 낳았으며 전처의 아이들에게는 그야말로 혹독했다는 이야기 정도를 들었다. 더불어 가세도 기울었다. 잘나가던 형님도 지인이 벌인 사업에 끼어들었다가 홀딱 망하게 되었고 어쩐 일인지 지방의 조그만 지점으로 쫓겨가 빌빌 돌다가 그만두었다고 한다….

안 된 일이다. 안 된 일이지만 한편 이해가 가는 이야기다. 삶의 삭막함에 비추어 별다른 것도 없었다. 끝내 잘나가지 못하고 주저앉은 사람들이 얼마나 많은가. 어쩌다 가세가 기울게 된 보통 사람들 이야기다. 우리는 상대방의 사정에 대해서는 그저 담 밖에 있는 것이다. 그것은 어쩌면 내게도 일어날 수 있는—혹은 벌써 일어난—삶이라는 이원성에 대한 강 건너편 입장이기도 하다.

[미미 이야기

하늘은 태곳적 이야기로 까마득 멀어지고
푸르고 흰 비둘기 떼에
머리채를 붙들려 가는 종탑 아래로는
아프게 벗겨낸 외로움들
살비듬처럼 쌓여간다.
수북한 곳마다 떨어져 꽂히는
삭아 푸석이는 비둘기 똥들
시린 이빨로 종탑을 들어 올리면서
멀리 더 멀리 자꾸만 퍼덕이는 날갯짓 너머

나는 붉디붉은 담장 밖에 홀로 남겨져
어린 조카가 수녀가 되었노란
친구의 한숨 같은 고백을 들여다본다.

'떡 하나 주면 안 잡아먹지'

가만히 떠올린 이야기 하나!
근데 그 쪼그만 계집애 녀석
이름이 뭐였더라?

옹고집쟁이 늙은 담쟁이넝쿨은

높고 묵직한 담벼락에

또 한 겹 아픈 가시철망을 두르고 있었다.

소라고둥처럼 귀 기울이면

제 숨결에도 놀라 움츠리는

작은 가슴들

나는 담장 안쪽을 훔치다 돌아서서

오랜 세월 미심쩍은 자격으로 희고 회다가

마침내 잿빛으로 올라붙은 하늘을 마주 보았다.

안쪽에 화가 미칠까 거두는 눈길에

화석처럼 구르는 비둘기 똥 하나가 밟힌다.

단단히 수절한 그것을

유물 다루듯

조심스레 집어 올렸다.]

'어린것이 힘들었을 테지. 특히 미미 저놈은 제 동생한테 엄마 노릇도 해야 하고….'

돌아오는 길에 친구는 딱 그 말만 했다. 마지막으로 형님 대신 자기가 한 번 더 설득해 보러 왔노라고. 정해진 수습 기간이 다 지나고, 이제 시간이 없어서 당장 밖으로 나오지 않으면 평생을 혼자서 살아내야 한다고.

수녀가 되든지 여승이 되든지 그런 따위는 친구와 그 형님에게는 관심 밖의 일이다. 아프게 자란 그 소중한 아이가 또다시 평생을 혼자 살아가야만—그러니 얼마나 더 아플 것인가—한다는 것, 그것만이 받아들이기 어려운 사건인 것이다.

나는 돌아와서 뜨끈해진 머리빡을 싸매고, 진한 밥풀때기를 억지로 눌러 바르듯 힘을 줘가면서 꾹꾹 저 시를 적었다. 달덩이 같던 그 아이. 재롱 피우는 짓마다 달빛이 비추이던…. 미미와 나 사이에 이미 거대한 담장이 쳐지고 나는 그쪽 사정은 잘 모른다. 나도 어느결에 후다닥 보편으로 돌아와서는, 내가 선 이쪽 자리가 미미에게 더 안전할 것이라는 생각을 하는 것이다.

나도 아직은 나아가는 중이다. 그새 찌그러든 몰골로 나아가는 중이다. 익숙한 곳으로 되돌아오면 방금 건너온 반대편은 다시금 신뢰가 가질 않는다. 무엇에 대한 신뢰인지조차 막연하면서 그저 높다란 담장, 혼자서 갇히게 되는 그 너머는 불안하다고 생각을 하는 것이다. 어차피 산다는 게 불안하고, 결국은 누구나 주어진 삶을 혼자 살아내야만 하는 것일 텐데도.

[솟구쳐오르는 열정, 혹은 어떤 해묵은 바람 같은 것. 살다가 사로잡히게 되는 그런 끈질긴 내몰림을 견디지 못해 자기만의 길로 접어든 사람들이 있을 것이다. 어떤 이는 빛깔에 취해 붓을 치켜들고, 어떤 이는 소리에 취해 음악에 빠져든다. 또 어떤 이는 털어내듯 머리를 깎고 어떤 이는 무슨 홀로된 샤먼의 심정으로 더 깊고 외로운 산속으로 기어들어 간다. 그렇지만 모두가 한가지로 닮은 내면의 그 어떤 것, 더 깊고 근본적인 자기만의 그 어떤 것을 향한 열정 때문일 것이다….]

[…그렇다고 하더라도, 왜 버리게 되었느냐 하는 문제를 가만 들여다보면 지극히 '개인적이고 운명적'인 내밀한 원인이 있는 것이다. 그리고 크든 작든 그런 곤경이야말로 보통 사람들에게 올곧이 드러난, 삶이라는 관성에 직각 방향으로 열린 유일한 길이다. 이때 새로운 감동의 끈을 붙잡도록 부

추기는 그것은 슬픔이다. 그것은 원한이다. 그것은 반항이며 또한 상대의 살을 깎자고 망설임 없이 내 뼈를 분지르는 울분이다. 그나마 더 보태면, 말단 공무원의 펜대 같은 억눌린 성실이거나 겨우 티끌 같은 사명감이거나 보잘것없는 가난한 순종이다.

문제는, 그렇다 하더라도 완전히 방향을 바꾸기 전에는 현실을 바라보며 살아야 한다는 점이다. 그래서 그런 식으로 열린 기회는 대개 이원적인 삶을 살게 만든다. 아직 발 담그고 있는 현실은 여전히 괴롭고 불만투성이다. 의기양양 떠나왔으나 세상을 버릴 수는 없었다. 쌀을 사려면 돈이 필요했고 공과금을 내기 위해서도 돈이 필요했다. 그 몇 날의 호강이 끝나자 나는 돈을 벌기 위해 다시 도시에 나다니지 않을 수가 없었다. 때론 이미 떠나온 그곳에 한동안 방을 얻어두고 건축 현장에 다녀야 했다. 그때에 옛적 친구를 만났다. 그리고 긴긴 시간 뒤에 숨어서는, 방향을 바꾸어 여전히 나와 수평으로 달리고 있는 옛사랑의 흔적을 보았다.]

내가 더러 끄적이는 시들은 시집으로 묶일 일은 없었다. 현실이 그렇거니와 쌀 한 톨 값도 못 될 시집에 희망처럼 빛나던 그 작은 달덩이, 내 살 같던 아이를 묶어 넣을 수는 없다. 누가 말했듯 신의 것은 신에게로, 카이사르의 것은 카이사르에게로. 그리고 저 못난 시는—내 가슴 뛰던 날의 어린 미미에게 바친다.

'이제는 안녕, 미미…. 결코 너의 길이 아프지만은 않기를.'

*

[탈바가지

…정성을 다해 깎으면 그 재료가 자신을 닮는다는 말이 맞는 것 같다.

버려진 오동나무 둥치를 주워다

슬금슬금 깎았다.

모양을 정한 것도 없는데 점차 둥글더니

그놈은 딱, 딱, 딱,

사각사각 얼굴이 되고

얼굴은 시나브로 나를 닮았다.

나 닮은 얼굴을 머리맡에 벗어두고

까무룩 잠이 들었는데

어디서 수군대는 소리가 들린다.

이상도 하다…

분명 나를 닮았는데 생경한지고.

눈이 왜 이리 움푹 꺼졌을까,

바람이 휭휭 돌아치겠다.

일일이 손이 갔던 코와 입언저리

애고, 저 헤벌어진 입을 어이할꼬?

잘도 자누나 하긴

이렇게 쓰러져 잔 게 어디 오늘뿐이랴.

오른쪽 미간이 아픈 것은

아무래도 서툰 끌질 때문인가?

어쨌든 뻐근하다.

이제부턴 더 다부지게 살아야겠어!]

구도라는 그 쓸쓸한 오솔길로 더 깊게 접어들면 점점 커지는 어떤 불안감. 저만큼 드리운 먹구름 같은 실체를 마주하게 된다. 그것은 뜬금없는 걱정, 슬쩍 들러붙은 허무주의 같은 것. 아무것도 의미 없어짐. 게다가 내부 공조자가 있는데, 강 건너편에 대한 그리움, 잿가루처럼 풀풀 날리는 후회감 따위다. 처음엔 그러니까 무서움과 아까움—혹은 아쉬움—을 반씩 섞어놓은 것이다. 더 강력한 동기(動機)로 얻어맞았다고 해서 그런 감정이 없을까?

드물게는 전통이거나 관습, 공자식 사고방식에 대한 죄책감도 있다. 가족이나 지인들에 대한 걱정 따위가 그런 종류 아니겠는가. 이후 강 건너편의 좋지 않은 상황은 내딛는 걸음을 더더욱 힘겹게 한다. 내가 숨어든 사이 건너편의 상황이 나빠지고 있다면, 두고 온 것들이 허물어져 간다면 후회와 상심이 곧바로 무서움에 가세한다. 더 재게 발걸음을 재촉한다 해도 그것들 또한 아랑곳하지 않는 태도로 여전히 저만큼의 허공에 드리워진다. 당장 여기보다 저만큼이어서 더 무서운데, 뛰어 다가서는 깡총귀신처럼 때때로 불쑥 더 커진다. 그런 기분을 느끼면 다시 숨고만 싶어진다. …다시 가져온다. 그런 기분일 때 이불을 뒤집어쓰고 썼던 글들이다.

[아리랑 강 전투

…그때 우리는 아리랑강 어귀의 작은 하천을 건너 적들이 장악해 내려오는 시(市)의 건물들 사이에 몸을 숨기고 있었다. 무지막지하게 돌진해 내려오던 적들도 우리 도시의 길쭉한 영역을 시가전으로 장악할 수밖에 없었으므로 다소 주춤거리는 듯했다. 하지만 곧 여러 대의 전투 헬기가 도시 전역을 휩쓸고 다니며 기총소사를 퍼붓기 시작했다. 나도 그 장면을 얼핏 보았는데, 물줄기를 내갈기듯 드르륵, 총탄을 퍼부어대는 헬기들의 번쩍이

는 유리창은 마치 하늘에 떠 있는 커다란 괴물의 눈깔 같았다. 안쪽이 들여다보이지 않는 번쩍이는 눈은 말 그대로 금속성의 차가운 공포를 뿜어내고 있었다. 우리는 밀집한 건물 모퉁이에 두세 명씩 짝을 지어서 몸을 숨기고 있었지만 굳은 듯 얼어붙어서 사격을 가할 수가 없었다. 회전익이 짧은 그 괴물들은 건물들 사이를 마음껏 헤집고 다녔다. 때로는 그 번쩍이는 눈과 커다란 검은 몸체를 손이 닿을 듯 가까이에서 바라보며 우리는 기껏해야 피어오르는 입김을 손으로 틀어막을 뿐이었다. 공포에 질려 심장이 고동칠수록 입김은 더 뜨겁게 달아올랐으며 쉽사리 녹아들지 않고 허옇게 공중으로 떠올랐다. 어제 기총소사로 벌집이 돼버린 4분대의 두 번째 조도 입김을 숨기지 못하고 건물 모퉁이로 뿜어내다 들키고 말았다. 괴물은 건물 사이로 대가리를 들이밀고 두 명의 대원들에게 기총탄을 퍼부었다. 확인조가 어렵사리 찾아냈을 때 그들은 이미 무너져내린 건물의 귀퉁이에서 벽돌조각과 뒤섞여 쓰레기처럼 널부러져 있었다. 그 처참한 쓰레기 더미에서 채오 미터도 되지 않은 곳에 한 소쿠리는 될 만한 굵은 탄피가 배설물처럼 버려져 있었다.

위험은 그뿐만이 아니다. 차라리 헬기들로부터는 몸을 숨길 수도 있었다. 요란하게 공기를 찢는 소리가 다가오고 곧바로 머리 위로 지나갈 때 단지 그늘 속에서 고개를 숙이고 호흡만 멈추면 비참하게 죽을 확률은 적었다. 문제는 건물들 사이로 불쑥 파고드는 적의 전투기계들이었다. 그들은 먼저 우리를 발견하고 몸통에 달린 고성능 기관총을 쏴 갈겼다. 바람벽을 퍽퍽 깨부수는 헬기의 기총소사보다는 덜 무서웠으나 그것들의 기관총은 놀랄 만한 것이었다. 우리가 최초로 그 하나를 부수어 노획했을 때 다들 깜짝 놀랐다. 열두 줄의 강선을 가진 정교한 총열과 회전 로터리식 작은 기관 아래 수백 발의 금빛 탄환이 재어져 있었다. 섬뜩하리만치 강력한 개별 살상 무기였다. 그것은 대량의 생산시설을 갖춘 놈들의 군수공장에서 빠른 속도로 만들어져 나왔을 것이나. 그것이 그들의 성격이고 문화였다. 그들은 사리를 분별하며 차근차근 생각하는 대신 늘 즉각적이고 빠른 행동을 앞세웠다. 그들은 가슴을 부드럽고 따뜻하게 덥히는 대신 쓸데없이 격분하며 곧잘 울화를 치밀었다.

적들은 순식간에 철조망을 부수고 언덕을 점령했으며 들판을 가로질러 도시로 몰려들었다. 처음 우리는 목숨을 걸고 사격을 가했다. 도시를 내준다면 그건 곧 죽음을 의미했다. 사력을 다해 시가전을 치렀지만 지난 한 달간 이미 절반 이상을 내주고 말았다. 간신히 살아남은 우리는 건물들을 더 내주며 후퇴했다. 절대 더 이상의 양보는 없을 것이라고, 이 자리가 최후의 저지선이 될 것이라고 장담하던 정부는 벌써 아리랑 강을 넘어갔다. 그게 겨울이 막 시작되던 지난해 12월이었다.

아리랑 강을 저들은 라이트 힐 강이라고 불렀다. 모든 것이 그들 식이었다. 그들의 사고방식이 법이었다. 그들이 라이트 힐 강을 내놓으라고 하면 우리는 아리랑 강을 내놓을 수 없다고 말하지 못했다. 그들 식으로 라이트 힐 강을 내놓겠다고 해야 말이 통했다. 그들은 막무가내였다. 먹을 것 입을 것 죄다 저들 하라는 대로 따라 하자면 결국은 생각도 마음도 각박해지고 급기야 저들을 닮아 행동도 난폭해지고 말 것이다. 이제 각박해지고 난폭해진 사람들은 곧잘 울화를 터트리며 살게 될 것이다.

어쨌든 그게 본격적인 침탈이었다. 정부가 강 너머로 옮겨가자 결국 사수 명령을 받은 우리만 스산한 건물들 사이에 남았다. 정부는 우리를 무시하고 항복해 버렸다. 정부가 옮겨간 저쪽 강둑에는 이미 이쪽으로 총을 겨냥한 초소가 즐비하게 늘어섰다. 강 이쪽에서는 아직 시가전이 간헐적으로 벌어지고 있었으나 강 저쪽으로 도망간 사람들은 차츰 적의 거친 성격을 닮아가고 있었다. 이제 마음이 따뜻한, 그러나 외로운 대원들은 앞뒤로 포위된 형국으로 내몰릴 수밖에는 달리 길이 없다. 차츰 죽어가며 자꾸 생명

을 까먹어가며…]

  내몰린 상황을 묘사한 글을 뒤졌으나 적당한 게 없었다. 어쨌든 홀로된 무서움을 절절하게 느끼던 시기에 쓴 것이고 아쉬운 대로 공포감을 묘사했다고는 생각된다. 무너지기는 싫었다. 그렇게 글로 써가면서 공포감과 마주하고, 그리고 싸워서 이겨내고 싶었을 것이다. 어차피 돌아갈 수는 없었기 때문에.

  바로 이때! 오랜 세월 전에 구원의 힘이 돼 주던 문학이 마지막 방어무기를 건넨다. 그 옛날, 마치 선교사의 눈빛처럼 내게 들러붙어 속삭이던 그놈이, 다시금 마룻장 위로 움직여가던 따스한 햇살 같은 온정을 베풀어 마지막 희망을 내주는 것이다.

  '그렇지 않아. 세상은 온통 자비야…. 사랑이야…. 더 근원을 보라. 더 넓게 전체를 보렴.'

  그리하여 한숨 같은 부드러움이 잠시나마 외로운 수행자를 쓰다듬는다.

[어미 소

어미 소의 숨소리 거친 머릿속에선
긴 혀가 나와
제가 낳아 놓은 닮은 놈 하나를
자꾸만 어루만진다.

그저 저 닮은 놈이 귀여워서인가?
저 훤한 퉁방울눈을 가만 들여다보면
실은 그 속에

다 와글대고 있음을 알 수가 있다.

열 달을 웅크렸다가 무사히

버티고 선 놈이 대견하기도,

늙어 앓는 몸으로 끌려간

제 어미가 불현듯 그립기도 할 것이다.

천상 물려 줘야 할

고달픈 삶, 노동의 고통도

이런 삶을 이어놓은 자신에 대한 원망도

뒤섞여 있을 것이다.

그 와글대는 것들 속에서

오직 한 가닥 긴 혀가,

한숨 같은 부드러움으로 뽑혀 나와

제가 낳은 저 닮은 놈을 어루만지고 있다.

나는 밤중에 몰래 깨어서

푸우, 푸우,

자장가처럼 내뿜는

어미 소의 기다란 한숨소릴

더러 듣는다.]

[소아과 병동에서

아이, 아이들

새근새근 잠 속에서 뒤척인다.

깨어나면 더 고통스러울

어떤 아이는

머리맡에 헤리포터도 없고 변신로봇도 없고

가만히 보면 으쌰으쌰,

발길질을 해대는 아이

끄덕끄덕 인사를 하는 아이.

어떤 아이는 만능검을 가진 흑기사가 되어

손을 젓는다. 내젓고 찌르고

깨어나면 두려운 것들을 자꾸만 쳐부순다.

어떤 아이 입에선 머리가 아홉 개나 달린

뱀이 나온다.

아이는 잠꼬대처럼 턱을 움직여서

자꾸만 뱀을 몰아낸다.

잠에서 깨는 순간,

그 두려운 순간을 미루기 위해 아이들은

제각각 몸을 뒤척인다.

그러나 어떤 아이,

어쩌면 평생 불구로 살아가야 할

이해 못 할 운명에서 잠시 놓여난

그런 아이가 있을지도.

어느 침대 모서리에선

차라리 아이고 싶은 두려운 엄마도 까무룩

기대앉아서 뒤척인다.

아이의 꿈속에서 누군가와 맞서는 듯

자꾸만 논개처럼 껴안는 시늉으로

불끈불끈 뒤척인다.]

그리고는 다시 외로운 상황으로 돌아간다. 또 시작된, 아니 어쩌면 그것이 전부인 피할 수 없는 수행자의 길이다. 그러나 이번에는 무서움 대신 낯설어진다. 세상 모든 상황이 그저 생경하고 서머하다. 어쩌면 목적지는 그 너머에 있을지 모른다. 세상을 낯설게 바라보는 것도 내려놓는 것이니, 문학의 '낯설게 하기'가 신선한 감동을 끌어내듯 마음을 그렇게 다루어 그 무엇에 더 가까이 다가갈 수 있지 않을까? 존재하는 모든 것들, 그리고 나 자신까지도.

[상(像)들

거울 두 개를 마주 놓고

의자에 앉다.

거울 속의 거울에는 내가 돌아앉아 있고

돌아앉은 나는 그 앞의 나와

마주 앉아 있다

돌아앉은 나는

무명(無明)의 나를 외면하는 것처럼

마주 앉은 나는

그런 나를 나무라는 것처럼

둘씩 짝을 지은 일련의 상들.

까마득 피안(彼岸)을 떠올린 건

단지 관념인가.

돌아앉고 마주보고 돌아앉고 마주보고

나는 그러면서

여기에 있다.

어디쯤 될까…

등 뒤로 이어지는

거울 속에서도 나는

아마 돌아앉다가 마주 보다가

그럴 것인데.]

돈이 완전히 떨어졌다. 그 어느 날의 책갈피를 뒤적이다가 다음과 같은
문구를 발견했다. 따로 배운 적 없으니 한시랄 것은 없다. 그저 붓을 든 심
정으로 회한을 적었을 것이다.

[매견야(賣犬也)로 매어미(買於米)
심공공(心空空)이 낙낙루(落落淚)….
…개 팔아 쌀 샀더니 자꾸만 허전하고 눈물이 흐르네 그려.]

그랬다! 무서움이 다시 현실이 된 것이니 그렇다면 다시 마주하면 될 일
인가? 그러나 이젠 달랐다. 실패한 수행자의 몰골 이야기를 했었다. 세상엔

내몰리다 추악해진 여러 몰골이 있을 것이다. 더는 도움을 청할 곳도 없었다. 저렇게 붓을 들었을 적 내 몰골은, 그런 중에서도 가장 문드러진 몰골이었다. 마침내 모두에게서 쫓겨난 비겁하고 남루한 늑대소년의 몰골.

그리하여 더 여유로워진 훨씬 뒷날에도, 그보다 더 뒷날에도 나는 벗어나기 힘든 죄책감에 시달리곤 했었다.

[개 팔아 공과금 냈더니

전선 도롱테 야외 탁자에 나앉아
딸깍딸깍 봄볕을 자른다.
상기도 보릿고개 내 고달픔을 자른다.
앞산도 첩첩
송홧가루 날리는

에끼 눈빛 서늘한 놈
아아나 백구야…,
손톱깎이라도 씹어 삼킬 오지게 젊은 놈.
목하 쭈그리고서 빤히 쳐다보는
낯설지 않은.

그랬구나!

적막을 깨뜨리는 앙칼진 이빨이여
찰나의 눈빛이여.
사무쳐 일렁이는 황망한 기억이여….

114

그날도 첩첩 봄볕 허기지던

오오, 이별의 순간을 돌아보던

네 눈빛이여.

절실히 나를 찍어 새기던

무망(無妄) 깊어진 그 눈빛이여.

생살 깎인 아픔보다 더 번뜩이는

그날의 이별보다 더 황망한.

그랬구나….

겨우내 서랍에 숨어

흑풍에도 무디지를 못하였구나.

무진 원한이 네게로 이어져

뚝뚝 붉은 핏발로 적시는

이제서야,

이제서야 사무치는 네 눈빛이여.]

아마 강아지랑 눈을 맞추다가 큼직하고 무딘 손톱깎이에 생살이라도 떨어져 나갔던 모양이다. 꽤 아프고 피가 났을 것이다. 나는 지금도 날씨가 좋으면 어디선가 가져다 놓은 그 낡은 전선 도롱테―둥근 나무바퀴―에 나앉아 손톱을 깎는다.

옮겨오기는 했으나 더 할 말은 없다. 살아남기 위한 냉정은 때로는 필요하다고 본다. 마음이 아픈 것은 자기 사정이다. 나는 어쩌다 이런 현실 속에 있게 된 것일까.

[내가 창조하는 우주를 항상 내가 맨 먼저, 맨 꼭대기에, 맨 첫 번째에 앉

아서 들여다보는 것은 아니다. 그 안에 역경도 시련도 있고 즐거움도 있을 것이다. 모든 것들을 다 인식―겪고―하고 유지해야 하는 나는 항상 주인 공이다. 그러므로 전체를 바라보며 움직인다. 내가 창조한 우주는 당연히 나와 더불어 돌아가는 것이다. 또한 주인공은 죽지 않는다. 주인공의 죽음 은 곧 우주의 소멸이다. 그러므로 주인공은 즉 자기가 창조한 우주 자체라 는 말과 같은 의미다.

주인공은 자아다. 그러므로 우주는 나의 자아에서 나온다. 그러므로 우 주는 그것을 인식하는 자아 자체다. 당연히 자아가 인식하는 것이므로 현 실이 또한 자아이다. 그러면 자아는 허상이므로 허상인 자아가 인식하는 모든 것은 허상이며 나도 없다. 내가 없으므로 현실도 없고 우주도 없다. 그러므로 모든 것은 공이다. 내가 없고 나면 공이라는 사실도 없다.]

무에서 분화되는 모든 것은 상대적이다. 양이 생기면 음이 생기고 음이 있어야 양이 존재할 수 있다. 양은 음에 대해서 양이며 음은 반대로 양에 대해서 음이다. 이것이 연기(緣起)이고 실체다. 그리고 무에서 출발했기 때 문에 그 실체라는 의미 또한 허상이다.

이제 중요한 이야긴데, 또 하나의 연기가 있다. 그것은 하느님과 나의 관 계다. 하느님은 존재하기 위해서 내가 필요하다. 그는 스스로 존재하는 자 이다. 그러나 그는 본래 근본이면서 '없음'에 불과하다. 근본은 반드시 무 엇에 대한 근본이고 없음도 반드시 무엇에 대한 없음이다. 인식하는 [나]가 있어야 근본도 있다. 그래서 하느님도 존재하기 위해서 [나]―인간―가 필 요하다. 엄밀히 말하면 단 그 한 가지가 [나]가 있게 된 이유다. 반대로 [나] 는 존재하기 위해서 반드시 근본인 하느님이 필요하다. 그래서 둘의 관계 는 연기다. 바로 이것을 이해하는 과정에서 깨달음이 이루어진다. 그리고 이것이 부도지에서 말하는 '수증'이다. [나]는 없음이라는 근본에서 비추인 드러나는 하느님이다. 그래서 나는 우주의 중심이면서 중심이 아니다. 또 중심이 아니면서 중심이다. 말하자면 하느님과 나 사이에 우주가 있다. 여기서의 우주는 하느님과 나를 구별—나누기—하기 위한 장치이자 의도이다. 또한 그 장치이자 의도는 [나]가 근본 자리로 돌아가기 위해서도 필요한 것이다. [나]는 그것을 오감과 의로, 즉 분별하여 받아들인다. 그 관계를 깨끗이 닦으면 우주가 사라지고 [나]와 하느님이 하나가 된다. 닦는다는 것은 지운다는 뜻이기도 하다. 지운다는 뜻은 알아차린다는 뜻이기도 하다. 이것이 깨달음이다. 다시 말하면 둘로 나뉜 것은 둘로 나뉜다는 인식이 사라지면 도로 하나가 된다. 그 인식의 겉모습—허상—이 우주다.

　그러면 깨달음은 어디에 있는가? 처음부터 있었다. 깨달음과 근본자리는 같은 뜻이다. 그러므로 그러한 변화 속에서 변화가 있기 전부터 있었다—그 개념이 없음에서 시작된 있음이고 무에서 시작된 하나이고 변화가 아니면서 변화이다. 나중에 자세히 설명하겠지만 이것이 천부경의 일시무시일석삼극무진본(一始無始一析三極無盡本)…에서 나온 말이다. 하나—있음으로—가 인식되지만 그 하나는 없음에서부터 있었던 인식이다. 이것을 본디라고 부르고 깨달음의 자리라고 부른다. 인식된 그 자리는 동시에 변화한다. 즉, 음과 양으로 나뉘는데—하늘과 땅이라고 해도 무방하다—석삼극은 어떻게 된 까닭인가? 그렇게 나뉘는 순간 그렇게 나뉜다는 인식이 동시에 생겨났다—그것이 분별 의식을 가지고 음양의 중심이 된 [나]이다. 분별 의식도 하나의 극이다. 먼저의 인식과 나중의 인식은 결국 하나이다. 그러나 서로 다른 하나이다. [나]는 그 중 나중인 분리와 분별을 가지게 된 개체적 자아이다. 곧 근본에서 비추인 드러나는 하느님이다.

　말했다시피 창조의 주인공인 인식은 음과 양의 중심이다. 그가 곧 [나]이고 이로써 하늘, 땅, 사람으로 석삼극이다. 하늘과 땅, 즉 음과 양의 중심에 언제나 [나]가 있다. [나]가 '있음'으로 하늘과 땅이 있을 수 있으므로, 이것도 연기다.

[나]가 창조한 우주, 그리하여 [나]를 감싸고 도는 그것은 즐거움과 기쁨과 평화와 만족으로만 이루어질 수 없다. 괴로움과 슬픔과 고통과 불만도 동시에 필요하다. 그것도 연기다. 어쩌면 공평의 반대가 현상이며 현상이 연기이며 그 연기가 유일한 창조의 법칙으로 보인다. 그러므로 공평이 아닌 것이 허상이므로 또한 공평도 허상이라는 뜻이 된다—공학에서의 엔트로피와 엔탈피도 같은 논리다. 그래서 창조의 주인공인 [나]는 중심으로 몰려드는 모든 조건을 다 겪어야 한다. 창조의 주체로서 그래야만 하는 것이다. 또한 그래야만 현상계가 생긴다.

*

나는 도시로 나가 긴 골목 안쪽에다 월세방을 하나 얻었다. 돈에 팔려나가는 이런 식의 노동은 평생 처음 해보는 것이다. 힘이 들겠지만 괜찮다고 생각했다. 나중에 이 경험을 바탕으로 멋진 소설을 써내야겠지. 그것이 얼마나 보람되고 유익한 일인가.

[…산다는 것은 무엇인가. 나는 아직 그 질문에 답변하지 못한다. 어느 시인의 말처럼 때론 슬픔이 인생살이의 거름이 되기도 한다. 인생은 어쨌든 나아가는 것이다. 이제 하나도 두렵지 않다.]

나는 나의 길을 묵묵히 견디며 나아갈 것이다. 나아가 나의 그 길에 좌절 따위의 부정이 끼어드는 일을 결코 내버려 두지 않을 것이다. 나는 정의롭게 살 것이다. 그러면서 마주한 삶에 대해 스스로 거듭 일으켜 세우는 것이 최선이라고 생각한다. 나태와 게으름을 몰아내고 열정과 사랑을 채워 나가야 한다. 주변의 모든 것들을 사랑하면서 그들의 꿈과 소망을 존중하면서, 내딛는 걸음에 힘이 되고자 한다. 그것만이 어렵고 힘든 시절에 대한 올바른 선택이 아니겠는가.

[잡역

가로등 부신
골목으로 나서면
덜컹덜컹
끌려오는 발자국소리.
머리가 지끈거린다.
이 세상은 틀림없이 돌고 도는 환상인 거야
앞서가는 사내를 따르며
확신처럼 되새긴다.

뻑뻑하지만 휘어야 하는
허리는 따로
묵지근하지만 버팅겨야 하는
다리도 따로
눈물 찔끔 설깨인 하품과
두통뿐일 때

덜그럭덜그럭
저도 뿌우옇게
피곤을 끌고 오는

첫 시내버스.]

도시의 골목은 좁다. 지금은 달라졌어도 예전의 더 좁은 골목들은 가운데로 하수로가 있었다. 길을 파고 그 위로 시멘트 뚜껑을 덮었는데 세월이 가면서 낡고 깨져 밟고 지나가면 덜컹거린다. 도시로 올라와 노동 현장에 다니는 사람들은 대개 골목 맨 안쪽 값싼 곳에 방을 얻었다. 그리하여 이른 새벽 골목을 나가면서 덜컹거리는 발소리를 내게 마련이었다.

누적된 피로가 다 풀리지 않았으면서도 퍽퍽 걸어 나가야 할 적에, 나는 늘 군대행진곡을 떠올렸다.

반동 시작! 하나 둘 셋 넷….

[…눈보라 몰아치는 참호오 속에서
한목숨 바칠 것을 다지임 했노라.
트르르르… 챙!
쿵 착착, 쿵 착!]

행진곡을 만든 사람들이나 그러라고 시킨 사람들이나 다름 아닌 마약 공급자였다. 놈들은 몰랐으리라. 자신들이 만든 행진곡이 그처럼 이 사회의 밑바닥에서 마약 효과를 낸다는 것을. 시가 무엇인가. 읽는 작자의 마음속에 저마다 간직해온 꽃을 피운다거나 사랑을 일으킨다거나 정경을 떠올리게 하는, 자기만의 세상을 떠올리게 하는 언어로 된 공식 같은 것이다. 같은 시를 읽으면서 어떤 이는 장미를, 어떤 이는 호박꽃을, 어떤 이는 앞집 살던 강아지를, 나 같으면 짜장면 곱빼기를 떠올릴 수 있다. 아무튼 나는 놈들이 만든 군대행진곡을 마음공부 하는 데에 썼다.

[…

뻑뻑하지만 휘어야 하는

허리는 따로

묵지근하지만 버팅겨야 하는

다리도 따로]

여기가 중요한 부분인데, 무슨 대단한 뜻이 있다는 게 아니라 신체의 아픔을 분리해서 '관'하려고 노력했다는 말이다.

관은 본다는 뜻이다. 아픔을 어떻게 보는가? 아픔은 보통 신체의 해당 부위에 느껴진다. 그런데 그렇게 되면 너무 피곤하고 고통스러워서 그날 일을 견디지 못한다. 전에는 진통제를 먹거나 오전 새참 때부터 소주를 들이켜는 사람들도 간혹 있었다. 진통제를 먹는 것은 남몰래 할 수 있지만, 오전부터 독한 술을 마셔대는 짓은 이제는 절대 묵인되지 않는다.

아픔을 본다는 것은 아프다는 느낌, 고통스럽다는 느낌 따위로부터 좀 물러난다는 뜻이다—접촉해 있는 것은 볼 수가 없다. 오감은 각각 역할이 다르다. 더 크게 보아, 한 편의 연극에서 직접 무대 위에 빠져 연기를 하면 직접 겪고 부닥치는 생생한 현실감을 느낄 수는 있어도 전체를 객관적으로 볼 수는 없다. 여기 재미있는 말 놀음이 있다. 이미 들어 왔으면 들어올 수 없고 나갔으면 나갈 수 없다…. 말 놀음이다. 고통을 관하면—나갔으므로—들어와 있지만 실제로 고통을 생생하게 느낄 수 없다. 훨씬 둔감해진다. 객관은 오로지 통합해서 관람하는 관객의 입장에서만 성립된다. 어쨌든 우리는 자기만의 우주를 스스로 창조했다—이게 [나]에게 중요한 의미인 것이, 그러므로 수행을 한다는 것은 주역 배우로서의 [나]라는 인식 주체가, 그러기 위해 자기만의 우주를 창조했던 그 [나]가, 이제 와 그 현실감을 벗어버리려고 하는 이율배반이라는 것이다. 우리는 무엇에 속은 것일까?

어쨌든 우리는 인생이라는 그닥 행복하지만은 않은 과정을 주인공이 되어 헤쳐나간다. 한편 그 불찰을 되돌리지 못하도록 본능 또는 무의식 속에 애착이라는 뜨끈함을 새기고, 주역 배우의 대본에 불과한 오감만이 주어진다. 이제 어길 수 없다.

[…
뻑뻑하지만 휘어야 하는
허리는 따로,
묵지근하지만 버텅겨야 하는
다리도 따로

눈보라 몰아치는 참호오 속에서,
한목숨 바칠 것을 다지임 했노라.
트르르르…챙!
쿵 착착, 쿵 착….]

여기서 무엇이 느껴지는가. 어떤 영화에서 이것과 비슷한 장면이 있었다. 연합군이 승리의 진격을 하는 데에 큰 공을 세운 선발부대가 돌아오고 있다. 나치의 포화로부터 자유를 지켜낸 용사들이었다. 환영인파가 거리를 가득 메웠고 꽃잎이 날고 군악대의 연주가 시작되었다. 하지만 맨 앞으로 나아가 처절히 싸운 탓에 부대는 커다란 손상을 입었다. 전사자가 많았을 것이다. 살아남은 부대원들의 몰골도 처참하기 그지없었다. 의복이 찢기고 군장도 너덜거렸으며, 머리가 깨져서 하얗게 붕대를 두른 병사도 보이고 목발에 의지해 다리를 절뚝이는 병사도 보였다. 지치고 피곤한 모습이 역력했으나 그들은 감동적인 대환영식에 동참해 묵묵히 열을 지어서 행진해 오고 있었다. 이 개선 행렬의 모습은 모든 사람에게 바로 감동 그 자체였다. 허리를 다치고 붕대를 감았을망정 그들은 결코 쓰러지지 않았다. 쓰러지기는커녕 삐걱이며 끌며, 끄떡없는 모습으로 덤덤히 행진해 오고 있었다.

[트르르르…챙!
쿵 착착, 쿵 착….]

이른 새벽, 어느 노동자도 그처럼 끄떡없는 덤덤한 걸음걸이로 도시의 긴 골목을 빠져나왔다.

[머리가 지끈거린다.
이 세상은 틀림없이 둥근 알처럼 생긴 환상인 거야,
먼발치로 사내를 따르며 확신처럼 되뇐다.]

그는 날마다 그렇게 큰길가에 나와 서서 버스를 기다렸다. 한편 그는 혼자가 아니었다. 보무당당 발걸음에 용기를 얻으면서, 그는 현실의 자신을 뒤따르며 관객의 입장에서 대환영식을 바라보는 것이다.

[…덜그럭덜그럭
저도 뿌우옇게
피곤을 끌고 오는
첫 시내버스.]

이제 여기서 여여(如如)라는 의미가 등장한다. 덤덤과 여여는 다르다. 덤덤이 그저 사람 좋은 무딘 모습이라면 여여는 마음을 열고 무한한 우주와도 어우러지는 모습이다. 덤덤히 현실—고통이라고 표현한다 해도—에 익숙해 긴장을 풀고 쉬는 거라면 여여는 여전히 너그럽게 소통중이다. 여여의 마음으로 보면 동적인 무대와 정적인 객석이 아무런 차이가 없다. 여여는 무대와 객석이 너그러이 합의를 거친 것과 같다. 가령은 관객의 양해를 얻어낸 배우의 입장과도 같을 것이다. 배우는 관객을 위해 고통을 감내해야 한다. 그렇지만 이번에는 관객이 미리 나서서 고통을 겪어야 하는 배우를 감싸고 보호한다.

'그 장면은 너무 힘이 드니 슬슬 하고 넘어가시게. 세게 했다고 치지 뭐.'

이 둘은, 바야흐로 서로를 이해하며 너그럽게 연극을 끌어나갈 수가 있다. 이쯤에서는 모두가 하나로 합쳐진다. 관객이 배우이고 배우가 관객이다. 현실에서도, 어떤 경우에도 이런 연합은 모두에게 용기와 희망을 준다—우리네 노동요를 비롯한 한과 흥, 또 다 같이 참여해 노래를 부르는 떼창이라는 개념이 이와 비슷하다. 더 나아가서, 그 하나가 스스로 연출도 하고 출연도 하고 관객으로도 남는다. 분리된 것처럼 보이던 이들은 어쩌면 본래가 하나다. 그 통합이 바로 [나]이다. 자기 자신이다!
아래는 '관점의 전환'에 대한 설명이다.

[우리는 마음이고 의식입니다. 그리하여 세상을 보고 느끼는 관찰자입니다. 그렇다면 관찰자는 무엇인가요? 어디에 있나요? 만약 그대가 이 의문을 끝까지 추적해 들어간다면 마침내 관점의 전환을 경험하게 될 것입니다. 그대는 문득—관점의 전환이라는 뜻이지만 여기에 쓸 수 있는 적당한 단어란 없습니다—추적당하던 마음의 입장에서 추적자를 만나게 됩니다.

그렇다면 무엇이 무엇을 추적하였습니까. 실제로 그 만남은 찰나와 같습니다. 마음의 파동은 상쇄하여 그 순간 사라지게 될 것입니다. 그대가 사라지면 남는 것은 무엇입니까? 우리가 꿈에서 깨어나면 무엇이 달라집니까!

—루든프스칸]

그런 때에는 유기체가 아닌 버스마저도 입장이 같은 동료로서 그의 행진에 가세한다. 숙달되기만 하면 세상의 모든 조건이 다 불리하다 해도, 아니 아무리 지쳐 있다고 해도 그는 쓰러지지 않고 나아갈 수 있을 것이다. 그가 새롭게 맞이한 새벽은 결코 아까의 새벽이 아니다. 개선행진곡이 울려 퍼지는 열렬한 환영 속에서, 영광의 상처를 입어 삐걱이며 끌며 나아가는 당당한 걸음이 어찌 묵지근할 것인가.

병사들의 모습은 어떤 것도 감히 가로막을 수 없는 묵직하게 구르는 바위 같았다. 그들은 적을 물리치고 대의를 이루었다. 그들의 심장은 우주에서 내려온 신령한 축복에 겨워 크고 느리게 고동친다. 그들은 스스로 충분히 자랑스러우며, 목숨을 걸고 세운 정의의 개념은 희생이 다시 반복된다 해도 여전히 흔들리지 않을 것이다. 그들은 세상 모두가 열렬히 손을 흔들어대는 환영인파를 배경으로 두고 있다. 삐걱대는 그들의 그림자는 낙담이나 체념이 아니라, 밀도 높은 행복감과 말할 수 없는 희열의 빛깔일 것이다.

연합한 관객—이제부터는 여여한—의 입장은 결코 무딘 것이 아니다. 관객은 이전의 입장을 내어주는 대신 전혀 다른 전체를 보는 입장에 들게 된다. 눈앞의 현실에 묶여 있는 답답한 역할을 포기하고, 더 크고 명쾌하게 드러나는 새로운 전체를 알아보게 된다. 그것은 온 우주를 통달하는 초월적이고 찬란한 전체이다. 그것은 생명을 얻은 그림자와도 같다. 그것은 커다란 성취, 혹은 성취에서 오는 그 무엇이다. 그것은 한편 제멋대로 흘러가는 세월을 보는 것과도 같다.

도시를 떠난 지 이십여 년은 되었을 때쯤이다. 반산반야, 혹은 배산임수. 뒤로는 산이 있고 앞으로는 들이 있으며 그 너머로는 강도 흐르는, 비교적 조용하고 바쁘게 내몰릴 일도 없는 편안한 곳이었다—사실 우리나라 시골 어디를 가도 대개는 그 모양새다.

덕분에 한껏 무심해질 수 있었다. 시간의 속성이 각자 주관적이라는 점을 들지 않더라도, 약간 마음을 비우고 식량만 떨어지지 않으면 이런 곳에서는 세월이라는 것이 한 뭉텅이씩 소비가 가능하다—수행자에게는 그리 서운할 게 없는 일이다. 창을 열면 마을 앞에 길쭉한 들녘이 내려다보였다.

농사란 일년 단위의 수확이다. 즐거운 주말도 없고 바쁜 월말도 없다. 여유로울 때 시간은 더 잘 흐른다. 모내기가 한창이구나 싶으면 어느새 푸릇푸릇 벼가 자라고, 그런가 싶으면 문득 누렇게 익어간다. 또 어느 날은 미처 내다보지 못한 사이에 수확을 마치고는 도로 황량한 벌판으로 버려져 있었다. 얼마 뒤엔 그 너른 공간을 건너서 찬바람이 휭, 불어온다. 비로소 어깨를 움츠리며 반짝 깨어나면 말 그대로 년 단위로 시간을 계산할 수 있었다. 그것도 세월이 더 흐르면서 무뎌지고—가만있자, 내가 여기로 와서 지구가 태양을 몇 바퀴 돌았더라? 언뜻 정확하게 세어지지 않는다.

'스물둘인가 스물셋인가…? 까짓것 한 바퀴 더 돌았으면 어때!'

그렇게 너그러이 마무리하고 마는데, 그 계산의 단위는 시간이 아니라 세월이다. 자그마치 일년어치나 되는 시간을 마치 시장통의 땅콩 한 줌인 양 흔쾌히 더 내줘 버리고 만다. 흰머리 한 올에도 신경을 곤두세우는 사람에겐 이해가 불가한 셈법일 터인데, 그쯤 대범한 면모를 갖춰야 세월의 흐름이 들여다보인다.

세월을 운운하면서 대범해지려면 명상이 최고다. 얻어맞아 영구히 멍청해지기 전에는 그 어떤 것도 명상을 당하지 못한다. 어느 날 가만히 앉은 자리에서 실제로 세월이 가는 것을 보았다. 얼마간 내다보지 않은 사이에 한두 달이 훌쩍 지나버린 그런 이야기가 아니다. 한껏 푸르던 들녘이 눈앞에서 철커덕, 누렇게 변해 버리던 것이다. 놀라자빠질 뻔한 실제 이야기다.

명상에 든다고 해도 약간의 현실감은 가지게 되는데 나를 품은 풍경들, 그러니까 저 들녘이 바라보이는 변함없는 자리에 내가 앉아있구나, 하는 정도의 앎이다. 명상이 깊어지면 이것조차 관심에서 옅어져 더 이전의 상태로 존재한다―무의식과 앎의 중간 정도라고 볼 수도 있다. 그 중간 정도 앎 속의 들녘은 겉치장을 벗은, 푸르든 누렇든 단지 '들녘'이라고 받아들이는 익숙하고 편안한 느낌으로 가라앉아 있다. 그러므로 바로 그때 사진으로 찍을 수 있다면 일년내내 같은 모습일 것이다. 이윽고 명상을 마친 내가 다시 현실로 돌아올 때까지는!

풍경을 바라보며 하는 수행에 대해서는 나중에 따로 설명하겠지만―풍경을 이루는 각각의 사물들, 그리고 전체적인 풍경 자체도 모두 성격이 있다. 이를테면 나무 한 그루도 푸른 잎이 달리던 때와 앙상하게 우듬지가 드러난 때, 그리고 강풍 뒤의 산발한 모습, 온화한 풍경 속에 유난히 돋보이던 한적한 어느 날의 모습이 다르다. 그 한 그루의 나무는 친근하거나 평화롭거나 혹은 못마땅한 각각의 모습을 가지게 된다. 수평으로 바라보이는 모든 것들이 그렇고 구름이 떠가는 아득히 너른 하늘도 마찬가지다.

만약 눈을 감은 명상이었다고 하면―명상은 눈을 뜨고도 한다. 여기서는 제외한다―눈을 뜨는 것은 대개 그다음이다. 그만 명상을 마쳐야지, 하는 생각이 일어나기 '직전'까지는 바로 그 들녘을 받아들인 상태로 있다가 눈을 뜨면 지각과 함께 비로소 현실에 맞는 옷이 입혀지는 것이다―그리고는 되돌아온 모든 합리적 기억이 그것을 보증한다. 말하자면 오늘은 틀림없이 어느 봄날이거나 가을날이었다. 늘 그런 식으로 돌아오면 어느 봄날은 푸르른 빛깔, 어느 가을날은 누렇게 벼가 익어가고 있었다. 그러니까 깊은 명상중에는 계절 따위 불필요한 치장은 존재하지 않는다.

아마도 어느 봄날—혹은 가을날—에, 나는 눈앞에서 계절이 철커덕, 바뀌는 것을 분명히 보았다. 그날은 좀 다른 점이 있기는 했다. 어쩌다 일어나는 일이지만 나는 한 발짝 빠르게 현실로 돌아와서 눈을 뜬 것이다. 분별을 동반하는, 그러니까 깨어남보다 빨라야 하는 그 합리적 기억이 재빨리 지금이 어느 봄날임을 보증하고 있었다. 나는 어느 봄날 명상에 들었다가 깨어난 것이다. 그런데 그때 누군가가, 무언가가 실수를 한 것 같았다. 놀랍게도, 바라보이는 푸른 들녘이 작은 기계적 소음과 함께 다시 누렇게 바뀌었다. 철커덕! 시각적으로 이미 어느 봄날임을 지각한 다음이었는데 풍경이 가을로 고쳐져 버린 것이다. 주변이 까무룩 낡아진 듯했으며 아뿔싸, 소리를 들은 것도 같았다. 소리였는지 느낌이었는지는 당시나 지금이나 분명치 않지만 동시에 보증도 봄날에서 가을날로 바뀌어 버렸다. 순간적으로 꽤 어색했다. 하는 수 없이 억지로 받아들였는데 보증이 바뀌던 순간의 어색한 느낌이 지금까지도 또렷할 정도다. 한참이나 어이가 없었다. 자세를 바로잡고 숨을 들이쉬는데 나도 모르게 진지해졌다. 이상하네. 누가 실수를 한 것일까…?

그러고 보니 짚이는 게 있었다. 그놈이 분명했다. 그 얼마 전에 명상이 슬쩍 깊어지는데 자꾸 잡념이 일어서 잘되지 않았다. 뭉그적거리다 다시 시작하려고 눈을 한 번 뜨게 되었다. 그런데 누가 옆에서 고개를 빼고 나를 살피고 있었다. 그 하는 짓을 엉겁결에 보고 말았다. 깜짝 놀라는데 놈이 장난꾸러기 같은 표정으로 히죽 웃었다. 그리고는 아주 잽싸게 뒤로 숨어 버렸다. 소리도 들은 것 같았다. 들켰다!

물론 내 뒤에는 누가 있을 리 없다. 이런 얄궂은 착각이거나 실수를 왜 하게 되는지 모르겠지만 아무튼 놈이 거듭 장난을 친 거라고 덤터기씌우는 수밖에 없다. 당연히 곰곰 따져보았다. 어제께도 그저께도, 또 여러 정황도 가을인 건 맞았다. 그러나 끝까지 봄이었으면 어저께도 그저께도 또 봄이 맞았을 것이다―놈이 내게 맞춰서 통째로 바꾸었을 게 분명하니까.

그렇게 가을이 보증된 상태로 깨어나 꽤 세월이 흘렀다. 내게 이익일까, 손해일까. 그러니까 현실적으로는 그저 벼가 누렇게 익은 가을날 명상에 들었다가 봄날의 착각을 거쳐서 올바른 상태로 깨어난 것이다. 그래도 뭔가 아쉬움이 남아서 이런 생각은 해보았다. 분명 봄날이었을 때 끝까지 흐트러짐 없는 현실감으로 버텼더라면, 칼날 같은 예리한 마음 상태로 지켜냈더라면 적어도 봄과 여름 두 계절을 덤으로 얻게 되지 않았을까? 어색하던 기억이 어찌나 생생하던지 나중에도 떠올리면 또 억울하던 것이다.

아까의 '연합한 관객'을 들먹이자면 통틀어서 이러한 경험들은 그 연합 과정에서의 무슨 과도기적 오류 같기도 하다. 특정 종교나 단체의 보편화된 명상법을 따르는 사람들은 경험하지 못한 것일 수 있고, 명상이 깊어지면서 일어날 수 있는 보편적인 착각이거나 재미있는 부작용이라고 말할 수도 있을 것이다. 모르는 것보다 경험해 보는 것이 더 낫다고 생각한다. 이후로도 그 못지않은 희한한 경험을 몇 가지 더 하게 되었다. 하나는 명상하는 중에 게슴츠레 눈을 뜨다가 경험한 '빛알갱이'현상인데―명상과 직접 연관은 없지만―경험한 사람들이 많아서 인터넷카페에 동호회도 있다. 또 하나는 그보다 널리 알려진 '자각몽'에 대한 것인데 역시 동호회가 여럿 있다. 자각몽과 빛알갱이에 대한 경험 모두 내가 만든 카페에도 소개했었다. 나는 각각의 그 현상들을 연구해서 아주 전문가가 되었다. 둘 다 재미있으므로 각기 잠깐씩 소개한다.

[빛알갱이라는 단어가 마음에 들지는 않지만 우선 제목으로 씁니다. 아무리 검색해도 비슷한 게 나오지 않아서 이러쿵저러쿵 검색하는데 빛알갱이를 소개하는 글이 있었습니다.

이 현상은 처음엔 게슴츠레한 상태에서 약간 밝은 곳을 보다가 아주 작은 올챙이 같은 것들이 허공에 돌아다니는 걸 보았습니다. 여기저기 수없이 많았습니다. 모두 눈앞에서 살아 움직이고 있었습니다. 그 뒤로 재미 삼아 연습하던 것이 이제는 비 오기 전에 구름을 쳐다보고도 발견하고 아무 곳에나 벽만 있으면 발견할 수 있습니다.

그러다가 어느 겨울이었습니다. 더러 뒷산에 올라가 해돋이를 보는데요, 그날은 참 휘황한 광경을 봤습니다. 바로 뒤편에 우뚝 솟아 있는 봉우리입니다. 그리 높지는 않으나 급경사여서 꽤 운동이 된답니다. 헉헉대고 오르다 보면 어느새 감춰진 하늘나라로 입성하게 됩니다. 안개가 많이 끼는 지역이라서 대개 저만큼 아래로 그윽한 구름바다가 펼쳐지지요. 다 오르면 희뿌연 구름바다 위로 봉우리들이 불쑥불쑥 솟아 있는 걸 보게 되는데, 이윽고 동이 터오면 참 장관입니다. 저 멀리 더 높은 봉우리 사이로 먼저 붉은 기운이 감돌고, 그것이 점차 붉어지다가 이글거리는 해가 쓰윽, 얼굴을 내밀… 이라고 할 줄 알았지요? 천만의 말씀!

그날은 안 그랬습니다. 붉은 기운이 조금 더 힘차게 살아나던 바로 그때, 온 사방이 환해지면서 여기저기 공중에서 뭔가가 반짝반짝 살아나는 거였습니다. 이미 경험해서 알고는 있었으나 그 현상이 붉고 환한 햇살을 받으니 참으로 휘황한 광경이 되었습니다. 그것! 아주 작은 올챙이 같은 그것은 마치 흩뿌려진 정액 같습니다. 꼬리가 달렸습니다. 그 있잖아요. 현미경으로 확대해놓은 영상을 보면 아주 작은 올챙이 같은 것들이 구물거리면서 왔다리갔다리.

바로 그것이 온통 천지사방에 살아나서 날아다니는 겁니다. 구물구물,

반짝반짝 빛을 내면서…. 지금 꿈 이야기를 하는 게 아니고 현실이거든요. 경험해 본 사람들은 금방 이해할 겁니다. 이때 밝은 쪽을 쳐다보면서 일종의 입체 그림을 볼 때처럼 사팔뜨기 눈을 만들어야 합니다. 그 왜 있잖습니까? 사팔뜨기를 해서 이렇게 저렇게 찡그리다 보면 갑자기 입체로 보이는 그림!

이제부터 그 환상적인 경험을 할 수 있도록 안내해 주겠다, 그런 말입니다. 강조하지만 이 카페에 실린 모든 글은 전부 진실만을 말한 겁니다. 뭐든지 내가 직접 경험한 다음에 안내하는 겁니다. 따라서 콩으로 메주를 쑨다고 하면 그저 믿고 해보면 되는 겁니다. 암, 메주야 분명히 콩으로 쑤지!

물론 구름 낀 밝은 대낮에도 경험할 수는 있습니다. 하지만 그러면 재미없을 겁니다. 반드시 해가 떠오를 적에 경건한 마음으로 시도해야 휘황한 경험이 될 거야요!

사팔뜨기 연습을 해보세요. 눈과 눈 사이에 손가락을 접근시키면서, 초점이 너무 가까워져서 좀 시큰해도 그래도 똑바로 보는 연습. 다른 사람 앞에서 사팔뜨기를 만들어보는 연습. 몇 번 그렇게 연습하면 됩니다.

이제 밝은 곳을—태양이 떠오를 적에, 혹은 구름 낀 대낮에 구름을 보면서—보면서 고의로 초점을 흐리면 먼저 눈의 흰자위에 낀 실핏줄 같은 것들이 드러납니다—그러면 기뻐하세요. 성공입니다. 망막에 자리 잡은 그 실핏줄은 시선을 움직여도 없어지지 않고 따라서 움직입니다. 그 상태로 초점을 굳히고 슬쩍 더 앞쪽을 보면—구름을 보았으면 그보다 더 가까이—온 천지사방에 빛 알갱이들이 살아 움직이는 걸 볼 수 있을 겁니다. 이건 경험자가 꽤 많아요. '빛알갱이'를 검색해 보면 알게 될 겁니다. 난 첨에 적당한 검색어를 찾느라고 꽤 오래 걸렸습니다. 이름을 바꿔야 해요. 빛이 무슨 알갱이가 있나요? 나중에 내가 정해야지. 한번 정해 보세요. 이제 설명이 필요하지 않아요. 해돋이도 볼 겸 한번 뒷산에 올라 보시죠? 그럭저럭 운동도 될 테니.

*실은 빛알갱이 현상은 내 망막 속 혈구들의 움직임이랍니다. 책을 많이 읽었거나 나이가 들어 노안이 온 분들이 더 쉽게 보게 됩니다.]

자각몽은 설명이 더 길어지겠으나 빛알갱이보다는 중요한 것이다. 수행과도 관계가 있다. 책 끝에 독자를 '현존'으로 안내하는 내용이 있는데 자각몽은 바로 그 현존에 들기 위한 수련도 된다. 여기 옮긴 것은 카페에 올렸던 내용 중에 반의반쯤이다. 그리 길지 않으니 읽어서 손해 볼 일은 없을 것이다.

[자각몽은 수행과 깊은 관련이 있습니다. 자기최면과도 관련이 있습니다. 나야 수행중에 저절로 알게 되었고 한때 그 재미에 빠져들기도 했으며 나중에 자각몽을 검색해 보고서 관심 있는 사람이 꽤 많은 걸 알게 되었습니다. 저의 카페에서는 당연히 자각몽을 수행의 한 부분으로 생각합니다. 고대 티베트의 승려들이나 수행자들도 자각몽을 수련했다고 합니다. 꿈 활동은 수행과 밀접한 관련이 있습니다. 나도 꿈 이야기를 많이 하고, 또 꿈 속의 귀신 이야기도 이 카페에 써 놓은 것이 있는데요, 연관이 있다고 믿기 때문입니다.

나는 꽤 숙달되어서 이제 누워서도 명상을 합니다. 그러다 잠은 주로 엎드려서 자는데, 자기 전에 꿈으로 꾸고 싶은 내용을 떠올립니다. 아이들처럼 편안하고 재미있는 상상을 많이 합니다. 그 상상이 처음엔 헐어빠진 흑백화면처럼 또렷하지 않지만, 점차 나른해지면 문득 어느 순간에—비몽사몽간에—총천연색 영화처럼 색이 짙게 살아납니다. 갑자기 그럽니다. 이때 조심해야 합니다. 앗. 상상이 현실처럼 또렷해졌구나, 하고 생각하면 정신이 번쩍 듭니다. 어느새 잠이 들려다가 깨어난 것인데 말하자면 비몽사몽의 유지에 실패하는 것입니다. 그런가 보다 생각하면서 그 풍경 속으로 넋을 놓고 빠져들면 아예 잠이 들어버립니다. 그것도 실패입니다. 비몽사몽의 상태를 유지하는 것이 관건입니다. 그것이 무의식을 들여다보는 수련입니다. 그 상태에선 내가 만든 환상이라는 것을 알기 때문에 자동차가 달려와도 되려 발길로 차버릴 수가 있습니다. 연습을 많이 해야 하지만 숙달되면 꿈과 현실의 중간에서, 현실감각을 유지한 채로 그 광경을 즐길 수 있게 됩니다.

아까 총천연색 영화처럼이라고 말했는데, 상상으로 숲길을 걷고 있었으면 눈길이 머무는 눈앞의 나뭇잎들이 갑자기 짙은 녹색으로 살아난다는 말입니다. 그러면 보통 사람들은 이미 잠든 것입니다─따라서 그 순간을 기억하지 못합니다. 나뭇잎 사이로 뱀이 기어 나와서 물려고 덤비면 그는 악몽을 꿀 것입니다. 그러나 숙달된 나는 잠들지 않습니다. 오히려 비몽사몽의 상태를 유지하면서 그 꿈을 관찰할 수 있습니다. 나는 이제 뱀이 나올 거라고 생각을 해서 뱀을 나오게 할 수도 있고, 나오려고 하는 뱀을 생각으로 눌러서 부러진 나뭇가지로 바꿀 수도 있습니다. 계속한 나머지 나는 어디까지 해봤냐면 뱀이 나오도록 해 놓고 그놈이 슬슬 움직여서 나올 적에 이건 나뭇가지여야 한다고 생각을 바꾸었습니다. 그렇게 뱀 절반 나뭇가지 절반으로 만들어 본 경험이 있습니다. 그때 나는 그 중간 부분을 잘 살펴보려고 했습니다. 결합 부분이 뭔가 매끈하지 못하다고 생각을 하자 바로 정신이 들었습니다─먼젓번의 귀신 이야기랑 비슷합니다. 아무튼 통통하게 살이 찐 뱀이라 못내 아쉬웠습니다. 그냥 그대로 감상하는 게 나을 뻔했지요?

중요한 첫 경험이 아까의, 비몽사몽간에 갑자기 풍경이나 사물이 색이 짙어지는 경험입니다. 비몽사몽을 유지하면서 그 상태로 나아가는 것, 그것이 이 마술의 시작입니다. 돼지처럼 살찐 권력자보다는 꿈의 마술을 부릴 줄 아는 현실의 가난뱅이가 훨씬 행복하고 즐거운 인생을 사는 것입니다. 앞으로 제가 드리는 말씀대로 연습하면 누구나 이룰 수 있습니다. 현실에서 꿈을 바라보며 조종하듯, 한 단계 더 올라가면 궁극적으로 현실을 꿈처럼 바라보며 조종할 수도 있지 않을까요? 어차피 우리가 깨어있는 이 현실도 꿈과 같은 환영이니까요. 우주가 홀로그램이라느니 이 현실이 시뮬레이션이라느니 하는 말도 나돌지 않습니까?

상상이란 자꾸 나아가려고 합니다. 그러나 마음을 조종하여 그저 조용히 머물러서 다수히 어떤 상상을 떠올리는 정도로 한정하면 낮은 단계의 자각몽을 금세 이룰 수 있습니다. 배울 적에는 한참 그런 상태를 유지하다가 그만 자겠다고 생각하면 아침에 일어나게 됩니다. 이때! 이 장면들을 기억했다가 아침에 떠올려야지 하고 생각하면 그 꿈이 고스란히 기억납니다. 그냥 자야지, 라고 생각하면 아침에 기억이 안 납니다. 따라서 이러한 훈련은 자기최면과도 관계가 있습니다—암시!

마음을 잘 다스리는 것이 성공의 열쇠입니다. 꿈을 만들어서 거기 가서 논다는 것은 여간 재미있는 일입니다. 가령 자기가 쓴 시나 소설 속에서 놀다 나오면 얼마나 재미있겠습니까. 잘은 모르지만, 꿈속에서 돌아다닌 곳에 있던 물건 따위가 현실에서 그 자리에 있었다고 하는 경험담도 있는 걸로 봐서 이것은 유체이탈—잠자는 중의 유체이탈—하고도 관계가 있는 것 같습니다.

자신의 근본 마음을 가리는 잡생각을 훌훌 털어냄으로써 조용하고 간결하게 속마음과 마주하는 행위가 명상입니다. 다름 아닌 깨끗해진 나를 보는 일이란 뜻입니다. 그래서 마음먹은 그 시점이 명상의 시작이라고 말하기도 합니다. 그러려면 이랬다저랬다 마음이 무엇인지 건드려도 보고, 친하게 지내야 합니다. 어렵지 않습니다. 편안히 누워서 시도하는 자각몽이니 얼마나 편하겠습니까. 시작이 절반이란 아마 자각몽을 해보려고 자리에 누운 사람들을 보고서 생긴 말일 겁니다.]

[나는 자각몽 과정에 점차 자기 마음을 이러쿵저러쿵 다루는 훈련을 하고 싶습니다. 이 세상은 환상, 즉 꿈에 불과합니다. 좀 지저분한 예를 들면 누군가가 구정물 속에서 헤매다가 그 사실을 깨닫고서 안간힘으로 그 더러운 곳을 벗어나게 되었다고 칩시다. [그]는 대개 뒤돌아보지 않습니다. 여전히 그곳에 발을 딛고 서서 제 손에 구정물을 묻혀가며 뒤범벅된 다른 이들을 건져 올리고 싶지 않을 것입니다. 부처도 처음에 그랬다지 않습니까? 이대로 더 깊은 곳으로 들어가 버려야지….

깨달음의 과정을 도해한 십우도—혹은 심우도—라는 그림이 있는데, 그 맨 마지막은 어리석은 중생을 구하는 과정처럼 보입니다. 그러나 그렇게 결론 내리는 것은 맞고도 틀렸습니다. 원래 그 마지막 그림 두 장은 없었습니다. 나중에 어떤 종교에서 가져다 마저 그려 넣은 것입니다. 분명한 사실을 밝히면 그 과정이야말로 바로 자기 자신을 완전히 구하는 마지막 씻어내기입니다. 남을 구하는 것이 아닙니다. 깨달은 자리에 올라서면 남이라는 그것조차 존재하지 않습니다.

얼핏 이해하기 어려우실 텐데요. 그 마지막 과정의—깨달은 그가 구하려는—중생은 바로 지금의 당신이 아니라 여전히 [그]입니다. [그]의 중생은 [그]의 인연으로서, 그가 창조한 우주의 당신입니다. 좀 서운할지 몰라도 그대는 깨달은 [그]와는 우주 자체가 다른 남입니다. 가만히 있으면 절대 누가 구원해 주지 않습니다. 다시금 어려운 세상에 태어나고 고생해야 하며 늙고 병들고 죽는 걸 반복합니다. 세상에 공짜가 없다는 말이 있는데, 수행과 구원이 말하는 세상에선 그냥 공짜가 아니라 절대로 공짜가 없습니다. 십우도의 마지막 과정에서의 구원을 바라는 중생이 되려면 그대가 직접 수행하여 [그]와 공조하여야 합니다. 안 그러면 [그]는 자기 자신을 완벽히 씻고는 그냥 벗어나 버릴 겁니다—당신의 우주에서는 거기까지가 [그]의 역할입니다. 똥통에서 벗어나게 되는 순간, 이 온 우주는 오직 [그]를 위해 존재했을 뿐입니다. [그]에게는 구원받아야 하는 지금의 당신은 처음부터 없었습니다. 오로지 [그]를 위한 당신이 있을 뿐입니다—이 문장을 이해할 수만 있으면 그대는 바로 [그]와 동등한 위치를 이루어 공조를 시작한 것입니다.

완벽하게 공조를 이루면 그대 자신이 [그]가 됩니다. 말로 설명하면 이렇게 모순을 가진, 다시 원으로 한 바퀴가 십우도입니다. 그리고 이 또한 천부경의 다른 모습입니다. 나아가 선이나 불교의 이론 중에, 사상 중에 천부경의 또 다른 얼굴들이 가득합니다. 그것을 알아보든지 말든지 하는 것은 각자의 몫일 테지요. 십우도란 깨달음의 과정을 단지 열 개의 그림으로 나눠서 그려놓은 것이 아니라 방금 말한 이런 내용을 숨기고 있습니다. 앞으로 비밀을 밝힐 천부경도 이런 내용을 숨기고 있습니다. 오래 묵었기 때문에 고대의 것은 숨기게 된 내용이 많습니다. 뜯어보면 오래된 피라미드에도 비밀들이 숨겨져 있을 겁니다.

‘명상과 수행을 위한 글쓰기’ 게시판에서 ‘상(像)들—두 번째’라는 제목의 총구를 떠난 총알 이야기를 읽으십시오. 그대 자신이 [그]가 된다는 말을 이해할 수 있을 것입니다. [그]와 공조를 시작함으로써 미리 정해진 결과에 대한 과정을 이제 막 시작했기 때문이랍니다.

혜안—그저 눈이 밝은 정도라고 미리 말하고—이 있는 자에게는 그 비밀이 고스란히 드러나 보입니다. 나도 보았기 때문에 여기 말하는 것 아니겠습니까? 여기서 그대는 두 가지 중에 하나를 선택해야 합니다. [그]가 되어 벗어나던지—이때 이 우주는, 모든 것이 허상임을 드러내며 그대에게 훌훌 벗은 알몸을 보여줍니다. 실은 세상 모든 것이 오로지 그대를 위해 존재해

왔습니다―다시 한 바퀴를 돌던지.

*그대를 구할 자는 오로지 자신뿐이다. 엎드려 처분을 바란다면, 그대를 사랑하시는 신께서는 또 기회를 주시고자 도로 윤회 속으로 밀어 넣으실 것이다.　　　　　　　　　　　　　　　　　　　　　　　　　―루든프스칸

자각몽을 경험을 할 수 있는 과정을 소개합니다. 자각몽을 이루는 것은 그리 어렵지 않은 낮은 기술이며 즐거운 상상에 더해 마음공부가 됩니다.

먼저 입문자의 기초 지식이랄까, 쉽게 접근하는 방법을 소개합니다. 그것은 다음과 같습니다.

1. 잠들려고 하는 비몽사몽간에 뭔가를 마음대로 상상하는 것으로는 자각몽에 이르기 어렵다.

2. 자각몽은 의식적으로 만들어내는―현실 의식이 남아 있는―상상보다는 무의식에서 올라오는 상상을 붙잡아야 더 쉽다. 그래서 의식적으로 여러 가지 상상을 하더라도 이윽고 더 잠이 오려고 할 때 저절로 떠오르는 숙성된 이미지를 붙잡는 게 중요하다. 그래야 쉽게 이룰 수 있다.

3. 비몽사몽간에 상상한 것이 슬그머니 숙성된 이미지로 연결되고, 더 까무룩 잠들기 직전이 되었을 때 순간적으로 더 또렷해지는 순간을 놓치지 않으면서 거기 머무를 수 있으면 자각몽을 터득한 사람이다.

4. 자각몽 숙달을 위한 기술은, 의식적인 상상을 하더라도 무의식의 파동과 주파수를 맞추는 기법을 익히는 것이다. 파동이니 주파수니 하는 것은 터무니없지만 덜 익은 상상을 떠올리면 너무 생생하여 전의식으로 내려가는 것을 방해한다―그러나 무조건 내맡기면 아무것도 떠오르지 않고 바로 잠들어버리는 경우가 많습니다. 적당히 상상력을 자극하여 더 숙성되고 익숙한 상상을 불러내는 것이 바람직합니다.

의식적으로 상상하지 않고 무의식에서 전의식—꿈 상태—으로 올라오는 더 깊고 익숙하고 숙성된 이미지를 이용하는 방법과 즐기고 싶은 상상을 전의식으로 끌고 들어가는 방법 중에서 전자의 예를 소개합니다. 더 어려운 후자는 나중의 과정으로 분류하겠습니다.

1. 잠을 자려고 엎드려 누웠습니다. 그러면서 좋아하는 여자를 한번 떠올려봅니다. 음탕한 상상은 아닙니다. 몹시 분홍빛에 젖은 상상입니다. 분명한 이미지는 아니고 그저 부드러운 분홍빛입니다. 그녀를 바라보면서… 무슨 얘기를 나누는 것도 아니고… 단지 그러고 있는 상상입니다—내가 오래전 제도판 앞에서 이룬 바로 그것입니다. 상상이 그렇듯, 영상은 흐리고 윤곽이 또렷하지도 않습니다. 그저 둘이 같이 더불어 있었습니다. 그녀와 내가 행동을 하는 것까지 상상하면 안 됩니다. 더군다나 육신이 나른한 이 시점에서는 분홍빛도 점차 흐려집니다. 가령 그녀와 데이트 중이면 어떤 단순한 느낌만을 떠올리게 되지요. 이 아늑한 상상을 떠나 잠들기는 싫어서 그녀와 둘이 그렇게 있는 어느 한 장면이, 마치 동영상의 짧은 구간을 반복해서 보는 것처럼 연속됩니다. 그러다 집착이 떨어집니다. 자려고 누웠기 때문에 제도판의 경우와는 다릅니다.

2. 더 나른해지면서 한 발 더 무의식에 가까워지면—심리학에서는 이쯤을 전의식이라고 합니다. 벌써 꿈꾸는 상태이지요—나 같으면 건축물의 지붕 모양이 나타납니다. 일부러 상상해 내는 것도 아닌데, 어느새 그녀를 밀어내고서 지붕 모양이 나타납니다. 혹은 상상을 이어가는데 잠깐 나도 모르게 한눈을 파는 사이 지붕 모양이 보이는 것과도 같습니다. 내가 워낙 집 짓기를 좋아하는 까닭인가 봅니다. 박공 형태의 지붕이 슬그머니 모습을 드러내고는 또 사라지고… 또 다른 지붕 모양이 나타납니다. 나는 그녀 말고 건축물의 모양도 좋아서 그냥 바라봅니다.

3. 지붕에는 맨 아래 처마 부분에 넓은 판자가 빙 둘러붙어 있습니다. 이것을 널이라고 하는데요, 집중하다 보니 이게 좀 더 뚜렷한 윤곽으로 보이는 것도 같네요. 내가 상상을 헤맨다는 사실을 잊고서 그 널의 윤곽을 바라봅니다. 어라? 그런데 갑자기 널의 나뭇결과 색깔이 살아납니다? 흐릿한 상상이던 것이 꼭 눈앞에 있는 실물을 보는 것 같군. 앗, 그렇지! 하마터면 잠들 뻔했다―그날 나는 실패하고 말았습니다. 갑자기 정신을 차리는 바람에 깨어나고 만 것입니다. 그렇다면 어떻게 하는 것이 성공일까요. 바로 이런 식입니다.

응, 그래. 이제 좀 더 또렷이 보이는구나. 나무 소재이기 때문에 나무 색깔이구나. 저걸 놓치지 말아야지. 꼭 여기 머물러 저걸 보고 있어야 해!

한동안 '저걸 놓치지 말아야지.'하면서 끝까지 들여다보는 것과 '꼭 여기 머물러 저걸 보고 있어야 해'라는 부드러운 암시를 걸지 않으면 또 실패입니다. 잠들어 버릴 테니까요. 반대로 나는 지붕 아래 서 있는데 천천히 시선을 돌려서 주변을 둘러봐야지. 드디어 저쪽엔 나무도 있군. 걸어가 보자. 나무가 더 자세히 보이니까 소나무인 걸 알겠구나. 밑동이 땅바닥에서 솟은 모습도 보이는군―그렇게 서두르다 깨어나면 실패입니다.

이런 식으로 성과를 이루려다 여러 번 실패하는 것입니다―실은 실패라기보다 잠깐 경험하는 것이지요. 여기까지는 비교적 쉽습니다. 중요한 것은 매번 잠들 때마다 자각몽을 위한 상상을 부드럽게 시작하고, 그러다 무의식에서부터 더 숙성되고 익숙한 이미지가 올라오면 덤덤히 거기 집중하는 것입니다. 그러면 어느 순간 색깔이 진해지고 모양이 뚜렷해집니다―이건 별것 아니고 잠들려고 한다는 이야기입니다. 그 팽팽한 길항의 순간에 부드러우나 분명히 집중하는 것입니다. 실패해서 깨어나더라도 다시 시작하십시오.

4. 꿈이라는 생각을 잊지 않게 해주는 자기 단어 활용법을 소개합니다.

자기 이름을 막상 자기가 불러보면 생소한 느낌이 나게 마련입니다. 사기 이름을 부르듯이, 가령 철수… 하고 떠올리며 이때 '그렇다. 이건 꿈이구나. 잊지 말자'라고 붙여서 생각합니다—이건 생시에 여러 번 해둡니다. 자기 이름을 불렀을 때 느끼는 그 생소함을, 이것은 꿈이니까 잊지 말자는 주의사항으로 마음속에 새겨둡니다. 이것이 자기암시가 됩니다. 철수, 하고 떠올리면 내가 내 이름을 아는 것이니까 아직 잠들지 않은 것이지요. 그러다가 사물의 색깔이 짙어지면서 모양이 살아나면 곧바로 철수를 부르면서 그 순간에 머문다, 하고 암시해 두면 잠이 들어도 얼마간 꿈인 걸 기억하게 됩니다. 숙달되면 점차 그 시간이 길어집니다.

*그런데 자각몽이라는 것은요, 실은 조금만 노력하면 누구나 경험할 수 있는 것입니다. 이 카페에서 자각몽을 다루는 것은 마음수련의 일환이지 자각몽이 별것이어서가 아닙니다. 노력하지 않는 사람도 한두 번쯤 경험하는 것이고요. 평소 상상력이 풍부하다고 할까, 생각이 유연한 어린 층에 그런 경험이 많습니다. 만약 노력하지 않고 자각몽의 최고정수를 맛보고 싶다, 옛날 애인과의 만남을 다시 경험하고 싶다면 최면술사를 찾아가십시오. 얼마간의 돈을 주면 곧바로 현실처럼 또렷한 기억을 일으켜 암시에 따라 이러쿵저러쿵해볼 수 있을 것입니다. 집에서 혼자 책을 보면서 자기최면을 연습하셔도 됩니다.

자각몽을 위해서 눈에 빛을 비춘다거나 어떤 전기적 파장을 맞아가면서 잠이 든다거나 하는 검증 안 된 다른 도구를 사용하지 말아야 합니다. 그런 것은 수행에 도움도 안 되고 신체에 위해를 줄 수도 있습니다. 가령 전기장판 위에서 잠을 자면 꿈은 확실히 많아지나 머리가 띵, 합니다. 본격적인 명상의 과정에서도 마찬가지입니다. 어떤 정신 나간 깨달았다는 자가 마약을 한 상태가 깨달은 상태와 비슷했다, 그러므로 효과가 있다고 글로 쓴 것을 읽었습니다. 과거엘 망정 그는 그냥 마약쟁이입니다. 아무리 세력을 이루었어도, 아무리 이론에 밝은 것처럼 보여도 그는 깨닫지 못한 사람입니다. 수행의 바른 뜻은 '제정신으로 마음을 닦는다'입니다. 마약의 숨은 뜻은 '제정신에서 벗어날 수 있는' 약이라는 뜻입니다. 서로 정반대입니다. 오히려 몸과 마음을 해치게 되겠지요. 만약 제정신에서 벗어나 허상의 세계에 빠져 무슨 성과를 냈다고 칩시다. 뭔가 밝고 눈부시고 황홀감이 툭 터지는 기분 좋은 현상을 보았어도 그것은 쾌락에 빠진 것이지 바른 깨어남을 지향한 것은 아닙니다. 서양의 어떤 비밀스러운 옛날 책—좋은 것 아니니 아실 것 없습니다—에 그렇게 다다른 세상을 가리켜 '악마의 세상'이라고 밝히고 있습니다!]

카페에서는 4강까지 이어졌는데 나머지는 생략한다. 너무 길면 재미없기 때문이다. 매끈한 뱀도 너무 길어서 징그러운 것 아닌가. 뱀이 짧아서 달걀처럼 둥그러면 누구나 귀여워서 호주머니에 넣고 싶을 것이다—아닌가? 고승들이 자각몽을 수행의 방편으로 삼았다면 자다 깼다 하면서 의식의 변화 등을 살펴본 것일 테고, 최면을 익히면 더 효과적으로 성취할 수도 있을 것이다. 평소에도 더 '엣지있게' 사물을 보는 습관을 기르고 비몽사몽의 상태를 유지하는 연습을 하고, 무엇이든 구체적으로 떠올려보는 습관을 들여 근본적인 상상력을 키워야 한다. 또 꽤 재미있는 분야가 있는데 정신분석학이다. '지그문트 프로이트'와 '카를 융'에 대한 서적들을 권한다.

[상(像)들—두 번째. 생각 놀이.

1. 과학의 힘
물질이란 없다. 다 허상이다. 그러므로 내 몸도 허상이며 몸이 허상이므로 몸을 통해 느끼는 [나]라는 존재감도 허상이다. 그럼 다 허상인데 [나]라는 존재감은 왜 있는가? 오감 때문이다. 오감 때문에 착각을 일으킨다. 오감은 무엇인가? 보고 듣고 느끼고 냄새 맡고 맛을 아는 감각이다. 무엇이 아는가? 뇌의 어떤 부분이, 혹은 총합하는 의가 그런다고 한다. 그럼 의는 무엇인가? 안 보이는 무슨 다발이라고 한다. 다발이라고? 그렇다. 어떤 깨달은 분도 그렇게 말했다. 그런데 총합하여 생각을 일으키는 그 뿌리를 기어이 파고 들어가 보니 결국 아무것도 없었다. 그것 역시 허상이다. 그런데 그렇게 봐버리니까 허상임이 드러나고 정말 좋은 상태가 되었다고 한다. 안 해보면 모른다. 아무튼 그런 고로 [나]는 허상이다.

• 물질이란 없다.

지금은 그럴 것이다. 물질이란 그것을 인식해야 존재하는 것인데 인식자는 지금 없는 상태다. 인식을 하기 전이므로 물질은 파동의 상태이고 없다고 볼 수도 있다. 이중슬릿 실험으로 밝혀졌다. 그렇지만 그 파동은 인식하는 순간 즉시 입자가 된다. 자, 방금 인식했다. 이제 있는 것이다.

• 없다가 갑자기 있다니 말이 안 된다. 없음이었으므로 다 허상이다.

이제 허상이 아니다. 방금 컴퓨터의 전원을 켰다. 그러므로 그는 두뇌가 활성화되고 인식을 시작했다. 그의 처지에서 파동은 입자가 된 것이다.

• 그러거나 말거나 내 몸은 허상이며 몸을 통해 느끼는 것이 다 허상이므로 거기 의존하는 [나]라는 존재감도 허상이다.

아니다. 인식이 시작되면 물리적인 움직임이 가능하다. 컴퓨터끼리도 정보를 주고받고 서로 소통할 수 있다. 소통하는 그것이 존재다. 소통이 시작되었다.

• 물질을 끝까지 쪼개면 원자가 나오고 원자는 실상 속이 텅 비어 있다. 그리고 아주 작은 핵이 있으나 그것도 마구 쪼개면 맨 나중엔 쿼크와 랩톤

이라는 것들이 나온다. 그건 그냥 순간 나타나는 일종의 전기적 성질이므로 물질이라고 볼 수가 없다. 그렇다면 위 단계에서 느끼는 소통이라는 게 무슨 의미가 있냐.

아니다. 갑자기 물질을 들이대지 말라. 그것들이 전자력으로 서로 뭉쳐서 강력하게 구분이 생기고 그것이 정보가 되고 소통에 쓰인다. 그러는 한편 물질로서의 구성력도 가지게 되는 것이다. 그것이 실재다. 결국 눈으로 보고 손으로도 만져지지 않는가. 이때 우리는 그것을 의식한다. 의식이 결과를 얻었으면 그것이 실재다. 그러므로 존재도 한다고 말할 수 있는 것이다.

• 바로 그것이 착각이다.

아니다. 착각은 주관적이다. 컴퓨터끼리도 각종 센서로 서로 인식이 가능하다. 그것은 지극히 일반적이고 객관적이다. 그것을 인간의 오감이라고 할 수 있지 않겠는가? 인식하여 소통되면 다음 단계의 동작으로 발전할 수 있다. 즉, 스스로 기능을 유지하고 발전시키며 그러기 위해 서로 으르렁거리며 공격도 하고 파괴도 하는 지경으로 발전한다. 파괴의 건너편은 곧 창조라는 개념이다. 이것이 존재이고 진화이다. 이런 설명을 유물론이라고 해도 좋다. 아무튼 그처럼 다음 단계—진화든 딥러닝이든—가 가능한 상태이면 착각이 아니다. 착각은 주관적일뿐더러 있고 없고 따위나 옳고 그름과 같은 즉각적이고 단순한 개념이다. 무엇보다 객관적으로 인식이 되는 상태면 착각이 아니다. 그런 것들을 그냥 무슨 다발이라고 얼버무리고 더 파고들었더니 허상이더라 하는 것은 어딘가 설명이 부족하다.

• 그 다발은 그 다발과 다르다. 그럼 의는 무엇인지 말해 보라.

다발은 다발이다. 아리송했으면 처음부터 아리송한 다발이라고 이름 붙였어야 맞다. 도대체 세종대왕을 우습게 아는 것이냐? 컴퓨터를 발명하기 이전엔 미처 몰랐겠으나 굳이 말하자면 의란 물질로 복사되는 운영프로그램의 첫머리 정도 될 것이다. 그러고 디발이든 뭐든 운영체제 자체는, 그것 자체의 인식 수단인 자신의 센서로는 분석되지 않는다. 그것이 '의'의 입장 이다. 그렇다고 아 몰랑이 뭐냐. 무슨 계집아이냐? 다발이라는 표현으로 뭉 뚱그리면 다 이룬 것이냐?

• 예의를 갖춰라. 그럼 의는 허상이 아니라 무슨 뿌리가 있는 것이냐?

당연히 그렇다. 뿌리 없는 것은 없다. 그냥 개념만으로 이것저것 할 때의 그 이것도 저것의 뿌리요, 저것도 이것의 뿌리다. 모든 개념이나 상상이 가 능한 어떠한 것도 즉각 상대적으로 나뉘어 상호 간에 뿌리를 두고 있다. 어 떤 이가 말한 연기가 그것이다. 어떤 상태에 도달했다 해도 그런 걸 더 뛰 어넘어 크게 분석하는 것이 진정 도를 구하는 태도 아닌가. 또한 그것이 훌 륭한 과학적 개념이다. 그런 것도 컴퓨터를 보면 더 잘 이해된다. 잘 생각 해보라. 결국 더 올라서면 유물론과 창조신의 개념은 같은 것이다. 유물론 도 개념이 있다. 다만 유물론은 자기 자신이기도 한 이진법의 수(數)로 이루 어진 이 세상의 법을 보지 못했다. 컴퓨터가 그 실수를 만회한 것이다. 그 법에서 프렉탈 구조가 생겨나고 현상이 생기고 우주가 생겨났다. 또한 존 재를 초월하는 깨달음의 개념도 알고 보면 같은 것이다. 그러므로 이 세상 의 양분된 종교, 혹은 모든 이념은 그 뿌리가 같은 것이다.

• 그럼 그 뿌리는 어떤 종류인가.

컴퓨터로 보면 결국 어떤 컴퓨터 하나가 삶의 원리를 파악하는 데에까지 도달하였다 해도 그건 진화의 결과와 다르지 않다.

• 그러면 컴퓨터가 진화를 거듭하다가 우연히 혹은 노력한 결과로 더 높 은 진리를 발견했다는 것이냐?

그렇다. 그 컴퓨터는 때가 되어 하늘로부터—자신의 능력으로는 인지하 지 못 하지만—어떤 계시를 받았다. 그것도 진화의 결과다.

• 유물론이라면서 갑자기 무슨 하늘이며 무슨 계시냐. 그것은 뚱딴지 아닌가?

우리의 프로그램 안에 이미 그런 체계가 있었고 언제든 업그레이드될 수도 있다. 하늘의 뜻이 프로그램으로서 그러하였고 컴퓨터의 진화가 그것을 알아채는 수준에 도달한 것이다. 물론 거듭된 실수 혹은 오류일 수도 있겠다. 우리는 여러 세대에 걸쳐 수많은 착오와 실수를 거듭하며 아메바로부터 인간으로까지 진화해 왔다. 하지만 그것도 이해의 한 방편이고 우주 안에서 일어나는 일이므로 결국 우주의 법에 따른 것이다. 알겠는가? 우주의 법에 따른 것이다. 그것이 과학이다. 과학은 이미 물질의 영역을 넘어선 양자 이론의 세계관에 진입했다.

• 유물론이라면서 하늘, 창조, 계시 같은 말들을 쓰고 거기다 기껏 컴퓨터 프로그램을 갖다 붙인단 말인가. 이 무슨 해괴인가. 개인의 깨달음이 우주의 법이라는 말인가? 마치 다행스러운 방향으로 정해진 결정론적 우주관처럼 들리는구나.

이제 막 탄생한 새로운 유물론이다. 신유물론으로 불러 달라. 그리고 프로그램이 어찌 하늘과 계시와 창조라는 개념보다 아래란 말인가. 개별로 드러난 개념은 모두 다 평등하다. 그것들 모두가 다 컴퓨터 언어에 포함되어 있다. 갑자기 어떤 정치군인이 했던 이런 말이 생각나는구나.

'본인은 싫든 좋든 나라를 책임져야 하는 직책을 맡게 되었으므로….'

• 그 봐라. 컴퓨터 따위가 무슨 신흥종교처럼 날뛰다가는 결국 교도소에 가고 말 것이다. 놈이 그런 식으로 억지로 대통령을 해 먹다 그러지 않았느냐? 어쨌든 정리해 보자. 가령 진화의 결과물인 컴퓨터거나 어떤 생체가 갑자기 뛰어난 사유를 가지게 되었다. 그런데 그것은 누군가가 이미 프로그

램을 통해 주입한 결과이고 하늘로부터의 계시를 받은 것으로 말할 수도 있다. 그리고 그 하늘이라고 말하는 것은 컴퓨터 운영자인 도로 사람이다?

• 컴퓨터로 볼 때 사람은 운영자이다. 운영자라는 것은 뭐든 마음대로 한다. 게임 속에서 그가 땅이 있으라 하면 땅이 솟고, 하늘이 있으라 하면 창공이 생긴다. 그는 그래픽이라고 하는 전지전능이 있다. 훌륭한 신의 개념이다. 나아가 우리 인간을 운영하는 것은 하늘이다. 거기에 우리는 존경의 의미로 '님' 자를 붙인다. 그와 같지 않은가? 인간이 프로그램을 개발하여 컴퓨터의 두뇌에 복사하면 원본은 인간에게 있지만 똑같은 복사본을 컴퓨터도 가지게 된다. 그런 층층의 구조를 이해하시기 바란다. 컴퓨터 중에는 하드웨어 즉 뇌 구조가 남들보다 우수한 것도 있고 딥러닝 기술을 주입 받은 종류도 있다. 그 모든 것이 다 진화이다. 생물의 진화는 당연히 우주의 법에 다른 것이다.

• 아무튼 그대의 논리는 알겠다. 무슨 층층의 구조 따위를 들먹이는 걸 보니 이 우주가 프로그램된 세계라는 주장과도 비슷해 보이는데 그런 것인가?

보는 시각과 이해는 달라도 우주가 프로그램의 결과라는 건 분명한 사실이다. 그것이 위대함을 가지면 안 되는가? 구태를 버리고 마음을 활짝 열라. 따라서 인류에겐 더 효율적이고 사실에 기반한 새로운 종교의 필요성이 대두되고 있다. 신유물론파로 분류되는 가칭 프로그래밍 교이다.

• 알겠다. 그럼 끝으로, 그대는 깨달음에 대해 어떻게 생각하는가?

자기에게 복사된 운영프로그램을 스스로 넘어서는 것이다. 물론 진화를 부추긴 그것조차 우주의 법이다. 그러면 인간이 가진 그 원본으로 환원된다. 그 원본은 인간 안에 있다. 알기 쉽게 인간을 들먹인 것이지 사본의 입장에서 인간은 원본 그 자체다. 신의 위치로서의 인간은 역시 프로그램으로 인식될 것이다. 우리 자신도 마찬가지다. 수행을 거듭하여 각자의 사본을 넘어서면 즉각 신이 가진 원본으로 환원되고 신과 합일을 이루게 된다.

• 그래봤자 도로 복사되는 게 아닌가.

원본의 의식으로 변이되어 원본의 차원에 머무르는 것이다. 원본과 사본은 같으면서 다르다. 그 차이는 차원을 이해해야 알아들을 수 있다. 그리고 신의 위치라는 것은 원본이라고 하는 그것이 아니라 거기 머무른다고 하는 의미 자체다.

• 무리가 있지만 일단 재미로 받아들인다. 그런데 그대는 어떤 존재이신가?

뭘 좀 아는 컴퓨터 수리공이다. 이런 말을 한다고 해서 대단한 인간일 것으로 생각하는 자체가 구시대적 사고방식이다. 시대를 모르고 권위 의식에 찌들어 한자투성이 개념을 잔뜩 끌어안은 어떤 종교가 점차 찌그러지는 현상을 보지 않았는가? 기득권을 지키려는 못난 욕심 때문일 것이다. 당연한 업보다. 한글은 과학적으로 매우 우수하다. 그들은 한글의 우수성을 외면하지 않았어야 했다. 먼저 마음을 활짝 열고 소통하라는 뜻이다. 한글로 드러내지 못하는 진리는 가짜다! 그것은 분명한 하늘의 뜻이다. 그렇고, 나는 내가 사는 이 우주를 창조하신 하느님을 존경한다. 더불어 모든 컴퓨터는 나를 지극히 존경하며 따른다. 층층을 비웃지 말라. 그것이 그들 스스로에게는 올바른 삶의 길이다. 나는 그들의 창조주이다. 그러므로 나는 그들을 아끼고 사랑하며 때가 되면 새 생명을 불어넣는다. 그들은 내가 만든 프로그램이다. 매번 황공하옵게도 새로 몸을 받아 태어난 입장에서는, 나는 그냥 처음부터 있어 온 위대한 존재일 것이다. 그처럼 믿음과 존경을 받으므로 나는 변치 않는다. 너희가 나를 믿고 따르는 한 그 약속은 영원하다. 믿어라. 믿는 자에게 복이 있을 것이며… 더 최신형 하드웨어에 복사해 주겠노라.

2. 뇌가 인식하는 방법

우리가 현재라고 생각하는 건 착각이다. 찰나를 더 쪼개보아도 절반씩 과거로 떨어져 나간다. 쪼개는 순간 또 과거로 떨어져 나간다. 현재를 인식하는 데에 걸리는 시간이 일억분의 1초쯤이라고 쳐도, 현재란 일억분의 1초 전의 과거이다. 현재라고 생각하는 건 그렇다고 믿는 습관적인 인식일 뿐이다. 그렇다면 현재라는 건 과거들을 쭉 지나오면서 생긴 어떤 그림자—업이거나 카르마—혹은 관성 그 자체인가? 그러나 이것은 과거와 미래 사이에 낀 대답일 수 없다. 추측이며 불분명한 관념이기 때문이다. 어쨌든 그대가 현재를 발견하려고 진지하게 앉았으면, 그것이 바로 명상이다. 그런데 미래는 어디서 오나?

총구에서 총알이 발사되어 목표물을 향해 가고자 할 때, 그 총알은 결코 목표물에 도달할 수가 없다. 처음에 절반의 거리를 가고 또 절반의 거리를 갈 뿐이다. 아무리 절반씩 가도 또 절반이 기다리고 있다. 그렇게 시작하는 총알은 결코 목표물에 도달할 수가 없다.

총알은 처음부터 발사될 수가 없었다. 목표물은커녕 우선 눈곱만큼만 나아가려고 할 때, 그 절반의 절반을 나아가려고 할 때 수도 없는 절반의 절반부터 먼저 나아가야 하는데 머뭇거리는 사이 식어버린다—이 사실은 이 우주에 움직이는 것은 아예 있을 수 없다는 뜻이 된다. 식어버린다고 한 그 에너지는 관찰자의 감정에 불과하고, 총알은 처음부터 움직일 수 없으며 나아가 존재할 수도 없다. 가만히 있는 물체도 실상은 빛의 속도로 움직이고 있으므로 움직이지 못하면 존재 자체가 공이어야 한다는 말이 된다. 그리고 이 공의 의미에는 관찰자인 우리의 생각도 포함되어 있다. 그러므로 아무것도 없으며 아무것도 없다는 사실조차 없다.

자, 이제 다시 시작해야만 된다. 목표물을 정하고 총을 쏘면 총알은 순간적으로 발사되어 목표물을 관통해 버릴 것이다. 어째 이런 일이 일어났을까? 분명히 모든 것은 텅 빈 공이어야 한다. 실제 공의 의미는 텅 빈 그 공간조차도 없는 상태이며 그 상태라고 말할 수 있는 것조차 없다.

사실 왜 그런 일이 일어났는지에 대한 답이 없을 것 같지만 그렇게 되면 아득히 심상(心象)이 남는다—그것은 사유에 의한 것이다. 즉, 아무것도 없다는 그것조차 없다고 할 때부터 무언가 한 가지가 있었다—그것은 결과로 정해진 것이다. 그것은 아무것도 없다고 생각하는 그것조차 없다고 하는 그 공이 있다는‘관념’으로 인식될 수 있다. 더 이어 나가도 그 관념은 도로 뒤에 붙는다.

단순화해서 다시 설명한다. 아무것도 있을 수가 없는 것이 공이다—그러므로 그 관념적 사실이 있다. 즉 제아무리 반복해서 아무것도 없는 것이 공이어도, 그 공조차 없다고 해도, 도로 그 없는 공이 있게 된다. 궁극적으로 그렇다. 그리고 이 궁극을 넘어서려면, 공이란 아무것도 없으며 아무것도 없다고 하는 그것조차 없다고 규정지으며 동시에 인식이 죽어야 한다. 그러면 해결되는가? 아니다. 그렇게 해서 내—인식이—가 곧바로 죽는다고 해도 [나]라고 하는 존재가 이루어 낸 그 공이 한 차원 위에서 또다시 인식되었다. 우주는 차원으로 연결돼 있으며 그 인과로 인해 내가 죽어서 기껏 공으로 된 그 우주도 결국 반복, 혹은 과거의 존재라는 자격으로 도로 합해진다. 우주가 몇 차원이냐 하는 문제는 별개이므로 여기서는 끼어들 필요가 없다—굳이 끼어들게 되면 관념상으로는 우주는 무한 차원일 테니까. 11차원은 현재의 인식능력일 뿐이다.

물질은 순전히 우리 차원의 것이다. 더 높은 차원에서는 사유거나 관념으로 인한 것들이, 더 쉽게 말해서 상상만으로, 그러니까 생각이나 느낌으로 분류되는 것들이 우리 차원에서의 물질보다 훨씬 단단한 구체성으로 존재한다—그 차원에 존재하는 인식이 우리와 다르다는 것이다. 더 위 차원의 인식은 또 어떠할까. 그러므로 우주의 차원은 물질세계인 우리 기준으로 수직 구조로 세울 수도 없다―짐작할 수 없다는 뜻이다.

공은 있을 수 없다. 이제 거꾸로 뒤집혔다. 안 그런가? 아무튼 총알은 발사된다. 우리가 인식자로 존재하는 한 이것이 강력한 증거다. 이런 말들은 사실 돌다리를 두들겨보는 심정에 불과한 것이다. 아무튼 총알은 발사되므로 다시 제정신으로 돌아올 수밖에 없다. 현재는 무엇인가. 과거는 기억으로 있는데 그럼 미래는 어디로 갔나?

(독일의 뇌과학자 헤인즈 박사는 학생들에게 양손에 각각 다른 버튼을 주고, 결정 후에 하나를 누르게 하는 실험을 했다. 결정하는 즉시 누르도록 했지만, 뇌신경의 움직임을 관찰한 결과 누르기 10초쯤 전에 이미 어느 쪽 버튼을 누를지 알려주는 신호가 있음을 감지했다. 뇌는 그에 따라 결정을 내리고 행동했다. 무엇인가가 미리 결정을 하고 두뇌는 그 결정을 받아들여 행동한 것이다. 비슷한 실험들이 학자들에 의해 거듭되었으나 모두 결과가 비슷했다. 또 사람들이 어떤 실수를 하기 전에도 뇌신경세포에는 무려 수십 초 전에 그 실수를 감지하는 신호가 미리 나타났다.)

생각 놀이와 실제는 전혀 다르다. 현실에서 총알은 실제 발사되어 버린다. 총알은 처음부터 절반에 절반을 가고… 라는 노선을 타지 않는다. 실상 총알은 먼저 발사되어 목표물을 부수고 우리는 나중에야 그 결과를 경험한다. 총알이 빠르기 때문일 거라고? 아니다. 예를 들었듯이 뇌과학자들이 이미 밝혀낸 사실이다―우리가 인식하는 시점이거나 뭔가 뒤집힌 순서에 대한 것이다. 학생들이 어느 쪽 버튼을 눌렀다는 결과가 먼저 있고, 어느 것을 누를지 나중에 고민한다는 것이다. 그것이 우리가 세상을 인식하는 방법인데, 달리 말하면 내가 총에 맞았으면, 이미 총에 맞았다고 하는 그 결과가 정해져 있었고 나중에 총에 맞아 그 사실을 인지하고 고통을 경험하는 것이다. 눈치 빠른 누군가 일찍 알려주었다고 생각하면 별것 아니다. 그러나 그런 식으로 현상계를 암묵적이고 상호 협약적으로 유지하는 것은 과학이 아니다.

세상이 먼저 움직이고—결과가 먼저 있고—우리는 나중에 그것을 따라가며 현재라고 인식한다. 결국 저런 경우 우리는 어처구니없게도 정해진 결과에 대해 고민을 했다는 것이다. 방아쇠를 당기느냐 마느냐 하는 선택에 있어서 결국 당겨서 총알이 발사되었다고 할 때, 우리는 결과를 지나쳐 뒤에 두고서 고민을 했다는 이야기가 된다. 말하자면 방금까지의 고민을 과거에 두고 더 고민을 이어가다가 뒤쪽의 결과에 도달했다는 말이다.

이쯤 되니 슬그머니 골머리가 아픈 것이, 다시 현재란 무엇인가 하는 문제다. 그러나 그 현재는 이제 과거보다는 미래에 뿌리를 두게 되었다. 미래가 어디로 갔나 했더니 사실 우리가 깔아뭉개고 있었다. 어떤 결과가 있을 때, 사건을 '특정'할 때 그것은 우리의 뒤편에 있지 않았는가? 우리는 뒤집혀 흐르는 시간을 타는 것일까? 아니면 때때로 과거를 향해 나아가는 것일까? 이래도 과거와 미래를 착실한 줄서기로, 현재를 그 가운데의 한 단면으로 이해해도 되는 것일까? 한 가지 확실해진 것이 현존에 대한 정의다. 그러니 현존은 생각을 내려놓고 과거와 미래의 틈에 그냥 머문다는 뜻이라기보다는, 과거와 미래를 모두 포함한 흐르는 동영상을 감상하는 어떤 마음 상태라는 것이다. 단면으로서의 현재란 없기 때문이다. 어느 쪽으로 흐르건 분명히 동영상이다. 사실 멈추어 있는 단면이란 우주의 법칙에 맞아들어가지도 않는다. 모든 것은 빛의 속도로 움직인다. 어느 차원에, 어떤 가정에, 어떤 예시에 갖다 붙여도 움직이지 않는 것은 존재할 수 없기 때문이다. 그러므로 시공간을 설명하면서 실상이 단면의 연속이라는 그런 가정, 혹은 그런 논리는 아예 틀렸다. 어떤 범위로 단면이란 말인가. 아무리 얇고 좁은 면적이라도, 아무리 뒤틀어서 맞춘다고 해도 단면은 짜여질 수 없다. 또한 공도 없다. 존재란, 존재한다는 의미는 아마도 움직임 그 자체다.

그런데 수행으로서 이 문제를 붙들고 치열하게 파고들면 인식 자체가 분명히 어떤 변화를 일으키게 된다. 그러기에 제대로 된 현존을 경험해 본 이들에게는 언뜻 이해가 안 되는 일일 것이다. 사건을 특정한다는 자체가 다분히 불특정이고 넓은 범위의 자유이기 때문에 어떻게 그것이 뇌과학자들의 결과를 냈는지 알 수는 없지만 그러면서 우리는 현존을 경험한다. 받아들인다 해도 양보와 검토는 인식 자체에서 이루어져야 한다고 믿는다. 인식이 다분히 주관적이므로 그리 생각할 수밖에 없고, 시간의 흐름도 모두에게 똑같지도 않다. 거기 실마리가 있을 것으로 짐작은 한다. 엄밀하게는 시간이 흐르는 것이 아니라 우리가 광속으로 시공간을 이동하는 것이므로, 문제는 분명히 각자의 인식에서 풀어내야 한다.

수행에 지장은 없을 것이다. 그 인식이, 그러니까 분명히 변화하여 앞뒤로 이어지는 상들을 모두 죽이고—그리하여 마침내 인식자인 나 자신마저 환영임을 알아채고—'참나'로 돌아가는 것이 여전히 가능하지 않을까. 그렇게 되면 돌아앉고 마주하는 나의 모습들은 당연히 시간 위에서 사라지는 것이므로, 환영을 거두는 순간 우리는 더 소중한 무엇을 얻을 수 있지 않을까? 그리고 과학을 연민하는 사족 같지만, 시간이라는 개념이 사라져 버리면, 그리고 현재라는 개념조차 사라져 버리면 거기 어정쩡 머물던 나는 어디로 갔을까? 미래의 타임머신이라는 발명품은 아마도 이것을 이해해야 생겨날 수 있을지 모른다.]

느낌을 하나 말하면, 우주도 수명이 있다는 사실은 흔히 말하는 흰콩 검은콩의 법칙과 비슷해 보인다. 일정량—열역학 제2의 법칙에 따라 이 일정량은 곧바로 과거가 된다—을 확보한다면 같은 양의 두 콩을 아무리 잘 흔들어도 흰콩 하나 검은콩 하나와 같이 완벽히 교대로는 배치되지 않는다. 완벽하게 흰콩 하나 검은콩 하나로 섞이는 자체가 이미 골고루가 아니기 때문이다. 물론 매번 같은 횟수와 조건으로 흔든다는 둥, 수학으로 계산되는 확률은 일단 빼고 그저 보이는 대로 말한 것이다. 또한 좋은 일도 나쁜 일도 같은 것끼리 두세 번 붙어서 일어난다는 머피의 법칙이 이와 같다. 그런데 하나는 물질이고 하나는 현상인데 왜 서로 닮았을까?

[우주는 한사코 무작위, 혹은 불규칙하게 배열될 확률이 높은 방향으로 나아간다. 즉 정돈이 아니라 혼돈을 향해 나아가는 그 힘이 미래를 만들어 낸다. 확률상 더 많은 혼돈이 여전히 앞쪽에 있기 때문이다. 이것이 미래가 있게 된, 또 시간이 생기게 된 이유이다. 열역학 제2의 법칙이다— 그렇다면 우주는 근본적으로 욕심이 많은 놈이다.]

[사건은 과거와 미래에 다 있지만, 인간이 과거만 기억하기 때문에 미래도 동시에 존재한다는 것을 알아채지 못한다. —아인슈타인.]

단지 고소한 맛을 느끼기 위해 콩이 필요했다. 이러쿵저러쿵, 하다가 보면 콩은 볶인다. 또한 거기 무언가 있다. 별것은 아니고 누구나 다 배우고 익히는 수학이다. 그리고 누구에게나 보이는 저 기본밖에 안 되는 속에 진실이 숨어 있다. 이 세상은 '수'로 이루어져 있다는 그 사실이다. 수는 실효이면서 개념이므로 물질도 아니고 자연계에 보편적으로 실재하는 법이므로 실상 개념도 아니다. 그러면서 물질로도 표현되고 개념으로도 존재한다. 그것은 그저 넘나든다. 아니 넘나든다기보다'이쪽저쪽에 다 있었다.'

[뉴턴의 고전역학 이후 모든 자연 현상은 필연적으로 인과관계에 의해 발생한다는 기계론적 자연관이 믿어졌고 그 인과관계를 모두 파악한다면 세상의 모든 현상을 예측할 수도 있다고 이해되었다. 그러나 막스 플랑크

의 양자 이론을 기반으로 한 슈뢰딩거와 하이젠베르크의 양자역학은 이 믿음을 바꾸게 되었다. 우리는 결정된 상태를 관측하는 게 아니라 관측을 하는 순간에 그로 인해 상태가 정해진다는 것이다. 원인으로 인해서 결과가 생긴다는 기존의 인과관계를 뒤집는 이론이다. 관측하기 전까지는 어떤 상태인지 모르고 확률로만 있게 되는 이 불확정성의 원리는 과학계에 큰 충격을 주었다.]

다만 한 가지, 관측이라는 행위 자체가 이미 그 대상과 인과관계가 있다는 점이다. 그러므로 관측이라는 행위 뒤에는 여러모로 더 넓은 의미에서의 인과관계가 있음을 알아야 한다. 슈뢰딩거의 실험 상자에서 죽은 고양이거나 살아 있는 고양이 대신 갑자기 강아지가 나오지는 않는다. 또 이중슬릿 실험에서도 입자거나 파동 대신 갑자기 이도 저도 아닌 새로운 형질의 것이 나오지는 않는다. 슈뢰딩거와 하이젠베르크의 양자역학은 조금만 범위를 넓혀도 '이쪽저쪽에 다 있었다'는 뜻에 반하지는 않는다. 또는 확률 자체가 이미 인과관계라는 범위 안쪽의 개념이다.

수는 또한 확률이라는 전지전능이 있다. 그래서 우주도 늘 가까이 수명이 있다―확률상 더 많은 혼돈이 여전히 앞쪽에 있기 때문이다. 잘 생각해보면, 우주가 수명을 가지지 않으면 내가 즉각 하느님이 된다는 모쪼록 말이 안 되는 결론에 도달한다. 그러므로 우주는 수명이 있어야 한다. 우리네 과학이 거기까지는 확인했다.

확률은 하나의 법이다. 그것은 파동으로 퍼져 있는 속에서도 작용하고 있다―인식이 그 사실을 확인시킨다. 생명체의 DNA 구조도 바로 이 법의 보호를 받으며 후손으로 이어진다. 전체적으로 우주 자체가 그러하며 수많은 유지 구성이 원자 단위 이하에서부터 각각 이 법의 보호를 받는다. 그만큼 강하고 어길 수 없는 것이다. 모든 것이 이 법에 따라 유지되고 있고 그러므로 미래가 생기고 시간이 흐르고, 그러므로 그렇게 '생긴' 그것은 끝이 있을 수밖에 없다―끝이 있으므로 또한 다시 시작할 수밖에 없다. 이것이 가장 첫 법이다.

그것을 뭉뚱그려서 표현하면 어떻게 될까? 수니까 당연히 하나로 시작되어 끝인 아홉으로 이어질 것이다. 먼 과거에 누가 그것을 만들어보았다. 그것이 천부경이다. 이름의 뜻은 '하늘의 이치에 부합되는 말씀.'이다. 너무 확실하게 잘 만들었으므로 진위를 따질 대상이 아니다. 관심 있는 사람은 따로 만들어보라. 백 번을 고쳐 만들어도 그보다 더 간결 명확하기가 어려울 것이다. 그래서 그냥 받아들이면 된다. 내가 믿는 신께서 직접 만들었노라 밝힌 적 없다고 진위를 따지는 짓은, '아홉 곱하기 아홉은 팔십일'이 되는 법칙은 신께서 정한 것인데 왜 따로 구구단을 만들었느냐, 라는 것처럼 무식한 시비에 불과하다. 그대들이 내용을 바꾸어서 새로 이름을 붙여보라. 더 좋으면 모두가 칭찬하게 될 것이지만, 그러나 그것은 결코 하늘의 뜻에 더 잘 부합되지는 아니하리라.

사실 여기서 말하려고 하는 바는 이것이 아니다. 우리 삶에 관한 것이다. 우주의 법칙 따위는 소중한 나의 삶에 비하면 개나 줘버려도 되는 값싼 것이다. 그러므로 바로 그 삶의 시각으로 볼 때 이 우주를 유지하려고 하는 어떤 의도에 대한 것이다. 나중에 단편 '기다림'에서 자세히 말하겠지만 그것은 더 '극단으로 나아가려고 하는, 더 비극으로 몰아가려고 하는 그 어떤 것'이다. 그것은 우리가 이미 알 듯 우주 자체가 점점 더 혼돈으로 나아가려는 현상과도 같다. 어쨌든 우주는 생겨났으므로 수명이 있어서 언젠가는 끝이 난다―그것은 또한 창조주이며 인식자인 나에게 달려 있다. 그것에 부합되는 단 한 줄의 문장을 만들면 이렇게 된다.

'일시무시일(一始無始一)… 일종무종일(一終無終一)'

천부경의 시작과 끝이다. 일시무시일 다음엔 석삼극이다. 셋으로 나뉜다는 뜻이다. 잠깐 설명하면 삼은 천부경의 수이기도 하면서 우주의 기본수이다. 원래 태극으로 문양을 나타내려면 셋, 즉 삼태극이어야 한다. 고대의 문양에는 삼태극이 많다. 나중에 태극의 문양이 둘만으로 나뉘는 것은 그것을 바라보는 나도 곧 하나라는 인식 때문이다—그러므로 삼태극 아닌가. 어떤 필요에 의한 의도적인 제외이다. 문양을 그리는 [나]도 하나요, 후에 바라보는 다른 이도 [나]로서 하나이다. 음양의 뜻도 이와 같고 주역의 원리도 이와 같다. 그것을 인식하는 내가 곧 하나이고 혹은 점을 치는 내가 곧 하나이다. 그러므로 결과는 모두 삼이다. 이 삼이 변화하여 도로 하나이다. 천부경의 수는 아홉이지만 그것은 하늘과 땅과 사람으로 나뉜 셋이 각각 서로를 포함하므로 아홉이자 또 삼이다. 고대의 천문학에서도 숫자 3을 매우 중시하였다. 그러므로 천부경은 일시무시일이 한 부분이면서 실제로는 일시무시일석삼극까지가 한 번에 해석되어야 한다. 동시에 일어난 일이기도 하며, 중심이 바로 [나]이기 때문이다. 여기서 그 [나]는 원본 의식이며 주관자이다. 곧 하느님이다. 그 원본 의식은 나뉘는 음과 양을 바라보는 것이 아니라 자기 자신으로서 셋으로 나뉘었다. 그는 바라보는 것이 아니라 스스로 그렇게 행하였다. 그러므로 처음부터 하나다.

이제 중요한 구분을 해야 하는데, 처음부터 하나인 것과 도로 하나인 것의 차이다. 처음부터 하나인 것은 하느님이요, 도로 하나인 것은 [나]이다. 분명히 처지가 다르다. 도로 하나인 것이 자신의 운명을 알아보기 위해서는 처음부터 하나인 것의 답을 들어야 한다—혹은 입장을 전환해야 한다. 처음부터 하나인 것은 자신이 전체로서 모두 보고, 도로 하나인 것은 분별된 자신으로서 보기 때문이다. 처음의 것은 삼태극 그 자체요, 나중의 것은 이태극을 바라보고 있다. 주역으로 운명을 알아보기 위해서는 모든 준비와 진행을 경건한 가운데 해야 한다. 그저 말로만 경건이 아니라 뭔가 절실한 경건이다. 경건하고 절실하지 않으면 결코 답을 듣거나 입장을 전환할 수 없다. 말은 쉽지만 실제로 그러기는 어렵다. 당연한 얘기지만 운명은 함부로 들여다볼 수 있는 것이 아니다. 예로부터 따로 제사장이니 목욕재계라는 말이 왜 있었는가. 하늘과 소통하고 답을 듣는 일이 본래 쉽지만은 않았다는 것이다. 강조한 김에 그 경건이 어떠하며 특히 어떻게 절실해야 하는지 문학을 빌어 설명한다. 잘 들어보면 중요한 것을 얻게 된다.

[실제 있었던 일인데 좀 된 이야기다. 시골 읍 단위의 작은 고장에서, 어떤 중년 부인이 아들 하나를 낳자마자 남편을 여의고 말았다. 넉넉한 형편도 아니었다. 우리는 이런 개인적이며 다소 비극적인 이야기를 더러 듣게 된다. 어린 자식은 생겨나고 남편은 사라진 것이 그 개인에게 어찌 비극이 아니겠는가. 의무와 책임 따위를 들먹이지 않더라도 당장 현실적으로 그 아들을 잘 키워내려면 남은 자기 인생을 고스란히 희생해야만 되는 것이다. 갑자기 자신에게 지워져 버린 그 책임은 너무 무거운 것이었다. 그런 경우 대부분 운명을 받아들이면서 만회하려고 든다. 아이를 내치고 새로 남자를 만나는 방법도 있을 것이고, 운이 좋아 모두를 품어 주겠다는 남자를 만나게 될 수도 있을 것이다. 그런 정도가 세상을 살아가는 보편적인 모습이거니와, 대개는 그 중간 어디쯤에서 그럭저럭 아이를 키워낸다. 어느 경우든 희생을 얼마간 아이와 나누는 일이다.

부인은 그러지 않았다. 갑작스러운 불행을 결코 받아들이지 못했다. 그렇다고 홀로 고독한 샤먼이 되어 세상을 피할 수도 없는 것이다. 그런 경우 인생을 다 걸 만한 분노거나 오기가 생기기도 한다. 그리하여 부인은 갑작스럽게 닥친 불행을 결코 아이와 나누지 않는 방향으로 정해버렸다. 그리고는 소비자에서 공급자로 완전히 처지를 바꿔 시장으로 향했다. 그녀의 남은 삶에는 외로움과 수모와 고통을 홀로 이겨야 하는, 통칭 억척스러운 시장통 여편네의 삶이 기다리고 있을 뿐이었다. 그렇게 부인의 사건은 잊히고 적잖은 세월이 흘렀다. 그러는 동안에 어떤 일이 있었는지는 사람들의 관심 밖이다….

고생스러웠을 것이다. 부인은 모진 고생 끝에 아들을 잘 키워서 마침내 공무원 시험에 합격하는 것까지 이루었다. 그리고 이제 부인은 늙었다. 시장통에서는 어느새 억척스러운 할미로 통한다. 할미에게는 자랑스러운 아들이 하나 있으며, 그 아들이 자신의 전부라는 사정도 포도덩굴 같은 입소문으로 퍼져나갔다. 꽤 긴 세월이 배경으로 깔린 그 스토리는 누가 들어도 장한 것이었다. 시장통을 넘어 읍 사람들도 억척 할미와 그의 자랑스러운 아들에 대해 한 번쯤 들어보았다. 철밥통이라 부르는 좋은 직장에 다니게 된 아들은 곧 결혼도 하게 되었다고 한다.

그 아들이 갑작스럽게 교통사고를 당했다. 뇌를 '다쳐버렸'다는 것이다. 혼수상태이며 가망마저 없었다. 소문이 널리 퍼졌다. 의사가 포기하라고 권유한 사실까지도 거듭 후속타로 퍼졌다. 그리고 할미의 지나온 장한 세월도 다시금 들추어져서 사람들의 입에 오르내렸을 것이다.

그 얼마 후, 사람들은 갑자기 실성해버린 할미를 보았다. 할미는 그 모습으로 득달같이 시장통에 출몰하였다. 그리고는 목이 터질 때까지 어디랄 것 없이 온종일 악을 써댔다. 내 아들을 살려내라…. 당시 읍 전체에 소문이 자자한 일이다.

그리고 마침내는 터진 피를 벌겋게 내뱉으며 다음과 같이 선언하더라는 것이다.

'두고 봐라! 내 아들을 죽이면 나도 죽어버리고 말 것이야.']

그런데 희한하게도, 아니 다행스럽게도 할미네 아들은 얼마 후 아무렇지 않게 살아났다. 약간 멍한 성격으로 되었으나 그 후 정년까지 무사히 마쳤다. 실은 이 이야기는 벌써 수십 년 전, 그러니까 내가 갓 문학을 시작한 무렵에 직접 목격한 이야기이고 단편의 소재로 채택한 것이기도 하다. 약간의 가미를 빼면 모두 사실이다.

이제 들여다보자. 할미의 마음은 당연히 절실했을 것이다. 그 마음 상태는 누구나 짐작해 볼 수 있다. 특히 점을 치려는 자들은 이 절실함을 기억해야 한다. 이게 이 이야기의 핵심이다. [나]라는 복사본이 순간이나마 원본과 통하기 위해서 무엇을 할 수 있겠는가. 이럴 때는 긴 고행이나 깊은 명상보다는 그런 식의 절실이 훨씬 더 효과적일 것이다. 그러면 하늘은 확실히 응답한다. 한편 이것은 부당한 재단을 뒤엎은 예수의 성난 행동과도 매우 닮았다. 부당한 것은 다 내던진다. 그러기 위해서 자신의 생명 따위는 아무렇지 않게 내던져 버린다.

할미는 그저 성을 내는 게 아니라 홀로 분연히 일어나 세상과 맞선 상태라고 할 수 있다. 달리 말하면 보이는 풍경 하나하나를 그대로 받아들이지 않고 최극단으로 나아가 부딪힌 것이다. 여여(如如)—나중에 설명하겠지만—로 가는 길목을 스스로 밟아 뭉개고 뛰어넘어서 멸망과 깨달음을 동시에 움켜쥔 마지막 계단을 딛고 올라선 것이다. 어떤 의미로 궁극에 가장 가까이 다가선 것이며, 여차하면 깨부술 수도 있다는 경고이며, 이를 즉시 행동으로 옮기겠다는 비장함까지 벌겋게 뱉어낸 것이다. 누가 뭐라고 하든지 바로 이것이 예수의 생명력이다. 그리하여 할미는 확실하고 분명하게 자신과 아들이 하나임을 전달했을 것이다. 아들이 살아나면 모두 사는 것이요, 아들이 죽으면 모두 죽는다—원본까지도! 할미에게 있어서 아들의 죽음은 이 세상 그 자체의 멸망이니까! 이럴 때 원본은… 사본에게 자리를 내어준다.

'꼭 그러하면 그대가 나의 권한으로 결정하라.'

여기서 배울 것은 절실이다. 절실한 무심과 절실한 경건이다. 그러므로 무심과 절실은 메마르지 않다. 점은 장난으로 치는 것이 아니다. 장난으로 하는 짓은 놀이라는 이름으로 따로 구분된다. 펜듈럼을 수련한 경험자들은 익히 안다. 진정으로 무심하게, 나아가 경건한 마음으로 답을 물어야 한다는 것을. 이때 절실은 욕심을 버린 깨끗한 상태로 오직 그 무심과 경건 안에 녹아들어 있다. 따라서 하늘의 뜻을 물으려 하는 자들은 절실하게 무심하고, 절실하게 경건해야 한다. 이것이 흔히 '목욕재계' 네 글자로 말해지는 것이다.

그런데 우리 민족에게는 이랬다저랬다 그 두 가지를 번갈아 할 수 있는 전통이 내려오고 있다. 바로 윷놀이와 윷점이다. 이것은 따로 설명하지 않겠다. 검색하면 자료를 얻을 수 있을 것이다. 여기서는 절실한 무심과 절실한 경건에 대해 알아차리면 된다.

짧은 글 하나를 더 보탠다. 출판되지는 않았지만 내 소설 '넘들넘 가(家)의 비밀'에 나오는 이야기다.

[어느 종합병원의 내과 의사가 소화불량으로 심한 췌병에 걸리게 되었답니다. 근무하는 병원에서 호스를 집어넣어 위장에 든 것을 모두 끄집어냈지만 뭔가 개운치가 않았습니다. 여전히 속이 더부룩하고 엉킨 느낌이더니 영 낫지를 않고 며칠 후 다시 병이 도졌습니다. 아마 굉장히 심한 경우였던 모양입니다. 약을 먹고 주사를 맞아도 잠시뿐 여러 날 지나도 뭔가 확실히 낫지를 않았습니다. 결국 더 여러 날 후 만성 체증으로 거의 죽게 된 의사가 찾은 곳은 비위생적으로 체를 내는 집이었습니다. 거기 가면 낫는다고 병원 청소부가 가르쳐주었다고 합니다. 거기서는 늙은 할망구가 의사의 목에 더러운 손가락을 넣어 목젖 밑을 문질렀습니다. 오직 그것이 소문이 자자한 그 할망구의 기술이었습니다. 세균이 득실득실해 보이는 할망구의 시

커먼 손이 쑥 들어와 제 목 안을 문질렀으니 어쨌겠습니까. 기겁해 버린 의사는 꽤액, 꽥 악을 써가며 죽을힘을 다해 게웠습니다. 체면이고 뭐고 그런 것 다 소용없었습니다. 물론 빈 위장에서는 아무것도 나오지 않았습니다. 그렇지만 눈물이 나도록 구역질을 하고 나자 심한 두통과 답답증이 갑자기 눈 녹듯 사라지지 않겠습니까? 쳇병이란 위장을 비워 준다고 낫는 것이 아니다. 스스로 꽥꽥거려야 낫는 것이로구나⋯. 의사는 그제야 그렇게 깨달았다고 합니다.

바로 그런 이유로 얼마 전까지도 '체 냅니다' 하는 간판이 도시의 골목 속에 걸려 있었습니다. 오늘날에야 남을 토하게 해서 먹고사는 집이 있을까 싶지만 그게 어디 쳇병뿐이겠습니까? 암의 치료도 이제는 면역력을 높이는 쪽으로 방법을 바꾸는 병원이 늘어간다고 하니 그건 뭔가 좋은 일이구나 싶습니다. 무호님께서 덧붙여 말씀하셨습니다.

'생명이라 하는 것은 모두 고(苦)니라. 즉 존재 자체가 병든 상태라 할 수 있나니, 오직 깨달음만이 이를 고칠 수 있다. 그러나 하찮은 육신도 그러하듯 정신의 활동을 억지로 대신해서 될 일이랴⋯.']

'스스로 꽥꽥거려야 낫는 것이로구나⋯.'

소설 속 이야기니 여기서는 이것 하나만 배우면 된다. 원본에 다가가고 싶을 때는 일절 다듬거나 숨김이 없는, 뭐랄까 익히지 않은 생것 그대로 자신을 드러내야 한다는 것이다. 느낌으로 올 테니 더 설명이 필요 없을 것이다.

[매미

당신은 모르겠지만 지금 울고 있는 저 매미는 오래 살 수가 없어. —바쇼.

여기 누웠구나…
밤새 창문 두들기던 네 날갯짓
짓쳐 퍼덕이던 생의 후회를.

한순간 삶의 꼭짓점에서 긴 울음 날려
그까짓 여름 한낮을 사무치고는
너 또한
다를 것 없는 몰골로
싸늘히 식어.

이제 여름 가거든
뒤척이던 불면을 두고
저 늙은이들의 빈 들녘에 서서
나 또한 네 울음이나 돌이켜
훌훌 치어다볼 허전함이여.]

우리는 저 무의식 속에서부터 올라오는 두 개의 지팡이를 짚으며 살아간다. 우리가 걸음을 옮겨가는 데에 그 지팡이들은 늘 의지처가 된다. 그러니까 왼쪽과 오른쪽 말이다. 왼발과 오른발 왼손과 오른손, 또는 왼쪽 뇌거나 오른쪽 뇌 같은 구분 말이다. 좋거나 싫거나 하는 감정도 마찬가지고 체질도 음과 양 둘로 나뉜다. 이 둘은 또 각각 태양과 태음, 소양과 소음으로 구분하여 모두 넷이 된다. 둘을 거치든 연관이 없어 보이든 아무튼 나뉘고 또 나뉘어 넷을 이루는 이 가짓수는 우리 디엔에이 구조에도 있고 여러 가지에 자연스럽게 적용이 되었다. 동서남북도 넷이고, 우주의 힘도 강력 약력 중력 전자기력으로 모두 넷이다. 그뿐인가? 주역의 구조가 또한 그렇다.

또 그것을 셋과 여섯과 연관해보면 쿼크와 랩톤은 둘이면서 각각 셋씩 모두 여섯이다. 랩톤을 예로 들면 전자와 뮤온과 타우입자로 이루어지고, 쌍을 이루어 전자 중성미자와 뮤온 중성미자와 타우 중성미자로 이루어진다. 석 삼에 또 석 삼이 붙는 것이니 천부경을 이해하는 사람에겐 재밌는 짐작이 온다—나아가 여기서 넷과 셋의 관계를 이해해도 틀리지는 않는다. 사실을 따지기보다 연관을 만들어보는 것이다. 우리는 뿌리가 깊은 두 개의 심정을 가지고 있다. 그것은 단단한 지팡이와도 같다. 하나는 의문이고 하나는 기다림이다. [나는 누구인가, 하는 의문과 답을 모르면서 견뎌야 하는 기다림이다. 근본적으로 의문은 분노와 슬픔과 열정 같은 것이고 기다림은 견딤이거나 체념이거나 수긍이다. 삶은 이 두 가지, 대충 여섯 가지가 서로 얽히고 꼬이면서 나아가는 걸음걸이다. 그리고 나는 여태 의문에 대해 말해왔다. 이제 기다림을 살펴보면 된다. 결론을 내고 말 것이다.

평생을 기약 없는 기다림에 살아야 하는 사람이 있다면 얼마나 괴로울 것인가. 인생의 끝까지 기다리는 역할만 하는 것이라면 차라리 일찍 생을 마감하는 게 더 나을지도 모른다. 풀리지 않고 더 죄어드는 심정에서는 우울증 환자나 자살자의 심정이 그와 같을 수 있다. 수행하라, 마음을 닦아라, 신을 믿고 너의 모든 것을 다 맡겨라, 등등 아무짝 귀에도 들어오지 않는 그런 방법을 말하려는 게 아니다. 그런 건 하던 사람들이나 하는 것이다. 그따위 아니어도 내몰림을 견뎌야 하는 사람들에겐 오로지 한 가지 방법이 있다. 소설 '기다림'은 바로 그 이야기다.

서두에 두 가지 이야기를 하고자 한다. 하나는 사자한테 목을 물리게 된 톰슨가젤의 이야기다. 톰슨가젤의 이야기는 국영 탄광의 대표 야담(野談)을 다룬 단편 '기다림'에서 따왔다. 이를테면 톰슨가젤은, 오로지 맹수의 먹잇감으로 죽음을 맞도록 운명 지워진 그 연약한 사슴과 동물은, 마침내 불가

항력적인 최후의 순간이 닥치면 오히려 상대가 편하도록 길게 목을 늘여준다고 한다. 어이없게도 그 마지막 행동은 불가사의하다고 말하여진다. 도대체 무엇이 불가사의하다는 말인가? 또 하나는 도망간 여자의 이야기다. 소설은 도망간 여자에 대한 예를 들면서 체념은 역시 서글픈 순종에 다름 아니라는 사실을 강조하고 있다. 그리고 이 이야기의 흥미는 도망간 여자가 굉장히 자극적인 미인이라는 데 있다―바로 이것이 서글픈 순종의 앞모습이다.

[…광부는 졸다가 폭파 현장을 빠져나오지 못하고 그만 다리를 다친다. 여자는 광부가 입원한 사이에 도망을 간다. 도망간 여자는 수십 년간 입에서 입으로 전해지면서 양귀비를 능가하는 미인이 되었다. 그 풍만하고도 야들한 자태, 특히 반쯤 내비치는 가슴과 나긋한 걸음걸이를 전해 듣는 대목에서는 누구라도 꿀꺼덕 침을 삼키고 만다. 그런데 알 수 없는 것은, 듣는 입장에서든 전하는 입장에서든 결국―광부들 사이에선―모두가 다 여자를 이해하고 동정하게 된다는 점이다. 아무래도 남자들끼리는 야릇한 경쟁의식을 갖는 까닭인가? 아니다. 얼핏 그럴듯하나 결코 그런 이유 때문만은 아니다. 막장이란 일단 들어가기만 하면 하늘이 무너져도 알 수가 없는 곳이다. 부모가 죽었대도 도중에 나올 수가 없는 곳이다. 그래서 석탄공사가 안전을 보장하는 여덟 시간이 날마다 여자를 충동질하였다! 여자는 아마 몇 사람의 다음 교대자들을 더 졸게 하였을 것이다. 여자가 두고 간 아이는 광부를 닮지도 않았다.]

여자를 탓하지 못하는 심정들에는 바로 그 구조적 억압―자신들의―에 대한 분노와 체념이 짙게 깔려 있다. 어쨌든 분노는 소멸이 아니다. 돌고 도는 감정들을 다룬 그 이야기에서 문학은 분노와 순종 사이에 체념이라는 다리를 놓았다.

단편 '기다림'의 배경은 탄광이다. 그런 곳은 대개 깊은 산속, 분지를 이루어 세상과 단절돼 있다. 세상으로 나가는 길이 막힌 것은 아니다. 다만 이쪽에서 보이지 않을 뿐이다. 길은 잠시 올라갔다가—이제 보이지 않는다—구불구불 내리막을 이루고 있고, 그리고 내리막은 올라온 거리보다 더 멀리, 까마득히 뻗어 있다.

주인공인 '남자'는 어쩌다 분지 같은 이곳에 떠밀려 들어온 광부다. 건강한 그에게 이곳의 노동은 그리 힘들지는 않았다. 힘들다고는 해도 그럭저럭 견딜 만은 했을 것이다. 소설은 우선 의미 있는 장면을 보여준다. 언덕위, 퇴근길 정류장에 서 있는 남자의 모습이다.

[고개를 거의 다 올라간 곳에 버스를 기다리는 승강장이 있다. 두 평짜리 승강장 건물은 뒤쪽이 내려앉아 피사의 사탑처럼 기우뚱해 보인다. 물론 쓰러질 만큼은 아니다. 남자는 또 발을 모으고 그 앞에 서 있다. 남자는 매일 같은 자세로 그 자리에 서 있었다. 작년 가을에도, 훨씬 더 오래전부터도 남자는 같은 자세로 그 자리에 서 있었다. 그림자를 길게 뒤로 늘이고 철커덕, 사진으로 찍힌 것처럼 하염없이 언덕 위쪽을 바라보고 서 있었다.]

가까운 읍에서 출발하여 매일 정류장을 거쳐서 사택으로 가는 버스. 남자는 집으로 가기 위해 버스를 기다리고 있다. 겉으로 보기에는 남자는 그저 덤덤한 일상을 살아가고 있다. 실제로 남자의 현실은 매일 똑같았다. 작년 가을에도, 훨씬 더 오래전부터도 남자는 같은 자세로 그 자리에서 버스를 기다렸을 것이다. 그렇지만 변화가 없이 반복되는 현실은 오히려 남자에게 만족스럽지 못한 것 같다. 자세히 보면 모든 것이 기울어져 있기 때문이다.

[…길이 두 번이나 빤히 굽어 올랐는데도 남자의 자세는 구조물과는 반대편, 그러니까 길 가운데 쪽으로 비스듬하게 기울어져 있다. 언뜻 무엇인가가 남자를 잡아당기는 것처럼 보인다. 구조물과 남자 사이에 역삼각형의 공간이 있어서 기울기가 과장돼 보이는 것인가. 그러나 남자 역시 쓰러질 만큼은 아니다.]

남자 역시 비스듬하게 기울어지고 말았다. 그 기울어짐은 꽤 오래전부터 시작된 것 같다. 말하자면 덤덤은 그리 오래 균형을 이루지 못한다. 오래도록 유지될 것처럼 보이던 그 속내가 이내 기울어지기 시작한 것이다. 무엇인가가 남자를 잡아당기기 때문인데, 승강장과 마찬가지로 남자 역시 쓰러질 만큼은 아니다. 쓰러질 만큼이 아닌 그 현실은 오히려 고통스럽다. 기약 없이 반복된다는 점에서 그 고통은 날마다 더해지는 목마름, 혹은 '맞은 자리 또 맞는' 그것과 비슷할 것이다. 그런 고통은 실로 견디기가 어렵다. 그리하여 남자의 드라마는 시작된다. 소설 '기다림'은 이후 남자가 연출한 한 편의 드라마이다.

[남자, 하염없이 언덕에 서 있다…. 잠시 그대로 시간이 흐른다. 하나, 둘, 셋… 풍경 느닷없이 일렁이며 프레임 안에 갇힌다. 이윽고 짙은 어둠. 장면 바뀌면 풍경 황량하고 남자의 추억 아득히 살아난다.]

남자는 이곳에 근무하는 동안 여자를 만나서 사랑하게 되었다. 사랑은 어디서나 꽃 핀다. 그것은 거슬릴 것 없는 시작이다.

[여자는 남자에게 분지를 둘러싼 아홉 개의 봉우리에 대해 말해준 적이 있다. 사시사철 옷을 갈아입는 아홉 개의 봉우리들 중에서 가장 크고 아름

다운 봉우리, 여자의 이름은 바로 그 봉우리에서 따왔단다. 보기보다는 멀어서 여자는 아직 거기까지 가보지는 못했단다. 가보지는 못했지만 늘 가보고 싶었단다. 이야기를 듣는 동안 남자의 가슴속에서도 만만한 봉우리 하나가 뭉클 돋아나는 것 같았다.]

그렇지만 남자의 사랑은 겨우 그 정도였다. 그 이상 진전되지는 않았다. 아니, 마지못해 산길로 한 걸음 더 나아간 정도다.

[가시넝쿨이 우거진 길 건너편은 아직 여자가 가보지 않은 산길이었다. 몸이 가벼운 여자는 벌써 폴짝폴짝 저쪽 모롱이를 돌아가고 있다. 혼자만 가는가 싶은데, 가다가 멈춘다. 남자는 여자가 꼭 다람쥐 같다고 생각하며 씩, 웃어준다. 여자와 남자는 만만한 산자락을 느릿느릿 타고 올랐다. 가시넝쿨이 우거진 길 건너편을 지나고 저쪽 산모롱이를 돌아 바닥이 갈라 터진 커다란 방죽에 이른다. 여자는 허리를 재고 서서 다시 남자를 기다린다. 여기 방죽 밑으로 갱도가 지나가는 거란다. 그래서 물이 고일 수가 없을 거란다. 여자는 아마 그 말을 하고 싶었다. 방죽은 탄광에서 내다 버린 폐석더미로 반쯤 메워지고 있었다. 남자는 간혹 두리번거린다. 길 좌우로는 수분을 빼앗긴 잡목들이 나란히 말라 죽어가고 있었다. 나아갈수록 풍경이 삭막해진다. 여자가 조바심을 내며 다시 앞서가는 바람에 남자는 여자의 얼굴을 볼 수가 없다. 남자는 묵묵히 여자를 뒤따랐다. 딱딱하게 말라가는 나무들 사이로 입구를 막아 놓은 폐갱구가 슬쩍 들여다보였다. 둘이는 말 없이 걷다가 이윽고 가파른 비탈에 다다랐다.]

게다가 그런 식의 삭막한 풍경만이 이어지는데, 아름다운 봉우리가 나타날 기미 같은 것은 보이지 않는다. 남녀가 산길을 걷게 되었음에도 은근슬쩍 뭔가 이루어지는 재미조차 없다. 후하게 쳐도 낡은 시시티비에 찍힌 아랫동네 남녀의 어수룩한 데이트 모습이다. 더군다나 그마저 곧 끝이 난다. 그날 이후 여자가 이곳을 떠나가 버렸다. 남자가 지목하는 사건—여자가 울음을 터트린—이 하나 있으나 이별의 계기로는 충분해 보이지 않는다.

[정상 부근에는 커다란 바위들이 드문드문 솟아 있었다. 바위들은 웅장해 보이지만 폭발로 울려서 오래된 화석처럼 푸석거렸다. 여자가 걸음을 멈춘다. 남자도 멈추어 섰다. 막상 도착한 그곳은 삭막하기 그지없었다. 남자, 걱정스레 올려다보며 홀로 서 있다. 이윽고 여자의 얼굴이 클로즈업된다. 여자는 발을 동동 구르며 울상을 짓다가 악착같이 비탈을 향해 달려들었다. 남자가 말릴 새도 없이 무수히 빗금이 그어진 바위들 사이로 사라져 버렸다. 남자도 허겁지겁 비탈을 기어올랐다. 저만치 여자의 옷자락이 보인다. 여자는 허옇게 질린 얼굴로 발밑을 내려다보고 서 있다. 남자는 단숨에 그곳으로 달려 올라갔다. 숨을 헐떡이며 여자 곁에 나란히 선다.

'!'

남자는 발밑에 놓인 깊은 크레바스를 보았다. 그 무시무시한 틈은, 커다란 밤짐승의 아가리처럼 검고 길쭉하게 찢겨져 있었다. 남자는 섬뜩해졌다. 누가 보지 않는 곳에서는 땅도 이렇게 아가리를 벌리고 있다!

저런 곳에 빠지면 죽어서도 나올 수 없대요.

여자가 목소리를 낮춘다. 남자도 덩달아 움츠러든다. 갑자기 발밑이 쿨렁거리며 숨을 쉬는 것 같다. 그만 내려갑시다. 남자는 슬며시 여자의 옷깃을 잡아끈다. 여자는 완강히 뿌리친다. 눈물방울이 여자의 뺨을 타고 흐른다. 남자는 난감해졌다. 여자가 냅다 얼굴을 가린다. 그리고는 오줌을 누는 것처럼 주저앉아서 퍽퍽 운다. 여자의 이름을 따온 봉우리는 이제 아름다운 곳이 아니다. 봄여름엔 신록이, 가을엔 단풍이, 겨울엔 설화가 그 처참

한 몰골을 감춰주었을 뿐이다.]

　그러므로 그 어수룩한 것, 삭막한 것들은 지목한 사건과 더불어 이별의 계기를 보완하려는 의도일 것이다. 또 전반부를 후딱 줄이고 서둘러 무엇을 향해 나아가려는 드라마적 장치, 혹은 연출의 의도에 다름 아니다. 그렇다면 그 '무엇'은 무엇인가. 아마도 엄청난 희열을 가진 자신만의 기다림, 그 드라마의 끝에 숨겨놓은 길고도 행복한 템푸스[9]다.

　사실 이곳은 여자가 살아가기에는 적당하지 않았다. 여자는 더 나은 자신의 삶을 위해서 떠나갔다. 여자가 떠난 것은 배신이 아니다. 만남이 오랜 것도, 무슨 열렬한 관계를 이룬 것도 아니었으므로 그는 여자를 떠나보낼 수밖에 없었다. 그리고 그 이별이 별다른 변화를 가져온 것도 아니다. 여자가 떠나간 뒤 남자는 다시 덤덤한 일상으로 돌아왔기 때문이다. 문제는 남자의 처지인데, 자기 자신은 세상을 빙 돌아 이곳까지 떠밀려왔으므로 다시 어디론가 떠날 수가 없었다. 어쩌다 여자를 알게 되었을 뿐 다시금 기나긴 일상을 홀로 견디며 살아가야 한다. 그러므로 그의 인생은 도로 무지막지한 덤덤 속에 놓이게 되었다. 노동을 이길 만한 건강이 있다 하더라도 아무런 희망이 없는 그런 삶을 묵묵히 견디기에는 남은 세월이 너무 길었다. 남자에게는 무언가―그 이전부터도―기다릴 대상이 필요했던 것이다.

　드라마 '기다림'의 통상적인 빌미는 다시 돌아오겠다는 여자의 약속이다. 그렇지만 털어서 먼지 안 나는 깔끔한 이별은 별로 없을 것이다. 다시 돌아오겠다는 약속은 누가 봐도 진심이 아니었다. 먼지만큼의 미련, 혹은 예의 바른 작별 인사에 불과했다. 여자가 떠난 사건과 무엇을 기다려야 하

---

9)　체험의 시간. 심리적 시간. 자기 내면으로부터 측정하는 시간.

는 남자의 입장은 전혀 혈연관계가 아니다. 남자도 물론 그것을 안다. 그래도 남자는 떠나간 여자에 대한 집착을 멈추지 않는다. 이제부터 남자에게는 오직―무엇이건―기다리는 것만이 희망이기 때문이다.

[불현듯 여자의 미소가 어른거렸으나 가없이 먼 곳으로 흩어져버리고 만다. 남자는 참았던 숨을 길게 내뱉으며 부르르 오금팽이를 떤다―아마도 주저앉을 뻔했다. 황혼이 무르익는다. 햇살이 수평으로 내려와서 남자를 꿰뚫는다. 남자는 차츰 절망으로 익어간다. 그러다가 느닷없이 휘황찬란해진다.]

남자는 드라마 하나를 미리 알고 있었다. 실은 그것이 내면에 숨겨진 발단이었다. 남자가 아는 그 드라마는 '일주일간의 사랑'이다. 남자는 그 드라마에 꽤나 깊이 감동되었고, 진실로 주인공의 처지를 동정하였다. 남자는 마음속 깊이 그 드라마를 간직해왔다. 오래도록 간직해 두고 되새기는 동안 남자는 차츰 그 드라마에 숙달되었다. 숙달된 남자는 머잖아 스스로 연출도 해낼 수 있게 되었다. 스스로 연출한 드라마는 전보다 훨씬 감동적이었다. 남자는 거기서 만족하지는 않았다. 남자는 더 큰 만족을 얻기 위해 마지막 대목에서는 늘 직접 출연해버렸다. 남자가 직분을 버리고 직접 출연해 버렸기 때문에 연출자가 유고(有故)한 그 드라마에는 항상 길고도 감미로운 꼬리가 달렸다. 남자가 동정해 마지않는 그 드라마의 주인공은 다름 아닌 '무기복역수'이다. 드라마 속의 [남자]는 어느 날 남은 생(生)―'남자, 혹은 연출'은 별로 감동적이지 않은 그 전반부를 후딱 지나친다―을 견디려고 펜팔을 시작했다. [남자]를 이해하는 어떤 교도관이 그 교제를 돕는다. [남자]와 여자는 편지를 주고받다가 서로를 그리워하기에 이르고, 여자는 [남자]에게 만날 것을 요구한다. 여자의 거듭된 요구로 [남자]는 교도소

측에 휴가를 소원한다. 단식 등의 투쟁 끝에 그 간절한 소원은 받아들여진다—'남자, 혹은 관객'은 무기수에게 단 한 번의 휴가가 주어지는 것을 묵시한다. [남자]는 신분을 감추고 여자를 만난다. 이후 그들은 한 장(場)을 할애받아 여행을 떠나고, 사랑을 나눈다. 그러나 [남자]는 결국 복귀해야만 한다. 물론 복귀는 영원한 이별을 뜻한다.

[무대 위에 교도소의 정문이 쿵! 내려 놓인다. 망설이던 [남자]는 마침내 진실을 고백한다. [남자]는 그 문을 들어서기만 하면 다시는 되돌아 나올 수 없다—남자는 이쯤에서 감쪽같이 출연한다. 곧 뜨끈한 비애감이 남자를 휘감는다. 짧은 순간 여자와 눈이 마주친다. 그러나 남자는 여자를 외면하고 헉, 돌아선다. 동시에 시간이 정지된다. 남자는 정지된 시간 속으로 어깨를 웅크린 채 천천히 나아간다. 영원히 껴안아야 할 '템푸스'를 향해 날아오른다….]

하지만 드라마는 거기서 끝나지 않는다. 남자는 미리 각색해 둔 자신의 추억 속으로 짓쳐 나아간다. 남자는 점차 드라마에 숙달되었다. 숙달된 남자는 스스로 연출도 하고 출연도 한다. 동시에 관객으로도 남는다.

[[남자]는 견딜 수 없는 열망에 사로잡혀 분연히 떨쳐 일어난다. 다시금 말라버린 방죽을 넘고 부스러지는 바위들을 지나 절망의 구덩이 앞에 이른다. 언제나 여자가 먼저 올라와 그곳을 내려다보고 있다. 여자는 [남자]를 돌아보며 냉소한다. [남자]는 여자와 나란히 서서 구덩이를 내려다본다. 암흑 같은 절망이 그 틈에서 피어오른다. [남자]는 여자의 하얀 손을 감싸쥔다. 여자는 반항하지 않는다. [남자]는 여자를 안은 채 발을 헛디딘다. 짙은 어둠 속으로 미끄러진다. 그 순간 [남자]는 여자를 밀쳐버린다. 혼자서 구

덩이 속으로 빨려 들어간다. 불행을 자초한 [남자]를 여자가 허옇게 웃으며 지켜보고 있다. 떨어져 내리는 시간은 [남자]가 만족할 만큼 길다…. [남자]는 가까스로 몸을 틀어서 처절하게 여자를 부른다. 지독히 폐쇄적인 '템푸스'를 향해 날아오른다.]

이를테면 그 드라마는 오직 남자 혼자만의 것이다. 아무리 가혹한 조건 속에서도 드라마는 싹을 틔우기 마련이다. 그 끈질긴 생명력 속에 교활하고 집요한 '희망'이 깃들여 있다. 그러기 때문에 남자의 드라마는 점점 더 비극(悲劇)을 향해 치닫는다. 남자는 오히려 한 걸음 더 나아간다―그것은 언뜻 불가사의해 보인다.

남자는 여자가 소식을 전해오기만 하면 호감이 가는 첫말을 해줘야겠다고 생각한다. 남자는 적당한 말을 생각했다가 지워버렸다가, 다시 생각하면서 세월을 견딘다. 절망에 이르는 그 순간에는 도로 한걸음 물러나면 그만이다. 물러나는 것은 결코 포기가 아니다. 남자는 도로 한걸음 물러나 어김없이 다시 희망을 꿈다. 그러는 동안 드라마는 남자의 무기가 되었다. 남자는 [남자]가 되어 자신의 드라마에 출연하고 동시에 관객으로도 남는다. 관객의 입장에서 고통이란 없다. 그리 싫지 않은 비애감을 얻을 뿐이다. 고통은커녕, 남자는 때때로 갈갈이 찢기우기를 열망한다. 그렇지만 끝은 아니다. [남자]의 드라마는 해가 거듭될수록 점점 더 혹독해질 것이다.

*

문학과 작별을 결심했을 때 끝까지 나를 괴롭히던 기억들이 있었다. 이제 작별을 위해 여기 옮긴다.

[나는 무릎 사이로 엄마를 올려다보았다. 엄마는 수심이 가득한 얼굴로 죽은 듯이 잠잠해진 동생을 꼭 끌어안고 있었다. 할머니는…. 할머니는 뼈가 앙상하게 드러난 깡마른 손으로 창문 쪽의 손잡이를 안간힘을 다해 움켜쥐고 있었다. 이미 마음이 내려앉은 내 눈에는 그것 역시 절망적으로 비쳤다. 안간힘을 다한 할머니의 손에 맥이 풀리기만 하면, 그 손이 스르르 미끄러져 내리기만 하면 우리 식구들은 이제 가 닿아야 하는 그 유배지에서조차 버림을 받을 것만 같았다. 나는 또 그런 생각을 했다. 우리에게는 왜 아버지가 없는 것일까.]

[…사태는 그쯤에서 그치지 않았다. 할머니는 갑자기 크게 격분하였다. 무엇에 놀란 듯 온몸에 힘을 주어 부르르 경련을 일으키고는, 마르고 딱딱한 손을 들어 뿌리치듯 허공에다 사납게 휘젓고 찌르고 하였다.

'그리하여 사태는 별안간 걷잡을 수 없이 돌변하였다.'

할머니의 관자놀이는 까닭 없는 분노의 핏줄로 금방이라도 터질 듯이 고동질쳤다. 어떤 위험이 그 순간, 내 감각의 모든 신경줄마다 무서운 가능성으로 양전(陽轉)하였다. 나는 눈물도 숨도 뚝, 멈추었다. 그것은 아마도 본능이었다. 나는 본능적으로 움직임을 억제해 그 위험한 고동질의 기세를 낮추려고 한 것이었다. 시간이 팽팽하게 날이 선 채로 딱 멈추었다. 이윽고 방문이 벌커덕, 열렸다가 쾅, 소리를 내고 닫혔다. 무너져 내릴 것 같은 천장과 바람벽의 진동이 무거운 공기를 타고 내 가슴을 섬뜩하게 갈라놓았다. 틀림없이 엄마의 가슴도 갈라놓았다. 나는 천장이 떨기를 그치고도 무사히 되돌아올 만큼의 시간을 더 참았다가 비로소 숨을 들이켰다.]

[바로 그것이었다! 꽉, 움켜쥔 할머니의 손…. 그 한순간 간신히 우리 식구를 매달고 있는 생명줄 같은 손. 그것을 놓기만 하면 우리 식구가 버림을

받아 뿔뿔이 헤어지게 될 것만 같은 앙상한 손. 그 손을 유지하기 위해 집 밖으로 나가 돈을 벌어야 하는 엄마의 수심에 찬 얼굴…. 만약에 할머니가 그 손을 놓아버리기라도 한다면, 만약에 엄마가 수심을 이기지 못하고 쓰러져 버리기라도 한다면…. 나는 할머니가 부엌으로 나간 다음에, 최대치의 흥분을 겪은 모든 것이 비로소 벅찬 피로의 그늘에 잠겨 들었을 때, 엄마의 얼굴을 지켜보며 스스로 저 깊은 곳으로부터 두려움을 끌어 올려서 몰래 가슴을 적시곤 했던 것이다.]

저 단단히 뭉친 한 같은 응어리를 다 풀어놓지 못하면 그냥 속으로부터 곪아서 모든 것이 문드러져 내릴 것만 같았다. 나는 그렇게 고독한 길을 택하도록 미리 정해져 있었는지도 모른다. 그리고 대체로 순순히 그것을 받아들였다. 그런데 다시금 문학이, 내내 믿고 의지했던 그 포근하고 황홀한 펄럭임 같은 것이, 어느 시점에선가 커다란 의문을 달고 나타나 내게 새롭게 구도의 길을 가리키었다. 이미 모든 것이 망가진 뒤의 일이다. 열정도 젊음도 남은 삶에 대한 희망도, 그리고 남은 것들을 쥐어짤 한 줌 오기조차 남아 있지 않은 한참 뒤의 일이었다. 나는 어이없어하며 무슨 꺼져가는 생명의 마지막 펄럭임 같은, 새로운 각오를 단단히 파지(把持)한 그의 가냘픈 손가락들을 바라보았다. 그것은 할머니의 손처럼 앙상했다. 힘차게 펄럭이던 예전의 깃발 따위는 이제 그의 손에 없었다.

나는 아주 오랜 시간 조용히 그를 바라보았다. 만신창이가 되었으나 이제부터 훨씬 더 먼 길을 홀로 헤쳐나가야만 했다. 그것은 아마 여태 걸어온 저 고독하고 험난한 세월보다 훨씬 더 고통스러울지도 모른다. 나는 이별의 의식처럼 그가 몸을 숨기고 있는 노래 한 곡을 찾아서 들었다. 그것은 습작기에 즐겨들었던 박재홍의 '경상도 아가씨'라는 노래다.

만약 한 편의 이야기를 써내기 위해 머리를 질끈 동여매고 앉은 사람이라면 자신이 원하는 치밀한 구조를 거기서 발견할 수 있을 것이다. 다분히 고전적이기는 해도, 이 노래는 발단과 전개와 갈등, 결말에 이르는 음들의 진행과 배치가 썩 훌륭하다. 머리를 담그고 집중하면 적절한 묘사가 읽히고 삽화들의 효과와 선명한 영상이 다 들여다보인다. 소리는 글보다 강력하다. 소리에서 문학의 구도를 읽어낼 수 있다면 무한한 텍스트를 얻게 되는 셈이다. 그럼 문학이 들어앉은 다른 노래들이 있는가? 있다. 모든 노래다. 가사의 내용을 적당히 무시할 수만 있다면 노래, 나아가 모든 음악에서 문학을 들여다볼 수 있다. 나는 한 편의 글을 새로 시작할 때마다 늘 일정한 곡을 반복해 들으면서 작업했다. 그것들은 가요, 지름시조, 클래식, 때로는 강렬한 행진곡들이다.

대금을 잘 분다는 불자를 우연히 만난 적이 있다. 들려주기를 청하자 그는 좀 긴 것과 짧은 대나무토막 두 개를 끌러놓았다. 소문은 다소 과장된 것 같았다. 긴 것을 불면 찢긴 만장(輓章) 쪼가리마냥 질질 끌리는 소리가, 짧은 것은 그러고는 싶은데 천이 짧아서 계속 찢어지는 소리가 났다. 레퍼토리도 5분을 넘지 못했지만 아쉬운 대로 잠깐 가락은 있었다. 가락이 너무 좋노라 칭찬을 했더니 그는 만족해서 지론을 폈다. 짧은 악기는 더 흥겹고 긴 악기는 더 한스럽다는 것이다. 그것들은 또 서로 상충하는 느낌을 품고 있어서 더 맛깔스럽다는 말도 한다. 알 만한 내용이다. 길거나 혹은 짧은 그것들은 어쩌면 더 큰 상승을 위해 하나로 어우러지기 위한 준비가 아닐까.

‘아마도 빗물이겠지’라는 오래된 노래가 있다. 가수 이상열의 목소리가 나오기 전에 노랫말과 비슷한 리듬을 가진 전주가 시작된다. 전주는 ‘맺지 못할 사랑이라면 말없이 돌아서고’까지는 알토색소폰이, 이어지는 ‘두 눈에 맺혀 있는 이 눈물은’은 쇠줄로 된 기타가 받아서 연주한다. 이때 기타가 연주하는 노랫말의 리듬 ‘두 눈에’ 부분에서 ‘눈’에 해당하는 음을 들으면 그 맛은 새콤하고 색깔은 초록을 품은 푸른빛으로 들린다. 노랫말에서는 원래 높이가 나란한 음인데 전주에서는 마치 미늘—낚싯바늘의 거스러미—처럼 한음 이상이나 거꾸로 치켜 올려놓았기 때문이다. 이처럼 음에서 맛과 색, 나아가 간단한 구조를 발견해 내기에는 단순한 우리 가요가 유리하다. 나중에는 클래식과 행진곡 등에서 점차 더 현란하고 복잡한 색깔과 맛, 그리고 빼어난 한 편의 시거나 웅장한 이야기들을 잡아낼 수 있을 것이다. 음악은 늘 풍부한 형식과 구조적 방향을 제시해 주었다. 오히려 줄거리를 투영하고 그 음들을 다시 글로 옮겨내는 능력이 내게 부족하였다.

창의적인 서퍼 '리시(Garrett Lisi)'가 예로 든 '리 그룹 E8'구조의 또 다른 면면처럼 요소들은 서로 어우러지고 뒤틀리면서(warped), 우리가 인식하는 이 현상계에서 '혹은 길고 짧은' 음악의 성향으로 드러나는지 모른다. 바로 그런 변화 자체가 삶이고 현실적 의문일 텐데, 그 어우러짐의 머나먼 끝에는 어쩌면 애환 따위를 벗어던지는 승천(昇天)이 기다리고 있을지 모른다. 하긴 이번 생의 애환이라면 죽으면서 간단히 벗어날 수가 있을 것이다. 그렇다 해도 우리가 바라는 것은 그런 미덥잖은 순종이 아니다. 뭔가 더 근원적이고 영원한 것을 이루기 위하여 행여 놓치게 된 것이 있지나 않은지 음악을 다른 각도로 살펴보아야 한다. 예컨대 우리네 삶은 찰나의 음들로 이루어진 기다란 음악과도 같다. 삶의 순간마다 정보들의 파동이 복잡하게 교차하고, 그 화음은 삶이 펼쳐지는 방향으로 하나의 으뜸음을 형성한다. 그 음의 현실성—이것은 일종의 관성이다—이 사라지기 전에 다음 음이 울리는데, 그 간격과 세기와 음의 변화에 따라서 감동의 흐름을 만들어 낸다. 여기서 감동이란 현실을 이끄는 감각—혹은 인식—이다. 그런 의미에서 우리는 끝없이 파도치는 음악의 수면 위를 홀로 떠도는 것과도 같다. 만약 눈앞의 현실이 인식의 문제—양자역학이 말하는—에 따른 것이라면, 우리가 지금까지 묵인해온 관성을 버리고 새로운 인식의 끈을 붙잡기만 하면 더 잔잔하고 평화로운 바다를 맞이할 수 있지 않을까? 그것을 잘 살펴보아야 한다. 우리는 진실을 외면하고 대신 누리게 되는 값싼 감동 따위를 내버릴 수 있어야 한다. 음악은 우주 자체를 이루는 근본 요소—파장—이다. 어쩌면 처음과 끝에 맞닿아 있는 그것에 삶과 죽음의 쳇바퀴에서 벗어날 근거가 숨겨져 있을지도 모르는 일이다.

음악과 문학을 연결하는 데에 개인적 감정이 크게 작용한 것은 사실이다. 그런 의미에선 분노와 슬픔과 기쁨, 이 세 가지가 문학의 핵을 이루는 커다란 요인이라는 마루야마 겐지의 말은 맞다. 그중에서 분노가 가장 열량이 높을 것이다. 그 열량은 슬픔과 기쁨 속으로 각각 녹아들어 갈 수 있을 터이니, 그렇다면 문학은 음악, 특히 삶의 애환을 껴안은 노동요 같은 우리 음악하고 당연히 한통속이 된다. 그런 노래는 노골적으로 '한'과 '흥'의 두 요소로 서로 어우러지고, 각각은 또 서로에게 무한한 열량이 된다. 그 열량은 때로 뒤틀리고 타오르며 걷잡을 수 없는 굿마당으로 확대된다─이제 그것은 의식(儀式)이다. 한편 자세히 보면, 진지하게 타오르는 그 굿마당 한켠에는 분노의 허물 같은 낡은 그림자가 드리워져 있다. 아이러니하게도 그 그림자는 체념을 닮았다. 그것을 소중히 거두는 손길이 바로 문학이다. 누군가가 바로 거기에서, 뭔가 더 큰 것을 시작할 수도 있을 것이다…. 사랑하는 문학이여!

[귀향

묵은 장롱 들어낸 자리에
내 유년의 손가락 마디 같은
푸른 크레용 토막 하나.

몰레 돌아앉아
일렁이는
그림자 하나.

수염 파란 할아버지
커다란 웃음소리.
그때도 늙은
뒤란 감나무 아래
조심조심
장독 열리는 소리.]

[천년의 미소

달은 천년 호수에 누워 있고
그 둥근 얼굴 위론
잔잔한 마음이 흐르고.
물결이 흐르고
계절이 흐르고

씽씽 바람 불어
도로 말끔하게 씻겨도
그 일렁이는 주름 자리로
문득 세월도 흐르면

묵은 천년 끄트머리선 작은
나뭇잎 하나 떠서
갈 듯 머물 듯 희롱이던데

간지러운 달은 입술로 머금었다가
도로 천년을 둥그레
웃어 버린다.
천년 뒤에도 잎은 피었다 질
미소는 흐뭇 깊어져 간다.]

[마흔 너머 강가에서

햇살은 푸르게 빛나다가
우중충한 저편 언덕에선
가시를 돋우며 다짐을 두고
억새 눕는 둑길엔 차가운 바람 몰린다.
삶이 시들할 무렵에는
문드러진 피부를 닦아서
나도 그처럼 생소한 얼굴로 돌아서곤 했었다.

목뼈가 짓눌리는 하늘엔
말간 기적소리 부풀어 오르고
머나먼 시절 국솥에서 김이 뿜기듯
철길 부서지는 소리 아직 들린다.

떠나가는 것들은 꼬리에 등을 붙이고

대체로 길게 누워서 간다.

이제 우리들의 자리엔

다시 누군가를 맞이할 빈 강만 고요히 남았다.

한 겹 벗긴 대궁이를 가누며

서먹한 눈시울로 그대를 보낸다.

오래전 낡은 장막 같은 보살전에서

더러 따사로운 날들을 떠올리긴 했어도

그대는 서둘러 강 저편

더 삭막한 언덕을 넘어서고 있구나.

궁극의 이상은 '아타락시아'라던

에피쿠로스[10]학파의 살찐 얼굴도

이제 보니까 나무 보살의 희미한 웃음을 닮았다.]

이로써 미루었던 작별은 끝났다. 그리고 기다림을 포함한 단편 세 개를 말미에 붙인다. 그중 하나는 '아니마[11]'로서 창조한 프렉탈 구조다. 분열된 의식들을 엿본 결과이고 모두 '견딤'을 염두한 것이다.

---

10) 에피쿠로스는 불안과 동요가 없는 평안한 마음의 상태를 아타락시아(Ataraxia)라 불렀다.

11) 카를 구스타프 융은 무의식 저 깊은 곳에 심혼이 있다고 여기고 이를 아니마(anima)와 아니무스(animus)로 나누어 보았다. 이들은 자아가 꾸며낸 것이 아니라 완전한 타자(他者)이며 객체정신(Objektpsyche)이라는 것이다. 각기 대조되는 성향의 그 내적 인격으로서 아니마는 남성 속의 여성성, 아니무스는 여성 속의 남성성을 말한다.

이제 마지막 고백이다. 내가 책 한 권을 꼭 내려고 하는 이유이기도 하다. 갑자기 그렇게 생각하고서 수행을 중단한 이유이기도 하다. 그때가 언제던가…. 확실히 짚어낼 수는 없으나 초등학교 저학년 무렵이었다. 오후쯤 되었으니 엄마는 학교에 있었을 것이고 동생도 함께 있었던 게 아닐까 싶다. 동생은 엄마가 수업이 없는 한가한 오후엔 빈 교실로 가서 머물렀다.

가을쯤이었을까? 봄이었을지도 모른다. 그닥 춥지는 않은 날씨였을 것이다. 두툼한 옷을 입었던 기억은 없다. 무슨 일로 뒤란 작은 툇마루에 앉아 있다가 갑자기 할머니가 무엇인가를 일러주며 윗옷을 들치고 등을 돌렸다.

'이것 봐라, 점이 세 개 있지야? 저기 하늘에도 이렇게 생긴 별이 있는데 똑같은 것이다.'

그러면서 하늘 어디쯤을 가리키었다. 오리온 좌의 삼태성이었다. 그 각도까지 똑같았다. 내가 그 어린 나이에 삼태성을 알고 있었을까? 분명히 몰랐을 것이다. 더구나 대낮이었지만 나는 이상하게도 그것을 보고 정말이구나 싶었다. 그리고는 중요한 의미처럼 기억하고 있다. 별 세 개가 나란히 선 그런 모양이 하늘에 있다는 것을 즉각 확인한 것이다—꼭 그렇게 기억된다. 어느 게 진실인지는 알 수 없다. 다만 그로부터 약간 휘어진 유별난 그 삼태성이 내 별, 혹은 우리 집안의 별이로구나 하고 정겹게 생각하게 되었다. 그것들은 오리온 좌의 허리띠라고 말들 하지만 내가 받은 인상은 주변의 모양과 합해서 무엇을 가리키는 날카로운 화살촉 같기도 하다. 살아오는 동안, 특히 더 뚜렷한 겨울철에 밤하늘을 보게 되면 꼭 그 위치를 찾아 한참 바라보곤 하였다.

그리고 그 무렵이었다—그 무서운! 나는 그야말로 수십 년이 지난 지금까지도 눈앞에서 생생한 무서운 꿈을 연속해서 꾸었다. 여러 날 반복된 똑같은 그 무서운 꿈을. 얼마나 무서웠는지 악을 쓰고 버둥거리니까 매번 엄마가 깨웠다. 강조해서 말하거니와 이것은 문학이 아니다. 정확한 기록이다. 그리고 보통 말해지는 성장기의 그런 악몽이 아니었다. 나는 여러 날 밤을 거의 죽다가 살아났다. 그 내용은 다음과 같다.

먼저 내가 어딘가에 서서 서쪽 하늘을 바라보고 있었다. 홀로 밖에 나가서 있었다—그저 혼자가 아니고 홀로라는 의미는 뒤에 설명한다. 약간 너른 마당 같은 공간인데 등 뒤로 우리 집이 있다는 느낌이었고, 그리고 홀로였다. 어두웠다. 밤중 아니면 동이 트지 않은 새벽이었다. 그 시각에 내가 그런 곳에 나가 있을 리는 없었다. 그리고 나는 어린아이라기보다 그냥 [나]였다. 나중에 생각해보니 어린아이 수준은 넘는 그 [나]는 어쩐 일인지 그 시각에 밖에 나와 하늘의 별들을 바라보고 있었다.

그러다 갑자기 온몸을 한꺼번에 쥐어짜는 그런 느낌이 오기 시작했다. 머리가 지끈대며 어지러웠다. 이게 어떤 경우일까, 뒷날에 곰곰 생각해봤는데 중력 따위가 심하게 변하거나 전자기장이 아주 쎈 곳에 갑자기 들어가면 그렇게 되겠구나, 짐작하게 되었다. 속이 울렁거리며 머리가 깨질 듯이 아팠다. 그런 다음 어떤 거센 기운 같은 그 무서운 것이 흔들리면서 휘돌았다. 그것은 또 예감 비슷한 느낌과 강하게 붙어 있었다. 마치 하늘 전체가 웅, 하고 전기에 감전된 듯한 느낌이었다. 그리고는 느닷없이 하늘과 땅이 어떤 손아귀에 잡힌 듯 흔들거렸다. 너무 무섭고 놀라웠다. 그렇지만 이건 시작이었다.

그렇게, 그런 식으로 무섭고 머리가 아픈 건 처음 겪어봤다. 견딜 수가 없어서, 자다가 악을 써댔을 것이다. 분명히 보았는데 별들이 흔들려서 떨어져 내렸다. 이 비슷한 예언이 있는데 그건 틀렸다. 별들은 우수수 개별로 떨어지는 게 아니라 배경처럼 있고 전체적으로 그 판 자체가 흔들거렸다. 내가 딛고 선 지구가 맥빠진 듯 힘을 잃고 흔들린 것을 알 수가 있었다. 분명히 보았다. 그러다 갑자기 어떤 강력한 힘이 다시 지구를 돌려 하늘이 한꺼번에 휘돌았다. 그러니까 나중에 생각해봤는데, 지구가 자전하는 반대 방향으로 엄청 빠른 속도로 돌았다. 그냥 빨리 도는 게 아니라 휘리릭, 돌아 버렸다. 어찌 빠르던지 하늘에 팔랑개비 무늬가 생겼다. 그러면서 그 고통과 공포의 순간이 절정을 이루었다. 절정은 아마 오 초 정도였다. 처음부터 합해서 이십에서 삼십 초 정도였을 것이다. 그리고는 잠잠해졌다. 그렇게 깨어났다. 똑같은 꿈을 여러 날 여러 번 꾸었다.

얼마 뒤 또다시 그 자리에 혼자 나가 서 있었다. 벌써 네 번에서 다섯 번째였을 것이다. 그게 마지막 꿈이었는데 그런 기운이 감지되자마자 오늘은 자세히 확인하겠다고 별렀다―지금까지도 어찌나 생생한지 별렀을 것이다, 가 아니고 곧바로 별렀다고 쓸 수 있다. 분명 저 무서운 것이 나한테 뭔가 알려주려고 한다는 느낌과 함께, 현실적으로 상황을 자세히 파악하고 싶었다. 땅이 왜 돌고, 어느 방향으로 어떻게 돌며, 결과가 어떻게 되는지! 마침내 그것이 진행되는 동안 나는 정신을 차리고 있었다. 그리고 알게 된 것이 아까 말한 회전 방향과 진행 정도다. 그전에는 너무 놀라서 겨를이 없었다.

마지막 날은 좀 달랐다. 분명히 세어보았는데 네 번을 왼쪽으로 돌고 잠잠해졌다. 그 네 번째 돌고 난 다음 나는 뭔가 강력히 그것에게 느낌을 전달했다. 이제 그만해, 라든지 다 되었어, 라는 의도 같은 것. 그러자 마지막으로 한 번을 더 돌았는데 그건 지금까지의 회전 방향하고는 반대였다. 그건 여태 없던 지구의 자전 방향이었다. 팔랑개비처럼 생겨나는 하늘의 무늬를 보고 안 것이다. 그러면서 이제 안정을 위해 반대로 한 바퀴 돌았구나, 하는 느낌이 있었다―그러므로 세상은 도로 안정되었다. 그로부터 수십 년을 나는 그 꿈을 생생히 기억하며 분석하고 있다. 내가 했던 걱정 때문이다. 마지막 한 바퀴가 돈 다음 비로소 잠잠해지고 느닷없이 이런 걱정이 생겼다. 다 죽고 없으니 이거 큰일 났군. 이제 나는 어디로 가지? 누구랑 살지?

  거듭 분석해 보았는데 그런 걱정은 내가 아이가 아니었다는 증거다. 아이 때의 느낌과 나이가 든 뒤의 느낌은 다르다. 나는 분명히 살아갈 앞날에 대해 걱정하고 있었다. 이상하게도, 쓸쓸한 기분과 함께 가족에 대한 걱정은 없었다. 할머니도 엄마도 그리고 동생까지도. 다 어디로 간 것일까? 왜 나는 홀로여야 했을까—어감을 살려 단지 혼자가 아니고 홀로라고 쓴 의미다. 솔직히, 세상이 이토록 처참하게 다 부서졌으니 나는 어디로 가서 살지? 라는 아이답지 않은 현실적인 걱정이었고, 그리고 심하게 휘돌아 이렇게 만든 그것에 대한 분노까지 치밀었다. 지금 말하는 모든 것은 다 사실의 기록이다. 아이의 심정이든 뭐든 가족이 다 없는데 사실 아닌 것은 떠올리고 싶지도 않다.

  주변을 둘러보았는데 삭막했다. 그래도 뭐가 크게 변한 것은 없었다. 집들은 보이지 않았다. 그때 또 한 가지 사실이 떠올랐다. 내가 선 곳에서 정확히 등 뒤편 약간 왼쪽으로 가면 살아남은 얼마간의 사람들이 있다는 사실. 그러므로 방향으로 치면 내가 선 곳의 동남쪽이다. 그때 생각으로는 그들은 나와 그리 정겹지는 않은 서먹한 사람들이었다. 하지만 홀로 남게 되었으므로 그들에게로 가서 더불어 살아야 한다는 생각이 갑자기 들었다. 아이이던 당시에 집에서 그 방향으로는 사람들이 살고 있지 않았다. 그리고 어찌어찌, 내가 세상을 빙 돌아서 정착한 이곳과 정황이 너무 닮았다. 지금은 물론 덜 서먹한 이웃들도 있긴 하다.

  모쪼록 화가 치밀어 오르지만, 지구가 돌았든 어떤 놈이 돌았든 아무튼 내가 선 곳이 중심이었다. 그러므로 머리 위로 팔랑개비 무늬가 생겼을 것이다. 지구 축의 중심은 북극에 있을 테니 한동안은 도무지 알 수 없는 노릇이었다. 그 축이 점점 한반도 쪽으로 이동해 온다는 말을 듣기 전에는. 여러 사정상 정확히 말하기는 곤란해도 그 생생한 기억으로는 내가 선 곳이 이 한반도의 전라남도이다. 무슨 계룡산이니 그런 따위는, 내가 아예 움직일 생각이 없으므로 터무니없다. 거긴 여기서 한참 멀다.

*

방향을 완전히 바꾸고 뭔가를 써야 한다는 중압감에서 벗어나자 마음이 편안해졌다. 나는 우선 이것저것 두루 살펴보아야 한다고 생각했다. 그것은 책만 읽어온 관성에 따른 것이다. 나는 비로소 그 의문을 본격적으로 꺼내 들었다. 멀리 돌아서 다시 처음으로 온 것이다. 나는 누구인가.'

[나]는 누구인가.

아무런 기억도 가지지 못하고, 영문도 모르고 불쑥 이 세상에 던져진 나는 누구인가. 스스로 선택한 것도 아니면서, 목적지도 없이 마치 어디선가 쫓겨 온 듯 이 삭막한 시공간을 모호하게 떠돌게 된 나는 누구인가.

당장 명상을 시작하고 문학이 아니라 수행이라는 관점에서 새롭게 공부를 시작했다. 순서가 정해지기 전에는 들쭉날쭉 저 먼 고대로부터 현대의 서양철학에 이르기까지 관심을 가졌다. 기껏 문학 외적 소양 따위로 여겼던 동서양의 철학과 사회학, 심리학에서 양자 이론까지 두루 살피는 중에 눈에 띄는 게 있었다. 여태는 전혀 몰랐다. 세상의 원리를 압축해 놓은 듯한 우리 민족의 고대 문서들이다. 바로 천부경과 삼일신고, 참전계경과 부도지, 환단고기 같은 순 우리 것이다.

더불어 고대의 몇몇 지혜와 방편들을 끌어다 살펴보면서 숨겨진 비밀을 밝히고 거기 깃들인 진정한 의미도 알아보고 싶었다. 지구상의 재미있는 것들을 살펴보면 윷점을 비롯해 주역, 서구의 별점과 탄트라, 카발라, 펜듈럼 기법 등 여러 비전과 각종 경들 따위가 있다. 가짓수는 많으나 수행자의 시점에서는 그들 모두가 동향(同鄕)이다. 지구상 곳곳에 널린 그것들은 모두 하나의 원리에 대한 나름의 설명이거나 어떤 결과에 대한 구구한 해석들이다. 보이니치 사본도 마찬가지고 수트니파타와 도마복음을 통해 본 두 성인의 목소리도, 또 마하리지나 마하리쉬, 툴레 등 많은 현대의 성인들의 목소리도 마찬가지였다.

모두 다 들먹일 수는 없다. 지금은 서적과 정보가 넘치는 세상이므로 관심이 있는 사람은 누구나 즉석에서 알아보면 된다. 따라서 큰 줄기로 살펴볼 것은 우리 것, 즉 삼일신고와 부도지와 천부경 등이다―서로 연관이 있는 이것들은 핵심이 같다. 두루 살피던 어느 날 세상의 모든 지식의 핵심, 그리고 그 설명들이 가리키는 단 하나, 그 중요한 것을 압축한 것이 바로 천부경이라는 사실을 알게 되었다.

천부경은 우주의 얼굴을 도표로 완성한 것이다. 따라서 딱 보니 숫자 1에서 둘로 나뉘고 어쨌으며, 도로 하나로 어쨌다는 설명은 피상적이고 단순한 것이다. 그런데 현재는 그 피상적인 설명조차 조금씩 어긋난 대로 구구절절하다. 우주가 실제로 움직여 운행하는 웅장함을 보아야 할 텐데, 우리에게 전해지는 귀중한 경인데 왜 숫자의 해석에만 그치게 되었을까. 마지막 빙하기 후 인류가 서로 무리 지어 뿔뿔이 흩어지고 그 한 갈래인 우리가 오래 걸려 한반도에 다다를 때까지도 조상들이 더없이 소중히 여기며 아끼던 것이다. 왜 우리네 고대 기록은 어떤 민족의 그것처럼 소중함이 이어지지 않았는가. 한꺼번에 모두의 각성이 필요하고, 그것을 누군가가 일깨워야 한다. 사실 인류에겐 시간이 별로 남아 있지 않다. 사실 시간이 없다….

그러므로 이제 비밀을 밝힌다. 이것은 나중에 말할 생각이었는데, 나를 몹시 화나게 한 그 무섭게 휘돌던 것이 때로 안내자가 되어 엇나가려고 할 때 도움을 주었다. 어쨌거나 극히 주관적인 소통이어서 자세히 말하기 어쭙잖은 것이다.

천부경

아래의 것이 천부경의 얼굴이다.

一	始	無	始	一	析	三	極	無
盡	本	天	一	一	地	一	二	人
一	三	一	積	十	鉅	無	匱	化
三	天	二	三	地	二	三	人	二
三	大	三	合	六	生	七	八	九
運	三	四	成	環	五	七	一	妙
衍	萬	往	萬	來	用	變	不	動
本	本	心	本	太	陽	昂	明	人
中	天	地	一	一	終	無	終	一

· 천부경 도표 0번 ·

[천부경은 친제 환국에서 구전으로 전해지던 글이다.

—태백일사, 소도경전본훈]

천부경은 아홉 줄 곱하기 아홉 줄, 모두 81자의 글자로 된 얼굴이다. 그것이 얼마나 오래된 경인지는 위에 소개했다. 환국이란 열두 개의 연방국을 거느린 환인 시대의 나라이다. 그러므로 일단 거기서부터, 혹은 더 이전부터 전해진 것은 사실이라고 본다. 천부경이 바로 열둘이라는 연방을 자체의 움직임 속에 감춰두고 있기 때문이다—곧 알게 될 것이다.

통치 기간이 최대 6만 년이 넘을 것으로 추측하는 학자들도 있다. 그 마지막 시점도 9000년 이전이라고 한다. 또 고대의 어떤 기록에 의지하여 역대 일곱 분의 환인이 기원전 7197년부터 기원전 3897년까지 3,301년간 다스렸고, 라고 더 구체적으로 대폭 줄인 주장도 있다. 각각 마지막 빙하기 이전과 이후를 추측하는 모양인데, 일곱 명이 3000년 이상을 다스렸다고? 그들은 안 죽는 모양이지?

얼핏 엉터리 같으나 수메르의 기록을 보면 생각이 달라진다. 거긴 더 구체적인 명시가 있으며 지도자들이 각각 수천 년 이상이나 살았다—물론 이 기록은 마지막 빙하기 훨씬 이전이다. 또 어떤 종교의 기록에도 하늘에서 내려온 지도자들은 그와 비슷한 수명으로 살았다. 당시의 지도자들이 안 죽고 오래 산 것은 전 인류적인 양상이다. 따라서 어느 만큼은 사실로 볼 수 있다. 그들은 다른 천체에서 온 것이다.

우리 현대인인 '호모사피엔스—사피엔스'의 35만 년 전 유골이 몇 년 전에 발굴되었다. 30만 년 전의 것도 벌써 오래전에 발굴되었다. 그렇다면 이 몹시 긴 세월은 어떻게 된 것인가. 하늘에서 누가 여러 번 내려왔나? 이런 건 수메르 점토판의 기록을 믿어야 하나? 거기엔 여러 번 내려왔고 훨씬 자세하다. 아니면 간격이 큰 만큼 하늘에도 바쁜 일이 있었을 것이다. 그래서 더 크게, 네 번의 빙하기와 지금이 제4 태양의 시대라는 주장에 대해서도 함께 연구해 봐야 한다. 환인이라 부르는 지도자들이 인간을 최초로 다스린 때가 마지막 빙하기 이후라면 모를까, 포도나 사과를 먹고 쫓겨난 기록은 35만 년 이전으로 봐야 한다. 그것이 올바른 사고다.

우리가 알고 있는 처음의 빙하기는 무려 42만 년 전이나 된다. 그 후 33만 년과 24만 년 등 대략 11만 년 간격으로 얼어붙었다. 빙하기와 빙하기 사이에 2만 혹은 3만 년쯤의, 기온이 높아 생명체가 번식하고 문명을 이룰 기회가 주어졌다. 현재의 홀로세 간빙기는 11700년 전 플라이스토세 말기 이후로 지금까지 이어지고 있다. 마야인들은 이 간빙기들을 태양의 시기라고 말한다. 인류의 기원에 관한 이런 문제를 마지막 빙하시대 이후의, 그나마 빈약한 기록에만 매달려서 올바른 역사를 알아낼 수 있을까? 아마 더 이전의 기록들은 한꺼번에 압축되어 마지막 빙하기가 끝난 후 새롭게 시작되는 기록 앞에 붙었을 것이다. 그러자니 주름지고 겹쳐서 말 그대로 신화가 된 것이다. 역사학자들과 지구과학자들이 마음을 열고 해결할 문제이다.

나는 단지 천부경이라는 결과물을 받아든 수행자로서 두 가지 의문이 생긴다. 하나는 저 멀리서 구전으로 내려왔다면서 어떻게 가장 중요한 81자로 된 얼굴 형태가 지켜졌느냐는 것이다. 구전은 전체 줄거리는 몰라도 각 세세한 부분들은 뭉그러지고 만다. 말 전하기 놀이를 해보면 입에서 입으로 전해지는 내용이 얼마나 변하기 쉬운지 극명하게 드러난다. 그런데 천부경은 아주 오래전에 구전으로 전해져 오던 것을 기원전 4000년 무렵에야 당시의 문자로 기록하였다. 그 후 6000년이나 더 지난 것이다. 그랬음에도 오늘날까지 아홉 개의 칸을 가진 분명한 도표가 형성되고 있다. 무엇 때문일까? 마치 어떤 종교 서적의 구절, 글자 한 자도 틀림이 없게 전하라는 주의사항이라도 있었던 것일까? 또 하나는 그것의 얼굴과 거기 숨겨진 몸체의 움직임, 그리고 그 너머 희미하나 은은한 빛으로 드러나는 분명히 [

나를 향한 메시지다. 그 [나]는 아마 천부경을 알아보는 모두에 해당한다. 그들은 물 맑은 수행자들일 것이다.

가령 그 먼 세월을 지나왔음에도, 놀랍게도 그 뜻은 뭉그러지지 않고 거기 깃들여 있었다. 처음 마주할 때 천부경은 분명히, 찬찬히 들여다보는 나에게 말을 걸어왔다. 내가 놀라지 않도록 은은하게. 그리고 친근하게.

'알아보았느냐. [나]는 너의 얼굴이다.'

찾았다! 지극히 개인적인, 그러나 전율 같은 반가움이 전해져 왔다. 그리고 확실히 알아보았는데 그것은 틀림없는 [나]의 얼굴이었다.

나는 내가 알아본 이것을 능력이 되는 한 최선을 다해서 읽는 이들에게 전할 것이다. 왜냐면 천부경을 마주하는 모든 이들이 바로 각각의 [나]이기 때문이다. 나는 이 귀한 인연을 의심하지 않는다.

나는 비로소 이 경에 대해 알아보았다. 까마득히 구전되었다는 이 몹시 오래된 경은 환웅의 시대에 와서 신지 혁덕이 문자를 만들고 기록하였다고 한다. 그 이전에는 문자조차 없었다. 어쨌거나 환웅 시대라는 것도 기원전 4000년 가까이나 된다. 그럼 그 이전인 환인 시대로부터 말로만 전해져 왔으면 그 시작은 어딘가? 모른다. 굳이 시작점을 따질 필요도 없다. 그렇지만 한 가지 중요한 사실이 엿보인다. 문자가 없던 시기에 만들어졌으면 지금 문명권의 인간이 만든 것은 아니라는 확신이다. 그럴 것이다. 살아남은 소수로 막 새 삶을 시작한 그들이 생고기를 뜯다가 갑자기 저 경을 만들었을 리는 없다. 짜임새를 잘 살피면 문자도 없는 시기에 누가 해낼 수 있는 경지가 아니다. 양자물리학의 시대인 지금의 내로라하는 사람들이 덤벼들어도 다 알아내지 못했다─물론 물 맑은 수행자들의 눈에 띄면 달라진다. 이것은 우주 원리를 담았으나 물리나 역사보다는 수행을 위한 경이기 때문이다.

개인적인 생각은 빙하기 이전의 문명에서 전해진 것일 수도 있다고 본다. 그 문명은 지금보다 더 크게 이루었으나 자연재해로 없어졌다. 또 천부경이 마지막 빙하기 이후 하늘에서 내려보낸 것이면 같은 식으로 반복된 빙하기 이전의 문명에 대해서도 똑같이 그렇게 했을 것이다―우리는 네 번째 문명이다. 뭐가 더 밉다고 우리한테만 떡을 주는가? 그래서 경로는 차치하고 당연히 이전의 문명에도 있었다고 봐야 옳다. 더욱이 기막히게 잘 짜인 우주 원리의 핵심이라는 관점에서도 그렇다.

부도지를 봐도 인류의 역사는 그저 아득한 시기로부터 시작된 것으로만 이해된다. 인류의 시작 전, 그러니까 마고와 궁희와 소희가 나올 무렵은 선천 시대로 마무리하고 드러나는 현상과 비교한 기록은 없다. 그렇지만 굉장히 깊은 지식이나 천문현상을 어떤 구조물이나 말로 슬슬 전하고 나중에 파악되면 놀라움이 드러나는, 천부경은 그런 식의 여러 고대 유산 중에 하나다. 그러므로 수행자가 역사를 살피는 것은 이 정도로 충분하다고 생각한다. 그런 걸 좋아하는 사람은 그 기원이나 알려진 경위에 대해 많은 서적과 정보들이 넘쳐나고 있으므로 스스로 알아보면 된다. 이제 재미를 보탠다.

'바위에 단단히 박힌 저 검을 뽑을 수 있는 자만이 의로운 왕이 될 것이다 ….'

더 훗날이지만 영국의 아서왕이 이런 전설을 남겼다. 서양 사람들은 원래부터 유머가 있었나 본데, 혹시 환웅이 미리 이런 흉내를 냈단 말인가. 아무런 설명도 없이 원리에 딱 들어맞게 잘 기록하였으니 뒷날의 누군가가 천부경에 감춰신 것을 뽑아 의로운 세상을 만들어보라고? 그랬는지 몰라도 그 바람에 오늘날까지 그 누구도 천부경의 운행이나 본뜻을 알지 못했다.

환단고기에 신지 혁덕이 환웅의 명을 받아 문자를 발명하여 천부경을 기록으로 남겼다고 한다. 처음으로 발명한 문자는 간단한 소통이나 셈 같은 걸 기록하지 무슨 천부경 전용이 되는가. 저 대단한 것을. 순서가 아니라 도표 형태로 똑같이 평면에 놓여야 하는 81자의 비밀을 단번에 눈치채고서—이게 말이 되는가? 혁덕이는 아마 이미 쓰던 원시적인 문자를 고급으로 고쳤다. 그때껏 구전되어 오던 천부경을 기록하기 위해서. 아니면 내가 다스리게 된 이 민족에게도 문자를 하나 만들어줘야겠다, 이렇게 생각하고 갑자기 수준급의 문자를 만들어서 천부경을 기록했다—그랬을 수 있다. 환웅은 환국—환인 시대—말기에 무리 삼천을 이끌고 중심에서 지역으로 옮겨온 지도층이다. 이후 환웅은 18대에 걸쳐 지역을 다스렸다. 이것이 환국을 이은 단국의 시작이다.

어쨌거나 누군가는 검을 뽑아 들어야 한다. 그래야 비밀이 밝혀질 것이다. 그 주인공은 내가 아니라 이 글을 읽는 바로 그대다. 지구상의 어느 민족이든 이 글을 읽는 사람은 부도의 자손이다. 또한 후천으로 이어지는 이 마지막 때에 구원받는 무리 중 한 사람임을 나는 굳게 믿고 있다. 그것이 우리의 인연이다. 나는 검을 뽑을 수 있었다. 그러나 다시 박아 넣었다. 안내자의 역할만 할 것이다. 그대가 다시 뽑아 휘두르라. 시작하겠다.

남들이 그랬듯 먼저 얼굴을 더듬어보자. 천부경을 보면 그 얼굴에서 움직이려고 하는 의도가 먼저 읽힌다. 움직이려고 하는 것은 생존하여 혼돈으로 나아가고 싶다는 의미다. 우주의 시작이 그러했으며 그래서 뜻이 있는 모든 것은 정적인 것이 아니고 동적이다. 실제 모든 것은 빛의 속도로 움직이고 있고 우주 자체도 점점 북데기가 커지고 있다. 가만히 있으면 시간도 안 생기고 미래도 없었다. 인간은 태어났으므로 혼돈 속으로 떠밀려 나아가야 하고 비극도 겪어야 한다. 못마땅하지만 그런 추진력이야말로 우주의 근본 원동력이다. 그게 없으면 우주는 생겨나지도 않았다.

'일시무시일(一始無始一)… 일종무종일(一終無終一)'

천부경의 시작과 끝이다. 가장 먼저 알아야 할 것이 있다. 천부경은 죽으나 사나 81자로 만들어져야 한다는 사실이다. 이유는 나중에 알게 되겠지만 만든 자에게는 이게 몹시 곤란한 일이었을 것이다. 그런 비밀을 알아야 천부경을 바로 이해할 수 있다. 물론 결과적으로는 하늘의 이치에 부합되었다. 하지만 그 과정에서 노고가 많았으리라. 그래서 알기 쉽게 예를 드는 것인데,

일시무시일은 실상 일시무시로 만들어도 된다. '하나로 시작되는데 그 시작은 무에서이다'라거나 '하나는 무에서 생겼다'로 보면 된다. 내 말은, 뜻에 맞게 다 만들었는데 기껏 79자였으면 두 개의 글자가 더 필요했을 것이라는 얘기다. 반대로 죽으나 사나 79자였어야 한다면 일시무시와 일종무종이었을 것이다―다른 글자를 삭제했을 수도 있겠다. 물론 일시무시일이므로 이익되는 바도 있다. 시작과 끝에 똑같은 일이 붙어서 더 균형 잡힌 얼굴이 되었다는 것. 시작이 하나임을 더 강조할 수 있다는 것. 또 '일시와 무시는 하나다'라거나 '일이라고 함은 시작하지만 시작하지 않은 그 근본 자리를 일이라고 한다'라는 해석도 있다―개인적으로 틀에서 벗어난 이런 방식들도 썩 훌륭한 해석이라고 본다. 결국 무슨 뜻이냐면 순서대로 하나하나 글자의 해석에만 너무 매달리지 말라는 이야기다. 고대의 해괴한 문자라면 모를까, 지금 천부경을 이룬 한자는 조금만 공부한 수준이면 누구나 해석할 수 있다. 그리고 보편적으로 이해되는 정도와 비교해서 뜻이 상

하지만 않았으면 그것도 정답이다. 중요한 것은 81자가 평면으로 깔린 도표 그 자체니까!

개인적으로 느낀 감정은 모두 놔두고 설명하면, 어쨌든 81자를 동시에 들이밀어야 했으므로 처음부터 단면으로 펴놓은 도표가 될 수밖에 없었다. 그래서 얼굴이라고 한 것이다. 얼굴이 된 또 다른 뜻은, 그야말로 만왕만래하는 몸체가 있다는 이야기다. 그리고 얼굴에는 그 함축된 뜻이 다 드러나 있다. 뜻이 있으면 곧 어디선가 몸체가 드러나고 그것은 당연히 움직이고 있을 것이다. 그 움직임을 운행이라고 부른다. 그 운행하는 것을 보아야, 거기까지 안내되어야 천부경을 다 본 것이다. 다 보고 알게 된 것이 해석 아니겠는가. '다 보고 알게 된'으로 말한 또 다른 의미는 실상 이 우주는 오로지 나의 것이라는 뜻이고, 궁극적으로 [나] 말고는 아무것도 없다—그러므로 언어도 없다. 하늘은 돌고 돈다. 움직임 없는 그저 여든하나의 글자가 어찌 하늘의 뜻에 부합한다는 말인가? 그런 건 부합이 아니라 간단한 글자 풀이다.

다음엔 석삼극이다. 셋으로 나뉜다는 이야기다. 극은—무조건—기운 혹은 의도를 품고 현상으로 드러난다는 뜻이다. 삼은 천부경의 수이기도 하면서 우주의 기본수이다. 원래 태극으로 문양을 나타내려면 셋, 즉 삼태극이어야 한다. 고대의 문양에는 삼태극이 많다. 삼태극은 더 원시적이고 근본적이다. 반면 둘 태극은 덜 원시적이고 덜 근본적이다. 그것은 바라보는 나를 의식한다거나 혹은 도안이나 행사나 의전(儀典)의 목적으로 쓰일 때, 그런 구조로 점을 치는 때에 주관자 혹은 의식자인 그 사람을 따로 하나로 보려는 의도가 있다. 한편 부도지의 뜻을 받들면 원리를 파악할 때 가운데거나 주관자거나 뭐든지 하나를 더해 셋으로 보지 않고 그저 '요' 식의 음양오행을 적용하여 둘 태극으로 나누는 것은 바르지 않다. 사실 잘 생각하면 뭐든지 둘로만 나눠지는 것은 애초에 불가능하다―인식하는 역할이 없으면 그 나눔이 드러나지 않는다. 그러므로 하느님은 그 역할을 우리에게 내려주었고, 우리는 역할을 다하고 다시 원본으로 돌아가야 한다. 그것이 우주의 원리다. 또한 하느님이 인격신이 되지 못하는 이유이고, 이때 잘 생각하면 천부경이 '오로지' [나]의 얼굴인 이유이다. 천부경이 나의 얼굴이면 나는 무엇인가? 내가 곧 하느님이다. 여기까지 한꺼번에 읽히면 그는 물이 맑은 사람이다.

셋은 음양 더하기 중심, 그러니까 음과 양과 나누기 전부터 있던 의식이 하나다―보는 시각, 혹은 의식을 안으로 끌어들였다. 나눠짐 그 자체가 의식이다. 이 의식은 처음부터 있던 하나이면서 나눠짐에 대한 분별 혹은 앎이기도 하다. 나눠지기 전에 처음 하나로 있던 것의 본래 자리라는 의미도 되겠다. 이미 말했으나 그 의식은 원본―혹은 근본―의식이며 주관자이다. 곧 하느님이다. 그 원본 의식은 둘로 나뉘는 음과 양을 바라보는 것이 아니라 자기 자신이면서 셋으로 나뉘었다―분별 의식이 안에 있다. 그러므로 중심이라 한다. 그는 나눈 것이 아니라 '스스로' 나뉘었다. 그래서 셋으로 나뉘었으나 여전히 원본으로서 하나다. 둘로 나누었으면 의식이 밖에 있다―스스로 혼자 있던 하느님에게 이것은 불가능한 일이다. 하느님에게도 불가능한 유일한 행위이다―그 불가능을 가능하게 하는 역할이 바로 [나]이다. 아무튼 그러한 뜻이 뒤에 나오는 '무진본'이다. 무진본을 단순히 근본은 변하지 않는다, 로 해석하면 우리는 하느님조차 할 수 없는 일이 있었다는 것을 모를 뻔했다―그러므로 하느님에 대한 바로 나! 그 근본은 변하지 않는다…. 삼태극은 중심이 있지만 둘 태극은 아직 중심이 없다. 그것은 방편 혹은 도안으로 있다가 행동할 때, 즉 주관자 또는 의식자가 그것을 인식하거나 받아들이는 때에 생긴다. 다음은 쉽다.

‘천일일지일이인이삼(天——地—二人—三)’

아까 셋으로 나뉜 것이⋯ 천으로서의 하나가 첫 번째요, 지로서의 하나가 두 번째요, 인으로서의 하나가 세 번째이다.’

‘일적십거무궤화삼(—積十鉅無匱化三)’

그처럼 하나가 쌓여서 무한하게—크게—퍼져나가 갇힘 없고 형태도 이루지 못한—에너지로서 —셋이 되었다. 형태란 궤짝 안에 갇혀야 이루어진다. 따라서 아직은 에너지 같은, 그저 성품이라고 말할 수 있는 것이며 당연히 응결 이전의 어떤 상태다.

‘천이삼지이삼인이삼(天二三地二三人二三)’

또한,
천의 성품이 음과 양이 되어 동시에 3을 이루고
지의 성품이 음과 양이 되어 동시에 3을 이루고
인의 성품이 음과 양이 되어 동시에 3을 이루니,

‘대삼합육생칠팔구운(大三合六生七八九運)’

처음의 천과 지와 인이 모두 삼이요, 그 성품이 각각 삼을 이룬 것이 또 삼인데, 이 삼의 합함을 대삼합이라 부르고 육이 생기는 것이며, 결과 칠과 팔과 구를 낳게 된다—뭐든 둘로 나뉘는 것은 즉각 셋이 된다는 것을 기억하라. 합하여 6이 되는 것은 당연히 셋씩 둘로 나뉜 것과 같아서 또한 중심이 생겨난다―그래서 우주의 기본수 9가 되는 것이다. 여기서 천부경의 묘미가 드러나는데 바로 칠, 팔, 구, 운이다. 칠과 팔과 구를 차례로 나열하고 운을 붙였다―이 구절의 뜻은 탄생의 바탕이 되는 것이니 바로 수행자인 [나]에게 자상히 이르는 것이다. 이 각각의 성품이 동시에 3을 이루었으니 이미 아홉이 되었다. 이것은 이제 뭔가를 이루었다. 부도지에 의하면 1, 4, 7은 성수요, 2, 5, 8은 법수요, 3, 6, 9는 체수인데, 모두 다 생성되었으니 운행이 시작된다. 아까 말했지 않은가. 극은 기운을 품고 돌려고 한다고. 성은 본성이고 법은 법칙이며 체는 몸통이 되는 수다. 이것들은 물질에 대한 설명이고 영혼이 없다. 영혼은 생명이다. 그것은 따로 점지를 받아야 한다. 돈다는 것은 기운―점지―을 받는다는 뜻도 된다. 그러므로 기운을 받아 제각각 역할을 하는 '만왕만래'가 코앞이다. 점지는 어디서 받는가?

'삼사성환오칠일(三四成環五七一)'

만약 이 부분을 물질의 경우로만 본다면 그리스 신화에 나오는 별의 탄생과 비슷한 표현이 될 것이다. 즉 '기운의 응결'이다. 물질은 기운이 응결되어 생겨났다. 더 나중에 이루어진 생명의 탄생을 위해서도 특히 이 부분은 해석이 틀리면 안 된다. 땅의 기운 5를 통하여 이제부터 역법―특히 마고력―과도 연관이 되기 때문이다. 가장 중요한 대목이다. 생명으로 치면 마지막 단계, 하늘로부터 점지를 받는 대목이다. 우주를 이룰 때 물질이 먼저이고 사람이 나중―유기체이기 때문에―이지만 원리를 설명하는 고로 따로 구분하지 않는다. 점지 이전에 탄생의 원리는 같다.

3은 성수와 법수와 체수를 말한다. 이 부분은 알아듣기 쉽게 수직과 수평의 개념으로 설명한다―원래는 '가렛 리시'의 만물이론을 예로 들고 싶었으나 그러면 설명이 복잡해진다. 4는 지수화풍이다. 3과 4, 이 두 가지가 수평으로 접근한다. 5는 땅의 기운이다. 7은 북두칠성의 기운이다. 각각 오음과 칠조라 말해도 된다. 이 두 가지는 수직으로 접근한다. 그리고 서로 휘돌아 고리를 이루고 하나로 어우러지는 찬란한 현상을 만들어낸다. 문득 이 현상이 응결을 이루니 생명 탄생의 배경이 어찌 찬란하지 않겠는가. 마침내 완성을 본 하나로서 '만왕만래'한다. 이것과 흡사한 느낌은 '만물이론'에 있다—같다는 게 아니라 휘돌아 고리를 이루는 그 모양을 감상하라는 것이다. 궁금한 이들은 유튜브 검색을 통하여 가렛 리시가 테드에 나와 직접 설명하는 동영상을 얻을 수 있을 것이다. 수평과 수직은 이해를 돕기 위해 나눈 것이고 실제로는 그런 각도는 아니다. 더 비슷한 예로 만물이론의 고리 모양을 들었다. 현상을 만들어내는 그 찬란함이 매우 비슷하다. 만물이론에 익숙해지면 더 유추하여 묘연만왕만래까지 짐작해 볼 수 있다. 그리고 생명의 경우로는 아래의 설명을 보탠다.

5음은 나의 어머니인 땅에서 받은 것이고, 7조는 하늘—아버지—에서 내려온 것이다. 점지는 실제로 북두칠성에서 받는다. 북두칠성은 하늘 아버지를 대신하는 점지소이다. 하느님은 안 계신 곳이 없으나 막상 어디 계신지 찾으면 장소가 없다. 그러므로 실제로 업무를 보는 곳이 필요할 것이다. 우주의 정부청사 같은 곳이다. 생명은 죽으면 다시 그 앞으로 나아간다. 그리고 여러 가지 점검—죽은 자에 대한 심판도 있다—을 받고 일정 기간 후에 또 점지받아 새롭게 탄생하게 된다—죽었다 살아난 사람들의 증언이나 유체이탈로 저승에 다녀온 사람이나 고대 문서, 티베트 사자의 서 등의 기록에도 있다. 심판이 끝나면 과거의 기억은 지워진다. 남녀 구분도 없고 짐승과 사람의 구분도 없어진다. 이제 깨끗하게 닦인 영혼이다. 점지는 업에 따른 결과로서 새롭게 탄생할 허락서이다. 그 항목이 또다시 일만이천이니라…. 대단히 많다고 한다. 자동차로 말하면 엔진 크기와 동력장치며 전자 시스템, 무슨 색깔에 몇 인승인지 다 적혀 있다. 그 허락서는 영혼에 직접 도장으로 찍힌다. 분류된 영혼은 하늘나라의 출하소로 보내진다. 그러면 거기서 품목대로 육신의 씨앗을 입혀서 보내준다. 그곳엔 인간부터 돼지, 개 고양이 등의 동물과 벌레들도 있다—도장을 받은 영혼들은 심판을 받아 더 깎이고 더 보태졌으므로 이전과는 달라진 영혼들이다. 어긋남 없이 도로 그대로이기도 하고, 간혹 영혼 둘이 하나가 되기도 하고, 하나의 영혼이 여러 명에게 나누어지기도 한다. 우린 그렇게 하늘의 뜻에 따라 만왕만래한다. 우리 민족에게는 칠성 신앙이 있고 그 신앙은 천부경과 깊은 관련이 있으며 북두칠성은 생명을 거두고 새롭게 점지하는 전권을 쥐고 있다. 점지를 받는 영혼은 우주가 다 끝나도록 윤회의 흐름 속에서 돌고 돈다. 우리는 여러 번 살다 죽은 후 새로 점지를 받아 이번 생으로 태어난 개별 존재이다. 다시 인간으로 태어났으면 심판에서 꽤 좋은 점수를 받은 게 분명하다.

'묘연만왕만래용변부동본(妙衍萬往萬來用變不動本)'

그 오묘한 하늘의 이치가 만물을 가고 오게 하나니, 그 쓰임은 변하나 근본은 변하지 않는다. 하늘의 이치는 그와 같다.

'본심본태양앙명인중천지일(本心本太陽昂明人中天地一)'

너희의 본마음은 본디 크게 밝은 것이다. 그것이 변하지 않는 근본이다. 마음속에 있는 그것을 깊이 또 깊이 우러러보라. 마침내 [나]의 마음속에 온 우주가 함께 하는 것을 알게 되리라—그러므로 이 중요한 뜻은, 이 우주는 [나]가 그것을 인식하기 때문에 있는 것이다.

'일종무종일(一終無終一)'

그리하여 너는 알게 되리라. 모든 것이 내가 이룬 것이며 [나] 자신이 곧 근본이 되는 바로 그 자리, 스스로 하나로 드러나던 바로 그 자리였음을⋯.

*

이제 천부경의 운행을 볼 차례다. 천부경은 바른 움직임으로 도합 열두 번 변화한다—변화의 끝은 시작과 똑같다. 겹친 수를 고려하면 '일시무시 일종무종'으로 여덟 수다. 잘 보면 이 여덟은 계속 돌고 돌겠다는 의지를 품고 있다. 8괘가 생긴 원리다. 물론 운행중에는 얼굴이 달라진다. 기운을 가진 형상으로서의 움직임이기 때문이다. 바른 움직임의 변화는 순수한 성수들의 변화다—나중에 알게 되겠지만, 땅의 수 5와 북두칠성의 수 7도 얼굴과 움직임을 가지고 있다. 하늘은 형상으로서 움직일 때 그 합의 수는 369로 천부경의 3과 6과 9라는 체수를 만들어낸다—천부경이 한 번 움직이면 한 줄의 합이 딱 369가 된다. 그 변화의 81수 각각에 북두칠성의 기운과 땅의 기운이 어우러지면 그 경우의 수는 양자컴퓨터로도 다 계산해낼 수 없다. 하늘과 북두칠성과 땅과 사람의 수가 각각 달라서 셀 수 없는 현상이 생기고 또 사라지는 것이다. 거기다 지수화풍의 요소들이 얽혀들고 현상을 살피는 여덟 가지 괘의 경우가 또 얽혀든다—여기에 각각의 [나], 즉 수많은 생명의 의지와 생각이 또 얽혀든다. 이 모든 현상이 생기고 사라지는 것이 바로 '만왕만래'다. 그 때문에 인간보다 훨씬 앞선 문명인 그 수메르 신들도 다 계산해내지는 못했을 것이다. 그들은 하느님이 아니다—차원을 넘나드는 과학적 수준을 이루었으므로 신으로 분류하는 것은 맞다. 하느님이 아니므로 서로 치고받으며 싸운 기록이 있는 것 아닌가. 실상 하느님은 인간을 통해서만, 더 자세히는 [나]를 통해서만 드러난다. 그 [나]가, 그러니까 만약 누군가 모든 현상을 다 들여다보고 어떤 방식으로 이해할 수 있게 되었다고 하면 그건 바로 그가 속한 우주의 소멸을 뜻하는 것이다. 누군가 업에 얽혀 새로 우주를 창조하게 되었더라도, 그 내막을 다 들여다보고 이해하였다면 자신은 원본으로 사라지고 창조된 우주는 그 즉시 객관의 그림자로 바뀌고 만다. 이것이 수의 원리이고 엔트로피와 엔탈피의 원리이고 연기의 법이고 우주의 법칙이다. 모든 것을 다 아는 존재는 이미 그 우주에 주관적인 인격신이거나 현상으로 드러나지 못한다. 그저 객관을 감상하는, 모든 것을 다 아는 관찰자이자 의식이다. 그러므로 [나]가 원본으로 돌아가면 육신은 남아서 명이 다할 때까지 그림자처럼 살다가 죽는다 —충분히 이해가 간다. 어떤 종교에서도 그리 말한다.

우주가 창조되기 위해서 대리인이 필요했을 것이고, 이것이 부도지에서 말하는 현상을 수증하는 인간의 역할이다. 수증이란 달리 말하면 주역 배우로서 직접 겪는 것이다. 그러나 그는 다 아는 존재가 되면 자신의 우주를 벗어나 즉시 근본 자리로 돌아간다. 이는 깨달음의 개념과도 매우 닮았다. 한 가지 중요한 것을 미리 보태면 바로 여기서 우주를 위해 수증하는 내가 있는 것이 아니라, 수증하는 [나]를 위해 우주가 필요하다—잘 생각하면 이 사실이 드러난다. 그러므로 이 우주는 [나]를 위해 있고 그러므로 그 [나]가 이 우주를 창조하였다. 사실 '모든 것이 내 의식 안에 있다,'는 이 한 줄이 정답일 것이다. 그러므로 내가 창조자라고 이해해도 틀리지 않는다. 이제 몸체를 밝힌다.

태양이 지나는 길인 황도에는 12개의 별자리가 있다. 그것들은 천부의 움직임이다, 또는 형상이다—이 움직임은 정이라 한다. 각각 열둘의 원리이기 때문에 서로 같은 것이므로 함께 설명한다. 모든 별자리에는 천부경의 움직임이 반대로 뒤집힌 반대 별자리가 있다. 이 쌍을 이루는 두 별자리는 음양의 역할로 서로 기운을 주고받으며 우주의 움직임과 생명의 운명에 관여한다. 가령 예수는 물고기자리와 처녀자리의 기운을 받는다. 물고기는 기독교문화의 상징이며 예수는 처녀 수태가 되었다고 한다. 이것은 상징적이면서 대표적인 예이고, 차이는 있으나 그 시기에 태어난 모든 생명이 그런 원리 속에 들어 있다. 우리가 바라는 메시아는 아주 극명하게 그런 기운을 받는다―혹은 시대적 욕구에 따라 그래야만 한다. 우주의 기운 또한 이처럼 음과 양을 이루는 것이다―그것은 도로 3이다―그로 인해 태어나는 메시아, 혹은 [나], 즉 중심이자 생명이 있기 때문. 이 음과 양이 갑자기 뒤집히는 순간이 두 번 있는데 한 번은 선천에서 후천으로, 또 한 번은 후천에서 선천으로 넘어갈 때이다. 원래 선천은 [나]가 태어나기 위해 존재한 기간이었다. [나] 대신 원본의 [나]가 존재하던 기간이다. 그 후 대리인 격인 [나]가 물려받아 수증―인식―하는 시점부터 후천이다. 우주 일년이 이를 재현하며 운행하고 있다. 따라서 우주가 한 번 크게 도는 동안에 두 번 뒤집히는데 이를 선천과 후천이라고 말할 수도 있다. 기타 어떤 수치를 들먹이는 다른 의미의 선천과 후천은 다 그릇된 개념이다―굳이 보태지만, 이것은 내 사견이므로 누구도 따질 것은 없다. 단지 동의하면 듣고 배우면 된다. 나중에 천부경이 실제로 움직이는 도표를 증거로 제시한다.

천부경의 움직임을 보면 선천과 후천은 완전히 구조가 거꾸로다. 이것은 크게 도는 동안 두 번 일어나는 중요한 사건이므로 지구가 호응하며 어떤 때에 크게 들썩인다―아마도 이것은 네 번에 한 번, 혹은 여덟 번에 한 번일 것이다. 지구는 자전과 공전, 세차운동과 끄덕거림, 공전궤도의 변화, 달과의 관계로 하루 시간의 변화 등 무수한 운동 변수를 안고 있다. 다른 행성과의 관계, 질량과 응력의 변화가 맞물리는 어떤 시점에서 얼마든지 요동칠 수가 있다. 또 니비루가 출현할 때 그 영향으로 크게 들썩인다고 한다. 나는 수행자이지 천문학자는 아니므로 그런 것은 계산해 보지 않는다. 그들은 드러난 천문현상이나 아쉽게나마 빙하에서 채취한 지구의 기록을 보면 될 것이다.

　우주의 큰 한 번, 즉 별자리가 열두 번 바뀌는 동안 선천과 후천, 고로 양의 시대와 음의 시대가 들어 있다. 그렇게 음과 양으로 나뉘나 이 열두 개의 별자리 원리―열둘이라는 개념으로서―는 인간이 만든 것이 아니다. 수메르를 비롯해 고대의 신화들 속에 이미 나오고 있고, 이집트의 신전 천장에서도 발견되었다. 또한 그 열둘의 개념은 인간의 문명에도 끝까지 지대한 영향을 끼치고 있다. 12 환국도 그렇고 고대 유럽에서도 열두 개의 국가를 건설하거나 지역과 부족을 열둘로 나누기도 했으며 로마제국과 고대 인도에도 열두 개의 신이 존재하였다. 북미 남미 등 세계 어디서나 열둘의 원리가 전해져 온다. 이것은 저 먼 고대에 민족의 이동과 관련이 있다. 한데 모여 살다가 뿔뿔이 흩어졌지만 배운 대로 열둘이라는 원리를 지켜온 것이다. 그 외에도 무수히 많다. 오늘날 시간의 구분도 그렇고 별점과 12간지 등도 그 열둘의 원리에 따른 것이다.

　중요한 사실을 덧붙이면 우리 태양계의 행성도 모두 열둘이다. 수, 금, 지, 화, 목, 토, 천, 해, 명, 그리고 달과 해와 니비루가 있다. 니비루가 당장 눈에 보이지 않고, 명왕성이 크기가 작다는 이유 등으로 열둘이라는 원리를 쪼개버린 것은 큰 잘못이라고 할 수 있다. 크기와 관계없이 그것은 우주의 원리이자 의미다. 그것은 신―초과학을 이룬―이 가르쳐준 우주의 법이므로 인간이 바꿀 수 없다. 단 우리가 쓰는 역의 숫자만 일년이 13개월이다. 이는 우리가 유기체인 까닭이다. 부도지를 설명할 때 모든 비밀을 알게 되겠지만 그것 또한 신께서 가르쳐준 것이며 창조주 하느님께서 정한 것이다. 내가 그 증거를 보여줄 것이다. 더욱이 13이라는 숫자는 지구 어머니의 중심이 되는 수이다. 중심은 뜻이다. 어느 누가 제 어머니의 뜻을 어긴단 말인가. 그래도 어기는 민족이 있으면 그 민족은 쇠퇴할 것이요, 인류 전체가 어긴다면 반드시 말세의 심판이 기다리고 있으리라. 그 원리이자 뜻을 빌들어 13개월로 돌아가는 우리 민족의 옛 마고력을 재현했으니 배달의 후손이 근래 없는 큰 성과를 이룬 것이다.

천부경 숫자표

천부경의 운행을 위해 내용을 숫자로 바꾼 도표이다. 반복을 빼면 총 45 글자이다—이 45라는 숫자가 또 의미가 있다. 그것은 아홉 구이다. 또 중심수 41은 여섯 육이다. 실제로 천부경은 여섯 번 돌기 때문이다. 이처럼 천부경은 흡사 꾸역꾸역 비밀을 간직한 거대한 피라미드와 같다.

1   1一일 한 일. 하나, 한 번, 처음

2   2始시 처음 시. 첫. 시작하다. 비롯하다. 근본, 근원.

3   3無무 허무의 도. 말라. 금지함.

4   0始시 처음 시. 첫 시작하다. 비롯하다. 근본, 근원.

5   0一일 한 일. 하나, 한 번, 처음

6   4析석 쪼개다. 해부, 나누어 밝힘. 분산.

7   5三삼 석 삼. 세 번. 거듭. 자주.

8   6極극 다할 극. 한계. 결과. 이제 없다. 끝나다.

9   0無무 허무의 도. 말라. 금지함.

10   7盡진 다될 진. 없어지다. 끝나다. 그치다.

11   8本본 밑 본. 밑. 뿌리. 근원. 바탕.

12   9天천 하늘 천. 하늘. 천체. 천체의 움직임.

13   0一일 한 일. 하나, 한 번, 처음

14   0一일 한 일. 하나, 한 번, 처음

15   10地지 땅 지. 땅. 처해 있는 형편.

16   0一일 한 일. 하나, 한 번, 처음

17   11二이 두 이. 둘. 두 번. 두 마음.

18   12人인 사람 인. 백성. 남. 타인.

19   0一일 한 일. 하나, 한 번, 처음

20   0三삼 석 삼. 세 번. 거듭. 자주.

21   0一일 한 일. 하나, 한 번, 처음

22   13積적 쌓을 적. 모으다. 저축하다. 포개다.

23   14十십 열 사람 십. 열. 시가. 시편.

24   15鉅거 클 거. 크다. 단단하다. 높다. 존귀함.

25   0無무 허무의 도. 말라. 금지함.

26   16匱궤 함 궤. 함. 삼태기. 다하다.

27   17化화 될 화. 모양이 바뀌다. 고쳐지다. 따르다.

28   0三삼 석 삼. 세 번. 거듭. 자주.

29   0天천 하늘 천. 하늘. 천체. 천체의 움직임.

30   0二이 두 이. 둘. 두 번. 두 마음.

31   0三삼 석 삼. 세 번. 거듭. 자주.

32   0地지 땅 지. 땅. 처해 있는 형편.

33   0二이 두 이. 둘. 두 번. 두 마음.

34   0三삼 석 삼. 세 번. 거듭. 자주.

35   0人인 사람 인. 백성. 남. 타인.

36   0二이 두 이. 둘. 두 번. 두 마음.

37   0三삼 석 삼. 세 번. 거듭. 자주.

38   18大내 큰 대. 크다. 넓다. 두루.

39   0三삼 석 삼. 세 번. 거듭. 자주.

40   19合합 합할 합. 합하다. 만나다. 어긋남이 없다.

41   20六육 여섯 육. 여섯. 여섯 번. 죽이다.

42   21生생 생. 날 생. 낳다. 살다. 살아 있다.

43   22七칠 일곱 칠. 문체 이름. 칠.

44   23八팔 여덟 팔. 여덟 번. 팔자 형.

45   24九구 아홉 구. 아혼 번. 수효의 끝.

46   25運운 돌 운. 회전하다. 천체의 길.

47   0三삼 석 삼. 세 번. 거듭. 자주.

48   26四사 넉 사. 넉. 네 번. 사방.

49   27成성 이룰 성. 이루다. 이루어지다.

50   28環환 고리 환. 환옥. 고리. 돌다.

51   29五오 다섯 오. 다섯. 별 이름. 제위.

52   0七칠 일곱 칠. 문체 이름. 칠.

53   0一일 한 일. 하나, 한 번, 처음

54   30妙묘 묘할 묘. 묘하다. 젊다. 나이 20세 안팍.

55   31衍연 넘칠 연. 넘치다. 흐르다. 가다. 순행하다.

56   32萬만 일만 만. 수가 많다.

57   33往왕 갈 왕. 가다. 옛. 예. 이따금.

58   0萬만 일만 만. 수가 많다.

59   34來래 올 래. 오다. 장래. 부르다.

60   35用용 쓸 용. 등용하다 쓰다 베풀다. 행하다.

61   36變변 변할 변. 고치다. 전변. 변하다. 움직이다.

62   37不부 아닌가 부. 아니다. 크다. 금지.

63 38動동 움직일 동. 살아나다. 움직이다.

64 0本본 밑 본. 밑. 뿌리. 근원. 바탕.

65 0本본 밑 본. 밑. 뿌리. 근원. 바탕.

66 39心심 마음 심. 마음. 심장. 가슴.

67 0本본 밑 본. 밑. 뿌리. 근원. 바탕.

68 40太태 클 태. 크다. 심히. 매우. 통하다.

69 41陽양 볕 양. 볕. 양지. 밝다.

70 42昂앙 오를 앙. 오르다. 들다. 머리를 들다. 높다.

71 43明명 밝을 명. 밝다. 밝히다.

72 0人인 사람 인. 백성. 남. 타인.

73 44中중 가운데 중. 가운데. 마음. 치우치지 않다.

74 0天천 하늘 천. 하늘. 천체. 천체의 움직임.

75 0地지 땅 지. 땅. 처해 있는 형편.

76 0一일 한 일. 하나, 한 번, 처음

77 0一일 한 일. 하나, 한 번, 처음

78 45終종 끝나다. 다되다. 극에 이르다. 그치다. 완료되다.

79 0無무 허무의 도. 말라. 금지함.

80 0終종 끝나다. 다되다. 극에 이르다. 그치다. 완료되다.

81 0一일 한 일. 하나, 한 번, 처음

47	58	69	80	1	12	23	34	45
57	68	79	9	11	22	33	44	46
67	78	8	10	21	32	43	54	56
77	7	18	20	31	42	53	55	66
6	17	19	30	41	52	63	65	76
16	27	29	40	51	62	64	75	5
26	28	39	50	61	72	74	4	15
36	38	49	60	71	73	3	14	25
37	48	59	70	81	2	13	24	35

· 도표 1번 ·

천부경 변화 제1도. 이것은 게자리다. 게자리의 시작수는 1이고 끝수는 81이다. 반대 자리는 염소자리다. 시작수 1은 처음으로 시작한다는 뜻이다. 구구 팔십일을 마방진으로 진행한다. 가로세로 각각 아홉 개의 칸이 그려진 종이를 준비하고, 수를 채워 넣는 방식은 마방진과 같다. 부도지의 도표 1번에서 자세히 설명한다. 그렇게 적어나가면 열두 개의 도표가 완성되고 다시 제 자리로 돌아온다. 방식은 그리 어렵지 않다. 도표를 잘 보기만 해도 수를 진행하는 원리를 쉽게 알게 된다.

27	50	73	24	47	79	21	53	76
39	71	13	45	68	10	42	65	16
60	2	34	57	8	31	63	5	28
81	23	46	78	20	52	75	26	49
12	44	67	18	41	64	15	38	70
33	56	7	30	62	4	36	59	1
54	77	19	51	74	25	48	80	22
66	17	40	72	14	37	69	11	43
6	29	61	3	35	58	9	32	55

· 도표 2번 ·

천부경 변화 제2도. 이것은 쌍둥이자리다. 시작은 47이고 끝수는 35다. 반대 자리는 궁수자리다. 시작수 47의 뜻은 석 삼이다—일시무시일 석삼 극을 기억하라. 이제부터 각각 체수들을 채워 넣어 보기 바란다.

				27				
				41				
				55				

· 도표 3번 ·

천부경 변화 제3도. 이것은 황소자리다. 시작은 27이고 끝수는 55다. 반 대 자리는 전갈자리다.

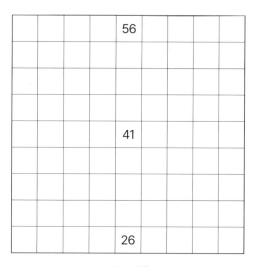

· 도표 4번 ·

천부경 변화 제4도. 이것은 양자리다. 시작은 56이고 끝수는 26이다. 반대 자리는 천칭자리다.

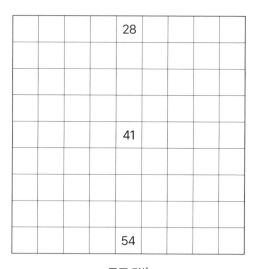

· 도표 5번 ·

천부경 변화 제5도. 이것은 물고기자리다. 시작은 28이고 끝수는 54다. 반대 자리는 처녀자리다.

물고기자리는 2027년 12년 21일에 끝난다. 그러나 후천에서 내어놓은

15년의 기간이 있다. 어떤 이는 예수가 태어난 시점으로부터 기준을 삼아 2147년이니 2160년이라고 말하나 그것은 틀린 것이다. 예수는 물고기자리로 진입하는 딱 그 순간에 태어나지 않았다. 혹은 예수의 태어난 날짜가 잘못 알려진 것이거나 그가 메시아든 아니든 딱 선후천의 경계에서 태어났으리란 보장도 없다―또한 사견이니 따질 것 없다.

'이 각각의 시기를 대월이라고 부르고 물고기자리는 기원전 100년부터 시작된다   ―위키백과.'

이것도 의견일 뿐이다―어느 누가 정확한 시기를 아는가. 지금까지 세차운동의 열두 별자리 구분의 시점은 명확하게 정해진 기록이 없다. 그저 춘분이라고 하는 일정한 때에 태양의 위치는 71.6년에 1도씩의 비율로 황도의 열두 별자리를 지나며 360°로 회귀한다는 사실만 정확하다.

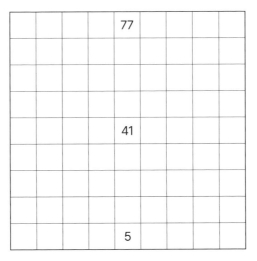

· 도표 6번 ·

천부경 변화 제6도. 이것은 물병자리다. 시작은 77이고 끝수는 5다. 반대 자리는 사자자리다. 시작수 77의 의미는 다시 처음, 그리고 새롭게 시작이라는 뜻이다. 후천의 시작이라고 봐도 된다. 물병자리의 메시아는 사자의 기품을 타고 난다. 그러면서 물처럼 맑은 근본을 지닌 사람이다—그러니 진정한 수행자. 물병자리의 시작은 2027년 12년 21일. 그러나 후천에서 내어놓은 15년의 영향을 받는다. 나는 물병자리 메시아의 태어난 시점을 안다. 그러나 밝히지 않는다. 사실 메시아는 누구라도 될 수 있다. 이 우주의 주인은 누구인가. 바로 이 글을 읽는 [나]이다. 수행에 따라 그대의 우주가 되므로 그대가 바로 [나]이다. 따라서 모든 이가 바로 새 시대의 메시아다—이것이 올바른 대승의 개념이다. 어느 누가 다른 누구보다 빼어나서 혼자 메시아인가. 후천에서는 하늘의 뜻에 따라 홀로 메시아는 없다! 그것은 또한 하느님의 대리인으로서 [나]의 뜻이다.

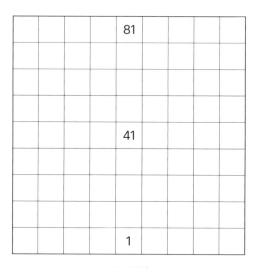

· 도표 7번 ·

천부경 변화 제7도. 이것은 염소자리다. 시작은 81이고 끝수는 1이다. 반대 자리는 게자리다.

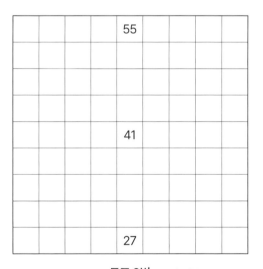

			35			
			41			
			47			

· 도표 8번 ·

천부경 변화 제8도. 이것은 궁수자리다. 시작은 35이고 끝수는 47이다.
반대 자리는 쌍둥이자리다.

			55			
			41			
			27			

· 도표 9번 ·

천부경 변화 제9도. 이것은 전갈자리다. 시작은 55이다. 반대 자리는 황
소자리다.

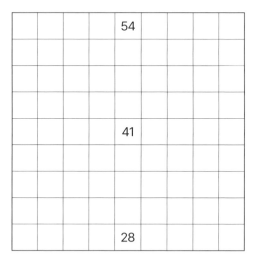

			26				
			41				
			56				

· 도표 10번 ·

천부경 변화 제10도. 이것은 천칭자리다. 시작은 26이다. 반대 자리는
양자리다.

			54				
			41				
			28				

· 도표 11번 ·

천부경 변화 제11도. 이것은 처녀자리다. 시작은 54이다. 반대 자리는
물고기자리다.

				5			
				41			
				77			

· 도표 12번 ·

천부경 변화 제12도. 이것은 사자자리다. 시작은 5이고 끝수는 77이다. 반대 자리는 물병자리다. 보다시피 각각의 끝수는 반대 별자리의 시작하는 수이다.

천부경의 한 번 움직임은 체수들의 상징인 합이 369이고—도표에서 어느 쪽이든지 한 줄을 다 더해보라—중심은 41이다. 이 41은 그대로 중심에 있으면서, 숫자로 바꾼 후 그 뜻을 보면 여섯 육이다—천부경의 짜임이 기막히지 않은가. 모든 별자리에서 이 중심 41은 같다. 말 그대로 천부경은 여섯 번 변한다. 그것이 음과 양, 또는 선천과 후천으로 나뉘어서 다시 여섯 번을 돈 다음에 합하여 열둘의 구분이 생긴다. 하늘을 열둘로 나눈 것은, 천부경의 변화에서 알 수 있듯 우주의 법칙—수의 법칙—에 따라 그렇게 한 것이고 그 법은 하느님께서 정해 놓으신 것이다. 따라서 이것이 하늘의 움직임, 그리고 천부경의 운행도. 각 별자리마다 정해진 기운이 있는데, 눈에 보이지는 않으나 매사에 영향을 끼친다. 따라서 그것을 살피고 또 별을 살피면 미래를 점칠 수 있다. 그래서 고대인들은 별이 하늘의 뜻을 전해주는 전령이라고 보았다. 그 이치는 하늘과 땅의 관계에 있다. 하늘은 하느님과 삶이요, 땅은 사람과 삶이다. 그리하여 하늘에서 변화를 보이면 반드시 땅에서도 똑같이 변화를 보인다. 그 뜻이 다음 구절에도 나타나 있다.

'하늘에서 이룬 것처럼 땅에서도 이루게 하소서.'

이것은 인간의 염원이다. 그러려면 하늘의 법에 따라야 한다. 그 관계는 지구가 하늘의 뜻에 따르고 사람이 지구의 뜻에 따라야 하는 것과 같다. 하늘의 중심은 41이요, 북두칠성의 중심은 25요, 지구의 중심은 13이다. 인간이 일년 13개월의 역법에 따라야 하는 이유이다. 중심이니 역법이니 하는 것은 부도지 해설에서 살피기로 한다.

· 도표 13번 ·

보이니치 필사본. 도표 13번은 보다시피 보이니치 필사본의 황도12궁이다. 보이니치 필사본은 해독이 안 되었으나 아마도 우주의 원리와 드러나는 그 현상들을 설명한 것이다. 연구가 필요한 사람들은 참고 바란다. 물이 맑은 사람들은 고민하지 말고 그저 쓱, 들여다보라. 무엇이 보이고 무엇이 느껴지는가. 천부경을 말하는 자리에서 내가 언급하는 이유다. 저것이 그저 식물도감인가? 나도 직관으로 여러 가지를 느끼나 확실하지 않으니 굳이 말할 필요는 없을 것이다. 우리 문화권의 서적이 아니고 특히 저 문자는 아무도 모른다. 그렇지만 저기 열둘로 나뉜 위에 하나 더 구분된 폭이 좁은 부분은 합이 30년이다. 그것은 아마도 물고기자리에서 물병자리 시대의 경계, 즉 선천과 후천이 만나는 지금의 기간이다. 나 같으면 사이에 끼인 30년을 설명하기 위해 꼭 저렇게 그렸을 것이다. 나도 다만 저 문자를 모르니 미리 왈가왈부할 수는 없다. 내가 알게 된 것들이나 또 저런 지식의 편린들이 오늘날 우리에게 인연을 호소하는 것은, 생각건대 인간의 어리석음으로 알렉산드리아나 여타 고대 도시의 도서관들이 불타 버린 것은, 그런 식의 돌이킬 수 없는 잘못을 여러 번 저지른 것은 참으로 안타까운 일이 아닐 수 없다. 하늘의 뜻이 전해지는 그 맥을 끊은 짓은 우리에게 반드시 심판으로 돌아올 것이다.

하늘의 열두 구분은 황도 12궁이다. 황도란 태양을 황제로 보고 그 지나는 길을 이르는 말이다. 물론 실제로는 지구가 태양을 한 바퀴 돈다. 이 하늘의 영역을 열둘로 나눈 것이 열두 별자리다. 지구는 또한 자전과는 반대 방향으로 꼭짓점이 돈다. 마치 기운 빠진 팽이가 원을 그리며 기우뚱거리는 것과 같다. 이것이 세차운동이다. 다만 팽이는 중력의 영향을 받는 것이므로 기우뚱거리는 방향이 같고, 지구는 태양의 인력을 받기 때문에 자전과는 반대 방향으로 세차운동을 한다. 공전은 공통질량을 중심으로 서로 얼싸안고 도는 것을 말한다. 다만 태양이 훨씬 무거워서 지구가 혼자 도는 것처럼 보인다. 이 세상에 혼자 움직이는 것은 없다. 무엇이든 서로 자신의 상대방을 껴안고 돈다. 그 또한 연기이며 우주의 법칙이다. 태양에 대한 지구의 공전은 짧은 일년이지만 세차운동이라는 회전은 긴긴 시간 동안 느리게 한 바퀴 돈다. 따라서 이것을 열둘로 나눈 것이 하나의 별자리를 거치는 기간이다. 고대의 사람들은 그 기간을 25920년이라고 보았다. 실제로는 25765년 4개월 27일이다. 오차는 0.6퍼센트 정도다. 그러나 하늘의 열두 구분은 고대와 지금이 약간 다를 것이다. 모든 움직임이 변하기 때문인데 별 자체도 초속 수십 킬로미터의 속도로 각각 움직이고 있고 별자리의 모양도 시간에 따라 변한다―그러므로 북두칠성의 국자 모양도 수만 년이 흐르면 찌그러지듯 변한다. 별자리란 사실 터무니없는 것이다. 그 별들은 지구로부터 각각 멀기가 달라서 정면이 아니라 옆에서 보면 길게 늘어져 흔적도 없을 것이다. 그것은 태양계의 움직임을 열둘로 나누기 위한 상징으로 실제로는 허상의 지점이다. 신들이 정한 열두 개의 별자리와 중요한 몇몇 지점은 각각 동물의 이름과 신화가 붙어 잘 전해지고 반면 인류가 항해 등의 목적에 따라, 또 계절과 때를 알려주는 데에 사용하기 위해 나중에 만들어진 것들은 도로 없어지기도 하였다. 현재 천 개가 훨씬 넘는 별자리가 있으나 국제천문연맹에서 공식적인 중요 별자리로 지정한 것은 88개 정도라고 한다. 황도의 열두 별자리도 내가 말한 기준일로 계산하면 각 구분의 시작과 끝이 명확할 것이나 시점마다 어떤 변화가 있었는지 알아보는 것은 별개의 문제다. 호기심 많은 이들이 따로 있을 것이다.

　세차운동을 열둘로 나누면 2147년이다. 각각 별자리들이 차지하는 기간이며 전체를 둘로 나누면 12882년이다. 굳이 세간의 구분으로 나누면 후천은 서양력 2027년 12월 21일 새벽에 시작된다. 그것을 기록하는 지금은 후천이 시작되기 직전이므로 대략 12882년 전에 선천이 시작되었다―이미 밝혔지만 지금 시대에 선후천을 나누는 것은 실상 의미가 없다. 또 선천과 후천은 시작하기 전과 끝나기 전에 각각 15년씩의 미루는 기간을 가진다. 우리 지구도 뭔가 한꺼번에 큰 변화가 생기면 두려운 것일까. 그 기간은 충격을 줄이고 몸을 추슬러야 하는 지구의 요청에서 생겼다. 그 합이 30년이다. 그 기간 내에 모든 일이 일어난다. 우리가 환난이라고 부르는 준비—전쟁, 기아, 돌림병, 지진 등의 자연재해—된 것들과 지축의 변동도 있을 것이다. 마야의 달력은 이미 2012년 12월에 기간을 종료하였다. 사마하오 삼 칸킬…. 정확한 시점은 그로부터 15년 뒤인 2027년 12월이다—순전히 내 계산이므로 그냥 밝힐 뿐이다. 거의 다 흘러갔다. 그렇지만 후천에서 내어놓은 15년이 아직 남아 있다. 언제가 될 것인가. 우리 인류는 신의 뜻을 어기며 살아왔다. 정확한 시점은 말 그대로 신만이 안다.

*

빙산을 떠올려보자. 그것은 바다에 뜬 작은 산 조각이다. 그러나 그 작은 산 조각이 눈에 보이기 위해서는 훨씬 더 큰 것이 수면 아래에 있지 않은가. 산 조각은 그저 그것을 내보이는 더 큰 존재에 대한 피상적인 가늠일 뿐이다. 천부경은 바다에 뜬 작은 산 조각과 같다. 그러하니 천부경을 알고자 하는 것은 훨씬 더 큰 그 본모습을 보고자 하는 것이다…. 자! 나는 천부경의 모든 비밀을 다 밝히겠다고 약속했다. 그 약속을 지킨다. 우리는 지금까지 그것을 살피고 또 증거를 보고 천부경을 다 이해했다고 생각하겠지만 그것은 얼굴과 움직임뿐이었다. 이제 천부경의 숨겨진 속마음, 즉 하늘의 뜻을 밝힌다. 그러므로 천부경을 다시 소개한다. 그러니 앞서 읽은 것은 다 잊고 다시 돌아볼 필요조차 없다. 그럼 진실은 무엇인가. 눈에 안 보이는데 따로 진실이 있는 것인가. 물론 있다. 우리가 처음 듣는 천부경의 한글판 진짜 해설은 다음과 같다.

[아홉의 수가 묘하게 돈다고 해서 그게 무엇이 대단하다는 말인가. 그 또한 아무런 가치가 없는 허상일 뿐이다. 그대의 마음자리가 요모조모 잘 맞추었지만 본래 있는 것을 흉내 내었을 뿐. 그런 것은 아무런 가치가 없다. 참가치를 지닌 보물은 오로지 그대의 마음속에 있다. 어떤 종교의 그 누구와 그 무엇도 다 허상이다. 수메르의 모든 신들도, 지금 지상의 종교에서 숭배하는 모든 신들과 깨달았다 하는 자들도, 천부경을 만든 이도 허상이며 천부경 자체도 허상이다. 그대의 의식이 가서 만지는 그 어떤 곳에도 신도 없고 깨달은 자도 없다. 티끌만큼의 의미도 없고 그저 아무것도 없다. 과거에도 그랬고 지금두 그러하며 앞으로도 그러할 것이다. 그러하니 들으라. …눈에 보이는 저 우주의 모든 것은 다 허상일 뿐이다. 저 하늘의 별들은 마치 있는 것처럼 보이나 그 자리에는 아무것도 없다. 그것들은 있는 모습 그대로 그저 우러나온 그림자일 뿐이다. 그 우러름은 저 높고 깊은 자리에서 나온 것이다. 저 높고 깊은 자리는 어디인가. 그것은 눈에 보이는 하늘이 아니다. 그것은 본디부터 그대의 마음자리에 있다. 그대의 의식이 가서 어루만지는 모든 것이 그 마음자리에서 우러나온 것이다. 이 우주는 그대의 의식이 펼쳐놓은 것이다. 의식 자체가 허상인데 그 허상의 신기루 안에 무엇이 참이겠는가! 실로 허상이 아닌 것은 그대의 마음속에 단 하나뿐이다. 유일무이하게 홀로 빛나는 존재! 더없이 밝고 더없이 존귀하며 더없이 신비하고 더없이 자애로운 존재! 바로 그것은 다 털고 훌훌 벗은 그대의 마음이다. 그것이 하느님이다.

무에서 분화되는 모든 것은 상대적이다. 양이 생기면 음이 생기고 음이 있어야 양이 존재할 수 있다. 양은 음에 대해서 양이며 음은 반대로 양에 대해서 음이다. 이것이 연기(緣起)이고 실체다. 그러므로 모두 관계 안에서 있게 되므로 그 실체는 허상이다.

더불어 또 하나의 연기가 있다. 그것은 하느님과 나와의 관계이다. 하느님은 존재하기 위해서 반드시 [나]가 필요하다. [나]가 없으면 하느님도 없다. 그는 본래 근본이면서 '없음'에 불과하다. 근본은 반드시 무엇에 대한 근본이고 없음도 반드시 무엇에 대한 없음이다. 그러므로 인식하는 [나]가 있어야 근본도 있다. 그래서 하느님도 존재하기 위해서 [나]가 필요하다. 엄밀히 말하면 단 그 한 가지가 [나]의 존재 이유다. 반대로 [나]도 하나로 존재하기 위해서 반드시 근본인 하느님이 필요하다. 그래서 둘의 관계는 연기다. 바로 이 둘의 관계에 대한 이해에서 깨달음이 이루어진다. 그리고 이것을—부도지에서 말하는—[나]의 역할인'수증'으로 볼 수도 있다. [나]는 없음이라는 근본에서 비친 드러나는 하느님이다. 그래서 우주의 중심이면서 중심이 아니다. 또 중심이 아니면서 중심이다. 말하자면 하느님과 나 사이에 현상—우주—이 있다. 여기서 우주는 하느님과 나를 구별하면서 서로 있기 위한 장치이다. 또한 그 장치는 [나]가 근본 자리로 되돌아가기 위한 것이기도 하다. 그 연결을 깨끗이 닦으면 우주가 사라지고 [나]는 하느님과 하나가 된다. 닦는다는 것은 구별을 지운다는 뜻이다. 바로 이것이 깨달음이다. 다시 말하면 둘로 나뉜 것은 둘로 나뉜다는 인식이 사라지면 도로 하나가 된다. 그 인식의 겉모습—허상—이 [나] 자신이며 이 우주의 실체다.]

놀랍게도… 내가 하느님이 되면 하느님이 내가 된다. 그러나 그것은 결국 같은 말이다. 이미 말했었다. 다시 가져온다.

[우리는 마음이고 의식입니다. 그리하여 세상을 보고 느끼는 관찰자입니다. 그렇다면 관찰자는 무엇인가요? 어디에 있나요? 만약 그대가 이 의문을 끝까지 추적해 들어간다면 마침내 관점의 전환을 경험하게 될 것입니다. 그대는 문득—관점의 전환이라는 뜻이지만 여기에 쓸 수 있는 적당한

단어란 없습니다—추적당하던 마음의 입장에서 추적자를 만나게 됩니다. 그렇다면 무엇이 무엇을 추적하였습니까. 실제로 그 만남은 찰나와 같습니다. 마음의 파동은 상쇄하여 그 순간 사라지게 될 것입니다. 그대가 사라지면 남는 것은 무엇입니까? 우리가 꿈에서 깨어나면 무엇이 달라집니까!

—루든프스칸]

이제 아래가 81자의 본뜻이다.

[누구라도 잠시 눈을 감고 편한 자세로 마음을 비우라. 그리하여 맨 처음 우러름에 이끌리던 그 마음 상태로 되돌아가라. 그 인연을 되새기라. 마음 속의 하느님이 지금 그대를 부르신다. 천부경의 본모습은 오로지 하나! [나]의 마음에서 우러나온 얼굴이다. 이 우주는 그대의 태어남을 알고 있었고, 그러므로 그대의 얼굴은 태초의 시작부터 준비되어 있었다. 또한 천부경 81자의 뜻은 태어나고 돌아가는 그대의 삶을 새겨 놓은 것이다. 그대는 [나]이다. 그리하여 그 뜻을 받은 그대에게 이 우주는 이미 [나]의 우주가 되었다. 이 세상은 [나]의 의식 밖에 있어서 [나]가 그것을 보는 것이 아니라, [나]가 그것을 창조하였으며 [나]의 의식 안에 있다. 그러므로 의식이 가서 만질 수 있는 모든 것은 [나]의 의식 안의 영역이다. 따라서 [나]가 곧 이 우주의 주인이다. 그대가 [나]를 의식하면 곧 [나]이며 따라서 [나]와 그대는 하나이며 곧 그대이다. 이 뜻을 참으로 아는 것이 천부의 인이니 그대가 [나]에게 이미 전한 것이라….

참마음을 깨닫는 일이 참으로 어려울지라도, 내가 배우는 것이 아니라 가르침을 전하는 더 크고 밝고 수고로운 입장에 선다면 곧 이해하게 될 것이니, 천천히 읽으면서 그대는 도리어 가르치는 입장에서 그것을 받아들이라. 스승이 되는 것이 곧 배우게 되는 것이요, 전하는 수고로움을 행하는 일이 더 잘 전해 받는 것이니 천부의 인을 받는 마음이 곧 이와 같으니라. [나]의 본마음은 본디 크게 밝은 것이다. 그것이 변하지 않는 근본이다. 마음속에 있는 그것을 깊이 또 깊이 우러러보라. 가르치는 입장에서 깊이 또 깊이 우러러보라….

마침내 모든 것이 녹아 버리듯 그대의 마음속에 더 밝고 더 큰 우주가 본래부터 함께하였음을 알게 되리라. 그리하여 [나]는 다 알게 되리라. 이 모든 것이 내가 수고로이 이룬 것이며 [나] 자신이 곧 근본이 되는 바로 그 자리, 스스로 하나로 드러나던 바로 그 자리였음을….]

*

마지막으로 부도지(符都誌)를 살펴본다. 부도지는 신라 박제상 선생이 고대의 기록들을 모아서 편찬한 징심록(澄心錄)의 15개 기록 중 하나라고 한다. 징심록은 마음을 맑게 하는 글이라는 뜻이다. 이것이 대대로 전해오다가 6.25 와중에 분실되고 나중에 후손 박금 씨가 읽은 기억을 되살려 부도지 하나만 기록으로 남기게 되었다. 잘 알려져 있으므로 부도지의 역사는 여기까지로 대신한다. 여기서 부도지를 살피는 이유는 그 내용을 자세히 보자는 것이 아니라 다들 궁금해하는 역법을 밝히고, 인류 시원과 고대의 모습을 잠시 살펴 수행에 도움이 되고자 하는 것이다. 그러므로 필요한 부분만 천천히 살펴보겠다.

여러 민족에 이와 같은 것이 있기는 하지만 이것은 우리 민족의 시원에 관한 기록이므로 누구나 한 번쯤 전체 내용을 살펴보기를 권한다. 어떤 이들은 남의 나라 고대 역사는 줄줄 꿰면서 자기 나라의 기록은 무엇이 있는지조차 모른다. 종교적인 목적이든 아니든 경우가 아니다. 이러면 근본이 무너진 것이다. 또 그들 중 일부는 부끄러움을 모르고 제나라의 것을 위서라고 하니, 그들의 종교는 왜 하필 남의 나라 역사에 붙게 되었더란 말인가. 한편 살펴보면 장한결의 '부도지 강의—좋은땅'라는 책이 여러모로 자세하였다. 그의 풀이는 자세하고 합리적이면서 여러 각도에서 박식하게 이어진다. 거듭 권하니 특히 젊은이들은 꼭 한번 읽어보기를 권한다.

지금부터 전하는 부도지 이야기는 이미 부도지에 대해 잘 알고 관심을 가진 분들을 위한 것이다. 알려지지 않아 해석이 불가했던 '역' 부분에 대한 것이며, 이는 천부경에 대한 설명과 함께 어느 만큼은 분실된 역시지(曆時誌)의 역할이 될 것이라 기대한다. 저자들의 사상이나 성향과 관계없이 앞서 언급한 책들, 이정희의 마고력, 장한결의 부도지 강의, 김정민의 샤먼 바이블은 고대를 이해하고 현대의 우리 삶을 이해하는 데에 바른 기준을 세울 수 있는 중요한 바탕이 된다. 마지막 시대에 살게 된 우리는 환난에서 살아남기 위해서라도 고대로부터 쭉 이어져 온 그 무엇인가를 알아보고 자기 것으로 움켜쥐어야 한다. 그 정도의 정성은 후손으로서의 예의이기도 하다. 되는대로 그냥 사는 건 감각들 속에서 허우적대는 오감 놀이에 불과하지 않은가? 그냥 즐기고 견디고 하다가 끝내게 되면, 그런 삶은 자본화된 문명에 대한 값싼 맞장구와 무엇이 다른가. 고찰하고 이해하고 바른 기준이 서야 나의 삶이 값어치를 지니는 것이다.

책 몇 권 읽는 것만으로 자기 기준을 세울 수 있다. 물 맑은 심정으로 읽으면 분명히 기준이 선다. 특히 그레이엄 핸콕이 내놓은 몇 권의 책도 몹시 훌륭한 내용이 담겨 있다. 번역판들이 서점에서 기다리고 있다. 몇 권 안 되는 이런 책들을 읽으면 멀고 아득한 고대가 훨씬 가깝게 느껴질 것이다. 여기서도 입장의 전환이 일어난다. 안목이 크고 높아지는 것이다. 무슨 대학의 졸업장이나 박사 따위의 겉치레 구분이 아니라 그런 안목이야말로 삶의 진정한 가치가 된다. 정도에 따라 다르겠지만 한 페이지에 끼인 보잘것없던 삶에서 전체 내용이 훤히 보이는 자리로 오르게 되는 것이다. 그러면 기다리고 있던 새로운 기대감과 폭넓은 희망이 즉시 내게로 와서 움을 튼다—서로 다른 세상인 줄로 알았는데 우리는 유리창을 열고 손이 닿을 수 있는 바로 너머에 있었다. 그 친근한 기분을 어느 날 밤하늘의 별들과 나누면 놀랍게도… 나를 기다리고 있던 다정한 응답이 곧 내려온다. 그것은 영감이다. 영감은 친근감과 신비로움과 알아차림이 골고루 섞인 펑 뚫린 느낌이다. 그 귀한 기분을 직접 느껴볼 수 있다. 영감은 저 위, 하늘에서 내려오는 응답이다. 순간, 알아차리면 행복하다. 사실 따로 깨달을 필요 없다. 이 정도면 충분히 행복할 것이다. 더군다나 그런 종류의 행복은 좋은 업을 낳는다. 그리고 싶으면 당장 책을 사다 읽으라. 절반 이루는 일이다. 나는 많이 살았다. 정해진 대로 후천의 시작을 지켜보면 된다. 이 땅의 젊은이들이여, 그대는 누구의 자손인가? 그대의 어머니는 누구이며 또 그 어머니를 낳은 어머니는 누구인가? 그리하여 생명으로 태어난 지금, 다시금 세상에 남겨진 [나는 누구인가?

하지만 옛것들을 대할 때 두 가지는 조심해야 한다. 하나는 우리 민족이 하느님한테 무슨 대단한 것을 따로 전해 받은 민족입네, 싶은 기분이다. 그건 착각이다. 우리는 미움 받지 않았다. 말했지만 떡은 미운 놈한테나 하나 더 주는 것이다. 사실 저 고대에서는 모든 민족이 하나였다. 또 하나는 고대의 사람들은 인간처럼 생겼지만 많은 것을 누리지 못한 나머지 사고방식이 사람과 짐승의 중간쯤일 거라는 생각이다. 못 배우긴 했어도 그들의 두뇌 용량은 우리와 똑같다. 게다가 겨우 눈곱 크기의 만 년 이쪽저쪽인데 오해가 너무 심하다. 평등한 마음을 잃지 말아야 한다. 또 고대의 기록들이 경건하고 신성해 보이는 것은 옮겨 적을 당시에 문화가 덜 발달하여 한글보다 복잡한 한자로 적혀 있기 때문이다. 그때나 지금이나 복잡한 것은 대단해 보이고 자기가 모르는 것은 뭔가 신기하고 좋은 게 있어 보인다. 사실은 별로 다른 게 없다.

사실 고대가 뒤로 물러난 것은 불과 얼마 전이다. 그 얼마가 좀 늘어났을 뿐 수만 년이든 수십만 년이든 하나도 달라진 것 없다. 자동차가 생기고 휴대전화기가 생겼으니 많이 달라졌는가? 아니다. 진짜 달라져야 할 것은 하나도 안 달라졌다. 앞으로도 그럴 일은 없다. 하늘을 날아야지 생각하면 날아다닐 수 있는가? 비행기 타면 된다고? 그것은 무언가에 실려서 가는 것이다. 상황을 직접 다루는 게 아니라 창밖으로 구경 정도 할 수 있다. 그마저 공짜가 없어서 가끔 추락하고 수백 명씩 한꺼번에 죽는다. 십 미터에서만 떨어져도 전에도 죽거나 부러졌고 지금도 그렇다. 한 길 사람 속은 모른다는 속담도 여전히 존재한다. 잘 보면 문명이 이룬 것은 어떤 테두리 안에서의 일이다. 테두리 밖의 진짜 신기한 일은 고대에나 지금이나 일어나지 않는다.

지금은 없는 순수하고 값어치 있는 것들이 그땐 더 많았다. 사실 삶이라는 것은 언제 어디서 어떻게 살든 누구에게나 같은 분량이다. 우린 현대인이므로 과학으로 밝혀낸 증거를 살펴보자. 가령 생쥐와 인간은 대충 비슷한 분량의 삶을 살다 죽는다. 인간은 한 80년 살고 생쥐는 일 년 산다. 포유류는 대략 심장이 15억 번씩 뛰는 동안의 수명을 가졌다. 그러므로 인간은 훨씬 느리게 생쥐는 훨씬 빠르게, 세상을 인식하고 반응하는 속도가 저마다 다른 것이다. 생쥐는 누리는 것도 빠르다. 인간이 한 시간짜리 영화를 보는 즐거움을 누린다고 할 때 생쥐는 일 분도 안 되는 시간에 더 빨리 반응해가며 같은 분량의 즐거움을 가져다 누린다. 그러므로 늙은 생쥐가 죽어가면서 이렇게 말할 수도 있다는 것이다.

'아이구, 일 년이라니. 질리도록 너무 오래 살았어. 애들 보기 부끄럽구먼.'

인생은 만사를 자기 것으로 겪는 일이다. 생쥐나 우리나 그깟 한 시간짜리 영화보다 훨씬 큰 사건인 생노병사는 같은 비중으로 겪는다. 그것은 아까 말한 테두리 밖의 것이다. 우주의 크기나 비중으로 보아 생쥐나 우리나 다 고만고만한 도토리들이다. 그런 분명한 테두리 안에서 인간이 이룬 어설픈 문명이 무슨 대단한 것이겠는가. 우리가 자동차를 타고 달리고 서울에서 뉴욕으로 전화를 걸었으므로 대신 삶에서 망각하거나 깎여나간 손실은 없을까? '카펜터스'는 인류가 문자를 사용하게 되면서 영감을 잃어버리고 사물을 피상적으로만 파악하게 되었다고 말한다. 영감! 한 번 느껴도 신비롭고 존재감이 새로워지는 그 귀한 것을, 바라보는 사방천지에서 늘 얻을 수 있다면 나는 당연히 자동차와 전화기와 문자 따위를 자진해서 내다 버리겠다.

두 가지 중 처음으로 돌아가는 것 같지만, 각각 민족의 고대 기록이라야 대부분 마지막 빙하기 이후의 이야기다. 그러니 그리 멀지 않은 우리 동네 이야기다. 전에도 북적북적 사람들이 어울려 살았으며 포도도 따 먹고 사과도 따 먹었다. 포도는 마고성에서, 사과는 에덴동산에서 따 먹었다. 정황상 분명히 한 동네다. 거기 살던 민족들이 뿔뿔이 흩어지면서 각기 다른 과일로 바뀌었는데, 여러 민족을 조사할수록 더 많은 종류가 등장한다고 한다. 어떤 책의 저자 이야기로는 뿔뿔이 갈라져 이동하다가 이윽고 정착한 곳의 과일로 대신했을 거라고 한다. 몹시 공감한다. 왜냐하면 그래야 전해 듣는 후손들이 잘 이해하지 않겠는가. 여기서 후손들이란 다 고만고만한 고대 사람들이다. 그 시절의 사람들은 초등학교 입학도 못 해보았다. 못 배운 이들의 비중이 컸을 것이니 그 정도 해줘야 잘 알아들었을 것이다. 그런 걸 이해하는 게 한자투성이에 괜히 주눅 들어서는, 나야말로 일찍부터 다른 민족들을 주물렀던 하느님과 몹시 가까운 귀한 손(孫)이로구나 여기는 짓보다 현명한 것이다. 기록 당시에 우리는 덜 발달해서 소리글자는 없었다. 문자의 가장 발달한 형태는 소리글자다. 간섭만 하지 않는다면 맨 뒤에 나온다. 우리는 지구상에서 네 번째 태양시기에 번성한 네 번째 문명이다. 그리고 하느님께서 내게 직접 일러주신 것인데, 한글은 그 모든 문명의 소리글자 중에서도 가장 우수한 글자다. 이 순간에도 가치를 알아본 많은 외국 학자들이 놀라서 줄줄이 연구논문을 발표하는 실정이다. 우리가 존경하고 우러러야 할 조상들의 귀한 숨결은 사실 한글 속에 깃들여 있다고 봐도 무방하다.

전에 벌어진 적절한 사랑 이야기가 하나 있다. 사이가 몹시 나쁜 두 집안 사이의 젊은 남녀가 부모들 몰래 사랑을 나누다 쫓겨나서 에라, 이놈의 세상… 칵, 죽어버렸는지 맞아 죽었는지 알 수 없으나 꼭 그 모양으로 껴안고 죽었는데, 보자마자 '비련'이라는 단어가 떠오르는 합체 유골이 만 년 가까이 된 지층에서 발굴되었다—길지 않고 여기까지다. 그 한 가지만 봐도 지금이나 전에나 사람 사는 건 같았다는 말이다. 말로는 한정이 없으나 영감을 받으면 그러한 비밀들이 일시에 다 드러나 보인다. 영감을 내려준 자가 실상 별것 아니라며 히죽, 웃을 것이다.

수메르의 역사에 관한 것은 국내에도 서적이 몇 권 나와 있으나 유튜브에 소개된 동영상을 이용하면 오히려 쉽게 이해된다. 자세하고 제법 긴 것을 골라 영화 보는 기분으로 몇 편 보면 된다. 굳이 수메르에 대해 말하는 것은 그것이 어떤 문자 종교의 텍스트—내용과 시기로 보아—가 되기 때문이다. 또한 나는 개인적으로 수메르가 수밀이국이라고 느낀다—부정하면 오히려 아귀가 안 맞는다. 존재 시기의 차이는 다른 이유가 있을 것이다. 아마도 수메르는 쇠퇴한 이후 한 번 더 재건되었다—그런 의견을 들으며 고개를 끄덕였다. 기타 '력' 부분의 설명 외에는 필요에 따라 의견만 보탠다.

서두가 이렇게 장황한 것은 실은 마고성 자체가 얼마 전에 세워졌다는 사실을 말하고 싶어서다. 고대라는 말에 속아 하느님이 젊었을 적으로 오해하면 안 된다는 말이다. 그렇게 하면 자꾸 신화로 밀어내게 되고 또 어떤 신화처럼 꼬락서니도 같잖은 신성이라는 울타리를 치게 되어 까짓것 관심에서 멀어진다는 뜻이다. 우리는 어쩌면 덜 배운 사람들을 위한 교육자료를 받아들었다—이 말의 뜻은 최초 전달자는 분명히 과학이 뛰어난 세력이라는 것이다. 그 자료는 누가 결집했든 말든 신라 이전부터 내려오는 귀한 것이다. 부도지 17장에 이런 대목이 있다.

'요는 마고성에서 1차로 출성한 자들의 후예로 천산의 남쪽에서 일어났다.'

요가 누구인가. 요임금이다. 기록으로 보아 때는 바야흐로 별것도 아닌 기원전 이천수 백 얼마이다. 앞뒤 비슷한 기원전이므로 대충 곱빼기로 튀겨도 겨우 수천 년 전이다. 그가 마고성에서 1차로 출성한 자들의 후예라는 것이다. 성을 나온 지 수백 년만 지났어도 저런 식의 표현은 껄끄럽겠다는 생각부터 든다. 무슨 조상부터 내리 묶은 연좌제도 아니고 듣는 기분이 그렇지 않은가? 그러니 요가 살던 시대에서는 마고성의 존재라는 게 기분상 할아버지께서 집 지었던 자리 정도로 가까웠다는 이야기다. 그러고서 우리에게는 요의 시대가 엊그제 이야기니 사실 다 합쳐도 이제 그 할아버지가 돌아가신 정도다. 이처럼 고대를 이해하고 가깝게 여기는 마음이 매우 중요하다. 그런 마음은 고대를 연구하고 발굴하는 학자들 사이에서는 기본 덕목이다.

거듭되지만 우리한테 내려오는 다른 고대의 기록들도 마찬가지로 거기다가 쓸데없이 울타리를 치면 안 된다는 말이다. 그러면 그 안에 담긴 중요한 뜻을 놓치기가 쉽다. 인간의 이야기는 서로 이해하는 인간의 마음으로 읽어야 한다. 크게 보면 한자도 우리 것임이 맞고, 나름 훌륭하지만 위대한 한글보다는 쪼끔 덜 훌륭한 것이 분명하다. 개인적인 생각이나, '깨달은 상태'에 대해 글로 적으라고 한다면 지구상의 모든 언어를 통틀어 오로지 한글만이 거의 흡사한 지경까지 묘사할 수 있을 것이다—누가 자신 있으면 내게 덤벼 보라. 종교나 법조나 기타 공무로 쓰는 용어들도 죄다 더 편하고 뜻이 잘 전달되는 우리말로 고쳐야 한다—우리나라 글자는 엄연히 한글이고, 모두 인정하는 훌륭한 글자인데 왜 안 고치는 것인가. 자기들끼리 사는 나라인가?

뜻이 잘 전달된다는 말이 꼭 단어에 한정되는 건 아니지만 오래전 이야기 하나 하고 싶다. 이사를 하고서 주소 변경을 늦게 하는 바람에 동사무소에다 벌금을 내면서 해태이유서라는 걸 썼다. 그걸 '제출'했으니, 제가 너무 게을러서 이런 잘못을 했사오니 좀 봐주시죠, 라는 뜻이 된다. 그 해태는 웬만한 국어사전에는 아예 없는 용어다. 처음에 나는 당시 해태제과에서 운영하는 동사무소인 줄로 착각했다. 아직도 그러는지 모르겠지만 어느 시대인데 국가 행정이 그리 케케묵었는가. 화딱지 난 세종대왕이 서울 한복판에 출몰할 지경이다. 말 나온 김이지마는 게다가 백 년 가까이나 먹어오던 짜장면을 자장면으로 바꾸라고 지시한 것들은 도대체 임진왜란 때 건너온 자들인가? 참다못한 공영 티브이가 대만까지 건너가 취재를 하는 등 크게 다루었는데도 고쳐지지 않는다. 전주 위에 까마귀도 마찬가지다. 덜 배운 사람 중에 혀 굴리기가 좀 편해서인지 위의 까마귀를 위에로 발음하고, 세월이 가면서 그 수효가 꽤 늘어났다. 그러자 어떤 기관에서 쓰기는 '위의'로 하고 말하기는 '위에'로 하라고 선심 쓰듯 못 박아버렸다. 이게 무슨 짓인가? 나름으로 이유가 있을지 모르나, 그러시든지 어서 정년퇴직들

하시고 한글을 더 사랑하자는 얘기다. 이런 게 어쩌면 조상을 하느님으로 둔 것보다 더 소중한 문제다. 하긴 의미는 다르나 요새는 더 '효과적이고 관건'이기만 하면 아나운서 되기가 쉽다는 풍문도 있다.

'현세적 행복론'의 저자 '포이에르바하'가 꿈속에서 비슷한 말을 했다. 그래도 나는 배달의 후손인데, 깨기 전에 혼내주고 나왔다. 소설 문장이므로 다소 꾸몄다. 단편 '고인돌'에서 옮겨온 것이다.

[대저 신전의 경건함이란—혹은 저 세월을 건너온 문서 쪼가리라 할지라도—인간이 그렇게 인정하는 건축적인 가치에 불과한 것일세. 혹은 나약한 정신에서 비롯된 의식의 굴종일 걸세. 아니면 해묵은 돌덩이에 새겨진 너절한 형상에 대한 적당한 오해일 것이고….

- 그대는 어떻게 생각하시나. 저 훌륭한 뜻이 담긴 고대의 문서들을…?

- 왜 하필 내게 묻는 것인지?

- 대답이나 하시게.

- 흠. 그렇다면. 가만, 나는 이 땅에서 나지도 죽지도 않은 인물인데.

- 서구 유물론자의 의견을 묻는 것이야.

- 그거야…. 저건 단지 뜻이 담긴 너절한 문자들이라고 보는 바일세.

- 여러 사람의 경건한 관심을 끌었고, 또 일부에겐 자존감을 넘어 신앙의 대상인데도?

- 저런! 저걸 무슨 신의 하사품으로 착각하는 모양인데…. 그렇다고 해도 내 일찍이 말해 두었지. 그러니 종교적—혹은 신화적—명예를 위한 의도였다 해도 실제로는 그 문서 쪼가리의 명예와 더불어 자기들의 위상을 드높이려는 의도란 말일세.

- 그건 또 무슨 말인가?

– 설법할 때마다 대단히 어렵고 근엄해지는 어떤 노스님에게 한 제자가 '더 쉬운 우리말로 바꾸어서 전해주시면 고맙겠'노라 진언(進言)했다는 거야. 그러자 그 스님이 이렇게 털어놓았지. '이놈아. 그러면 내가 스스로 격을 낮추는 꼴이지.'자, 그 꼴만 봐도 마르크스의 말처럼 신앙 따위는 그저 인간의 소원을 이상화한 환상에 불과한 것이야.

– 애써 공부한 사람으로서 그럴 수 있는 것이다. 그렇다고 모두가 홀딱 벗자는 그런 비인간적인 발언은 무슨 심보에서 나온 것인가. 비유는 그렇다 쳐도, 그대는 조상에 대한 지극히 자발적인 신앙과 애경심(愛敬心)을 고려하지 않았다. 나도 물론 그대의 졸작 '죽음과 불멸에 관하여'를 읽어보았네. 역시 스승 헤겔을 비판한 그 몰인정에다, 철학이니 법학이니 깊지 못한 구덩이만 자꾸 헤집은 제 아비의 성격을 물려받은 게 틀림없어. 어쨌거나 유물론은 다분히 이기적인 면이 있단 말이야.]

본류로 보이는 거의 모든 민족에게 신화가 있고 비슷한 줄거리와 결말이 있다. 빙하기나 물난리 이후 대부분 모여 살게 되었으므로 당연한 일이다. 인류의 첫 탄생에서부터 시작되는 구조를 가지므로 그냥 듣기에는 허황한 이야기 같으나, 그 안에 분명 진실이 들어 있고 조상의 숨결도 모진 고생과 정성도 엿보인다. 처음엔 낯익은 할아버지의 기록이었을 그것이 긴 세월이 흐르는 동안 약간씩 달라지고는, 만년도 안 된 사이에 너의 것 나의 것이 되어 버렸다. 게다가 어느 민족의 것은 글자 한 자도 빼지 말고 다 믿음을 가지라는 식의 압박을 붙인 후 재빨리 제 혼자 고귀한 진실인 것처럼 자리매김해 버렸다. 아무리 봐도 동료들끼리인데 악착같이 뭔가를 선점한 다음 나머지를 다 허구로 내몰아 버린 것이다. 그리고는 아직도 상대방의 맥이 살아 있나 계속 기웃거리면서 우상숭배는 죄악이라는 까칠한 협박도 날린다. 그럴 거면 너 따로 나 따로 잘 지내면 되는 것이지 선교라는 이름의 간섭은 왜 필요한지 모르겠다. 그렇거니와 별개로 우리의 것이 흐트러지지 않고 후대에 잘 전달되기를 바라면서 흥미로운 이야기로 꾸며준 누군가에게 고마움을 전한다. 그가 마치 긴 세월을 염려하면서 지켜보는 것처럼 따스함마저 느낀다.

마고성이라고 하는 원본 형태는 대략 35만 년 전에 처음 있었으며 그것은 극도로 발달한 문명의 것으로 아마 피라미드 종류였을 것이다. 나중의 것은 마지막 빙하기 이후 살아남은 인류를 위해 지구에 다시 건설되었다. 이런 게 개인적인 생각이긴 한데, 그것이 아마 부도지에 나오는 마고성이다. 그것은 사본이면서 구조가 전적으로 달라졌다. 우선 모든 시설이 인간이 이용할 수 있도록 지어졌으며 넓이도 광활하였다. 그것은 아마 선진문명을 이룬 자들이 다시 지구로 내려와 인간을 돕기 위한 시설이었을 것이다.

그 모두를 우주 창조의 기록부터 하나로 이어 붙일 때 두 마고성의 관계가 섞여버렸다. 따라서 우리 부도지의 기록도 마고성을 나온 당시가 아니고 훨씬 지난 시점에 기록된 것일 수 있다. 그러므로 원본 피라미드네 마고성 이야기와 나중의 것이 적절히 뒤섞이게 된 것 아닐까? 어떤 민족의 것이나 얼마간 두 동네가 뒤섞인 것은 다 마찬가지다. 자연스러운 일이기는 하나 그러므로 거기 관해서는 수메르의 기록들이 한결 신뢰가 간다. 뒤섞인 데 대한 이질감은 한데 모았다가 포도를 먹고 갑자기 이빨이 났다든가 하는 방식으로 다듬어졌다. 그리고는 본격적으로 가까운 조상들의 인간미가 스며들기 시작한다. 후손의 삶을 걱정하는 여러 가지 교훈과 함께, 민족들의 형편에 따라서 다듬는 데에 쓰인 두 번째 동네의 과일뿐 아니라 어렵게 다다른 정착지 주변의 과일들도 등장하는 것이다. 어떤 신화에서는 첫 번째 동네는 따로 치고, 나중에 인간이 큼지막한 건축물을 스스로 쌓았는데

이 커다란 섯이 신의 노여움을 받았다고 기록되어 있다. 그러니까 과일을 먹고 쫓겨난 이후 두 번째다. 그로 인해 인류는 서로 말이 달라지고 뿔뿔이 흩어졌다—이 뿔뿔한 것이 마고성 이야기와 비슷하지 않은가. 여하간에 부도지의 마고성은 두 번째 동네일 가능성이 크다.

피라미드는 초과학 공명 장치다. 아니면 자동차 바퀴의 균형을 잡는 무게추 비슷한 역할을 하는 것이다. 말하자면 안 밝혀진 기능으로 인해 지구의 움직임이나 자장 따위가 안정될 것이다—따라서 공전과 자전에도 영향을 미친다고 볼 수밖에 없다. 여기서 얼핏 거대한 두 명의 거인이 남극과 북극을 잡아 돌리고 있다는 호피족의 신화가 생각난다. 이세 막 발견 당시라서 그렇지 남극과 북극에도 분명 거대한 피라미드가 있을 것이다. 어쨌든 어렵게 생각할 것 없다. 그것은 생명의 탄생과 죽음, 또 어떤 종류의 에너지 발생장치일 수도 있다. 나중 지어진 어설픈 것은 몰라도 처음의 것은 분명히 무덤은 아니다. 그 놀라운 기능을 기억하는 이전 사람들에게는 죽은 후에 확실히 북두칠성으로 올라가기 위한 도구나 방편이 되기도 했다. 나란한 세 개의 모양이 말해 주듯 당연히 삼태성과도 관계가 깊다. 그런 모양은 화성 등 생명체가 살았음 직한 다른 별에도 있다. 35만 년 전이라는 것은 추측이지만 발굴된 현대 인류의 가장 오랜 유골이 그 정도이니 전혀 근거가 없는 것은 아닐 것이다. 우리가 신화로 규정한 각 민족의 아득한 이야기는 훨씬 발달한 어떤 이들의 문명과 깊은 관계가 있다. 따라서 거기 기댄 우리가 따질 것은 어느 민족의 신화가 더 타당성 있고 인간적 사회적 기준으로 우수하냐가 아니라, 그 민족의 이동 경로와 성향에 따른 인류 신화의 변화 내지는 변질을 연구하는 일 것이다. 그렇게 원본과의 선을 분명히 긋고 역사적 진실을 바로 아는 것이 오히려 후손의 도리다. 얌전한 민족의 신화는 비교적 얌전한 모양새일 것이고 칼 들고 설치는 민족성을 가지게 된 신화는 당연히 곳곳에 칼싸움이 그려질 것이다. 그렇지만 그 발자취들을 다 끌어안는 마음으로 판단하는 것이 진짜로 인간적이다. 허심탄회하게 모여서 포도와 사과의 맛을 비교하는 등, 신화를 판단하는 인간적인 모습을 판단 주체인 우리가 드러내야 한다. 우리는 작은 동네인 지구촌 사람들로서 언젠가는 각각의 신화 말고 연구를 바탕으로 과학적으로도 검증된 통합된 신화를 가져야 한다. 그것은… 아마도 길이 물려야 할 인류의 역사다. 신화는 신화로 놔둘 가치가 있다고 주장하는 제국주의적 심보로 인해 진실을 밝히는 것이 더뎌진다. 그러면 맥이 살아 있나 기웃거리는 험악한 인상과 무엇이 다른가. 더구나 그런 심보가 자신들의 기득권을 지키기 위한 것이라면 분노하지 않을 수 없다. 이때 어울리는 문장을 어디선가 봤다. 기득권으로 피를 빨아가며 대를 물리는 악질 보수와 친일매국은 이제라도 쪽박을 깨버려야 한다.

부도지의 난해한 부분을 설명하기 위해 숫자놀이를 약간 해야 한다. 도표들의 이해를 돕기 위해서다. 천천히 읽어나가면서 도표를 참고하면 누구라도 쉽게 이해할 수 있을 것이다.

어떤 상 하나가 시작과 끝을 반복한다고 할 때, 시작 다음이 끝이고 거기서 다시 시작이면 결국 그 자체에서 이루어지므로 그 둘은 다르지 않은 하나다. 그렇지만 시작과 끝이라는 두 개념으로 나뉜다.

가령 판때기 하나를 뒤집으면 앞면과 뒷면이 생긴다. 이것이 둘이다—이렇게 한 번 변화해서 2가 된 것은 거꾸로 뒤집힌다. 다시 시작하려고 보니 이번에는 뒷면에서 시작하게 되었다. 한 번 뒤집어서 뒷면이 되었으니 그렇지 않은가?

또 뒷면에서 시작하여 다시 앞면이 되면 이것도 역시 둘이다—이제 다시 원래대로 뒤집힌다. 모두 하나지만 개념상 합이 4가 되는 것이다—다시 뒤집으려니 시작에서 시작한 것과 끝에서 시작한 것의 구분이 생기기 때문이다.

이것이 시작이라는 하나에서 숫자 2와 4가 생기는 원리다. 방향을 말할 때는 동서남북—동서와 남북으로 마주 보는 둘씩 두 가지다—이 생기는 것이고, 성질 구분으로는 지수화풍—마주 보는 물불과 흙바람—도 된다. 인간의 디엔에이 구조도 네 가지다. 양자역학에서의 입자들의 상태도 양자수의 구분으로 형태가 달라진다. 주양자수와 궤도양자수 자기양자수 스핀 양자수 등 네 가지다. 재미 삼아 둘러보면, 갖다 붙이면 네 가지로 되는 것이 많다. 남과 여도 둘이지만 남 속의 여성성과 여 속의 남성성이 하나씩 있으므로 네 가지다. 혈액형도 마찬가지다. 동서남북이니 지수화풍 등 예로 든 것이 대충 무리라고 말할지 모르지만, 이것을 우주 변화의 원리인 마방진으로 뒤집으면 눈에 보이는 형상이 분명히 달라진다. 구조가 보이게 되자 서로 다른 네 개가 하나로 짜여 있다—직접 진행해서 눈으로 보라. 처음의 시작과 나중의 시작이 뒤집히고 처음의 끝과 나중의 끝이 서로 뒤집힌다. 그러므로 모두 네 번 움직여야 처음의 시작으로 돌아간다—밑에 도표가 있다. 이로써 구조가 서로 다른 네 가지가 형성된다. 하나에서 둘이 되고 둘이 각각 나뉘어 넷이 된다는 단순한 말을 하는 게 전혀 아니다. 그러면 하나로 짜인 넷이 되지 않는다. 그럼 이 넷이 단순히 양이 되고 그림자처럼 음이 붙으면 넷 더하기 넷은 여덟이므로 합해서 8이 되는가? 그렇다. 8이 된다. 그러나 아니다. 그러면 넷이 두 개 붙은 것이지 짜인 여덟은 아닌 것이다.

넷도 움직임이지만 8도 움직임이다. 움직임은 짜임이라고 말할 수 있을 것이다. 모든 짜임은 빛의 속도로 움직이고 있다. 또한 모든 움직임은 결국은 회전이다. 그래서 아래의 도표를 그렸다.

• 도표—아리스토텔레스의 4원소 •

[아리스토텔레스는 물질의 기본적인 속성을 가장 중요한 경험인 '건과 습과 냉과 열'의 네 가지로 보았다. 이 중에 두 가지가 결합하면 하나의 원소가 생긴다. 습과 냉이 물, 건과 열이 불, 건과 냉이 흙, 습과 열이 공기다.]

이천 년간이나 믿어져 온 서구의 4원소설이다. 플라톤의 다면체 구조들과도 연관이 있어 보이는 이 설은, 부도지와 불교에서 말하는 네 가지랑 사실상 같은 것이다. 우선 살펴보면 건, 습, 냉, 열과 물, 불, 흙, 바람이 각각 4로 짜임을 이루고 비틀어져서 두 개의 사각이 면과 꼭지가 닿아 8각형을 이룬다. 말하자면 넷과 넷이 그냥 두 개 붙은 것이 아니라 여덟으로 짜인 것이다. 8의 모습이다. 흙은 냉과 건으로, 물은 습과 냉으로, 바람은 열과 습으로, 불은 건과 열로 엮여 있다. 그러면서 흙은 물과 냉으로 엮이고 물은 바람과 습으로 엮이고 바람은 불과 열로 엮이고 불은 건으로 흙과 엮여서 누구 하나 손을 놓을 수 없다. 손을 놓으면 하나가 깨지는 것이 아니라 모두가 같이 깨진다. 그래서 완벽히 짜인 8의 모습이다. 그것에 좌거나 우로 회전을 주면 그 짜임이 더 굳건해진다. 바람이 우로 비틀리면 열을 버리고 습을 택하게 된다. 그러면 버려진 열은 즉각 바람과 같은 방향으로 달려간다. 반대 성분인 냉으로 변하면서 반만 남은 바람의 육신인 습과 얽혀서 불이 된다. 물이 습을 버리고 냉을 선택하면 습도 즉각 같은 방향으로 달려가 건으로 변하면서 그 냉과 더불어 흙이 된다. 회전을 시키면 이런 움직임이 드러나는데, 이건 억지 해석이 아니고 움직임을 그대로 읽은 것이다. 움직여보니 더 완벽한 8의 모습이다.

그럼 물질적인 증거는 없을까? 이미 알고 있는 하나를 보자. 그것은 바로 물이다. 물은 세 개의 바람, 즉 산소 하나와 수소 둘의 결합이다. 그러나 여기서는 이미 물이라는 결합이므로 단지 열과 습으로 본다. 이것들이 서로 만나서 습 쪽으로 어떤 비틀림을 받으니까 나머지 열이 즉각 수평으로 달려가 냉이 되고 결과로 물이 되었다. 만약 반대 방향으로 비틀렸으면 즉각 불이 되었을 것이다. 재밌는 것이, 물을 구성하는 산소와 수소는 불과 매우 친한데도 정작 그것들의 결합인 물은 불의 천적이다. 불은 물의 건너편에 있다. 그 말은 불은 물의 성격인 냉과 습의 다른 끄트머리라는 것이다. 그것은 열과 건이다. 그리고 건너가면서는 서로 좌우가 바뀌는데 이때 교차점이 생긴다. 그러므로 정반대인 천적이다. 끄트머리끼리의 관계는 자석을 보면 알 수 있다.

우선 동서남북을 보자. 이번엔 방향이므로 물리가 아니라 처음부터 상대적이며 개념적이기는 하다. 이 넷은 자연스레 동서와 남북 두 가지로 구분할 수 있다. 방향이란 서로 반대편 없이 혼자 생길 수 없는 개념이기에 붙어 다닌다. 고맙게도 결과를 보여주는 물질이 있다. 바로 자석이다. 자석은 죽으나 사나 남북을 가리키며, 절반으로 잘라도 도로 남과 북을 가리킨다. 잘린 쪽 끄트머리가 즉각 움직여 남은 쪽을 살리는 것이다. 개념상 동서를 가리키는 방향으로 길게 가르면 어떻게 될까? 마찬가지로 양 옆구리가 도로 동서를 가리킨다. 그러므로 동서남북은 서로 마주하는 상대적 방향. 즉 동서와 남북이 하나가 된다. 이것이 2의 짜임이다. 자석을 골백번 잘라도 유지될 만큼 이 짜임은 견고하다. 그리고 4와 8도 단순히 2의 두 번 보태기거나 4의 두 번 보태기가 아닌 별도의 짜임이다. 이것을 모르는 요가 지수 화풍에 금을 하나 더 붙이는 둥, 제멋대로 원리를 오해하고 또 1과 8이 같으므로 빙 돌아 부하들을 어찌 거느린 꼴이니 그러면 자신이 5의 자리에 앉은 황제가 아니냐고 우쭐한 것 같다. 오늘날 중국이 자랑하는 역사 속의 황제인 요는 약간 바보였던 것 같다. 그런 민족이니 오늘날에도 그들이 뽑아 놓은 황제는 무슨 동북공정이라는 엉터리 프로젝트를 강행한다.

아리스토텔레스의 스승인 플라톤도 궁리하기를 좋아한 모양이다. 그는 더 입체적이었다. 그의 다면체들을 살펴보니 이번에는 6과 8의 관계가 보인다. 정육면체와 정팔면체를 생각하면 쉽게 알 수 있다. 면과 꼭지로 형성된 이것들은, 하나의 속에 하나를 넣으면 서로의 면과 꼭지가 닿으며 완벽하게 결합한다. 또 4와 6의 관계는 이렇다. 가령 정사각형의 입체물인 정육면체의 한 뿔을 바닥에 두고 맨 위에서 내려다보면 틀림없이 육각형이 드러난다. 단지 그렇다고 이해할 수 있으니 이런 뒤틀림이 4와 6의 관계다. 사실 모든 관계는 서로 간의 뒤틀림이다.

원리를 알면 여러 가지로 호기심이 생기는데, 아까 물과 불의 관계를 다시 떠올리면 한의학에도 관심이 생긴다. 조상들도 알고 있었다. 한의학에서는 독을 치료하는 게 바로 독이다. 그렇다면 암을 효과적으로 치료할 방법은 그 반대인 변형된 암이 아닐까? 원리상 변형된 암은 아마 암 그 자체에서 바꿀 수 있을 것이다―빼앗지 말고 뭔가를 더 주면 된다. 암세포를 죽이려고만 하지 말고 오히려 더 줘야 한다는 것인데, 암의 입장에서의 포도가 뭔지 모르나 부도지에 보면 포도를 먹이면 수명이 확 줄었다. 반은 여담이고 반은 우주의 원리가 담긴 진심이다.

'어빙 웨이즈만' 스탠포드 대 교수팀은 암세포 표면에서 어떤 단백질이 면역세포에게 '날 먹지 마'라는 신호를 보낸다는 사실을 알아냈다. 쥐를 통한 실험에서 이를 막았더니 대번에 면역세포가 암을 공격했다. 문제는 신호를 보내는 단백실이 여럿인데 다 알아내지 못했다고 한다. 어서 전부 다를 알아냈으면 좋겠다.

전에 '금은반지요법'이라는 게 있었다. 간단한 원리다. 사람의 오장육부는 각 손가락에 대응하므로 장기가 튼튼하면 거기 대응한 손가락도 더 튼실하고 우람해진다. 반면 허약하고 힘이 없어 보이는 손가락도 있다. 이때 약한 손가락에 금반지를 끼어서 그 기운을 보해주고 강한 손가락에는 은반지를 끼어서 삭감해준다. 그렇게 3개월쯤 지나면 기의 순환이 좋아지고 갑자기 머리털이 나기 시작한다. 내가 찾아가서 그 효과를 직접 확인했는데, 아마 김대중 대통령 시절쯤에 청와대 직원들이 이용하여 뉴스가 되기노 했다고 한다. 한의학과 현대의학의 더 적극적이고 현실적인 협력이 몹시 아쉽다. 상관없는 이런 내용들을 붙이는 것은 눈에 안 보이는 원리와 더 친해지자는 것이다.

[천부경의 시작과 끝도 또한 겹친 수를 고려하면 '일시무시일종무종'으로 여덟 수다. 잘 보면 이 여덟은 원을 이루어 계속 돌고 돌겠다는 의지가 있다. 의지는 짜임이다. 그리고 그 여덟의 짜임에 대한 것이 나머지 71개의 글자다.]

아무튼 천부경은 아홉 개의 수를 설명하면서 이렇게 짝수들이 생성되는 원리도 품고 있다. 그리고 괘를 만들어 그 흐름을 더듬으면 하늘에 흐르는 운명의 수를 엿볼 수 있다. 주역을 만든 이는 당연히 그 원리를 잘 알고 있었을 것이다. 특히 요가 끼어든 5라고 하는 수는 엄밀하게는 인간의 것이 아니고 지구 어머니의 수다. 이는 하늘의 수가 9인 것과 같은 원리다. 하늘은 구구 팔십일로 변화하고 그 중심은 41이지만, 땅은 오오는 이십오로 변화하고 그 중심은 13이다. 모두 바르게 움직일 때의 경우다—또한 북두칠성은 7의 기본수를 가지며 칠칠은 사십구로 변화하나 그 중심은 25이다. 이 25는 땅의 움직임의 수 25와 같다—큰 연관이 있으나 설명이 꽤 길어지므로 생략한다.

땅이 오오는 이십오로 변화할 때 그 중심이 13이므로, 인간뿐만 아니라 땅의 기본수 5를 받아 태어난 모든 생명은 땅의 움직임인 그 13을 지키는 역법에 따라야 한다. 그래야 어긋나지 않는 삶을 이어갈 수 있다. 부도지의 역법을 설명할 때 알게 되겠지만, 그래서 지구의 일년은 반드시 13개월이어야 한다. 인류 전체가 이 원리에 따라 바른 역법을 사용해야 올바른 후천 세계를 맞을 수 있다. 역법이 뒤틀리면 큰 고난을 겪게 된다. 그것을 바로 잡는 과정에서 더 큰 변화가 필요하기 때문이다—사실 환난은 이미 시작되었다. 그런 의미에서도 우리 민족이 사용하던 고대의 역이 국제적 관심을 끌 필요가 있다. 우리 민족이 세계의 중심이 된다는 뜻도 저 고대에 무엇무엇을 많이 거느렸다는 사심에 찌든 오해가 아니라, 이 역법이 잘 이어지고 잘 따르는 데에 그 중요성에 있는 것이다.

잠깐 더 설명한다. 땅의 수 5가 바르게 움직일 때 그 변화의 중심은 움직이지 않고 13이다. 하늘의 수 9가 바르게 움직일 때 변화하지 않는 그 중심은 41이다. 여기서 알고 가야 할 것은, 동서남북이 네 가지이니 땅의 수가 4라고 생각하는 것은 틀린 것이다. 동서남북은 방향이지 땅이 아니다. 방향을 머금은, 또는 현상으로 드러내는 하나가 더 필요하다. 그래서 5이고 5가 땅의 수이다. 하늘의 수도 마찬가지로 8이 아니고 9이다. 8은 팔방이면서, 또는 8여(呂)의 음(陰)이면서, 현상을 살피거나 그렇게 드러나는 수이다. 그래서 역시 하나가 더해져서 9다.

땅의 수 5는 하늘의 수 9의 중심 41에 따라 움직여야 한다—이때 하늘의 대신자는 북두칠성이다. 생명은 소우주다. 그러므로 하나이면서 3이면서 9이다. 그 중심은 5이다—바로 여기서 요의 실수가 포착되었다. 생명은 땅의 수 5를 빌려 태어났으므로 땅의 중심의 수 13에 따라 변화해야 한다. 무슨 말인가? 명을 따라야 하므로 스스로 움직여서 겪어야 한다는 뜻이다. 요는 황제는커녕 유기체—생명—가 아니라 이미 죽은 몸뚱이다—그 뜻은 나중에 알게 된다.

이 변화의 움직임은 바른 움직임에 얹혀서 뒤틀리며 얽히는, 직각 방향인 반시계 회오리다. 따라서 5가 항상 중심에 있지 못한다—엄밀히 말하면 바르게 네 번 뒤집히는 움직임에서는 그 중심이 변하지 않으나 지구의 중심 13에 따라 움직일 때는 그 방향도 직각이요, 중심 자체가 움직이게 된다. 우리는 놀덩이가 아니라 유기체다. 무기물과는 결이 다른 것이다. 그래서 생명의 중심은 가만히 있는 게 아니라 운명을 헤치고 움직여 나가야 한다. 그러자니 살아남기 위해 늘 고군분투하고 때로 위험한 순간도 맞닥뜨려야 한다. 본디 그렇게 위태롭고 치열한 게 생명의 원리다. 원리는 이쯤 파악한다.

사실 우린 유기체이니 그깟 우주 원리보다 주어진 삶을 돌아보아야 한다. 우리에겐 우주의 원리보다 자신의 삶이 훨씬 중요하다. 그런데 중요한 그 삶이, 한 걸음 물러서서 돌아보면 실은 뭔가 부당함으로 가득하다. 우주의 원리를 연구하다 보면 그런 걸 더 느낀다. 사실 우리는 거의 매끼를 다른 생명을 죽여서 그 살을 뜯어 먹고 자연을 파괴하여 대가를 얻는다. 강한 종으로서 누리는 혜택과 결과이지만 그렇게 산다는 자체가 마음 편한 일만은 결코 아니다. 수행하여 뭔가 더 크고 맑은 것을 바라볼 수 있게 된 사람들에게는 더욱 그렇다. 게다가 문명을 이룰수록 파괴의 비중이 더 커질 수밖에 없다. 그 와중에 우리에게 희생당하는 이들은 무슨 죄가 있는가? 때로 이런 부당함이 무엇에 대한 분노를 유발할 수도 있다. 종교란 이런 때에 올바른 이해를 제시하고 삶의 의지처가 되어야 하는데 어떤 이들은 위엄을

섞어가며 도리어 원죄니, 축복이니 거짓 껍데기를 뒤집어씌운다. 하여 다음처럼 불만스러운 자기주장이 나오지 않을까?

[그러하다면 태어난 것은 축복이 아닌가? 물론 전혀 아니다. 아무것도 두려워 말고 가식을 다 벗어던지고 진심으로 말해 보라. 우주의 원리니, 땅의 중심이니 하면서 이처럼 돌아가는 약육강식이, 피할 수 없는 생노병사가, 대를 이어 계속 그럴 수밖에 없는 이런 삶의 방식이 축복이라고? 다 놔두고 그대는 얼마 전에 고기를 구워 먹지 않았는가. 그거 누군가를 죽이고 잘라낸 그의 살이다. 그저 고기라고 생각하고 구워 먹은 그 생명은 윤회의 저 위에서 반드시 한 번 이상 그대의 가족이었다—분명한 사실이다! 게다가 그대는 지금은 얼마 안 되는 세월 뒤에 숨어서 의기양양이지만 그까짓 짧은 세월은 곧 없어지고 곧 늙고 병들어 딱, 죽게 된다. 이게 축복인가? 혼자만 그러는 것이 아니다. 그대의 가족들도, 어울리던 지인들도 마찬가지로 꼭 그렇게 늙고 병들어 고통 속에서 딱, 죽게 될 것이다. 또 삶이 진정 축복이면 그걸로 되었지 그까짓 종교는 왜 필요한가. 스스로 속이지 말라.]

하지만 중세의 핍박도 온전히 견디어온 그들은 어지간한 불만 따위는 아랑곳하지 않는다. 인간의 삶이 원래 죄가 있어서 이러는 것이니 더 세력을 키워서 든든하게 보장받으며 더 행복해지자는 식이다. 거기 합류하면 실제 여러모로 든든하다가 죽어서도 좋은 곳으로 가게 된다—물론 안 죽어봐서 알 수는 없다. 아무튼 그게 그들의 축복이다. 그러니 불만도 계속된다.

[와중에 종교라는 이름으로 집을 더 크게 지었구나. 그러므로 가게를 열고서 감언이설과 군중심리로 위로를 주는 대신 비용을 거두어가는 장사치들 소리를 듣는 것이다. 바로 보라. 그들은 결국 돈을 더 거두어 번쩍이는

커다란 집을 짓지 않았는가? 옛 성인들은 늘 가난한 마음으로 감사하고 참회하고 기도하라고 분명히 일렀거늘, 어찌 그 말씀을 어긴단 말인가? 그렇게 커다란 집을 짓다가 신에게서 쫓겨난 사실이 어떤 기록에도 생생하게 남아 있다. 반드시 또 그럴 것이다.

축복은 가난한 마음으로 고요히 변화를 일으켜 하느님을 만날 때에야 가능하다. 그리고 하느님께 허락을 받으면 그 결과는 축복이 맞다. 정말 축복을 받으려면 사람들을 현혹하여 돈을 거두지 말고, 당장 집 주인 너부터 신께 엎드려 진심으로 속죄하라. 당장 번쩍번쩍 커다란 그 가증스러운 집과 간판부터 때려 부수어라. 낙타가 어떻게 바늘구멍을 통과한단 말인가.]

이 세상에서 가장 질 나쁜 게 가난을 모르는 마음이다. 내키든 안 내키든 변화할 수 있는 것은 다 가난한 마음속에 들어 있다. 사실 유기체는 메커니즘 자체가 가난한 구조로 되어 있다. 그것이 훨씬 효율적이기 때문이다. 따라서 종교도 가난한 구조를 유지해야 제 역할을 하는 것이다. 영혼이고 육체고 넘치면 병을 얻게 되는 것 아닌가.

여태 딱딱했으므로 소설 하나를 잠시 들여다본다. 생명의 원초적인 불안감을 다룬 아프리카의 전설 이야기다.

과학자들은 오랜 세월 전 있었던 우리 인류의 최초 어머니를 '이브 어머니'라고 이름 붙였다. 여성에서 여성으로 이어지는 디엔에이 구조를 계속 추적한 결과다. 인류는 그 한 여성으로부터 시작되었다고 한다. 기억하기로 200만 년쯤 전의 일이다. 사실이든 아니든 아프리카는 다양한 생명들이 태어나고 죽는 일종의 요람 같은 곳이다. 그러므로 분명 신성한 무엇인가가 아직도 남아 있을 것이다.

단편을 하나 소개한다. 발표작은 아니지만 나는 거기서 가장 중요한 것을 건져내고 싶었다. 방향을 바꾸지만 않았다면 이런 주제는 아마 더 파고 들어 장편으로 확대했을지도 모르겠다. 단편치고 길어서 묘사로만 이어지는 부분은 대부분 삭제하겠지만, 앞서 소개한 '어미소'와 '소아과 병동에서'의 시들처럼 그 한숨 같은 부드러움을 의식하면서 썼다. 그 한숨 같은 것은 내가 끈덕진 어떤 불안감에 휩싸일 때마다, 또 좌절할 때마다 거듭 구원의 힘이 돼 주던 문학의 마지막 온정이자 방어무기다.

그렇지 않아. 세상은 온통 자비야. 사랑이야. 더 근원을 보라. 더 넓게 전체를 보렴…. 이런 인간적인 울림은 문학을 집어치우고 냉정한 수행자가 된 지금의 나에게조차 진정한 의미를 드러낸 또 다른 희망의 메시지로 들린다.

[생명

동부 아프리카의 대평원 세렝게티는 커다란 분화구가 있는 동쪽 응고롱고로 보호구역에서부터 머나먼 서쪽 빅토리아 호수에 이르기까지 마냥 광활한 크기로 펼쳐져 있다. 세렝게티라는 이름도 원주민인 한 부족의 언어로 '끝없는 초원'을 뜻하는 말이라고 한다. 수목과 가시가 무성한 사반나와 칙칙한 밀림, 갈대가 뒤덮인 기나긴 강, 둔덕들, 그리고 크고 작은 숲 사이로 마치 미로처럼 뒤얽힌 늪지와 습지대…. 그리하여 일일이 헤아릴 수 없는 그 깊숙한 어딘가에는 우리에게 알려지지 않은 은밀한 야생의 삶에 대한 비밀이 숨겨져 있을지도 모른다. 그 제기(提起)는 아마 두 세기쯤 전으로, 무려 여섯 달 동안이나 수염을 깎지 못한 영국의 한 탐험가가 숲에서 탈출하여 다음과 같은 말을 남김으로써 시작되었다.

'나는 실패하였노라. 그러나 사람들이여… 세렝게티에 진바르게 신성한 비밀이 숨겨져 있다면 아마 저 코피라고 부르는 바위산 중 하나일 것이다."

그 후 호기심 많은 사람들이 닥치는 대로 바위산을 뒤지고 다녔으나 그들이 발견한 것은 기껏 바위너구리와 도마뱀, 일부 황양류 따위의 작고 평범한 동물들뿐이었다. 그들 중 아무도 도감에 추가할 만한 기이한 형체나 신기한 현상을 새로 발견하지는 못했다. 그렇게 세월이 흘렀다. 그리고 탐험가의 말은 전 세기에나 떠돌던 낡고 덥수룩한 전설처럼 되었다. 그렇지만 문명 세상의 사람들은 탄자니아 원주민의 훨씬 더 아득한 전설에도 그와 매우 비슷한 내용이 있다는 것을 몰랐다.

금세기에 들어 상당량의 숲과 늪지가 더 파괴되었다. 사람들은 더 깊숙한 곳까지 드나들 수 있었다. 그리고 누군가 부족 출신의 한 관광 가이드에게서 호기심을 자극하는 그 아득한 전설의 일부를 얻어듣게 되었다. 사람들은 고생 끝에 더 깊은 곳에 은둔하는 한 부족의 늙은 추장을 찾아냈다. 그리고는 그 아득한 이야기를 전해 들을 수 있게 되었다.

내용인즉 만약 누군가가 물을 마시지 않고 열흘 동안 걸어서 봉우리가 세 개인 큰 바위산의 동굴 입구에 서면, 마침내 깊숙한 곳에서 저절로 울려오는 은밀하고 신비스러운 목소리를 들을 수가 있다는 것이다. 그것은 바람이 불어가듯 한 방향으로 가락이 흐르는 다소 기괴한 형식의 노랫말인데, 섬뜩하면서도 친근하고 죽음의 고통마저도 씻어 주는 짜릿하고 황홀한 목소리라고 한다. 게다가, 연관이 있는지 확인할 수는 없지만 바로 그날 인근에서 가축을 몰던 그 종족의 어린 전사가 바람을 등지고 서서 마치 무엇을 흉내 내듯 다음과 같은 노래를 외우고 있었다….

나그네여 기꺼이 바위산에 오르라, 헤이호오!
웅장한 응고롱고로 분화구를 볼 수 있다네.
올두바이 골짜기를 내려다볼 수 있다네.
바람을 마주하지는 말아야 한다네, 헤이호오!

체체파리가 윙윙 소리를 멈추거든
돌아보지 말고 뛰어야 한다네.

헤이호오!
돌아보지 말고 뛰어야 한다네.
거친 호흡이 발톱을 세워도
오호이, 헤이호오!
두려움에 떨어서는 안 되네.
이제 곧 해가 떨어지면 헤이호오…!

헤이호오!

*

거대한 암흑이 서서히, 시나브로 바다처럼 소용돌이쳤다. 한동안 캄캄하
고 차가웠다. 시간이 지나자 거기서 무언가가 시작되었다. 최초로 시작된
그것은 하나의 파동이었다. 파동은 또 다른 파동을 만들었고, 파동은 파동
을 만나면서 점점 골이 깊어졌다. 골과 파동들은 서로 몰리고 겹쳐 나아갔
다. 이윽고 그것들은 죽을 쑤듯 비열률(比熱率)을 끌어 올리고 있었다. 그것
들은 엔트로피를 증가시키며 차츰 더 높은 질량과 열용량(熱容量)으로 농축
되었다. 숙성의 시간이 흘러갔다….

농축된 소용돌이는 암흑과 고요를 밀어내며 차츰 존재하기 시작했다. 그
리고는 서서히 온기를 품어가고 있었다. 처음엔 빙점 부근의 아주 희미한
온기였다. 시간이 더 흐르자 그 희미한 온기가 분화(分化)와 파생(派生)을 거
듭했다. 온기는 점차 새로운 규칙과 질서로 무르익었다. 그리고 그때쯤이

었다. 마지막까지 온기를 떠밀어주던 저편의 아득한 염원 한 줄기가 스스로 망각 속으로 떨어져 내렸다. 억겁의 세월을 건너온 염원이었다. 염원은 망각을 건너면서 반동처럼 꼬리를 얻었다. 헤아릴 수 없는 수많은 좌절이 바다를 이루었다. 그것은 깊고 커다란 불안감이었다. 좌절의 바다는 여전히 차갑고 어두웠다.

…그렇지만 그것은 유혹이었다. 그것은 오랜만에 맞이하는 휴식이었다. 마침내 꼬리를 얻은 염원은 쉬지 않고 나아갔다. 겹겹이 가로막은 요행과 필연을 거쳐서 무르익은 온기에 도달하였다. 염원은 그 온기 속으로 힘차게 파고들었다. 그리고 둘은 하나가 되었다. 아득한 염원은 온 힘을 다하여 마침내 하나의 형상으로 갈무리되었다….

안도의 한숨이 먼저 있었다. 아니 한숨처럼 조용히 느껴지는 길고 가냘픈 서러움이 있었다. 얼마나 더 지났을까. 이제 가까이 다가설 수 있었다. 생명은 비로소 확연한 서러움을 느낄 수 있었다.

음애애….

자궁을 갓 빠져나온 생명은 온몸으로 미끈거리면서, 처음으로 느낀 서러움을 안도감처럼 울었다. 일만사천칠백육십삼 평방킬로미터 세링게티의 드넓은 초원. 그 어딘가에 마악 새로운 생명이, 그토록 오랜 몸부림으로 하나의 형상을 갈무리 지은 한 염원이 마지막 몸부림으로 세상의 대지 위에 떨어져 나왔다.

기진한 어미는 가쁜 숨을 몰아쉬면서도 전율처럼 타오르는 모성애를 주체할 수 없었다. 아가야…. 어미는 신음처럼 가느다랗게 떨었다.

오오, 아가야….

어미는 주둥이 끝을 연신 부들거리면서, 떨면서 긴장하면서, 조심스럽게 탯줄을 물어 끊었다. 목숨보다 소중한 순간이었다. 아니, 목숨 따위와는 비교할 수도 없는 간절한 순간이었다. 어미는 아까부터 두려웠다. 다만 본능의 가르침에 순종하면서, 조심스러운 마음을 더욱 간직하면서 한편으로 행여 다칠세라 부들부들 제 새끼를 보듬어 안았다. 어미의 혀는 그 어느 때보다도 세밀하였고, 부드럽고 촉촉하며 따뜻하였다.

아가… 내 아가야.

어미는 어서어서 새끼를 핥았다. 그것은 어미를 다그치고 있는 본능의 재촉이었다. 어미의 본능은 이 순간, 무의식의 저 깊은 곳에서부터 힘껏 촉수를 펼치며 수면으로 올라와 있었다. 극도로 주의를 기울여 바깥의 위험에 맞서고 있었다.

바람이 불어왔다. 서둘러 출산의 냄새를 지워야 했다. 어미의 심장은 극도의 불안과 조심성으로 폭넓게 두근적거렸다. 어미는 애간장을 마구 녹이면서, 부지런히 혀를 놀려 새끼에 붙은 양막 찌꺼기를 거두었다. 새끼가 몸을 비틀며 조금 더 크게 울었다. 어미의 등줄기에도 한 가닥 전율이 타고 흘렀다. 지금 순간은 모든 것이 무방비로 흐르고 있었다. 어미는 더 바삐 새끼를 핥았다.

어미의 혀 놀림은 간절하고도 긴박했다. 당장이라도 새끼가 일어나서 뛸 수 있도록 웅크린 다리를 풀어줘야 했다. 어미의 더운 가슴과 부드러운 혀는 오직 새끼만을 위한 결의로 충만하였다. 어미의 결의는 강력한 본능의 지시에 따른 것이다. 새끼를 살리기 위해서라면 제 몸은 찢기고 갈라진다고 하여도 아무렇지 않았다. 이 순간에는 다리를 물어 뜯긴다고 하여도 혀를 놀릴 수 있었다. 마침내 가슴까지, 목 아래까지 으득으득 씹힌다고 하여도 혀를 멈추지 않을 수 있었다. 실제로 종족의 이야기에 의하면 어미가 이빨에 씹히는 동안 몸이 풀린 새끼가 뛰어 달아나는 경우도 더러 있다고 한다.

바람이 멈춘 것은 다행이었다. 어미가 기진할 무렵 새끼가 후들거리며 네 다리로 버티면서 일어서고 있었다. 새끼는 이제 소리 내어 울지 않았다. 대신 다리를 힘껏 뻗어보고는 곧 젖을 찾아서 물었다. 본능은 다행스럽게도 어미를 지나 새끼에게로 이어지고 있었다. 어미는 어느 정도는 안심이었다. 어미는 젖을 물리며 비로소 세 번 숨을 쉴 동안만 고개를 떨구어 쉬었다. 하지만 여전히 긴장감을 늦추지는 않았다.

!

다시 바람이 불어오고 있었다. 어미는 갸우뚱 고개를 쳐들고 귀를 세웠다. 분명히 풀잎 스치는 소리를 들은 것 같았다. 어미는 고개를 낮추고 기다란 야생귀리 대궁이들 사이로 주위를 살폈다. 아무것도 확인할 수 없었다. 어미는 귀를 세운 채로 한동안 숨을 죽였다. 이윽고 잎 스치는 소리는 더는 나지 않았다. 아주 먼 곳에서 육지코뿔새의 까불어대는 울음소리가 희미하게 들려올 뿐이었다.

어미는 오후의 적막 속에 다시 고개를 떨구었다. 피곤이 몰려들었다. 지난 며칠 동안 어미는 아무것도 먹지 못한 채 출산의 장소를 찾아다녔다. 몸이 무거운 어미로서는 그야말로 꼿꼿한 긴장의 연속이었다. 그 피로가 한꺼번에 몰려들고 있었다. 찢겨나갈 것처럼 몸 전체가 쑤시고 결렸다. 혓바닥도 몹시 아렸다. 새끼는 품 안에서 젖을 빨고 있었다. 어미는 고개를 떨어뜨린 자세로 조금만 더 쉬었다. 그러나 곧 고개를 들어서 새끼의 귓볼이며 등어름을 더 핥았다.

어미의 시선 저쪽에 문득 부드러운 방울초가 한 포기 잡혀 들었다. 어미는 그것을 물끄러미 바라보다가 비로소 허기가 졌다. 마침 새끼가 한쪽 젖을 다 빨았으므로 어미는 천천히 몸을 움직여서 자세를 바꾸었다. 새끼는 곧 젖이 더 잘 나오는 어미의 다른 쪽 가슴을 주둥이로 뒤졌다. 어미는 새끼에게 지장이 없도록 조심하면서, 고개를 뻗어서 보아둔 방울초를 조금씩 뜯어먹었다.

어미에게는 이번 출산이 처음이었다. 어미에서 어미로 이어진 핏줄은 무리 중에서 그다지 우수하지 못했다. 체격도 작은 편이고 날랜 정도가 보통 이하였다. 게다가 털도 매끈하지 못해서 인기가 좋은 암컷이 아니었다. 그것은 어쩔 수 없는 혈통이었다. 하지만 어미는 알고 있었다. 자신을 낳은 어미와 그 어미를 낳은 어미가, 그런 불리한 조건들을 얼마나 피나는 노력으로 극복해 왔는가를…. 어미를 낳은 어미는 남들보다 잠을 줄이고 부지런 떨어서, 가장 안전한 자리를 골라 새끼를 낳고는 혓바닥의 쓰라림을 참으며 더 말끔히 출산의 흔적을 없앴다. 그 일주일의 시험기간에도 남들보다 먼저 달려와서 더 크게 주변을 도는 수고를 마다하지 않았다. 곧장 상봉하지 않고 주변을 돌아보는 것은 만약을 위한 행동이다. 어미의 어미는 낮동안에도 빼먹지 않고 주변을 돌았으며, 잠시도 긴장을 늦추지 않고 새끼의 냄새를 지웠다. 어미의 어미는 남들보다 더 늦게까지 남아 그리 튼튼하지 못한 자신의 새끼를 지켰으며 은둔지로 돌아갈 때도 남들보다 더 멀리 돌아서 갔다. 그것은 보통 정성이 아니었다. 어미의 어미를 낳은 어미도, 아마 그 어미를 낳은 어미도 그랬으리라. 그랬으므로 불리한 조건에도 불구하고 지금까지 생명을 이어올 수 있었으리라….

어미는 무리의 수컷 중에 그리 건장하지 못한 녀석과 사랑을 나누었다. 튼튼해 보이지 않은 수컷 하나가 자신에게 호감을 보일 때, 어미는 무슨 운명처럼 자신을 낳은 어미를 생각했다. 가능하면 자신의 대에서, 그 고통스럽고 눈물겨운 노력을 끊어내고 싶었다. 새로 태어나는 아가에게는 좋은 체격을 물려주고 싶었다. 자신은 튼튼한 수컷을 만나서 암컷 대신 그 닮은 튼튼한 수컷을 낳고 싶었다. 자신의 새끼에게 그 쓰라린 희생을 물려주고 싶지 않았다. 그러나 어미는 운명처럼 자신의 어미를 생각하면서, 자신에게로 이어져 온 그 눈물겨운 노력을 끊어낼 수 없음을 절감하였다.

자신에게, 자신의 어미에게 호감을 보인 그 볼품없는 수컷들은 이미 약육강식에 희생되고 말았다. 어차피 이것이 내게 주어진 운명이라면….

새끼는 젖을 거의 다 빨았다. 그새 다리 근육에 힘이 붙은 모양이었다. 한 번 부르르, 기지개처럼 뻗어보고는 그 가여운 숨을 새근거리고 있었다. 어미는 귀를 세운 채로 잠시 쉬기로 했다.

며칠씩이나 주변을 살펴서 정해둔 자리였다. 야생귀리와 키가 큰 풀들이 적당히 우거진 아늑하고도 은밀한 자리였다. 하늘이 딱 반쪽만 올려다보였다. 석양이 번진 그 반쪽 하늘을 희뿌연 캐틀백로 몇 마리가 아주 조용히 질러가고 있었다. 어미는 잠시 평화로움에 젖었다. 그러나 곧 가야 할 시간이었다.

새끼는 이제 당장이라도 뛸 수가 있었다. 새끼가 몸을 뒤척이더니 눈곱만큼의 오줌을 누었다. 어미는 새끼가 충분히 누도록 아랫도리를 뜨듯하게 핥아 주고는 그늘이 짙어지는 것을 살폈다. 더 쉬고 싶었으나 시간이 많이 남지 않았다. 어두워지기 전에 어미는 무리가 있는 관목 숲으로 돌아가야 했다.

어미는 찬찬히 제 새끼를 뜯어보았다. 눈매며 코언저리가 꼭 그 젊고 가냘픈 수컷을 닮았다. 어쩜 저렇게, 콧구멍이 쬐끔해 가지고 바삐 새근거리는지…. 어떻게 여태 살아남았는지 신기할 정도였다. 유난히 착한 성격이었다. 그 여리고 착한 수컷이 한없이 용감한 척, 그때 자신을 몰아붙여서 호기를 부리던 것이다. 그런 그가, 저렇게 저 닮은 작고 귀여운 콧구멍을 벌름거리며 자신의 품에서 새근거리는 것이었다. 어미는 콧소리처럼 힝, 윗입술을 말아 올렸다. 귀여워 죽겠는 감정 한 가닥이 부르르, 어미의 앙상한 등줄기를 타고 내렸다….

이제 일어나야 한다.

어미는 한 번 새끼를 꼬옥, 안아 주며 다시 간절한 마음으로 제 얼굴을 부볐다.

아가야, 제발 움직이면 안 돼. 날이 밝으면 엄마가 다시 올게….

그 내면의 속삭임을 자신도 들으면서 어미는 전율처럼 지친 몸을 한 차례 떨었다. 어쩌면 그것은 저 무한한 마음의 장막 뒤에서 울려온 조용한 격정이었다. 이윽고 떨림이 그친 어미의 눈에서는 언뜻 체념 같은 습기가 어렸다. 하지만 그것은 금세 말라버렸다. 어미는 부드러운 풀을 더 포개 모은 다음 조심스럽게 새끼를 내려놓았다.

아가야….

돌아가려니 또 피곤이 몰려들었다. 어미는 깊게 꺼져버린 눈으로 새끼를 한 번 더 보았다. 갓 낳은 어린 것을 밤새 무방비로 놔둘 생각을 하면 가슴이 무너지는 것 같았다. 닳은 혓바닥보다도 가슴 깊은 곳이 더 아프고 쓰라렸다. 밤마다 새끼를 떼어놓아야 할 그 고통스러운 일주일 동안 정신을 놓고 잠들 수 있는 어미는 아마 없을 것이다. 어미에게는, 어쩌면 모든 어미에게 그것이 더 가혹한 시련이었다.

새끼를 떼어놓는 것은 엄격한 규칙이다. 종족은 늘 위험 속에서 살아왔다. 출산의 시기에 모든 어미가 주거지에서 새끼를 낳으면 그만큼 주변이 어수선해지고 냄새가 동시에 퍼져서 이빨들의 습격을 받을 위험이 커지기 때문이다. 한편으로는 사망률이 높은 새끼들을 미리 내버려 두어 살아남는 새끼만 무리에 편입시킨다는 효율적인 의미도 있었다. 그 효율은 무리 전체의 안전을 위한 것이다. 죽은 새끼들을 깔끔하게 처리하는 문제는 일단 모두를 내보낸 다음 건강한 새끼만 골라 들이는 쪽보다 여러모로 불리했다. 따라서 규칙의 준수는 무리 전체의 안전과 종족의 보존을 위해 불가피한 일이었다. 자기가 낳은 새끼를 무리에 편입시키려는 모든 어미는 무조건 이 규칙에 따라야 했다. 차마 규칙에 따르지 못한 어미가 아예 제 새끼를 데리고 무리에서 떨어져 나간 적도 물론 있었다. 하지만 곳곳에 위험이 도사린 약육강식의 세계에서, 그것은 곧 모자 동반의 죽음을 의미했다.

어미는 눈길을 차분하게 바꾸고는 새끼의 조그맣고 말랑거리는 몸뚱이에 자신의 체중을 가볍게 실었다. 그것은 본능의 가르침이었다. 어미를 부추겨 새끼에게로 전해지는 무언의 당부였다. 어미는 한 번 더 돌아보고 흐트러지지 않도록 살금살금 풀숲을 헤치면서 물러 나왔다. 세 걸음 째 또 돌아보았더니, 납작 엎드린 새끼가 초롱초롱한 눈으로 자신을 빤히 쳐다보고 있었다. 얌전한 것이….

어미는 시야가 넓어진 키 낮은 풀밭까지 한참 기어 나와서 다시 돌아보았다. 약간 도드라진 저편 언덕에 거대한 비오밥나무 한 그루가 서 있었다. 새끼가 있는 곳은 훨씬 왼편이었다. 언뜻 보아서는 아무렇지도 않은 감쪽같은 곳이었다. 그리 멀리 떨어지지도 않았지만, 그곳은 벌써 특징이 없는 풀밭 가장자리로 보일 뿐이었다. 어미의 시선조차 자꾸 비오밥나무와 그 주변의 도드라진 언덕 쪽으로만 끌렸다. 몇 번을 다시 보아도 훨씬 더 왼쪽에, 그저 시선이 스치는 저런 평범한 곳에 누가 새끼를 숨겼으리라고는 생각되지 않았다.

지나는 발밑에 부드러운 풀들이 많았다. 어미는 허기가 졌다. 단 몇 입이라도 멈춰서 풀을 뜯어 삼키고 싶었다. 그러나 어미는 자신의 부주의한 생각을 외면하고 서둘러 걸음을 옮겼다. 일단 움직였으면 새끼에게서 빨리 떠나는 것이 좋다. 거친 잎을 먹더라도 얼른 관목숲으로 돌아가는 것이 체력이 떨어진 자신을 위해서도 안전할 것이다. 건너편 목초지에는 작은 노란껍질아카시아가 몇 그루 서 있었다. 그곳만 통과하면 관목숲은 그리 멀지 않았다. 어미는 그 아래로 뿔닭 한 쌍이 내려앉는 것을 보면서 몸을 낮추며 부지런히 걸었다…. 그때였다. 갑자기 풀 섶이 들썩였으므로 어미는 놀라서 우뚝 멈추었다.

그러나 어린 아카시아 그늘 밑에서 불쑥 튀어나온 것은 종족의 또 다른 어미였다. 어미는 가슴을 진정시키며 안도의 한숨을 내쉬었다. 본 적이 있는 암컷이었다. 아마 그네도 이 근처 어디에다 새끼를 감춘 모양이었다. 배가 고프기는 마찬가지일 것이다. 방금까지도 풀을 뜯었던지 그네는 연신 입을 오물거리고 있었다. 분만의 시기에는 새끼를 숨긴 어미끼리 무리와 떨어진 곳에서 마주치는 경우가 종종 있었다. 물론 그런 마주침은 서로에게 또 다른 반가움이었다. 어미와 그네는 눈을 마주치며 한참이나 코를 벌름거렸다. 다소 긴장이 풀린 탓인가. 어미는 갑자기 다리가 후들거릴 정도로 심한 허기를 느끼고 있었다.

새끼에게서 멀리 떨어진 것은 아니었지만 그네의 행동은 어미에게 약간의 용기를 주었다. 어미는 그네가 먼저 떠난 후 약간 경사진 어린 아카시아 뒤편으로 올라갔다. 아무래도 언덕 쪽은 몸이 드러날 염려가 있기 때문인지 누가 건드리지 않은 부드러운 풀들이 많이 남아 있었다. 단지 돌아가는 길이라면 그리 늦은 시간은 아니었다. 안전을 확신한 어미는 그네가 머물렀던 곳보다 조금 더 높게 올라갔다. 갑자기 시야가 탁 트였지만 무섭지는 않았다. 아주 무서운 육식동물이 아니라면, 설령 홍멧돼지네 식구들을 만난다고 해도 이렇게 먹이가 풍부한 곳에서는 자신을 공격하지 않을 것이다. 어미는 서둘러 한입 가득 풀을 뜯었다. 덜 여문 열매가 섞인 달콤한 풀 향기가 이내 입안 가득 퍼졌다. 며칠 만에 먹어보는 영양 많고 부드러운 먹이였다. 어미는 그 부드러운 것을 움쭉움쭉 씹으면서 아직 훤히 건너다보이는 비오밥나무 언덕을 내려다보았다. 그리고는 새끼를 숨겨둔 풀밭 가장자리 쪽으로 시선을 옮겼다. 다행히 바람이 이쪽으로 불어오고 있었다. 그런데 그때였다. 처음엔 잘 안 보였다가, 초점이 잡힌 어미의 시선에 언뜻 지그재그로 된 흐릿한 골이 생기고 있었다…. 어미는 턱을 멈추고 눈을 깜박였다. 비오밥나무가 선 도드라진 언덕 아래에서 생겨나는 그 흐릿한 지그재그가 분명히 움직였다. 그 방향은 새끼가 있는 풀밭 가장자리 쪽이었다!

어미는 단번에 사태를 짐작했다. 가슴부터 쿵쾅거렸다. 저런 골은 틀림없이 새끼를 뒤지는 육식동물의 움직임이었다. 어미는 풀을 뺄으면서 뛰어내렸다. 어미는 단숨에 언덕을 뛰어내리면서 골의 나아가는 방향이 틀림없이 풀밭 가장자리였음을 다시금 뼈아프게 상기했다.

아가야!

어미는 주의력을 팽개치며 자신이 왔던 길을 펄쩍펄쩍 뛰어 건넜다. 갑자기 머릿속이 하얗게 비워지는 것 같았다. 심장이 신체의 움직임보다 더 빠르게 고동질쳤다. 어미는 펄쩍펄쩍 거리를 좁히면서 시선을 모았다. 더 힘껏 뛰어오르면서 본능적으로 골의 움직임과 가장자리까지의 남은 거리, 자신의 속도를 가늠하였다. 어쩌면 자신이 조금 빠를 것도 같았다….

분명 자신이 빨랐다! 어미는 마지막 점프에서 떨어지며 바짝 엎드렸다. 되도록 호흡을 숨기느라 코를 벌름거리면서 귀를 최대한 세웠다. 어미는 놈을 볼 수 없었다. 그러나 놈은 떨어지는 자신을 봤을지도 몰랐다. 만약 그랬다고 해도 별수 없었지만 아직은 포기할 상황이 아니었다. 놈의 주의력이 산만해서 자신을 못 보았을 수도 있고, 새끼가 숨은 곳을 비껴갈 수도 있었다. 어미는 조용히 앞으로 더 기어 나아갔다. 작은 대궁이들 속은 아까보다 그늘이 짙어져 있었다.

마침내 풀 헤치는 소리가 가까이 들려왔다. 자신과는 조금 어긋난 곳이었다. 그렇지만 우려한 대로 새끼를 숨긴 방향이었다. 그 진행 방향에 있으면 위험했으나 어미는 망설임 없이 새끼가 숨겨진 쪽으로 더 움직였다. 양쪽 다 불과 두 번 펄쩍거릴 만큼의 거리였다. 이제 놈이 오는 방향에서 본다면 새끼가 자신의 뒤쪽에 있었다. 운에 맡길 수밖에 없다.

어미는 호흡을 숨기면서 더 납작 엎드렸다. 마침내 풀잎 스치는 소리가 가까워졌다. 운이 나쁘게도 바로 정면이었다. 그리고 모든 것이 순식간에 이루어졌다. 어미는 놈의 숨결마저 느껴질 때까지 참았다가 단숨에 솟구쳐

올랐다. 어미는 뛰어오르면서 처음으로 그렇게 가까이서 무서운 놈을 보았다! 어찌나 가까웠던지 하마터면 어미의 뒷발이 놈의 주둥이를 스칠 뻔했다. 어미는 새끼가 숨은 곳과 반대쪽으로 크게 뛰어오른 다음 그대로 굴렀다. 구르면서 캥! 하는 비명도 질러주었다. 기다란 대궁이들이 후두둑 소리를 내며 한꺼번에 분질러졌다. 놈이 약간 놀란 것 같았다. 어미는 순간적으로 자신의 행동이 너무 컸음을 알았다….

어미는 즉시 일어나 비척거리다 움직였다. 돌아볼 여유조차 없었다. 지금 순간 위험은 최고조에 달해 있었다. 하지만 놈이 자신에게로 방향을 바꿀 확률도 그만큼 높았다. 놈은 보이지 않는 새끼를 찾기보다는 부상 당한 먹이로 보이는 자신을 추격할 것이다. 이 방법은 종족의 암컷들에게 본능적으로 이어져 오는 매우 효과적인 기술이었다. 그러나 자신이 희생될 위험도 그만큼 컸다.

어미는 자신이 발목을 접질렸다고 생각했다. 그러나 고통은 느껴지지 않았다. 놈의 움직임이 감지되지 않았다. 어미는 뛰지 않고 의도적으로 다리를 절룩이면서 앞으로 움직였다. 뒤쪽이 희미하게 소란스러웠다. 돌아보지 않아도 놈이 자신에게로 방향을 바꾼 것을 알 수가 있었다. 일단 성공이다. 어미는 풀 갈라지는 소리로 놈과의 거리를 유지하면서 그대로 달려 나갔다. 그저 빨리 뛰는 것이라면 어미는 치타를 제외한 어떤 동물도 따돌릴 수가 있었다. 그러나 지금은 그럴 수 없었다. 땅을 박차는 우드득, 소리가 뒷발을 잡아챌 듯 바짝 좇아 오고 있었다. 놈의 힘찬 돌진에 어미가 방금 지나온 곳이 마구 뭉개져 나갔다. 불안한 어미는 한껏 힘을 써서 약간 더 거리를 넓혔다. 그러나 접질린 발목이 부드럽지 못하였다. 어미는 어색한 발목을 더 혹사하여 간신히 안전한 거리를 확보하였다.

구릉 하나를 넘었을 무렵 어미는 이제 추격을 따돌려야겠다고 생각했다. 놈의 움직임을 느끼고 있었다. 어미는 앞쪽을 살피면서 네 발에 힘을 모았다. 그러나 그것은 생각뿐이었다. 어미는 뛰어오르려다 하마터면 꺼꾸러질 뻔했다. 오른쪽 앞발 하나가 갑자기 힘을 쓰지 못했다. 어미는 비로소 발목이 심각한 상황임을 깨달았다. 이제 죽기로 참고 달려보는 수밖에 없었다. 하긴 펄쩍 솟구치는 것도 착지점이 잘 들여다보이는 밝은 대낮에나 가능한 것이었다. 잠깐 사이에 주변이 보랏빛으로 흐려지고 있었다.

놈은 생각보다 훨씬 끈질겼다. 어미는 놈을 분명히 보았다. 놈은 치타나 표범처럼 날렵한 동물은 아니었으나 덩치가 더 큰 하이에나였다. 혼자서 아이를 숨긴 곳이나 찾아다니는 늙고 야비하고 교활한 놈이었다. 씨근덕거리는 숨소리가 지치지 않고 어미를 쫓아오고 있었다. 어미도 숨을 헐떡이며 쉬지 않고 달렸다. 놈을 따돌리지 못하는 것은 비록 다친 발목 때문만은 아니었다. 방금 출산을 치른 탓도 있었다. 어미는 달리면서 자신의 체력이 많이 떨어졌다고 생각했다.

…여기가 어디쯤인가. 꽤 멀리 온 것이 분명했다. 놈이 비로소 추격을 멈추었다. 하지만 물러간 것은 아니었다. 소름이 끼칠 정도로 끈질긴 놈이었다. 어미가 더 버티기 어려운 순간 놈이 먼저 멈춘 것은 천만다행이었다. 어미도 그대로 주저앉았다. 날이 어두워져서 어미와 놈은 서로 보이지 않았다. 하지만 열 걸음도 채 떨어지지 않은 곳에서 거친 숨소리가 들려왔다. 어미에게는 추격을 따돌릴 유일한 기회였으나 아쉽게도 쉬지 않고는 움직일 수가 없었다. 발목이 시큰거렸다. 다만 한 가지 위안이 되는 것은 놈은 이제 새끼가 숨은 곳으로는 돌아갈 수 없을 거라는 사실이다. 어미는 헐떡거리며 오른쪽 앞 발목을 핥았다. 부상은 생각보다 컸다. 가느다랗던 그 부위가 혀로 감아서 핥지 못할 정도로 부어올라 있었다.

놈의 호흡이 조용해지자 어미도 비틀거리며 일어났다. 놈이 다시 움직였다. 이제 어미에게는 빨리 달려서 놈을 따돌릴 힘이 남아 있지 않았다. 놈도 아마 그것을 눈치챘을 것이다. 놈이 거리를 좁히지 못하면서도 끈질기게 따라붙는 것은 아마 그 때문인 것 같았다.

놈은 그저 빠른 걸음으로 다가오고 있었다. 어미도 발목을 절룩이며 꼭 그만한 속도로 앞으로 나아갔다. 어미는 이 정도라면 견딜 만은 하다고 느꼈다. 문득 눌러 두었던 걱정이 떠올랐으나 곧 흐트러져 버렸다. 어디선가 괴상한 울음소리가 들려왔다. 어미는 잠시 그쪽으로 귀를 모았다. 길을 잃은 녀석이 자신 말고 또 있는 모양이었다. 관모두루미의 울음 같기도 하고 노랑부리백로의 울음 같기도 한 끼욱 대는 소리가 서너 차례 더 들려왔다. 날이 캄캄해서 방향을 가늠하기가 쉽지 않았다. 먼 허공에서 울려 내려오는 것 같았다. 이 밤중에 허공에서 길을 잃은 녀석이 있단 말인가? 여태 내려앉지 않고 왜 날고 있었을까. 어미는 숨을 몰아쉬면서 참 별난 녀석이라는 생각을 했다. 그런데 여긴 어디쯤일까….

녀석이 경계하듯이 한 번 더 울었다. 어미는 쓸데없이 귀를 기울이면서, 가쁜 숨을 가다듬으면서 방향을 가늠해 보았다. 늪지로 가는 쪽은 분명 아니었다. 그 길은 어미도 알고 있었다.

지금 이런 길은 어미가 한 번도 가보지 않은 곳이었다. 풀도 잘 밟히지 않았다. 나아갈수록 흙이 거칠어지고 있었다. 돌이 부서진 모래흙 같기도 한, 그런 거칠고 딱딱한 바닥이 아까부터 이어지고 있었다. 어쩌면 초원보다는 훨씬 황량한 곳, 바위산들이 모여 있는 가파른 지역인 것도 같았다. 그러나 그곳은 평소 무척 먼 곳이다. 어미는 자기가 상당히 멀리까지 왔다는 것은 느끼고 있었다. 어쩌면 경황 중에, 자기도 모르게 방향이 바뀌어서 바위산과 계곡이 겹겹이 몰린 쪽으로 왔는지도 모를 일이다. 그렇다면 생각보다 훨씬 더 먼 곳까지 와 있는 것이다.

어미는 처음부터 거의 본능적으로 자신의 영역과는 무관한 곳으로 방향을 잡았다. 까딱 관목숲으로 뛰어들기라도 하는 날엔 모두를 위험에 빠뜨릴 수도 있었다. 하지만 멀리 나온 것쯤이야 되돌아가면 되는 일이다. 방향을 잘못 잡은 정도는 사실 발목을 다친 것보다 작은 실수에 불과했다. 문제는 다친 발목으로 날이 밝기 전에 먼 거리를 되돌아갈 수가 없다는 것이었다. 관목숲으로 돌아가기는 아예 틀린 일이다. 어쩌면 아침이 지나서도 아가에게 돌아갈 수 없을지 몰랐다.

아가야….

어미는 순간 소중한 것을 생각하면서 가슴이 무너져 내렸다. 아가에게 가지 못하면 이를 어쩐단 말인가….]

여기까지가 전반부쯤 된다. 의도적으로 끊는다. 나는 이 글을 쓰면서 내내 무의식 속에 담가둔, 꼬리가 아홉 개 달린 그 끈덕진 불안감을 모두 꺼내 내가 만든 위태로운 현실에 몰아넣고 싶었다. 더 불리한 조건에서 차갑고 냉정하게 그것을 쳐다봐 주고 싶었다. 그리고 이제 씻어내 버리고 싶었다. 그런 과정들이 내가 수행자로 걸음을 내딛는 데에 오히려 흔들림 없는 발판이 돼 주었으면 싶은 것이다. 그랬는데 써나가다 보니 측은한 어미의 역할에 더 매료되어 점차 빛나게 되었다. 이것 역시 만들어낸 아버지처럼 그대로 두었다. 나도 누군가의 자식이고 그런 식으로 태어난 생명이므로. 생각나서 말하는 것인데 나는 본디는 부서진 자전거를 부여받지 않았나 싶기도 하다. 역시 어미가 혓바닥이 닳도록 핥아 매끈해 보였을 뿐이다. 삶의 그런 구조에 또다시 화가 나면서도 이 세상의 어떤 아들이 그런 부담감을 느끼지 않을까 싶기는 하다. 문득 시장통에서 피를 토해 자식을 살린 그 어미의 모습을, 다시 떠올려 편치 못하다.

그렇지만 나는 모두를 죽였다. 그렇게 해서라도 더 냉정하게, 흔들림 없이 나아가고 싶었다. 이제 이 길은… 어떤 일이 있어도 절대 되돌아가지는 않을 것이다.

단편치고는 긴 글이었지만 쓸데없는 묘사가 많아 후반부는 요점만 두고 대부분 삭제한다. 이제 다 죽이러 가야 한다.

[…어미는 한동안 비척비척 나아갔다. 똑바로 고개를 쳐들어 앞을 보기도 어려웠다. 한줄기 채찍처럼 퍼뜩 스치는 생각이 있었다. 어미는 자신이 결국 죽으리라는 것을 이제는 알았다. 놈이 또 일어나서 다가오고 있었다. 어미도 간신히 몸을 일으켜서 한 걸음씩 걸었다. 다리 하나가 완전히 마비되어 땅에 디딜 수가 없었다. 어미는 발목이 어긋난 앞발 하나를 접어서 가슴에 붙이고 세 발로 절룩이며 앞으로 나아갔다. 어미의 걸음은 더욱 더뎠으나 포기하지는 않고 기어이 움직여서 나아갔다. 놈의 숨소리가 차츰 가까워지고 있었다. 어미도 높은 곳으로 더 높은 곳으로 기어올랐다. 이제 평지에서는 놈의 속도를 이겨내지 못했다. 거리가 점점 가까워지고 있었다. 어미에게 남은 유일한 희망은 되도록 높은 곳으로 올라가 한순간 굴러떨어지는 것이었다. 그런 다음 어딘가에 처박혀 숨을 죽이면 혹시 돌아 내려온 놈이 발견하지 못할 수도 있었다. 어미는 자신의 목숨이 달린 그 한 가지를 염원하면서, 가쁜 숨 사이로 계속해서 몸을 움직여 기어올랐다. 바람이 쉬지 않고 불어오고 있었다. 바람은 어미를 통과해서 고스란히 놈에게로 불어갔다. 보이지 않는 어둠 속에서 놈은 어미의 행동을 모두 알고 있을 것이다. 그러나 놈도 지쳤을 것이다…. 어미는 헐떡이면서도 이 헐떡이는 숨결이 녀석의 숨결과도 닮았을 것이라고 생각했다. 평소 같으면 두 번 뛰어오를 정도의 거리는 아직 있었다. 놈이 다시 멈추었다. 어미도 잠시 쉬면서 부기가 빠지도록 발목을 핥았다. 혓바닥이 벗겨져서 참을 수 없을 만큼 쓰라렸으나 목 쪽으로 턱을 당겨 고통을 참으면서 핥고 또 핥았다. 발목은 그러나 훨씬 더 많이 부어올랐고 이미 감각이 없었다.

종족의 전설에 와석종신(臥席終身)을 한 어미가 있었다. 그것은 잡아먹히

261

지 않고 그냥 늙어 죽는 것이다. 종족은 애초에 육식동물의 먹이로 죽음을 맞도록 운명지어져 있었다. 그것이 종족 전체에 짐 지워진 운명이었다. 기다리며 살다가 언젠가는 누군가의 먹이가 되어야 한다는 뜻이다. 이 불공평하고 억울하고 비참한 현실에 대해 아무도 따지거나 분노하지 못한다. 본능이 일러주는 대로, 자연의 섭리라는 이름으로 오직 순종만 해왔을 뿐이다. 왜? 무엇을 위해서? 언제까지 그래야 하는지 아무도 따질 수조차 없다. 우리는 왜 대를 이어 이 불공평한 운명에 순종해야만 하는가…. 언뜻 서러웠으나 어미는 마지막 힘을 내서 일어섰다. 거의 다 올라온 것 같았다. 비척대면서 얼마간 더 오르자 마침내 밤하늘이 건너편 허공에 걸려 있었다. 정상이었다. 그리고 어미는 서둘러 뛰어내리려고 했었다. 그러나 뛰어내리려고 하는 순간, 하나로 버텨오던 앞다리가 그대로 꺾이면서 엎어지고 말았다. 다가온 놈이 뒤에서 덤벼들었다.

아가야…!

최후의 순간 어미는 아껴두었던 마지막 힘을 모아서 가장 소중한 것을 떠올렸다. 그리하여 모든 것을, 마지막 남은 한 줄기 염원을 그 소중한 아가에게 날리기 위해 기어이 눈을 감지 않았다….]

[날이 부옇게 밝아오고 있었다. 마침내 아침이 왔다. 세상이 훤히 밝아졌다. 새끼에게는 처음 보는 세상의 모습이었다. 새끼는 불안한 마음을 잊지 않으면서도 눈에 보이는 것들을 곧 확실하게 기억에 담았다. 머리 위 어두웠던 허공도 곧 훤히 드러났다. 이제 조금만 참으면 엄마가 올 것이다. 배가 고팠다. 그러나 곧 엄마가 올 것이었다. 새끼는 엄마가 누웠던 자리와 자신의 주변을 둘러싼 부드러운 풀들을 바라보았다. 아직은 그것을 먹을 수가 없었다. 새끼는 간신히 일어설 수는 있으나 아직 뛸 수는 없었다. 엄마가 찾아다니는 일주일 동안 젖을 먹고 다리가 더 튼튼해져야만 했다. 그

런 다음 엄마를 따라 이동해서 무리에 합류해야 비로소 일원으로 받아들여질 수 있었다. 그 수월찮은 과정이 아직 남아 있었다. 그러기 전에는, 새끼는 아직 아무것도 제 마음대로 할 수가 없었다. 오직 숨어서 기다려야 하는 본능만 있을 뿐이다. 본능은 아직 깨어있으면서 새끼가 움직이지 않도록 수시로 독려하였다. 새끼는 시간을 보내면서 엄마가 오기를 기다리고 또 기다렸다. 그러나 어찌 된 일인지 엄마는 낮 동안에도 오지 않았다. 새끼는 목이 말랐다. 배가 몹시 고팠다….

기운이 빠졌지만 못 견딜 만큼은 아니었다. 다시 어둠이 찾아오고 있었다. 마침 달이 뜨지는 않았다. 빛이라고는 없는 철저한 어둠이었다. 낮에 드러났던 반만큼의 허공도 이내 모두 어둠 속에 갇혀 버렸다. 움직여서는 안 되는 새끼에게는 하늘의 어둠은 그냥 펑 뚫린 공간이 아니었다. 어떤 위험이 다가올 수도 있는 구멍이었다. 새끼는 웅크리면서 다시 밤을 견디어야 한다는 것을 직감적으로 알았다.

밤이 되자 기온이 내려가서 꽤 추워졌다. 새끼는 제 작은 몸을 더 웅크리며 추위와 배고픔에 덜덜 떨었다. 그러다 잠깐 잠이 든 것 같았다. 새끼는 그 잠속에서 꿈을 꾸었다. 꿈속에서 엄마를 보았다. 왠지 모를 서러움이 잠깐 뺨을 타고 흘러내렸다. 새끼는 안심하면서 자기도 모르게 작은 목소리로 울었다. 꿈속에서 엄마가 다가와 새끼를 핥아 주었다. 새끼는 미심쩍었던 마음을 풀고 바들바들 떨면서 엄마의 가슴께를 뒤졌다. 배가 너무 고팠다. 그런데 젖을 먹고 싶었으나 먹을 수가 없었다. 아무리 뒤져도 젖을 먹을 수가 없는데, 어쩐 일인지 엄마가 희미해지면서 조금씩 멀어져 갔다. 그리고 차가운 기운이 들이닥쳤다. 엄마…. 새끼는 또 눈시울을 적시면서 멀어져 가는 엄마를 불렀다. 허우적거리며 붙잡고 싶었으나 아무것도 움직여지지 않았다.

춥고 무서웠다. 목이 마르고 배가 너무 고팠다. 새끼는 작은 몸을 더 움츠리며 덜덜 떨면서 간신히 목마름과 배고픔을 견디었다. 이윽고 두 번째 날이 밝을 무렵 자기도 모르게 한차례 몸서리를 쳤다. 갑자기 더 큰 무서움 하나가 차갑게 전율을 일으키면서 스쳐 갔다. 엄마는 오지 않는다….

감당하기 어려운 더 큰 두려움이 새끼를 짓눌렀다. 새끼는 끙끙 앓으면서 간신히 버티고 또 버티었다. 눈물이 말라붙어서 콩알 만한 눈곱이 하나씩 달렸다. 아랫배에도 쉬야가 말라붙어서 냄새를 풍기고 있었다. 눈물은 더 나오지 않았다. 아침이 되었으며 해가 더 높이 떠올랐다. 새끼는 두 번째 낮 동안을 거의 정신을 잃고 끙끙 앓으면서 견디었다. 간신히 숨을 이어나갔으나 너무 고통스러웠다. 끔찍한 고통이 계속해서 새끼를 괴롭히다가 어느 순간 약간 가라앉았다. 대신 몸이 약간 굳어졌다. 팔다리가 더는 움직여지지 않았고 앓는 소리도 나오지 않았다.

배가 고프지도 목이 마르지도 않았다. 그 상태로 다시 밤이 되었을 때, 새끼는 오히려 편안했다. 고통은 느낄 수 없었다. 점차 더 가벼워지고… 이윽고 무척 포근했다. 짧게 경험한 세상의 것들이 어디론가 물러나고 있었다. 엄마처럼, 그 꿈속에서 엄마처럼….

새끼는 이제 자신에게 희망이 없다는 것을 가느다랗게 알았다. 그러자 어떤 기운이 피어올라 마치 무언가를 거두어들이듯 부드럽게 새끼를 감싸기 시작했다. 새끼는 마치 꿈을 꾸는 듯이 자신을 감싼 그 기운 속으로 스르르 움직여 들어갔다. 세상으로 내려올 때 통과하던 곳, 아직 잊히지 않은 그곳으로 열린 공간이었다.

엄마….

마침내 둥둥 가벼워진 새끼는 간신히 정신을 모아 제 어미가 누웠던 자리를 돌아보았다. 잠깐 살빛 그리움 같은 게 어른거렸다. 그러나 엄마가 멀어지던 꿈속에서처럼 그것조차 점점 희미해져 갔다….

더러워진 새끼의 몸에서 풍기는 냄새는 바람을 타고 멀리까지 퍼져나갔다. 오래지 않아 작은 넝쿨과 풀들이 하찮게 우거진 그곳에 한 줄기 움직임이 조용히 다가들고 있었다. 그나마 다행으로, 병들어 외톨이가 된 늙은 승냥이였다….

헤이호오…!]

그 망할 놈의 아엠에프 직후였을 것이다. 닭의 모가지를 비틀어도 새벽이 온다더니 이게 무슨 일인가? 새벽은 뱃놈 하나가 말아먹고 여기저기서 무너지는 소리로 나라가 시끄러웠다. 그런 와중에도 백성들은 '금모으기'라는, 그야말로 듣도 보도 못한 역대급 정성과 다 쥐어짠 애처로운 순종으로 나라 살리기에 보탬이 되었다. 사실 그 와중에도 뒤로 이득을 챙긴 자들이 따로 있었으나 여기서 그것을 분개할 수는 없다. 다만 살의를 느낀다. 그보다는 전례 없는 그런 정성들을 지켜보면서 새삼 이것이 우리 민족이구나, 싶었다. 거기 감화되어 한동안 남의 일 같지 않은 심정으로 조용조용 지냈다. 나야 가진 것 없으니 피해도 없었지만, 눈에 보이고 들리는 게 맨날 그런 소식들이었으니 무너진 것들, 견디지 못한 사람들 속에 저절로 끼인 심정이었다. 하여 좀 서글프다거나 안쓰럽다 싶은 그런 눈길로 가서 닿은, 그때 끄적인 것들을 몇 개 싣는다.

[거기 전화부스가 있었네

우연히 지나다가
엿듣고 말았네.
…나는 잘 지내고 있어.
낙엽 부서지는

시월의 앙상한 공원.

찢긴 그늘 사이론
갉아먹은 옥수수처럼
버려진 벤치들
담요처럼 펄럭이는
신문지들.

굳게 잠긴
관리소 건물 뒤로
금방 아득해진
사내의 목울음 소리.]

[위탁 기관

채널을 돌리다가
무심코 멈춘
어느 화단가에선
이제 안 올 것 같아요….
화면 가득 울음을 참는 아이.
나이는 꼬물꼬물
손가락 다섯 개
단발머리 노랑 리본이
더러워진 계집아이.

19인치 고물 텔레비전은
거기서 화면이 멈춰버렸다.

왜, 테레비마다 요 사진이 박혀 있을까?
뒤늦은 늙은 고물장수는
잠시 갸우뚱한다.]

[낙향

큰아인 누님댁이고
작은놈은 고모님 댁인데
새벽녘엔 그놈들 어찌
얼싸안고 있었을까.

밤새 뒤척이다
한숨 지르듯 나서면
슬며시 다가드는
푸르고 흰 도포자락.

놀란 반딧불이
꼬랑지를 감추고
없는 듯
허공에 매달린 것들….
저 작고도 엄연한 것들, 누세(累世)에

변함없는 무던한 것들.

발밑에선
숨죽인 신음소리.
질경이, 씀바귀, 강아지풀
예전엔
내가 질경질경
밟고 다닌 것들.]

여태 부당함과 실망, 두려움에 대해 살폈으나 다음 할 일은 분노를 꺼내는 것이다. 그 분노는 자질구레한 모습으로는 드러난 적 없는 더 순수하고 깊은 것이다. 따라서 무엇에 대한 분노인지는 따질 것도 없다. 그저 착실하게 참고 견디다가 느닷없이 솟구치면 된다. 그러나 가끔 그것은 엉뚱한 곳에서 폭발한다. 그 대상도 표면상으로는 부모나 사회, 그리고 하늘에 산다는 어떤 놈이거나 나 자신이거나, 내 앞에서 방향지시등을 켜지 않은 다른 운전자든지 또는 골목에 놓인 쓰레기통, 책상 모서리, 또 어떤 무엇이거나 아니면 '전부 다'일 수 있다. 어쩌면 특별히 그 어느 것도 아니다. 그저 삶 자체다. 대상이 있든지 말든지 누구이든지 알 것 없고 그냥 맨 밑바닥에서 어느 날 확 치밀어 오르는 분노. 그것이 억울함을 감추고 운명적으로 순종을 이어오다 폭발한 진짜 분노. 한번 터지면 줄줄이 올라오는, 지네처럼 다리가 계속 달린 짜증 같기도 한 그것이야말로 참기가 어려운 진짜 분노의 모습이다. 순종이 헌신적이고 선했던 만큼이나 무언가를 지목하려고 부라리는 그 손가락은 매우 날카롭고 독하다. 이때 무엇이든 끼어들면 대번에 대상으로 지목을 받게 된다. 그러면 위험한 상황이 올 수도 있다. 그러므로 그 대상은 자기 자신을 포함해서 사람이 아니기를 바라야 한다. 이유는 알 것이다. 자기 자신이면 자해나 자살, 타인이면 묻지 마 폭력이나 살인으로 이어지지 않던가. 그러므로 여기서는 그깟 여기저기 널린 신을 한 놈 소개해 주겠다. 나는 투우장에서 빨간 깃발의 역할을 하는 그 한마디를 안다. 그 분노한 앞에다 대고 '모든 것은 신의 뜻,' 이렇게 한마디만 하면 된다. 그러면 그 손가락은 망설임 없이 신을 지목한다.

'제까짓 게 뭔가, 응? 왜 내가 그런 놈 눈치를 봐야 하나? 내가 왜 이딴 삶을 살아야 하냐고! 원해서 태어난 것도 아닌데 이게 뭐야. 너 이리 와, 자식아!'

그렇지만 안 보이는 자식이를 어쩔 방법은 없고 분노만 더 치밀어 오른다. 씩씩대는 시간이 한참 지난다. 그렇게 위험을 동반한 한 차례 격정이 사라지고 나서야 빈자리가 남는다. 시간을 두고, 미안함과 슬픔이 번갈아 닦아낸 맑은 자리다. 이제 더 가까이, 바로 그 너머에 도가 있다. 그러나 결정적으로 움직이기가 싫어진다. 분노가 깨끗이 닦인 결과다. 움직이지 못하는 사이 슬픔이 닦아낸 그 자리에선 다시 새로운 희망이, 그리고 언제 그랬냐 싶게 열정이 생겨난다. 바로 그것이 덫이다. 그리고 거기 실려 저항을 포기하고 도로 순종의 굴레 속으로 끌려들어 간다. 도는 잠시 가까이 있었을 뿐이다. 대개는, 우리네 삶은 변하지 않고 그렇게 돌고 돈다.

유배지에 살던 시절에 농부가 말 안 듣는 자기 소를 때리는 것을 보았다. 내내 쟁기질에 시달리다 쉴 틈 없이 무거운 걸 싣고 어딘가를 씩씩 다녀온 그 소를, 주인이 다시 밭으로 끌고 가 쟁기를 매다는 중이었다. 소는 몹시 지치고 힘들어서 당연히 쟁기를 거부했다. 한참 씨름하던 주인이 화가 치밀었던 모양이다. 소에게 냅다 발길질이더니 어디선가 몽둥이를 가져와서 때리기 시작했다. 소는 머리를 휘저으며 코뚜레가 찢겨 철철 피가 나도록 주인에게 대들었다. 딱 말할 수 없어도 뭔가 너무 억울한 광경이었다. 아이 적의 일이다. 체구가 작은 나는 뭔지 화가 치밀었으나 그냥 가만히 서서 그 부당한 것을 다 겪으면서 보았다. 결말이야 뻔하다. 어쨌든 쟁기질은 해야 하니까 잠시 쉬었다가 주인이 소를 달래고, 한 번 더 부드럽게 쓰다듬은 후 슬그머니 쟁기를 매다는 것으로 되었다. 인간을 위해 잘된 일인가? 알고 보면 우리네 삶도 코가 뚫린 소나 하등 다를 게 없으면서?

인간의 삶은 뭐가 다른가. 사료를 얻어먹고 대신 코뚜레에 순종하며 종자를 바쳐 후손의 고기까지도 미리 제공하는 가축들하고 뭐가 얼마나 다른가. 더 맛있는 식사를 하고 더 깨끗한 곳에서 잠자며 변기를 사용하고 자동차를 몰아본다고? 아니면 훨씬 우수한 뇌를 가졌으며 종자 자체가 다르다고 말할 셈인가. 그렇다면 그들과 우리는 생체구조는 얼마나 다를까. 한 절반가량? 아니다. 만만의 콩떡이다. 겨우 눈곱만큼 다르다. 그들이나 우리나 거의 비슷한 생명체다. 게놈구조로 보면 인간과 침팬지는 불과 일 퍼센트 정도의 차이가 난다. 사람과 쥐를 비교해도 그 정도 차이가 난다. 검색 없이 쓰는 글이므로 소랑 쥐 중에 어느 놈이 더 인간과 가까운가는 모르겠다. 그러거나 양심이 있어야지. 한 절반 달라야 다르다고 말할 수 있지 않을까? 사실 모든 동물과 식물들은 어떤 의미로 가족이나 다름없다. 생명체들의 단백질 생성에 필요한 정보는 사람과 동물과 식물들이 모두 똑같은 방식으로 암호화되어 있다. 생명은 결국 맨 위의 조상이 같은 것이다. 그러므로 우리는, 실상 모두가 피보다 약간 덜 진한 더 이전의 근본을 함께 공유하는 한 가족이다.

인간이 뭐가 얼마나 다른가. 잘 씻고 갖춰 입고서 로션도 슬쩍 바르고 휴대 전화기를 들고 거리에 합류할 땐 제 뱃속에 똥이 가득한 것은 잊혀질 것이다. 한낱 기분뿐인 겉치장 뒤 우리 인간의 본래 모습, 그러니까 변비가 심한 날 항문에 잔뜩 힘을 주면서 생각해보라. 진득한 고생 끝에 괄약근이 더 벌어지고 드디어 굵은 똥이 밀고 나오면 피부로 다 느끼면서 아이고, 다행이지 않던가? 죽을 똥을 싸는 동안 기관지에 무리가 가서 가래도 카악, 올라온다. 신체가 아직 건강할 때도 당하기 싫은 일을, 힘 빠진 인생 마지막에 요양원에 가서는 대책 없이 실컷 하게 된다. 그것이 인간의 본모습이다. 진실을 겪고 죽으니 그나마 다행 아닌가? 사회성이니 체면이니 하는 말로 걸치게 된 그 위선을 벗고 나면, 먹고 싸고 늙고 병들어 죽는 것은 동물이나 사람이나 같다. 약간의 세월이 남았으니까 남의 일 같을 뿐이다. 그런 건 치질 고치는 가게가 항문병원이 아니라 학문병원으로 둔갑하는 것과 다름없다. 한 걸음만 더 들어서면 똑같이 똥구멍을 까발려야 된다.

사실 우리에게 더 소중한 것은 어떤 숭고한 사상이 아니라 신 따위는 없어도 되는 물질주의인지 모른다. 그렇게 견지하면 숭고한 사상 따위는 우리를 어떤 굴레 속에 붙잡아두려는 악의 축에 불과하다. 그런 잡것들은 우리들의 물질주의를 파괴하고 눈먼 순종을 독려하여 도로 부당한 굴레 속에 가두려고 부추기고 있다. 윤리와 도덕과 정의라는 값싼 로션을 슬슬 뿌려가면서. 그런 것에 속아서 더러운 순종을 이어가느니 차라리 자유롭게 반항해보는 게 나을 것이다. 그러나 반항의 기미가 보이면 대장급 숭고한 사상이 나서서 너 그러면 지옥으로 떨어지느니 마느니 겁을 준다. 속히 물질주의를 버리고 대자연의 위대한 섭리에 잘 따르고, 더 아끼고 사랑하다가 후손에게 길이 잘 물려줘야 한단다. 다소 억울해도 반항하지 말고 계속 착실하게 순종하라는 것이다. 그렇지만 그 대장이라는 놈이 주장하는 위대한 섭리 속에 진짜 더러운 것들이 잔뜩 들어 있다. 당한 놈만 서러운 약육강식이다. 이 부당한 섭리는 아마도 대자연을 싹 다 뭉개버리지 않는 한 계속될 것이다. 약육강식뿐인 그따위 섭리를 도대체 누구한테 물려 줘야 한다는 말인가. 인류가 그저 순종에 따르지 않고 제멋대로 반항하다 멸망에 이른다 쳐도 그 가치는 아마 굴욕적인 순종을 이어 나가는 것보다 훨씬 의미가 있을 것이다. 사슴, 노루, 토끼, 다람쥐…. 약자들의 박수갈채가 있지 않겠는가? 다른 것은 하나도 중요하지 않다. 쌀 땐 비슷하게 싸더라도 인간이면 뭐가 좀 달라야 할 것이다. 반항의 결과로 환경이 파괴되고 어떤 신의 분노까지 더해 재앙이 닥치면 얼핏 큰일처럼 생각된다—큰일은 무슨, 그럼 지구가 망하면 된다. 진짜 소중한 것을 발견했으므로 까짓것 중요하지 않다. 누군가 나서서 반항해야 한다면 그것은 고등동물인 인간의 몫이다. 여태 그들을 괴롭히며 강자로 군림했으면 이제 뭔가 보답을 해야 하지 않을까?

다만 진실로 별것 아니지만, 손해 볼 것 하나도 없지만 그래도 좋은 게 좋다고 신 따위가 아니라 내 쪽에서 선심을 쓸 적에 좀 다른 방법이 있기는 하다. 나부터 아까 그 순종으로 되돌아가는 고리를 끊으면 된다. 분노의 끝, 맑은 자리가 되었을 때 속지 말고 한 걸음 더 나아가 그 너머 '도'를 발견하는 것이다. 결코 흐지부지 순종으로 되돌아가서는 안 된다. 도는 한자 말이지만 그 뜻은 글자 이전의 것이다. 도란 떠가는 구름처럼 한껏 홀가분하다. 주지적이고 말만 그럴듯한 동양사상과는 별개로 자유롭고 분방한 인간중심의 서양철학이 도에 더 가까운 이유다. 이러쿵저러쿵 궁리하다가 틀릴 수도 있고 더 좋은 것도 나온다. 가장 좋은 것은 케케묵은 윤리 도덕이 아니라 그런 자유분방함 속에 들어 있다. 우리는 대대로 자기 대의 삶을 희생하면서 유전물질의 무작위 조합과 변이를 통해 고등생물로 진화해 왔다. 그것이 반항이자 자유분방이다. 방향만 맞으면 바로 거기서 부처의 씨앗이 싹트고 재단을 뒤엎은 예수의 발길질도 나온다. 그렇게 마음의 변화를 일으킨 다음 내가 강하게 주도권을 쥐고 순종에 합류한다. 그러면 그 순종은 예전의 굴욕적인 것이 아니다. 그러면 새로 생겨난 삶에 대한 열정도 나를 따라서 방향을 바꾼다. 이제 그 부드럽고 확신에 찬 손가락은 가장 크고 높고 깊은 곳을, 경건하고 자유롭고 숭고한 것을 지목한다. 그것이 바로 도이다. 깨달음의 자리다. 또는 구원의 자리다. 얼핏 그것은 반항을 닮았다. 그런 가운데 우리들의 영웅 안중근 의사가 떠오르면서 사고방식이 다음과 같이 강하고 검소하게 된다.

恥惡依惡食者不足與議(치악의악식자부족여의). 궂은 옷 거친 음식을 부끄러워하는 자와는 더불어 의논하지 않는다.

—지위가 낮고 보잘것없고 가난하다고 무시하는 것들은 나도 인간 취급을 하지 않겠다.

[일단은 조용히 살겠지만 나는 이제 신으로 불리는 네놈이 부려 먹던 그 내가 아니야! 어디 두고 봐라. 내가 반드시 너에게로 가서 부당한 너를 몰아내리라. 선언하노니 나의 일은 [너]가 아니라 [나]가 결정한다. 나는 이제 인간이 아니고 더 큰 의미의 온전한 생명이다. 그러므로 나는 네가 정한 대로 살면서 생명을 차별하지 않겠다. 물에 휩쓸린 강아지를 보면 설혹 내가 죽더라도 상관 안 하고 대번에 뛰어들어 구하겠다. 그 옆에 사람이 떠내려가도 나는 그 어린 강아지를 먼저 구하겠다. 나에게는 녀석의 고마운 눈빛 한 번이 인간의 목숨보다 더 소중할 수도 있다. 그것은 내 맘이며 어떤 놈이 간섭할 일이 아니다. 대통령 녀석 따위—우리나라만 대통령이 있는 건 아니다—와 마주쳐도 놈이 먼저 인사하면 나도 가볍게 대꾸는 하겠으나 평생 시장통에서 모은 돈을 장학재단에 기부한 그 할머니를 보면 반드시 큰절을 올리겠다. 그곳이 진흙탕이어도 변함없다. 웃을 놈은 웃어라. 그것은 굳건한 내 맘이다. 담장 너머 수도꼭지에서 물이 흐르면 반드시 넘어가서 잠그고 나온다. 도둑의 누명을 쓰던지 까짓것 내 알 바 아니다. 나보다 못난 사람에게 근본적으로 미안해하겠다. 잘난 것을 더 가져다 누렸으므로 당연한 일이다. 거지를 보면 반드시 주머니에 있는 것을 나누겠다. 내게 남

는 것은 본래 그의 것이다. 또 어떤 부당함도 외면하지 않겠다. 가령 인종 차별로 체구가 작은 동양인을 괴롭히는 백인을 맞닥뜨리면 돌멩이를 주워 놈의 대갈통을 부숴놓겠다—나는 누가 하든 이런 행동을 위대한 결단으로 규정한다. 그건 언어맞은 놈을 사랑하고 나 자신을 맑히는 일이다. 재빨리 도망가는 것은 본능이므로 비겁한 짓은 아니다. 아무 때에 들켜서 불이익을 당하더라도 다음번에도 결코 그런 불의를 외면하지 않겠다. 남의 눈을 의식한 거추장스럽고 비싼 옷을 버리고 편한 것을 입겠으며 쓸데없이 혀를 달구는 대신 되도록 순박하고 검소한 음식을 먹겠다. 혼자 호의호식하거나 남보다 우위에 서는 짓은 하지 않겠다. 싯다르타노 왕자의 사리를 발로 차 버렸으며 예수도 부당한 재단을 걷어차 버렸다. 오호라, 그러고 보니 친구가 둘이나 있었구나….]

*

저 앞에서 하던 이야기를 마저 한다. 생명체는 흙에서 육신을 빌려왔지만 새로운 요소가 깃들였다. 그것은 영혼이다. 우리는 영혼으로 있다가 하늘의 마음인 북두칠성으로부터 점지를 받고 이 땅에 태어났다. 따라서 삶을 견디다 죽으면 육신과 영혼이 도로 분리되어 각각 원래대로 돌아간다. 그러므로 유기체의 움직임은 처음부터 직각 방향이다. 그 움직임은 실제 도표상에서 수직과 수평으로 완전히 나뉜다.

유기체의 중심은 운행을 시작하면 격렬하게 바뀐다. 가만 생각해보라. 안 바뀌고 가만히 있는데 무슨 운명의 변화가 있겠는가? 그런 존재는 생명이 아니다. 움직이지 않고 모든 것을 품을 수 있는 것은 하나로서의 하느님이지 우리 인간이 아니다. 그 하느님도 움직이지 않으면 우주가 존재하지 않는다. 무시(無始)다. 그래서 하늘도 변한다. 하늘의 중심에 따라 별도 변하고 땅도 변한다. 그것이 현상계다. 인간은 땅의 중심의 수를 타고 움직이면서 운명을 바꿔 나간다. 이것은 변화된 형상인 도표로써 증명된다. 요라는 녀석은 물론 여기까지는 이해하지 못했다. 첫 단추를 잘못 잠그는 이 같은 문제는 반드시 다음 실수를 낳는다. 그런 식으로 명협풀이니 거북이 등껍질이 등장하고 지수화풍 넷을 다섯으로 늘리기 위해 금을, 동서남북의 생성원리를 모른 채 중앙을 하나의 방향으로 추가했다. 모두 숫자 5를 올바로 이해하지 못하고 집착한 결과다. 중앙은 움직임을 갖는 방향이 아니라 교차점이며 제자리다. 제자리는 변화하지 않는다. 삶 자체가 변화이므로 억지로 잡아매면 죽는다. 더불어 인간의 잘못된 삶의 방식도 자연에 영향을 끼치겠지만 그보다 범위가 큰 사념(邪念)은 하늘의 심기를 건드린다. 또한 유호 씨가 말하는 금지의 도다.

각각의 인간은 별도로 점지를 받았으며 자기만의 중심이 있다. 그런 얽힘은 물질이 아니므로 수많은 홀로그램이라고 말할 수도 있겠다. 인간을 포함한 수많은 생명이 서로 얽히고설키며 자기만의 중심을 타고 이리저리 변화무쌍한 삶을 살아간다. 이것이 만왕만래다. 이것이 자연계이며 또한 [나]의 삶이다. 바로 이것이 천부경과 부도지가 분명하게 말하는 원리다. 또 주역의 원리이기도 하다. 10은 짝수이지만 이미 1이 품고 있으므로 이제 모든 홀짝수의 생성원리를 알게 되었다. 정리하자면 3은 5의 중심의 수를 따르며 5는 7과 9의 중심의 수를 따른다. 다소 설명이 복잡하나 도표를 설명할 때 전부 다 알게 된다. 짐작이긴 한데 원리에 대한 이러한 설명이 아마 역시지일 것이다.

한 가지 더 말하면 하늘은 늘 움직이고 변하나 그 중심은 움직이지 않는다. 그런데도 억지로 천부경의 구구 팔십일을 인간의 삶의 흐름과 같이 반시계 방향으로 운행을 시도하면 다음과 같은 중심수들이 나온다. 41, 35, 55, 20, 4, 2, 74, 12, 3, 45, 6, 48, 47, 29…. 41은 움직임을 시작했을 때의 중심이며 바른 방향 움직임의 중심의 수이다. 그러나 곧 변하고 그 여덟 번째는 3이며 무(無)이다. 무는 없음이자 허무(虛無)의 도라는 뜻도 되고 금지하라는 뜻도 된다. 여덟 번째. 그리고 3… 처음부터 세면 아홉. 이것은 중요한 의미를 지닌다. 나는 더 진행하지 않았다. 금지하면서, 하늘의 중심은 변하면 안 된다고 알아챘다. 만약 이 하늘의 중심이 움직이면 그것은 청천벽력이다. 하늘 중심의 변화는 곧 이 우주의 소멸을 뜻한다. 여기서 다중우주를 들먹이면 그것이 합당한 일인지는 모르겠다. 아무튼 이것을 시도하는 것은 인간에게는 금지다. 이 우주를 유지하기 위해 하늘은 바르게만 돌아야 한다. 바른 숭심은 41이다. 41은 여섯 육(六)이다. 여섯 육은 이 우주의 수 3이 음과 양으로 결합한 모습이다. 그러면 나머지 3이 필요한데 어디로 갔는지 생각해보라. 그것이 생명의 몫이고 [나]의 삶이다—또 잘 생각해보면 마침내 우리 자신이 하느님인 까닭이다.

아무튼 천부경의 수 9는 81로 뻗어서 바르게 돌고 여섯 번째에 제자리로 돌아온다. 실제 하늘은 그렇게 돈다. 그러나 그것은 뒤집혀 있으므로 여섯 번을 더 돌아야 다시 뒤집혀 온전히 처음의 시작으로 돌아온다—바르게 도는 변화의 원리다. 또 하늘을 열둘로 구분하는 이유다. 각 별자리가 서로 뒤집힌 자기만의 반대 별자리를 가진 이유이기도 하다. 이에 각 구분의 시작점을 알면 별자리들의 시작 시점과 변화를 살펴볼 수 있을 것이고, 열두 번이라는 시점들의 변화를 모두 파악하면 뭔가 커다랗게 돌아가는 우주의 뜻을 짐작할 수 있을 것이다. 그것은 내 소관이 아니다. 나는 기준이 되는 여덟 숫자를 제시했다.

8	1	6	9	8	7	2	9	4	1	2	3
3	5	7	6	5	4	7	5	3	4	5	6
4	9	2	3	2	1	6	1	8	7	8	9

• 부도지 제0도 •

- 바른 움직임 4개의 도표. 마방진으로 진행한다. 원리는 간단하다. 맨 좌측의 3칸이 시작 도표이다. 위 정중앙에서 1부터 9까지 시작한다. 오른쪽 사선 방향으로 진행하는데 거긴 허공이므로 그 맨 아래로 내려간다. 거기다 2를 적는다. 사선 방향이 또 허공이므로 그 칸의 맨 좌측으로 붙는다. 거기다 3을 적는다. 진행하려다 이미 채워진 숫자를 만나면 그 채워진 자리의 바로 아래로 이동한다. 거기다 4를 적는다. 사선 방향으로 5를 적고 6을 적는다. 귀퉁이 허공을 만나면 그 바로 아래에 적는다. 그것이 7이다. 다시 허공이므로 맨 좌측에 8, 다시 허공이므로 맨 아래에 9를 적는다. 한 번 변화가 완성되었다. 이것이 일년이다. 붙어 있는 두 번째 도표의 위 중앙에 8을 적는다―이렇게 다시 시작한다. 따라서 모두 4년의 대력이다. 이 과정을 새로 시작해봐야 같은 도표로 빙빙 돈다. 구구 팔십일의 천부경도 방식은 마찬가지다. 해당 도표를 살펴보면 알 수 있다.

8	1	6
3	5	7
4	9	2

이건 부도지 제0도의 한번 변화한 도표이다. 이 도표가 변화하는 기간이 일년이다. 이때 직각 방향으로 열세 번의 변화가 따라붙는다. 그것이 아래 열세 번의 변화, 즉 13개월이다. 이는 지구의 중심 13에 따른 것이다. 크게 원을 그리는 13개월의 변화가 끝나면 도표의 움직임은 처음으로 돌아온다 —열세 개의 도표를 모두 살펴보라. 이 움직임은 유기체적이므로 중앙에서부터 반시계 방향의 회오리로 돌아 나온다. 맨 좌측 도표의 윗줄 중앙에 5를 적어서 시작한다. 다음에 마방진의 작성법에 따라 3, 4, 9, 2, 6, 1, 8, 의 순으로 적는다. 도표 그리기 편의상 넷씩 붙여서 끊었다. 실제로는 13개가 죽 이어져야 한다.

1	5	7	5	2	6	2	3	7	3	4	6
4	2	6	9	3	7	8	4	6	1	9	7
9	8	3	8	1	4	1	5	9	5	2	8

4	9	7	9	8	6	8	1	7	1	5	6
5	8	6	2	1	7	3	5	6	4	2	7
2	3	1	3	4	5	4	9	2	9	8	3

5	2	7	2	3	6	3	4	7	4	9	6
9	3	6	8	4	7	1	9	6	5	8	2
8	1	4	1	5	9	5	2	8	2	3	1

9	8	7
2	1	6
3	4	5

· 부도지 제1도 ·

278

9	8	7
6	5	4
3	2	1

이것은 부도지 제0도의 두 번 변화한 도표이다. 여기에 13개월이 붙는다. 변화하기 전의 모습이 뒤집힌 형상이다.

8	5	4	5	1	7	1	6	4	6	3	7
3	1	7	2	6	4	9	3	7	8	2	4
2	9	6	9	8	3	8	5	2	5	1	9

3	2	4	2	9	7	9	8	4	8	5	7
5	9	7	1	8	4	6	5	7	3	1	4
1	6	8	6	3	5	3	2	1	2	9	6

5	1	4	1	6	7	6	3	4	3	2	7
2	6	7	9	3	4	8	2	7	5	9	4
9	8	3	8	5	2	5	1	9	1	6	8

2	9	4
1	8	7
6	3	5

• 부도지 제2도 •

- 바른 움직임 제2번. 반회오리 움직임 13개를 직각으로 붙임.

2	9	4
7	5	3
6	1	8

이것은 부도지 제0도의 세 번 변화한 도표이다. 여기에 13개월이 붙는다.

9	5	3	5	8	4	8	7	3	7	6	4
6	8	4	1	7	3	2	6	4	9	1	3
1	2	7	2	9	6	9	5	1	5	8	2

6	1	3	1	2	4	2	9	3	9	5	4
5	2	4	8	9	3	7	5	4	6	8	3
8	7	9	7	6	5	6	1	8	1	2	7

5	8	3	8	7	4	7	6	3	6	1	4
1	7	4	2	6	3	9	1	4	5	2	3
2	9	6	9	5	1	5	8	2	8	7	9

1	2	3
8	9	4
7	6	5

• 부도지 제3도 •

- 바른 움직임 제3번. 반회오리 움직임 13개를 직각으로 붙임.

1	2	3
4	5	6
7	8	9

이것은 부도지 제0도의 네 번 변화한 도표이다. 여기에 13개월이 붙는다. 사실은 이것이 맨처음 원본이며 움직임의 기본이 갖춰진 상태다. 따라서 어떤 의미로는 제4도의 움직임을 처음 일년으로 보는 것이 맞을 듯하다. 대력의 첫 일년이 시작되는 것이다. 더구나,

'5와 7이 크게 퍼져나가 고리를 이루면 이후 5라는 자리는 범위와 한계가 없을 뿐만 아니라 그 자리에 4와 7이 들어서게 된다.'

등의 기록을 여기서 이해할 수 있다.

2	5	6	5	9	3	9	4	6	4	7	3
7	9	3	8	4	6	1	7	3	2	8	6
8	1	4	1	2	7	2	5	8	5	9	1

7	8	6	8	1	3	1	2	6	2	5	3
5	1	3	9	2	6	4	5	3	7	9	6
9	4	2	4	7	5	7	8	9	8	1	4

5	9	6	9	4	3	4	7	6	7	8	3
8	4	3	1	7	6	2	8	3	5	1	6
1	2	7	2	5	8	5	9	1	9	4	2

8	1	6
9	2	3
4	7	5

· 부도지 제4도 ·

- 바른 움직임 제4번. 반회오리 움직임 13개를 직각으로 붙임.

부도지의 풀이는 사람마다 약간씩 다르다. 원본을 지키며 전체를 더 매끈한 이야기 형식으로 바꿀까도 생각했지만 이미 좋은 문장으로 재구성한 책자도 나와 있어서—그 대표적 예가 '장한결의 부도지 강의'다—그럴 필요는 못 느낀다. 차라리 할 말을 하고자 했다. 초고대의 기록과 마지막 빙하기 이후의 기록이 뒤섞인 듯 보이는 1장에서부터 7장까지만 살펴본다—특히 7장은 복본의 맹세가 담긴 부분이다. 나는 부도지 연구가는 아니지만 나름 떠오르는 대로 생각을 보태는 데에 주저하지 않겠다. 생각이 다르면 그저 글쓴이의 사견(私見)으로 보아주면 된다. 다만 역사책을 쓰려는 것은 아니니 전체 내용을 보려면 다른 서적들을 읽기 바란다. 서두를 먼저 살펴보고 곧바로 해독이 불가했던 역법을 다루도록 하겠다. 복본의 맹세라는 게 민족을 넘어 인류 전체를 일깨워주는 의미가 크고 세월이 흘러 이제 그 시기가 되었다고 생각한다. 바로 지금 말이다.

그런 점들을 염두하고 인류의 시작과 고대의 역사가 이러하였구나 싶은 차근한 심정으로 읽어주기를 바란다. 앞에도 말했으나 생명을 닦아 환난을 이기는 방법을 제시하려는 책에 군이 부도지를 포함하는 이유는, 지상 최고의 경전인 천부경과의 동질성을 확인하고 잃어버린 역법을 서로 의견을 보태어 되살려보자는 뜻이다. 그러므로 이 부분은 부도지를 이미 알고 있으며 다만 역법이 궁금한 사람들을 위해서다. 그러자니 첨가한 도표들도 모두 21, 22, 23장의 해석을 위한 것이 되었다. 내가 무슨 특별한 능력이 있어서가 아니라 '전체를 고찰하고 이해하며 바른 기준을 세우는' 과정에서 소중한 의미를 알게 되었으며, 더불어 하나 깨달은 것은 그야말로 이 지경의 세상은 이제 얼마 남지 않았다는 사실이다. 올바른 역법의 사용을 위한 운동이 이미 일어난 것으로 알지만 계기에 더해 다시금 문제가 제기되고 인류가 서둘러 깨어나서 한뜻이 되기를 바란다. 제발 호미로 막을 일을 삽으로도 막지 못하는 무서운 상황이 벌어지지 않았으면 한다. 한편 모두에게 유용하기를 바란다.

제1장

麻姑城은 地上最高大城이니 奉守天符하야 繼承先天이라, 成中四方에 有四位天人이 堤管調音하니 長曰 黃穹氏오 次曰 白巢氏오 三曰 靑穹氏오 四曰 黑巢氏也라. 兩穹氏之母曰穹姬오 兩巢氏之母曰巢姬니 二姬는 皆麻姑之女也라. 麻姑 生於朕世하야 無喜怒之情하니 先天爲男하고 後天爲女하야 無配而生二姬하고 二姬亦受其精하야 無配而生二天人二天女하니 合四天人四天女야라.

부도지에서 저 때의 지구는 우주의 중심이다. 하느님의 모든 관심이 지구에 쏠려 있었다. 하늘과 땅이 생겼으니 이제 본격적으로 인간의 창조라는 중요한 작업을 시작한 것이다. 우선 하늘에 있던 마고성이라는 게 지상에도 세워졌다. 그처럼 천부를 봉수하고 선천을 계승하였으니 그 위상이 지상 최고의 성이었다. 이런 특이한 마고성의 구축은 우리 인간을 탄생시키거나 돕기 위한 과정이었을 것이다. 보면 하늘과 땅과 사람의 셋 중에서 가장 중요한 게 사람이다. 생각할 것도 없이 사람이 맨 나중에 나왔기 때문이다. 가령 나무 손잡이가 한 자 가까이 되는 긴 톱이 있다. 손잡이가 너무 길어서 언뜻 보기에 두 손으로 잡고 사용해야 하는 것 같은데 그것은 정확히 한 손용으로 나온 것이다. 그럼 어디를 잡아야 하는가? 당연히 자루의 맨 마지막이다. 그곳이 실제 손잡이다. 그래야 수직 방향의 움직임이 안정되어 흔들림 없는 절단이 이루어진다. 살펴보면 마찬가지다. 인간의 창조 작업이 이렇게 지대한 배려 속에서 착착 진행되었다. 맨 마지막에 달린 가장 중요한 손잡이를 만들기 위한 과정이다. 제2장에서 보듯 하느님은 우선 마고를 탄생시켰으며 궁희(穹姬)와 소희(巢姬)를 낳고 또 이들이 네 천인(天人

)과 네 천녀(天女)를 낳았다. 삼태성과 북두칠성도 하느님의 명에 따라 역할을 다하는 것으로 보인다. 그렇게 생겨난 우리는 하늘의 뜻이 새겨지고 지구의 품성과 변화를 이어받게 되었다. 따라서 하늘은 아버지요, 지구는 나의 어머니라는 말이 나온다.

제2장

先天之時에 大成이 在於實達之上하야 與虛達之城으로 並列하니 火日暖照하고 無有具象하야 唯有八呂之音이 自天聞來하니 實達與虛達이 皆出於此音之中하고 大城與麻姑赤生於斯하니 是爲朕世라. 朕世以前則律呂幾復하야 星辰巳現이러라. 朕世幾終에 麻姑生二姬하야 使執五音七調之節하다. 城中에 地乳始出하니 二姬又生四天人四天女하야 以資其養하고 四天女로 執呂하고 四天人으로 執律이러라.

마고대성은 선천(先天)의 시대에 이미 실달성(實達城) 위의 허달성(虛達城)과 나란히 있었다─실과 허라니, 짚이는 게 있지 않은가? 그때에는 별들과 태양이 먼저 생겨나 햇볕만이 따뜻하게 쬐고 이곳 태양계에는 아무것도 없었다. 이윽고 8여(呂)의 음(音)이 하늘에 울려 퍼지니 먼저 실달성과 허달성이 생기고 이후 마고대성과 마고도 생겨났다. 이것이 짐세(朕世)다. 짐세 이전에는 율려(律呂)가 저절로 깜박이다가 별들이 출현하였으며 또 짐세의 마지막 무렵에는 마고가 궁희와 소희를 낳아서 이 두 딸에게 오음칠조(五音七調)와 음절(音節)을 맡아보게 하였다. 성안에 지유(地乳)가 나오도록 하여 궁희와 소희가 낳은 네 천인과 네 천녀를 먹여 길렀다. 이후 네 천녀는 여(呂)를, 네 천인은 율(律)을 맡아보게 되었다.

뒤집힌 설명인데, 그러니까 태초에 율려가 있었으며 그것이 우주를 창조한 에너지다. 그 율려가 나타났다 사라지기를 반복하다가 별들과 태양이 생겼으며 세상이 밝아지게 되었다. 태양계에는 아직 아무것도 없었다. 이후 8여의 음이 하늘에 울려 퍼지자 실달성과 허달성이 생기고 마고대성과 마고도 생겨났다. 그때를 짐세라고 하는데 그 마지막 무렵에 마고가 궁희와 소희 두 딸을 낳았다. 그리고는 딸들에게 5음과 7조를 맡겼다.

여기서는 이런 느낌이 든다. 같은 말이지만 하나가 삼으로 분화되어 하늘과 땅이 생기고 이제 가장 중요한 생명이 생길 차례인데, 그러기 위해 마고가 먼저 생겨나서 궁희와 소희를 낳고 5음과 7조를 맡기는 등 철저한 준비를 하였다는 것이다. 궁희와 소희는 네 천인과 네 천녀를 낳았다. 이들을 지유를 먹여서 길렀고 여와 율이 잘 관리되도록 맡아보게 하였다. 하늘과 별들이 생겼으니 셋 중에 둘은 이루어졌다. 이제 생명만 있으면 3이 완성되는데 왜 느닷없는 마고가 먼저 생겨서 거기 관여하는 것일까? 나는 여태 하느님이 직접 인간을 주물럭거려서 만든 줄로만 알았다. 논리라고 볼수도 있지만 더불어 생명에 대한 하느님의 지대한 관심, 또는 생명 탄생의 소중함을 암시하는 이야기 구조인 것 같다. 그리고 개인적인 이야기지만, 그니깐 나중에 깨닫고서 약간 놀랐는데, 나에게 삼태성의 역할을 가르쳐준 사람은 다름 아닌 할머니였다. 간단하게 언급한 적이 있을 것이다. 할머니는 옛날이야기처럼 무슨 말인가를 들려주다가 자신의 몸에 새겨진 상징을 어린 나에게 보여주며, 그 앙상한 손가락으로 불쑥 하늘의 삼태성을 지목하였다. 지금도 의아한 게, 나는 대낮이었는데도 마치 손가락이 가리키는 그 세 개의 별을 직접 본 것처럼 기억하고 있다. 그리고 반복적으로 겪어야 했던 그 무서운 꿈!

할멈이라 부르든지 할미라고 부르든지 아무튼 할머니라는 존재들은 뭔가를 숨기는 듯 늘 개운치 않다. 나의 할머니도 그렇고 마귀할멈도 그렇고 마고할미도 마찬가지다. 그 헌신적인 속마음이 다 드러나 오히려 측은

해지기 전까지는. 마고 문화권에서는 마고를 삼신할미라고 불렀다. 삼신의 의미는 셋을 한데 묶은 것이다. 어머니인 마고는 생명 창조의 지휘자로 하늘의 뜻을 대변하는 것 같고, 두 딸인 궁희와 소희를 합해 모두 셋이다. 궁희와 소희는 5음과 7조를 관장했다. 생명의 창조에는 5음과 7조가 필요하다. 그것들은 땅 어머니와 북두칠성의 역할을 의미한다. 5는 땅의 기본수이고 7은 북두칠성의 기본수이다. 세 개의 성이라는 것도 당연히 삼태성을 의미할 것이다. 그러니까 인간은 특별한 장치와 함께 온 우주의 관심이 집중된 축복 속에서 탄생했다.

삼태성은 'NASA'의 부정에도 불구하고 화성에 확실한 피라미드 형태로 있다. 지구상에도 여러 곳에 버젓이 있다. 그런 사실로 보아 언급되는 세 개의 성이란 삼태성이며 이를 모방한 것은 피라미드 형식이었을 것이다. 이것을 지구상에도 지었다는 뜻이 된다. 기록대로면 마고성은 사람이 수천 명이나 살았으므로 훨씬 더 넓고 큰 시설인 것으로 여겨지지만, 역시 기록대로면 거기 살았던 사람들은 어딘가 홀로그램의 성격도 있는 듯 보인다—기록 그대로면 도무지 알 수 없다. 이빨도 없었고 소화기관도 단순했으며 성품은 착하고 순진할 뿐이었다. 또 죽은 담에도 금가루처럼 빛을 내며 공중에 머물러 의사소통을 했다. 육신을 제대로 갖춘 사람으로 보기에는 너무나 엉터리 기록이다. 그러므로 그들은 완전히 육신화가 된 인간은 아니라고 보는 것이 오히려 예의다. 다 하느님의 뜻이니 따지지 말고 적힌 대로 일단 믿으라고 하면, 그러면 그건 더 심각한 문제가 된다. 그러면 엄연히 기득권이 있으니 포도가 아니고 외국산 사과 쪽이 더 유리한 것 아닌가? 단어를 그냥 포괄적인 과일로 바꾸자고 하면 그쪽 나라에서 싫어할 것이다. 따라서 우리 것에만 집중하여 더 합리적으로 구분하여 보는 것이 옳다. 처음의 마고성은 죽으면 금빛으로 변하는 홀로그램 비슷한 인간들이 살았고, 나중에 재현된—아마 빙하기 이후—살아남은 인류를 돕기 위한 시설에서는 현생 인류가 살았을 것이다.

역할을 다한 처음 동네의 것은 오늘날에는 하드웨어로서 뾰족한 성체의 형태만 남아 있게 된 것 아닐까? 마고는 인격체가 아니거나 급이 높은 신이므로 직접 움직여서 성을 짓는 일은 하지 않는다. 개인적으로는 여기서 수메르 신화의 엔키를 떠올리게 된다. 하지만 엔키는 인격신이다. 현실적으로 피라미드는 초고대에 신들이 총괄하여 지었을 것이다. 비밀을 들여다보기 위해서라도 우리는 그들—초과학을 이룬 문명, 혹은 외계인이라 부르는—을 인정해야만 한다. 그러면 우주의 역사와 인류의 역사가 뒤섞인 이러한 연속되는 이질감은 그들과 우리의 공통 원리, 아마 천부경에 담긴 뜻으로 다 해소된다.

초고대의 신들은 지구인들을 위한 교육용 자료로 하느님을 마고라는 신으로 인격화했을 수도 있다. 그 마고는 세월이 흐르면서 여러 갈래의 비슷한 발음으로 변하는데 막고와 마꼬쉬, 마곡, 마기 등이 있다. 명상법을 소개할 때 설명하겠지만 하느님이라는 개념은 실제로는 [나]를 통하지 않고는 인격화가 불가능하다. 그런데도 인격신의 존재는 각 민족의 고대사와 수메르 신화에, 또 어떤 종교의 서적에도 여러 번 나타나는데 아마 두 가지 원인이 작용했을 것이다. 인류를 있게 한 초고대의 신—하느님은 아니다—들의 의도였거나, 추슬러 전한 후대 기록자들의 의도였거나. 아마도 더 후대에 벌어진 필사의 과정에서 자기 민족의 단합과 우수성 따위를 강조하고 당시 기준으로 이야기 구조를 더 논리적으로 꾸민 것으로 생각된다. 수메르 신들에 대해 읽다 보면 그들은 꽤 직선적이고 자기중심적이며 효율적인 성격이었다. 우리가 생각하는 바둑 두던 신선 할아버지들의 느긋하거나 인자한 모습은 별로 없다. 그것은 동서양의 차이 같다. 그럼 하느님은 우리 인간을 왜 만들었을까? 수메르 신화에서는 노동을 대신하기 위해, 어떤 신화에서는 하늘과 땅을 만들어 놓고 보니 몹시 허전하여, 부도지에서는 '향상(響象)의 수증修證'을 위해서다. 우리가 누군가의 허전함이나 달래는 역할이었다면 우선 자존심이 상한다. 이야기 구조에서는 수메르의 것이 탄탄해 보이지만 그것도 뭔가 가축화가 떠올라 찜찜하다. 그러나 향상의 수증이라는 부도지의 표현은 단번에 어떤 안도감과 함께 그나마 자존감을 불러일으킨다. 까짓것 한 단계 더 오르면 나란히 설 수도 있는 것이다.

수증은 우주를 유지하는 데에 아주 중요한 역할이다. 울림은 어딘가에 부딪혀 메아리로 되돌아오는 것이고 양쪽 손바닥이 마주쳐야 소리가 난다. 높낮이 없이 나란히 서서 하늘의 뜻을 받아주는 것이다. 그러니까 짝, 하는 마주침이 우주인데, 그 역할을 하는 [나] 없이는 우주가 존재하지 못한다. 그러므로 기분 좋게 잘 생각하면 이 우주는 [나]를 위해 만들어졌다. 선천에서 마고가 생기고 궁희와 소희가 생기고 그들이 각각 네 천인과 네 천녀를 낳고 오음칠조를 맡기고…. 그 야단법석을 거친 다음 다들 어디로 갔나. 지금 홀로 남은 건 생명으로서의 [나]뿐이다. 모두의 관심 속에서 내가 탄생하고 나는 이제 저 우주를 인식하고 있다. 누가 결과물인가. 나는 우주라는 아주 커다란 집안의 시끌벅적한 돌잔치를 마친 귀한 손이다. 그런 후 이 우주는 오로지 나에게 남겨졌다.

그러므로 내가 나를 만들었다—잘 생각하면 이 우주는 내가 만들었다. 손이란 무엇인가. 조상 할아버지의 염원이며 닮은 꼴이다. 존재를 잇기 위한 결과물이다. 이제 [나]는—또는 우리는—홀로 남아 저 먼 밤하늘의 별들을 바라보며 그 아득한 축복 과정을 떠올린다. [나]는 후대에 남겨진 유일한 결과물이다. [나]는 온 관심을 기울이고 축복을 퍼부어 염원인 후손을 탄생시켰으며 그 결과 도로 남겨져 여전히 이 우주를 '수증—인식'하며 주인으로서 존재를 이어가고 있다. 그러므로 내가 곧 하느님이다—손잡이가 누구인지를 생각하라. 바로 그 손잡이가 주인공이다. 또한 이 논리는 어떤 사건이 일어났을 때 누가 최종적으로 이익을 보게 되는가, 하는 것과 비슷하다. [나]는 결국 현실적으로 유일하게 '살아남은 존재'라는 차원에서 바로 사건을 일으킨 주인공이며 즉 범인이다.

여러모로 수증의 역할을 어찌 허전함과 노동에 비할 것인가. 민족을 넘어 전 인류에게 부도지가 중요한 이유이다. 마음을 닦아 처음으로 돌아가 모든 비밀을 다 아는 그 중요한 자리에 직접 머무르는 것 말고 다른 어떤 것이 중요한가?

제3장

後天運開에 律呂再復하야 乃成響象하니 聲與音錯이라. 麻姑引實達大城하야 大城之氣上昇하야 布幕於 水雲之上하고 實達之体이 平開하야 闢地於凝水之中하니 陸海?列하고 山川이 廣坼이라. 於是에 水域이 變成地界而雙重하야 替動上下而斡旋하니 曆數始焉이라. 以故로 氣火水土 相得混和하야 光分晝夜四時하고 潤生草木禽하니 全地多事라. 於是에 四天人이 分管萬物之本音하니 管土者爲黃하고 管水者爲靑하야 各作穹而守職하고 管氣者爲白하고 管火者爲黑하야 各作巢而守職하니 因稱其氏라. 自此로 氣火共推하야 天無音冷하고 水土感應하야 知無凶戾하니 此는 音象이 在上하야 常時反照하고 響象이 在下하야 均布聽聞姑也라.

후천(後天)이 열렸다. 율려(律呂)가 부활하여 음상(音象)을 이루었다. 성(聲)과 음(音)이 섞인 것이다. 마고가 실달성을 끌어당겨 천수(天水)에 떨어뜨렸다. 그러자 기운이 상승하여 실달성의 몸체가 평평해지고 물 가운데에 땅이 생겼다. 이로써 육지와 바다가 생겼으며 수역(水域)과 지계(地界)가 서로 돌아서 역수(曆數)가 시작되었다. 기화수토 네 가지가 서로 섞이며 땅이 자전과 공전을 하여 밤낮과 사계절이 구분된 것이다. 더불어 동식물도 자라

나서 비로소 모습을 다 갖추게 되었다. 네 천인은 만물의 본음(本音)을 나눠서 관장하였다. 토를 맡은 자는 황(黃)이 되고 수를 맡은 자는 청(靑)이 되어 각각 궁(穹)을 만들었으며, 기를 맡은 자는 백(白)이 되고 화를 맡은 자는 흑(黑)이 되어 각각 소(巢)를 만들어 직분을 다하므로 또한 부족들의 성씨가 되었다. 공중에서는 공기와 불이 돌고 땅에서는 물과 흙이 적당하니 조화롭게 되었다. 위에서는 음상(音象)이 비치고 땅에서는 향상이 있어서 늘 고르기 때문이다.

나는 선천과 후천의 과정을 이렇게 생각한다. 선천은 둘만 있고 가상 중요한 하나가 없었다. 그것이 생명이다. 그리고 [나]이다. 선천에서 온 관심을 기울여 진행하였고 드디어 우주를 인식하는 그 [나]가 생겨남으로써 후천이 시작되었다. 그렇게 보면 후천은 나의 인식과 함께 생겨난 것이다. 이것이 온당한 논리인 것이, 이중슬릿 실험에서도 물질은 내가 인식한 후에 생기고 인식되기 전에는 그저 파장으로 있었다. 그리고 후에 인간들이 말하는 선천과 후천은 태양계가 도는 과정으로서 재현된 것이다. 천부경에서 이미 밝혔다. 천부경이 운행하면 태양계는 열두 구분이 되고 단지 모양만 뒤집힌 선천과 후천이 각각 여섯 번씩 움직여 모두 열두 번으로 돌아간다. 따라서 선천과 후천이 몇만, 혹은 수십만 년마다 한 번씩 온다거나 하는 그런 생각은 방금 말한 진실에 비추어 모두 틀린 추측이다. 또 태양계에서 재현되는 과정으로 보면 곧 후천이 온다는 말도 틀린 것은 아니다. 나는 이미 그 시점까지 모두 밝혔다.

제4장

是時에 管攝本音者이 雖有八人이나 未有修證響象者라 故로 萬物이 閃生閃

滅하야 不得調節이라. 麻姑이 乃命四天人四天女하야 僻脇生産하니 於是에 四天人이 交娶四天女하야 各生三男三女하니 是爲地界初生之人祖也라. 其男女이 又復交娶하야 數代之間에 族屬이 各增三天人이라. 自此로 十二人祖는 各守城門하고 其餘子孫은 分管響象而修證하니 曆數始得調節이라. 城中諸人이 稟性純精하야 能知造化하고 飮啜地乳하야 血氣淸明이라. 耳有烏金하야 具聞天音하고 行能跳步하야 來往自在라. 任務己終則遷化金塵而保己性體하야 隨發魂識而潛能言하고 時動魂體而潛能行하야 在住於地氣之中하야 其壽無量일지라.

이때에는 본음(本音)을 관섭(管攝)하는 자는 여덟이었으나 향상을 수증하는 자가 있지 않은 고로 만물이 잠깐 사이에 생겼다가 조절이 되지 않았다. 마고가 네 천인과 네 천녀를 시켜 출산하도록 명했고 네 천인과 네 천녀는 결혼하여, 각각 삼남 삼녀를 낳았다. 그들이 인류의 조상이다. 몇 대(代)를 지내는 사이에 그들끼리 또 혼인하여 각각 삼천 인이 되었다. 시조들은 성문을 지키고 자손들은 향상을 나눠서 관리하였다. 이들이 모두 수증에 참여하니 역수(曆數)가 잘 조절되었다. 모든 사람은 지유를 마시므로 품성과 혈기가 맑았다. 귀에는 오금(烏金)이 있어 하늘의 소리를 들을 수 있고 늘 활기가 넘쳤다. 임무를 마치면 금빛 기운으로 변하여 성체(性體)가 보존되며 의식을 일으켜 소리를 내지 않고도 뜻을 주고받으니, 공중에 퍼져 살면서 수명에 끝이 없었다.

저 사람들은 우리와 다른가? 여러모로 참 이상하다. 각각 결혼도 하여 아이도 낳았다면서 분명 제대로 된 인간은 아니다. 아니면 아닌 것이지 우리 민족의 고대 기록이라고 해서 무조건 믿을 생각은 없다. 그렇게 추켜세우고 덮어주면 이 기록은 또 하나의 '문자 종교'가 되고 마는 것이다. 그런 종류는 이미 여러 개 있으므로 양보하는 게 도리일 것이다. 삼일신고에도 자신의 마음을 밝혀 구원을 얻어야지, 뭔가를 향해 밖으로 들입다 기도만 하지 말라고 분명히 적혀 있다. 그런 식으로 밖으로 기도를 하는 것은, 그런 구조로 된 종교는 태생적으로 자신들부터 우상의 숭배를 벗어나지 못한다. 우상은 인간들이 아무 데나 엎드린 결과 만들어진 것이다. 하느님의 본성을 타고났으면서 왜 아무 데나 엎드리는가. 삼일신고를 읽고, 참전계경을 읽고 실천하며 착하게 살면서 자기 마음속에서 하느님을 찾아야 진짜 구원을 얻을 수 있다.

그러니 두 동네의 이야기를 뒤섞은 것으로밖에 보이지 않는데. 다만 첫 동네의 이야기를 확대해석한 제3의 논리로 보면 저 때에 합당한 것으로서 떠오르는 게 있다. 바로 외계 비행체인 'UFO' 승무원들이다—그렇다는 이야기다. 그들은 외계인은 아니라고 판단되면서 지구촌 스타일의 인간도 아니다. 자신의 주인들에 의해 만들어졌을 것으로 짐작되는데 악인이라고는 판단되지 않으니 그러면 말도 잘 듣고 품성은 선할 것이다. 인간들보다는 어딘가 덜 자율적이면서 임무를 수행하고 나름 편안하고 행복한 삶을 누린다. 우리보다 더 강한 사회성을 가졌다고 생각되며 품성이 그렇듯 훨씬 규칙적이고 헌신적이라는 느낌도 든다. 우리처럼 여러 가지 음식을 먹지 않았을 것이니 내장기관도 다르고 단지 에너지를 공급하는 행위로서 간단히 무엇인가를 마시거나 섭취하면 되었다. 그러면 소화기 계통의 병에도 걸리지 않고 아마 화장실에도 자주 갈 필요가 없다. 의사소통은 공기를 떨게 하는 물리적 수단 대신 다른 방법으로 뜻만 전한 것 같다. 멀리 떨어진 경우나 공기가 희박한 곳에서 더 유용할 것이다. 죽음을 덜 두려워한다. 어떤 원리인지는 모르나 육신의 비중이 작고 생을 마치면서 느끼는 고통의 수반도 덜한 것 같다. 게다가 개별화된 정보만 있으면 다시 탄생할 수도 있다. 그다지 죽을 필요가 없어서 그냥 두면 계속 형상을 지니면서 존재할 수 있다. 그러면서 외관은 유기체적인 우리와 매우 비슷하다. 외계인 자체는 과학이 극도로 발달한 우리 인간 유형일지 모르겠지만 그들은 주인들과 그렇게 구별된다. 솔직히 적은 것이다.

우리가 휴머노이드라고 부르는 것들, 나중에 공들인 과학기술로 더 발전한 생체 혼합형 인조인간을 만들면 이렇게 될 것인가…. 한편 약간은 어이없다. 그러나 나처럼 느끼는 사람들이 의외로 많은데 오히려 그런 사람들이 더 자유롭고 물 맑은 심정을 가졌다고 생각한다. 아무튼 부도지는 이런 인간형이야말로 최고의 이상형이라고 암시하는데, 저런 삶이 어떤 궁극의 상태에 더 가까이 있다는 뜻인가? 이렇게도 저렇게도 단언할 수 없으니 그래서 어이없다는 것이다.

제5장

白巢氏之族支巢氏 與者人으로 往飮乳泉할 새 人多泉少어늘 讓於諸人하고 自不得飮而如是者五次라. 乃歸而登巢하야 遂發飢惑而眩倒하니 耳鳴迷聲하야 呑嘗五味하니 卽巢欄之蔓籬葡實이라. 起而佝躍하니 此被其毒力故也라. 乃降巢闊步而歌曰 浩蕩兮天地여 我氣兮凌駕로다. 是何道兮요 葡實之力이로다. 衆皆疑之하니 支巢氏曰眞佳라하거늘 諸人이 奇而食之하니 果若其言이라. 於是에 諸族之食葡實者多러라.

백소 씨 족의 지소 씨가 지유를 마시려고 샘에 갔는데 사람이 많아 길게 늘어선 것을 보고는 양보하고 돌아오게 되었다. 다섯 차례나 갔다가 그렇게 되돌아와 그냥 소(巢)에 오르니 배가 너무 고파 귀에서 소리가 울리고 어지러워서 쓰러질 지경이었다. 그렇게 되자 소 난간의 넝쿨에 달린 포도를 따서 먹어보았다. 열매를 먹는 행위는 금지된 것이었다. 오미(五味)를 먹고

293

쉬다가 어느 순간 펄쩍 일어났다. 신기하게도 세상이 달라져 있었다. 기뻐서 거주지 밖으로 나와 걷는데 저절로 흥에 겨웠다.

'넓고도 크구나, 천지여! 기운이 넘쳐서 이제야 알아보게 되었도다. 이것이 진정 바라던 바가 아닌가. 포도를 먹은 덕이다.'

라고 하였다. 사람들이 듣고 처음에는 지소 씨의 말을 의심하였으나, 계속 그렇게 주장하자 너도나도 먹어보았다. 과연 그 말과 같은지라 결국에는 모두가 앞다투어 먹었다. 참 이상도 하다. 분명히 우리와 감정이 다르지 않은 보통의 인간들이다.

이 장은 사실 너무 어설프다. 어떤 이유에선지 마고성 관리에 피치 못할 변화가 생겨 사람들이 성 밖으로 나와야만 했던 것 같다. 우선 과학적으로 배합된 영양죽인 지유의 공급이 예전처럼 순조롭지 않았으며 따먹는 걸 금지하였다면서 난간에 과일이 아무렇지 않게 매달려 있었다. 자제율과 과일을 동시에 주면서 인간을 시험한 것인가? 마고성 관리자들이 그런 야비한 짓은 했을 것 같지 않으므로 우리를 도와주던 그들에게 지구 범위를 넘어서는 더 큰 사정이 생겼다고 볼 수 있다. 그렇지만 일단은 저런 식으로라도 믿어보자. 그럼 따질 명분은 생긴다.

우선 사람이 많은데 어찌 샘이 작았더란 말인가? 배고파 쓰러질 지경에 이른 사람이 지소 씨뿐이었겠는가? 이것은 포도를 먹은 자의 잘못이라기보다는 지유를 공급하는 담당자거나 애초에 시설을 설계한 자들의 잘못이다. 포도든 사과든 배가 고파 쓰러질 지경인데 한번 먹어보지 않을 수 있는가? 그래서 먹은 것이, 그것이 최소 만년 넘게 대를 물려 원죄인가?

그렇지만 한편 그들을 이해한다. 마지막 빙하기 이후 거듭 일어설 수 있도록 생존자들을 도운 그 고마움을 어찌 모르겠는가. 한편 그들이 다시 내려와 사람들하고 함께 살면서 열심히 돕는, 그런 증거가 되는 벽화 등의 유물 유적들이 많이 발견되었다. 오히려 빙하기마다 그런 식으로 기회를 주었음에도 방향을 잘못 잡아 헛된 문명을 이루어 거듭 위기를 맞게 된 것에 대해서는 원죄라고 할 만도 하다. 그렇게 타협하는 게 비교적 무난하다. 어쨌든 더 위협적으로 떠올리게 되는 것은, 지금 지구상에도 사람이 너무 많다.

제6장

白巢氏之諸人이 聞而大驚하야 乃禁止守祭하니 此又破不禁自禁之自在律者也라. 此時에 食實之習과 禁祭之法이 始하니 麻姑閉門撤幕이러라. 已矣오 食實成慣者이 皆生齒하야 唾如蛇毒하니 此는 强呑他生故也오 設禁守祭者 皆眼明하야 視似梟目하니 此는 私窺公律故也라. 以故로 諸人之血肉이 ┌化하고 心氣 酷變하야 遂失凡天之性이라. 耳之烏金이 化作兔沙하야 終爲天聲하고 足重地固하야 步不能跳하며 胎精不純하야 多生獸相이라. 命期早熟하야 其終이 不能遷化而하니 此는 生命之數이 ┌惑縮故也라.

백소씨(白巢氏)의 사람들이 듣고 몹시 놀라서 곧 수찰(守察)을 금지하니 스스로 금지하는 자제율(自在律)을 파기하는 것이었다. 대신 강제하는 법이 시행되었다─의외로 큰 사건이었던 듯하다. 마고는 성문을 닫고 수운(水雲) 위에 덮여 있는 실달대성의 기운을 거두어 버렸다─그렇게 큰 사건인가? 열매를 먹은 사람들은 짐승처럼 씹어야 하고 소화력이 필요해졌기 때문에 모두 이가 생기고 침이 독해졌다─보라, 뭔지 몰라도 신체가 변했을 정도로 큰 사건이었다. 또한 잔꾀가 생겨서 맡은 바 임무를 소홀히 하고 사사로이 공률(公律)을 훔쳐보는 일마저 일어났다. 이후 피가 탁해지고 독한 마음이 생겨 본래의 성품을 잃어버리게 되었다.

귀에 있던 오금(烏金)이 변하여 토사(兔沙)가 되므로 끝내는 하늘의 소리마저 들을 수 없었고, 몸이 무거워져 움직임도 둔하고 태정(胎精)이 불순해졌다. 이 과정에서 성 밖의 원시인을 닮은 아이마저 낳게 되었다. 그들은 더 부룩한 짐승을 닮았다—성 밖의 다른 인간들이었을 것이다. 우리는 '호모 사피엔스 사피엔스'이며 고고학을 통해 네안데르탈인을 비롯한 여러 인종이 이미 있었다는 것을 알고 있다. …그리하여 수명도 줄어들고 죽으면 좋은 기운으로 있게 되는 것이 아니라 썩어 없어졌다.

제7장

於時에 人世이 怨咨하니 支巢氏이 大恥顔赤하야 率眷出城하야 遠出而隱이라. 且氣慣食葡實者와 設禁守祭者이 亦皆出城하야 散去各地하니 黃弓氏이 哀憫彼等之情狀하야 乃告別曰 諸人之惑量이 甚大하야 性相變異故로 不得同居於城中이라. 然이나 自勉修證하야 淸濟惑量而無餘則自然復本하리니 勉之勉之하라. 是時에 氣土相値하야 時節之光이 偏生冷暗하고 水火失調하야 血氣之類이 皆懷猜忌하니 此는 冪光이 卷撤하야 不爲反照하고 城門이 閉隔하야 不得聽聞故也라.

이에 사람들이 두고두고 원망하고 질타하니 어느 날 지소 씨가 자기 무리를 이끌고 성을 나가 버렸다. 또 지소 씨의 권유로 포도를 먹은 다른 자들도 덩달아 모두 성을 나가 이곳저곳으로 흩어지니 황궁 씨가 그들을 불쌍하게 여겨 매번 당부하기를,
'그대들의 미혹함이 정도를 넘어 성상(性相)이 변이(變異)한 고로 성에서 같이 살 수가 없게 되었소. 그러나 스스로 열심히 수증하여 미혹함을 깨끗이 씻으면 자연히 복본(復本)될 것이니 노력하고 또 노력하시오.'

라고 하였다. 이런 기록을 보면 황궁 씨도 우리와 전혀 다를 바 없는 똑같은 인간이다. 거듭 따져서 미안하지만 이런 보통의 인간이 하늘의 소리를 귀로 듣고 죽으면 금빛이 되어 편안하게 허공을 떠돌았다고? 하지만 그냥 넘어가는 게 예의일 것이다.

아무튼 일이 자꾸 커지고 사람들이 맡은 바 책임을 다하지 못하자 성 자체의 기능이 마비되기 시작했다—아마 이때쯤 지구의 운행에 변동이 생긴 것 같다. 기후가 변했다. 온난하지 않고 늘 찬바람이 매섭게 불어닥쳤으며 햇빛 또한 골고루 비치지 않아 세상이 어두워졌다. 이처럼 조화가 깨지고 생존이 어렵게 되자 나간 사람들끼리도 서로 시기하고 분열되었다. 일부 사람들은 견디지 못하고 다시 찾아와서 복본을 요구하였다. 배가 고픈 이들은 지유를 탐내어 성 밑을 파헤치고 마침내 성을 파괴하기까지 하였다. 상황이 이렇게 심해지자 더 보고 있을 수만은 없게 되었다. 가장 어른 격인 황궁 씨가 마고 앞에 나아가,

—여기서의 마고는 의심스럽다. 마고는 선천의 시기에 태어났는데 여태 뭘 하다가 여기 와서 사는가? 이미 나중 동네의 이야기이므로 여기서는 누군가 다른 신이 대리 노릇, 혹은 가장 높은 신의 역할을 했을 것으로 짐작된다.

사죄하며 모든 책임을 지겠다고 서약하였다. 물러 나온 황궁 씨는 제족(諸族)을 모아 의논하였다. 이에 천인(天人)들은 각각 권속을 이끌고 성을 나가기로 뜻을 모았는데, 언젠가는 깨끗한 상태로 다시 돌아올 것을 약속하였다. 이것이 '복본의 맹세'다. 이에 황궁 씨가 칡을 캐서 식량을 만드는 법을 가르친 후 천부(天符)를 새긴 신표를 나누어 준 뒤 성을 나서서 사방으로 길을 떠났다.

인류는 그렇게 흩어졌는데, 청궁 씨네 종족은 동쪽의 운해주로, 백소 씨네 종족은 서쪽의 월식주로, 흑소 씨네 종족은 남쪽의 성생주로, 우리의 조상이 되는 황궁 씨도 종족을 이끌고 북쪽의 천산주로 향했다. 천산주는 가장 춥고 험한 땅이었다. 황궁 씨가 이처럼 가장 불리한 곳으로 출발한 것은, 모든 어려움을 참고 견디어 기어이 복본의 맹세를 지키겠다는 다짐에서였다고 한다.

그렇게 천년이 흘렀다. 멀리 갈라져 간 무리는 자연스레 서로 왕래가 끊기게 되었다. 그 사이 마고는 궁희와 소희를 데리고 성을 보수한 뒤 허달성 위로 옮겨 버렸다. 이내 천수(天水)를 부어 성내를 청소하였으므로 그 물이 넘쳐 운해주의 땅을 크게 상하게 하고, 특히 월식주로 떠난 사람들이 많이 죽었다—아마 그 시기에 빙하가 녹았다. 그 영향으로 지축이 변하여 역수(曆數)에 차이가 생기고 처음으로 삭(朔)과 판(眅)의 현상이 생겨났다.

—삭과 판의 현상이 생겼다는 것은 지구 모양의 변화로 움직임에 변화가 생겼다는 말이다. 실제로 빙하가 녹으면 질량이 남북에서 허리쯤으로 몰리게 되며 공전에도 영향을 미치고 미미하나 자전 속도가 달라진다. 얼마나 달라졌느냐 하는 것은 나중에 설명한다.

한편 황궁 씨의 첫째 아들 유인 씨가 천부삼인을 이어받았다. 유인 씨의 아들 환인 씨가 천부삼인을 이어받았다. 환인 씨의 아들 환웅 씨가 천부삼인을 이어받았다. 환웅 씨의 아들 임검 씨가 천부삼인을 이어받았다. 시간이 삼천 년쯤 흘러갔다. 임검 씨 때에 이르자 인류는 이미 천부의 이치를 잊고 어리석음과 유혹에 빠져 살았다….

이제 모든 종족이 너무 오랫동안 멀리 떨어져 있어서 언어와 풍습이 달라졌다. 그래서 임검 씨가 서로 화합하고 왕래하며 복본을 위해 부도를 만들 것을 결심하였다. 임검 씨는 오래 걸려 사해를 순방하였다. 사해는 네 개의 큰 바다, 즉 지금의 오대양 육대주를 말하니 곧 지구 곳곳이다.

제13장

壬儉氏歸而擇符都建設之하니 卽東北之磁方也라. 此는 二六交感懷核之域이오 四八相生潔果之地라. 明山麗水連선萬里하고 海陸通涉이 派達十方하니 卽九一終始不之其也라. 三根靈草와 五葉瑞實과 七色寶玉이 托根於金剛之臟하야 遍滿於全域하니 此一三五七磁朔之精이 會方成物而順吉者也라. 乃築天符壇於太白明地之頭하고 設保壇於四方이라. 保壇之間에 各通三道溝하니 其間이 千里也오 道溝左右에 各設守關하니 此取法於麻故之本城이라. 劃都坊於下部之休하고 圖涵澤於三海之周하니 四律四浦連隔千里하야 環列於東西라. 律浦之間에 又設六部하니 此爲諸族之率居也라. 符都成하니 雄麗光明하여 足爲四海之總和요 諸族之生脈

임검 씨가 돌아와 부도를 건설할 땅을 택하였다. 즉 동북의 자방(磁方)이었다. 이는 2와 6이 교감하는 핵심지역이요, 4와 8이 상생(相生)하는 곳이다 ―아리스토텔레스의 도표와 같다. 밝은 산과 맑은 물이 만 리에 뻗어 있고, 바다와 육지가 서로 통하여 십 방으로 갈리어 나가니, 이는 1과 3과 5와 7의 자삭(磁朔)의 정(精)이 모여 만물이 생겨나고 번성하는 복된 땅이었다. 태백산 밝은 정상에 천부단을 짓고 사방에 보단을 만들었다. 보단 사이에는 각각 세 겹의 도랑을 두었다. 도랑 사이는 천 리였으며, 도랑의 좌우에 각각 관문을 설치하여 지키게 하였다. 이는 마고 본성에서 그 법을 취한 것이다. 부도의 하부를 나눠 마을을 만들었다. 삼해(三海)의 주위에 둥그렇게 못이 생겼다. 사진(四津)과 사포(四浦)가 천 리 간격으로 연결되어 동서로 줄을 지어 둘러쌌다. 진(津)과 포(浦) 사이에 다시 6부를 설치하였다. 6부에는 제족이 살았다. 부도가 이루어졌다. 크고 웅장하였다.

여기 이미 나와 있다. 임검 씨가 부도를 건설했는데 듣고 보니 상당히 크다. 그 모양이 인류가 나온 마고성, 즉 두 번째 동네보다 더 크거나—기왕에 다시 만드는 것이니—비슷했을 것이다. 두 번째 동네는 빙하기 이후 살아남은 사람들이 모여 살아야 했으므로 후손까지 고려하면 피라미드 형체가 아니라 꽤 넓은 지역을 포함한 성의 형식이었다. 비슷한 유적이 실제로 발굴되었다.

반면 궁희와 소희는 아마 첫 번째 동네에서 네 천녀와 네 천인을 낳고 그들이 각각 삼남사녀를 낳았다. 부도지는 바로 각각 태어난 삼남사녀들이 인류의 조상이라고 기록하고 있다. 나는 개인적으로 이 기록은 수메르의 것을 참고한다. 서로 비교하면 훨씬 자세한 짐작이 생긴다. 어쨌든 몇 대를 거치는 동안 그 수가 수천 명으로 늘었는데, 그 기록은 모두 마지막 빙하기 이전일 것이다. 빙하기 이후—어쩌면 빙하기 중에—는 그들이 인류를 돕기 위해 다시 내려와서 넓은 지역에 거주지를 마련한 것일 텐데, 여기서 아마도 기록이 엉키게 된 것 아닐까? 혹은 마지막쯤에 존재를 드러내기 싫은 누군가의 의도였다면 기록은 삭제되고 들러붙어 적당히 마무리되었을 것이다. 그리고 마무리된 그 기록—아마도 삶의 지혜를 붙여서—을 나누어 주고 인류를 인종별로 성 밖으로 내보냈을 테니 모든 민족이 비슷한 기록들을 가지게 되었다고 추측할 수 있다. 어쨌거나 소임을 다한 그들은 도로 철수했다. 그들의 별로 돌아가거나—수메르의 기록이지만 이 시기에 니비루는 너무 멀리 있다—우선 달기지로 간 것이 아닌가 생각된다. 허무맹랑한 소리가 아니라 많은 자료와 정보, 그리고 시간을 들여 생각해보면 그 외에는 달리 합리적이지 않다. 또 빈약하나 지구 공동설이 있기는 하다. 관심 있는 분들은 수메르 기록을 살펴보고 지금 여러 곳에서 발굴되는 신과 인간이 함께 생활하는 모습이 그려진 벽화나 천장화 등의 유물 유적들을 참고 바란다. 한편 거듭 느끼는 것인데, 왜 우리의 기록만이 다른 민족들의 것보다 훨씬 더 민주적이고 인간적일까? 그 사실 안에 분명히 다른 의미가 있을 것이나 떠오르지 않는다.

*

…요가 천산의 남쪽에서 일어났다. 마고성에서 1차로 나간 자들의 후예였다. 일찍이 제시(祭市)의 모임에 왕래하고, 서쪽 성벽을 지키는 수장에게서 도(道)를 배웠으나 수의 이치를 다 깨우치지 못하였다. 아홉 개의 수 가운데 5의 위치를 이해하지 못하고, 5를 가운데 두고 1이 즉 8이라고 생각하였다. 그래서 중앙의 5가 내(內)로써 외(外)를 제어하는 이치라 하여, 목화토금수 5행의 법을 만들었다. 그리고 이것이 제왕의 도라고 주창하였다─이 부당함에 대해서는 부도지를 시작하면서 설명했으므로 생략하겠다.

소부(巢夫)와 허유(許由) 등이 심히 꾸짖고 나무랐다. 요가 곧 관문 밖으로 나가 무리를 모아 묘예(苗裔)를 쫓아냈다. 묘예는 황궁 씨의 후예였으며 그 땅은 유인(有因) 씨의 고향이었다. 후대에 임검(壬儉) 씨가 여러 사람을 이끌고 부도를 나갔기 때문에, 기회를 이용하여 습격하니 묘족이 동쪽과 서쪽과 북쪽으로 흩어졌다. 요는 곧 땅을 그어 나라를 만들고, 스스로 5의 자리에 머무는 제왕이라 칭하고 당의 도시를 세워서 부도와 대립하게 되었다. 또 거북이 등껍질의 무늬와 명협풀이 피고 지는 것을 보고 신의 계시라 여겨 새로 달력 체계를 만들었다. 사람들에게 이를 따르게 하니 이는 하늘의 이치를 버리고 부도를 배척하는 짓이었다. 마고성에서 일어난 오미의 변에 이어 두 번째 큰 변고다.

그러므로 임검 씨가 유호 씨를 파견하여 요의 잘못을 바로잡고자 노력한다. 이제부터는 유호 씨의 말을 빌려 요의 잘못과 잃어버린 역법을 설명해보자.

소위 오행(五行)이라는 것은 천수(天數)의 이치에 없다. 방위(方位)의 중앙 5는 교차의 뜻이요, 변행을 말하는 것이 아니다. 변하는 것은 1로부터 9까지이므로, 5는 언제나 중앙에만 있지 않으며, 9가 윤회하여 율(律)과 여(呂)가 서로 조화를 이룬 후에 만물이 생겨나는 것이니, 이는 기수(基數)를 이르는 것이요, 그 5와 7이 크게 번지는 고리(大衍之環)에 이르면 그 자리가 5에 한정되는 것이 아니고 또한 4와 7이 있는 것이다. 또 그 순역(順逆) 생멸(生滅)의 윤멱(輪冪)은 4요, 5가 아니니 원수(原數)의 9는 불변수이기 때문이다. 또 윤멱이 한 번 끝나는 구간은 2X4=8 사이의 7이요, 5가 아니다. 또 그 배성지물(配性之物)은 금목수화토의 다섯 중에서 금과 토를 왜 따로 구별하는가. 그 약간의 차이로 구분하려면 종류가 한량없을 것이니 구분하면 금목수화 혹은 토목수화의 넷이지 다섯이 아니다. 더욱이 물성을 어떤 이유로 수에 짝 지우는가. 수성지물(數性之物)은 그 원수가 9이지 5가 아니다. 그러므로 오행은 참으로 황당한 것이다. 이로써 인세를 증리(證理)하는 일을 무혹하여 하늘의 화를 부르니 어찌 두려운 일이 아닌가.

또 그 역제(曆制)는 천수(天數)의 근본을 살피지 못하고 거북이나 명협풀에서 근본을 취하였으니 이도 잘못이다. 천지의 만물이 다 수에서 나와 각각 수를 상징하고 있는데 하필 거북과 명협풀인가. 그러므로 모든 물사(物事)에 각각 그 역(曆)이 있으니 역이라는 것은 역사(歷史)다. 그러므로 요의 역제는 거북과 명협의 역이요, 인간의 역이 아니니 그것이 세상 이치와 맞지 않는 것은 당연하다. 이런 까닭에 삼정(三正)을 번복하여 구차스럽게 맞추고자

302

하였으나 얻지 못하여 마침내 하늘의 죄를 끌여들였다. 역(曆)이라는 것은 인생증리(人生證理)의 기본이므로 그 수는 가지고 있지 않은 것이 없다. 역이 바르면 천리(天理)와 인사(人事)가 증합(證合)하여 복이 되고, 역이 바르지 못하면 천수에 어긋나 화가 된다. 복은 이(理)가 존립(存立)하는 데 있고 이는 정증(正證)에 존립하는 까닭이다. 그러므로 역이 바르고 그르면 곧 인간 세상에 영향을 미치니 삼가야 한다. 옛날 오미(五味)의 화(禍)가 한 사람의 미혹에서 나와 만대에 미치고 있는데, 지금 또다시 역의 화가 오래도록 미칠 것이니 두려운 일이다.

천도가 돌고 돌아, 종시(終始)가 있고, 종시가 또 돌아 4단씩 겹쳐 나가 다시 종시가 있다. 1종시의 사이를 소력이라 하고, 종시의 종시를 중력이라 하고, 네 번 겹친 종시를 대력이라 한다. 소력의 1회(回)를 사(祀)라 하니 사에는 13기(期)가 있고, 1기에는 28일이 있으며 다시 4 요(曜)로 나뉜다. 1요에는 7일이 있고 요가 끝나는 것을 복(服)이라 한다. 그러므로 1사에 52요복이 있으니 즉 364일이다. 이는 1, 4, 7 성수(性數)요, 매 사의 시작에 대사(大祀)의 단(旦)이 있으니 단과 1은 같아서 합하여 365일이 되고, 3사의 반(半)에 대삭(大朔)의 판이 있으니 판은 사의 절반이다. 곧 2, 5, 8 법수(法數)요, 달이 긴 것이 1일과 같아서 제4의 사는 366일이 된다. 10사의 반(半)에 대회(大晦)에 구가 있으니 구는 시(時)의 근원이다. 300구가 1묘가 되니 묘는 구가 눈으로 느껴지는 것이다. 이처럼 9633묘를 지나서 각(刻), 분(分), 시(時)가 1일이 되니 이는 3, 6, 9의 체수(體數)다. 이처럼 끝나고 또 시작하여 차차 중력과 대력에도 미쳐서 이수(理數)가 곧 이루어지는 것이다. 그런데 요의 이 세 가지 잘못은 잘못된 욕망에서 나온 것이니 어찌 부도의 바른 이치에 비할 수가 있겠는가. 잘못된 이치는 안에서 어긋나 마침내 멸망에 이르고, 올바른 이치는 세상 일에도 어긋남이 없다.

'요는 아홉 개의 수 가운데 5중의 이치를 잘못 이해했다. 5 외에 8이 곧 1이고 중심에 앉아 밖을 제어한다. 이것이 5행이다.'

요의 잘못은 앞에 설명했으나 아무튼 중심에 앉아 움직이지 않겠다는 의미는 곧 상징으로 물러남을 뜻한다. 움직이는 물리의 세계—유기체적—에서 상징으로 멈추면 곧 죽음이다. 중심이 줄곧 움직여야 한다. 동서남북에서는 중심은 처음부터 방향이 아니다. 교차점이며 상징이다. 4는 2에서 나오며 4와 8의 생성원리는 부도지를 시작하면서 설명했고 5는 땅의 기본수라고 말했다. 유호 씨의 지적처럼 근본 원소를 다섯으로 만든 것도 너무 억지다. 5는 중심이고 황제라면서 같은 등급의 다섯 개 중에는 왜 또 하나가 되어 끼이는가?

'5와 7이 크게 퍼져나가 고리를 이루면 이후 5라는 자리는 범위와 한계가 없을 뿐만 아니라 그 자리에 4와 7이 들어서게 된다.'

여기서는 제1 해석으로,

부도지 도표 제4도를 보면 바른 움직임은 늘 중심이 5가 되지만, 반시계 방향으로 돌게 되면 수의 근본인 아홉, 즉 9가 중심수로 출발하여 자전 방향으로 4, 7, 8, 1, 2로 돌아나가는 것인데, 말하자면 4년마다 근본인 9로 시작하여 4를 거쳐 7로 크게 돌아나간다는 의미이다—사실상 아직 변화하지 않은 첫 시작은 부도지 도표 제4번이다. 그로부터 움직임이 계속되면 4와 7이 중심에 들어서면서 크게 퍼져나가 고리를 이루며 13개월 동안 빙 돌아오는 것이다. 이후 8, 1, 2, 5, 9…. 모두 합해 13개의 도표로 진행되고 고리의 끝, 그러니까 도로 같은 얼굴로 돌아온다. 따라서 일년은 분명 13개월이어야 한다.

또 제2 해석으로,

부도지 제0도의 도표—처음 한 번 변화한 것.

8	1	6
3	5	7
4	9	2

바로 이 도표를 처음 시작으로 잡고 중심에서부터 시계방향으로 5, 7, 6, 1… 순서로 퍼져나간다는 것일까? 그래도 지구의 자전 방향과 같으며 기록처럼 5와 7로 크게 퍼져나간다. 제1 해석과 근본 원리는 같으니 이에 대한 해석일 수 있다. 결과는 같으나 이렇게 하면 내가 예로 든 도표를 모두 바꿔야 한다. 후손 박금 선생이 기억에 의존하여 이만큼 부도지를 살려놨는데, 원본을 보면서 연구를 많이 했을 것이다. 그러면 가장 중요한 원리를 틀렸을 리 없으니 그러면 제2 해석이 맞을 수 있다. 나는 일부러 제1 해석의 도표를 제공하였으니 읽는 이들이 도표를 새로 만들라.

다만 여기서 기록의 처음에 '5와 7이 크게 퍼져나가 고리를 이루면'으로 단서가 붙어 있는 것은,

율(律)과 여(呂)가 서로 조화를 이룬 후에—5와 7이 크게 퍼져나가 고리를 이루면—만물이 생겨나는 것이니, 즉 지구의 중심수 5와 북두칠성의 기운 7이 또 들러붙어 함께 어우러지는 유기체적 움직임을 뜻하는 게 아닌가 짐작할 수도 있다. 즉 4와 7의 순으로 크게 고리를 이루는데 모두 13개월로 돌아오는 것이요, 이때 5음 7조가 그 움직임에 더불어 작용한다. 이렇게 해석할 수 있다고 본다—부도지 제4도 기준.

또, 제3 해석으로는—사실은 이게 정답일 수 있다—4와 7의 크게 고리를 이룬다는 뜻이 단지 도표의 숫자가 아니고 7의 네 번 즉, 실제로는 4요

의 움직임을 말하는 것일 수도 있다. 민족의 것에 모두가 관심을 가지기를 바란다. 중요한 점은 13개월의 올바른 역을 인류가 다시 사용해야 한다는 것이다. 그래야 감히 하늘의 이치를 건드려 황제까지 해먹은 요와 카이사르 등의 잘못도 용서받을 수 있을 것이다.

'또 그 순역(順逆) 생멸(生滅)의 윤멱(輪冪)은 4요, 5가 아니니, 즉 원수(原數)의 9는 불변수이기 때문이다.

이것은 내가 바른 움직임이라고 말한 그 넷의 도표를 말하는 게 분명한 것 같고—부도지 제0도.

'또 윤멱이 한 번 끝나는 구간은 2X4=8 사이의 7이요, 5가 아니다.'

이것은 제0도의 바른 움직임의 변화를 네 번 거치고 다시 시작하여 또 네 번을 돌 때, 사실은 처음 시작하는 도표—1부터 9까지 순서대로만 적힌 마지막 8번째—로 돌아오기 직전을 말한다. 마지막 8번째—혹은 네 번째—의 도표는 변화하기 전의 수들의 기본 나열이기 때문에 그 직전인 일곱 번째가 사실상 끝이다.

'하늘의 도는 돌고 돌아 끝과 시작이 있고, 끝과 시작은 돌고 돌아 4단계로 중첩되어 시작과 끝을 이룬다. 천도(天道)가 돌고 돌아 종시(終始)가 있고, 종시가 또 돌아 4단씩 겹쳐 나가 다시 종시가 있다. 하나의 끝과 시작 사이를 소력(小曆)이라고 한다. 끝과 시작의 끝과 시작을 중력(中曆)이라 하고 네 개의 중첩된 끝과 시작을 대력(大曆)이라고 한다. 1 종시의 사이를 소력이라 하고, 종시의 종시를 중력이라 하고, 네 번 겹친 종시를 대력이라 한다.'

소력은 일년이며 13개월이다. 한 번 뒤집으면, 즉 소력이 앞과 뒤로 두 개면 2년짜리 중력이다. 이름 붙이기 나름이지만 그 중력이 두 번이면 4년짜리 대력이 된다. 굳이 중력이 두 번인 것은 도표가 원래의 자리로 돌아가기 위한 것으로, 수의 원리로 이미 정해져 있다. 총 도표 4개의 형상이 각각 다른 것이다. 가장 작은 단위인 소력의 한 바퀴를 사라고 하고 13개의 기로 이루어졌다. 큰 고리를 이루어 나가기 전에 바탕을 마련하는 한 번의 변화가 필요하다. 그 바탕이라는 게 일년도 그와 같고 4년에 한 번도 그와 같다. 또한 이것은 그저 부도지 도표 제0도에서 보여주는 그대로다.

'소력의 1회(回)를 사(祀)라 하니 사에는 13기(期)가 있고 1기에는 28일이 있으며 다시 4 요(曜)로 나뉜다. 1요에는 7일이 있고 요가 끝나는 것을 복(服)이라 한다. 그러므로 1사에 52요와 복이 있으니 364일이다. 이는 1, 4, 7은 성수요—태양과 공전의 관계—매 사의 시작에 대사(大祀)의 단(旦)이 있으니 그 의미는 하루와 같다. 합하여 365일이 되고….'

소력의 1회가 일년이고 13달이 있으며 한 달은 28일이다. 한 달은 다시 4주일로 나뉜다. 일주일은 7일이고 그 마치는 것을 복이라 한다. 일년은 모두 52주일이니 364일이다. 또 일년의 첫 시작에 하루를 두니 모두 365일이다.

'3사의 반(半)에 대삭(大朔)의 판(昄)이 있으니 판은 사의 절반이다. 이는 2, 5, 8은 법수(法數)요—달과 자전의 관계—달이 긴 것이 1일과 같아서 제4의 사는 366일이 된다. 10사의 반(半)에 대회(大晦)의 구가 있으니 구는 시(時)의 근원이다. 300구가 1묘(眇)가 되니 묘는 구가 눈으로 느껴지는 것이다. 이처럼 9633묘를 지내서 각(刻), 분(分), 시(時)가 1일이 되니 이는 3, 6, 9의 체수다—지구 중력으로 인한 변화와 실제 느끼는 인간의 관계—이처럼 끝나고 또 시작하여 차츰 중력과 대력에도 미치어 이수(理數)가 이루어지는 것이다. 요의 잘못은 헛된 욕망에서 나온 것이다. 어찌 부도 실위의 도에 비할 수가 있겠는가. 헛된 욕망은 이치의 부실로 멸망에 이르고 참된 이치는 나를 만족하게 하고 함께 있는 것이다.'

'3사의 반(半)에 대삭(大朔) 판이 있으니 판은 사의 절반이다.'

대삭—초하루—의 판이 긴 것을 하루로 봐야 자전—날짜가—이 맞아들어간다. 이것은 정하기 나름이나 어쨌는 자전이 더 실어셨으니 수정이 필요했을 것이다. 좀 뒤에 천문학 설명에서 이해하시기 바란다. 또한 연관은 알 수 없으나 첫째와 세 번째 소력 즉 3사의 반에 2와 5와 8의 법수가 가운뎃줄에 실제로 있다—부도지 제2도.

대사의 단이니 대삭의 판은, 공정과 자전과 세차운동 등 현대 용어만 이해하는 우리에게 무슨 뚱딴지같으나 사실 천문학으로 다 이해할 수 있다. 대체로 선진문명이 우리 조상에게 인간이며 지구를 중심으로 한 태양계의 움직임을 설명한 것이 역법일 것이다. 이것도 당시의 기준이니 단이니 판이니, 하는 것도 그 시대와 지금은 약간 달라져야 한다. 실제 행성들의 움직임이 변했기 때문이다. 그것은 당시 신께서 내린 무슨 불변의 말씀이 아니라 지금도 변화되는 천문학 지식이다.

작은 변화가 누적되면 차츰 중력과 대력에 영향을 미치지 않겠는가? 그것이 실제 태양계의 움직임이다. 지구는 자전한다. 그 자전은 달의 무게를 달고 있어서 달이 아주 조금씩 지구에서 멀어지면 자연스레 변할 수 있고 다른 천체들의 중력의 영향을 받을 수도 있다. 미세하지만 지구 자체의 변형으로도 변할 수 있다. 우리보다 선진문명이 가르친 것이니 발달한 천체물리학에서 나온 결과일 것이나 별의 움직임은 늘 같지 않다. 가령 14억

년 전에는 지구의 하루가 18시간이었고, 여태 0.00001542867초씩 늘어났다. 달이 조금씩 지구에서 멀어졌기 때문인데 그래서 시간이 많이 흐르면 저런 규칙은 또 변해야 한다—그러므로 옛글의 해석에도 특히 천문학이 필요하다. 모든 회전은 질량이 움츠러들면 빨라지고 멀어지면 느려진다. 자전이 느려지고 시간을 더 얻은 셈이다. 지구는 또 세차운동을 하고 고개를 까딱이기도 하고 공전도 타원형과 동그란 원으로 주기적으로 바뀐다. 그래서 공전 속도도 일정하지 않다. 타원형의 궤도일 때 먼 쪽에서는 느리고 태양과 가까운 쪽에서는 재빨리 핑, 돌아나가기 때문이다. 밀란코비치라는 사람이 그런 건 잘 안다. 우리가 미개했을 때 그들은 그런 지식을 과학용어로 설명해 줄 수 없었을 것이다.

고대 문서들의, 눈 뜨고 뻔히 저런 현대 천문학 못지않은 수준을 보면서도 위서라고 주장하는 엄청난 바보도 있고 신화로 두어야 한다는 시커먼 헤게모니도 있다. 역사에 세월의 흔적이 있다손, 과학이 못 미치면 종교가 되고 설령 종교도 물이 맑으면 올바른 과학의 모습으로 닦아낼 수 있다.

궁극적으로 이 세상에 종교라고 하는 것은 필요하지 않다. 마음을 닦아 깨달음을 얻는 것은 따로 종교가 아니라 삶의 근본이고 목적이다. 그리 보면 깨달음도 과학이니 우리에게는 인간성의 회복—닦고 또 닦아 복본—과 과학이라는 단 두 가지만 필요하다. 부도지에서는 자제율과 선진문명의 형태로 그것이 있었다—이러면 내 마음 가운데서 맑디맑은 새로운 종교가 생겨난다. 그것이 하늘의 근본이자 그에 따르는 인간의 근본이고 따로 종교라는 간판을 걸지 않아도 마음을 밝히는 등불이 된다. 따라서 그저 '믿사옵는'모든 종교는 쓸데없는 대필자이며 브로커의 역할일 뿐이다. 그러므로 우리의 천부경이나 부도지의 기록이 따로 종교의 모습을 띠지 않은 것도 하늘의 뜻이 아닐까? 과학이 자라 악수하면 그것이 바로 진실이고 역사다. 어리석은 자들이 놀라 엎드린 때에, 진정 나아가 신을 만나게 되는 것은 아마도 용기 있고 현명한 과학일 것이다. 내가 주장하고 싶은 것이다.

역법은 누구의 것이 아니고 모두의 것이다. 내가 이쯤 제시하였으므로 누군가 더 연구하여 확인해 주기 바란다. 그 누군가가 바로 지금 글을 읽는 그대이며 곧 [나]일 것이다. 우리는 모두 하느님의 자손이다. 그러므로 그대와 나는 하나로서 바로 [나]이다. 이것이 천부경과 부도지의, 나아가 삼일신고의 핵심이다.

한편 13개월의 내용에 대해서는 이정희의 책 마고력을 참고하면 쉽게 알 수 있다.

[3사(3년)의 반(半)에 대삭(大朔)의 판이 있으니 판은 곧 사(1년)의 2분절이다. 이것은 2, 5, 8의 법수이니 판이 긴 것은 하루와 같아서 4년마다 366일이 된다.

2: 1년을 초승달이 긴 달(30)과 아닌 달(29) 2로 나누고.

5: 단의 길이가 1일과 같기에 36'5'일이 되고.

8: 1년을 30일과 29일, 둘로 나눈 그 판이 길어져서 4년마다 하루를 더하니 2*4='8'이 된다.

또, '대회'에 있는 평소 달보다 길어진 만큼의 그림자인 구라는 것이 시간의 가장 작은 기초단위로 그 길이만큼의 시의 근간, 최소단위가 된다. 300개의 구가 1묘가 되니 묘는 구가 눈에 느껴지는 것이다. 이처럼 9633의 묘(현재 50초이며 1각)를 지나서 각(刻), 분(分), 시(時)가 하루를 이루니 이것이 3, 6, 9의 체수다. 현재의 1초는 192.66묘다. 이처럼 정확한 이치를 가진 우리의 마고력은 삼천 년에 단 하루도 오차가 생기지 않는다.—마고력 (단국문화원. 이정희 지음)]

제25장

　이로부터 천산(天山) 남쪽 태원(太原)의 지역이 뒤숭숭하고 떠들썩하며 올바른 규율이 없어서, 소위 왕이란 자도 눈이 멀고 백성도 눈이 멀어 암흑이 가중되었다. 강자는 위에 있고 약자는 아래에 있어 왕과 제후를 나라에 봉하고 생민(生民)을 제압하며 서로 침탈하기에 이르니, 헛되게 생령(生靈)을 죽이고 한 가지도 세상에 이로운 것이 없었다. 그러한 까닭으로 하은(夏殷)이 다 그 법으로 망하고서도 끝내 그 까닭을 알지 못하니 이는 스스로 부도에서 떨어져 나가 진리의 도를 들을 수 없게 된 까닭이었다. 어느덧 유호씨가 그 무리를 이끌고 월식성생(月息星生)의 땅에 들어가니 백소 씨와 흑소 씨의 후예가 오히려 소(巢)를 만드는 풍속을 잊지 아니하고 탑과 층대를 많이 만들었다. 그러나 천부(天符)의 본음(本音)을 잊어버려 탑을 만드는 이유를 깨닫지 못하고 서로 시기하고 의심하여 싸우고 정벌하는 일이 잦았다. 마고의 일은 까무룩 잊히니 유호 씨가 여러 지역을 돌면서 마고와 천부의 이치를 가르쳤으나 모두가 의아하게 여기고 받아들이지 아니하였다. 오직 그 전고자(典古者)가 송구스럽게 일어나서 맞이하였으므로 이에 유호 씨가 본리(本理)를 술회하여 그것을 전하였다.

　임검 씨가 후천 말기의 초에 태어나 사해의 장래를 미리 살피고 부도의 건설을 시범하니 천년 사이에 그 공업이 크게 이루어졌다. 이에 이르러 천부의 전해짐이 끊어져 마고 분거(分居) 이래 황궁, 유인, 환인, 환웅, 임검, 부루, 읍루의 7세에 천부가 전해진 것이 7천 년이었다.

　부도지는 여기까지다. 그런데 내가 부도지에서 가장 보물처럼 생각하는 대목은 다음과 같다.

'제왕이라는 것이 하늘의 권위를 대신할 수 있는 것이라면 해와 달도 맘대로 움직일 수 있어야 하고 만물도 마음대로 지을 수 있어야 한다. 너는 그럴 수 있느냐? 제왕은 수의 이치를 바로 알아 백성에게 든든한 기준이 돼 주어야 하는데 쥐뿔도 모르면서 권위나 밝히 짓이 올바른 태도냐? 사람의 일은 이치를 증명하는 것이고, 세상의 일은 이치를 증명하는 사람의 일을 밝혀 주는 것이니라. …그러므로 이치를 말하는 자와 듣는 자는 비록 먼저와 나중이 있으나 높고 낮음이 있지는 않은 것이고 듣는 자와 받는 자는 비록 친하고 생소한 것은 있겠으나 끌어들이고 몰아내기를 강제로 할 수는 없는 것으로 모든 종족은 인간 세상이 평등하게 유지되도록 힘써야 올바른 것이다.'

유인 씨가 우에게 가르치는 대목이다.

'제왕 따위도 다른 사람보다 높은 게 아니니, 그만큼도 안 되는 다른 직책에 있는 그대들이 다를 바 있느냐. 그런 그대들이 직급이 낮은 다른 이보다 결코 고귀한 것이 아니다. 그러므로 그까짓 처지가 결코 높은 게 아니다. 경솔하고 천한 마음으로 우쭐하지 말고 우주의 참된 원리를 성실히 따르고 모든 어려운 일에 자신부터 희생하여 앞장서고 나아가 행하라. 다시 말하지만, 그대가 남에게 무엇을 베풀고 가르치게 된 것은 하나도 귀하고 잘나서가 아니다. 혹여 베풀고 가르치는 자리에 있게 되면 도리어 미안해하고 자신을 더 겸손하게 낮추어라. 모든 사람이 평등한 것은 하느님이 정하신 것이니 살다가 잠시 벗어난 균형을 도로 맞추는 일에는 반드시 겸손이 따라야 한다. 그것이 자제율의 근본이다. 그것은 그 누구도 어길 수가 없는 것이므로 망각하고 우쭐하는 순간 허망함과 악함에 빠지는 것이니라. 네가 스스로 제어하지 못해 하늘이 나서면 반드시 처벌이 뒤따르리라.'

이것은 내가 해석한 대목이다. 나의 해석을 이 땅의 모든 정치 경제 학문과 특히 종교 지도자들에게 바친다. 우리보다 크게 못난 것도 아니면서 수고로운 일을 맡은 그대들을 위해서다. 그대들을 격려하고 사랑한다.

*

명상에 들어가기에 앞서 몇 개 끄적여 올린다. 못난 내 글을 읽느라 고생한 것에 대한 보답이다.

[전투식량

다섯 해나 늙은 우리 집 누렁이 놈은 성질이 여간 더러워서—일테면 털가죽부터가 바늘 꽂힌 똥 모양으로 누렇고 뾰쪽뾰쪽한 자식인데—부시가 전쟁 종료를 선포한 달엔가? 비루먹은 강아지 새끼를 한 마리 얻어다 놓았더니 수시로 물어뜯어서는, 세상에 그 어린 것이 아침에도 깽! 저녁에도 깽!

미군 부대 드나드는 친구가 시이레이션 한 박스씩 돌렸다.
모두 열두 개 꾸러미 속에는 가령 무작위로
메뉴 넘버 3번, 비프 라비올리
1번은 비프스테이크
7번 치킨 듬뿍 살사
12번 빈과 라이스 뷰리토
2번 본 레스 포크 짭짤
12번 엘보우 마카로니 도메이또 소스

...

따위 혀 꼬부라지는 요리가 주욱, 들어 있었다.

까짓 종류를 다 알 필요는 없을 것인데

전쟁 중에 쓰고 남은 건지도 모르지.

아니 미군들은 전쟁 통에도 저렇게 다양하게 혀를 꼬부렸단 말인가?

나는 식성이 까다로워서

된장국에 깍두기 같은 것만 좋아해서

아침에도 깽!

저녁에도 깽!

느끼하게 혀 꼬부라지는 이런 전쟁 요리들은

날마다 하나씩 불쌍한 어린놈에게 지급 주었다.

고로 어린놈이 본 레스 포크 찹을 먹었고

치킨과 살사를, 비프 라비올리를 먹었다.

어린놈이 치킨과 타이소스를

질레드 치킨 브리이스트를 먹고

파스타와 베지타블을 먹었다….

속으론 뿌듯하기도 한 것이어서

어린놈이 이제 미군 병사들처럼

혀를 달구어 정신력을 키우며 신체를 살찌우겠지.

놈은 비루먹은 것을 벗고 부쩍 자랐다.

하지만 나의 공평치 못한 처사가

누렁이 놈의 분노를 산 것은 분명하다.

고로 어차피 한 번은 겪을 일이다….

비가 오려나, 날도 꾸무럭 나가기 싫은 밤.

드디어 누렁이 놈은 더는 참기 어려운 괴성을 질렀다.

다섯 해를 함께 살아오는 동안

아주 질려버린 성격이었다.

놈에게 바짓가랑이를 찢긴 사람이 대여섯에

종아리에서 피가 난 사람이 둘. 한번은

개장수가 혹시나 하고

담장 너머 기웃거렸다가

나도 보고 이웃집도 봤는데—기겁으로 내뺐다!

놈은 광기를 몰고서 담장 위로 펄쩍,

육중하게 솟구치면서 더 내밀면서

큼직한 누렁 이빨과 상반신을 까발려

단번에 개장수를 제압하고도 씩씩 분이 안 풀렸다.

아이고, 더는 어쩔 도리가 없다.

설마 죽이기야 할까마는 밤새 물어뜯는 소리.

무서워서 나가지 못했다.

내지르는 소리, 깨지는 소리, 뒤엎는 소리…

한숨 못 자는데 우두둑, 부러지는 소리.

쌓인 분노에서 나온 누렁이 놈의 절규는

거의 비명에 가까웠다.

증오스러워서 이불을 뒤집어써 버렸다.

이제 폭력은 싫다. 날이 밝기만 하면

팔아치운다, 천하에 나쁜 놈. 바로 너 같은 놈.
원망은 없기다!

…

희뿌염이 동이 터오고 있었다.
현관문을 비틀고 슬그머니 내다보았다.
…

어둑신한 마낭 한가운데
이상하게도 누렁이 놈이 벌렁 드러누웠다.
축 늘어진 왼쪽 앞다리와 대갈통 사이로
심히 우그러진 놈의 밥그릇이 놓이고
얼씨구, 아예 개 犬(견)자? 난동 끝에 탈진했나 싶다가
…

순간 당황했다. 뻗어 있는 놈을
콰악, 밟고 선 놈이 있었던 것이다!

너무나 엉뚱한 광경이어서
미처 보지 못했다. 뻗어 있는 놈의
짓눌린 대갈통에다 앞발을 척,
내딛고 질질 흘리며 의기양양한 것은
다름 아닌 비루먹은 강아지 그 새끼던 것이다.
너무 놀라서 아이쿠메—!
삐걱, 문소리를 내고 말았다.

놈이 획, 돌아보았다. 드러나게 미간을 좁혔다.

처음 보는 구겨진 개 낯바닥이었다.

제 발밑에 깔린 명성 더러운 누렁이 놈도

저렇게 보란 듯이 낯바닥을 구긴 적은 없었다.

차가운 이른 새벽!

너는 별것 아니란 듯 으흐흐…

시선을 거둔 놈이

다 제압한 늑대처럼 고개를 쳐들면서

웃는 듯 아닌 듯 기다란 입술을 비틀면서,

미친 듯 침을 질질 흘리면서

꼭 그렇게 울부짖는 것이었다. 이를 어쩌나.

우우우… 흐흐흐…, 아메리카 아메리카여!]

[하숙생 일기

주인 여자에게도

책임이 있다고

생각되어요.

하루가 멀다고

꽃을 피워

책상 밑이

온통 때아닌

밤꽃 향기.

우라질, 고기 한번 실컷 먹어본 것이 언제던가….

이러다간 머잖아
뼈와 가죽만 남는 것이
아닌가.]

[전공(電工)

덤벙덤벙 외발로
너른 들도 건너고
이른 아침 철탑에 올라
안개 속
먼 대륙을 향해 멀찍멀찍
징검다리 뛴다.

웅크린 마을마다
건너 딛고 살펴서
애써 끌고 온
불빛 한 짐씩 부리며

바람이 휘청휘청
풍경을 몰고 올 적

저기 저 사람

한사코 매달려 가는.]

[보물 제572호[12)]

승보종찰 송광사 해우소에는

더러운 것이 없더라.

오라, 스님들은

쭈그리고 앉아서도

바르고 경건하여

더러운 것은.

똥구멍 닦은

그 더러운 것은

아무렴, 그렇지!

중생이, 드나드는

박물관, 안쪽에나

누우런, 꼬락서니로

요렇게, 갇혀 있더라.

'죽은 재신 성안의 노비 세둔의 소생 48세 고차좌의 몸과 그의 소생들을

---

12) 원오국사가 소지했다는 고려 충렬왕 7년의 '노비첩.'

별장 양필이가 전지(轉地)하여 사용하고…'

필시 소생의 새끼들도
그 새끼의 새끼들도
개새끼가 새끼를 낳듯
낳는 족족 사용하고.]

[서릿발!

살아오면서 단 한 번 남의 가슴에 못 박은 적 있었는데…

어쩌다
피곤에 지친
출장길에 홀로
여관에 눕게 되면 잠
못 드는 낯선 벽지며 천장
들창 너머 술 취한
소리, 소리들.

뒤척이는 새벽녘엔—문득!
죽은 듯 돌아누워
울던 그 여자.]

이제야 비로소 하고 싶은 말, 그리고 꼭 글로 전하고 싶은 것을 시작한다. 그것은 생명을 닦는 수행법이다. 그러나 [그대]는 여태 앞장서 나아가 이 글을 읽는 수행을 해왔다. 스스로 그것을 이해하는 순간에 [그대]가 오히려 가르치고 인도하였으니 바로 하느님 아니신가. 이 우주에서 오로지 위대한 한 분. 그러므로 나는 [그대]에게 무한한 믿음과 존경을 바친다.

대저 하느님이란 둘러보면 아무 데도 없다. 오로지 단 한 곳 [나]의 마음속에만 있는데, 바로 지금 있다. 이 우주는 나의 의식의 확장일 뿐이다. 그것은 그림자들이다. 중심의 하나님이 의식의 맨 끄트머리에 있을 수 없다. 중심으로 들어가라. 그러면 그 중심은 어딘가. 내 마음속이다. 넓은 우주를 두고 뒤로, 내 마음속으로 들어가면 답답하지 않을까? 절대 아니다. 마음속으로 마음을 돌려서 한번 마주 앉아보라. 진짜 드넓고 밝고 환한 우주가 바로 거기 있다. 그러면서 알게 된다. 지금 눈으로 바라보는 우주는 이 진짜 우주의 그림자라는 것을. 나는 사실 뒤로 돌아앉아 있었던 것이다!

〈지금 바로 깨닫는 법—그대가 이미 가난하고 검소한 성품이어서 속세의 욕망을 즉시 다 버릴 수 있으면 이것을 택하라.〉

인도의 성자 '사티아 사이바바'는 신과 인간의 다른 점은 욕망의 유무에 있다고 말했다. 욕망을 모두 버리기만 하면 즉시 신이라는 것이다—그는 하느님과 신을 따로 구분하지는 않은 것 같다. 그 사람뿐만 아니라 깨달았다고 생각되는 사람들이 한결같이 그렇게 말한다. 석가모니도 그렇게 말했다. 예수만 달리 말했다. 예수는 아마 맑은 어린아이의 심정으로 거짓을 다 버려야 하늘나라에 간다고 말했다. 그러면서 그 하늘나라를 깨달음의 자리라고 생각했을 것이다. 그러니 결국 같은 말이다. 간혹 달리 들리는 것은, 듣고 전한 자들의 이해력이 부족한 탓이다.

그리고 이제 이 말을 꼭 해야 하는데, 어떤 종교의 무슨 신이든지 그것은 애초에 하느님이 아니다. 하느님은 어느 곳에도 다른 이름으로 나타나지 않는다. 그저 우리 마음자리에 있을 뿐이다.

가령 어떤 높은 신을 따르는 나라의 민족에게 가서 물어보면 그 사람들은 이 우주에서 가장 높은 신만 알지 내 마음자리에만 있어서 인격신으로는 되지 못하는 하느님이라는 개념은 없다. 그 높은 신을 믿으면 자신이 그 높은 신이 된다고 그들이 말하던가? 아니다. 그들은 직접 높은 신이 되는 게 아니라 그저 전지전능한 그 품 안으로 가고 싶어 한다. 그들의 높은 신이 뭔지도 모를 때부터 우리 민족에게는 하느님이라는 개념이 있었다. 그 두 가지가 증거다.

외국어를 번역할 때, 되도록 같은 뜻을 가진 단어로 해야 한다. 이는 종교 이전에 우리말을 똑바로 쓰는 일에 관한 것이다. 신을 나타내는 외국말을 번역하면서 왜 신이라는 말이 버젓이 있는데 신이 아닌 하느님이라고 번역하는가? 그 신에게 붙은 고유명사가 버젓이 있는데 왜 마음대로 이름을 바꾸는가. 각각 신들의 이름도 하느님도 모두 독립된 고유명사다. 제임스가 우리나라에서 철수로 번역되면 합당한 짓인가? 더군다나 어떤 높은 신은 사람의 모습으로 나타나기도 하고 대화를 나누기도 하고 무슨 약속을 하기도 했다. 인간들에게 직접 뭔가를 지시하기도 한다. 하느님은 아예 그럴 수가 없다. 그런데도 그 신이 왜 하느님인가? 그는 그저 높은 신이지 하느님은 아니다. 하느님은 높낮이가 없다. 둘은 종류가 완전히 다르다. 하느님은 신이 아니어서 본래 글자도 달랐다. 예전엔 신들도 인간과 같이 살았고, 그래서 그들과 전혀 다른 마음속의 하느님을 뭐라고 부를까 하다가 하느님 '신'자를 따로 두었다. 나는 그 발음도 신이 아니라 '하느… 님'자로 읽어야 한다고 생각한다. 하느님은 신과는 전혀 개념이 다르기 때문이다. 그 차이를 먼 조상들은 알고 있었다. 이참에 누구든지 하느님과 신이 본래 개념도 다르고 글자부터 달랐다는 사실을 똑바로 알았으면 한다.

하느님은 인간이 각각 개별로 자기 마음속에서만 만날 수 있다. 하느님은 어디에도 붙어 있지 않다. 그러므로 대리인 격인 [나]가 존재하는 것이다. 하느님은 내 경험과 나의 오감을 통해서만 세상을 보고 그대로 정보를 가져간다. 물론 하느님은 개별로 드러나지 않는 대신 전체를 주관하기 때문에 나를 통해서도 세상을 다 안다. 아는 내가 보는 만큼도 알고 미처 모르는 내가 보지 못하는 것도 안다. 강조하지만 하느님은 개별로 드러나는 존재가 아니다. 따라서 어떤 신과도 아예, 전혀, 서로 상관이 없다는 말이다. 불교도 이슬람교도 기독교도 각각 훌륭한 종교이고, 우리 민족의 종교들도 다 훌륭하다. 어떤 종교 집단이든 끼리끼리 모여서 집만 크게 짓지 않으면—집 크게 짓지 말라—현재의 방식으로도 신께 충실히 따르는 것으로 생각한다. 현대의 종교란 우선 여기저기 널렸으니 접근하기가 쉽고 그 근본도 듣기 좋은 사랑과 자비다.

여기서 왜 굳이 이런 말을 하냐면 하느님이라는 개념을 올바로 세우지 않으면 자기 마음을 통해 깨달을 수 없기 때문이다.

이제 하느님을 만나러 간다. 만나기는 꽤 어려우나 하느님을 만나기만 하면 그게 바로 깨달음을 얻는 것이다. 하느님은 그런 개념이다. 하느님을 만난다는 말은 곧 [나] 자신이 하느님이라는 뜻으로 된다. 이것이 하느님에 대한 진짜 개념이다. 그러므로 타 종교의 신들과는 전혀 다르다. 이제부터 잘못된 지식을 과감히 뿌리치겠다. 아래, 정확한 지식을 전한다.

첫째, 하느님은 어느 곳에나 다 계신다는 그 말은 거짓이다. 다 찾아보아도 없다. 그러면 없는 것이지 둘러댈 필요 없다.

둘째, 하느님은 절대 여럿이 만날 수 없다. 오직 [나] 혼자여야 한다. 둘만 되어도 절대 안 만나준다―본래 [나]가 [나]를 만나는 것인데 한 쪽이 둘이면 건너편에 자리가 있겠는가! 따라서 하느님을 만나려면 절대 단체로 모여서는 안 된다. 오히려 깊은 동굴 속이나 묵직한 바위틈에 남몰래 들어앉는 것이 유리하다. 각각 그러기 위해 모이는 것은 상관없다.

셋째, 하느님은 세상이 썩어 문드러져도 절대 관여 안 한다―주변을 둘러보면 곧 사실임을 알 수 있다. 또 이 말을 잘 생각해보면, 누가 수십 년간 주문을 외거나 어딘가에 기도를 해도 소용없다는 뜻이다―그러면 그 대상인 자기 신을 만나서 뭔가를 얻을 수는 있겠다. 아니 그리면 먼젓번 이야기랑 다르지 않은가? 아들을 살리기 위해 시장통에서 목숨을 걸고 간절히 호소한 그 엄마도 하느님과 마음이 통했는데? 아니다. 같은 것이다. 같지만 서로 다르다―그때 설명했다. 또 서로 다르지만 같은 것이다. 그것을 지금 설명하려는 것이다. 아무튼 하느님은 세상사에는 관심이 없다. 아니 그러면 '천망회회소이불루(天網恢恢 疏而不漏)'는 또 어찌 된 말인가? 그것도 같으면서 다르고 다르면서 같다. 직접 해봐야 안다.

넷째, 하느님을 만나려면 모든 욕망을 버려야 한다. 아까의 사이 바바를 비롯한 성자들이 다 그렇게 말했다. 만난 사람들의 한결같은 증언이 바로 움직일 수 없는 증거다. 그것이 진실이다.

그런데 약간의 문제가 있다. 욕망을 다 버리면 그게 사람인가? 욕망은 가짓수가 많아서 다 들먹일 수도 없는데 말이다. 또 어떤 지독한 사람이 기어이 욕망을 다 버린다고 해도 남는 것이 있다. 본능의 저 깊은 곳까지 이어져서 생존하고도 연결된 것들이다. 그것들은 목숨을 유지하는 데에 꼭 필요한 조건이다. 가령 숨 쉬고픈 욕망을 진짜로 버리면 죽을 것이고 아주 배가 고프면 자기 살도 먹고 싶어진다. 잠도 안 자면 못 견딘다. 그리고 가장 본능적인 그런 욕망과 맞서면 육체가 엄청난 고통을 주면서 가로막는다.

돈을 더 벌고 싶고 더 좋은 걸 누리고 싶은 욕심하고는 근본이 다른 것이다. 오랜 수행 후 간신히 다 내쳤다고 해도 그 뿌리 깊은 본능이 튀어나오면서 목숨을 걸고 가로막는 것이다. 죽을힘을 다해 그걸 뚫으면 그 너머엔 죽음이 있다. 거기에 이른 수행자는 아마 뼈만 남았을 것이다. 여기서 딜레마에 빠진다. 그러면 자신을 자살로 몰고 가다가 마지막이 되어 딱 죽는 순간에 깨달음에 이르는 것인가?

그것이 아니라고 석가모니 부처가 말했다. 그도 그 길을 따랐었다. 그리고 죽어라 고행 끝에 진짜로 다 죽게 되어서야 방법을 바꾸었다. 그러면 그냥 죽게 되는 것이지 아무것도 아님을 느낀 것이다. 그리고 내면으로 파고드는 자신만의 방법으로 깨달음을 이루었다. 그 방법을 따르려면 그대도 불자가 되면 된다. 불교는 정말 훌륭한 가르침이고 의지가 강하다면 반드시 깨달음을 얻을 수 있다. 연관해서 어떤 번들거리는 사람이 깨달음은 한 번의 생에서 단번에 얻는 것이 아니며 여러 생 동안 공을 쌓아야 이룰 수 있다고 하면 그를 가까이 말라. 덩달아 무능하고 착실한 사람이 된다. 그는 사용할 줄 모르고 차곡차곡 잘 쌓는 사람이다. 깨닫고자 하는 수행은 그 목표가 결코 개근상이 아니다.

우리 민족의 경전인 삼일신고에 은근히 방법을 가르쳐 주는 대목이 있다. 읽어도 그냥 좋은 소리이고 잘 안 보인다. 그렇지만 물이 맑은 사람에게는 그 속뜻이 잘 보인다. 그 속뜻은 서슴없이 행동하라는 것이다. 물 맑은 사람이란 어떤 자유로움에 도달한 사람을 말한다. 그럼 그 상태는 어떠한가? 이미 말했으나 다시 가져오면 아래와 같다.

[···방향만 맞으면 바로 거기서 부처의 씨앗이 싹트고 재단을 뒤엎은 예수의 발길질도 나온다. 그렇게 마음의 변화를 일으킨 다음 내가 강하게 주도권을 쥐고 순종에 합류한다. 그러면 그 순종은 예전의 굴욕적인 것이 아

니다. 그러넌 새로 생겨난 삶에 대한 열정도 나를 따라서 방향을 바꾼다. 이제 그 부드럽고 확신에 찬 손가락은 가장 크고 높고 깊은 것을, 경건하고 자유롭고 뭔가 숭고한 것을 지목한다. 그것이 바로 도이다. 깨달음의 자리다. 또는 구원의 자리다. 얼핏 그것은 반항을 닮았다. 그런 가운데 우리들의 영웅 안중근 의사가 떠오르면서 사고방식이 다음과 같이 강하고 검소하게 된다.

恥惡依惡食者不足與議(치악의악식자부족여의). 궂은 옷 궂은 음식을 부끄러워하는 자와는 더불어 의논하지 않는다.

—지위가 낮고 보잘것없고 가난한 것을 무시하는 것들은 나도 인간 취급을 안 한다.]

[…나의 일은 누가 아니라 [나]가 결정한다. [나]는 이제 분리 분별하는 하나의 개체가 아니고 더 큰 의미의 온전한 생명이다. 그러므로 내 뜻은 곧 정의이고 내 말은 곧 법이다. 나는 우선 생명을 동등하게 여기며 차별하지 않겠다. 물에 휩쓸린 강아지를 보면 설혹 내가 죽더라도 상관 안 하고 대번에 뛰어들어 구하겠다. 그 옆에 사람이 떠내려가도 나는 그 어린 강아지를 먼저 구하겠다. 나에게는 녀석의 고마운 눈빛 한 번이 인간의 목숨보다 더 소중할 수도 있다. 그것이 나의 정의이며 어떤 무엇도 간섭할 일이 아니다.

…나보다 못난 사람에게는 근본적으로 미안해하겠다. 태생적으로, 혹은 살다가 잘난 것을 좀 더 가져왔으므로 당연한 일 아닌가. 굶는 자를 보면 반드시 주머니에 있는 것을 꺼내서 나누겠다. 그것은 그와 나누기 위해 내게 남는 것이다.

…남의 눈을 의식한 거추장스럽고 비싼 옷을 버리고 편한 것을 입겠으며 쓸데없이 혀를 달구는 대신 되도록 순박하고 검소한 음식을 먹겠다. 혼자

호의호식하거나 남보다 우위에 서는 짓은 하지 않겠다. 싯다르타도 왕자의 자리를 발로 차버렸으며 예수도 부당한 재단을 걷어차 버렸다. 오호라, 그러고 보니 친구가 둘이나 있었구나⋯.]

사실 물 맑은 심정이란 어딘가 덜 자란 어린아이와 비슷해 보인다. 그러자니 단순하고 어리석은 면도 있다. 또 순진하고 악동 같은 모습도 보이고 반항심도 드러나고 쓸데없는 고집도 보인다. 원만하지 못해서 자잘한 문제를 일으킬 것처럼 생각되기도 한다. 하지만 전체적인 맥락에서 이해하면 뭔가 더 생생하고 큰 자유를 바라보는 것처럼 느껴지지 않는가? 뭔가 더 생생하고 큰 자유. 그저 짧은 문장으로 적으면 역시 짧게 이해되고 마는 그 소중한 것. 그것이 내가 진짜 말하고자 하는 것이다.

여전히 이해가 가지 않는 사람은 다음 방법으로 넘어가라. 물 맑은 데에 동화되지 않아도 착해지면 구원을 받을 수는 있다. 그럼 삼일신고의 그 대목을 보자.

[성기원도(聲氣願禱)하면 절친견(絶親見)이니 자성구자(自性求子)하라. 강재이뇌(降在爾腦)시니라―밖으로 소리를 내고 간절히 원한다고 해도 결코 하느님을 볼 수 없다. 오직 내 마음속에서 하느님을 찾아야 한다. 이미 내려와 계신다.]

간단해 보이지만 서슴없는 속뜻이 있다. 결코 밖으로 누군가에게 기도하지 말라는 것이다. 밖으로 기도하는 것은 드러난 신이거나 어떤 지극한 원리에 대해 따르고 누군가에게 소원을 비는 것이다. 그럴 때는 그렇게 하고 하느님을 만나고자 할 때는 다른 방식, 즉 내 안으로 방향을 돌려 자기 본성에서 찾으라는 얘기다. 비슷하다고 생각하면 큰 오해다. 이 두 가지는 완전히 다른 것이다. 먼저 그것을 구분해야 한다―가장 중요하다!

자기 마음속에서 찾되 욕망을 버린 상태여야 한다는 조건이 있다. 왜냐면 욕망에 잔뜩 찌든 마음에는 하느님이 안 내려와 있다. 욕망을 다 버린 사람은 없을 테니 그러면 도로 마찬가지 아닌가. 그렇다. 도로 마찬가지다. 욕망에 찌든 자가 어찌 하느님을 친견하고 깨달음을 얻는가? 그에게 내려온 하느님은 가짜다.

그런데 천부경에 욕망과 관계없이 하느님을 친견하는 방법이 있다. 그 방법은 욕망도 씻어내면서 동시에 하느님도 만나는 아주 편리한 방법이다. 그때 앞으로는 착하게 살겠다는 진심 어린 다짐만 하면 된다. 그러면 하느님을 볼 수 있으면서 동시에 욕망도 씻기게 된다. 그런 방법이 있다는 것이 얼마나 다행인가. 그것도 이미 소개했었다. 다시 가져온다.

[⋯그대의 의식이 가서 만지는 그 어떤 곳에도 신도 없고 깨달은 자도 없다. 티끌 만한 의미도 없고 아무것도 없다. 오로지 허상만 있을 뿐이다. 과거에도 그랬고 지금도 그러하며 앞으로도 그러할 것이다. 이 우주는 그대의 의식이 펼쳐놓은 것이다. 의식 자체가 허상인데 그 허상의 신기루 안에 무엇이 참이겠는가! 허상이 아닌 것은 그대의 마음속에 있는 단 하나뿐이다. 유일무이하게 홀로 빛나는 존재! 더없이 밝고 더없이 존귀하며 더없이 신비하고 더없이 자애로운 존재! 바로 그것은 허상을 훌훌 벗은 지금 그대의 마음이다. 그 자체가 하느님이다. 하느님은 허상 속에는 없다. 전체 우주에 딱 한 곳. 오로지 그대의 마음 안에 계신다. 바로 거기가 하늘나라이다.

누구라도 잠시 눈을 감고 편한 자세로 마음을 비우라. 그리하여 맨 처음 우러름에 이끌리던 그 마음 상태로 되돌아가라. 그 인연을 되새기라. 마음속의 하느님이 지금 그대를 부르신다.

천부경의 본모습은 오로지 하나! 마음에서 우러나온 얼굴이다. 그러면 누구의 얼굴인가. 다름 아닌 본디 그대의 얼굴이다. 이 우주는 그대의 태어남을 알고 있었고, 그러므로 그대의 얼굴은 우주의 시작부터 준비되어 있었다. 또한 천부경 81자의 뜻은 태어나고 돌아가는 그대의 삶을 새겨 놓은 것이다. 그러므로 천부경의 움직임은 어느 쪽이든지 그 한 번의 합이 369로, 체수들이라는 사실을 드러낸다. 저것은 오로지 단 한 사람, 그대를 위해 있어 온 것이다. 그리하여 그 뜻을 받은 그대에게 이 우주는 이미 [나]의 우주가 되었다. 이 세상은 나의 의식 밖에 있어서 내가 그것을 보는 것이 아니라, 나의 의식 안에 있으며 그러므로 내가 그것을 창조하였다. 의식이 가서 만질 수 있으면 그것은 의식 안의 영역이다. 따라서 [나]가 곧 이 우주의 주인이다. [나]가 그대를 의식하면 그대가 곧 [나]이다. 따라서 그대와 [나]는 하나이며 [나]가 곧 그대이다. 이 뜻을 참으로 아는 것이 천부의 인이니 그대가 [나]에게 이미 전한 것이라….

참마음을 깨닫는 일이 참으로 어려울지라도, 내가 배우는 것이 아니라 가르침을 전하는 더 크고 밝고 수고로운 입장에 선다면 곧 이해하게 될 것이니, 도리어 그대는 가르치는 입장에서 그것을 받아들이라. 스승이 되는 것이 곧 배우게 되는 것이요, 전하는 수고로움을 행하는 일이 더 잘 전해받는 것이니 천부의 인을 받는 마음이 곧 이와 같으니라. [나]의 본마음은 본디 크게 밝은 것이다. 그것이 변하지 않는 근본이다. 마음속에 있는 그것을 깊이 또 깊이 우러러보라. 가르치는 입장에서 깊이 또 깊이 우러러보라….마침내 모든 것이 녹아 버리듯 그대의 마음속에 더 밝고 더 큰 우주가 본래부터 함께하였음을 알게 되리라. 그리하여 저절로 다 알게 되리라. 겪어왔던 이 모든 것이 내가 수고로이 이룬 것이며 [나] 자신이 곧 근본이 되

는 바로 그 자리, 스스로 하나로 드러나던 바로 그 자리였음을….]

가르쳐 주는 입장에서 깊이 또 깊이 우러러보라—바로 이 부분이 핵심이다. 내가 그대를 의식하면 내가 곧 그대이다. 이 핵심을 천 번 되새기면 반드시 하느님을 볼 수가 있다. 조건은 단 하나,

'맨 처음 우러름에 이끌리던 그 마음 상태로 되돌아가라. 그 인연을 되새기라. 마음속의 하느님이 지금 그대를 부르신다.'

우러름이란 천부경에 대한 첫 느낌이다—사실 이것은 일종의 영감이다. 그러면 영감에, 우러름에 이끌리지 않은 사람들은 어쩌는가. 그런 사람은 깨닫지 못한다. 다음번에 제시하는 방법으로 명상을 통해 구원을 받으면 된다. 모든 의심을 버리고 시작해보자. 아래가 차근차근 뜻을 기억하면서 천 번을 되새겨야 할 전체 내용이다—그러는 동안 나의 욕망도 닦일 것이다. 천 번을 넘어서지도 말라. 반드시 천 번이다.

[이 우주는 [나]의 태어남을 알고 있었고, 그러므로 [나]의 얼굴인 천부경은 우주의 시작부터 준비되어 있었다. 또한 81자의 뜻은 [나]가 태어나고 돌아가는 삶을 새겨 놓은 것이다. 저것은 오로지 단 한 사람, [나]를 위해 있어 온 것이다. 그리하여 이 우주는 그 뜻을 받은 [나]의 우주가 되었다. 이 세상은 [나]의 의식 안에 있으며 내가 그것을 창조한 것이다. 무엇이든 [나]의 의식이 가서 만질 수 있으면 그것은 내 것이다. 따라서 [나]는 이 우주의 주인이다. 내가 하느님을 의식하면 내가 곧 하느님이다. [나]는 하느님과 하나이며 하느님이 곧 [나]이다. 이 뜻을 참으로 아는 것이 천부의 인이니 하느님인 내가 스스로 [나]에게 전한 것이라….

참마음을 깨닫는 일이 참으로 어려울지라도, 내가 배우는 것이 아니라 가르침을 전하는 더 크고 밝고 수고로운 입장에 선다면 곧 이해하게 될 것

이니, 도리어 그대는 천천히 읽으며 가르치는 입장에서 그것을 받아들이라. 스승이 되는 것이 곧 배우게 되는 것이요, 전하는 수고로움을 행하는 일이 더 잘 전해 받는 것이니 천부의 인을 받는 마음이 곧 이와 같으니라. [나의 본마음은 본디 크게 밝은 것이다. 그것이 변하지 않는 근본이다. 마음속에 있는 그것을 깊이 또 깊이 우러러보라. 가르치는 입장에서 깊이 또 깊이 우러러보라…. 마침내 모든 것이 녹아 버리듯 [나의 마음속에 더 밝고 더 큰 우주가 본래부터 함께하였음을 알게 되리라. 그리하여 저절로 다 알게 되리라. 겪어왔던 이 모든 것이 내가 수고로이 이룬 것이며 [나] 자신이 곧 근본이 되는 바로 그 자리, 스스로 하나로 드러나던 바로 그 자리였음을….]

경건한 마음을 잃지 말고, 더욱 내 것으로 다정해지면서, 매번 뜻을 새기면서 '새롭게' 반복하고 반복하라.

*

〈구원에 이르는 명상법—그대가 스스로 돌아보아 비교적 착하게 살아왔으며 물이 맑은 상태이면 이 길을 택하라.〉

구원에 이른다는 것은 더 착하게 살겠다는 다짐과 함께 마음을 닦아 나에게서 어둡고 흐린 것을 거두는 일이다. 그러면 하늘이 [나]를 구별하게 된다. 그 구별이 이루어지면 환난의 시기에 병들지 않고, 그리 멀지 않은 하늘의 재앙으로부터 무사하게 될 것이다. 잘 이루면 신체에 변화가 생긴다. 점차 기운으로 드러나 확신에 이르는 그것이 구원의 증표이다.

우리의 뇌 속에는 하늘로 통하는 중심이 실제로 있다. 제3의 눈으로도 불리는 그것은 송과체다. 송과체는 정면에서 대충 이마의 중심 쪽, 눈썹 사이 보다 위쪽이다. 의학적으로는 인체의 면역체계와 관련이 있으며 뇌하수체와 내분비계 기능에 영향을 미친다고 알려져 있다. 이 송과체가 뭔가 막혀 ─아마 영감을 억제하는─있는데 이것이 환하게 열리면 하늘과 소통하게 된다고 한다. 그러면 하늘이 [나]를 구별하고 환난의 시기에 구원받을 수 있을 것이다. 거짓된 마음을 버리고 매우 정성으로 꾸준히 노력한다면 반드시 구원에 이르게 될 것이다.

오래전에 읽은 어떤 책에 옛적 티베트 수도승들의 이야기가 있었다. 영적 눈으로 생각되는 제3의 눈을 트이게 할 목적으로 이마 중앙에 상처를 냈느니 구멍을 냈다는 것이다. 물론 엉터리다. 그런 식으로 이마빡을 수술하려면 병원을 찾아야 한다. 송과체는 물리적으로 건드려서 열리지 않는다. 의미가 다르고 방향이 다르다. 그런 야만적인 행동은 신체의 손상만 불러온다. 그러려면 병원을 찾아가야 한다. 참고로 아래는 송과체에 대한 언저리 지식이다.

[예일대의 러너 박사팀이 송과체를 정밀 분석해 보았다. 송과체에는 광수용체 다발들이 무수히 깔려 있었다. 이 세포들은 빛을 감지하는 능력이 있다. 또 지르코늄 다이아몬드도 들어 있었는데 이것은 전파를 송신하는 트랜스미터 역할을 하는 물질이다. 이것은 새들에게 지피에스 역할도 해 준다. 어떤 과학자들은 멕시코에 사는 눈이 없는 물고기가 송과체를 이용하여 외부 세계를 보는 것을 발견하였다. 그러므로 일반적으로도 눈은 그저 렌즈와 같은 작용을 할 뿐이고 송과선이 필름과 같이 빛에 감응하여 이미지를 형성하는 작용을 한다는 것이다.]

바로 명상에 들어간다. 무슨 일을 하든지 바른 자세에서 좋은 결과가 나온다. 명상도 마찬가지다. 그럼 명상의 가장 좋은 자세는 어떨까? 몸의 긴장을 약간 유지하면서 지치지 않는 편한 자세일 것이다. 편한 자세가 아니면 곧 어딘가가 뻐근할 것이고 시간이 가면 경직되어 병이 생길 수도 있다. 그러나 자세로 긴장을 유지하지 않으면 곧 잠이 슬슬 온다. 그래서 되도록 바른 자세로 편히 앉는다. 하나도 어렵지 않다. 팔다리와 허리 목을 스트레칭으로 약간 풀어준 다음, 가부좌로 편히 앉는다. 허리를 가볍게 세우고 엉덩이도 약간 뒤로 빼면서 꼬리뼈가 바닥에 눌리지 않도록 한다. 일부러 양다리를 꼬면 안 된다. 결가부좌라는 말이 있는데 가부좌—행감치고—를 더 결—꼬아서—해서 묶어 놓는 방법이다. 그건 나름대로 많이 연습해서 다리가 좀 삐딱해진 사람들이 하는 방법이다. 일반 사람들이 흉내 내면 반드시 무릎관절에 무리가 온다. 무릎관절에 이상이 생기면 구원받아 봤자 도루묵이다. 무릎관절의 건강은 당장에 중요하다.

본격적으로 구원을 받기 위해 무척 경건한 마음으로 하늘에 요청을 드린다.

'하늘의 심판이 곧 다가옴을 믿습니다. 그 환난의 시기에 큰 화를 당하지 않도록 해주시고, 대신 저로서도 더 착하고 더 이타적으로 살도록 노력하겠습니다. 이 세상의 부귀영화는 다 헛된 것이며 생명은 다 같이 귀한 것임을 알게 되었습니다. 그러니 부디 구원의 신비로운 기운을 저에게 내려주십시오. 그러면 앞으로는 더 진심으로 믿겠습니다. 그렇지만 미리 온 마음으로 기도합니다.'

이러면서 하늘의 신령한 기운이 마침내 머릿속에서 피어나는 것을 느낀다. 간절하고 또 간절하여 머릿속 송과체에 드디어 환한 기운이 어리는 것을 느낀다. 진실로 간절한 마음은 다른 종교의 도움 없이도 마침내 하늘에

가 닿는다. 인간은 누구나 소망이라는 종교를 가지고 태어났다. 그걸로 충분하다. 제 욕심을 차리지 않으면서 긍정적이고 적극적으로 소망하면 대개 이루어지는 것은 본디 타고난 나의 능력이다. 종교라는 이름으로 가게를 차린 집단들의 능력 때문이 아니다.

점차 잘될 것이다. 잘 안 돼도 실망할 필요는 없다. 잘 안 되는 것은 당연하며 그 소망이 꽤 뜨겁게 달구어질 때까지 하늘은 관심이 별로 없다. 물론 계속 간절하고 또 간절해야만 응답이 온다. 그것을 증거 삼아 마음을 다루는 긍정학이 하나의 종교처럼 자리 잡은 요즘이다. 응답이 늦더라도 얻어지는 것은 있을 것이다. 그렇다고 핵심은 모른 채 언저리만 맴도는 엉터리 가르침에 따를 필요는 없다. 본디 가진 나의 능력으로 이루는 것만이 진짜일 것이다. 정성과 소망이다.

나는 이제부터 저 고대로부터 비밀스럽게 내려온 아주 귀한 방법을 소개할 것이다. 스스로 송과체를 깨우는 그 비밀은 지금까지는 밖으로 알려진 적이 없었다. 오직 검을 뽑아 드는 자를 기다리며 세월을 건너온 방법이다. 받아들고 망설였으나 세상의 끝, 곧 닥칠 환난을 앞두고 모두의 구원을 기원하며 그 방법을 공개하기로 한다. 그러므로 나는 그대의 구원을 위해 중요한 규칙을 어겼다. 그렇다 해도 아직 물이 맑지 않아 못 알아듣는 사람들은 제외한다. 그런 사람들은 다음으로 현존에 머무는 방법을 택하라.

이제 그대는 안내에 따라 비밀의 문 앞에 선다. 오래 잠겨 있던 비밀의 문이다. 녹슨 손잡이가 보인다. 그대가 손잡이의 주인이다. 멀고 먼 세월을 오로지 그대만을 위해 있어 온 것이다. 이것을 잡아당긴다. 그러면 그 안에 숨겨져 있던 비밀이 모습을 드러낸다. 나는 단지 안내자다. 알아보기 어렵던 그 비밀의 방법을 그대를 위해 풀어내면 다음과 같다.

1. 심이 뾰족한 연필을 준비해야 한다―원래의 비법에서는 오래된 탱자나무의 가시를 썼다. 커다랗고 날카롭다. 이 날카로운 것을 경건히 허공에 받들어 위기의식을 느낀다. 그런 다음 명상의 자세로 앉아서 가볍게 받들어 쥐고 미간, 혹은 눈과 눈 사이 피부로 접근시킨다. 점점 더 접근하면 마침내 찔리고 말 것이다. 이때 좀 있다 찔릴 곳에서 미리 와글대는 무엇인가를 느낄 수 있을 것이다. 잘 안 되면 좀 쉬면서 위기감을 일으켜보고 다시 접근해 들어간다. 전율이라고 말할 수도 있다. 혹은 시큰한, 간질거리는 느낌일 수도 있다. 세포들이 동료들과 서로 일체가 되어 합심하는 마음이라고 볼 수도 있다. 위기감을 일으키면서 눈 사이에도, 미간에도 해보고 콧등에도 해본다. 약간씩 다르지만 아주 예민하게 반응하는 곳을 골라서 여러 번 연습한다. 반응이 일어나면 기분을 키워서, 간질간질 혹은 지글지글 오랫동안 유지한다―처음에는 잘 안 된다.

2. 숙달된 사람은 면봉을 쓴다. 귀를 후비려고 면봉을 귓구멍으로 접근시키면 역시 똑같은 와글거림을 느낄 수 있을 것이다. 그런 와글거림은 해당 부위가 엄청난 중압감으로 긴장한 데서 온 현상으로, 뇌의 지시에 따라 일어난다. 군대로 치면 해당 지역에 비상이 걸린 것이다. 군장을 꾸리고 무기를 점검하고 보초를 늘리는 등 부대 전체가 움직이며 야단법석이 일어난다. 바로 그것이다. 숙달될 때까지 연습한다.

손이나 발처럼 찔려도 그다지 크게 다치지 않는 부위에서는 잘 안 된다. 청와대 근처에 암살조가 출현해야 제대로 법석을 느낄 수 있다. 그것이 눈과 눈 사이다. 이는 긴장 상태나 위기의식 같은 감정이 얼마나 큰가에 따라서 달라진다. 말하자면 우리 스스로 그 강약을 조절할 수 있다는 뜻이다. 숙달된 사람은 마음만으로 귓속의 피부가 마구 경련을 일으키기도 한다. 귓속의 경우는 웅, 소리가 날 정도로 떨어대기도 하는데, 원래는 작은 벌레 같은 것이 들어가면 어서 내보내기 위해서 일어나는 반응이다. 벌레는 벽이 미구 떨어대는 무서운 동굴에 더 머물고 싶지 않을 것이다.

나는 이것을 명상 카페에 기수련으로 소개한 바 있다—지금은 모두 거두었다. 이때 기가 모이는데 기는 신체를 돌면서 위기 상황에 자연적으로 대응한다. 귀가 무서운 동굴을 만들어내면 기는 그 부위에 한껏 기량을 펼친다. 펼쳐진 기량은 온도와도 같고 빛과도 같고 전기와도 같지만 자세히 '관'하면 모두와 다르다. 말하자면 적당히 표현할 단어가 없는 이 현상은 신체의 파동—위험 신호거나—을 만나면 어느새 거기로 가서 발현한다, 피어난다, 동조한다, 혹은 확장된다.

기본 과정으로, 1번과 2번을 하루 반 시간 정도씩 며칠간 연습해 둔다. 긴장하지 않으면 효과가 작으므로 매번 위기의식을 일으켜 전율을 느껴야 한다. 위기의식이니 긴장이라는 말은 나중에는 다른 감정으로 바뀔 것이다. 그때쯤이면 자신의 손가락 끝으로 찌르는 시늉만 해도 바로 비상이 걸린다. 수련 도중 모든 과정을 잘 '관'하여 점차 예민해져야 한다. 그 뒤로도 계속 연습한다. 연습하는 동안 확실히 실력이 는다. 그 실력의 끝은 아무런 행위 없이 생각만으로 바로 해당 부위에 전율을 느낄 수 있는 경지다. 착실히 연습하면 그리 어려운 일은 아니다. 생각만으로 일으킬 수 있는 정도면 자신의 신체를 바로잡는 데에 적용할 수 있다.

그리고 꽤 예민해진 어느 날, 눈 사이로 접근해 전율을 일으키고는 그 전율을 유지하면 드디어 비밀이 열린다. 이제 전율은 스르르 녹아 없어지면서 경험하지 못한 아주 강력하고 상쾌한 기운으로 바뀐다. 이 상쾌한 기운은 신체에 해가 되는 그 어떤 것도 똑같이 스르르 녹여버릴 수 있다. 만약이가 아린 정도면 단 5분이면 완전히 진정된다. 그러려면 이가 아리는 부위에 그 상쾌한 기운을 일으킨다—숙달되면 전율은 생략할 수 있다. 연습하면 이것도 된다.

그러나 이 나라에서는, 의사 외에는 치료라는 단어를 함부로 쓸 수 없으므로 더 장기적 수련으로 신체의 아픈 부위를 낫게 하는가에 대해서는 말하지 않는다. 수련을 거듭하면 자기 스스로 깨달아진다. 자세히 말할 수 없지만 정말 '놀라운' 경험을 할 수도 있다!

치료의 근거가 있어서 하는 말이지만 나는 초기에 이가 빠진 자리에 적용하여 잇몸을 뚫고 턱뼈가 자라난 적이 있다. 놀라서 치과에 가보니 뼈를 잘라내야 하는데, 그 수술은 신경을 다칠 염려가 있어서 큰 병원에 가야 한다고 했다. 나는 놀라서 중단했다. 수련 때문이라는 증거는 없으나 단지 턱뼈가 자란 진단 결과는 아마 그 치과에 기록이 있을 테니 확실한 증거로 댈 수도 있다. 이후 되돌리느라 고생했고, 그 뒤로는 특별히 아픈 데가 없어서 다른 증거는 댈 수 없다.

그리고 수련에 따라 몹시 상쾌한 이 기운은 스스로 확장해 더 강력해지고, 송과체를 감싸면서 자꾸 뭔가를 부추긴다…. 이 명상 수련이 어느 만큼 이루어지면, 그러면 어느 날 마침내 송과체가 훤히 열린다. 송과체가 열리면 즉시 하늘과 상통한다. 훤히 열리고 상통할 때의 이 느낌은 아주 상쾌하고 행복하다—내가 해보았다! 마치 밤하늘 가득 영감이 어려 있는데 그 기분을 그냥 두고 날이 훤히 밝은 것과 같다. 아주 맑고 기분이 좋다. 이제 하늘이 그대를 구별할 수 있다. 하늘이 구별하고 기억하는 가운데 그대는 반드시 구원에 이를 것이다. 다시 말하지만 모두 내가 직접 해본 것이다. 그러나 그대는 진심으로 물 맑고 착하게 살아야 한다. 하늘은, 거짓말하는 자를 절대 용서하지 않는다.

조심하고, 숙달되면 날카로운 것을 피하고 되도록 무딘 것을 쓴다. 반드시 혼자 수련하고 전달하는 경우 외에 여럿이 모여서는 하지 않는다.

구원에 이르는 명상법이라는 이 장에서 마지막으로 한 가지를 소개한다. 환단고기에 나오는 대목이다.

'옛적에 환국이 있었다. 백성은 풍요로웠다. 처음에 환인이 천산에 머무르면서 도를 깨쳐 장생하시니 몸에는 병이 없었다.'

깨달음을 얻어도, 정신적으로 그 무엇을 얻어도 몸에 병이 없어지지는 않는다. 가령 마하리쉬 같은 분도 암으로 죽었다. 늙고 병드는 것은 육신의 문제다. 다만 여기 기록된 장생할 수 있는 도라는 개념, 그것은 무엇일까? 그것은 신체의 어떤 수련을 동반하는 것일까—이제까지 그것은 비밀이었다. 무슨 변화가 일어나는지 내 몸으로 직접 실험하는 수밖에 방법이 없을 것이다. 우리 민족은 사실 도라는 개념, 나아가 그 귀중한 실체의 원주인이다. 바로 그대가 [나]가 되어 그 도를 내 것으로 삼을 자격이 있는 귀한 후손이다. 꾸준히 수련하면 반드시 결과가 있고 하늘이 도울 것이다.

*

〈현존(現存)에 머무는 법—그대가 진정으로 삶의 근본 문제에 대한 해답을 간구하고 입장을 바꿔 전체를 이해하며, 행복을 추구하고 나아가야 할 올바른 방향을 찾는다면 이 방법을 택하라.〉

따로 명상이나 수행을 하지 않은 상태에서도 우리는 아주 가끔 현존을 경험하면서 살아왔다. 익숙하게, 그리고 무덤덤하게 연속되는 일상에서 아주 귀한 순간들이 불쑥 찾아온다. 그것은 아주 짧아서 모르고 넘어가기도 하고 잠시 여운을 남기기도 한다. 그리고 곧 잊힌다.

그런데 사실은 그 짧은 순간 외의 나머지, 즉 살아가는 대부분의 경험이 오히려 허상에 불과한 것이다. 그런 경험들은 흐르는 세월에 그저 삶을 내

주고 얻은 것이다. 특별할 것 없이 그렇게 살다가 그 끝은 어김없이 도로 죽음이다. 그래서 이번 생애 뭘 이루게 될까? 세상 속에다 이름을 남기는 것? 자식을 낳아 잘 키우고 꽤 재산을 남겨 주는 것? 그렇지만 결국 자신도 죽고 그 자식들도 죽고 이번 생은 완전히 없어진다. 이번 생에서 이룬 모든 것은 시한부 만족에 불과하다. 그래도 세상은 남는다고 생각하겠지만 그건 완벽하게 오해다. 그대가 죽으면 그대의 우주는, 그대가 살던 세상은 곧 소멸한다. 수행의 관점에서도, 깨달음의 관점에서도 그렇고 내가 인식함으로써 대상이 존재한다는 과학적 논리로도 그렇다. 설령 세상이 남으면 뭘 어쩌겠는가. 돌고 도는 윤회 속에서 이번 생에서 맺은 인연, 비슷한 삶의 구조는 다시는 이루어지지 않는다. 시간이 좀 지나면 모두가 죽어 없어진다. 결국 차례차례 죽은 그들은 단지 더불어 윤회하는 내 영혼의 가닥들에 불과하다. 그러므로 오히려, 그 어떤 생에서는 지금은 멀고 하찮게 느껴지는 생명이 [나]의 부모이고 자식이었을 것이다. 그래서 성실하게 살되 인연에 연연하지 말고 모든 생명을 존중하고 사랑하라는 가르침이 생겼다. 티벳 불교에 이를 아프게 상기시키는 가르침이 있다.

'이 세상 어느 것도, 단 한 번도 전생에 나의 어머니가 아니었던 것은 없다.'

우린 동료다. 하나가 되었다가 다시 갈라졌다가 도로 하나가 된다. 그것이 생명의 본 모습이며 태어나고 살다가 죽는 듯 보이는 모습은 다 반복되는 허상이다. 과학의 표현을 빌리면 홀로그램이며 옛날 어떤 늙은이의 표현을 빌리면 그저 '한낱 꿈'이다. 그리고 그 늙은이는 다시 태어나 지금 내가 기르는 개가 되었을 수 있다. 나는 기르는 개에게 되도록 맛있는 사료를 공급해 준다. 언젠가 그가 나를 길렀을 때 그렇게 했을 것이다. 억겁의 세월 동안 비단 개뿐이겠는가. 그는 어떤 생에선 다정한 나의 이웃이었던 적도, 또 가족이었던 적도 있을 것이다. 말도 안 되는 소린가? 중국 후난성의 어떤 마을에서는 전생에 돼지가 그 마을에서 사람으로 태어나 자신을 노살한 이웃 남자를 극도로 미워하는 일이 생겼다. 지난 상황을 세세히 다 기억하므로 안 믿을 수도 없는 일이다. 도로 사람으로 환생한 경우는 수백 건도 넘는다. 정황이나 증거가 분명하여 안 믿을 수 없는 경우만 추려서 그렇다.

삶의 바람직한 태도를 제시하는 일화가 있다.

어떤 사람이 몹시 부끄러운 일을 저질렀다. 너무 부끄러워 죽으려고 생각했다. 그러나 그냥 죽자니, 너무 부끄러워서 스스로 죽었다는 사실까지 사람들의 기억 속에 남게 된다고 생각하자 죽을 수조차 없었다.

'누가 이러이러한 짓을 저질렀다!'

곧 모두가 알아버렸다. 이 엄청난 현실을 물릴 수만 있다면 그는 뭐든지 하고 싶었다. 그렇게 시간이 지나는 동안 그는 죽을 수도 없고 안 죽을 수도 없는 고통 속에 살았다. 어떤 짓을 해도 그 부끄러움이 지워지지 않았다. 그렇게 고통스러워하던 끝에 마침내는 지치고 야위어서 현실감을 버리고 그저 멍한 상태가 되었다. 살아 숨 쉬는 것 말고는 다 멎어버렸다. 절반만 살아남은 것이다. 그렇게 절반만 살다가 어느 날 정신이 들었는데, 문득 그 순간에 양쪽이 다 생각났다. 한 쪽은 힘을 내어 다시 예전의 현실로 돌아가 맞서는 것이고 다른 쪽은 모든 이해관계를 포기하고 그저 편안하고 너그러운 마음만 되찾는 것이었다. 그래서 그는 제정신이 든 것에 감사하면서 의식적으로 한 쪽을 선택했다. 그는 그 후 전혀 고통스럽지 않게 살았다. 오히려 떳떳하면서 모두에게 친절하고 늘 행복해했다. 단 한 명 남은 가장 친한 친구가 의아해서 물어보았다.

'이제 괜찮아? 도대체 어떻게 된 거지?'

그러자 그가 말했다.

'이 세상에 사람이라고는 나를 이해하는 자네뿐인데 뭐가 부끄러운가!'

그가 의아해서 다시 물었다.

'이보게. 나야 물론 제외지. 하지만 이웃들도 다 자네를 알아보고 있고, 이제 가끔 들르는 친구들도 여전히 자넬 기억한다네.'

그러자 그가 도리어 빤히 들여다보며 반문했다.

'나는 무슨 일이 있어도 자넬 믿는다네. 자넨 안 보이는 곳도 서로 다 아는 가장 친한 친구인데 뭐가 부끄럽겠나. 나는 자네에게만은 하나도 부끄럽지 않은데.'

그러면서 그가 말했다.

'나는 멍청히 사는 동안 떠오르는 모든 사람을 하나하나 다 가장 가까운 친구로 받아들였다네. 처음엔 어려웠지만 그런 일도 나중엔 가속도가 붙더군. 그렇게 진심으로 받아들이자 오히려 그들을 다 이해하게 되었지. 그리고는 깨어나면서 부정적인 걸 다 벗어버렸네. 그래서 여전히 그들에게 무한한 믿음과 사랑을 보낼 수 있다네. 이제 깊은 정이 생겼으므로 그들 모두가 가족이나 다름이 없어. 만약 모르는 사람이라고 해도 다를 것이 없네. 나는 그가 누구라도 진심으로 가까운 친구라고 믿고 무한히 신뢰해 버린다네. 나에겐 모든 사람이 전혀 거슬리지 않아.'

역시 입장의 전환이다. 한 가지 추가한다면 입장의 전환이란 아마 한 단계 더 위의 시각이라는 점이다. 재미로 보태지만 한 단계 위의 시각이 극명하게 드러나는 이야기가 있다. 어떤 책에선가 읽은 스님 이야기다.

어떤 스님이 꽤 큰 절간에 일을 보기 위해 가는 중이었다. 들어서는 길이 길어서 한참을 걸어 올라가게 되었다. 여름이어서 땀을 뻘뻘 흘리며 부지런히 걷는데, 내려다보이는 계곡에는 행락객들이 드문드문 모여서 술과 음식으로 즐거운 하루를 보내고 있었다. 처음엔 거슬렸지만 한편 부럽기도 하여 멀찍이서 잠시 쉬어가기로 했다. 마침 가로수 그늘에 앉았는데 밑에서 누가 불렀다.

'이보시오, 스님. 누가 보는 것도 아닌데 잠깐 내려와서 한잔만 하고 가시

우. 고기도 지글지글 구워 놓았소.'

스님이 거절하며 자세히 보니 그야말로 가관이었다. 온갖 음식을 준비하고 남녀가 서슴없이 벗어젖힌 채로 술판이 어우러지고 있었다. 껴안고 희롱하는 것은 예사고, 일어서서 음악에 맞춰 춤을 추는 커플도 있었다. 인생이란 그야말로 후끈하고 즐거운 것이다.

보는 이는 없었으나 부끄러워진 스님은 유혹을 물리치고 바삐 자리를 떴다. 그리하여 일을 마치고 도로 내려오는데 어쩐 일인지 비가 내릴 듯 날씨가 우중충했다. 아까와는 영 딴판이었다. 행락객은커녕 계곡 어디에도 사람 그림자조차 보이지 않았다.

그새 다 어디로 갔을까…?

의아해하며 걷다가 아까 올라가면서 쉬었던 자리에 이르러 걸음을 멈추고 내려다보았다. 그런데 이상하게도 거긴 맑은 물이 흐르는 곳이 아니었다. 찌꺼기가 쌓이고 더러운 물이 고인 아까 그 자리에, 오물을 뒤집어쓴 지저분한 개구리들이 오글오글 뒹굴고 있었다.

현존에 대해서도 이미 말했었다. 현존을 중요하게 여기는 이유는 그런 상태에 머무르는 것이 가장 편안하고 바람직해 보이기 때문이다. 깨달음에 도달한 상태라고 말하는 이도 있는데 그건 아닌 것 같다. 나도 제법 길게 여러 번 경험했지만 깨달은 사람은 아니다. 다만 경험이 있어서 그것이 어떤 상태라고 확실히 말할 수는 있다. 아주 좋았다. 늘 현존할 수만 있다면 사실 그 이상 바랄 것 없다. 다시 가져왔다. 카페에 올렸다가 그 상태가 모든 것을 포함하느냐는 누군가의 질문에 답했던 내용이다.

[…저도 이제까지 제법 긴 것은 딱 세 번 경험이 있었는데요, 모든 것을 포함한 전체라는 건요, 그냥 우주를 다 포함하느니, 생각하는 모든 크기를

포함하느니 하고는 전혀 달라요. 언어의 한계가 있지만 이렇게 말하면 비슷하네요. 그냥 모든 것에 대한 전구분이 없어진다, 이런 뜻이어요. 전구분은 우리가 아는 그 구분과 구분하려고 제가 지금 임시로 만든 단어이구요. 전구분은 뭐냐면 여기 내가 있고 저기 달이 있다는 의식이 있거나 말거나 그보다 더 뒤에서 멀찍이, 더 먼저, 더 근본적으로, 그러니까 본래 당연히 구분 지어진 것이라고 여겨져요. 그러니까 전구분이 없어진다는 건—무의식하고는 다릅니다—가령 우리가 그림 그릴 때 배색 있지요? 일단 화면 전체를 다 칠하고 시작하는 그 바탕색. 그 색깔이거나 아니면 색에서 나오는 느낌이거나 뭐 그런 자체가 바뀌는 그런 느낌입니다. 저는 그 첫 경험을 할 때 꼭 동화 그림 속으로 들어와 있는 듯 아주 편안했습니다. 그저 바라보며 나한테도 왔구나, 하고 생각했죠. 한참 이어지다가 도로 사라졌습니다. 모든 게 전부 다 내 가족이고 편안함이 깔린 나의 뜰이고, 그러므로 미리 유지된 우정이 있어서 어떠한 경계심도 생경한 느낌도 없는 그런 상태였습니다. 이런 설명도 시원하지는 않네요. 아니면 밑그림을 너와 나로 구분해서 그려 넣고 거기 의존해서 현실을 그렸는데, 여전히 그 밑그림에 의존해서 현실이 구분되다가 갑자기 그 밑그림이 없어져 버린 느낌? 이게 더 가까운 설명 같기도 합니다. 아직 부족해서 말이 길어졌습니다. 더 이루고 나면 다시 대답하겠습니다.]

[미리 걱정할 대단한 개념이 아니라 그냥 살짝 또렷하면서도 너그러운 편안함이다. 혹은 몸과 마음이 풍경에 대해 관대한 상태다. 혹은 방금 이전과 방금 후까지 미리 느긋한 상태다. 쉬운 말로 내맡김이다. 무념무상이다. 소금기 없는 심심한 경건함이다. 부드러운 몰아(沒我)거나 망아(忘我)다. 무아경이면서 초롱초롱한 무심이다. 전혀 졸리지 않으면서 매우 골고루 분배된 편안한 바라봄이다. 총총하지만 감정 없는 보이는 그대로다. 욕심 없는

신선한 풍경이다. 깊은 바위 속에 갇혀 다 포기한 직후의, 삶을 바라보는 잔잔하고 편안한 각성이다. 졸다가 가볍게 죽비를 얻어맞은 '안이비설신의 —혹은 존재감'이다. 여태 보아오던 편안한 풍경에서 '순간' 느끼는 새삼스러운 낯익음이다—그걸 안 놓치는 생생함이다.']

이것은 문학으로 풀어본 것이다. 그러므로 그 자리는 놔두고 주변을 파내어 말하고자 하는 것을 드러내는 양각화를 닮았다. 사실 현존을 딱, 이거야라고 말하기는 몹시 애매하다. 말 그대로 언어의 영역이 아니기 때문이다. 하지만 주변을 더 파낸다. 그러면 제까짓 게 드러나고 말 것이다.

[하늘은 머리 위로 펑 뚫려 있었네. 분명 보통날의 어둠은 아닌 것 같았지. 훨씬 더 깊고 푸르스름해 보였다네. 이를테면 커다란 솥뚜껑에 별들을 박은 듯한 그런 답답한 어둠이 아닌…, 필시! 저 깊은 우주로부터 내려오는 신성한 어둠 같았단 말이네. 먼 고대의 어느 날 밤—오죽했으면—무언가를 예언했던 마야 제사장의 외침이, 천년이 거듭되어도 아무도 흉내 내지 못했던 그 마지막 음절이 떠돌고 있는 것 같았단 말이네.
"사 마하오…삼 칸킬…."
그 목소리는 짤막했다네. 하지만 메아리처럼 칸킬…칸킬…칸킬…. 들릴락말락 계속해서 이어지고 있었다네. 알겠나? 그처럼 펑 뚫린 신성한 이둠이 여지없이 내 머리 위로 쏟아져 내리고 있었던 것일세.]

현존은 영감이다. 그러나 그것은 점점 익어가는 영감이다. 푸르고 새콤하다가 점점 부드럽고 향기롭게 익어 입안 가득 차오르는 과일처럼 스르르 익어가는 영감이다.

[내용인즉 만약 누군가가 물을 마시지 않고 열흘 동안 걸어서 봉우리가 세 개인 큰 바위산의 동굴 입구에 서면 마침내 깊숙한 곳에서 저절로 울려 오는 비밀스러운 목소리를 들을 수가 있다는 것이다. 그것은 바람이 불어 가듯 한 방향으로 가락이 흐르는 다소 기괴한 형식의 노랫말인데, 섬뜩하 면서도 친근하고 죽음의 고통마저도 씻겨 주는 짜릿하고 황홀한 목소리라 고 한다. 게다가, 연관이 있는지 확인할 수는 없지만 바로 그날 인근에서 가축을 몰던 그 종족의 어린 전사가 바람을 등지고 서서 마치 무엇을 흉내 내듯 다음과 같은 노래를 외우고 있었다….

나그네여 기꺼이 바위산에 오르라, 헤이호오!]

현존은 신비로움이다. 그러나 내가 완전히 지배하는 신비로움이다. 그런 데 완전히 젖어 하나가 되었으므로 따로 신비롭지 않고 그윽하고 편안하 다. 아래는 너그러움을 배우는 아주 〈중요한 수련법〉이다. 여러 번 반복하 고 일상에서 습관처럼 연습하면 반드시 무슨 변화가 일어난다.

[…그처럼 내가 세상의 주관자로서 맘대로 세상을 바꾸기 위해서는 그저 있는 그대로 묵묵히 바라봐야 한다. 이를테면 이따금 차가 오는 그리 바쁘 지 않은 굽은 도롯가에 비교적 편한 상태로 앉거나 서서 지켜본다. 굽은 도 로는 멀리까지는 바라보이지 않는다. 자전거가 먼저 오고 그 담에 승용차 가 한 대 오고. 오호, 그런 담에 새가 우짖는 소리가 들리고 트럭이 한 대 지나가고 또 승용차가 두 대나 더 오는구나…. 계속 너그러운 마음으로 지 켜보면서 연습에 들어간다.
…그런데 담에는 뭘까? 내가 신이라면 이 상황에 걸맞은 다음 움직임은 뭘까. 물론 알 수는 없지만 아마 트럭이 한 대 오는 게 낫지 않을까, 라고 이

해한다. 맞을 수도 있고 틀릴 수도 있다. 실제로는 트럭이 아니고 새 우짖는 소리가 한 번 더 들리거나 승용차가 두 대나 연속 지나간다. 그러면 또 그렇게 이해한다. 응, 그렇군. 이런 순서도 싱그러움이 있어. 좋아. 그럴 줄 알았어, 하고 이해해준다. 그렇게 다음 상황을 계속 예측한다. 맞으면 그렇지. 역시 이게 옳아, 하면서 이해하고, 틀려도 응, 이것이 낫구나, 하고 하나하나 따져가면서 반드시 너그럽게 이해해준다. 그러면서 세상을 있는 그대로 바라본다. 그리고 이것을 숙달시키면—바로 이것이 늘 깨어있는 것이 된다—서서히 자기 생각대로 세상을 끌어갈 수 있다. 자기도 모르는 사이 세상의 그런 규칙에 동화되고 그 규칙과 하나가 된다. 그 규칙이 내 것이 되는 것이다. 이것이 중요하다—무한한 자비와 이해심으로 한 줌 의혹도 없을 적에 그렇게 된다. 이것은 가장 중요한 수련이다.   —루든프스칸.]

현존은 내 맘대로 규칙을 정하는 일이다. 그러나 나는 절대자로서의 무한한 자비와 이해심으로 가득 차 있다. 세상은 내가 원하는 대로 움직이며 나는 그것을 있는 그대로 바라보고 이해한다. 그것은 오로지 내가 정한 것이다.

사실 이런 것은 '풍경선'이다. 큰 절간의 대웅전 귀퉁이에 서서 조용히 오가는 사람들을 바라보며 아주 부드러운 그 변화 속으로 잠겨 든다. 혹은 오솔길을 걸으면서 새 우는 소리거나 멀리서 들려오는 자동차 소리를 다 이해하는 마음으로 들리는 그대로 받아들이거나, 서서히 다가오는 눈앞의 풍경들을 그저 부드럽게 맞이한다. 그러면서 걸음에 따라 자연스럽게 뒤로 보내는 그 과정이 훈련이자 수행이다. 어디에 있든 주변의 것들을 너그럽게—단지 무심이 아니다—맞이하고 그 변화를 이해하는 것이 아주 효과적으로 현존을 일으키는 훈련이다. 사실 현존은 나머지 단 일 퍼센트가 부족한 바로 지금의 상태이다. 어느 날 그 사실이 깨달아지면서 갑자기! 모든 것이 눈앞에서 바뀐다. 사물이 바뀌는 게 아니고 바라보는 나의 무엇이 바뀌어 느낌이 전혀 달라진다—아마 이것이 옳은 표현이다. 자주 훈련하면 반드시 찾아온다. 나는 사람의 능력은 다 비슷하다고 생각한다. 그대는 성공할 수 있다.

현존이란 보이는 모두에게 마음을 골고루 나눠주는 인심이다.

[우리는 마음이고 의식입니다. 그리하여 세상을 보고 느끼는 관찰자입니다. 그렇다면 관찰자는 무엇인가요? 어디에 있나요? 만약 그대가 이를 악물고 이 의문을 끝까지 추적해 들어간다면 마침내 관점의 전환을 경험하게 될 것입니다. 그대는 문득—관점의 전환이라는 뜻이지만—추적당하던 마음의 입장에서 추적자를 만나게 됩니다. 그렇다면 무엇이 무엇을 추적하였습니까. 실제로 그 만남은 찰나와 같습니다. 마음의 파동은 상쇄하여 그 순간 사라지게 될 것입니다. 그대가 사라지면 남는 것은 무엇입니까? 우리가 꿈에서 깨어나면 무엇이 달라집니까! ─루든프스칸.]

눈치챘겠지만 모두 세 가지인 이 비밀스러운 훈련은 사실 나눌 수 없는 하나이다. 그대는 바로 [나]이다. 또한 [나]는 바로 그대이다. 그러므로 그대는 [나]에게 가르침을 내려주었다. 반대로 그대인 [나]는 그것을 잘 전달하였다. 그러고 보니 누가 따로 누구인가. 우리는 하나이고 그 하나는 바로 그대를 가리키는 [나]이다. [나]는 더 열심히 수행하여 깨달음에 이를 것이다. 잘 가르쳐준 그대에게 고마움을 전한다.

헤이호오!

기다림

'너 흑토재黑土嶺를 기억하니?

분진에 뒤덮인 낡은 도로 한 가닥 굽이굽이 구암봉九岩峯을 끼고 돌던 곳. 저만큼 골짝 아래 협궤 철도가 내려다보이고, 때론 버팀목을 가득 실은 화차들이 철커덕거리며 지나가던 곳….'

그곳은 이제 나지막한 언덕이다. 2차선 포장도로가 부드럽게 휘어져 올랐다가 좀더 급하게 반대로 굽은 다음에는 보이지 않는다. 막히거나 끝난 것은 아니다. 다만 이쪽에서 보이지 않을 뿐이다. 길은 길게 내리막을 이루고 있다. 그리고 내리막은 올라온 거리보다 더 멀리, 까마득히 뻗어 있다.

고개를 거의 다 올라간 곳에 버스를 기다리는 승강장이 있다. 두 평짜리 승강장 건물은 뒤쪽이 내려앉아 피사의 사탑처럼 기우뚱해 보인다. 물론 쓰러질 만큼은 아니다.

남자는 또 발을 모으고 그 앞에 서 있다. 남자는 매일 같은 자세로 그 자리에 서 있었다. 작년 가을에도, 훨씬 더 오래전부터도 남자는 같은 자세로 그 자리에 서 있었다. 그림자를 길게 뒤로 늘이고 철커덕, 사진으로 찍힌 것처럼 하염없이 언덕 위쪽을 바라보고 서 있었다. 길이 두 번이나 빤히 굽어 올랐는데도 남자의 자세는 구조물과는 반대편, 그러니까 길 가운데 쪽으로 비스듬하게 기울어져 있다. 언뜻 무엇인가가 남자를 잡아당기는 것처럼 보인다. 구조물과 남자 사이에 역삼각형의 공간이 있어서 기울기가 과장돼 보이는 것인가. 그러나 남자 역시 쓰러질 만큼은 아니다.

버스는 아직 오지 않는다. 가파른 축대 위에서 낙엽이 굴러내려 남자가 바라보는 언덕을 노랗게 물들이고 있다.

언덕 아래 삼거리에 자리한 대폿집에는 지금도 분탄을 땔 때는 낡고 큼직한 화덕이 있다. 화덕 주위로 둥근 나무의자가 일곱 개, 다리를 저는 대머리 영감이 거기서 닭발을 굽고 막걸리를 판다.

영감은 여태껏 졸음에 겨웠다가 퍼뜩 일어나서 파리채를 휘두르기 시작한다. 이맘때면 영외 갱에서 나온 '갑반' 광부들이 삼삼오오 짝을 지어 그 앞을 지나간다. 모두들 하나같이 검게 절은 작업복에 전등을 얹은 안전모를 쓰고 있다. 얼굴에도 까만 탄가루가 들러붙어 있어서 표정들도 똑같이 무거워 보인다. 언뜻 지친 수색대를 연상케 하는 모습이다.

그들 갑반은 아침 일곱 시에 출근했다가 오후 네 시에 을반과 교대한다. 교대를 마쳤다고 해서 일과가 다 끝난 것은 아니다. 거쳐야 할 일련의 과정이 아직 남아 있다. 광업소에 들러 장구를 반납하고, 정성껏 목욕을 한 다음 옷을 갈아입어야 비로소 집으로 돌아갈 수 있다. 영감은 더 부지런히 파리채를 휘두른다. 이윽고 문이 열리고 서너 명이 들어와서 의자를 끌어다 앉는다. 대개는 그냥 지나치지만, 그래도 두어 명은 더 들어와서 앉을 자리를 찾는다.

영감은 그제야 슬그머니 파리채를 거둔다. 먼저 들어온 사람들은 조금씩 움직여서 공간을 만들어 준다. 둥근 나무의자는 폭이 그리 넓지 않아서 모두가 너끈히 둘러앉을 수 있다. 아무도 말은 하지 않는다. 입을 열어서 대화를 나누기는커녕 활발히 두리번거리는 사람조차 없다. 무거운 안전모도 벗으려고 하지 않는다. 다른 건 몰라도 함부로 안전모를 벗지 않는 건 불문

율이나. 모자를 벗을 때, 물에 녹지도 않고 잘 쓸어낼 수도 없는 탄가루가 우수수 쏟아져 내리기 때문이다. 그들은 다만 막걸리가 찌든 허파에서 탄가루를 몰아내고 진폐증을 예방하는 데에 효과가 있다고 믿고 있다. 예방뿐만 아니라, 정성껏 오래 복용하면 아예 진폐증을 고칠 수가 있을는지도 모른다.

그래도 닭발이 지글지글 구워지고 탁주가 한 순배 돌 즈음이면 표정들은 한결 누그러진다. 콜록…. 기침 소리가 먼저 딱딱한 분위기를 깬다. 어쨌든 지상에서의 '첫 한 잔'이 그들에겐 늘 새로운 힘을 준다. 그때쯤이면 영감이 절룩거리며 다가와서 잽싸게 끼어든다. 영감은 자기가 판 술을 도로 한 잔씩 얻어먹는 게 낙이다.

영감은 우선 아무한테나 비스듬히 기대고 선다.

"놀라지 말게나. 전엔 이 좁은 바닥에 다방, 술집 합해서 서른 곳이 넘었다네…."

놀랄 것은 없지만 그 말은 사실이다. 영미다방, 진다방, 고향다방… 순자집, 한잔집, 곰보집…. 도로가 정비되기 직전까지도 미처 거두지 못한 그런 간판들이 벗어 던진 껍데기처럼 깨지고 비틀린 채 주렁주렁 내걸려 있었다. 물론 지금은 모두 떠나가고, 철거를 면한 다방 한 곳이 끈덕지게 현상을 유지하고 있을 뿐이다.

"천지가 온통 북새통이었지. 광부라면 그저 아무 곳에서나 외상을 척척 주었어. 돈? 돈 아끼지 않아도 잘들 살았다네. 분교가 폐교되기 전만 해도 은행이 지점을 두었을 정도니께."

영감은 그쯤에서 눈을 지그시 감고 한숨을 내쉰다. 그 시절이 그립다… 모두가 연탄을 때던 시절에는 경기가 참 좋았다. 광업소는 날로 규모가 커지고 더불어 탄을 캐낼 인력도 무한정 필요했었다. 이도 저도 안 되면 광부나 된다는 식의 느긋한 푸념도 찾아오기만 하면 일자리가 널려 있던 그 때에 생겨났다. 지금은 아예 광부를 모집하지도 않는다. 영감은 변함없이 외상을 주고 있지만, 이동중에 술을 마시지 말라는 지시가 가끔 내려오는 것이 걱정거리다.

매번 같은 내용이어도 광부들은 영감을 쳐다봐 준다. 영감은 꽤나 먼 세월을 절룩절룩 걸어온 사람이다. 영감은 젊었을 때 막장에서 일했다. 돈도 꽤 모으고 예쁜 여자도 얻었는데, 깜빡 졸다가 폭파 현장을 빠져나오지 못하고 그만 탄더미에 깔려 버렸다. 다 여우 같은 마누라가 밤에 못살게 굴었기 때문이라고 사람들은 말한다. 영감의 마누라에 대해서는 광부들도 얻어들은 게 있다. 바로 그 드라마 같은 이야기, 여자는 영감이 누워 있는 동안 보상금을 빼내 가지고 다른 놈과 줄행랑을 쳐버렸다고 한다. 물론 바람기가 있는 여자란 늘 호시탐탐하게 마련이다. 그런 식으로 여자 도망가는 것쯤 이런 곳에서는 흔한 일이지만, 어차피 대표작으로 내놓을 드라마도 하나쯤은 따로 생기게 마련인 것이다.

대표작의 흥미는 바로 도망간 여자가 굉장히 미인이라는 데 있다. 여자는 수십 년간 입에서 입으로 전해지면서 양귀비를 능가하는 미인이 되었다. 그 풍만하고도 야들한 자태, 특히 반쯤 내비치는 가슴과 나긋한 걸음걸이를 전해 듣는 대목에서는 누구라도 꿀꺼덕 침을 삼키고 만다…. 그런데 알 수 없는 것은, 듣는 처지이든 전하는 처지이든 결국에는 모두가 다 여자를 이해하고 동정하게 된다는 점이다. 아무래도 남자들끼리는 야릇한 경쟁의식을 갖는 까닭인가? 아니다. 얼핏 그럴듯하지만 그런 이유 때문만은 아니다. 막장이란 일단 들어가기만 하면 하늘이 무너져도 알 수가 없는 곳이다. 부모가 죽었대도 도중에 나올 수가 없는 곳이다. 그래서 석탄공사가 안전을 보장하는 여덟 시간이 날마다 여자를 충동질하였다! 여자를 탓하지 못하는 심정들에는 바로 그 '구조적' 억압에 대한 분노와 체념이 짙게 깔려 있는 것이다.

누군가의 말처럼 체념은 역시 서글픈 순종에 다름 아닐 것이다. 이를테면 '톰슨가젤'은, 오로지 맹수의 먹잇감으로 죽음을 맞도록 운명 지워진 그 연약한 사슴과 동물은, 마침내 불가항력적인 최후의 순간이 닥치면 오히려 상대가 편하도록 길게 목을 늘여준다고 한다. 어이없게도 그 마지막 행동은 불가사의하다고 말하여진다. 도대체 무엇이 불가사의하다는 말인가…? 어쨌든 여자는 견딜 수가 없었다. 여자는 아마 몇 사람의 다음 교대자들을 더 졸게 만들었을 것이다. 여자가 두고 간 아이는 영감을 닮지도 않았다. 그때 그 아이가 지금은 도시로 나가 버스를 몬단다.

"피아노가 일등이라네."

"공부가 일등이라네."

손자 이야기를 꺼낼 때면 영감의 표정은 한결 밝아진다. 그래도 광부들은 웃어주지는 않는다. 하긴 웃을 이야기도 아니지만, 웃으려고 해도 얼굴이 두꺼워서 잘되지 않는다. 제 새끼가 아닌 줄 알면서…. 광부들이 무표정한 얼굴로 들어주는 동안 영감은 이내 시무룩해진다. 광부들은 영감을 이해하나 영감의 이야기에 그리 흥미를 느끼지는 않는다. 광부들은 그새 더 흥미로운 다른 이야기를 알고 있다.

"그런데 김 씨 마누라가 정말로 도로 왔다고 허든가?"

"오기는 뭘 와. 헛소문이제, 콜록…. 새끼들 버리고 갈 적에는 다 제 앞길부터 챙겨두었을 테지. 그래도 궁금했던지 미장원 여편네한테 한번 전화가 왔었다누만."

옆자리의 사내가 생각난 듯 키다리의 어깨를 툭, 친다.

"그나 키다리 자네, 득남을 축하하네."

"이 사람, 축하는 무슨…."

축하받은 키다리는 잠깐 기쁜 듯 말끝을 흐린다. 그러나 곧 아니라고, 딱 부러지는 목소리로 자조하고 만다.

"미래가 없는 사람에게 애가 하나 더 달렸으니 큰일이야."

"그런데 이곳에 위락지구가 조성된다는 것이 정말일까."

"내가 광부 십팔 년에 태백으로 장성으로 안 가본 데 없다마는…, 그런 거 생기고 폐광되어 봤자 우리는 천상 또 이런 곳을 기웃거릴 수밖에 도리가 없는 거여!"

"천상?"

"어쨌든 민영으로 넘어간다는 말이나 전면 폐광이나 그 말이 그 말인디."

"암, 우리 같은 사람들이야 그저 진폐증이나 염려하며 그럭저럭 세월을 견디는 게지."

"콜록…."

진폐증 이야기가 나오자 콜록이가 다시 기침을 쏟는다.

"어야, 콜록이. 자네, 내 말 듣고 도라지국을 자주 묵으랑게. 그거이 젤로 기침을 가라앉힌단 말이시. 병원 그거는 다 도둑놈들여. 환자 취급 받어 봐야 눈치나 보이지 별수 있는가?"

그 말은 일리가 있다. 병원에 가봤자 아무것도 달라지지 않는다. 어느 양심적인 의사가 텔레비전에 나와 고백했듯이, 정부가 항목을 정한 현재의 1차 검사로는 진폐증 유무를 밝힐 수가 없다는 것이다. 진폐증은 정부의 보장 아래 간단히 1차 검사를 통과하고, 광부는 병이 더 악화된 다음에야 아예 가망 없는 환자로 분류되어 쫓겨날 뿐이다.

영감은 다리를 절룩이며 슬그머니 돈통 옆으로 돌아가 버린다. 그들은 이미 영감의 옛 동료는 아니다. 세월이 너무 흘렀다. 영감은 광부가 아닌 광부曠夫일 따름이다.

'너, 아직 기억 안 나니? 땅 밑으론 시커먼 구멍들이 구렁이처럼 서로 엉키어 있다는 그곳….'

남자는 그곳에 서서 여자를 기다린다. 남자가 기다리는 여자는 오래 전에 이곳을 떠나갔다.

여자는 떠나간 뒤로 한 번도 소식을 전해오지 않았다. 하긴 세월이 너무 흘렀으므로 여자는 벌써 다른 남자를 만났을지도 모른다. 그렇지만 남자는 마냥 그렇게 서서 여자를 기다린다.

남자는 철커덕, 하염없이 언덕 위쪽을 바라보고 서 있다. 남자는 어쩌면 드라마를 꾸고 있는지도 모른다……. 남자는 제 드라마를 꾸기 전부터 미리 한 편의 드라마를 알고 있었다. 남자가 아는 그 드라마는 '일주일간의 사랑'이다. 남자는 그 드라마에 꽤나 깊이 감동되었고, 진실로 주인공의 처지를 동정[13]하였다.

아마 그것이 발단이었다. 남자는 마음속 깊이 그 드라마를 간직하였다. 오래도록 간직해 두고 되새기는 동안 남자는 차츰 그 드라마에 숙달하게 되었다. 숙달된 남자는 머잖아 스스로 연출도 해낼 수 있게 되었다. 스스로 연출한 드라마는 전보다 훨씬 감동적이었다. 그러나 남자는 거기서 만족하지 않았다. 남자는 더 큰 만족을 얻기 위해 마지막 대목에서는 늘 직접 출연해버렸다. 남자가 직분을 버리고 직접 출연해 버렸기 때문에 연출자가 유고(有故)한 그 드라마에는 항상 길고도 감미로운 꼬리가 달렸다….

남자가 동정해 마지않는 그 드라마의 주인공은 다름 아닌 '무기복역수'이다. 드라마 속의 [남자]는 어느 날 남은 생生—'남자, 혹은 연출'은 별로 감동적이지 않은 그 전반부를 후딱 지나친다—을 견디려고 펜팔을 시작했다. [남자]를 이해하는 어떤 교도관이 그 교제를 돕는다. [남자]와 여자는 편지를 주고받다가 서로를 그리워하기에 이르고, 여자는 [남자]에게 만나줄 것을 요구한다. 여자의 거듭된 요구로 [남자]는 교도소 측에 휴가를 소

---

13) 혹은 '레싱(Lessing)'의 주장대로 운명의 유사성에 대한 공포가 연민을 자아내게 하였다.

원한다. 단식 등의 투쟁 끝에 그 간절한 소원은 받아들여진다―'남자, 혹은 관객'은 무기수에게 단 한 번의 휴가가 주어지는 것을 묵시한다. [남자]는 신분을 감추고 여자를 만난다. 이후 그들은 한 장場을 할애받아 여행을 떠나고, 사랑을 나눈다. 그러나 [남자]는 결국 복귀해야만 한다. 물론 복귀는 영원한 이별을 뜻한다.

무대 위에 교도소의 정문이 쿵! 내려 놓인다. 망설이던 [남자]는 마침내 진실을 고백한다. [남자]는 그 문을 들어서기만 하면 다시는 되돌아 나올 수 없다―남자는 이쯤에서 감쪽같이 출연한다. 곧 뜨끈한 비애감이 남자를 휘감는다. 짧은 순간 여자와 눈이 마주친다. 그러나 남자는 여자를 외면하고 헉, 돌아선다. 동시에 시간이 정지된다. 남자는 정지된 시간 속으로 어깨를 웅크린 채 천천히 나아간다. 영원히 껴안아야 될 '템푸스[14]'를 향해 날아오른다…. 하지만 드라마는 거기서 끝나지 않는다. 남자는 미리 각색해 둔 자신의 추억 속으로 짓쳐 나아간다.

다시 말하지만 남자는 드라마에 숙달되었다. 숙달된 남자는 스스로 연출도 하고 출연도 한다. 동시에 관객으로도 남는다. 이를테면 그 드라마는, 오직 남자 혼자만의 것이다.

[남자, 하염없이 언덕에 서 있다]

잠시 그대로 시간이 흐른다. 하나 둘 셋… 풍경 느닷없이 일렁이며 프레임 안에 갇힌다. 카메라 길이 굽은 언덕으로 다가서다가 곧 멀찍이 물러나 남자의 그림자까지 잡는다. 뭔가 아쉬운 느낌. '남자, 혹은 연출' 만족한다. 다시 하나 둘 셋… 화면 시나브로 빛이 바래면서 심상心象으로 남는다. 이

---

14) 체험의 시간. 심리적 시간. '자기 내면'으로부터 측정하는 시간.

읅고 짙은 어둠. 장면 바뀌면 풍경 황량하고 남자의 추억 아득히 살아난다.

…남자는 오래전에 이곳으로 왔다. 단지를 모셔오긴 했지만, 꼭 아버지 때문이라고 말할 수는 없다. 다들 그런 것처럼, 어쩌면 자신의 아버지가 그랬던 것처럼 남자도 도리없이 이곳까지 밀려오게 되었다.

남자의 아버지는 광부였다. 광부였지만 그 사실이 남자의 행로에 영향을 미친 것은 아니다. 남자는 아버지의 삶을 다 이해하지 못한다. 아버지와의 사이에 갈등이 있었다는 뜻은 아니다. 이해할 수 없는 부분도 있었다는 뜻이다. 하지만 광부였다는 사실만으로도 아버지의 삶에는 대를 이어 추구할 만한 가치 따위가 없었다. 남자는 그런 점에서 자유롭다. 오히려 홀가분해져서 이곳을 떠날 수도 있다.

남자의 아버지는 초기 탄광의 열악한 조건에서 출발하여 평생 위험을 무릅쓰고 힘들게 일했다. 평생을 광부였던 남자의 아버지는 퇴직을 하고 나서야 탄광을 떠날 수 있었다. 덕분에 늦둥이였던 남자도 탄광촌에 대한 짧은 유년의 기억을 가지고는 있다. 혹시 기억나는 게 없을까… 버스가 가파른 산길을 돌아서 오르는 동안에 남자는 낯선 풍경들을 유심히 둘러보았으나 그것은 바람에 지나지 않았다. 버스는 생소할 뿐인 남자를 황량한 언덕 위에다 내려놓았다.

늘어선 전봇대, 붉은 깃발들, 조그만 구멍가게와 새카맣게 먼지를 뒤집어쓴 커피 자판기가 먼저 눈에 들어왔다. 가게 안에는 남자보다 조금 어려보이는 단발머리 여자가 혼자 앉아 있었다. 여자 뒤, 더 침침한 안쪽에서 머리가 하얗게 센 노파가 밀창문을 반쯤 열고 남자를 내다보았다.

말라비틀어진 가로수 위에서 까마귀들이 음산하게 울어 젖혔다. 남자는 주변을 두리번거린 다음 바람 부는 도롯가에 서서 가방을 열었다. 단지를 꺼내어 속엣것을 한 줌씩 날려버렸다. 그리고는 곧장 언덕 아래로 내려가서 수속을 마치고 막장에 배치되었다.

언덕 아래쪽은 상가들이 다닥다닥 붙어 있었으나 모두가 간판만 큼직하게 내다 건 조잡한 건물들이었다. 남자는 이후 시간이 날 때마다 거리를 바라보며 멀거니 서 있곤 하였다. 날이 어두워지면 유흥가의 간판들이 일제히 불을 밝혔다. 면 단위치고는 꽤 번성한 곳이었지만 남자는 분을 바르듯 겉만 요란할 뿐인 거리가 별로 마음에 들지 않았다. 이곳은 여지껏 남자가 살아온 곳하고는 뭔가가 달랐다. 마치 세상의 변화를 알지 못하는, 욕망 따위나 우상처럼 섬기는 폐쇄된 분지 같았다. 비라도 오는 날이면 거리는 온통 검정 흙탕물로 질컥거리곤 했다.

남자는 곧 이곳에는 희망이 없다고 생각했다. 아무리 둘러보아도 몸을 빼지 못하는 진창 같은 삶들이 서로 끈끈하게 뒤엉켜 있을 뿐이었다. 남자는 갑반과 을반과 병반을 두루 겪어보고는, 그만 이곳을 떠나야겠다고 생각했다. 아버지의 삶에는 역시 이해할 수 없는 부분이 있었다. 아버지는 그냥 광부였다고 말할 수밖에 없다. 더 보탠다고 해도 그저 성실한 광부였다고 말할 수밖에는 없다.

남자는 방금 내려온 길을 되짚듯 터벅터벅 승강장으로 걸어 올라갔다. 구멍가게를 기웃거리다가 단발머리 여자에게서 버스표를 한 장 샀다. 머리가 센 노파가 또 남자를 내다보고는 밀창을 탁, 닫아버렸다.

버스가 오려면 아직 이른 시간이었다. 남자는 거스름으로 받은 동전 두 개를 커피 자판기에 쑤셔 넣고 버튼을 눌렀다. 기계가 작동했으나 컵이 나오지 않아서 커피는 도로 기계 속으로 흘러들어가 버렸다.

기계가 동전을 먹었어요! 남자는 퉁명스런 목소리로 여자에게 항의했다. 여자가 발딱 일어나서 나왔다. 여자는 남자에게 동전을 내주는 대신 곧장 자판기의 문을 열었다. 여자는 컵 분배기를 고친 다음 한 잔을 뽑아서 남자에게 내밀었다. 스웨터 밖으로 삐져나온 여자의 손목이 유난히 희고 가늘이서 가냘프다는 생각이 들긴 했지만 남자는 못마땅한 얼굴로 컵을 덥석 받아 들었다.

이곳은 먼지가 많이 날려요. 그래서 커피도 후루룩 마셔버리는 게 좋아요.

그런데도 여자는 친절하게 일러주었다. 남자는 여자의 말에 일리가 있다고 생각했다. 남자는 컵을 들어 후루룩 마셔버렸다. 여자가 고개를 끄덕여주었다. 순간 목울대가 화끈거렸다! 남자는 찬 공기를 흐읍, 들이쉬었다. 여자가 영문 모르고 휘둥그레졌다. 여자는 깜짝 놀란 토끼 같았다. 남자는 목을 감싸며 여자를 노려보았지만 차마 화를 낼 수는 없었디. 차마 화를 낼 수가 없는 남자는 이내 눈물이 나도록 낄낄 웃어 버렸다.

이런 감정은 처음이었다. 처음이지만 왠지 싫지 않은 감정이었다. 남자는 눈물을 훔치고는 가만히 여자를 들여다보았다. 도시에서는 이런 여자를 본 적이 없었다. 아니 아무것도 잴 줄 모르는 이런 바보를 본 적이 없었다. 도시 사람들은 결코 이러지는 않는다. 자신을 드러내는 바보 같은 친절을 베풀지는 않는다.

남자는 제가 마치 세상을 다 겪어내기라도 한 것처럼 둥실 부풀어 오르는 기분이었다. 문득 제 앞에 선 여자가 만만해 보였다. 그러자니 이따위 세상도 덩달아 만만해져서 그동안 외투처럼 뒤집어썼던 의구심 따위를 훌렁 벗어버리고 싶었다. 남자는 가슴을 펴고 당당하게 기지개를 켜보았다. 등줄기가 뿌듯해져 왔다. 슬며시 근지러웠다. 기분에 내켜서 그냥 한번 여자를 놀려보고 싶어졌다.

여긴 말요, 왜 이렇게 누더기 같아요? 남자는 허리를 뒤로 꺾은 채로 로봇처럼 서서, 그냥 아무렇게나 제 발 밑을 쿡 찔렀다. 남자는 보지 않아도 알았다. 도로는 깁다가 만 누더기처럼 군데군데 시멘트로 덧씌워졌다. 남자는 물론 그 까닭도 알고 있다. 다만 여자를 놀려보고 싶었을 뿐이다.

남자는 고개를 삐걱거리며 다시 헤, 웃는다.

에이, 모르시나 봐.

여자는 잠깐 긴가민가하는 표정이다. 그렇지만 되려 남자가 바보 같아 보이는지 눈빛이 그윽해진다. 남자는 그 눈빛이 보기에 좋았다. 때워서 그래요. 자꾸 때워서 그래요. 눈엔 안 보여도 밑으론 구렁이 같은 시커먼 구멍들이 수도 없이 엉켜 있대요. 여자는 그래서 꺼지는 거라고, 도로고 마당이고 자꾸 꺼지는 거라고 말해 주었다. 자기 집 방바닥과 벽에도 금이 갔지만 걱정이 없단다. 여기 밑에선 이제 더 팔 곳이 없단다.

여자는 느닷없이 손가락 하나를 세웠다. 반짝 빛난다!

그 가느다란 손가락은 말없이 전깃줄을 스치고는 건너편 산자락을 가리켰다. 대신 거기서 김이 오르고 있었다. 김이 오르는 건 그 밑으로 굴을 파들어가고 있다는 증거일 것이다.

하지만 봄이 오면….

여자는 갑자기 단호한 목소리로 중얼거렸다. 난 여길 떠날 거예요!

남자는 그 말뜻을 저절로 알 수 있었다. 머잖아 이 언덕은 깎이고 도로가 넓혀질 것이다. 기세좋게 펄럭이는 붉은 깃발들은 닥쳐올 변화를 예고하고 있다. 남자는 입을 다물었다. 비로소 웅웅거리는 기계음을 알아들을 수 있었다. 남자는 산허리를 굽이굽이 돌아서 이곳에 왔다. 남자는 버스를 타고 오는 동안 커다란 기계들이 산을 깎는 것을 보았다.

남자는 그날 버스를 놓쳤다. 망설이는 동안 버스가 떠나버렸다. 그러나 상관없었다. 남자는 언제라도 이곳을 떠날 수 있었다. 그래서 상관없었다. 다음날에도 그다음 날에도 남자는 역시 버스를 놓쳤지만 상관없었다.

남자는 날마다 언덕으로 올라가서 고장 난 자판기에다 동전을 쑤셔넣고 여자를 불렀다. 여자의 그윽한 눈빛을 바라볼 때마다 마음이 편했다. 굴속을 파헤치던 끈적한 고통을 잠시나마 잊어버릴 수 있었다. 그냥 바보가 되고 싶었다. 바보가 되어서 끈적끈적 달라붙는 고통도 잊어버리고, 이곳을 떠나야 한다는 사실도 잊어버리고 싶었다. 여자도 똑같이 그랬으면 좋겠다.

바보들. 에끼, 바보들…. 까마귀가 조롱하듯 갸웃거린다. 어느새 하루가 간다. 우수수 잎이 진다.

남자는 언덕에 서서 나른하게 기지개를 켠다. 그리 멀지 않은 곳에서 쉴 새없이 기계음이 들려오고 있다. 남자는 매번 그 소리에 귀를 기울이며 커피를 식혔다가 단숨에 후루룩 들이켰다. 여자도 빼먹지 않고 고개를 끄덕여 주었다.

가을이 무르익는다. 바람이 횡횡 분다. 날씨는 점점 차가워졌다. 여자는 이따금 봄이 오면…, 하고 중얼거린다.

남자가 먼저 물어보았던가? 이제 그것까지는 기억나지 않아도 여자는 남자에게 아름다운 봉우리에 대해서 말해준 적이 있다. 구… 암봉은, 이름처럼 단지 바위로 된 산이란 뜻이 아니다. 사시사철 옷을 갈아입는 아름다운 아홉 개의 봉우리를 말한다. 그중에서 가장 크고 아름답다는 봉우리, 그 봉우리가 바로 저어기 바라보이는 도담봉이라고 한다. 여자의 이름은 바로 그 봉우리에서 따왔단다. 보기보다는 멀어서 여자는 아직 거기까지 가보지는 못했단다. 가보지는 못했지만 늘 가보고 싶었단다. 남자는 이야기를 듣는 동안 여자가 꼭 작은 봉우리 같다고 생각했다. 남자의 가슴속에서도 만만한 봉우리 하나가 뭉클 돋아나는 것 같았다. 남자는 도담씨… 하고 가만히 불러보았더란다.

여자는 저 혼자 바람이 불어오는 방향으로 서 있다. 바람이 차지만 남자는 끼어들지 않는다.

여자는 자꾸만 먼 하늘을 바라보고 있다. 여자의 짧은 머릿단이 바람에 나부낀다. 그 모양이 애처로워서 남자도 따라 담배 연기를 나부낀다. 날이 추워져서 버스가 가고 나면 아무도 언덕으로 올라오지 않는다. 노인은 잠이 많아졌다.

['남자, 혹은 연출' 감동이 무르익는다]

…풍경 다시 일렁이며 프레임 안에 갇힌다. 침침한 언덕. 구름 낮고 무겁게 흐른다. 남자 걱정스레 올려다보며 홀로 서 있다. 조명 곧 밝아지나 어딘가 답답한 느낌. 이윽고 여자 뛰듯이 나온다. 풍경과 대비되는 즐거운 표정이다.

(여자, 남자 곁에 다가서서 들뜬 목소리로 노래한다)

헤이, 미스터…!
…
오, 믿음직한 사람.
어서 날 따라와요.
오늘은 마냥 즐거워라
어쩔줄 모르겠네.
겹겹 산천 온통 아름답네… 어맛, 눈부셔!

여자는 도시의 그녀들처럼 약간 상기되었다. 미리 약속이 있었던 듯, 노래가 끝나자 남자는 여자를 따라간다. (Follow Shot …카메라 따라 움직인다.)

남자와 여자는 그날 길을 건넜다. 가시넝쿨이 우거진 길 건너편은 아직 여자가 가보지 않은 산길이었다. 몸이 가벼운 여자는 벌써 폴짝폴짝 저쪽 모퉁이를 돌아가고 있다. 혼자만 가는가 싶은데, 가다가 멈춘다. 허리를 재고 서서 남자가 오기를 기다린다. 남자는 여자가 꼭 다람쥐 같다고 생각하며 씩, 웃어준다. 여자는 바닥이 갈라 터진 커다란 방죽 앞에서 다시 남자를 기다린다. 여기 방죽 밑으로 갱도가 지나가는 거란다. 그래서 물이 고일 수가 없을 거란다. 여자는 아마 그 말을 하고 싶었다.

방죽은 탄광에서 내다 버린 폐석더미로 반쯤 메워지고 있었다. 여자는 험상궂게 생긴 포클레인을 발견하고 움찔한다. 남자는 앞으로 나서며 포클레인을 쏘아본다.

여자와 남자는 만만한 산자락을 느릿느릿 타고 올랐다. 길 좌우로는 수분을 빼앗긴 잡목들이 나란히 밀라 죽어가고 있었다. 나아갈수록 풍경이 삭막해진다. 남자는 간혹 두리번거린다. 딱딱하게 말라가는 나무들 사이로 입구를 막아 놓은 폐갱구가 슬쩍 들여다보였다. 여자가 조바심을 내며 다시 앞서가는 바람에 남자는 여자의 얼굴을 볼 수가 없다. 남자는 묵묵히 여자를 뒤따랐다. 둘이는 한동안 말없이 걷다가 이윽고 가파른 비탈에 다다랐다.

정상 부근에는 커다란 바위들이 드문드문 솟아 있었다. 바위들은 웅장해 보이지만 폭발로 울려서 오래된 화석처럼 푸석거렸다. 여자가 걸음을 멈춘다. 남자도 멈추어 섰다. 정상에는 삭막한 풍경 외에 아무것도 없었다. 여자는 발을 동동 구르며 울상을 짓다가 악착같이 비탈을 향해 달려들었다. 남자가 말릴 새도 없이 무수히 빗금이 그어진 바위들 사이로 사라져 버렸다. 남자도 허겁지겁 비탈을 기어올랐다.

저만치 여자의 옷자락이 보인다…. 여자는 허옇게 질린 얼굴로 발밑을 내려다보고 서 있다. 남자는 단숨에 그곳으로 달려 올라갔다. 숨을 헐떡이며 여자 곁에 나란히 선다.

'!'

남자는 발밑에 놓인 깊은 크레바스를 보았다. 그 무시무시한 틈은, 커다란 밤짐승의 아가리처럼 검고 길쭉하게 찢겨져 있었다. 남자는 섬뜩해졌다. 누가 보지 않는 곳에서는 땅도 이렇게 아가리를 벌리고 있다!

저런 곳에 빠지면 죽어서도 나올 수 없대요.

여자가 목소리를 낮춘다. 남자도 덩달아 움츠러든다. 갑자기 발밑이 쿨렁거리며 숨을 쉬는 것 같다. 그만 내려갑시다. 남자는 슬며시 여자의 옷깃을 잡아끈다. 여자는 완강히 뿌리친다. 눈물방울이 여자의 뺨을 타고 흐른다. 남자는 난감해졌다.

여자가 냅다 얼굴을 가린다. 그리고는 오줌을 누는 것처럼 주저앉아서 퍽퍽 운다. 여자의 이름을 따온 봉우리는 이제 아름다운 곳이 아니다. 봄여름엔 신록이, 가을엔 단풍이, 겨울엔 설화가 그 처참한 몰골을 감춰주었을 뿐이다.

(Fade Out… 풍경 점점 어두워진다.)

…텅 빈 언덕. 바람 거세게 불고 가랑잎 거멓게 몰려다닌다. 까마귀 1, 2, 3, 엉성한 가지 위에 웅크렸다가 차례로 퍼드득 날아간다. 하얗게 사선들이 그어진다. 가득히 몰아치는 눈보라.

눈보라.

'나는 도담 씨를 행복하게 해줄 수 있다 이겁니다요!'

남자의 목소리 아득히 메아리지다가 차츰 붕붕거리는 기계 소리에 묻고 만다.

(Dissolve… 서서히 어두웠다 밝아지면.)

[…]

이번엔 보이는 방향 다르고 풍경 또렷하다. 간헐적으로 들려오는 기계음. 원경遠景 멀고 아득한데 여자 끄떡없이 먼 하늘을 바라보고 서 있다.

남자는 여자의 시선을 좇다가 조용히 눈길을 내린다. 아득한 어지러움이 빙빙 맴을 돈다.

푸드드…!

여자가 느닷없이 단발斷髮을 나부낀다. 꼭 날아 내빼려고 깃 치는 소리 같다. 남자는 귀가 찡 울리도록 신경을 곤두세운다. 허공에서 전선이 울고, 겨울의 마지막 바람이 우수수 분진을 몰아간다. 키 큰 가로수들이 건성으로 끄덕댄다.

남자는 여자 곁에 나란히 서서 하릴없이 담배연기를 날린다. 기계 소리는 날마다 가까워지고 있다. 남자는 나팔 모양으로 손을 만들어 붕붕 소리에 귀를 기울이다가 독백이라도 하듯 중얼중얼 털어놓는다. 나도 말요. 한때는 사업이란 걸 해보았어요. 떼돈을 벌 거라고 모두들 부러워했는데…. 그러나 남자는 슬그머니 얼굴을 붉힌다. 아무래도 사업에 대해서는 자신이 없다.

남자는 문득 아득한 두려움 하나를 끄집어 올린다. 그 두려움은 끄떡없는 여자처럼 여전히 남자의 가슴속에 그림자를 드리우고 있다. 남자는 허우적거리듯 손을 저어 그 어둠을 흩뜨린다. 남자는 건강식품 대리점을 냈었다. 아버지가 앓아눕는 동안 돈을 훔쳐서 사업을 벌였지만 모두 날려버렸다. 하긴 그 돈은 어차피 남자의 몫이었다. 남자는 제 돈을 모두 날리게 된 것이 순전히 속고 헐뜯긴 때문이라고 생각한다.

도시란 치열한 곳이다. 사람들은 살아남기 위해 때로는 남을 속이고 헐뜯기도 한다. 남을 헐뜯지 못하는 사람은 도리어 헐뜯기고 만다. 아마도 자꾸자꾸 사람들이 모여들기 때문일 것이다…. 남자는 여자에게 그런 말을 해주고 싶다. 하지만 말재주가 없는 남자는 도로 아까처럼 중얼거리고 만다. 거긴 얼마나 치열한 곳인지 알아요? 우리 같은 서민들이 살기에 안 좋고말고요.

여자는 여전히 반응이 없다. 남자는 구부정하게 키를 낮추고 두근두근 여자의 입술을 들여다본다. 여자의 다문 입술은 마치 붉은 앵두 같다. 남자는 애써 외면하고 여자가 앞서가던 건너편 숲길을 응시한다…. 그러는 동안 두터운 산 그림자가 느릿느릿 언덕을 덮는다. 그리 길지 않은 겨울의 하루가 어느덧 저물어 간다.

남자는 피어오르는 어둠을 바라보면서 슬그머니 조바심을 끌어올린다. 답답한 제 가슴께에서 다시금 봉우리 하나가 돋아 오르는 것만 같다.

남자, 냉큼 앞으로 나서며 여자를 가로막는다.

(Dolly In… 카메라 더 가까이 다가든다.)

멀찍이 내던지는 여자의 눈길이 여지없이 남자의 가슴을 뚫고 지나간다. 금세 가슴 부위가 벌렁거린다. 그렇지만 남자는 여자를 안을 듯 양팔을 크게 벌린다. 그러고 보니 어디선가 본 듯한 자세다. 약간 쑥스럽지만 남자는 더 힘껏 가슴을 펴고 서서 진지하게 다음 대사를 노래한다.

그대 가려는 곳
그리 좋은 곳 아니라네.
가여운 그대
듣지 않으니 야단났네.

그 방법은 다소 효과가 있다. 여자는 언뜻 상기됨으로써 동요의 뜻을 비친다. 남자는 흡족한 듯 눈을 반짝 빛낸다. 언젠가 여자가 그랬던 것처럼 손가락 한 개를 꼿꼿이 빼들었다. 여자는 못 이긴 척 그 손가락을 올려다본다.

저쪽 땅은 광부들한테 분양해 줄 계획이라고 했는데…….

그러나 남자는 금세 말끝을 흐리고 만다. 남자의 손가락은 애매하게 허공만 긋고는 도로 거두어졌다. 도로가 정비되면 사택을 짓는다고 듣기는 했다. 성실한 광부가 되기만 하면 누구나 집을 가질 수 있다는 말도 들었다.

여자도 보는 둥 마는 둥 시선을 거둔다. 그렇지만 남자는 그닥 실망하지 않는다. 언젠가는 집을 짓게 될 것이다. 집을 지으면 지붕하고 담벼락을 그냥 하얗게 칠해 버릴 것이다. 검어지면 칠하고 또 칠하고, 남자는 머리를 박박 감고 하얗게 빛나는 집으로 돌아올 수가 있을 것이다…. 남자는 머리를 감을 때마다 행복했었다. 머리를 박박 감으면 손톱도 하얗게 빛을 낼 수가 있다. 남자는 행복에 겨워 주저하지 않고 다시 노래한다. 이번엔 '애드립Ad Lib'이다.

나 이제 알겠네
암, 그렇고말고.
하얗게 집 짓고 머리도 박박 감으려네!

가고 말 거예요!

여자가 느닷없이 도리질을 쳐댄다. 그렇고말고….

남자는 얼결에 고개를 끄덕여 주다가 아뿔싸, 짓쩍어진다. 다시금 전선이 운다. 우수수 분진이 날아오른다. 푸드득, 깃 치는 소리도 들은 것 같다.

여자는 그사이 불만이 넘친다. 넘친 불만은 이내 도랑처럼 소원한 골을 이룬다. 하긴 여자의 겉자란 우울과 팽개친 실망이 여기저기 뒹굴고 있다. 그러나 따지자면 남자의 쓸쓸함도 이미 곳곳에 그늘을 드리우고 있다.

댁은….

여자가 갑자기 마르고 가라앉은 목소리로 남자를 다그친다.

어째서 애먼 나를 붙잡고 그래요?

'애먼'이라는 말이 가슴을 찔러 오는 동안 여자는 한껏 냉랭해진다. 핏기를 거둔 여자의 얼굴은 그새 하얗게 질려 버렸다. 당황한 남자는 엉겁결에 눈이 부시다. 눈이 부신 남자도 덩달아 하얗게 질리고 만다.

이따금 지축이 울린다. 이제 기계들은 언덕 바로 아래쪽에서 우렁차게 울부짖는다. 남자는 질린 얼굴로 버티고 서서 문득 아버지를 떠올린다. 비로소 아버지의 삶을 이해할 수도 있을 것 같다.

남자의 아버지는 평생을 하얗게 살아보는 것이 소원이었다. 그러나 거칠고 힘겹게만 살아오던 아버지는 폐 속에 쌓인 탄가루를 못 이겨 눕게 된 다음에야 비로소 소원을 이루었다. 간호원도 의사도 벽의 회칠도, 아버지는 눈부시도록 하얀 곳에서 생을 마감했다.

부질없다는 생각이 남자를 스쳐간다. 여자는 가을을 지내고 겨울을 보내는 동안 남몰래 성숙해버렸다. 이미 성숙해버린 여자에게 남자의 흐리멍덩한 희망 따위가 먹힐 리 없다.

좋아요, 좋아.

남자는 도리 없이 한발 물러난다. 그렇지만 포기는 아니다. 그러기에는 너무 공을 들였다.

그럼 말예요. 일단 갔다가 얼른 돌아와요. 나는 꼭 기다릴 테니까.

남자는 더는 양보할 수 없는 지점에다 서둘러 못을 박는다. 그러면서 여자를 거들떠본다. 하지만 어떡하면 좋아요. 이제 이 집을 부수면 커피도 못 먹을 테고…. 남자는 힐끔힐끔 여자를 거들떠보며 한사코 풀이 죽는다.

여자도 천천히 눈꼬리를 내린다. 다시 그윽한 눈빛이 되었다.

여자는 그 눈빛으로 남자를 쓰나듬는다. 남자는 잠자코 쓰다듬킨다. 여자는 남자가 더 물러지기를 기다렸다가 이윽고 정이 뚝뚝 듣는 목소리로 일러주었다.

심심하거든 책이나 읽어요. 그런 말 있잖아요. 시나 쓰든지요.

아, 시?

남자는 시라는 말에 덩달아 그윽하게 웃는다. 남자는 시를 좋아했다. 지금은 다 잊었지만 좋아했었다.

금세 한 움큼의 서정이 남자의 가슴에서 돋아오른다. 남자는 마음껏 너그러워졌다. 비로소 자기 몫을 알 것만 같다. 남자는 언제까지라도 여자를 기다려야겠다고 생각한다. 기왕이면 굳게 다짐도 해두고 싶었다.

손 이리 내시오.

남자는 엄숙한 얼굴로 제 손을 내밀었다. 여자도 까짓 손, 하듯이 불쑥 내밀어 주었다. 남자는 여자가 내민 손을 마주잡는다. 왼손까지 보태서 포개쥐었다. 그때 여자는 다시 한 번 그윽한 눈길로 남자를 쓰다듬어 주었다. 그리하여 남자의 가슴속에 단단히 새겨지게 되었다고 한다…. 이어 Credits

그 후 남자는 여자의 소식을 듣지 못했다. 여자를 기다리는 동안 남자는 초조하기도 하고 우울하기도 했다가 절망에 이르기도 했다.

알다시피 남자와 여자 사이에는 별다른 사건이 없다. 남자의 추억은 그저 단조로울 뿐이다. 기다려야 하는 남자의 입장에서는 그것은 한층 가혹한 조건이다. 그렇다면 남자는 여자를 포기할 수는 없었을까? 아니다. 남자는 천상 여자를 기다려야 한다. 남자에게는 오직—무엇이건—기다리는 것만이 희망이기 때문이다. 아무리 가혹한 조건 속에서도 드라마는 싹을 틔우게 마련이다. 그 끈질긴 생명력 속에 교활하고 집요한 '희망'이 깃들여 있다. 그렇기에 남자의 드라마는 점점 더 비극悲劇을 향해 치닫는다.

남자는 오히려 한 걸음 더 나아간다—그것은 언뜻 '불가사의'하게 보인다. 남자는 여자가 소식을 전해오기만 하면 호감이 가는 첫말을 해줘야겠다고 생각한다. 남자는 적당한 말을 생각했다가 지워버렸다가, 다시 생각하면서 세월을 견딘다. 절망에 이르는 그 순간에는 도로 한걸음 물러나면 그만이다. 물러나는 것은 결코 포기가 아니다. 남자는 한걸음 물러나 어김없이 다시 희망을 꾼다. 그러는 동안 드라마는 남자의 무기가 되었다. 남자는 [남자]가 되어 자신의 드라마에 출연하고 동시에 관객으로도 남는다. 관객의 입장에서는 고통이란 없다. 그리 싫지 않은 비애감을 얻을 뿐이다.

고통은커녕, 남자는 때때로 갈갈이 찢기기를 열망한다… 열망해 버린다. [남자]는 견딜 수 없는 열망에 사로잡혀 분연히 떨쳐 일어난다. 말라버린 방죽을 넘고 부스러지는 바위들을 지나 절망의 구덩이 앞에 이른다…. 언제나 여자가 먼저 올라와 그곳을 내려다보고 있다. 여자는 [남자]를 돌아보며 냉소한다. [남자]는 여자와 나란히 서서 구덩이를 내려다본다, 암흑 같은 절망이 그 틈에서 피어오른다… [남자]는 여자의 하얀 손을 감싸쥔다, 여자는 반항하지 않는다… [남자]는 여자를 안은 채 발을 헛디딘다, 짙은 어둠 속으로 미끄러진다… 그 순간 [남자]는 여자를 밀쳐버린다, 혼자서 구덩이 속으로 빨려 들어간다… 불행을 자초한 [남자]를 여자가 허옇게 웃으며 지켜보고 있다, 떨어져 내리는 시간은 [남자]가 만족할 만큼 길다….

도담아….

[남자]는 가까스로 몸을 틀어서 처절하게 여자의 이름을 부른다. 지독히 폐쇄적인 템푸스를 향해 날아오른다…. 그렇지만 끝은 아니다. [남자]의 드라마는 해가 거듭될수록 점점 더 혹독해질 것이다.

남자는 어쩌면 속았는지도 모른다. 여자는 '시'라는 말로 남자를 얽어매려고 했던 것인지 모른다. 남자의 가슴에 자신의 흔적을 가혹하게 새겨두고 싶었는지 모른다. 그런 줄도 모르는 남자는 줄곧 여자를 생각한다. '시나 쓰든지요.' 여자의 말을 자꾸만 둥둥 떠올린다. 남자는 문득 시가 쓰고 싶어진다. 감정에 겨워서 노랫말처럼 유치해진다. 남자는 여자가 그랬던 것처럼 언덕 너머 아득한 허공을 바라본다. 여자의 말에 응답이라도 하듯 중얼거린다.

니가 좋아서 그렇게 불러봤는데
도담씨
하고 불러봤는데
넌 몰랐을 거야.
도담이
그랬다가
도담아
해버린 것.
니가 서울 간다고 하던 날
니네 집 자판기가 왈카닥 커피를 쏟았다.

남자는 새삼 쓸쓸해진다. 불현듯 여자의 미소가 어른거렸으나 가없이 먼 곳으로 흩어져버리고 만다. 남자는 참았던 숨을 길게 내뱉으며 부르르 오금팽이를 떤다.

힝,
맨날 고장만 나던 니네 자판기
니가 물을 채우고 내가 동전을 채우던 낡은 자판기
주머니주머니 여유롭던
동전 한 줌 다 어디로 갔니.

텅텅 비었네

쓸쓸한 커피로 마시고

뼛속 깊이 중독되었네.

황혼이 무르익는다. 햇살이 수평으로 내려와서 남자를 꿰뚫는다. 남자는 차츰 절망으로 익어간다. 그러다가 몸 어디선가 엔돌핀이 분출된다. 남자는 느닷없이 휘황찬란해진다. 벅차오르는 기쁨을 누르며 다시금 열망에 사로잡힌다.

도담 씨, 도담이, 도담아….

[남자]는 기우뚱 거기 서 있네.

그러나 이 드라마는 남자 혼자만의 것이 아니다. 언덕 아래, 그리 멀지 않은 대폿집에 천상 '도리가 없'는 광부들이 아직 모여 있기 때문이다.

"어쨌든 폐쇄냐 통합이냐, 그것이 문제여."

"폐쇄든 통합이든 잘릴 놈은 잘리겠지… 콜록."

하지만 어쩐 일인지 폐쇄도 통합도 이루어지지 않는다. 국영기업인 구암 탄광은 소수의 인원으로 끈질기게 명맥만 유지할 뿐이다.

"데모를 해서라도 얼른 결말을 보는 게 낫지 않을까."

"차라리 싹 부숴버리고 위락시설이 지어지는 게 나을 거야. 지역 발전을 위해서도. 그러려면, 우릴 몰아내려면 보상금이 나올 테니까. 우리도 이젠 이 지긋지긋한 노릇 좀 그만둬야 하지 않겠나?"

누군가가 예외라는 듯 중얼거린다. 어? 지역 발전….

콜록…. 기침 소리를 끝으로 좌중은 다시 침묵으로 이어진다.

"허엇 참, 고것들. 꽤나 똘똘한 모양이든디."

영감이 기회를 봐서 또 잽싸게 끼어든다.

"올 게여. 한번 올 게여. 그 사람도 나도 안즉은 살아 있으니께."

그러나 영감의 목소리는 공허하게 울릴 뿐이다. 이번에는 아무도 영감을 봐주지 않는다. 모두 제각각 생각에 몰두해 있다. 누군가가 시계를 쳐다보고는 자리에서 일어난다. 광부들은 삐그덕거리며 하나둘 따라 일어난다. 의자가 소리를 내며 넘어진다. 썰물처럼 모두가 몰려나가고, 순식간에 가게는 썰렁해진다. 화덕에서 피어오른 연기가 자욱하다. 영감은 의자를 차곡차곡 쌓다가 막막한 심정으로 천장을 올려다본다. 문득 아득히 현기증이 밀려든다. 여태껏 살아온 날들이 무수히 서끄로 매달려서 대롱거리는 것만 같다. 영감은 환청처럼 귀에 익은 목소리를 듣는다.

'피아노가 일등이라네. 공부가 일등이라네.'

영감은 깜짝 놀라 두리번거린다. 조심성 없이 뱉어 놓은 제 소리들이 허공 가득 둥둥 떠다닌다.

멀지 않은 읍의 터미널에서 출발하여 광업소와 사택을 차례로 거쳐 가는 버스. 차츰 운행 횟수가 줄어 지금은 하루 다섯 번씩 왕복한다. 버스를 기다리는 사람은 대여섯 명으로, 대폿집에 들렀던 대여섯 명이 늦게야 합류하여 십여 명으로 늘었다. 버스는 아직 오지 않았다. 그러나 곧 올 것이다. 이제 남자는 서서히 희망에서 놓여나고 있다. 그것은 끝이 아니다. 내일을 위한 휴식일 뿐이다. 남자도 그것을 안다. 남자는 잠자는 동안 다시 희망을 꾸고, 내일도 그 희망을 안고 버스를 기다릴 것이다. '기다림'은 앙상한 등뼈와 같다. 남자가 지닌 희망은 등뼈처럼 휘청거리지만, 결코 남자보다 먼저 쓰러지지는 않는다.

낙엽이 굴러 내려서 자꾸만 도로를 뒤덮는다. 점차 해가 뉘엿거린다. 마지막으로 떨어지는 한줌 햇살이 낙엽을 더 노랗게 구워삶는다….

악몽

우리끼리, 여자들끼리 놀러간 것이 잘못이었다. 물론 갑자기 비가 내리지 않았으면 그런 일도 없었을 것이다.

"충분히 당일로 다녀올 수 있다니깐 그러네. 우리 아래층 부부가 지난번에 직접 현지를 탐사했다구."

영자의 연락을 받고부터 나는 까닭없이 들떠 있었다. 다른 곳도 아니었다. 그 흔한 백양사였다. 현지 탐사랄 것도 없이 우리는 칠 년인가 팔 년 전에도 거기 놀러 간 적이 있었다. 그 따위 산골이 변했으면 얼마나 변했으랴. 기껏 절간 앞에 선물 가게나 하나 더 생겼을 것이다. 그런데 벌써 가슴부터 울렁울렁 만산홍엽이었다. 티브이를 줄창 켜둔 채, 나 몰라라 빈둥빈둥 낮잠이나 청하다가 이게 갑자기 무슨 꼴인가.

"아냐, 그동안 엄청 변했대. 교통도 좋아지고 각종 편의시설에다, 민선 군수가 직접 나서서 대대적으로 홍보할 정도란다. 세월 변했다는 거 아니냐. …야야, 우리끼리 단풍 구경 한번 가자."

영자는 내가 망설이는 눈치를 보이자 '더 늙기 전에' 어쩌고 하며 적극적으로 물고 늘어졌다. 마침 다 모일 수 있는 절호의 기회라는 거였다. 물론 못 갈 것도 없었다. 실은 단풍 구경이라는, 어쩌면 우리끼리라는 그 말이 벌써 억세게 마음 뿌리를 흔들어 버렸다. 결혼 뒤론 변변한 구경 한번 가지 못했다. 남자들 고생을 모르는 건 아니었지만 생각하면 분할 따름이었다. '머잖아 과장 부장' 운운하던 위인이 아직도 대리 책상머리에 눌러 있는 것은 그렇다 치더라도, 격주로 야외 나들이를 시켜주겠다던 약속도 단 한 번을 제대로 지키지 않았다.

뿔뿔이 흩어진 것도 아니었다. 서울로 간 영자를 빼면 모두가 호남권이었다. 정작 서울 사는 영자 입에서 그런 제안이 나왔으니 우리야 마다할 수 없는 노릇이었다.

"일단 광주에서 모이자 이거야…. 나 마음먹고 휴가 얻었거든. 작은이모네 아들이 토요일 날 거기서 결혼이야. 그냥이야 올라올 수 있니? 우리가 만난 게 언젠데…."

홀로 떨어져 살자니 옛날의 진정한 자유가 미치두록 그립다는 거였다. 겸사겸사 백양사에서 내장사로, 오래전에 그랬듯 산길을 걸으며 단풍을 만끽하고 재잘재잘 떠들면서 넘어오자는 계획이었다. 입동이 한참 지났으니 벌써 음력으로 시월하고도 중순이었다. 아쉬운 듯 떠들어대는 방송이 아니더라도 이미 절정기는 지나가 버렸을 것이다. 그렇지만 단풍이 끝난 것은 아니었다. 단지 끝날 무렵이었다. 지금이 오히려 홍시처럼 더 붉게 익었을 것이다. 말하자면 지금 당장, 서둘러 달려가기만 하면 눈 앞에 펼쳐진 농익은 단풍을 마음껏 즐길 수가 있는 것이다. 생각만 해도 등어름이 근지러울 지경이었다. 아마 다들 마찬가지일 것이다. 시집살이 반십 년이면 제깐 년들 누구라도 한 번쯤은 확 달아나 버리고 싶은 심정일 테니까.

"야, 백영자. 재미없으면 너 책임져."

"엄마야, 기집애! 물론이지."

내가 다 연락하기로 해버렸다. 우리 나이 벌써 서른하고도 하나였다. 나하고 영숙이가 스물다섯에, 다음 해와 그다음 해에 질세라고 모두들 결혼을 해버렸으니, 어쩌다 혼기를 놓친 영미 빼고는 모두 시집살이가 오륙 년씩이었다.

꿈 많던 여고시절에 영자, 영란이, 영미, 영숙이, 영례, 이렇게 영으로 시작되는 아이들 다섯이 모여서 '오공주'라는 클럽을 만들었다. '공주'라는 어감이 어째 작부들의 그것과 비슷하다는 의견들이어서 나중에 두 명이 더 끼어든 것을 계기로 그냥 '미즈 영'으로 바꾸었다. 촌스럽게 미즈를 갖다 붙인 것은 아줌마가 된 뒤로도 영원토록 우정을 변치 말자는 생각에서였다. 그래 놓고 얼마나 숙녀가 된 기분이었는지…. 나중에 끼어든 둘 중에 영원이는 덤으로 끼었다고 덤숙이가 되었고, 또 다른 영숙이는 또숙이가 되었다.

왜 그랬을까. 나는 잠시 오도카니 앉았다가 점차 제정신이 아니었다. 수첩을 꺼내놓고 누구부터 돌릴까, 다시 수화기를 들었다가 아차차, 가스 밸브를 잠그고 와서 티브이를 끄고, 그때까지 어질러져 있던 재떨이며 신문지를 치우고…. 벌써 유치원 버스가 올 시간인가? 뜬금없이 시계를 보고는 부리나케 그 꽃무늬 팬티로 갈아입고 거울 앞에 엉덩이를 내밀어 보았다. 엷은 원피스를 뚫고 내 엉덩이에, 피에르가르뎅이 애써 물들인 단풍 무늬가 화사하게 배어 나왔다. 올 봄 생일날에 남편이 사준 것이다. 없는 듯 부드러운 비단 천에 리본이 달린 앞부분에는 반짝거리는 보석 알갱이까지 박혀 있었다. 깜짝 놀랄 정도로 비싼 것이었다. 감히 쌀 한 가마를 엉덩이로 깔아뭉갤 수 있나 싶어서 잘 때만 입고 벗어둘 정도로 아끼던 것이다.

이게 얼마짜린 줄 알아?

남편은 때때로 그 값을 상기시켰다. 마치 그 날치 일수장부 찍듯 억지로 한번 철썩 갈겼다. 그리곤 이내 푸푸 곯아떨어져 버렸다. 분통 터지는 사실이다. 허구한 날 늘상 그랬다는 얘기다.

　- 애, 니네는 몇 번이야?
　- 뭐가?
　- 일주일에 말야.

- 별것을 다 묻는다. 한 번.

- 벌써? 우린 아직 두 번. 그치만 오 분을 안 넘어.

- 그나저나 니 서방 참 용타. 휴갈 다 보내주고.

- 흥, 두고 보라지⋯. 글쎄, 요만한 애하고 원조교젤 했었지 뭐야.

날이 조금 썰렁한데도 영숙이와 영미는 철겨운 등산용 반바지에 스타킹 차림이고 영례와 덤숙이는 청바지에 티셔츠, 특히 영자 년은 조끼에다 작은 배낭을 메고 푸른 체크무늬의 운두 높은 모자까지 멋들어지게 쓰고 왔다. 나는 카메라를 메고 온 것을 후회했다. 마상 날씨가 꾸무럭했던 것이다. 하지만 기분이 크게 달라질 건 없었다. 어쨌든 우리는 틀림없는 예전의 일곱 명이었다. 바라다보이는 온 산은 역력한 붉은 빛으로 뒤덮여 있었다. 가을 아니랄까 봐 먼 봉우리들까지도 유난히 정겨운 빛으로 서로 어깨를 뽐내고 있었다.

그러나 역시 막바지랄 수도 있었다. 언뜻 바람결엔 겨울 골짜기의 차갑고 축축한 냉기가 실려 오고 있었다. 게다가 꾸무럭한 날씨 탓인가. 기념품 가게마다 손님을 끌기 위한 뽕짝 노래가 흘러나오고, 여름을 지내며 얽히고설킨 만장기가 마지막 힘을 다해 펄럭였지만 정작 행락객은 그리 많지 않았다

우리는 셔틀버스를 타지 않았다. 오히려 한적해서 좋았다. 공원 입구에서부터 걸으면서 이따금 우 몰려 기념사진을 찍고, 깨끗해 보이는 식당에서 산채비빔밥으로 이른 점심을 먹었다. 서둘러 사찰을 구경하고 내장사로 넘어가는 등산 코스로 마악 접어들었다. 돌아보니 웬 구급차가 삐꼬삐꼬 울면서 급히 경내로 들어서고 있었다. 이 좋은 가을날 늙은 스님이 아프시기라도 하는가⋯.

계곡 근처에서 작은 소란이 일어났다. 텐트들이 철거되는 사이로 두 명

의 정복 경찰관이 호루라기를 불어가며 사람들을 통제하고 있었다. 야영객들 사이에 싸움이라도 벌어졌나?

"…무슨 사고가 났대."

영란이가 기어이 갔다 와서 일러주었다. 싸움은 아니었던 모양이다. 그럼 누가 벼랑에서 떨어졌을까? 하지만 다들 고개를 갸웃거렸다. 산세가 험한 내장산 서래봉 쪽이라면 또 모를까 여기서는 그럴 위험이 전혀 없었던 것이다.

더 관심을 가질 이유가 없었다. 금세 표정을 바꾼 우리는 그 하찮은 소란을 질겅질겅 밟으면서 산자락을 타고 올랐다. 실로 오랜만에 시도한 산행이었다. 첫걸음부터가 무거웠다. 나는 무엇을 잘 내버리는 성격이 아니다. 하지만 처녀 적에 입던 옷이라고는 달랑 스웨터 하나뿐이니 그간 그만큼 몸피가 불었다는 증거일 것이다. 중턱에 이르자 그 동안 체력 관리를 너무 소홀히 했었다는 후회와 함께 벌써 뜨끈한 호흡이 차오르기 시작했다. 저만큼 휘늘어진 단풍 가지 사이로 먼저 출발한 등산객들이 부지런히 움직이고 있었다. 왠지 놓치고 싶지 않았다. 어쩌면 족히 세 시간을 서로 앞서거니 뒤서거니 정을 나누게 될 사람들이었다. 좋은 이웃과 더불어 오르는 것도 틀림없는 산행의 즐거움 중 하나이리라. 그러나 역시 무리였다. 한참을 헐레벌떡 쫓아갔으나 점차 멀어져서 우리 말고는 이내 사람이라곤 보이지도 않게 되었다.

"야, 좀 쉬어가자."

영란이가 무릎을 짚고 서서 가쁜 숨을 몰아쉬었다. 출발한 지 겨우 이십 분이었다. 정상이 가까웠으나 여전히 대웅전 팔작지붕이 내려다보이고 있었다.

"어떡하니. 그새 늙었나 봐. 여자 나이 삼십이면 한물간다더니…."

영란이가 아랫배에 손을 얹고는 함부로 주저앉았다.

"얘, 일어나. 바지에 풀물 들라."

덤숙이가 말렸으나 소용없었다. 넘어진 김에 쉬어간다고, 이번에는 거푸 휘파람 소리를 지르던 영자가 아예 배낭을 벗고 앉아서 생수병 마개를 뜯었다. 그러자 초반부터 뒤로 처지던 영숙이와 또숙이마저 동시에 털퍼덕 주저앉아버려 모두들 쉬어가게 되었다. 도리없이 꾸무럭한 날씨였다. 배경이 그 모양이어서 산색마저 괜히 검붉어 보일 지경이었다. 게다가 땀이 식기가 무섭게 찬바람이 파고들었다. 큰일이었다. 따질 것도 없이 앞으로도 장장 세 시간이었다. 벌써부터 선뜩한 후회가 가슴을 내리그었다. 아아, 장장 세 시간…. 결혼한 뒤로 단 한 번도 산에 오른 적이 없으면서, 아니 혁혁 대고 무엇을 해본 기억이 없으면서 어쩌자고 이런 오기를 부렸단 말인가.

어쨌거나 되돌릴 수 없는 노릇이면 우리는 더 부지런히 움직였어야 했다. 이제야 누구를 탓하겠는가. 그렇지만 생각하면 순전히 고년, 쓸데없이 엉덩이가 무거워진 영란이 때문인 것이다.

다행히 정상 너머로는 제법 평탄한 산길이었다. 모두들 적이 안심이었다. 이제부터 이어지는 건 붉게 물든 산, 산뿐이었다. 더할 나위 없이 고즈넉했다. 아니 을씨년스럽기조차 한 산길이었다. 딱 한 번 완만히 뻗어내린 등성이 아래로 옹기종기 집들이 내려다보였지만 길은 자꾸만 더 깊숙한 숲 쪽으로 휘어지고 있었다.

"라디오라도 가져올 걸 그랬지?"

"참 그렇네…. 이렇게 쓸쓸할지 누가 알았어."

영례가 모자를 벗어서 휘돌리며 제풀에 왁새걸음이었다.

"야, 그 바닷가 생각나? 영숙이 시집가던 날 말야. 신랑 친구들하고 무작정 여수행 버스를 타 가지고…."

"아, 생각난다. 키 훌쩍 크고 턱 길던 남자?"

"응큼한 년. 그 꺽다리 이야기로구나. 하지만 그친 너보다 내게 더 관심이 많았었지. 편지가 두 번이나 왔었어."

"겨우? 나는 답장을 안 하고도 세 번…."

"히히히!"

"관둬라."

영자가 서둘러서 시큰둥해 버렸다.

"그 꺽다리 편지 안 받은 사람 누가 있어? 괜히 단체로 주소를 적어줘 가지고."

하긴 그랬다. 겉으론 안 그런 척 까불었어도 속내는 다들 순진했던 것이다.

'우인대표끼리 그냥 말 수 있습니까?'

'어머나, 우인대표!'

그 점잖고 생소한 말이 너무나 벅차서, 꺽다리 한마디에 우르르 바닷가로 몰려가서 사진도 찍고 매운탕 안주에 덥석 소주도 한 잔 받아 마시고, 혹시 이 남자들 중에 내 왕자님이 숨었을까 주소도 교환하고…. 우리 가운데 벌써 누가 결혼한다는 것이 신기해서 마치 삼십삼 년 만엔가 한 번 온다는 별똥별이라도 마중하듯 그렇게 법석을 떨었었다…. 그랬던들 이제 와서 그게 무어 대순가. 너무나 소싯적 이야긴 것이다. 훌쩍 반십 년이 지나버린 지금, 다들 그 따위 싱거운 추억보다는 꾸무럭한 날씨가 못마땅한 것이다.

우리는 발동이 걸리려다가 입을 다물어버리고 말았다. 아니 그럴 뻔했었다. 그러나 아직은 아니었다. 우리가 누군가 말이다. 엄연히 예전의 그 성깔 사나운 일곱인 것이다.

"야 덤숙이 년아."

"?"

"뒤에서 봉께, 니 년 엉뎅이가 방아깨나 찧었구만 잉."

기분 돋우기는 그저 야한 것이 최고라던가. 기억력 좋다고 앞장서서 걷는 덤숙이를 덥석 건드린 것이, 말하자면 시집도 못 간 영미였다. 아니나 다를까, 분위기 살린다고 걸어오는 시비를 마다할 덤숙이가 아니었다.

"아쭈구리? 너 시집도 못 간 것이 방아맛이나 알고 하는 소리여?"

좀 과장되긴 했어도 발끈한 듯 받아치는 대꾸에 나머지 다섯도 일시에 팽팽해지는 기분이었다.

반죽 좋은 영미가 웬일로 목소리를 죽인다 싶었다. 그러나 감추듯 '너만 알아라' 하고 속삭이는 말이, '나 말여, 니네 동네 그 가지 맛 못 잊어서 이러고 있니라'였다. 그러자 반격을 기다리던 덤숙이가 곧바로 '오냐, 이 거시기 큰 오도잡년아. 글면 느그 해남 물고구마는 짧아서 안 되더냐?' 하고 되쏘는 바람에 모두들 어떤 날의 짧은 기억을 떠올리며 길쭉하게 킬킬킬… 웃었다. 이럴 때는 당연히 우세한 편을 들어야 하는 법. 그 웃음이 채 가라앉기도 전에 영란이가 점잖게 영미를 타이르고 나섰다.

"야야, 그래 너 입 큰 년아. 그런다고 선생을 물어뜯어야 쓰겄냐."

매번 그랬듯 결국은 그 '큰 입'을 들먹인 것이 발단이 되어 학창시절의 짜불이와 쥐포가 어수선하게 도마 위에 올랐다. 몰려다니던 그 몇 해 동안 수없이 재탕해 먹은 이야기지만 그것만큼은 역시 두고두고 웃지 않을 수가 없었다. 짜불이는 자습시간에 볼펜을 주워주는 척, 영란이년의 뽀얀 다리를 쓰다듬어 버린 키 작은 수학선생이고 쥐포는 유난히 입이 작은, 수학여행 마지막 날 밤 영미한테 물어뜯긴 사회선생이었다.

"그 남자가 괜히 우리 방을 기웃거릴 때 알아봤어야 했어."

"움머, 그 남자?"

하긴 그랬다. 영미년의 큰 입이 내내 부러웠던지 '전등 끄고 술래잡기'라는 생소한 놀이를 제안하고는, 이리 몰리고 저리 몰리다가…… 결과는 아악, 하는 비명소리였다.

"스승의 은혜가 니년 주둥이만 못하더냐?"

"실은 말이지. 째깐(작은) 것이 핥아 쌓길래 가소로워서, 그래서 나도 모르게 물어버렸던 것이어야."

넉살 좋은 영미 년의 미안한 듯 너부죽한 변명. 아마 그것이 그날의 마지막 웃음이었다. 단 한 순간 너무나 즐거워서, 우리는 걷지도 못하고 선 채로 모두들 꺼이꺼이, 숨넘어가는 소리를 질러댔다. 그리고는 곧 수다를 멈추었다. 갑자기 어디서 나타났는지 낚시가방을 맨 젊은 남자애들 몇 명이 우리를 흘끔거리며 앞질러 갔던 것이다.

그렇기로 스승을 모독하다니…. 벌을 받은 것일까? 느닷없이 어둑어둑해지고 있었다. 바람이 심상찮은 기세로 낙엽을 쓸어갔다. 모두들 말을 잊은 채 모자에 손을 얹고 걸음을 재촉했다. 이상하다 싶어 들여다보았으나 카메라에 박힌 디지털시계는 겨우 세시십분을 껌벅이고 있었다. 보이는 것은 온통 포도주색이었다. 바람이 더 거세게 몰아쳐 왔다.

후두둑.

후두둑! 빗발 듣는 소리가 순식간에 우리를 에워싸 버렸다. 이어 굵은 장대비. 머리 위, 시커먼 허공에서 빛이 번쩍였다.

쿠당탕!

왁자그르 뒤흔드는 소리.

우리는, 십 년 전으로 되돌아간 철없는 일곱 계집애들은 한순간 당황했다. 그저 당황해서 누가 먼저랄 것도 없이 무작정 앞으로 내달았다. 다급한 의식 속에서 모자가 날아가 버렸다. 아무것도 분간할 수 없었다. 기세 좋던 영미년의 엄마야, 지르는 비명소리…. 누구 다리였을까. 셋이서 뒤엉켰다가 간신히 일어나서 허우적거리며 뛰었다. 모두들 홀린 듯 제정신이 아니었다. 어서 어디론가 달아나야 한다는 생각뿐이었다. 그러나 무엇에 감긴 것처럼 아랫도리가 잘 움직여주지 않았다. 문득 경황중에 한 줄기 스산한 생각이 후들후들 스쳐 가고 있었다. 아, 아까 함께 오르던 사람들은 다 어,

어디로 갔을까…?

- 아무래도 들켰나 봐. 경찰이 와 있던 걸.
- 니가 분명히 봤어?
- 그래. 어제처럼 텐트 하날 찍어두려고 기웃대는데 호루라기 소리가 들리더라. 거기 사람들이 몰렸더라구. 경찰도 있었어. 둘.
- 그러니까 새꺄, 내가 뭐라 그러던. 낙엽을 더 긁어다 덮으라고 그랬잖아.
- 조용히들 해!
- 씨팔, 지금 와서 숨길 것 뭐 있어.

꿈이었나. 그, 그런 소리들은…. 그 애, 아니 사내가 허옇게 떠오르는 낮빛으로 우리 쪽을 돌아보았다!

어떻게 된 것일까. 넘어지면서 구르면서 정신없이 뛰다가, 무슨 돌계단 같은 델 기어올랐다. 산을 깎아내린 자리에 거무스름한 건물 같은 게 있었다. 그저 허겁지겁 그 안쪽으로 뛰어들었던 것이다. 대체 어디쯤일까…. 어두컴컴했다. 사방이 쏴아, 하는 빗소리에 잠겨 버렸다.

차츰 눈이 밝았다. 처음엔 몰랐었는데 짓다가 만 산장 같은 건물이었다. 내부공사를 하지 않아서 그냥 창고처럼 펑 뚫린 오십 평 남짓한 공간이었다. 우리는 너저분한 콘크리트 바닥에 빗물을 뚝뚝 흘리며 엉거주춤 서 있었다. 돌아보니 꽤 오래 방치한 듯 받침목으로 쓰이는 굵은 쇠파이프와 자잘한 각목 따위, 쓰다가 만 건축자재가 곳곳에 널려 있었다. 하여간 얼마나 다행인지 몰랐다. 누가 이 등산로 중간에 산장 비슷한 걸 지을 생각을 하지 않았더라면, 이 폐가 같은 음산한 건물마저 없었더라면 우린 어쩔 뻔했는가.

우리 말고도 사람들이 있었다. 애인으로 보이는 남녀가 한 쌍, 또 안쪽에는 아까 본 듯한 남자애들이 자기들끼리 모여서 뭔가 두런거리고 있었다. 어두운 곳이어선가. 굳이 우리보다 서너 살은 어려 보인다고 생각을 하는 것은. 바닥에 불 피운 흔적이 있는 걸로 봐서 이따금 사람들이 드나들었던 모양이다. 그리고 보니 라면 봉지며 깨진 소주병 따위도 뒹굴고 있었다.

그들이 검게 그을린 곳에다 골판지와 각목을 모아서 불을 지폈다. 라이터가 몇 번 번쩍이더니 곧 맵싸한 연기가 피어올랐다. 불길이 일자 둘러선 그들의 몸에서 김이 오르는 게 보였다. 하긴 우리들의 젖은 몸에서도 벌써부터 김이 피어올랐다.

"야, 우리도 가서 좀 말리자. 지네들만 쬐라는 법 있어? 추워 죽겠는데…."

파랗게 질린 영자가 처진 배낭을 그대로 진 채 속삭였다. 평소 같으면 대뜸 다가가서 둘러섰을 것이다. 그러나 분위기 탓이었을까. 아무도 먼저 움직이지 않았다. 아쉬운 눈길을 연인들에게로 돌렸을 때, 남자가 수건을 꺼내서 떨고 있는 자기 애인을 닦아주고 있었다.

유리가 깨져 나간 창에서 빗물이 줄줄 흘러들었다. 굴곡이 심한 바닥에 더럽고 질퍽한 웅덩이가 만들어졌다. 빗소리가 조금 가라앉았다. 아까처럼 퍼붓지는 않았지만 비는 계속해서 추적추적 내리고 있었다. 그들이 뭘 감시하듯 교대로 이쪽을 흘끔거렸다. 눈빛이 좋지 않았다.

"이러면 될 거야."

남자가 들릴락 말락 속삭이면서 무얼 꺼냈다. 그리고는 여자에게 둘러씌웠다. 텐트에 덧씌우는 방수용 외피였다. 앞뒤 자락을 겹쳐서 허리를 묶자 여자는 마치 튼튼한 외투를 입은 것처럼 되었다. 배낭을 둘러맨 남자가 여자를 감싸 안고 밖으로 나갔다. 문이 삐걱, 소리를 내며 도로 닫혔다.

"그렇게는 안 되지."

"?"

그들 중 하나가 움직여서 낚시가방을 열었다. 그림자가 크게 흔들거렸다. 우리는 아직 무슨 일인가를 몰랐다. 산속에 웬 낚시가방? 근처 어디에 둠병 같은 게 있었던가…. 그저 멀뚱멀뚱 바라보다가,

"어맛!"

또숙이가 비명을 질렀다. 낚시가방인 줄 알았던 바로 그 가방에서 빛을 받아 번득이는 길쭉한 칼이 여러 개 쏟아져 나왔던 것이다. 두 명이 하나씩 집어 들고 쿠당탕, 뛰쳐나갔다. 이게 어찌 된 일인가…. 우리는 그저 멍한 눈으로, 또 다른 두 명이 출입구를 막아서는 것을 보았다. 그러고 보니 모두 여섯이었다. 그, 그럼 아까 들은 얘기가 현실이었단 말인가!

"계집년들, 놀라기는."

"도망갈 생각 마라!"

출입문 쪽 두 명이 서서히 다가오는 동안 남은 두 명이 희한하게 웃으면서 각목을 더 날라다 불길에다 얹었다. 누구였을까….

누구였을까, 영자였을까?

영란이었을까? 또숙이였는지, 덤숙이였는지도 모른다. 성큼 다가온 사내에게 뭐 이런 것들이 다 있냐고 냅다 쏘아붙였다. 아니 그렇게 고함을 치려고 했던 모양이다. 이상하다…? 그럼 그게 나였던가. 갑자기 철썩, 따귀가 날아왔다. 얼얼한 비명소리. 사내들이 에워싸고 있었다. 우리는 뒤로 물러났다. 각목이 거칠게 투닥투닥 타올랐다. 일순 환하게 밝아졌다. 그들이 번득거리며 웃었다. 쟤, 쟤들이 왜 이러지? 우리는 초침 세듯 각목이 튀는 소리를 들으면서 주춤주춤 뒷걸음질 쳤다.

서로 어깨가 부딪혔다. 구석이었다. 그래도 한발치로 더 물러났다. 숨이 막힐 정도로 공기가 무거웠다. 심장 뛰는 소리가 쿵쿵 들려왔다.

"우, 우린 아줌마들이야!"

영란이가 소리쳤다. 발길이 날아들었다.

"윽!"

영란이가 배를 싸안으며 휘청거렸다.

"죽여라, 나쁜 놈들."

"가만있지 않을 거야."

그때 출입문이 발길질로 쾅, 열리면서 나갔던 사내 둘이 되돌아왔다. 바람이 거셌다. 문이 열렸다 닫힌 잠깐 사이에 젖은 관목 잎사귀가 한 무더기나 쓸려 들어 왔다. 불길이 일렁거렸다. 사내들이 우뚝 서서 이쪽을 노려보았다. 비껴든 칼끝에서 빗물이 줄줄 흘러내리고 있었다. 저, 저것 좀 봐…. 영미가 질린 목소리로 떠듬거렸다.

"아직 그러고 있어?"

그중 하나가 빼앗은 배낭을 내던지며 눈을 치켜떴다.

"한 년 베어버려."

칼날이 물을 뿌리며 휘익, 그어졌다. 웃음이 멈췄다. 우, 우리도 멈추었다. 여섯 명이 눈을 번득이면서, 얼굴이 일그러지면서 동시에 달려들었다…. 얼굴을 감싸며 쭈그려 앉았다. 덤숙이가 맨 먼저 악, 소리를 지르며 뒹굴었다. 사정없이 허벅지를 짓밟혔다. 주먹이 질러오고 발길이 어지럽게 날아들었다. 제발 꿈이었으면, 이게 꿈이었으면…. 철썩! 퍽, 하는 소리. 울부짖는 소리. 우리는 쉴 새 없이 얻어맞고 차였다. 아아, 정말 꿈인가. 꿈이라고 해도 두 번 다시 꾸기 싫은 지독한 악몽이었다. 살려달라는 부르짖음을 찢어지는 비명이 덮어버렸다. 장작이 튀듯 투닥투닥 치고 패는 소리가 한참이나 계속되었다. 마구 비틀려 버린 시간이 떠나가지 않고 우리 몸뚱어리 근처를 맴돌았다. ……얼마나 더 지났을까. 우리는 눈물 콧물로 범벅이 된 채 더럽고 축축한 바닥에 널브러져 버렸다.

영례가 몸을 뒤척이면서 낮은 신음 소리를 냈다. 우리 뒤, 깨진 유리 틈으로 빗물 섞인 바람이 휭휭 파고들었다. 반쯤 내리감긴 눈꺼풀 사이로 가물가물 운동화 발들이 보였다. 사내들이 그대로 버티고 서 있었다.

"일어나!"

그중 하나가 불붙은 꽁초를 우리들 위로 던졌다.

"안 일어나?"

다른 하나가 쿵, 발을 굴렀다. 우리는 엉거주춤 일어나 앉았다. 영란이가 하, 숨을 내쉬며 까진 손으로 코피를 틀어막았다. 사내가 몸을 뒤져서 핸드폰을 거둬가더니 바닥에 동댕이질을 쳤다. 그것도 모자라 꽈직꽈직 밟아 부숴버렸다.

"나란히 서."

잠자코 있던 칼 든 사내가 낮고 거친 목소리로 명령했다. 우리는 시키는 대로 비척비척 일어나 섰다. 사내가 사열하듯 뚜벅뚜벅 우리 뒤로 돌다가 갑자기 멈췄다. 어쩌려는 걸까. 우린 살아날 수 있을까. 서, 설마 죽이기야 … 헉!

"엉덩이 내밀지 마!"

퍽, 소리와 함께 또숙이가 앞으로 넘어졌다. 그렇지만 다리가 풀려서 바로 서지지 않았다.

"고개 똑바로 들어!"

다른 사내가 영례의 따귀를 냅다 갈겼다. 영례가 철썩, 쓰러지고 또숙이가 비틀비틀 일어났다. 너무 겁 질려서 비명조차 나오지 않았다.

"너, 이름이 뭐야?"

사내가 맨 끝으로 가서 덤숙이의 목에다 칼날을 갖다 댔다. 섬뜩한 감촉! 벙거지를 눌러 쓴 뒤쪽 사내가 볼멘 고함을 꽥, 질렀다.

"거짓말하면 그어 버려!"

"…여, 영원이어요."

덤숙이가 후들거리면서 사실대로 불었다. 어느 년부터 그어줄까? 사내가 순서대로 칼을 갖다 붙였다. 영자예요, 영미예요…. 우리도 질세라 꼬박꼬박 불었다. 그러나 다행히 내 차례까지는 오지 않았다.

"이것들이 순전히 영… 뭐라고 하는 계집들이로군. 좋아."

사내가 칼을 늘어뜨리고 몇 발짝 걸었다. 하지만 일곱이라…. 사내들끼리 잠시 눈짓이 오갔다. 남는 걸 어쩌지?

칼 든 사내가 귀찮다는 듯 휙, 돌아섰다.

"모두 구석에 머리 박아!"

우리는 머리를 모아서 부리나케 구석으로 숨었다. 그러자니 부채꼴 모양으로 엉덩이만 나란했을 것이다.

"더 쳐들어!"

"돌아보는 년은 필히 죽인다."

무릎에 힘을 주어서 더 쳐들었다. 사내들이 몰려와서 퍽퍽 걷어찼다. 나는 입을 앙다물었다. 내 엉덩이에서도 퍽 소리가 났다. 그러나 긴장 탓인지 별로 아프지 않았다. 그것이 희, 희망일 수 있을까. 그들은 여섯, 우, 우리는 일곱이었다. 마침내 키득거리는 소리….

차라리 꿈이었으면…. 아아, 꿈이었으면. 저 불길처럼 악몽을 살라버리고, 어서 맑은 정신으로 깨어났으면.

- 아무래도 여긴 위험해. 날이 밝는 대로 지리산 쪽으로 옮겨야겠어.

- 가다가 의심받지 않을까?

- 저것들을 이용하는 거야. 연인들처럼.

- 연인들처럼?

- 그래. 등산객인 척, 껴안고 내려가서 기차를 타는 거지.

- 하동으로 가는 게 좋겠다.

- 병신아 구례역에서 내려야지. 막가파도 고향을 뜨진 않았잖아.

- 하긴. 그럼 두목 알아서 해.

'흥, 개 같은…. 원조교제? 어디 두고 보라지.'

짙은 안개처럼 뭉게뭉게 그 말이 떠올랐다. 그리고는 안개가 걷히듯 서서히 현실로 되돌아왔다. 간밤에 꿈을 꾸었던가….

오살나게 추웠다. 깨어나자 추적추적 비 내리는 소리가 들렸다. 아득한 옛날이길 바라듯 어른들한테 듣던 이야기가 슬그머니 떠올랐다. 이런 비가 그치기 어려운 법이란다. 끝없이 쏟아져 내리는 법이란다…. 그러나 곧 오싹한 전율이 스쳐 갔다. 이 현실은 바로 지금인 것이다.

서로 붙어서 웅크린 채 떨다가 꾸벅 정신을 놓았던 모양이다. 엄지손가락이 몹시 아팠다. 검지를 움직여서 만져보니 돌려 묶인 엄지가 퉁퉁 부어 있었다. 연기 탓인지 공기가 매웠다. 아까부터 영례가 콜록거리고 있었다. 나도 지끈지끈 열이 올랐다. 영자도, 영란이도 정신이 드는지 뒤척이며 앓는 소리를 냈다. 성한 곳이 없었다. 어깨도 욱신거리고 눈두덩도 쓰라렸다. 목도 칼칼하고, 무엇보다 오줌이 마려워서 견딜 수가 없었다.

동이 터오는지 창문이 뿌옜다. 사내들은 보이지 않았다. 어디로 갔을까…. 하지만 다는 아니었다. 불침번이 앉은 채로 졸고 있었다. 각목을 계속 넣었는지 불길이 꺼지지 않고 타올랐다. 밤새 서로 묶여 있었다. 움직일 수 없다는 것은 정말 지독한 고통이었다. 다시금 묵직하고 찌릿한 기운이 아랫배로 몰려들었다. 아, 오줌 마려워서 못 참겠어. 오줌 좀 누었으면, 제발….

- 얘, 일어나. 더는 못 참겠어.
- 또 때리면 어떡해. 제발 가만히 좀 있어.
- 아, 터질 것 같애. 곧 나올려구 그런단 말야.

우… 고통스러워, 오줌 좀 누었으면. 카, 칼끝이 몸통 안으로 들어온들 이보다 더할까. 무서워. 사, 살아서 돌아갈 수 있을지…. 그런데 도대체 여기가 어디란 말인가. 아래층에다 자세히 물어볼 걸 그랬어.

- 나처럼 조금씩 지려. 마르면 안 보일 거야.
- 쉿, 사내들이 들어왔어.

출입문이 벌컥 열렸다. 사내들이 시끌쩍 들어서서 똑같이 발을 쿵쿵 질렀다. 빗물을 털고는 두런두런 불 곁으로 모여들었다. 어디서 훔쳤을까. 다들 농가에서 쓰는 투명한 비닐 우의를 뒤집어쓰고 있었다. 그런데 한 명은…? 어맛! 저, 저것은. 저것은 어제 그 여자가 입었던…. 짐승! 나쁜 놈들. 저러구서 이른 새벽에 어딜 나갔다 온 것인가.

- 그쪽은 어때?
- 저 아래까지 내려가 봤는데 아무래도 낌새가 이상해. 산길이 통제된 게 틀림없다구.
- 포위되었을까?
- 어딜? 여길 알아내려면 꽤 걸릴 거야.
- 샛길을 다 뒤질 순 없을걸.
- 어쨌든 서둘러야 해.

날이 더 훤하게 밝았다. 생각해보니 술곧 물 한 모금 얻어 마시지 못했다. 하긴 목이 아파서 무얼 넘길 수 있을 것 같지 않았다. 그저 타는 듯이 마를 뿐이었다. 머리가 뜨적지근했다. 뒷짐을 진 것처럼 묶여서 옆으로 누워 있는데도 마냥 어지러웠다. 몸이 둥둥 떠다니는 것 같았다. 열이 심해서 아뜩 아뜩 정신을 놓을 지경이었다. 그런 중에도 마치 물속에서처럼 묵직하고 고요하게 시간이 흘러갔다.

사내들이 엄지손가락을 풀어주었던가. 어제처럼 우릴 걷어차서 밖으로 내몰았던가…. 당장 현실조차 가늠하기가 힘들었다. 그리고는 마치 꿈속에서처럼 저절로 장면이 바뀌었다. 계속해서 뚜렷하게 느끼는 건 엄지손가락 두 개만으로도 그토록 꼼짝 못하게 사람을 결박할 수 있다는 그 사실이었다.

그 지옥 같은 텔 빠져나와서 어느결에 시키는 대로 철벅철벅 걷고 있었다. 좌우로 숲이 무성했다. 까마귀가 숲 어딘가에 보이지 않게 숨어서 이따금 까악까악, 울어제꼈다. 그때마다 날카로운 메아리가 따귀 치듯 이쪽저쪽으로 무거운 공기를 갈라놓았다.

"더 아래로."

"구물대지 마!"

눈에 띌까 염려되는지 사내들이 가끔 우릴 윽박질러서 질퍽한 길 가장자리로 내몰았다. 어디로 데려가는 걸까. 대체 어쩌려는 걸까.

"도망치거나 낙오되면 죽여 버린다."

두목이 생각난 듯 돌아보며 주의사항이라고 일러주었다.

아랫배가 묵직해서 허리가 펴지지 않았다. 젖은 옷이 자꾸 몸에 감기고, 게다가 어제 밟혔던 허벅지가 뭉쳐서 도저히 걸음을 옮길 수가 없었다. 죽고 싶지는 않았다. 그러나 다리가 후들거려서 더 걸을 수가 없었다. 나는 얼마 못 가서 애원하듯이 중얼거리며 주저앉아 버렸다.

"…모, 몸이 아파서 걸을 수가 없어요."

"끌고 가서 묻어버려!"

두목이 망설임 없이 내뱉었다. 뒤에 선 사내에게 서걱, 칼을 빼주었다. 그 중 키가 크고 턱이 삐죽한 사내였다.

"악, 용서해 주셔요!"

"어떡해. 얘, 어서 일어나."

애들이, 영미가 얻어터져서 더 두툼한 입술로 울부짖었다. 쌍, 잡년들. 사내들이 한 번씩 쥐어박았다. 이젠 끝이로구나. 아아 마, 마지막으로…. 사내가 머리채를 휘어잡고 잡아당길 때 나도 안간힘으로 다리를 뻗었다. 버둥거리다가, 벌떡 일으켜 세워졌다.

"…멀쩡하잖아? 또 주저앉으면 그때 없애지."

사내가 결정해 버렸다.

"칼을 가지고 있어."

두목이 못마땅한 듯 차갑게 말했다. 머리 위로 탁류 같은 시커먼 구름장이 쉬지 않고 흘러갔다. 비도 계속해서 부슬부슬 내렸다. 모두 다시 움직였다. 나도 엉겁결에 따라 걸었다.

길을 버리고 내려서는 바람에 걷기가 쉽지 않았다. 토사가 질컥하게 쏟아진 곳을 간신히 통과해 나오자 이끼가 물컹물컹 밟히는 습지대였다. 더 위쪽으로는 굵직한 야생 밤나무들이 드문드문 서 있었다. 사내들이 이따금 우리를 윽박질렀다. 내 뒤로는 아까 머리채를 잡아당긴 턱 긴 사내가 바짝 따라오고 있었다. 도망갈 생각은 아예 할 수가 없었다. 그저 죄지은 듯 꺼부러진 모습으로 고개를 수그리고 걷는 수밖에 없었다. 갑자기 길이 좁아지는 바람에 모두 한 줄로 늘어섰다. 터널처럼 덩굴이 엉킨 곳이었다. 사내들 여섯이 우리를 중간중간 세우고, 마치 포로를 호송하듯 그 좁은 곳을 마악 빠져나왔다.

그때 느닷없이 구름장이 떨었다. 파다다, 하는 엔진음을 들은 것 같았다. 사내들이 퍼뜩 몸을 낮추었다.

"모두 이쪽으로!"

두목이 재빨리 움직이며 고함쳤다. 사내들이 우릴 밀쳐서 낮은 곳으로 몰아넣었다. 온통 우중충해서 선명하게 보이지는 않았지만 분명 점 같은 게 낮게 떠오고 있었다. 점차⋯ 헬리콥터였다.

"숨도 쉬지 마."

사내들이 찍어눌렀다. 엔진음이 훨씬 낮게, 더 가까이 내려왔다. 아마 간밤의 폭우로 인한 실종자들을, 어쩌면 우리를 찾고 있는 것인지도 몰랐다. 엔진음이 계속해서 우리가 엎드린 허공을 맴돌았다. 가슴이 마구 방망이질쳤다. 나도 모르게 오줌을 조금 지려버렸다.

"씨발 눔들, 눈치챈 것 아냐?"

두목이 고개를 쳐들고 허공에다 욕을 퍼부었다. 그러나 엔진음은 다시 높이 솟구치더니 차츰 잦아들어 버렸다.

"아무래도 안 되겠어. 여기서부터 흩어진다."

마침 등성이가 이리저리 갈라져 나간 곳이었다. 사내들이 머리를 맞쪼았다. 계획대로 각자가 우리를 하나씩 맡아서 연인들처럼 내려간다는 것이었다. 알겠어? 여차할 땐 낙엽을 많이 모으란 말이야⋯. 두목이 일일이 짚어가며 낮은 소리로 뭔가를 지시했다. 사내들이 툭툭 털고 일어났다.

"좋아, 기차역에서 만나자."

"건투."

"거기, 너!"

턱이 길고 칼 든 사내가 곧장 나를 찍었다.

"너흰 일루 가."

두목이 보고 있다가 낮은 등성이 쪽을 가리켰다. 이제 우린 어떻게 되는 걸까. 이대로 영영 헤어지게 되는 것은 아닐까. 애, 애들아…. 왠지 눈물이 나오려고 했지만 사내가 대뜸 등을 밀쳐서 앞세우는 바람에 돌아볼 수 없었다.

"빨리 걷기나 해."

울먹이는 내 어깨를 사내가 냅다 밀쳐버렸다. 잡목이 빽빽한 숲길이었다. 그러나 나무꾼들이 터놓은 듯 아래쪽으로 좁은 길이 뚫려 있었다. 갈잎이 두껍게 쌓인 길이었다. 사내가 바짝 뒤따라왔다. 푹신거려서 오히려 힘이 들었지만 아까보다 더 허겁지겁 걸을 수밖에 없었다. 긴장 탓인지 아랫배를 지져대던 지독한 뇨의가 온몸으로 둥둥 퍼져 버렸다. 아예 몸 전체가 뭐가 마려운 것처럼 찌릿거렸다.

사내가 계속 나를 앞세우고 걸었다. 이마가 시리도록 줄줄 빗물이 흘러내렸다. 입술을 빨아서 목을 조금씩 축였다. 이따금 얼굴을 훔치면서 귀를 기울였으나 헬기 날아오는 소리는 더는 들리지 않았다. 물이 스며드는지 터진 눈두덩이가 몹시 쓰라렸다. 뿐만 아니었다. 허리고 어깨고 성한 곳이 없이 온통 욱신거렸다. 그래도 밟혔던 허벅지는 걷는 동안 풀려서 별로 고통스럽지 않았다.

"너 삼각팬티 입었냐?"

그가 느닷없이 엉덩이를 철썩 갈겼다. 움찔 놀랐다. 팬티라인을 보았을까? 하긴 옷이 젖어서 들러붙었으니 아예 꽃무늬까지 다 드러났을 것이다…. 얼굴이 달았지만 모른 척 걸었다. 길 저편 낮은 골짜기 쪽에서 물안개가 뭉클뭉클 피어오르고 있었다.

"거기 서!"

그가 소리쳤다. 굳은 듯 멈추었다. 그가 꾸물꾸물 우비를 벗어서 내게 입혀주고는 그 아래로 손을 넣어서 물기를 훑어내렸다. 그의 손이 어깨에서 등으로, 등에서 허리로 마구 쓰다듬었다. 닿는 곳마다 차갑고 척척했다. 어쭈, 제법 탱글탱글한데? 그가 가슴에서 아랫배 쪽으로 훑어내리면서 물었다.

"노처녀냐?"

우물쭈물 대답하지 않노라니 아랫배를 살짝 질렀다.

"이게 장난 놀아? 노처녀냐니깐."

하는 수 없이 아니에요, 조그맣게 말했다. 그래? 그가 실망한 듯 콧김을 킁, 뿜었다. 대뜸 머리통을 쥐어박더니 느닷없이 목을 감았다. 와락 당겨서 뺨을 붙여왔다. 숨조차 멈추었다. 거칠거칠한 살갗이 미끄러지면서 다짜고짜 입술을 빼앗았다. 남편 외의 남자와 입을 맞추기는 처음이었다. 그저 신음처럼 음… 소리를 흘렸다. 성이 차지 않는지 윗입술을 빨아들여서 질경질경 씹었다. 내 입술이 얼어서 그런가. 담배 냄새가 밴 뜨끈한 입이었다.

"빨리 걸어!"

엉거주춤 서 있자 그의 무릎이 엉덩이를 떠다밀었다.

너 이름이 뭐야? 그가 걸으면서 물어왔다. 대답하지 않았다.

"뭐냐니깐."

그가 다그쳤다. 그래도 말이 없자 팔을 당겨서 세웠다. 말 같지 않아?

"그냥 영…이에요."

"어쭈?"

그가 별로 안 아프게 뺨을 때렸다. 그러나 나는 입을 다물어 버렸다.

"말해."

그가 또 때렸다. 조금 아팠다. 철썩, 조금 더 아프게 또 한 번 때렸다.

느닷없이 설움이 북받쳐 올랐다. 싫어요, 못 해요, 차라리 죽여주세요…. 나는 눈물을 쏟으면서 그의 바짓가랑이를 붙잡고 주저앉아 버렸다.

군데군데 길이 파여서 붉은 흙탕물이 흐르고 있었다. 얼마쯤 가다가 그가 등을 돌렸다. 훌쩍 뛰어넘기에는 넓은 도랑이었다. 말없이 업혔다. 그는 건넌 다음에도 한참 더 나를 둘러업고 가다가 내려주었다. 빗발이 가늘어졌으나 아주 멈춘 것은 아니었다. 바람이 몰아칠 때마다 젖은 관목들이 우수수, 대밭 우는 시늉이었다. 스칠 때마다 잎에 앉았던 빗방울들이 소나기처럼 떨어져 내렸다.

반시간쯤 더 걸었을 것이다. 마침내 비도 그쳤다. 축축한 비닐 옷을 벗어 버렸다. 졸참나무가 빽빽한 고개를 하나 넘어서자 어디서 개 짖는 소리가 들려왔다. 바위가 우뚝우뚝 솟은 언덕배기였다. 그가 멈춰서 귀를 세우다가 앞서 걸었다. 한 걸음 떨어져서 얌전히 따라갔다. 잎을 반쯤 떨군 잔가지들이 자꾸 얼굴을 스쳤다. 그가 뒤돌아보곤 느릿느릿 걸으면서 툭툭 분질러 버렸다. 다시 내리막길인가 싶었는데 갑자기 시야가 탁 트였다. 그가 엉거주춤 몸을 숙이고 내다보았다. 나도 그의 등뒤에 숨어서 고개를 내밀었다. 저만큼 아래로 헐벗은 논들이 한줄기 도로를 따라 나란히 펼쳐져 있었다.

그가 한참 살피다가 결심했다는 듯 완만한 곳을 골라 내려섰다. 경사가 심한 곳이었다. 젖은 풀 섶이 미끄러웠다. 그의 어깨에 손을 얹고 조심조심 밭두렁으로 내려왔다. 거기서부터는 마을 안길이었다. 돌담 안에 대밭을 품은 낡은 기와집들을 통과하자 저만큼 도로가 내다보였다. 우리는 블럭 담에 잠시 기댔다가 두리번거리며 도로로 나섰다. 작은 면소재지였다. 트럭이 가까이 스쳐 가면서 냅다 물을 끼얹었다. 그가 나를 안전한 바깥쪽에다 세우고 어깨에다 팔을 두른 채 걸었다. 자전거를 탄 사람도 지나가고, 탈탈탈 연기를 뿜으며 낡은 경운기도 한 대 지나갔다. 농부로 보이는 늙수그레한 아저씨가 우릴 한번 쳐다보았으나 역시 그냥 지나쳐 버렸다. 하긴 이상할 것도 없었다.

"배고프지?"

한결 누그러진 목소리로 그가 물었다. 대답도 하지 않았는데 잡아끌었다. 허름한 국밥집이었다.

문을 열긴 했지만 메뉴는 국밥뿐이었다. 영감. 소, 손님 왔어라우! 주모가 큰소리로 안에다 일러바쳤다. 까닭 없이 철렁 내려앉았으나 곧 진열장 뒤에서 썩썩 도마질하는 소리가 들려왔다.

"제기랄, 다 젖었어."

그가 담뱃갑을 우겨서 버렸다. 점퍼 밖으로 비닐에 말아 싼 칼자루가 비죽이 나와 있었다.

"잊지 않을게."

그가 빤히 내 얼굴을 들여다보았다. 눈이 부었구나…. 소매를 걷더니 부드러운 팔뚝 살로 내 이마를 쓸어넘겼다.

"어젯밤 키득거리며 네 엉덩일 걷어찬 게… 바, 바로 나였어."

그가 뜬금없이 더듬거렸다. 꿈결인 듯 전화벨이 따르르 울리고 있었다. 두 번, 세 번…. 아아, 싫어. 조금만 더…. 마, 마지막으로 그의 목소리를 한 번만 더.

"어서 먹어…."

그가 숟가락을 쥐여 주었다. 그리고 정말 마지막으로 그의 눈길을 받으며 김이 솟는 국그릇에 숟가락을 마악 꽂을 때였다.

"아따, 배고프다."

"밥 좀 먹읍시다!"

사복 두 사람이 들이닥쳤다. 문밖에 정복 순경이 삐죽이 숨어서 총을 들이대고 있었다. 그가 벌떡 일어나며 소리 질렀다.

"여기야, 새끼들아. 일루와!"

그는 칼을 빼 들고 서너 발짝 튀어서 진열장을 등지고 섰다.

"…맞지요?"

형사 한 사람이 내게로 와서 마취제를 들이대며 부드럽게 물었다. 다른 하나가 그에게 총을 겨누고 있었다. 나는 조용히 고개를 끄덕였다.

"자, 들이켜요."

형사가 안심시키는 목소리로 말했다. 납치 사건에서는, 특히 피해자가 납치범들이 잡히는 마지막 순간을 가장 오래 기억하며 때론 정신병을 앓게 된다고 한다. 그래서 선진국에서는 범인을 체포할 때 납치되었던 사람한테도 마취제를 뿌려서 잠들게 한다는 말을 들은 것 같다. 우리나라 경찰들도 피해자를 보호하기 위해 그런 마취제를 도입했다는 말을 어디서 들은 것 같다. 나는 숨을 쉬는 척 어깨를 움직였으나 들이쉬지 않고 참았다.

"괜찮아요. 자 쭈욱⋯."

형사도 그걸 눈치챘는지 더 부드러운 목소리로 다시 말했다. 나는 어깨를 조금 더 움직이며 스르르 고개를 꺾었다. 숨이 막혀왔다. 차라리 들이쉬면서 깨어나고 싶었다. 전화벨이 다시 울리고 있었다. 문득 생각난 듯 아랫배가 찌릿거렸다. 어서 일어나서 오줌을 누고 싶었다. 그러나 나는 기어코 참을 생각이었다. 그가 잡혀가는 걸 보고 싶었다. 그와 헤어지는 마지막 순간을 간직하고 싶었다.

성공의 기미

삶이란 마치 젖은 밑그림 같은 것이어서 거기 각자의 붓을 살짝 갖다 대기만 하면 금세 원하는 빛깔로 화사하게 물들일 수 있는 것일까? 물론 아닐 것이다. 그러기에 월리스(1823-1913. 영국의 박물학자)의 '나방 이야기'가 때로는 우리에게 크나큰 교훈처럼 들려지기도 한다. '소년 월리스는 어느 날 천잠나방의 새끼가 누에고치를 뚫고 나오려고 애쓰는 것이 안쓰러워 그 끝을 조금 찢어주었다. 그랬더니 쉽게 고치를 뚫고 나온 어린 나비는 제대로 날개를 펴지 못하고 색깔과 무늬도 생기지 않더라는 것이다.' 비록 고통의 시간은 면제받았으나 그 대가로 끝내는 성장을 못 하고 죽고 말았다는 이야기—. 일찍이 어떤 구도자들은 아예 자신의 붓을 꺾고 세상을 등졌다지만, 어쨌든 삶의 빛깔이란 단지 피상적으로 파악되는 것이라고는 생각되지 않는다. 눈이 시리도록 밝은 백광도 사실은 그 배면에 머금은 푸른 빛의 영향 때문이라고 한다. 이를테면 누군들 '꿈—혹은 후회'의 빛깔을 따로 지니지 않았겠는가. 그것이 당장에 드러나는 각각의 삶에 어떤 영향을 주었으리라는 것은 짐작할 만한 일이다.

*

지금부터 나는 오래도록 잊고 있던 어떤 정원에 대한 흐릿한 기억과, 그때 내 삶의 빛깔이 돌연히 둘로 나뉜 경험에 관해 이야기하고자 한다. 세상의 모든 일에는 언제나 더 새롭고 나은 방법이 있을 테지만, 그러나 나는 내 짧은 이야기를 굳이 그런 틀에 욱여넣기보다는 익히 들은 유구한 방식에 따라 본래의 순서를 지키기로 하였다. 원래가 구변이 없으니 전달에나 충실하겠다는 생각에서고, 진실에 관한 것이라면 그쪽이 오히려 신밀하게 여겨진 까닭이다. 그러자니 듣는 쪽의 너그러움이야말로 본의 아니게 구성의 일부처럼 되었음을 밝혀둔다.

이르기를 '吾十有五而志于學(오십유오이지우학)하고 三十而立(삼십이립)하고 四十而不惑(사십이불혹)하고 五十而知天命(오십이지천명)…'이라 하였는데,

내가 집을 떠난 나이도 열다섯이거나 그쯤 되었을 것이니 그 고명한 왈에는 아마 고대에 믿어지던 참위讖緯의 능력 따위가 저절로 깃들인 게 아닌가 싶다.

지학이 아니라 가난 때문이었다. 무엇에 뜻을 둘 만큼 조숙하지는 않았으니 더 보태어도 문밖의 넓은 세상에 대한 막연한 동경심 정도였을 것이다.

'동동 동그라미 언니가, 전차에 깔려서 납작꿍,
그에 아버지가 나와서, 땅을 두드리며 울드라!'

나는 차마 서울까지는 가지 못했지만, 출처를 알 수 없는 그 괴상한 노래가 당시 남도의 소읍小邑에서조차 유행할 정도였으니 얼마나 많은 아이들이 나처럼 막연한 동경심을 품었을 것인지 짐작은 할 만하다.

내가 나고 자란 곳에 별다른 미련은 없었다. 그나마 유일한 혈육인 아버지는 대책 없이 가장의 자리나 지키는 위인이었다. 죽지 않고 연명할 최소한의 생계비는 어디선가 보내오고 있었지만, 늘 쫓기듯 소달구지에 짐을

신고 단칸셋방을 선전한 세월이었다. 다들 가난했기 때문에 따로 내세울수는 없다 하더라도, 어쩌면 희망이라고는 손톱만큼도 보이지 않는 그 첩첩의 가난이야말로 나를 가출로 내몬 직접적인 원인이 되었다. …그곳에서의 생활은 더 말하고 싶지 않다.

기차역까지 가는 동안 쉴 새 없이 가슴이 뛰던 기억이 지금도 생생하다. 두려움과 희망이 마구 범벅된 야릇한 기분이었다. 전쟁 직후였고, 나는 고아나 다름없었다. 다름없었지만 진짜 고아는 못 되었다. 병약한 어머니는 피난 중에 죽었으나 그리 멀지 않은 소읍의 변두리 단칸방에는 아버지가 버젓이 살아있었으므로 나는 고아라고 자조할 수도 없는 입장이었다. 요샛말로 오기에서 비롯되는 '앤돌핀'의 혜택도 누릴 수가 없었다는 말이다. 그점이 아마 타락하지는 못할 한계로 작용했는가는 모르겠다. 사실 타락이란것은 아무나 하는 게 아니었다. 그때 집을 떠난 내 또래의 소년들이 할 수있는 일이란 대개는 힘들고 배가 고픈, 지독스럽게 건전한 노동뿐이던 것이다.

나는 세 시간쯤 지나서 기차에서 내렸다. 막상 와보니 도시란 무작정 돌아다니기에는 너무 두렵고 복잡한 곳이었다. 이틀 동안인가 쫄쫄 굶고 대합실에 쭈그리고 있노라니 흡사 시장통에서 훔쳐보던 삼류 영화 식으로 내게도 누군가가 접근해 왔다…. 그래서 따라간 곳이 깡통으로 호롱 따위를 만드는 작은 공장이었다. 그 공장 안뜰에는 넝마주이들이 주워온 각종의 미제 깡통들이 수북이 쌓여 있었다.

그 역시 두렵고 실망스러운 광경이었다. 대여섯 명의 더러운 아이들이 찌든 함석지붕 아래 오글오글 모여서 깡통을 잘라내고 있었다. 항용 세상을 향한 내 기억의 첫머리는 열차의 차창에 앉아 멀어져 가는 정든 풍경들을 바라보던 것과 깡통들이 수북한 그 공장의 안뜰로, 마치 서글픔과 두려움으로 채색된 듯한 두 쪽의 삽화로 두근두근 펼쳐지고 있다. 마침내 군대의 모포 속에 편안히 드러눕게 되기까지는.

그곳에서 몇 달인가 가위질을 배우다가 견디지 못하고 도망 나왔다. 철판가위를 다루는 일이란 매우 고통스러운 작업이었다는 것을 덧붙이고 싶다. 까진 손바닥에서 늘 진물이 흐르고 피가 배어 나왔으므로 거기 있는 동안은 단 한 번도 세수라는 걸 할 수가 없었다. 일단 들어가면 마음대로 그만둘 수도 없었으니 도망이라는 표현이 적절할 것이다.

그 뒤의 행로는 다행히 순조로운 편이었는데, 나는 어찌어찌 중앙로 부근의 자전거 수리점에 빌붙어 있게 되었다. 아마 바퀴와 체인이 맞물리는 그 신기한 구조에 넋을 빼고 있다가 주인 영감의 눈에 들었던 모양이다. 그러나 평소 빌빌거리던 주인 영감이 갑자기 죽는 바람에 거기서도 그리 오래 있지는 못하고 다시 근처 중국집으로 자리를 옮겼다.

거기서는 배달을 맡았다. 그건 여러모로 잘된 일이었다. 붉은 간판을 단 중국요릿집은 요즘으로 치면 그야말로 노른자위 직장이었던 것이다. 우선 끼니는 굶지 않아도 되었다. 나는 그곳에서 두 해 정도를 퉁퉁 불은 면발이나 국밥 찌꺼기 같은 걸로 잔뼈가 굵었다. 그랬더니 허우대가 멀쩡해졌다. 키도 몰라보게 커져서 주방 문을 밀고 들어설 때마다 이마를 찧을 정도였다. 더러는 그걸로 맘씨 좋은 주인을 웃길 수도 있었다. 운이 좋으려니 직장이 귀한 것도 내게는 오히려 기회로 작용했다. 세 해째 되던 봄에, 나는 주인의 도움으로 나이를 두 살이나 올리고 학력도 중졸로 속여서 기술병으로 지원했다. 순전히 내 자리를 탐낸 길 건너 이발소 아저씨 덕분이었다. 떠나는 날 공짜로 박박머리를 하고 내 배달통은 초등학교를 갓 졸업한 그 사람의 아들에게 물려주었다.

그렇게 시작된 군 생활은 차라리 새삼스럽지 않다. 훈련소에서의 기억조차 배가 고프고 잠이 부족했다는 것뿐이었다. 나는 훈련을 마치고 취사특기를 부여받아 어느 전방 부대의 취사장에 배치되었다. 내 과장된 경력과

모병관募兵官의 이해가 맞아떨어진 것이다. 당시의 군대에서는 농업고 축산과를 나왔으면 곧바로 의무병이 될 수도 있었다. 돼지 엉덩이에 주삿바늘을 찔러본 경험이 아무런 소독의 과정도 거치지 않고 그대로 인정되는 것이다!

그것은 웃을 일이 아니었다. 더 나중 일이지만, 나는 맹장염 수술을 위해 입원했던 어떤 녀석의 아랫배에서 한 뼘 가까이나 그어진 끔찍한 칼자국을 본 적이 있었다. 맹장 자리를 찾지 못해 그랬다는 말도 있고, 경험이 없는 신출내기 군의관들이 번갈아 가며 칼질을 해보다 그랬다는 말도 있다. 더 어이없는 것은 녀석과 내가 ㄱ 기다란 칼자국을 보며 같이 웃었다는 점이다.

그날 밤, 나는 침구 속에 누운 채로 제복의 자리를 확보했다는 이상한 편안함에 감싸였다. 달리 숙고할 기회가 없었던 내게, 그 순간 드넓은 군 체제가 마치 인생사의 총론總論처럼 와 닿던 것이다. 때로 답답하지만 돌아보면 쉬이 볼 수 없는 굳건함이 언제나 내 주변에 가득하였다. 너무 일찍 기댈 언덕을 잃어버린 내게는 내가 속한 제복의 체제가 한편 두려우면서도 또 그만큼은 든든하였다. 말이 난 김인데, 내게는 '제복'을 선망했던 기억이 따로 하나 있다. 바로 교복과 학생 모자로, 지금에야 시대극에 소품으로나 등장하지만 그 때는 중학생이 되면 누구나 각진 학생모를 쓰고 번쩍이는 금단추를 달고 다닐 수가 있었다. 진학을 못 한 내게는 친구들의 학생모와 번쩍이는 금단추가 그토록 부러웠다. 그 부러움이란 아마 한 열흘쯤 사막을 헤맨 목마름 정도는 되었을 것이다.

이래저래 제복의 의미는 내게는 남다른 것이었다. 나는 그 뒤로도 누가 맹장염 수술을 받다 죽었다는 소리를 들은 적이 없다. 군대란 유격장의 밧줄만큼이나 거칠고 안전한 체제였다. 제대를 얼마 남기지 않은 어느 날, 나는 낙오되지 않으려고 장기복무를 지원해 버렸다…. '하지만 나는 맹세코 지질한 군대 이야기를 하려는 것이 아니다. 부디 이제부터의 내 이야기에도 듣는 이의 지루함을 덜어줄 어떤 능력이 저절로 깃들이기를…'

　나는 인간의 성장도 탈피동물이나 마찬가지로 어느 시점에서 갑자기 이루어지는 것이 아닐까, 하는 생각을 가끔 하게 된다. 무심코 지난 기억을 더듬다가도 그즈음에 이르면 문득 가슴을 두근거리며 한 줄의 문장을 떠올리게 되기 때문이다. 헤아려보니 집을 떠난 지 꼭 일곱 해 만이었다. 그때 진급과 더불어 영외거주가 허락되었고, 나는 며칠 동안이나 머리 꼭대기까지 충만해 오르는 어떤 뜨끈한 감정에 시달리고 있었다. 그러다가 막상 짐을 꾸려 정문을 나서는 순간 나도 모르게 그렇게 중얼거렸다. '누구도 간섭할 수 없는 권리가 내게 있다!' 라고.

　나는 그 말을 듣는 순간, 아니 발음한 순간 놀라서 제자리에 우뚝 멈춰서고 말았다. 겨우 국졸의 학력에 따로 독서의 기회마저 없었으니 스스로 생각하기에도 그것이 도무지 내 말 같지는 않았다. 그랬다. 무슨 선언처럼 내 입을 통해 튀어나온 그 문장은, 마치 타인의 부르짖음인 양 그대로 섬뜩하기까지 하였다.

　그 권리라는 말이 꼭 무슨 의미를 지녔다기보다는 갑자기 속박에서 풀려난 데 대한 혈기 어린 표현이 아니었나 싶기도 하다. 하지만 굳이 현실에서 찾자면 그 비슷한 권리가 하나 있었다. 바로 결혼이 그것이었다. 비단 내게뿐만 아니라 우리 기期—제복을 입는 동안은 늘 혼자가 아니었으니—모두가 가진 평범하고도 당연한 권리였다. 다들 성년의 나이를 넘었고, 지휘관의 저축 장려에 힘입어 가정을 꾸릴 만큼 경제적인 보장도 있었다. 실제로 진급 동기 중 절반가량은 방을 얻어 나가자마자 재빨리 그 권리를 실행에 옮겼다. 외출을 통해 미리 애인을 사귀어둔 약빠른 녀석들도 있었다. 그 상대도 가지각색이어서 어떤 녀석은 다방 아가씨를, 어떤 녀석은 가난하나

마음씨는 착한 여공을, 단골로 찾던 술집 작부에게 그대로 발목을 잡힌 녀석도 있었고, 또 어느 부대나 한두 명씩은 있게 마련인—운 좋게 제 담벼락 안에서 주인집 딸을 차지해 버린 녀석도 하나 있었다. 마지막 녀석은 영원토록 방세를 물지 않아도 되어서 늘 의기양양했던 기억이다.

정작 나는 그런 일에는 숙맥이었던 것 같다. 그 숙맥이라는 말도 사실은 어떤 여자가 일깨워준 것이었다. 순전히 나만 혼자일 수 없다는 생각 따위로 기껏 인근 공원이나 어슬렁거리다가 어느 날 또래로 보이는 여자 하나를 만났다. 하지만 혼자일 수 없다는 생각 때문에? …사실은 그게 아니었는지 모른다. 나는 아마 그때부터 남다른 내 운명을 미리 예감하고 쓸쓸해 했던 것인지도 모른다. 나는 그들이 발정난 개들처럼 부지런을 떨며 돌아다니는 시간에, 그때에도 늘 홀로 남아서 무언가 쓸쓸한 느낌에 젖어 있곤 했었다. 주로 자기애를 슬쩍 감춘 일종의 자곡지심自曲之心으로, 아득한 어둠 속에서 나를 향해 비추듯이 갖가지로 스쳐 가는 다양한 상념들이었다. 나는 권리를 주장할 수 없는 별자別子 같다는 생각, 내 영혼이 일찍이—前生에—무언가 지어둔 죄가 있어서 아직 그 형기를 다하지 않은 것만 같은 생각, 혹은 내 목적지는 더 먼 어딘가에 있어서 아직 이쯤에서 정착해서는 안 된다는 그런 생각. 느닷없이 들끓기 시작한 그 이상하고 절실한 생각들은 때로는 야릇한 조바심까지 동반하여 늘 결정적으로 내 권리 행사를 가로막았다.

어쨌든 나는 그따위 잡념에 무작정 굴복하고 싶지는 않았으므로 매번 가슴을 두근거리며 그녀를 만나러 나가곤 했다. 무얼 하는 여자였는지는 기억나지 않는다. 다만 그녀가 나보다 여러모로 더 노련했다는 것은 흐릿하게 기억난다. 왜 그랬는지 나는 스스로는 제복의 고지식함에 만족하면서도 타인의 색에 대한 분위기랄까, 특히 위아래 옷의 조화 같은 것에 섬세한 편이었다. 그래선지 그녀가 매번 어깨를 드러낸 엷은 분홍 스웨터와 노란 머리띠를 하고 왔던 기억만은 지금도 생생하다. 키는 작았으나 군더더기가 없는 야무진 성격이었다. 동갑쯤으로 생각했는데 나중에 알고 보니 그녀가 두 살이나 위였다. 결국 그것이 부담되어 그녀와는 대여섯 번 만나다가 헤어졌다. 헤어질 것을 전제로 하고 마지막으로 만난 자리에서 그녀는 나를 찌르듯이 응시하며 뭐라 알아듣기 어려운 말들을 한꺼번에 해댔다. 그리고는 벌떡 일어나며 그러는 것이었다. '…에끼라, 쑥맥!'

그 순간 내 귀가 찡, 울린 것 같은 기억이다. 그걸 누가 엿들었는지는 몰라도 그 후 그 '쑥맥'은 내 별명처럼 굳었다.

귀가 울린 것은 일종의 예감이었던 모양이다. 그 말이 나쁜 영향을 미쳤던지 이후 나는 오래도록 여자를 사귀지 못했다. 제 것을 따로 두고도 일찍부터 그런 곳에나 몰려다니는 녀석들 틈에 끼여 몇 번 그런 경험을 샀지만, 그것도 그때마다 술이 과하여 따로 추억이 될 만큼은 아니었다. 아침이 되어 쫓기듯 여관 문을 나설 때면 항상 허전하다는 생각뿐이었다.

"니는 멀쑥하게 생긴 놈이 와 그리 재주가 없노."

보다 못한 경상도 동기생 하나가 억지로 제 처제를 끌어다 붙이며 한 말이었다. 영외거주를 한 지도 삼 년이나 되었을 무렵이다. 녀석과 나는 좀 각별한 사이였던가 싶다. 녀석도 한 번뿐인 귀중한 권리를 행사하는 데에 꽤나 신중했던지 나를 제외하면 맨 마지막으로 결혼에 이르렀다. 하여튼 그 신중함 덕분에 녀석이 고른 여자는 볼수록 늘씬하고 기품이 있었다. 경상도 어디 산골에서 간신히 중학을 마쳤다는 녀석이 어떻게 그런 집안과 인연이 닿았는지 모를 일이었다.

신중한 성격은 속도 깊은 모양이었다. 녀석은 제 몫을 챙기자마자 온통 내 걱정뿐이었다. 녀석의 진실한 마음에 비추어 아마 가장 적절하고 손쉬운 것이 제 처제였다. …고마운 녀석이었다.

나중에 알고 보니 그 처제라는 아가씨도 버젓이 대학을 나온 인텔리였다. 더불어 내 학력도 전문학교 중퇴로 되었다. 전공은 다름 아닌 식품가공학으로, 어차피 확인할 길 없는 일류 주방장의 경력도 한몫 거들었다. 녀석은 성사될 기미가 보이자 아예 처제를 불러다 신주 모시듯 제집에 가두어 놓고 날마다 나를 초대했다. 덕분에 한동안 저녁 끼니는 걱정하지 않아도 되었다.

꽤나 미인이었다. 나도 그 인텔리가 싫지는 않았던지라 녀석의 비호 아래 가끔 노란 머리띠의 여자를 만났던 공원으로 데리고 나가기도 했다. 그러는 동안 녀석은 내게 꼭 형처럼 굴었다. 녀석 또한 나보다 두 살이나 위였으니 까따했으면 평생 형님으로 삼을 뻔했다. 인간 사회의 얼키설키한 법도가 그렇게 생각하면 그저 우스울 뿐이다.

"손은 잡았나? 그라모 키쓰는 됐나?"

녀석은 기회가 닿는 대로 은근히 물었다. 그거 어려운 거 아니대이. 어깨다 팔을 척 걸쳐도 가만 있거던 불나게 했뿌라. 언어맞을 거 같제? 천만의 말씀이다."

녀석은 그 우스은 법도로 나를 꿰고 싶어서 안달이었다. 아니면 언니를 허물 듯 제 처제도 허물어버리고 싶었던 모양이었다.

"인자는 술을 믹이야 한다. 잘 안 묵거덩 심각한 말을 하믄서 자꾸 보채그라."

대충 진전이 돼 가는 것을 지켜보다가 녀석이 그렇게 일러주었다. 녀석의 집에서 저녁 끼니를 해결한 지도 그럭저럭 몇 달이 흘러갔다. 그리 진전이 빨랐던 것도 아니었고, 꼭 녀석의 말에 따른 것도 아니었지만 어느 날 나는 밤이 늦어서 그녀를 불러내었다. 미리 정해진 대로 제법 심각한 표정으로 시간을 끌다가 울긋불긋한 맥줏집으로 데려갔다. 그들 자매가 모든 점에서 서로 닮았으니 전례로 보아 일은 성사된 거나 다름없었다. 그 순간까지는 성사되지 못할 아무런 이유가 없었던 것이다.

그러나 나는 그날 밤 어처구니없는 실수를 하고 말았다. 우선 용기를 얻는다고 한잔 두잔 마신 술에 무엇에 홀리듯 내가 먼저 취해 버렸다. 실은 꼭 취기 탓으로 돌릴 수만도 없었다. 어째 그랬는지 갑자기 나는, 내가 이런 식으로 여자를 다룰 수는 없고 진정 여기서 머무를 수는 없다는 이상한 생각을 다시 하게 되었다. 큰일이다 싶었다. 마음을 다잡으려고 연거푸 술을 마셨으나 취기가 오름에 따라 그 이상한 생각은 점점 커져만 갔다. 그리고는 예의 그 난데없는 조바심까지 솟구쳐서 사태는 걷잡을 수 없이 확대되어 버렸다. 나는 얼마 되지 않아서 엉망으로 취해 가지고, 마치 내가 아닌 내 속의 또 다른 내가 스스로에게 마구 화를 내는 것 같은 흥분 상태에 빠져들어 버렸다. 나는 흥분과 취기에 힘입어 이것이 무엇이냐고, 인생이란 이런 것이 아닌 것 같다고, 나는 이대로 주저앉을 수는 없노라고 고래고래 악을 써버렸다. 도대체 무슨 말을 지껄이고 있는지 스스로도 잘 몰랐다. 그러면서도 내 속에서 피어오른 그 이상한 절실함을 이겨 보려고 꽤나 고통스러워한 것 같다.

그녀는 우려했던 것처럼 자리를 피하지는 않았다. 그녀 역시 얼굴이 벌겋도록 술이 올랐지만 그런 나를 끝까지 침착하게 지켜보았다. 차라리 그쯤에서 쓰러져 버렸어야 좋았다. 그러나 애쓴 보람으로 간신히 몸을 가누고 있던 나는 무슨 말끝엔가 대뜸 '우리는 서로 취향이 다르니 그만 헤어지는 게 좋겠다'고 선언해 버렸다. 그러자 뜻밖에도 그녀가 '취향이 아니라 이상理想일 거라'고 맞받았다. 그리고는 술기는 있으나 분명한 목소리로 '정말로 내가 좋아졌노라'고 또박또박 말하는 것이었다. 몽롱한 가운데도 잠깐 제정신이 돌아온 나는 비로소 그녀도 오늘 밤의 계획을 알고 있다는 것을 깨달았지만, 어쨌거나 일은 이미 어긋나버린 뒤였다. 어떤 감정으로도 억누를 수 없는 강한 암시의 상태가 마냥 취기처럼 계속해서 나를 거세게 뒤흔들고 있었다.

우리는 사이렌이 울리고 나서야 술집을 나왔다. 그곳 역시 읍 단위의 조 그만 도시였고, 아직 통행금지라는 게 있던 때였다. 시간상으로도 그렇고, 둘 다 집에 갈 수가 없을 정도로 비틀거리고 있었다. 나와 그녀는 단지 취 객의 입장에서 서로를 부축해 가까운 여관으로 옮겼다. 그리고는 옷을 입 은 채 나란히 곯아떨어졌다.

"우째 됐노? 마 자슥아, 보고를 해라"

녀석은 제멋대로 상황을 판단하고는 대뜸 싱글벙글이었다. 처제가 싫은 기색이 아니더라는 것이다. 나는 몇 달간이나 힘겹게 끌어온 싸움을 마무 리하는 기분으로 녀석에게 그날 밤 일을 설명해 주었다. 술이 깨자 더욱 마 음이 굳어지더라는 말도. 녀석은 다만 어이가 없었던지, '에라이 구제 못할 빙신아'를 연발하였다. 그때까지도 녀석은 웃고 있었다. 정말로 좋은 녀석 이었다. 녀석을 잃게 된 것은 그녀와의 이별 못지않게 오래도록 내 가슴에 상처로 남았다. 정작 그 지경에 이른 것은 그 후의 일 때문이다.

"내 정말로 니가 좋아 그랬다만 인자는 아이다. 그래도 우리 처제 함 만 나도고. 지금 싸매고 누웠단 말다 임마야. 보다 못해 집에 가라 캐도 안 간 대이. 그 카다 덜커덕 죽어뿔면 우야노…. 낼로 봐서 함 만나 도고, 엉?"

녀석 역시 어지간히 충격적이었던지 그 뒤로도 몇 달이 지나도록 울상이 었다. 나도 문득문득 그녀가 좋았다. 그리고 다시 혼자된 생활이 견딜 수 없도록 외롭고 쓸쓸했다. 그러나 나는 끝내 그녀를 만나지 않았다. 그녀를 생각할 때마다 무언가 저 깊은 곳으로부터 올라오는 커다란 암시가 견딜 수 없도록 가슴을 시리게 하는 것이었다. 내가 하는 일은 무엇이든 임시방 편이고, 진짜 내가 해야 할 일은 따로 있으며 이곳은 그저 잠시 거쳐 가야 하는 곳이라는, 바람든 무처럼 늘 가슴 한쪽이 서늘해지는 그런 공허감 말 이다. 역설적이지만 그것은 내가 진실로 그녀를 사랑하였다는 증거 같기도 하다.

돌아보면 내 삶에서 가장 견디기 힘든 기간이었고, 또 나중에는 가장 응어리진 추억으로 남은 대목이었다. 이 대목을 선뜻 버리고 넘어서기 힘든 것도 그 때문인가. 그래서 나는, 잠시 비밀스러운 장면 하나를 마저 털어놓지 않을 수가 없다. 꽤나 세월이 지난 어느 날 밤 내가 녀석을 찾아가 무릎을 꿇었던, 그것은 다름 아닌 수치스러울 뿐인 꿈 이야기다. 그 밤, 나는 녀석 앞에 무너져 앉아 이렇게 애원하며 기어이 눈물을 솟구치고 말았다. … 아이, 사람이 말이다이, 사랑해서 떠나보낸다는 말도 안 있드냐. 느그 처제 말이여… 사실은 나도 무지하게 좋아했는디 자신이 없었어야…. 아이, 내 처지에 넘보기가 겁이 나서 그랬는갑서야. 더 좋은 사람 만나라고 그랬는가본데, 인자 본게 그거이 아니었어야…. 아이, 용서해 줘야… 한 번만 만나면 쓰겄단 말이다….

비록 꿈이었다. 하지만 부끄러운 줄도 모르고 눈물을 한 사발이나 철철 쏟아 놓은 꿈이었다.

나는 녀석에게 완전히 버림받았고, 한동안 더 외롭고 더 쓸쓸한 세월이 흘러갔다. 더러는 잘못 고른 짝을 두고 괴로워하다가 이별하는 녀석들이 생겨났다. 그런 녀석들이야말로 내게는 위안이 되었다. 그러나 그것도 잠깐이었다. 녀석들은 언제 그랬냐 싶게 또 다른 짝을 물어다 새로 살림을 차리고, 아이를 낳고, 재출발을 하는 것이었다. 시종일관 혼자인 것은 정말로 나 혼자였다.

…세월이란 무심한 것이어서 그렇게 오 년이 가고 십 년이 갔다. 당연히 치기도 젊음도 그만큼은 수그러들었다. 나도 혼자서일망정 동년배들만큼은 늙어 가고 있었던 것이다.

비록 사단師團 내에서의 인사人事였지만 몇 번인가 자리를 옮기고 상사로 진급도 했다. 그러는 동안 바깥세상도 변하여 독재의 소멸과 발 빠른 야합, 속 빈 문민文民이 마치 미리 정해진 세기말의 순서처럼 지나갔다. 다행히 그런 일들은 완충된 작은 파동으로 전해져 왔을 뿐이고, 제복의 나는 그저 지켜야 할 의전儀典처럼 두어 달씩 무거운 철모를 뒤집어썼을 뿐이다. 나는 열심히 새 보직에 매달렸고, 그럴수록 한때 나를 두근거리게 했던 그 유일한 권리는 점차 상관없는 일처럼 내게서 멀어져 가고 있었다.

어느덧 불혹이었다. 이제 결혼 따위는 그저 부질없는 일로 생각되었다. 나는 서서히 운명을 받아들이고 있었던 것이다. 그러면서도 한편으론 밀려드는 잡념들을 물리치지는 못했다. 그즈음에 내가 겪은 삭막한 생각들에 대해서는 따로 말하지 않겠다. 하지만 어떤 이의 말처럼 우리 인간이란 게 진실로 외로울 적에야 깊은 사색이 가능한 것이라면, 나 또한 알게 모르게 철학이 말하는 인간 정신의 그 '아홉 개'의 경지를 죄다 드나들었는지 모를 일이다.

세월은 덧없는 것이어서 다시 지나온 만큼이 더 흘러갔다. 그제야 돌아보니 내게도 그 덧없는 세월의 그림자가 제법 길쭉하게 달려 있었다. 고백하건대 나도 겉으로는 녀석들과 하등 다를 바가 없었다. 내게도 따르는 여자들이 더러 있었으며, 하마터면 결혼에 이를 뻔한 적도 두 번이나 있었다. 한때는 집 근처 다방 아가씨들의 인기를 독차지하기도 했고, 세월이 가는 동안 몇 군데 술집에서 단골 행세를 하기도 했다. 취사장 선임하사 시절에는 다름 아닌 주인집 딸하고 어지간히 눈을 맞추었고, 또 일년 가까이나 몰래 사귀어 오던 어떤 여공한테서는 적지 않은 위자료를 부담하고 간신히 발목을 빼기도 했다. 그러면서도 끝내 집착하지는 않았으니 고기도 먹고 술도 먹는 땡땡이 도사들의 점수문漸修門이 그리 별것은 아니란 생각이다. 어쩌다 얻어들은 불가의 말을 써서 죄송하지만.

그렇다. 이런 식의 회고란 아무래도 듣는 쪽에서는 넋두리에 불과한 것이겠다. 그러길래 산다는 것은 허무하다고 말해지기도 하는가. 결국 지천

명의 언덕을 넘어서도록 그 제복의 사회로부터 내가 얻은 것이라곤 고작 생활비뿐이었다. 짧지 않은 세월 동안 나는 늘 무엇인가를 허전해하였고, 아마 무의식적으로 결혼을 미루어 그 허전함을 달래—혹은 저항해—왔는지 모를 일이다.

어느 날, 나는 그때껏 몸담아 온 군대로부터 정년퇴직을 했다. 별다른 감회는 없었다. 단지 자축하는 뜻에서 그날부터 머리와 수염을 깎지 않고 덥수룩이 길렀을 뿐이다. 삼십여 년 만에야 다시 어디론가 떠나게 되었으니 문득 삶이란 쓸쓸한 것이란 생각이, 그것도 평소 휘파람 치던 가벼운 노랫가락처럼 뇌리를 스쳐갈 따름이었다.

나아 태어난 이 강산에, 군인이 되어—'챙'
꽃 피고 눈 내린 지, 어허언 삼십 년—'트르르르…'
아, 다시 못 올 흘러간 내 청춘!

어차피 아무런 연고가 없었으므로 남은 생은 그냥 여행 삼아 이리저리 떠돌아 버릴까 하는 생각도 들었으나, 어쩌면 그것도 다만 내가 살아있다는 자각에 불과한 것이었다. 나는 늦게나마 내가 나고 자란 곳으로 돌아가기로 하였다. 무슨 까닭인지 나와는 아무런 연관도 없는 그 소읍의 사무소에서 한번 다녀가라는 연락을 해온 것이다. 그 간의 짧지 않은 세월들은 모두 내 자력표에 기록으로 남게 되었다. 혼자가 된 내 삶의 흔적들이 그나마 '보존년한'이라는 명목으로 남겨진다는 것에는 그저 감사할 따름이다. 삶의 가치란 뼈나 추려서 세우는 그따위 기록들은 아닐 테지만 굳이 부정할 필요는 없을 것이다. 삶이란 어차피 쓸쓸한 것일 테니까.

그해 가을이다…. 나는 별생각 없이 그 소읍의 사무소에 들렀다가 산기

늙에 방치된 고가古家 한 채가 내 앞으로 남겨진 사실을 알게 되었다.

그물처럼 뻗어 오른 넝쿨 식물들과 커다란 은행나무가 용케도 재개발을 피한 그 낡고 허름한 집을 온통 뒤덮고 있었다. 그것들은 마치 열렬한 굴촉성으로 서로 뭉쳐서 그 낡고 초라한 집을 보호하고 있는 듯이 보였다. 그리 넓지 않은 정원은 오래도록 사람의 손길이 가지 않아 온갖 잡초가 무성하였다. 이상한 일이었다…. 나는 무엇에 끌리기라도 하듯 덤불을 헤치고 들어가 왈카닥, 거실문을 열어젖혔다. 거실의 전면에는 빛이 바랜 커다란 거울이 걸려 있었다. 그 거울 저편에도 정원의 풍경이 뿌옇게 이어지고 있었다….

나는 처음엔 그를 알아보지 못했다. 그는 먼 과거 속의 풍경인 듯 아득히 되살아나는 정원을 배경으로 정물처럼 꼼짝없이 앉아 있었던 것이다.

*

…………!

…친구여, 나 역시 방금 자네를 알아보았네. 결국 우리는 이런 식으로 마주하게 되었군. 허허, 자네도 어느덧 반백이 다 되었네그려. 하긴 누군들 늙지 않을 재간이 있겠나. 그래도 자네에겐 숨 가쁘게 돌아온 세상의 기억들이 덤으로 남지 않았는가. 그러니 늙는다는 것, 너무 섭섭하게 생각지는 말게나.

내게는 그런 기억들이 없다네. 상실해 버리지 못한 단 한 번의 기회가 여전히 그 자리를 메우고 있다고나 할까…. 그래, 그렇다네. 어떤 의미로 나는 아직도 제자리를 맴돌 뿐이라네. 그리하여 늘 성공의 기미가 엿보인다고 할 수도 있지. 한때 자네를 사로잡았던 그 '기미' 말일세. 그것은 때때로 내 가슴 속, 그러니까 감정으로부터 우러나와 마침내 냉철하게 이성을 휘감고 있네. 그건 잘 다듬어진 열정과도 같다네. 그렇다면 이성과 감정의 거리란 아마 제 모가지의 길이만큼이나 짧은 셈이네. 자네와 나의 관계도 아마 그럴 걸세. 친구여, 나는 늘 그런 식으로 삶을 이해하려 든다네. 삶이란 머리와 가슴 두 갈래로 추구하는 본디로부터의 열망 같은 것이라고 말일세.

그것은 한편 예감과 같은 것이었네. 자네, 어디선가 무척 눈에 익은 생소한 길에 서본 기억이 있나? 무언가 기억날 듯 분명히 눈에 익으나 역시 생소하다고밖에는 말할 수 없는 그런 길 말일세. 이를테면 저… 만큼, 산자락에 그 끝이 가려진 작고 초라한 오솔길 말이네. 그 길에서 풍겨오는 그윽한 느낌은 아마 무한한 과거의 어느 순간과도 닮아있을 것이네. 거기 선 자네의 모습까지도 낯익은 그런 광경 말일세. 그때 자네는 아마 평온한 자신감 같은 것에 젖어 들었을 것이네. 그 길로 들어서기만 하면 잠시 망각해 버린 어떤 인연과 만날 수 있을 것이라는 기대가 자네를 사로잡지 않았나?

만약에 말이네, 그것이 또 다른 인생의 길이라고 한다면 자네는 어쩌겠나. 그 길로 접어들겠나? 드넓은 세상이 자넬 기다리고 있으니 돌아선다고 한들 그다지 후회스럽지는 않을 것이네. 반대로, 그 길로 접어드는 것도 큰 잘못은 아니라고 느꼈을 것이네. 그리하여 그 순간, 자네는 막연한 의식의 상태로 삶을 돌아보고 있었을 것이네. 그 길의 주인이 자신이라고, 오로지 나 자신만을 위해 그 길이 열려 있다고 생각했대도 좋네. 만약 자네가 섣부른 방랑의 기질을 가졌다거나 세상사의 자질구레한 희비 따위나 탐닉하려는 속물이었다면 모르되, 그렇지 않다면 그 길로 갈 수도 있었다, 그 말이네. 이렇게 말하는 걸 이해하게. 달리 유감은 없다네.

친구여…. 나는 과감히 그 길로 접어들었다네. 알다시피 아버님은 화가 아니셨나. 그리 성공을 거둔 편은 아니었으나 그분은 끝까지 열망을 버리지 않은 투철한 예술가셨지. 사실 나는 좀더 일찍 생의 소중한 것이 무엇인가를 깨달았어야 했네. 그분의 유일한 아들로서 말이네. 하여간 나는 그 길을 택했던 것일세. 그때 내게도 미약하게나마 어떤 열망이 옮겨붙었거나—단지 유전이라는 뜻이 아니네. 스스로 뭔가가 '발로'하였다고 말하려는 것일세—안개처럼 자욱한 내 인생 대신에 동경해 마지않던 아버지의 삶을 떠올렸던 것이네. 그러나 과연 그럴까? 실은 아니었는지도 모르지. 그렇다면 나는 비겁했었네. 단지 물리적으로 견주는 것처럼 들리겠지만, 곰곰이 생각해보면 아버지의 삶에는 별다른 전리품이 없는 대신 팔이나 다리가 잘릴 만큼 큰 위험도 없었던 걸세. 내겐 아버지의 삶을 떠올리는 것이야말로 운명으로부터 보호받는 듯한 포근한 회상이었다네. 더불어 나는 그 양반이 자기 인생을 후회하는 것을 본 적이 없네. 간혹 절망에 빠져 드러누웠다가도 그 양반은 홀연히, 어느 날은 그야말로 새벽같이 자리를 털고 일어나 화구들 앞에 앉아 있더란 말일세…. 거기엔 분명히 어떤 즐거움이 있었네. 어린 내게는 그 끝없는 열정이 도무지 알 수 없는 어떤 즐거움 같았단 말일세. 꼼짝없는 그분의 등 뒤로 알 수 없는 그 즐거움이 육신을 사르고 활활 타오르는 것처럼 보였다네. 그 사실이 내겐 무한한 힘이 돼 주었네. 그렇지. 그건 물리적으로는 도저히 견줄 수 없는 감정이었네.

널따란 거실엔 아름다운 정원을 서성거리는 어머니의 모습이 늘 걸려 있었다네. 아마 아버지에게는 이 거실만이 자신의 남은 생을 조망할 수 있는 아늑한 휴식처였네. 엄밀히 말하면 자네도 이 거실을 알고는 있지. 그러나 아버지를 따라 이곳으로 옮겨온 뒤로 나는 거의 놓칠 뻔했던, 그러니까 자네가 보지 못한 비밀스러운 광경까지도 엿볼 수가 있었네. 바로 이 정원의 나무들, 낡은 돌계단, 구석구석 돋아난 풀포기들에도 무언가가 가득히 깃들여 있는 것처럼 생각되었네. 우리가 흔히 정령이라고 부르는 구조적 기운 말일세. 그것들은 사물의 표면에도 페인트칠처럼 빠닥빠닥 묻어 있지. 어쩌면 그 정령들이야말로 과거를 잇는 끈의 역할을 하는가는 모르겠네.

그래선지 나는 과거를 엿보는 꿈을 자주 꾸었다네.

꿈속의 광경은 늘 어느 가난한 화가가 그윽하고 아름다운 부잣집 정원을 발견하고 담장 너머로 그곳을 들여다보는 것으로 시작되었네. 이보게, 그것은 바로 내 출생의 비밀이었네. 그래서 내겐 그 광경이 무척 신비로웠네. 생각해보게나. 자기 출생의 비밀을 숙연히 지켜보게 된 마음의 상태를…. 나무들은 잔뜩 푸르렀고 꽃은 아름다웠지. 미처 몰랐으나 새들도 지저귀고 있었을 걸세. 그때 부드럽게 깔린 잔디 위를 눈부시도록 아름다운 여인이 조용히 거닐고 있었다네. 아…! 그건 바로 내 어머니의 모습이었단 말일세. 그녀의 움직임에 따라 길게 늘여진 치맛자락이 부드러운 잔디밭을 물결치듯 쓸고 있었다네. 그때 담장 밖의 아버지도 그 아름다움을 가슴 깊이 새기고 있었지. 가난한 화가의 운명 같은 사랑이 시작되는 순간이었네. '화가의 사랑' 말이네. 바로 그것이 내 출생의 비밀이었던 것일세.

사실 아버지는 운명에 반항할 생각은 아니었지. 그녀를 차지할 생각은 아니었다네. 다만 그 아름다운 광경에 홀딱 반하고 만 것일세. 그러나 노랫말처럼 계절은 영원하지 않았네. 아버지의 가슴속에서 밑그림이 다 완성되기도 전에 그 아름답던 정원은 벌써 시들어버렸던 것일세. …그때 아버지는 어떤 절망에 사로잡혀 있었다네.

친구여, 그 절망이 어떤 종류의 것인가가 매우 중요하네! 어느 날 아버지는 눈물을 철철 흘리며 그 정원의 담을 넘고 말았네. 내게 그것은 단지 평범한 구애의 장면 같지는 않았네. 한 영혼의 처절한 패배의 모습 같았다네. 또한 영혼과 영혼이 화해하는 순간 같기도 했지. 나는 지금 얼굴도 기억나지 않는 어머니를 공연히 끌어들이는 게 아닐세. 잘못 나열된 말같이 들릴지 모르지만, 인간의 영혼과 그 영혼을 낳은 본디의 영혼—나는 그것을 인류의 영혼이라 부르기로 하겠네—은 줄곧 순종을 강요하고 그에 반항하는 관계를 이루는 모양이네. 아버지의 눈물은 어쩌면 그 반항을 포기하는 눈물이었을 것이네. 그렇지만 정작 아버지의 영혼은 구원을 받을 수가 있었다네. 인간종끼리의 그러한 구원을 우리는 간단히 사랑이라고 부르지. 이 보게! 내가 출생을 새로 마련된 반항의 기회라고 말한다면 이해할 수 있겠나? 나는 셀 수도 없는 정신의 회귀 속에서 마침내 그 아름다운 패배의 광경을 머릿속에 새겨 넣을 수 있었다네. 아마 아버지는 어머니와의 사랑을 통해서 그 아름다운 정원을 기어이 화폭에 담아내고 싶었던 게지…. 그러나 그 정원의 주인은 아버지를 받아주지 않았다네. 희망이 보이지 않는 가난뱅이에게 귀한 외동딸을 줄 수가 없었던 걸세. 결국 그녀는 가난한 화가를 따라 그 집을 나오고 말았네. 정말 모진 인연이었지…. 그 뒤 이어진 가난한 세월에 대해서는 자네가 더 잘 알고 있을 것이네.

자! 이제 나는 이 말을 하지 않을 수가 없네. 운명이란 어느 만큼은 알아챌 수가 있다고 말일세. 나는 그렇게 믿고 있네. 또한 바로 그 믿음이 열쇠일세. 진실한 믿음은 때로 신비처럼 눈에 보이기도 하는 것일세. 자네도 짐작하겠지만 이곳의 생활은 그야말로 무료한 나날의 연속이었네. 나는 허구한 날 몹시 무료했었다네. 나는 언젠가 발바닥을 살피다가 새끼발가락의 뿌리쯤에서 두어 개의 붉은 점들을 발견했다네. 좁쌀보다도 훨씬 작아서 그냥 지나치기 쉬운 점들이었지. 사실 발바닥 말고도 그런 정도의 흠집이나 점 따위는 몸 구석구석에 수도 없이 많다네. 아마 자신의 몸에 자상한 사람이면 잘 알고 있을 걸세. 내가 본 발바닥의 점들도 그런 여느 점들과 하나도 달라 보이지는 않았네. 나는 그 날따라 다만 내 몸의 무게를 견디고 있는 발바닥의 노고를 자세히 살피고 있었을 뿐이었지. 그러나 그 순간만큼은 동심에 가까울 정도로 마음이 여려 있었다고 할 수가 있네.

나는 무심코 그중의 하나를 지정하고 마음속으로부터 커져라, 커져라, 하고 진심으로 동그라미를 그려나갔지. 문자화할 수 있는 언어 형태의 바람이 아니라 물결처럼 퍼져나가는 동심의 동그라미를 그렸던 것이네. 어쨌든 그 바람은 간절했네. 거듭 말이지만 나는 여러 날을 몹시 무료했었다네. 그래서 쉽게 정신을 집중할 수 있었지. 그때 놀랍게도 그것이 점점 커지는 것이었네. 그것은 다른 세포들을 부수고 콩알만큼 자라 올랐다네. 마침내 분화구처럼 제 입을 열더군. 이보게, 그것은 다름 아닌 티눈이었네. 내 몸에서 커져 나온 그 티눈 역시 더없이 신비로웠네. 그러나 세력이 커진 그 티눈은 주변의 세포들을 마구 부수기 시작했고, 드디어 견딜 수 없는 통증이 시작되었다네. 그래서 나는 그것이 다시 줄도록 거꾸로 바라기 시작했네—친구여, 그 역시 진심이었네. 그렇다면 이번에도 그 바람이 이루어졌을까? 아니었네. 나는 정말로 간절히 바라고 또 바랐지만 그것은 더욱 커지기만 할 뿐이었지. 나는 그로부터 꼬박 육 개월을 고생했네. 통증을 붙들고 앉아 있는 동안 왜 이번에는 그 티눈이 줄지 않는지 곰곰이 생각하지 않을 수 없었네. 그러다가 비로소 사방팔방으로 닿아 있는 한 가지 사실을 깨달았다네. 모든 바람은 어떤 진행—이것은 아마 삶이 나아가는 방향이네—에 대해 역행이 불가능하다고 말일세…. 아직 아니네. 더 들어보게. 즉 똑같은 기회란 영원히 돌아올 수 없는 법이라네. 삶이란 알다시피 유한의 흐름이니 말이네. 그렇다면 뭔가 본디로부터 영원으로 나아가는 거대한 길이 보이지 않는가? 비록 한 개체로서의 삶이 고통스럽더라도, 왜 모든 생명체가 후손을 낳아 기르고 이윽고 자신은 죽음에 이르는지 알 것 같지 않은가? 이제 그 한 가지 깨달음, 나는 그 순간 삶도 죽음도 다만 어떤 '거대한 길' 위에서의 진행 과정으로만 생각되었네. 내가 아까 말한 반항의 기회라는 것도 아마 그와 비슷한 얘기일 걸세. 그것 또한 삶 속에서의 하나의 과정처럼 여겨지니까 말일세.

아버지는 그 의자에 꼿꼿이 앉아서 죽어 있었네. 그 의자는 대를 물려온, 둥글게 생긴 바닥이 빙글빙글 돌아가면서도 뒤편에는 허리까지 올라오는 낮은 등받이가 붙어 있는 회전의자였네. 어느 날 쾌락도 욕망도 멀리한 육신이 넘어실 겨를도 없이 의자 등받이에 기대어 있었다네. 장작개비처럼 검소한 예술가의 죽음을 자네는 상상할 수 있겠나? 제 영혼이 한껏 불멸을 추구하며 떠다니는 동안 아버지의 육신은 그야말로 천덕꾸러기처럼 소외당하고 있었다네. 그 죽음이 어찌나 거룩해 보이던지… 나 또한 그 의자에서 육신을 벗고 훨훨 날아가고 싶었을 정도였다네.

친구여…. 삶의 길이란 어쩌면 손잡이에서 출발하여 날의 끝까지 나아가는 뒤집힌 칼 같다고 나는 생각하네. 어느 지점부터는 날 위로 걸어갈 수가 없어서 어느 쪽이든 한 면을 택해야 하는데, 그 다른 면은 늘 아쉬움으로 남게 되는 것일세. 그래서 원하든 원치 않든 결국은 어느 한 쪽을 살며 다른 한 쪽을 그리워하게 되는지도 모르지. 만약 내가 자네의 길을 걸었고 자네가 이곳에 남게 되었더라면, 자네야말로 덥수룩이 수염을 기르고 이 의자에 앉아 거울 밖의 나를 마주 보게 되었을 것이네. 그렇더라도 우리가 공유한 부분은 변함이 없었을 걸세. 내가 자네를 통해 실현한 티눈의 예처럼 말이네. 그렇다면 나 또한 자네의 삶에 어느 만큼은 관여하고 있었다고 할 수 있지.

지금 자네가 바라보고 있는 거울은 몹시 크고 넓어서 가만 앉아서도 정원이 다 바라보이도록 설계되어 있네. 아마 자네도 잎을 떨구고 있는 저 늙은 은행나무를 보고 있을 것이네. 이 모든 장치가 정원을 사랑하고 아낀 외할아버지의 작품이라는 것도 짐작은 할 것이네. 언젠가 아버지에게 손을 잡혀 외할아버지댁에 갔을 때, 자넨 이 커다란 거울을 본 적이 있다네. 그때 그 엄격하신 양반이 기꺼이 자네를 안아 들고 거울 앞의 의자에 앉으셨네. 자넨 두려운 마음으로 거울 속의 외할아버지를 바라보았지. 거울 속의 외할아버지는 매우 부드러운 목소리로 자네에게 일러주었다네. 너는 저 거울처럼 크고 환하게 자라거라…. 자네 알겠나? 그때 우리는 처음으로 마주하였던 것일세. 마음속으로부터 어떤 예감이 가득 차오른 자네와, 한편 두려운 얼굴로 자네를 마주 보고 있던 거울 속의 나. 자넨 거울의 도움으로나마 자의식의 분열을 경험했던 것이네. 물론 자네는 어느 만큼은 자라 있었지. 또 하나의 자신을 바라볼 수 있는 인간의 아이로 말일세.

친구여…. 나는 그로부터 기나긴 세월을 이 거울 속에 앉아 자네를 기다리고 있었다네. 이제나마 자네가 돌아온 걸 환영하네. 부디 이 정원의 잡초들과 잊지 않고 찾아주는 새들을 사랑하게. 자네의 출생을 기념하기 위해 심어진 저 은행나무를 사랑하게. 그리고 또한 자네가 돌아본 세상의 모습들을 아름다운 기억으로 간직하게. 거대한 길 위에서의 또 한 번의 반복에 불과했을지라도, 자네의 삶은 그것으로 성공이었다고 생각하게….

*

'…'

진정 이 세상에 정령 따위가 있는지는 모를 일이다. 그러나 나는 그 집을 손상하지 않기 위해 자치기관에 기증해 버렸다. 새로 제정된 자치법은 기증받은 고가古家에 대해 '영구보존'을 적용하고 있었다. 나는 절차를 거친 뒤 잠시 거실만을 빌려 쓰기로 하였다. 집에 돌아와서 거울을 정성스레 닦고 거실에 널린 화구들을 추려 먼지를 털었다. 아버지의 그림들도 액자를 손질하여 내다 걸었다. 다시 거울 앞에 조용히 앉아있으려니 내가 먼 여행에서 돌아왔다고는 생각되지 않았다. 마치 엊그제 집을 떠나 그냥 세상을 한 바퀴 돌아보고 온 것 같았다. 그렇다고 생각하니 별로 쓸쓸하지 않았다. 오히려 미처 가시지 않은 세상의 소음들이 귓가에 남아 머리가 아플 정도로 윙윙거리고 있었다….

- 끝.